RECLAM-BIBLIOTHEK

So ist es! Ihr essen?

Hans Brennen

Wenn einer 1920 von der Berliner Dragonerstraße schreibt, dann weiß sein Publikum, was er meint: Hier wohnen die ostjüdischen Zuwanderer, die nach 1881 in die Stadt gekommen sind. Hier wohnen überhaupt die, die aus dem Osten kommen. Hier ist, weiß die Einbildung, die Nachtseite der großen Stadt. Kriminelle. Ringvereine. Nutten. Und eben Juden. Diese seltsamen Juden, die keiner richtig haben will. Sollen sie doch weiterwandern, nach Liverpool und von dort nach New York – das war eine verbreitete Einstellung auch bei den arrivierten Juden des Berliner Westens. Sammy Gronemann läßt Wolf Klatzke hier wohnen, der hat sich ein merkwürdiges Gewerbe herausgesucht: Er schreibt Bettelbriefe, professionell, und zum Entsetzen von Jossel und Chane. Einer dieser Briefe erreicht Herrn Landgerichtsdirektor Lehnsen, der nicht mehr Levysohn heißt, er hat sich verabschiedet aus der Zugehörigkeit. Erst sein Sohn Heinz sucht sie, nimmt sie sich in der Verzweiflung wieder …

Sammy Gronemann wurde 1875 in Strasburg in Westpreußen geboren. Der Sohn eines Rabbiners war Rechtsanwalt in Berlin und überzeugter Zionist. Er emigrierte 1933 nach Paris und 1936 nach Tel Aviv, wo er 1952 starb.

Sammy Gronemann

Tohuwabohu

Roman

Mit einem Nachwort von Joachim Schlör

RECLAM VERLAG LEIPZIG

ISBN 3-379-01688-8

Der Text folgt der 1920 im Welt-Verlag Berlin erschienenen Erstausgabe.

Reclam-Bibliothek Band 1688
1. Auflage, 2000
Reihengestaltung: Hans Peter Willberg
Umschlaggestaltung: Julie August + Franziska Neubert, Leipzig,
unter Verwendung der Lithografie »Schtetl« (1923) von Issachar
Ryback
Gesetzt aus Stempel Garamond
Satz: Document 2000, Satzstudio Annett Jost, Leipzig
Druck und Bindung: Ebner Ulm
Printed in Germany

Meiner Frau

Goethe in Borytschew

I

Berl Weinstein hatte sich wieder einmal taufen lassen, und diesmal mit besonderem Erfolg. Alles in allem hatte er dabei wohl an die 800 Mark erübrigt. Die Spesen waren diesmal ziemlich gering gewesen. Von Amsterdam aus, das auf seiner Tour lag, hatte er den Abstecher nach London gemacht; er hatte fast drei Wochen dazu verwendet, das Inkasso auf Konto Wohltätigkeit in allen jüdischen Vierteln zu erledigen, und sich erst dann bei dem großen Meeting der Missionsgesellschaft in Whitechapel gezeigt; er hatte eine Reihe von Arbeitern im Weinberge des Herrn auf lange hinaus innerlich beglückt, – er hatte einem hitzköpfigen, sehr starken Tee und sehr wässerige Reden bietenden jungen Geistlichen den Triumph seines ersten Bekehrungserfolges verschafft, – er hatte, ein Bild ernster Rührung und friedvoller Selbsteinkehr, in der kleinen Kapelle der Gesellschaft den Taufakt über sich ergehen lassen, – er hatte demütig, doch mit dem Ausdruck innerer Entschlossenheit, offensichtlich unfähig, den Gefühlen, die ihn erfüllten, Worte zu verleihen, seinen Gönnern und Paten die Hand gepreßt, in ihnen das beglückende Gefühl erweckend, daß sein künftiges, dem Himmel geweihtes Leben von dem Bewußtsein unauslöschlicher Dankbarkeit und unabtragbarer Schuld erfüllt und bedrückt sein würde, – er hatte eine herrliche, reichlich mit Bibelzitaten geschmückte Missionsschrift in klassischem Hebräisch verfaßt, von der Reverend Hickler für sich dauernden Autorenruhm und für die Sache des Herrn großen Erfolg erhoffte, – kurz: er hatte eine Menge Menschen glücklich gemacht, eine Atmosphäre von Vertrauen und Menschenfreundlichkeit um sich verbreitet und dabei etwa 800 Mark verdient; er konnte nach jeder Richtung mit sich zufrieden sein, und er nahm sich vor, am nächsten Sabbat im Tempel für die Armen in Palästina eine gehörige Spende zu geloben. –

Berl Weinstein pflegte sich jedesmal taufen zu lassen, wenn er eine Tochter auszusteuern hatte. Diesmal war Chane dran, – die vierte und jüngste. Es hatte sich eine wirklich gute Partie geboten: Jossel Schlenker, – der Sohn von Moische Schlenker, dem Schreiber, galt als besondere Leuchte talmudischer Gelehrsamkeit, – ein frommer »feiner« junger Mann, dessen Ruhm weit über die Grenzen seiner Synagoge sich durch ganz Borytschew erstreckte; trotz seines etwas dunklen Stammbaumes hätte er leicht einen wohlhabenden Schwiegervater finden können, der ihn »auf Kost« zu sich genommen hätte, damit er von Nahrungssorgen frei seinen Studien leben konnte, zu Ehren des Hauses Israel im allgemeinen und des schwiegerväterlichen Hauses im besonderen. Es ging die dunkle Rede, daß Kleinmann selbst, – der reiche Kleinmann von den Kleinmanns aus Kiew, – Rosenfeld, den Schadchen, zu Moische Schlenker geschickt habe, – aber Jossel lehnte alle Partien ab. Heiraten wollte er schon, – welcher fromme jüdische junge Mann will nicht dieses Hauptgebot der Thora erfüllen? – aber ihm war es nicht nur um die Erfüllung des Gebotes im allgemeinen zu tun: höchst seltsamerweise legte er ein besonderes Gewicht darauf, mit einem ganz bestimmten Mädchen unter den Trauhimmel zu treten, – nämlich mit Chane, der vierten Tochter von Berl Weinstein. – Es war eine seltsame Sache, aber da war nichts zu machen. Moische Schlenker lief verzweifelt herum, – er bat und drohte, er betete und schwur, – es half alles nichts; Jossel wurde älter und älter, – es war eine Schande: er war schon fast zweiundzwanzig Jahre und noch nicht verheiratet. Da gab schließlich Moische Schlenker nach, – Rosenfeld ging zu Weinstein, – der Verlobungskontrakt wurde unterzeichnet, und Berl Weinstein ging auf Reisen, um die Mitgift zusammenzubringen.

So hängt alles im Leben zusammen; hätte damals an jenem Sabbat-Nachmittag Jossel Schlenker nicht zufällig draußen auf dem äußersten Boulevard auf der letzten Bank Chane getroffen, wie sie in ein Buch vertieft war, und hätte er nicht seine Scheu bekämpft, um des heiligen Zweckes willen, nämlich, um das junge Mädchen darauf aufmerksam zu machen, daß sie, jedenfalls aus Fahrlässigkeit, ein heiliges Gebot verletze, indem sie auf dieser Bank am Sabbat ein Buch in den Händen hatte, obwohl die Sabbatgrenze ein paar Schritte vor jener Bank endete, so daß also bis zu dieser Bank und also auch dorthin, wo sie saß, nichts getragen werden dürfe, auch nicht ein Buch, – so hätte Jossel vielleicht nie die nähere Bekanntschaft Chanes gemacht, – hätte Moische Schlenker nicht nötig gehabt, zu bitten und zu schwören, – noch dazu umsonst, – wäre nie der Verlobungsbrief geschrieben, – hätte Berl Weinstein vielleicht nie jene Mitgiftreise antreten müssen und wäre vielleicht Reverend Hickler nie zu jenem Ruf als Missionar und hebräischer Autor gelangt, der ihm später die Berufung nach Amerika einbrachte. Dabei ist noch gar nicht in Rechnung gestellt, welche Änderungen in der Entwickelung der menschlichen Gesellschaft im allgemeinen und der Borytschewer Gemeinde im besonderen daraus hätten resultieren können, wenn Chanes gesetzwidrige Lektüre auf der Bank jenseits der Sabbatgrenze nicht die Verbindung der Häuser Schlenker und Kleinmann zerstört hätte. – Und dem Landgerichtsdirektor Lehnsen in Berlin wäre künftig viel Verdruß erspart geblieben.

So aber hatte Jossel Schlenker aus dem Gefühl heraus, das bedrohte Gesetz schützen zu müssen, – vielleicht auch in der dunkelen Furcht, ein minder wohlwollender Gesetzesschützer könne Chane in ihrem ungehörigen Tun beobachten und ihr Unannehmlichkeiten bereiten, – sich zu jener Ansprache aufgerafft. Chane hatte ruhig und etwas spöttisch lächelnd den errötenden und ziemlich verwirrten Jossel angeblickt, – zugegeben, daß sie sich der Gesetzesübertretung schuldig gemacht habe, – freundlich für den aufmerksamen Hinweis gedankt und nach kurzem Besinnen, gerade als Jossel ungeschickte Versuche machte, seinen Rückzug anzutreten, gefragt, was sie nun eigentlich machen solle, nachdem das Unheil einmal geschehen sei. Sie kenne nicht die Vorschriften, setzte sie unschuldig hinzu, er aber solle doch so gelehrt sein und müsse wissen, was in solch besonderem Falle zu geschehen habe. Solle sie mit dem Buche sich über die Grenze zurückziehen oder solle sie das Buch aus der

Hand legen und auf der Bank liegenlassen? Oder was habe sonst zu geschehen?

Jossel fiel von einer Verlegenheit in die andere, alle scharfsinnigen Kontroversen über die Frage das Tragens am Sabbat gingen ihm durch den Kopf. Die reiche Kasuistik des Lehrhauses überwältigte seinen Verstand und lähmte die Raschheit der Entscheidung. Das eigentliche Vergehen bestand ja gerade in dem *Transport* der Last, – hier des kleinen Heftchens, – aus dem durch die Sabbatgrenze abgezäunten Gebiete – der Zaun war hier ein hochgespannter, kaum sichtbarer Draht – in das freie Land jenseits des Drahtes; ein Rücktransport wäre nun eine Wiederholung des Vergehens, – somit ein neues Vergehen gewesen. Das ging also nicht an. Das Buch auf der Bank liegenlassen, – das ging auch nicht. Denn eine Last, welchen Umfanges auch immer, dort draußen niedersetzen, das wäre erst recht ein Verstoß gegen die Lehre gewesen, – während doch das Tragen an sich, solange eben noch kein Niedersetzen der Last erfolgt und solange die Grenze nicht überschritten wird, nur eine zwar von vornherein verbotene, aber doch nicht als eigentliches Vergehen, als Sünde bezeichnete Sache ist, – vorausgesetzt freilich, daß der Träger mit seiner Last sich nicht mehr als vier Schritte von seinem Platze entfernt. – Also was war da zu tun? Chane folgte ruhig ohne Unterbrechung, als Jossel ihr etwas umständlich diese Konflikte auseinandersetzte; nie war ihm ein Vortrag, und sei er über die schwierigste Talmudfrage, so schwergefallen. Der Umstand, daß er noch niemals mit einem fremden jungen Mädchen sich unterhalten hatte, – die Notwendigkeit, für die im Lehrhaus allgemein gebräuchlichen Fachausdrücke gemeinverständliche Worte zu finden, – die peinliche Furcht, ein Studiengenosse könne ihn bei diesem seltsamen Lehrvortrag überraschen, – alles das machte ihn weidlich schwitzen. Und als er schließlich mit der Darlegung des gesamten Streitstoffes fertig war, fragte Chane ruhig, ob sie also nun bis Sabbatausgang auf der Bank sitzen bleiben müsse, – eine Frage, die bewies, daß sie den Vortrag wohl aufgefaßt hatte, denn etwas anderes schien ja wirklich unter besagten Umständen kaum

12

angängig. – Während aber Jossel betroffen schwieg und über den Fall nachdachte, näherte sich eine laute Gesellschaft, – das Buch verschwand in der Kleidertasche des sich erhebenden Mädchens, das zum Entsetzen Jossels mit einem heiteren Sabbatgruß, offensichtlich ohne jeden Gewissensdruck, weiter in die Felder hinausschritt. – Jossel sah ihr lange recht unruhig nach, bis ihre helle Bluse hinter einem Gebüsch verschwand, und kehrte langsam und verwirrt heim, unter dem schweren Kaftan und der dicken Mütze noch mehr als sonst von Schweiß übergossen. –

Jossel hätte ja nun eigentlich empört darüber sein müssen, daß Chane das strenge Arbeitsverbot des Sabbats derart verletzte, – daß sie, zuletzt doch offenbar mit vollem Bewußtsein, die Arbeit des Tragens außerhalb der Sabbatgrenze verrichtete, – statt dessen aber vertiefte er sich die Woche über in das Studium der angeregten Frage, und so traf es sich, daß er am nächsten Sabbat wohl ausgerüstet mit Kenntnissen auf Chane zuschreiten konnte, die wieder mit ihrem Buch auf der verbotenen Bank saß. Aber je näher er kam, desto mehr dämmerte es ihm, daß hier doch ein beabsichtigtes Attentat auf die Lehre vorlag. Jetzt wußte sie doch, einmal durch ihn darauf aufmerksam gemacht, daß die Bank außerhalb der Grenze lag; da waren nun freilich alle die Argumente, die er im Laufe der Woche gesammelt hatte, wenig am Platze. – So kam es, daß er nun in noch größerer Verwirrung als bei der ersten Begegnung vor Chane stand, aber als sie ihn mit spöttischem Lächeln fragend ansah, da faßte ihn der Eifer, und er machte sich zornig daran, ihr klarzumachen, welche Sünde sie in ihrem Leichtsinn begehe und wie sie Unheil über sich und ganz Israel bringe. – Sie hörte verdrossen und anscheinend etwas gelangweilt zu, – dann machte sie erst einen Einwurf, tat eine Frage, und es entwickelte sich eine lebhafte Debatte, in der er, wie er sich nachher gestehen mußte, nicht zum besten abschnitt; sollte er doch plötzlich und zum ersten Male im Leben Dinge begründen, die ihm stets als Selbstverständlichkeiten, als Natursätze, die einer Begründung überhaupt nicht bedürfen, erschienen waren. –

Unvermittelt fragte auf einmal Chane, ob er das Buch kenne,

das sie lese, und hielt es ihm vor die Nase. Er näherte vorsichtig seine Augen, – denn selbst konnte er ja die Last nicht aufnehmen, – und las »Faust« und »Reclams-Universal-Bibliothek«. – Er verneinte, und sie fragte ihn, ob er es auf eine Woche geliehen haben wolle. Er zögerte, – er konnte es ja heute nicht einmal an sich nehmen, wenigstens nicht außerhalb der Sabbatgrenze, – da lachte sie auf, packte ihn am Ärmel, zog ihn bis jenseits des Drahtes, steckte ihm das Buch in die Tasche und eilte mit fröhlichem: »Also in acht Tagen!« davon. – Und von weitem rief sie ihm noch zu, in dem Buche würde er einiges finden, was mit ihrem Gespräche von vorhin zu tun hätte.

II

Jossel »lernte« Goethes Faust.

Was war ihm Goethe?! – Er hatte den Namen wohl öfter gehört, und in einer Chrestomathie, die ihm in die Hände gefallen war, erinnerte er sich, ein Gedicht von ihm gelesen zu haben, das ihm gar nicht gefallen hatte. Es war eine Geschichte von einem Mann, der mit seinem Kind unsinnigerweise durch eine feuchte Nebelgegend geritten war; irgendein Grund zu diesem eigentümlichen Benehmen war nicht zu erkennen. Und das Kind schien ebenso verdreht wie der Vater; es schien vollgestopft mit phantastischen Geschichten und plapperte, freilich wohl im Fieber, lauter dummes Zeug zusammen. – Die Sache hatte ihn weiter nicht interessiert, und Goethe war für ihn abgetan.

Da bedeutete es schon etwas, daß Chanes Empfehlung ihn vermochte, es noch einmal mit Goethe zu versuchen. Er hatte das kleine Buch sorgfältig in die Tasche gesteckt und fühlte, als er nach Hause eilte, oft lose mit der Hand nach, ob es auch noch da sei. Das Buch war ihm lieb, – er wußte nicht recht warum, – und er glättete es sorglich und liebevoll, als er es in seiner Kammer aufschlug. Herr von Goethe aber profitierte wenig davon: Jossel war unbestechlich, und als er erst zu lesen anfing, war er ganz und gar der kritische und skeptische Talmudist. Es war in ihm allenfalls noch eine Lust verborgen, den Dichter zu zerpflücken, – Chane demnächst an einem Objekt, das ihr eher bekannt war als der Traktat über die Sabbatgesetze, seinen Scharfsinn zu beweisen, ihr zu zeigen, daß er gescheiter sei als dieser Bücherschreiber, der sie über die Grenze des Gesetzes geführt hatte. Er wußte schon jetzt, er würde Fragen aufwerfen, die weder Goethe noch Chane beantworten könnten, Fragen, auf die beide überhaupt nie verfallen würden. Er würde …

Und mit gerunzelter Stirn las er die »Zueignung«, – glatte Verse, offenbar persönliche Dinge behandelnd, die ihn nicht interessierten. Er macht viel her von der Sache, dieser Goethe. Ob er das Buch schreiben und herausgeben will, ist schließlich seine Sache. Wenn es ihm nicht paßt, – oder wenn ihm das Publikum nicht paßt, – soll er es bleibenlassen. Aber wozu erzählt er das erst alles?! – Ist das Buch zu schade für die Welt, – ist es die Zueignung doch auch. Es ist nur, um das Buch recht wichtig erscheinen zu lassen, schloß Jossel, einfache Ziererei wie bei einem Sänger, der erst allerhand Bedenken hat und Worte macht, wenn man ihn bittet, – und dann doch mit viel Vergnügen singt und gar nicht mehr aufhört. Jossel sah bedenklich auf die hohe Seitenzahl am Schluß.

»Vorspiel auf dem Theater.« Noch eine Vorrede!! – Was ist das für eine »lustige Person«, die gar nichts Lustiges sagt? Und dieser »Dichter« redet noch verächtlicher von dem Publikum als die »Zueignung«. Der »Direktor«, – das ist wenigstens ein praktischer Mensch; der sagt geradezu, was er will. Geld will er! Und es ist ganz richtig, daß er das letzte Wort behält. – Aber wirklich: »Der Worte sind genug gewechselt. – Laßt mich auch endlich –«

Noch ein Prolog!! – O Chane, Chane!

Jossel lehnte sich zurück und dachte noch einmal die Szene vom Boulevard durch. – Er wurde glühend rot bei dem Gedanken, daß er sich im ganzen recht ungeschickt benommen hatte: Chane hatte zum Schluß so getan, als ob es sich nicht der Mühe lohne, mit ihm weiter zu debattieren. Und wenn sie ihm das Buch, diesen Faust, so aufgedrängt hatte, so sah das doch so aus, als ob sie meinte, wenn er das Buch läse, würde er ein für allemal widerlegt sein. Mit *dem* Buche? – Er schüttelte befremdet den Kopf. – Aber sie hatte gesagt »In acht Tagen«. – Gut also! In acht Tagen würde er ihr zeigen, wer er ist. – Also vor allem das Buch lesen. Das Weitere wird sich finden!

Und wieder setzte er seinen Oberkörper in die schaukelnde Bewegung, die vom ernsten Studium wie vom Gebet, überhaupt von jeder Geisteskonzentration im jüdischen Osten unzertrennlich erscheint.

Und beim »Prolog im Himmel« wurde er aufmerksam. Das war ja die Geschichte von Hiob, – die Wette zwischen Gott und Teufel um eine arme Menschenseele. Der arme Mensch, – Hiob oder Faust, – soll auf die Probe gestellt werden. Aber da war doch ein gewaltiger Unterschied zwischen den beiden: Hiob lebte vorher herrlich und in Freuden, – dagegen Faust: »Nicht irdisch ist des Toren Trank noch Speise.« Und so sollte Hiob durch *Leiden* erprobt werden, – dagegen Faust soll gerade entgegengesetzt jede *Freude* der Erde kosten dürfen, um seine Festigkeit zu erproben. –

Da war die Quelle gar vieler Fragen; und da wurde Jossel warm. Jetzt interessierte ihn Faust nicht mehr nur um Chanes willen; jetzt wollte er ihn verstehen, – nicht nur um sich zu zeigen.

Jossel »lernte« Faust.

Er »lernte« ihn, – was man »lernen« nennt, – wie man den Talmud »lernt«, – jeden Satz, jedes Wort prüfend und wieder prüfend, – der gefundenen Deutung ständig mißtrauend und sich selbst nachkontrollierend, – jede Seite wiederholend und abermals wiederholend, – nach neuen noch verborgenen Entdeckungen tastend, – nirgends mehr mißtrauisch, als wenn eine Stelle leicht verständlich erscheint, – leicht verstehen heißt falsch verstehen, – immer wieder auf scheinbar abgetane Stellen zurückgreifend, – Widersprüche feststellend und auflösend, – Jossel »lernte« Faust.

So kam er nicht eben schnell vorwärts, und so hätte es kommen können, daß er vor lauter Grübeln und Tüfteln über Einzelheiten nie das große Ganze erblickt hätte, – er wäre nicht viel besser daran gewesen wie ein deutscher Gymnasiast, dem im Literaturunterricht eines eingeschworenen Philologen die Klassiker verleidet werden. Vor solchem Geschick wurden aber Jossel und Goethe durch Chane gerettet; bald lasen und debattierten Chane und Jossel ihren Faust nicht mehr nur am Sabbat-Nachmittag, sondern sie trafen sich fast alltäglich nachmittags am Boulevard. – Sie waren wochentags vor Störungen durch Bekannte fast sicherer als am Sabbat, denn wochentags fiel es keinem Borytschewer Juden ein, so weit hinauszuspazieren – fast eine Viertelstunde vor die Stadt, während am Sabbat doch ab und zu jüngere Leute ihren Spaziergang so weit ausdehnten. Da saßen denn die beiden Goetheforscher in ihre Debatten vertieft, und es wurde oft so spät und dämmerig, daß sie die Köpfe eng zusammenducken mußten, um den kleinen Druck zu entziffern. Und wenn von ungefähr Chanes Haar an Jossels Backe lag, trug das nicht eben dazu bei, seine Gedanken übersichtlicher und seine Ausdrucksweise klarer zu gestalten. – Er mußte sich dann ordentlich zusammennehmen, wenn er etwa Chane eindringlich die »Hexenküche« erklärte; diese Szene hatte ihn ganz besonders gefesselt. Mit Zahlenspielereien, ganz dem Hexeneinmaleins ähnlich, war er aus talmudischen und anderen alten Schriftwerken gut vertraut; so hatte er denn auch bald nicht nur eine, sondern gleich noch eine zweite Erklärung für die geheimnisvollen Sprüche der Hexe gefunden, – beide gleich scharfsinnig und überzeugend. Die eine deutete die zehn Zahlen des Einmaleins als auf die Zehn Gebote sich beziehend, – während die andere auf einer kabbalistischen Sage von zehn vor Schöpfung der übrigen Welt geschaffenen Dingen basierte. – Für keine von beiden, überhaupt nicht für das Einmaleins der Hexe selbst schien sich Chane sonderlich zu interessieren. Sie drängte weiter, – zu Gretchens Zimmer, zum Gärtchen, zum Dom. – Und sie liebte es, statt über einzelne Worte über den Sinn des Ganzen zu debattieren, – sie bekam es schließlich auch fertig, Jossel dazu zu vermögen, vorerst einmal, ehe er tiefgründig jede Zeile analysierte, das ganze Werk bis zum Ewigweiblichen in einem Zug durchzulesen.

Das war nicht leicht für Jossel; da war noch nach der Hexenküche die Gartenszene (»Wie hast Du's mit der Religion?«), bei der es ihn einen Moment heiß überlief; scheinbar ganz unvermittelt fiel ihm seine Debatte über die Bedeutung der Sabbatgrenze ein. War das dasselbe Thema gewesen? – Da war der »böse Geist«, da waren viele andere. Hindernisse für raschen Lauf. Und da war vor allem die Walpurgisnacht mit Oberons und Titanias goldener Hochzeit. Wer ist Oberon, – wer Titania? Wer ist Mieding? – Lust gewann er erst wieder recht im zweiten Teil, bis dann Helena mit den Troerinnen anrückte, – und der ganze klassische Troß der zweiten Walpurgisnacht. – Hier saß er mit seinen Kenntnissen fest; – und den Rest gaben ihm der Pater Marianus und der Pater Seraphicus, – una Poenitentium und der ganze katholische Olymp. Er schlug das Buch sehr verwirrt zu und mußte sich in ihm sonst ganz fremder Bescheidenheit gestehen, daß er das Werk nicht verstanden habe! Er hatte den Faust nicht verstanden, *obwohl* er ihn ohne Kommentar gelesen hatte.

So schlich er denn ziemlich klein geworden zu der nächsten Zusammenkunft; es war nur ein schwacher Trost für ihn, daß auch Chane da nicht viel mehr wußte als er. Sie sahen aber ein, daß die Schwierigkeit einfach nur daran lag, daß ihnen die Kenntnis vieler Dinge abging, die der Dichter als bekannt voraussetzte. Dieser Herr Goethe hatte offenbar sich nicht Leser ihrer Art vorgestellt; sie gehörten ganz bestimmt zu der unbekannten Menge der »Zueignung«. – Vorderhand war nun wohl keine Aussicht vorhanden, die Lücken ihrer Kenntnisse auszufüllen, aber sie machten sich trotzdem von neuem tapfer daran, das Werk durchzustudieren. Und manch einer hätte sich erheblich gewundert, wenn er ungesehen diesen Faustlektionen hätte beiwohnen können.

Pastor Bode wunderte sich denn auch nicht wenig, – Doktor Strösser dagegen gar nicht; aber dafür ärgerte er sich um so mehr.

III

Pastor Bode und Oberlehrer Strösser waren den morastigen Weg, der vom Flußufer zum Boulevard führt, hinaufgekommen. Der Pastor warf einen wehmütigen Blick auf seine Hose, die Frau Marie erst so liebevoll von jedem Stäubchen gesäubert hatte und die jetzt so kläglich aussah. Der Oberlehrer lachte kurz auf, in der behaglichen Sicherheit, welche nur ein paar hohe Wasserstiefel zu verleihen vermögen, und meinte, seine Pfeife neu stopfend:

»Ja, Herr Pastor! Das ist anders als in Pasewalk! Da werden Sie sich die kleinen Stiefelchen wohl abgewöhnen müssen.«

Er hielt das brennende Streichholz an den Pfeifenkopf und fügte paffend hinzu:

»Und noch manches andere auch!«

Pastor Bode war stehengeblieben und hatte den Hut abgenommen.

»Über das andere läßt sich ja reden!« sagte er mit etwas ärgerlichem Ton. »Ich weiß, daß ich hier in der für mich ganz neuen Welt vieles erst werde lernen müssen. Aber hohe Stiefel möchte ich mir wirklich anschaffen. Das war ja ein elendes Fortkommen in dem Schmutz. – Können wir uns nicht irgendwo hier ausruhen?«

»Da ist eine Bank«, sagte Strösser vorausschreitend. Er ließ sich breit auf der Bank nieder, die abseits im Strauchwerk stand.

»Ja«, sagte er, »da habe ich Ihnen gleich eine russische Spezialität gezeigt. Hier oben die glänzende Straße, die dann auf einmal abbricht und so direkt in die Schlammwüste führt. Und so war es schon, als ich vor 30 Jahren hier in dem Winkel landete. – Rußland ist das Land der schönen Anfänge ohne Fortsetzung. Auf allen Gebieten! Aller Anfang ist leicht! – Aber warum setzen Sie sich nicht, Herr Pastor?«

Der Pastor stand unentschlossen und schaute, an der Brille rückend, mit peinlich berührter Miene in das Gebüsch.

»Es ist nur«, sagte er mit einiger Befangenheit, die Stimme senkend, »hinter dem Buschwerk sitzt ein Paar auf einer

Bank, und ich möchte nicht gern – vielleicht suchen wir ein anderes Ruheplätzchen.«

»Was scheuen Sie?« lachte Strösser. »Zu stören oder selbst geniert zu werden? – Menschliches, Allzumenschliches! –« Er warf einen Blick nach rückwärts und machte eine ärgerliche Bewegung.

»Da setzen Sie sich nur ruhig her, Herr Pastor! Auf meine Verantwortung! – Das sind nämlich Juden!«

»Das macht für mich keinerlei Unterschied«, sagte Bode, zögernd sich setzend. »Ich meine natürlich – in dieser Beziehung.«

»Und es ist in jeder Beziehung etwas anderes«, sagte Strößer. »Sie werden es schon merken! Seien Sie mal ganz still!«

Dem Pastor war es nicht sehr wohl dabei zumute, aber er blieb erstarrt, als er deutlich den Namen »Goethe« hörte und gleich darauf ihm Bruchstücke Goethescher Verse ans Ohr klangen. – Im übrigen unterhielt man sich drüben jiddisch, und es war dem Pastor nicht möglich, mehr als einzelne Worte zu verstehen.

Er faßte Strösser lebhaft beim Arm.

»Hören Sie nur! Die beiden lesen Faust.«

Strößer paffte gleichmütig.

»Ganz bestimmt«, sagte der Pastor aufgeregt, »sie lesen Faust! – Denken Sie nur! Faust!«

Strösser räusperte sich und spuckte in gewaltigem Bogen aus.

»Es ist zum Kotzen!« sagte er ruhig und gewichtig.

Bode starrte ihn entgeistert an. –

»Sie sagten?«

»Ich sage, es ist widerwärtig! – Perverse Gesellschaft!«

»Wer? Pervers? Die jungen Leute doch nicht, die hier schon fast im Dunkel Faust lesen, – unseren großen Goethe?«

Strösser lachte grimmig auf.

»Wissen Sie, Herr Pastor! – Sie sind doch ein gut Teil jünger als ich – und kein alter Junggeselle! Da müssen Sie sich doch noch erinnern, wie es war, wenn Sie als Student mit irgendeinem kleinen Mädchen im Halbdunkel irgendwo im Garten saßen!«

»Ich erinnere mich an eine derartige Situation mit ›irgendeinem kleinen Mädchen‹ nicht«, sagte der Pastor mit Nachdruck.

»Schön! – Also nicht mit irgendeiner, – sondern mit Fräulein Maria Lodemann, jetzigen Frau Pastor Bode! – Haben Sie da auch Faust gelesen und kommentiert?«

»Lassen wir mal persönliche Beispiele aus der Debatte, lieber Herr Doktor! Ich verstehe Sie nicht. Wenn Sie etwa sagen wollen –«

»Warum, zum Kuckuck, nimmt der Bengel da hinten nicht sein Mädel um den Hals und knutscht sie ab, wie das jeder Europäer sonst tun würde? – Sitzen da und machen sich mit dem schlechten Druck die Augen kaputt und sezieren den Goethe, – bis sie alles Schöne daran, beiläufig bemerkt, weggeklügelt haben.« –

»Erlauben Sie! Erlauben Sie! – Wie können Sie das behaupten? Aus den paar Worten, die Sie vielleicht aufgeschnappt haben! – Und das mit dem – dem Knutschen –.«

»Herr Pastor! Auf die jiddische Sprache verstehe ich mich vorläufig noch besser als Sie, – auf das andere beiläufig gesagt auch, trotzdem ich so viel älter bin als Sie.« –

»Sie sind heute spaßig aufgelegt!«

»Ich? Ganz und gar nicht! – Solche Gesellschaft, wie die da hinten, verdirbt mir den ganzen schönen Abend! – Meinen Sie, daß diese Leutchen auch nur eine Ahnung haben, wie schön dieser Abend ist, – daß sie an die Aussicht über den Fluß, an die ganze Gegend auch nur einen Blick verschwenden!? Die suchen die Welt nur in Büchern.« –

»Wenn das so wäre, so müssen Sie zugeben, daß immerhin die Wahl gerade des Faust –«

»Nichts gebe ich zu! Gar nichts! Wissen Sie, daß dieser Judenjüngling eben – es scheint, wir haben sie doch aufgeschreckt! Da ziehen sie ab! – Sehen Sie, wie er gestikuliert; jetzt doziert er peripatetisch und sucht vermutlich seine Donna noch weiter davon zu überzeugen, wie sittenlos und unmoralisch die ganze Gretchengeschichte ist. – Er sagte vorhin, wenn Goethe ein Jude gewesen wäre – Frechheit!

Dieser Gedanke! – also wenn er Jude gewesen wäre, dann würde er sich geschämt haben, so etwas zu schreiben!«

»Was Sie sagen! – Er sollte Heine lesen, – den ich sonst eigentlich nicht ohne weiteres empfehle!«

»Nun stellen Sie sich vor! – An solch herrlich schönem Abend liest *er* mit *ihr* die Gretchenszenen, und das ist der Effekt! – Hätte das ein deutscher Junge fertiggebracht, wenn er nicht gerade ein kompletter Idiot gewesen wäre?! Der hätte die richtige praktische Nutzanwendung gezogen, – und wäre es selbst ein angehender Theologe gewesen!«

»Vielleicht ist sie sehr häßlich«, sagte der Pastor kleinlaut.

»Ein deutscher Junge hätte sich dann gar nicht erst mit ihr hingesetzt«, entschied Strösser. –

»Scherz beiseite!« sagte Bode nach einer kleinen Pause. »Mich interessiert der Fall! – Da ist doch manches – Zum Beispiel, – sagen Sie nur mal: woher hat ein jüdischer junger Mann hier so viel Deutsch gelernt, um Goethe überhaupt lesen zu können?«

»Woher? – Das fliegt ja diesen Menschen direkt an! – Diesen Talmudjünglingen! – Die lernen nichts als ihren Koran! Da steht alles drin, behaupten sie, was des Lernens wert ist. Alles andere schnappen sie so bei Gelegenheit mühelos am Wege auf und machen kein Wesens davon! – Vielleicht hat er erst am Faust deutsch lesen gelernt?«

»Merkwürdig! Wissen Sie, ich habe ein ganz besonderes Interesse an den jüdischen Dingen. Schließlich ist dieses Volk doch nicht umsonst von dem Herrn unter die Nationen der Erde zerstreut. Das legt uns gewissermaßen auch Pflichten auf, – Pflichten, die, wie ich fürchte, oft verkannt werden.«

»Du lieber Himmel!« sagte Strösser und rückte unwillkürlich etwas von Bode weg, ihm ins Gesicht starrend. »Pflichten? – Besonderes Interesse? – Wo wollen Sie da hinaus? – Bitte, – entschuldigen Sie! Reden Sie nur weiter!«

Bode schien einen Augenblick betreten, wie ein Mann, der merkt, daß er mehr gesagt hat, als er eigentlich wollte.

»Hören Sie, lieber Dr. Strösser!« sagte er dann entschlossen. »Ich hoffe, Sie werden mir hier in meinem neuen Wirkungskreis mit Ihrer Erfahrung und Ihrer Kenntnis der Verhältnisse zur Seite stehen. Da müssen Sie auch mich kennen und meine Wünsche. Wenn ich meine pommersche Heimat und meinen ganz angenehmen alten Wirkungskreis dort verlassen habe und dem Rufe an die kleine lutherische Gemeinde hier gefolgt bin, so geschah das aus dem bestimmten Gefühl heraus, einer höheren Fügung zu folgen. Ich erblickte und erblicke in der mir gebotenen Gelegenheit geradezu einen Fingerzeig. – Ich habe, wie Sie vielleicht wissen, seinerzeit an der Berliner Universität das Seminar für Judenmission besucht und –«

»Ach, du lieber Himmel!« ächzte Strösser. »Sie sind ja – Mann Gottes! Sie wollen hier –? – Na, aus fremden Erfahrungen lernt man ja doch nichts. Viel Glück zum Seelenfang!«

»Hören Sie mal, Herr Doktor!« sagte Bode und wurde rot vor Ärger. »Hier hört für mich der Spaß auf! – Ich bin kein Seelenfänger, ich wünsche aber auch nicht, die Judenmission als Spaß aufgefaßt zu sehen!« –

Strösser paffte vor sich hin und sagte kein Wort.

»Ich denke, wir gehen jetzt heimwärts«, sagte Bode nach einer Weile und stand auf.

Sie gingen eine Weile schweigend nebeneinanderher. Bode fing zuerst wieder an.

»Es täte mir aufrichtig leid, wenn zwischen uns eine Mißstimmung entstehen sollte. – Ich bin etwas verärgert über die vielen Anfeindungen, denen wir Geistliche ausgesetzt sind, wenn wir einmal etwas aus dem altgewohnten Geleise ausbiegen. – Sehen Sie, ich sprach vorhin von den oft verkannten Pflichten des Christen gegenüber dem Juden. Wenn ich an die Verbohrtheit etwa unserer Antisemiten denke –«

»Halt«, lachte Strösser auf, »da sind wir ja gleich quitt! – Da verstehe ich, wenn's drauf ankommt, keinen Spaß!«

»Sie sind Antisemit?« fragte der Pastor gedehnt.

»Sie etwa nicht?« fragte Strösser lustig zurück.

»Antisemit? Nein – gewiß nicht. Ich verkenne nicht, daß auch mir, zumal in jüngeren Jahren, eine gewisse instinktive Abneigung gegen diese Menschen nicht fernlag; – aber jetzt fühle ich mich als Priester der Religion der Liebe, – nur der

Liebe. Und die bringe ich denen, die sie am notwendigsten brauchen.« –

»Es gibt Antisemiten verschiedener Art. Sie wollen den Juden ihr Judentum nehmen, – wenn das nur ginge! – Sie wollen gewissermaßen in den Semiten selbst den Semitismus ertöten. Ist das nicht der wahre Antisemitismus?«

»Da verlieren wir uns in Wortklaubereien! – Ich will die Lehre des Heils künden, – allen Menschen, – auch den Juden!«

»Nun, lernen Sie nur aus eigener Erfahrung!«

»Ich weiß, daß ich noch vieles zu lernen habe. Und ich meine, daß wir alle auch gerade von den Juden manches lernen können. Ihre zähe Anhänglichkeit an ihre Lehre und ihr Gesetz ist mir stets vorbildlich erschienen, – ihre Ergebenheit und ihre Ehrfurcht waren mir stets –«

»Ehrfurcht? – Juden und Ehrfurcht! Der echte Jude hat vor nichts Ehrfurcht, – nicht einmal vor seinem eigenen Gott!«

»Ja, – die liberalen Juden Berlins oder –«

»Ach, wer spricht von den Brüdern!« Strößer machte eine verächtliche Armbewegung. »Nein. Nehmen Sie ruhig die alten Juden von hier, die alten frommen Juden, – – beiläufig, der Ausdruck fromm ist ungeschickt! ›Fromm‹ in unserem Sinn sind sie nicht.« –

»Wer ist nicht fromm? – Ich sollte doch meinen, daß die tiefe Religiosität der alten Juden für jeden noch ein erbauliches Exempel sein könnte. Schon wie die kleinen Jungen ihre heiligen Bücher lesen; ich war einmal in solch einer jüdischen Knabenschule, – im Cheder, wie sie es nennen. Ich konnte natürlich nichts verstehen, und der äußere Eindruck erinnerte mich an eine Negerschule, wie ich sie gelegentlich auf einer Ausstellung in Berlin gesehen habe, aber doch – dieser heilige Eifer –«

»Und wissen Sie, was diese kleinen Judenjungen mit so heiligem Eifer studierten? – Vielleicht die Gesetze über den ehelichen Verkehr, – der ja ganz detailliert geregelt sein soll, – oder –«

»Ich bitte Sie: Knaben von acht, neun Jahren!«

24

»Da haben wir's ja! Sie legen europäische Maßstäbe an! Das ist ganz verfehlt! Der Inhalt der Lektüre ist denen übrigens ganz gleichgültig; den merken sie kaum vor lauter Tüfteleien und Spielereien mit Worten und Einzelheiten! Und die ›Andacht‹ dieser Jungen! – Es gibt übrigens keine jungen Juden! Die sind allesamt alt geboren. Und sie sind die respektloseste, autoritätenfeindlichste Gesellschaft, die es gibt. Es gibt nur Skepsis und Zweifel und Frage und Opposition; sie nehmen kein Wort unbesehen hin, und der kleinste Talmudjünger opponiert frech gegen den ältesten Rabbi, der schon tausend Jahre im Schoße Abrahams ruht. Sie wollen alles wissen und glauben gar nichts! Sie glauben allenfalls mal an sich selbst! Das ist ihr einziger Glaube!«

»Na, das geht denn doch zu weit«, rief Bode. »Ohne Glauben, – Israel, das Glaubensvolk, – das Volk, das doch schließlich den reinen Gottesglauben zuerst gepredigt hat, – von dem wir selbst –«

»Wir wollen lieber auf dieses Thema nicht näher eingehen, Herr Pastor«, sagte Strösser vorsichtig. »Vielleicht ein anderes Mal! – Ob wir von den Juden den Glauben haben oder den Unglauben, ist noch die Frage. Und letzten Endes war der selige Ramses gläubiger als der Dekan der theologischen Fakultät in Greifswald. Jedenfalls glaubte er *mehr*! – Aber worauf es für unsere Auseinandersetzung schon eher ankommt: Wie stellen Sie sich das Verhältnis dieser Leute zu ihrem Gott vor?«

»Wie soll ich das sagen? – Jedenfalls so, wie bei jedem Gläubigen jedweden Bekenntnisses, – so wie wir alle es zu erringen uns bestreben!«

»Na, – Sie sollten die Leute mal näher kennenlernen! Die Haare würden Ihnen zu Berge stehen, wenn Sie hören, welche Geschichten sich Ihre alten Juden mit den Patriarchenbärten erzählen, – welche menschliche Rolle da der liebe Herrgott spielt, – wie er bisweilen sogar der Genasführte ist.« –

»Aber das kann ich mir gar nicht vorstellen! Das wäre in der Tat unvereinbar mit jener Ehrfurcht, die –«

»Ich weiß! In Preußen da gilt es ja als Sakrileg, einen Bibelvers profan zu zitieren.«

»Nicht mit Unrecht, Herr Doktor! Heilige Schrift ist Heilige Schrift!«

»Sagen Sie mal, Herr Pastor! Waren die alten Griechen Ihrer Meinung nach gottesfürchtig, – ich meine, hatten die jene Ehrfurcht vor dem Heiligen?«

»Vor dem, was sie für heilig hielten! Zweifellos, – in den älteren Perioden!«

»Gut! Und wie reimen Sie sich damit die griechische Mythologie zusammen, in der doch Papa Zeus und einige aus seiner Familie oft eine recht heikle und oft eine sehr komische Rolle spielten?«

»In der Tat! – Und Sie meinen, daß ähnlich auch die Juden –«

»Ich meine gar nichts über die Juden! Und wenn ich mal irgend etwas zu verstehen glaube, wird das kurz darauf durch den Augenschein dementiert. – Ich stelle lediglich einige Tatsachen fest. – Und ich weiß, daß man sich hüten soll, sich von den Juden ein Bild nach seiner Phantasie zu konstruieren und daß man nicht in eine falsche Sentimentalität ihnen gegenüber verfallen soll, wozu Sie auf dem besten Wege sind, Herr Pastor! – Es geht den Juden hier im heiligen Rußland miserabel. Stimmt! Wir Deutsche haben uns nun zu hüten, daß sie sich nicht zu uns flüchten, wie sie sich Anno dazumal vor uns nach Polen geflüchtet haben. – Sie sind imstande, unser ganzes bißchen Kultur umzustülpen, und haben das schon zum Teil fertiggebracht!«

»Sie halten die Juden nicht für ein Kulturvolk?«

»Was heißt Kulturvolk? Es gibt *nur* Kulturvölker! Jedes Volk hat seine mehr oder minder entwickelte Kultur! Es gibt aber keinen gemeinsamen Kulturmaßstab! Die Juden mögen eine bessere Kultur haben, – oder ihre Kultur mag älter, entwickelter sein! Um so schlimmer, – weil um so gefährlicher! Man muß ihnen die Kehle zudrücken, ehe es zu spät ist! Das ist Notwehr! Der Russe hat ganz recht!«

»Das ist kein Christentum!«

»Das ist praktisches Christentum! Die Kirche hat nie anders gehandelt, da wo sie die Macht in Händen hatte. – Das ist kein Haß, das ist die auf das richtige Objekt, auf das Nahestehende gelenkte Liebe. – Das ist Selbstschutz! – Sehen Sie sich die Juden an: – ausgestattet mit einer unheimlichen Intelligenz, – frei von den Fesseln des Autoritätsglaubens und der Fessel des Dogmas, – ohne Respekt vor Mumien aller Art, – nüchtern in jeder Beziehung, – fleißig im höchsten Grade, – durch ihren Familienzusammenhalt und durch die ängstliche Wahrung der Stammesreinheit, durch ihre Abschließungsgesetze alle ihre Eigenschaften nicht nur bewahrend, sondern verstärkend und direkt züchtend, bilden sie eine furchtbare Macht. – Und man muß sie totschlagen, ehe sie sich dieser Macht bewußt werden und sich ihrer bedienen!«

»Eigentlich haben Sie da eine Menge guter Eigenschaften aufgezählt, Herr Doktor«, meinte der Pastor lächelnd. »Wenn man die Folgerung wegließe, könnte man Sie leicht für einen Lobredner Judas halten. Denken Sie an den Bileam der Bibel, der kam, um den Kindern Israels zu fluchen, der sie aber segnete, als er ihre Zelte sah.«

»Ganz recht, – der ihre Vorzüge erkannte und aufzählte! – Stimmt! Sein Auftraggeber, der selige Balak, mag schön geschimpft haben. Er hatte doch fürs Fluchen bezahlt! – Aber die Juden sind klüger, und bei ihnen gilt Bileam bis heute als der böseste Antisemit, – eben weil er ihre *Stärke* sah! – Und nehmen Sie mir's nicht übel, Herr Pastor, daß ich Ihnen ins Handwerk pfusche; – wenn Sie schon bei Balak und Bileam sind: – Balak versuchte es nach der Bibel mit Milde und Liebe; er versuchte den Israeliten, statt wie Amalek es mit dem Schwerte tat, mit Liebe beizukommen, sie zu sich herüberzuziehen und sie zu bekehren. Und die Folge zeigte, daß Moab von den Juden mehr gehaßt wurde als Amalek. Sie werden sich wenig Dank bei den Juden verdienen.«

»Mir ist es auch nicht um ihren Dank zu tun, Herr Doktor!« sagte der Pastor, unter seiner Tür stehenbleibend. »Aber mir stimmt da in Ihren Worten noch manches nicht. Ich wittere Widersprüche.« –

»Selbstverständlich! Ich mache gar keinen Anspruch darauf, ein System zu entwickeln! Ich sehe selbst die Sache zu verschiedenen Zeiten verschieden an. – Aber mein Ceterum censeo ist –«

»Hierosolymam esse delendam«, lachte der Pastor und schüttelte Strösser die Hand. »Da gehen wir auseinander. Lassen Sie mich gewähren und – ich gebe Ihnen Ihren Rat zurück. Mit Ihren Reden *gegen* die Juden, die wie Lobreden *für* die Juden aussehen, werden Sie auf keiner Seite Beifall finden. – Es ist da schon besser, diese Anschauungen für sich zu behalten und jedenfalls nicht vor weiteren Kreisen zu verlautbaren.«

»Das meinte Bileams Reittier auch. Adieu!« sagte Strösser und stapfte trotzig davon.

IV

»Du bist heute aber lang ausgeblieben, Johannes!« rief Frau Marie aus der Küche und segelte mit erhitztem Gesicht ins Zimmer, in den Händen die Schüssel mit den dampfenden Kartoffeln in der Schale. »Nun greif man rasch zu! – Gesegnete Mahlzeit! – Die Kartoffeln haben viel zu lange gestanden. Und dann ängstige ich mich wirklich manchmal; mir ist es hier noch ziemlich unheimlich. Diese Frauen mit den Kopftüchern oder gar die Judenweiber mit ihren Perücken, – und die Männer mit den großen Bärten. Als ob sie alle ihr Gesicht verstecken wollten! – Papa ließ sich täglich rasieren, und wie glatt Mamas Haare immer nach hinten gestrichen waren, weißt du ja. Ganz so bekomme ich es noch nicht raus! – Und man soll es doch dem Menschen von weitem schon ansehen, daß er schlicht und einfältig ist, – sagte Papa immer. Er meinte natürlich die Einfalt des Herzens. Selig sind – Wenn du lange so auf den Teller starrst, Johannes, werden die Kartoffeln ganz kalt. – Ich glaube auch, mit der Lise wird das auf die Dauer nichts werden; sie ist zu dumm, und dann versteht sie mich immer falsch; ich kann auch ihr schauderhaftes Deutsch nicht anhören. Sie ist schon halb Russin geworden, und ich glaube, ihr bißchen Deutsch hat sie nur noch von den Juden. Das ist aber auch danach! – Schließlich ist es ja kein Wunder; die Eltern wohnen schon 20 Jahre hier oder länger, und sie hat Deutschland nie gesehen. Wo soll da das Deutsch auch herkommen? – Und daß ich mich auf dem Markt nicht verständlich machen kann! Ich muß doch wahrhaftigen Gott mich an die Judenweiber halten, – da geht es so halb und halb. Aber sie sprechen auch ein komisches Deutsch zusammen, und gern lasse ich mich nicht mit ihnen ein. Sie sind doch nun einmal die vom Herrn Gezeichneten, wie Papa immer sagte, – und was du mir erzählt hast, Johannes, daß die Juden hier vor Jahrhunderten aus Deutschland ausgetrieben und hierhergekommen sind, – das ist ja alles recht schön und gut, – aber ich meine, – so schnell hätten sie die deutsche Sprache doch nicht vergessen dürfen. Wie die unser liebes gutes Deutsch zurichten! – Da sieht man wieder, wie schlechte Deutsche sie doch gewesen sein müssen! Und man wird schon gewußt haben, weshalb man sie austrieb. – Obwohl sie ein erhebendes Exempel für die Christen sind, und ich meine, einige sollte man deswegen doch immer behalten. – Bei uns kam ja auch der Dr. Lilienfeld öfter ins Haus; Mama mochte keinen anderen Arzt, und Papa ist ja nun mal so duldsam. – Der andere, der Dr. Wendel, war auch eigentlich immer betrunken, und dann erzählte man von ihm solch böse Geschichten. Sonst wäre auch bei uns in unserer Stadt kein Jude aufgekommen, – aber Kreisphysikus ist natürlich dann doch der Wendel geworden, weil wir doch schließlich in einem christlichen Staate leben. Und denke dir nur, – der Lilienfeld ist gleich danach weggezogen, – nach Stettin; Anhänglichkeit haben diese Leute eben nun mal nicht, und es soll ihm auch sehr gut gehen. Seitdem ist Mama aber sehr böse auf die Juden überhaupt, und der alte Lewin bekam nicht mehr Papas aufgetragene Kleider zu kaufen. Die Sünden der Väter werden an den Kindern heimgesucht! Eigentlich ist ja der Lewin viel älter gewesen als der Lilienfeld, und am Ende war er auch gar nicht mit ihm verwandt. – Aber das ist ja schließlich egal! Recht muß Recht bleiben, sagte Papa immer. Gesegnete Mahlzeit!«

Wie Frau Marie es eigentlich fertigbrachte, während ihrer unaufhörlich sprudelnden Tischreden auch ihrem Appetit gerecht zu werden, blieb ihrem Mann und ihren Gästen von jeher ein Rätsel. Ihre rundliche Fülle aber, ihr zufriedenes und gutmütiges hübsches Gesicht ließen ernstere Besorgnisse um ihr leibliches Wohl nicht aufkommen. – Da nun der Pastor liebte, seine Mahlzeiten in stiller Sammlung und Beschaulichkeit zu sich zu nehmen, kamen alle beide so zu ihrem Rechte. – Nach Tisch aber gehörte ihm das Wort; stillschweigend legte Frau Marie ihm dann die goldschnittgebundenen »Stunden häuslicher Erbauung« hin und setzte sich selbst mit ihrem Häkelzeug in die Sofaecke. Bode las dann ein Kapitel und knüpfte daran eigene Bemerkungen; – dabei kamen ihm allerlei fruchtbare Gedanken, und er machte sich ab und zu Notizen für künftige Predigten. Frau Marie warf selten ein Wort dazwischen, und so unterhielten sich die Eheleute eigentlich stets in Monologen. Bode las, meditierte und notierte noch gewöhnlich eine Weile weiter, nachdem seine Frau in ihrer Ecke schon eingeschlummert war, bis dann um zehn – nie später, machmal etwas früher, – er seine Uhr knarrend aufzog, worauf Frau Marie erwachte und beide dann sich in ihr Schlafzimmer zurückzogen. – Es war das eine behagliche und bekömmliche Hausordnung, von der selten abgewichen wurde.

Heute aber blätterte der Pastor so lange unentschlossen in dem Buche, daß Frau Marie schon verwundert aufschaute und mit leiser Ungeduld sagte:

»Aber so lies doch schon, Johannes! Das Buch ist doch überall gleich schön und erbaulich. Und man kann überall anfangen. – Ich bin schon etwas schläfrig.«

Bode klappte das Buch zu und fragte etwas zögernd:

»Wie wäre es, wenn wir einmal zusammen den Faust lesen würden? Hast du Lust?«

Frau Marie starrte ihn aus runden Augen verwundert an.

»Faust?«

»Ja, Faust! Goethes Faust! – Ich meine, ich könnte ihn ganz gut mal wieder lesen, und du wirst auch schon viel vergessen haben.«

»Ja«, sagte Frau Marie gedehnt, »den Walzer habe ich ja mal gespielt; Mama wollte eigentlich nicht, daß ich Tänze spiele – aber Papa sagte ›Goethe‹! – Papa war ja so duldsam.«

»Aber, liebes Kind«, sagte Bode und begann wieder in den

»Erbauungsstunden« zu blättern, »ich spreche nicht von der Oper! – Wann hast du Goethes Faust – hast du überhaupt Goethes Faust – also den richtigen Faust –, den Faust von Goethe – hast du den überhaupt schon gelesen?«

»Ich weiß wirklich nicht«, sagte Marie ahnungslos. »Warte mal! In der Schule lasen wir von Schiller ›Maria Stuart‹ und die ›Braut von Messina‹ und von Goethe ›Torquato Tasso‹ – oh, der ist himmlisch! Was haben wir für Dr. Rütenbusch geschwärmt! – Aber warte mal – ich kenne noch mehr Stücke von denen. In unserem Kränzchen lasen wir die Iphigenie mit verteilten Rollen von Goethe und ›Im Hause des Kommerzienrats‹ von der Heimburg – oder der Marlitt – das weiß ich nicht mehr recht, weil wir auch von der anderen ein Buch gelesen haben; da weiß ich den Namen nicht mehr. Papa wollte, wir sollten auch etwas Modernes lesen, damit wir wissen, wie es in der Welt zugeht. – Nein – Faust habe ich also nicht gelesen. Aber natürlich kenne ich ihn; Dr. Rütenbusch hat mir zur Einsegnung eine Literaturgeschichte geschenkt – in silbergrauem Einband –, und weil sie von ihm kam, habe ich sie richtig studiert. – Das ist ja auch so eine Liebessache; ich glaube, sie bekommen sich nicht. – Papa meinte auch immer, solche Sachen seien nicht für junge Mädchen; und nachher, ich meine, wenn man verheiratet ist, dann hat man doch wichtigere Dinge zu tun, – ach ja – dann kommen die Pflichten. Und ob ich nun den Faust gelesen habe oder nicht – davon werden die Klöße auch nicht besser. Im Gegenteil! Wenn ich so an Hilde Lilienfeld denke – die hat den ganzen Tag geschmökert, aber ob sie einen anständigen Eierkuchen machen kann, das möchte ich noch bezweifeln – aber sehr!«

Bode hatte den Band Goethe aus dem Regal geholt und blätterte darin verloren.

»Wenn du gern willst, lieber Johannes«, meinte Marie, »so lies ruhig ein bißchen Faust vor. Es ist heute doch schon spät und ich schlafe bald ein. Das wäre doch schade um die Erbauungsstunden.«

Da legte Bode den Goethe weg, nahm mit einem hastigen Griff den Goldschnittband und begann eilig und laut zu lesen; anfänglich stand sein grimmiger Tonfall in merkwürdigem

Gegensatz zu den sanftmütigen und verzuckerten Worten, die er las. – Bald aber wurde seine Stimme sanfter und plätscherte eintönig dahin; als dann Frau Marie, wie sie es geahnt hatte, eingeschlafen war, nahm er den Goetheband wieder vor und vertiefte sich in die literarhistorische Einleitung des gelehrten Herausgebers.

Pastor Bode hatte einen Plan gefaßt!

V

Wenn Pastor Bode einmal einen Plan gefaßt hatte, so war er auch der Mann, ihn auszuführen. Er war nach Borytschew mit der Absicht gegangen, den Juden dort die Heilslehre zu bringen oder doch wenigstens an der Quelle die Seelen zu studieren, die er retten wollte. – Bislang aber hatte es ihm an jeder Gelegenheit gefehlt, mit den Juden in Fühlung zu kommen. Er suchte nach einem Anknüpfungspunkt und war überzeugt, daß eben nur der erste Anfang das Schwierige sei. – Da schien ihm die Begegnung mit dem jungen jüdischen Faust-Leser ein vom Himmel gegebener Fingerzeig; diese Gelegenheit auszunutzen, war er entschlossen. Und nun wappnete er sich mit geistigem Rüstzeug.

In den nächsten Tagen ging er öfter allein gegen Abend am Boulevard spazieren, und fast regelmäßig traf er das stets in das Fauststudium vertiefte Paar. Er faßte die beiden scharf ins Auge, aber sie beachteten ihn gar nicht.

Eines Abends, als er ihnen von weitem gefolgt war, bis sie sich verabschiedeten, beschleunigte er seine Schritte, um Jossel einzuholen, der langsam, das Buch in der herabhängenden Hand, seines Weges ging.

»Sie haben da ein gutes Buch in der Hand, junger Freund!« sagte Bode, auf den Reclamband deutend; es sollte so aussehen, als ob er den Titel im Vorbeigehen gelesen habe. »Erschrecken Sie doch nicht!« setzte er freundlich hinzu, denn Jossel war wie aus tiefen Träumen aufgeschreckt herumgefahren und starrte ihn verständnislos an. »Erschrecken Sie doch nicht so! Ich sagte nur: Sie haben da ein gutes Buch!«

»Hä?« stieß Jossel hervor, offenbar noch ganz verstört. Er hatte den Mund weit aufgesperrt und verzogen, die Augen halb zusammengekniffen und den Kopf auf die Seite gelegt. »Hä?«

»Ich sage: Sie haben da ein gutes Buch!«

»Das Buch?« stieß Jossel hervor.

»Ja – den Faust von Goethe. Das ist ein sehr gutes Buch – freilich nicht für jeden!«

Jossel schien sich inzwischen gesammelt zu haben.

»Sie kennen das Buch?« fragte er etwas mißtrauisch.

»Gewiß!« lächelte der Pastor. »Es ist ja ein deutsches Buch und eins von unseren besten Werken. – Nun sagen Sie mal: Verstehen Sie das Buch?«

»Ob ich verstehe? – Das Buch? – Wieso nicht? – Verstehen Sie nicht?«

Bode runzelte die Stirn; er fand nicht, daß seine freundliche Herablassung genügend anerkannt wurde, und er hatte nicht darauf gerechnet, selbst katechisiert zu werden. – Er war nicht mehr so sicher, daß sein geplantes Anerbieten, jenem den Faust zu erklären, mit überströmender Dankbarkeit begrüßt werden würde.

»Wollen Sie mich besuchen?« sagte er aber entschlossen. »Ich bin gern bereit, mich mit Ihnen über den Faust zu unterhalten.«

»Gut!« meinte Jossel gleichmütig. »Sie haben vielleicht Fragen – werde ich Ihnen gern erklären.«

So hatte sich nun freilich Bode den Verlauf nicht gedacht; er mußte lächeln. Die Hauptsache war ja aber, daß er mit den Juden in nähere Berührung kam und daß sich ein gemeinsames Interessengebiet ergeben hatte. – Das Weitere würde sich finden. –

Und so kam es zu Frau Maries großem Erstaunen, daß Jossel eine halbe Stunde später neben dem Pastor an dessen großem Studiertisch saß und mit ihm redete, als ob sich das nur so von selbst verstünde.

Die anfänglichen Sprachschwierigkeiten wurden leicht überwunden; verstand der Pastor ein Wort nicht, so standen Jossel hunderterlei Umschreibungen zu Gebote, und mit Zu-

hilfenahme einer lebhaften und eindrucksvollen Gebärden-
sprache konnte er schließlich sich stets verständlich machen:
was aber der Pastor vorbrachte, erriet er oft fast instinktiv.

Bode, dem ja der Faust nur Mittel zum Zweck war, steuerte
energisch auf sein eigentliches Ziel los. Und er hatte die literarhistorische Abhandlung seiner Goetheausgabe nicht umsonst studiert.

»Die Dinge, die Sie da berühren, lieber Freund«, sagte er,
eine langatmige Erörterung über den Erdgeist abschneidend,
»diese Dinge betreffen alle nur Einzelheiten und Kleinigkei-
ten. Sehen Sie die Idee des Ganzen an; welches ist die Grund-
idee des Faust, in die alles mündet? – Ich will es Ihnen sagen;
das ist die allein beseligende, alles umfassende, alles ver-
einende Liebe! Die Liebe – wie sie seit Jahrtausenden gepredigt wird. Aber die Lehre der Liebe wird oft nicht gehört
von denen, die sie am ehesten angeht, und ihre Künder werden ans Kreuz geschlagen. –

Hier vorn, im Prolog im Himmel – da haben wir das gewaltige, starke, harte alte Testament – die Wette des Herrn
mit dem Satan – den Vertrag – das Gesetz! – Aber hier am
Schluß, da haben wir die verklärende Liebe, – die eins ist mit
dem Glauben und der Hoffnung. Faust hat die Wette verloren – denn er ist zufrieden. Und nach seiner Wette ist damit seine Seele dem Satan verfallen. Satan besteht auf seinem
Schein, auf der Wette, – auf dem, was man nach dem starren
Wortlaut des Gesetzes sein Recht nennen könnte. Aber die
Liebe siegt über das Gesetz, und das ›ist gerichtet‹ des ersten
Teiles wandelt sich auch hier durch die göttliche Gnade in
das ›ist gerettet‹! Faust fährt nicht zur Hölle, sondern sein
unsterbliches Teil wird in die ewige Seligkeit entführt – während Satan enttäuscht und um seine Hoffnung betrogen zu-
sammenbricht. – Das ist die Idee des Faust – und darin liegt
seine hohe sittliche Kraft!«

Jossel starrte offenen Mundes den Pastor an; durch einige
Fragen stellte er endgültig fest, was eigentlich dessen Meinung sei. Dann begann er wild im Faust zu blättern, schau-
kelte sich lange und aufgeregt und redete in einem unverständlichen Singsang mit sich selbst.

Bode sah erstaunt dieser gymnastisch-musikalischen Methode der Faustforschung zu und wartete geduldig, bis Jossel endlich zu einem Resultat kam. – Er hatte nicht allzulange zu warten – bis Jossel ihm den Kopf zuwendete und sagte:

»Ich werde Ihnen alles erklären; Sie haben sich ganz geirrt. – Es ist ganz gerecht, wenn Faust nicht zum Satan kommt – denn der Satan hat die Wette glatt verloren. – Es ist da gar keine Liebe nötig.«

Und dann setzte er in langer Rede auseinander, daß nach des Pastors Auffassung Goethe die Leser beschwindelt hätte und der Herr den Satan. Der Leser spitzt sich erst auf den Austrag der Wette, und nachher zum Schluß soll es gar nicht darauf ankommen. – Und der Satan sei dann immer noch viel ehrlicher als der Herr, auf dessen Wort er sich verlassen habe. – Es wäre von dem Herrn doch wirklich eine sehr häßliche Sache, sich erst auf eine Wette mit dem Satan einzulassen und nachträglich, wenn er sieht, daß die Sache nicht gut läuft und er verliert, kraft seiner überlegenen Macht sich den Gewinn zu nehmen und Satan, der doch so viel Mühe und Unkosten gehabt habe, noch obendrein auszulachen.

Und was das mit der Liebe sei? – Dann höre doch gar alles auf! Dann gäbe es doch gar keine Gerechtigkeit mehr! – Da werde also der Sünder gleich dem Braven behandelt! – Wenn die Liebe alles verzeiht – was denke sich denn Goethe unter dem Satan? Wovon lebt der? Wie betreibt er sein Geschäft? – Welche Seelen kann er dann jemals bekommen? –

Nein! Die Sache sei ganz einfach, und der Pastor hätte die Sache nur verwirrt, weil er die Unterhaltung von Faust und Mephisto mit der Wette zwischen dem Herrn und Satan zusammengeworfen habe. – Faust gehe gar keine Wette ein, sondern er schließe einen Vertrag, nach dem auf Erden Mephisto ihm dienen solle – umgekehrt er jenem, *falls* er in die Hölle komme. »*Wenn* wir uns drüben wiederfinden.« – *Ob* er überhaupt in die Hölle kommen würde, darüber kann er mit Mephisto gar nichts abmachen. Die Bedingungen, unter denen er zur Hölle kommen würde, sind schon endgültig im Prolog festgestellt. – Und wenn Faust sagt »Werd' ich zum

Augenblicke sagen« usw., so soll damit nur der Zeitpunkt des Todes bestimmt werden.

Aber der Herr hat seine Wette gewonnen, denn Faust hat bei allen Versuchungen sich nie verloren, ist nie im Genuß untergegangen, ist nie »von seinem Urquell abgezogen«.

Die Wette werde also ganz gerecht erfüllt, und von einem Sieg der Liebe über die Gerechtigkeit sei nirgends die Rede! –

Bode war sehr betroffen! – Er ahnte ganz deutlich, daß die Argumentation Jossels angreifbar wäre. Aber er konnte eben nur allgemein sein Dogma von der Liebe gegenüber dem Prinzip der Gerechtigkeit als höchstem Ideal verteidigen. Er fühlte sich nicht imstande, seine Anschauung über den Faust zu belegen, und verlor so gleich am Anfang den Beistand seines Sekundanten Goethe, auf den er sich verlassen hatte. Jossel aber war vom Faust nicht abzubringen und zeigte sich allgemeinen philosophischen Spekulationen gänzlich abgeneigt.

Doch gewann der Pastor sein Herz, als er ihm seinen Petiskus vom Regal herabholte und ihn in die Geheimnisse griechischer Mythologie, damit auch in die der klassischen Walpurgisnacht einführte. Und so trafen sich Evangelien und Talmud im Olymp. –

In Jossel stieg aber nun von Tag zu Tag das Verlangen, mehr von jener unbekannten Welt des Wissens zu erfahren, in die er einen Blick geworfen hatte. Schritt auf Schritt stieß er jetzt auf Lücken seines Wissens, und seit er sich aus dem vertrauten Gebiet des Talmudstudiums herausgewagt hatte, fühlte er sich auf unsicherem Boden.

Chane, die Jossel in alle seine neuen Freuden und Leiden einweihte, regte in ihm große Pläne an, – die ganz ihren eigenen brennenden alten Wünschen entsprachen, – aus der engen Welt ihrer Umgebung herauszukommen, zu lernen, zu studieren, – Freiheit zu atmen. Sie wollte die Grenze des Ghettos überschreiten, wie sie die Sabbatgrenze überschritten hatte.

Und auch über diese Grenze folgte ihr Jossel. Sie fanden sich im gemeinsamen Drange nach Freiheit und Wissen; als die Verlobungsbriefe geschrieben wurden, stand es für sie fest, daß sie gleich nach der Hochzeit nach Deutschland gehen würden, um zu studieren.

Niemand wußte von diesen Plänen – Pastor Bode nicht, dem so ein Stück Hoffnung geraubt werden sollte – noch Berl Weinstein, als er sich zu seiner gewohnten Reise aufmachte. Aber so hatte mittelbar Pastor Bode in Borytschew doch dazu beigetragen, daß in London Rev. Hickler die Taufe an Berl Weinstein vollziehen konnte. Nur schade, daß er von diesem Erfolg nie etwas erfuhr, denn Berl Weinstein hütete sich wohl, in Borytschew jemals von dem lukrativen Erwerbszweig, den er entdeckt hatte, etwas verlauten zu lassen. –

Den Ausschlag für Jossel aber hatte ein Brief seines früheren Lehrers Wolf Klatzke gegeben, bei dem er vor Jahren deutsch lesen gelernt hatte und der vor kurzem nach Deutschland ausgewandert war. Der schrieb ihm, wie gut es ihm in Berlin gefalle und wie herrlich das Land sei. Alle Weisheit der Welt sei dort zu finden, hieß es, und ein fleißiger Mensch könne sich dort leicht ein anständiges Auskommen schaffen, so daß er ruhig sich dem Studium der Weisheit zu widmen in der Lage sei. – Er, der Briefschreiber selbst, sei in glänzender Position – er sei literarisch mit großem Erfolg tätig, und er sei gern bereit, ihm, Jossel, bei seinem Fortkommen an die Hand zu gehen. Er rate ihm dringend, auch nach Berlin überzusiedeln.

Dieser frühere Lehrer Jossels hatte, noch bevor er sein Lehrer wurde, sich schon der Reihe nach und zum Teil gleichzeitig als Obsthändler, Spekulant, Vagabund, Schnorrer, Chorsänger und in einigen anderen Erwerbszweigen betätigt und war damals, als er mit Jossel zusammengekommen war, gerade zehn Jahre alt gewesen.

Ein literarisches Unternehmen

I

Es ist einigermaßen zweifelhaft, ob etwa ein Goethe oder ein Lessing, in ihrer Art doch gewiß Leute, die ihr Metier verstanden, in der Lage gewesen wäre, in dem Zweige der Literatur, den Wolf Klatzke sich erwählt hatte, zu reüssieren. Während sich diese Männer verhältnismäßig leicht gangbare Gebiete ausgesucht hatten, hatte Wolf Klatzke sich ein überaus schwieriges Spezialgebiet zum Tummelplatz seiner Talente gewählt, als er eine Anstalt zur Anfertigung von Bettelbriefen ins Leben rief.

Mit Phantasie, Sprach- und Stilgefühl, mit Schriftgewandtheit allein war da kein Erfolg zu erzielen; zu einem Schnorrbrieflieferanten gehört bei weitem mehr – er muß ein tiefer Psychologe sein, er muß virtuos auf allen Instrumenten des Gemütes wie des Verstandes zu spielen verstehen – er muß eine umfassende Kenntnis gar vieler Dinge und Verhältnisse besitzen – er muß – was muß er nicht alles! – Und was das bedeutsamste Charakteristikum dieser Art literarischer Produktion ist, wodurch sie sich von jeder anderen Literaturgattung unterscheidet und wodurch sie um so viel schwieriger und mühevoller wird: jedes Erzeugnis der Feder des Schnorrbriefschreibers ist in der Regel nur für *einen* Leser, höchstens einmal für einen kleinen Kreis von Lesern bestimmt; gerade auf diesen einen Leser muß der Brief wirken, und die Wirkung muß spontan sich in bare Münze umsetzen. – So muß also Ton und Inhalt jeweilig genau auf den Empfänger abgestimmt werden, und der wäre ein elender Stümper, der da glaubte, mit einem und demselben Brief auf eine Menge von Leuten in gleicher Weise wirken zu können. Gerade die Kreise, auf welche die Kunden von Wolf Klatzke reflektierten, setzen sich aus lauter ausgesprochenen Individualitäten zusammen, welche sorgfältig studiert werden müssen.

Nun war Wolf Klatzke noch ein Anfänger in der Kunst

und machte bisweilen große Fehler. Er hatte die Schwierigkeiten des von ihm erwählten Berufes denn doch unterschätzt, als er in dem dunklen Hinterzimmer des Bornsteinschen Gasthofes in der Dragonerstraße sein Konkurrenzunternehmen gegenüber dem rotnäsigen Brandler anfing, der im Vorderzimmer seit Jahren das gleiche Gewerbe betrieb. Brandler schrieb für 10 Pfennig pro Stück mit der in langjähriger Routine erworbenen Fixigkeit seine Schnorrbriefe und betrieb gleichzeitig einen schwunghaften Handel mit Adressen geeigneter Anschnorrungsobjekte. – Klatzke machte sich anheischig, den Brief für 8 Pfennig zu liefern, und setzte – eine ungeheuerliche Neuerung in der Branche – für die Adressen einen Einheitspreis von 5 Pfennig pro Kopf fest, während doch sonst, wie männiglich bekannt, der Preis für Wohltäter je nach Güte und Kredit zwischen einem Pfennig und einer Mark schwankt. –

Es versteht sich, daß nicht Namen und Adressen allein bezahlt werden, sondern das eigentliche Wertobjekt bildet die nähere Kenntnis über Art und Wesen der betreffenden Persönlichkeiten; diese Kenntnis findet wieder ihren Niederschlag in Form und Inhalt des betreffenden Briefes, über dessen besondere Fassung Schreiber und Besteller oft ausführliche Beratungen halten. – Keine Auskunftei der Welt hat solch delikate Aufgaben zu lösen wie solch ein Vertrauensmann und Sekretär der Schnorrerzunft. Er muß genau wissen, wofür sich der Betreffende, an dessen Geldbeutel appelliert werden soll, am meisten interessiert – ob er fromm und gesetzestreu oder von laxen Anschauungen ist – ob er es liebt, wenn der Petent verzweifelt oder wenn er von gläubigem Vertrauen erfüllt ist. Den einen rühren Drohungen mit Selbstmord – dem anderen muß man erzählen, wie man mit ein paar Brotrinden sich wochenlang genährt hat. Den packt die Geschichte von dem erbarmungslosen Hauswirt. – Jener zieht Witwen mit hilflosen Kindern vor – ein anderer gibt nur für Vollwaisen; recht beliebt ist der verarmte Handwerker, weniger der durch die harten Gläubiger oder durch einen betrügerischen Sozius ins Unglück gestürzte Kaufmann. Einige geben mit Vorliebe zur Ausstattung von Bräuten –

andere haben eine ganz besondere Liebhaberei für Krüppel. – Opfer russischer Judenverfolgungen und aus Sibirien entflohene politische Gefangene befriedigen romantisch angelegte Gemüter – den Armen aus Palästina geben manche Kreise besonders gern –, während wieder andere für diese Zwecke keinen Pfennig herausrücken würden, die dagegen für Rückwanderer aus Amerika eine offene Hand haben. – Dann gibt es noch besonders ergiebige Quellen, die für die Herausgabe hebräischer Werke oder für den Aufbau abgebrannter Bethäuser zu erschließen sind. – Kurz: man muß bei der Fülle von Geschmacksrichtungen über eine reichhaltige Musterkollektion verfügen und stets imstande sein, gerade das für den besonderen Fall Passende hervorzusuchen. – Und es kommt auch hier wie in jedem Geschäft auf die Aufmachung an: der Stil des Briefes ist von allerhöchster Wichtigkeit. Manchen Leuten muß man in reinem Hebräisch schreiben – bei anderen wenigstens dem Text möglichst viel Bibelzitate beimischen; bisweilen ist ein absolut fehlerloses Deutsch Bedingung, aber das Zugkräftigste ist im allgemeinen doch ein besonders schlechtes, naiv und komisch wirkendes Quasi-Deutsch. Das wird schon der Kuriosität wegen gelesen – erheitert und rührt zugleich und prägt sich ein.

In vielen Fällen wird naturgemäß der reelle Vertrauensmann gar keinen Brief schreiben, sondern seinem Kunden raten, persönlich vorzusprechen. In solchem Falle gibt er ihm über das notwendige und geeignete Auftreten, die vorzubringende Geschichte, aber auch über die geeignetste Besuchsstunde, die Behandlung der Dienstboten, die Methode, bis ins Sprechzimmer zu gelangen, und hundert andere Dinge alle erforderlichen Informationen.

Ein Schnorrer, der es mit seinem Beruf ernst nimmt, muß über eine zuverlässige Kundenliste verfügen und sie stets auf dem laufenden halten. Die Auskunftsbureaus und Schreibstuben für Schnorrer kommen daher einem tiefgefühlten Bedürfnis entgegen, und so gibt es denn auch in jeder Großstadt, in der Juden in größerer Anzahl leben, eine Reihe solcher Institute, die bei einem Minimum an Geschäftsunkosten nennenswerte Umsätze erzielen.

Für einen Anfänger ist es nicht eben leicht, in das Geschäft hineinzukommen; die alten Firmen hüten ihre Geheimnisse, ihre Listen und Personalkenntnisse argwöhnisch. Und sie besitzen das Vertrauen ihrer Kundschaft; nur auf diesem Vertrauen, auf der Überzeugung der Kunden, reell und sorgfältig bedient zu werden, beruht ja das ganze Geschäft. Wollte solch ein Vertrauensmann seinen Kunden leichtsinnig irgendwelche Adressen an die Hand geben und würde es sich dann herausstellen, daß Porto und Honorar verschwendet sind, so würde er seinen ganzen Kredit verlieren. – Der Schnorrer weiß auch genau, was er an seinem Vertrauensmann hat; wenn er auf seiner Tour in Berlin ankommt, ist sein erster Weg zu ihm; da nimmt er seine alte Liste vor, vergleicht, streicht, berichtigt – kauft neue Namen, gibt seine Briefaufträge und kann dann, mit Informationen wohl ausgerüstet, an den Besuch der vorgemerkten Vereine und Privatpersonen gehen. – Er hütet sich wohl, die ihm gegebenen Adressen und Winke weiterzugeben, sich selbst so Konkurrenz und dazu die Feindschaft seines Vertrauensmannes zuzuziehen. Und vor allem hütet er sich, jemals einem der Wohltäter den Namen dessen zu verraten, von dem er seine Adresse erfahren hat. Selbst die Zusicherung hoher Belohnung bringt ihn nicht zum Reden; der eigne Vorteil nötigt ihn in gleichem Maße zur Diskretion wie die Berufsehre.

II

Wolf Klatzke war nach wechselvollen Jugendjahren in diesem schwierigen Berufe vorläufig gelandet; er gedachte nicht, auf immer dieser Art von Tätigkeit treu zu bleiben. Es sollte für ihn nur ein Übergangsstadium sein; doch ihn brannte der Ehrgeiz, auch da Außerordentliches zu leisten und vor allem möglichst viel zu verdienen. – Brennendes Streben nach oben hatte ihn von Kindheit an beseelt; als kleiner Schuljunge hatte er schon Initiative und schlaue Berechnung gezeigt. Kaum acht Jahre alt, begann er sein erstes ernstliches

Handelsgeschäft, nachdem er schon längst durch Handlanger-
dienste aller Art, auf dem Bahnhof und bei Droschkenhalte-
plätzen hier und da einige Kopeken erwischt hatte, die er ge-
treulich seiner Mutter, einer ganz armen, kindergesegneten
Witwe, ablieferte. Nun aber begann er sich nach einträg-
licheren Erwerbsmöglichkeiten umzusehen; vor der jüdischen
Schule, die er besuchte, dem Cheder, hatte eine Obstfrau
ihren Stand; sie setzte ihre Waren recht gut an die bemittel-
teren Knaben ab. Der kleine Wolf entdeckte nun, daß der
Obstverkäufer vor der deutschen Schule, die eine Viertelstunde fast entfernt gelegen war, seine Äpfel um ein weniges
billiger abgab. – Er grübelte nach, was für einen Vorteil er
aus dieser Tatsache ziehen konnte, hatte bald seinen Plan gefaßt und führte ihn mit Energie durch. Er ging jeden Morgen eine halbe Stunde früher von Hause weg, so schwer ihm
das frühere Aufstehen wurde – kaufte bei dem billigen
Händler ein und erzielte bald bei den Schulkameraden, da er
die Obstfrau immer noch unterbieten und doch seinen Gewinn einstecken konnte, einen bedeutenden Umsatz. – So
war er bald genötigt, in der Vormittagspause in rasendem
Galopp zu seinem Lieferanten zu jagen, um mit neu einge-
kauften Äpfeln beladen, schweißtriefend gerade noch zur rechten Zeit wieder in der Schule anzulangen. In und nach dem
weiteren Unterricht entwickelte sich dann die zweite Hälfte
seines Morgengeschäftes. – Sein kleines, aus wenigen Kopeken bestehendes Anlagekapital vergrößerte sich zusehends;
der Mutter gab er nur einen Teil ab – dagegen verstand er es,
durch eine Reihe ähnlicher lukrativer Unternehmungen und
Spekulationen sein Kapital ständig zu vergrößern. Eine ge-
wagte Spekulation in Wachslichtstümpfchen wäre fast ver-
hängnisvoll für ihn gewesen, da das Lichterfest die Borytschewer Jugend auf Monate in einen Überfluß von Wachs
versetzte; doch überwand er die Baisse und nahm sich vor,
künftig vorsichtiger zu sein. – Eines Tages war er verschwunden; statt ins Cheder zu gehen, hatte er sich zur Bahnstation
aufgemacht und war in die Welt gewandert – immer den
Geleisen nach, um sein Glück zu machen und einst als reicher
Mann wiederzukommen, Mutter und Geschwister reich zu

machen, – den jähzornigen Schulmeister zu züchtigen und der erste Mann von Borytschew zu sein. – Er kam aber schon nach wenigen Wochen zurück, – einigermaßen heruntergekommen und noch verschlossener als gewöhnlich. Er hatte keineswegs etwa sein ganzes Kapital aufgebraucht, aber er hatte rechtzeitig eingesehen, daß er für ein weiteres Fortkommen in der Welt besser mit Geld und vor allem mit Kenntnissen ausgerüstet sein müsse. Da war er ohne Bedenken und ohne Scheu umgekehrt, und er hatte sich, ohne von da an eine Kopeke auszugeben, bis nach Hause durchgefochten. Die Scheltreden der Mutter, die mit Freudenergüssen abwechselten, ertrug er geduldig – ebenso wie die Schläge, die im Cheder auf ihn niederfuhren; er nahm sie wie eine verdiente Strafe für seinen Vorwitz hin und dachte nur unablässig darüber nach, wie er seine Pläne verwirklichen könne. Eines Tages ging er zu dem Sohn des Pedells der deutschen Schule und ließ sich von ihm Unterricht im Deutschen geben, – die Stunde für drei Kopeken. Er gebrauchte nur wenige Wochen diesen Unterricht; dann konnte er sich selber forthelfen, und er verstand es, aus weggeworfenen Zeitungen sich billige Übungsbücher zu verschaffen. Im Sommer hockte er, seine jüdische Schule, in der nur Hebräisch gelernt wurde, schwänzend, stundenlang unter dem offenen Fenster der deutschen Schule und prägte sich Worte und Inhalt des Vortrages ein. – Nach einiger Zeit fing er selbst an, deutschen Unterricht zu erteilen, und hatte dabei den doppelten Vorteil, Geld zu verdienen und sich selbst weiterzubilden. In jener Periode wurde er auch mit dem mehrere Jahre älteren Jossel Schlenker bekannt, mit dem zusammen er lange Zeit fleißig das Studium der deutschen Sprache betrieb. – Um Gelegenheit zu finden, ohne um seinen Lebensunterhalt besorgt zu sein und ohne seiner Mutter zur Last zu fallen, sich weiterzubilden, nahm er eine Hauslehrerstelle auf dem Lande an, – bei einem Schankwirt, der für seine beiden Töchter und den einzigen Sohn einen Lehrer suchte; er hatte es in dem Hause nicht allzu gut, wurde von den Erwachsenen und seinen Zöglingen geringschätzig behandelt, schlief in einem ungeheizten Zimmer und hatte wenig zu essen, aber er hatte

Zeit, für sich zu arbeiten. Er ließ sich Bücher aller Art kommen, die ihm nur irgend nützlich zu sein versprachen, und studierte hungernd und frierend beim Scheine des Talglichtes bis spät in die Nacht. – Endlich schien ihm die Zeit gekommen, ernstlich an die Verwirklichung seiner Pläne zu gehen. Er war fast drei Jahre im Hause gewesen, als er die Stellung aufgab; man ließ ihn ohne Kummer ziehen, denn in der ganzen Zeit waren er und die Familie sich innerlich fremd geblieben. Wolf kam auf wenige Tage nach Borytschew zurück, nahm von der Mutter und den Geschwistern, vor allem von Jossel, an den er sich eng angeschlossen hatte, Abschied und trat die Wanderung nach Deutschland, dem Land seiner Sehnsucht, an. Er hatte die Hälfte seiner Ersparnisse seiner Mutter gegeben und schlug sich nun von Stadt zu Stadt durch, selten eine billige Fahrgelegenheit findend. An die Weichsel gelangt, wurde er von Flößern, denen er allerhand Dienste leistete, mitgenommen und gelangte, nach langwieriger Fahrt und allerhand Schwierigkeiten an der Grenze, endlich bei Thorn auf deutsches Gebiet. Nun schlug er sich auf ziemlich verschlungenen Wegen bis Berlin durch – immer die jüdischen Gemeindestuben aufsuchend und von ihnen mit Fahrkarte und Wegzehrung auf eine kurze Strecke versehen. Er berührte auf dem Wege von Thorn nach Berlin unter anderem Schneidemühl, Dirschau, Danzig, Königsberg, Kolberg, Stettin, Eberswalde, Frankfurt a. O., Posen, Breslau, Kattowitz, Dresden, Leipzig, Halle, Halberstadt, Magdeburg, Braunschweig und Hannover; erst hier glückte es ihm, sich aus der wahnsinnigen Karussellfahrt, zu welcher die jüdischen Gemeinden jeden anhalten, der sich um Unterstützung an sie wendet und in die er ganz wider Willen geraten war, freizumachen und auf eigne Kosten nach Berlin zu gelangen. – Die Wochen, welche er auf dieser Rundfahrt zugebracht hatte, waren indessen nicht verloren: er hatte viel gesehen und gehört, hatte insbesondere in den Herbergen einen Einblick in die Geheimnisse der Schnorrerzunft erhalten. Und als er nach Berlin kam, stand sein Plan fest, ein Vertrauensmann und Sekretär jener Zunft zu werden. – In der Dragonerstraße bei Bornstein fand er für 5 Pfennig ein notdürftiges Nachtlager, und wenige Tage darauf hatte er sich im Hinterzimmer in seiner neuen Würde installiert, sehr zum Verdruß des dicken Brandler, der manchen seiner alten Kunden im Hinterzimmer verschwinden sah. In der Tat arbeitete Brandler nur noch mit gewohnter Routine mechanisch weiter, aber die neuen Ideen fehlten ihm. Klatzke aber wurde von manchen Gästen, die auf der Reise oder in der Herberge mit ihm zusammengetroffen waren, als anschlägiger Kopf bezeichnet; auch wurden seine mannigfachen Kenntnisse vielfach gerühmt. Und vor allem protegierte ihn einer der geschätztesten alten Kunden Bornsteins, ein in allen Schnorrerkreisen mit besonderer Hochachtung genannter vielgewandter Mann, – ein Landsmann Wolf Klatzkes, – Herr Berl Weinstein aus Borytschew.

III

»Wie schreibst du das Wort?« fragte Berl Weinstein, sich über Klatzke beugend, der eifrig, den Kopf auf die Seite gelegt und tief auf die Tischplatte gebeugt, schrieb. »Du schreibst ›philanthropisch‹ vorn mit einem *f*? Ist das richtig?«

»Ja«, sagte Klatzke, »es schreibt sich mit ph.« Und er schlug den Duden auf. »Da steht es: *Ph*ilanthropisch – mit ph. – Ich habe schon richtig geschrieben.«

»So?« sagte Berl Weinstein. »Ich habe wirklich geglaubt, man schreibt es mit einem *f* –.«

»Nein! Mit einem *f* ist falsch.«

»Dann ist's richtig!«

Und das *f* blieb stehen.

»Ja«, sagte Klatzke, »das ist keine Kleinigkeit, und da muß ich schon ordentlich aufpassen, daß ich nicht solch ein Wort mal aus Versehen richtig schreibe. Das wollen die Leute nicht haben; das stört sie. Ein Schnorrbrief muß falsch geschrieben sein – von vorn bis hinten. Bei den gewöhnlichen Worten weiß ich schon, wie sie nicht geschrieben werden, aber es gibt da manche so schwere Worte.«

»An was für Leute schreibst du jetzt?«

»An sehr feine Menschen, die noch in keiner Liste sonst stehen. Hör zu: an den Geheimen Sanitätsrat Bamberg, an den Justizrat Krotoschin, an den Professor Mandelbrot, an den Landgerichtsrat Levysohn, an den Theaterdirektor Loewe –«

»Sehr feine Leute das«, sagte Berl Weinstein verwundert, »und die geben für *jüdische* Zwecke? – Wovon wird man dann Kirchen bauen?«

»*Die* Leute geben auch für jüdische Dinge, – alles fromme und interessierte Juden!«

»Merkwürdig: Geheimrat! Professor! Theaterdirektor! – Wo hast du die Adressen her? Du bist doch noch so neu hier!«

Klatzke lächelte geheimnisvoll.

»Was für einen Namen unterschreibst du?« fragte Berl Weinstein kopfschüttelnd.

»Ephraim Lifschitz.«

»Du hättest ruhig schreiben können Jossel Schlenker. Meinen Schwiegersohn kennt doch in Berlin kein Mensch.«

»Warum soll ich den rechten Namen schreiben, wenn es soviel falsche Namen gibt?« gab Klatzke zurück. »Und ich meine, aus Jossel kann noch etwas werden – ein Doktor oder ein Professor. Da ist es besser, wenn sein Name nicht unter solch einem Schreiben gestanden hat.«

»Ich denke, du hast recht«, sagte Berl Weinstein. »Er ist ein sehr tüchtiger Mensch. Und meine Chane ist auch nicht dumm. Nur – du weißt, wie heute die Kinder sind! Der alte Schlenker hat sich nicht wenig erschrocken, wie die beiden ihm gesagt haben, daß sie nach der Hochzeit hierher ziehen wollten! Nach Berlin! – Studieren! – Eine Idee!«

»Ich habe Jossel selbst geraten, hierherzukommen. Ich dachte, er kann es hier weit bringen. Aber von seiner Heirat habe ich keine Ahnung gehabt; jetzt liegt das doch ganz anders!«

»Wieso? – Ich bin ganz zufrieden damit. – Sonst hätte ich ihn mit ihr auf ein Jahr in mein Haus nehmen müssen, und es sind merkwürdige Menschen – die Kinder von heut!«

»Und der alte Schlenker war einverstanden?«

»Was sollte er machen! – Und dann ist da noch eine Geschichte! Eine alte Sache! – Der Moische Schlenker hat noch einen Bruder gehabt – der ist nach Deutschland gegangen, als junger Mann; Moische Schlenker war da noch ein Kind. Aber er hat mir erzählt, was das für eine Trauer im Hause gewesen ist, wie eines Tages der Bruder verschwunden war. Er hat nur einen Brief zurückgelassen; später hat er noch ein paarmal geschrieben, aber die Briefe sind nicht angenommen; und nachher hat man nie etwas von ihm gehört. – Da meint der Moische Schlenker, es ist schon besser, sein Jossel geht *mit* seinem Willen weg, als daß er heimlich wegläuft.«

»Da hat er recht! – Aber ich weiß nicht – mit den Briefen da – da habe ich etwas Angst vor Jossel. Er hat da so überspannte Ideen –«

»Laß mich nur machen!« sagte Berl Weinstein beruhigend und ging dem jungen Paar entgegen, das eben eintrat. »Ausgeschlafen? Nun setzt euch und trinkt Kaffee!«

»Wir haben uns aus dem Adreßbuch aufgeschrieben, was wir brauchen«, sagte Jossel vergnügt. »Wir wollen gleich gehen.«

»Wohin?« fragte Berl verdutzt. »Was für Adressen habt ihr gesucht?«

Jossel wollte antworten, aber Chane sagte kurz:

»Verschiedene Adressen, die wir brauchen! – Beeile dich, Jossel! Wir müssen bald gehen.«

Es blieb eine Weile still am Tisch; Berl Weinstein ließ seine Blicke, aus denen einige Besorgnis sprach, prüfend von Chane zu Jossel gleiten. Dann fing er mit einer gewissen Feierlichkeit zu sprechen an, – so daß Jossel verwundert aufschaute; Chane setzte die Tasse nieder und sah ihren Vater fest an.

»Meine lieben Kinder«, sagte Berl Weinstein, »ich hätte es sehr gerne gesehen, wenn ihr nach der Hochzeit noch ein Jahr oder doch ein paar Monate bei mir im Hause geblieben wäret. – Du, Jossel, hättest weiter gelernt, und Chane hätte für dich gesorgt. Ihr hättet ja gar keine Sorgen gehabt. Die wären meine Sache gewesen, – und so wäre es auch richtig gewesen nach unserer heiligen alten Sitte. – Nun – ihr habt es anders gewollt; ihr wolltet ins Ausland gehen – nach Berlin.

Auch gut! Ich habe nicht nein gesagt – und dein Vater auch nicht, Jossel. – Es ist eine andere Zeit, und vielleicht versteht ihr das schon besser. – Aber – deswegen sollt ihr doch keinen Schaden haben, und ich will keinen Vorteil davon. Ihr sollt auch hier von mir für die erste Zeit eine Hilfe haben; das Leben in Berlin ist teuer.« –

Berl machte eine Pause; Jossel guckte seinen Schwiegervater arglos und sehr erstaunt an; er wollte etwas sagen, aber Chane winkte kurz ab.

»Laß, Jossel!« sagte sie sehr ernst. »Was ist damit gemeint?«

»Gewiß nichts Schlimmes!« sagte Berl Weinstein, unter einem Lächeln einige Verlegenheit bergend. Er stand auf und stellte sich hinter Klatzkes Stuhl. »Wolf, erzähle du, was ich für die Kinder getan habe.«

»Ich?« sagte Klatzke erschrocken. »Wie komme ich dazu?«

»Also was ist es?« sagte Chane und preßte die Lippen zusammen.

Jossel blickte ohne Verständnis von einem zum anderen.

»Also gut!« sagte Klatzke ärgerlich. »Euer Vater hat mir den Auftrag gegeben, auf seine Rechnung Briefe zu schreiben; der ganze Verdienst gehört euch. – Das Geld kommt an den Wirt, an Bornstein für Lifschitz, und wird dir ausgezahlt, Jossel.«

Er beugte sich über seine Arbeit und begann eifrig zu schreiben.

Einige Zeit herrschte Stille.

Jossel verstand noch immer nicht.

»Was für Briefe?« fragte er ratlos. »Wer ist Lifschitz?«

»Laß mich reden!« sagte Chane und schlug mit der Hand auf den Tisch. »Du verstehst noch immer nicht, was für Briefe dein Freund Wolf den ganzen Tag schreibt? Schnorrbriefe! Bettelbriefe voll von Lügen und Schwindel! – Und mein Vater bezahlt ihn für solche Briefe, damit wir dann das Geld bekommen, das die armen Menschen schicken, denen man so das Geld abschwindelt und deren Gutherzigkeit man so mißbraucht.«

»Gott behüte!« schrie Jossel ganz entsetzt auf.

»Laß mich reden!« rief Chane. »Ich weiß, du wirst solches Geld nicht nehmen, und wenn du es nehmen würdest, wären wir fertig miteinander. – Ihr sollt das aber ein für allemal wissen: Jossel und ich – wir wollen mit solchen Geschäften nichts zu tun haben! Nichts! Nichts! Und wir wollen davon nicht einmal etwas hören! – Wir sind jetzt gottlob eigene Menschen, keine Kinder mehr; wir wollen selbständig sein. – Wir wollen hinaus aus diesem – aus diesem ganzen Schmutz. Und wir werden uns eine Wohnung nehmen, wo wir arbeiten können und lernen. Wir wollen arbeiten und nicht betteln. – Wir wollen von keinem mehr etwas geschenkt nehmen, nicht von Verwandten und nicht von Fremden! – Es ist schon Zeit, daß wir Juden arbeiten. Deshalb sind wir ins Ausland gegangen, weil der Russe uns nicht arbeiten läßt und weil er uns die Schulen versperrt. – Ich verstehe, wenn da viele, weil sie nicht Arbeit haben können, betteln müssen. Und doch arbeiten da viele schwer genug. Und gewiß die jungen Leute! – Aber hier sind wir doch in Deutschland, – in einem freien Lande. Hier kann man doch arbeiten! Hier kann doch jeder arbeiten! – Und da ist es eine Schande, zu betteln und zu schnorren, – auch wenn es ohne Schwindel ist. – Eine Schande vor uns selbst und auch eine Schande vor den anderen! Und eine Schande vor den deutschen Juden! – Jossel und ich, wir werden schon unseren Weg finden – auch ohne Hilfe; aber ich denke, jeder deutsche Jude wird uns gern den Weg zeigen, wie wir etwas ausrichten können. – Es soll ein Ende haben mit der Schnorrerschande und mit dem Schwindel! – Komm, Jossel! Wir wollen gehen!«

Sie war energisch aufgestanden, den ganz verdutzten Jossel an der Schulter fassend.

»Bleibt sitzen, Kinder!« sagte Berl Weinstein freundlich. »Bleibt sitzen! – Habe ich euch denn etwas Schlechtes tun wollen? – Vielleicht habe ich unrecht! Vielleicht bin ich alt und verstehe die heutige Zeit nicht mehr! – Aber man kann sich doch aussprechen!«

Chane zuckte die Achseln.

»Du hast mir weh getan, Chane«, sagte Berl wehmütig. »Mein eigenes Kind sagt mir, ich sei ein Schwindler! – Mein eigenes Kind meint, ich wäre fähig, einen Menschen zu betrügen! – Und ich habe doch, solange ich lebe – ich bin doch kein junger Mensch mehr – ich habe in meinem ganzen Leben keinen einzigen Menschen auch nur um einen Pfennig betrogen! – Ehe ich einen Schwindel machen würde, um einen Menschen hineinzulegen, würde ich lieber sterben.«

Chane machte eine hastige Bewegung nach den Briefen hin und murmelte halblaut:

»Lifschitz.«

»Du sagst ›Lifschitz‹ und meinst, du hast mich getroffen, weil der Mann, der den Brief bekommt, das Geld an einen Ephraim Lifschitz schickt, – den es gar nicht gibt, – und bekommen wird es ein Jossel Schlenker –«

»Keinen Pfennig nehme ich!« schrie Jossel, der aus seiner Erstarrung erwachte. »Ich habe das gottlob nicht nötig. Wir haben vorläufig zu leben – und wenn nicht – würde ich das Geld auch nicht nehmen!«

»Nimm oder nimm nicht«, sagte Berl. »Warte erst mal ab, was einkommt – ob überhaupt etwas kommt. Das ist dann schon deine Sache, was du mit dem Geld anfängst. – Die Briefe gehen ab, und damit habe ich meine Pflicht getan. – Also ich frage: ist es dem Mann, der das Geld schickt, nicht ganz gleichgültig, ob sein Geld ein Lifschitz bekommt oder ein Schlenker oder ein Klatzke? Er kennt nicht den einen und nicht den anderen, und er will auch gar keinen kennen. Was er will, ist: das heilige Gebot der Wohltätigkeit erfüllen. Er gibt, und dafür hat er das schöne Gefühl, ein Gebot erfüllt und eine gute Tat getan zu haben. – Und ich sage dir, es ist besser, es ist viel besser, zu geben als zu nehmen. – *Er* muß *mir* noch dankbar sein, daß ich ihm die Gelegenheit gebe – daß ich es ihm so bequem mache.«

»Aber«, rief Chane empört, »es gibt andere, die es vielleicht nötiger haben!«

»Dann sollen sie auch schreiben!« sagte Berl. »Und sie schreiben auch oder kommen selbst zu ihm. Und wenn sie nicht schreiben und nicht kommen, hat er ja gar keine Gelegenheit, ihnen zu helfen. Er läuft ihnen gewiß nicht nach. – Er verlangt, daß man zu ihm kommt, wenn er geben soll. –

Wenn ich schreibe und er schickt, weiß ich doch, wer das Geld bekommt. Sonst bekommt das vielleicht irgendein Schwindler oder ein Lump, der es durchbringt. Hier weiß ich doch, wie es angewendet wird – vielleicht«, schloß er ergebungsvoll, »auch zum Arbeiten.«

»Und willst du sagen, daß in den Briefen nur die reine Wahrheit steht?« rief Jossel. »In den Briefen steht doch bestimmt lauter Schwindel!«

»Siehst du, Jossel«, sagte Berl triumphierend, »du hast keinen von den Briefen gelesen, aber du weißt voraus, daß die reine Wahrheit nicht darin sein kann. Woher weißt du das? Weil es die einfache Vernunft sagt, daß man damit nicht auskommen kann. Wahrheit! Was ist Wahrheit? – Nimm hier die Zeitung und sieh die Annoncen an; jeder behauptet, seine Ware ist die beste. Ist das Wahrheit? Ist das vielleicht Schwindel? Nein! Man versteht doch, wenn man liest: der Mann will seine Ware verkaufen und übertreibt. Man versteht, es ist nicht alles so gemeint, wie es dasteht! – Und wenn einer genau nach der Wahrheit schreiben würde, er hätte nur mittelmäßige Ware, würde jeder sich sagen, daß er nur ganz schlechte Ware hat, und kein Mensch würde bei ihm kaufen. – Da hätte der Mann also geschwindelt – zu seinem eigenen Nachteil. Wahrheit ist auch eine Art Schwindel – sie *kann* auch Schwindel sein. – Das sind alles nur Worte. – Es kommt nur darauf an, ob jemandem ein Unrecht geschieht, ob jemand geschädigt wird. – Wer wird hier geschädigt? Wer wird beschwindelt?«

»Der Mann, der solch einen Brief bekommt«, sagte Jossel unruhig, »der wird vielleicht gerührt durch den Jammer, von dem er liest, und –«

»Nun? – Ist das ein Schaden? Und ich sage dir: es ist schon das allein eine gute Tat! Soll solch ein reicher Mensch auch einmal gerührt werden – soll er mal sein Herz spüren! Er wird um ein Stückchen besser und edler! – Stell dir vor: da ist ein Mann, ein ordentlicher frommer Jude – er hat bitter eine Unterstützung nötig. – Da ist ein anderer, ein reicher Mensch mit einem ganz guten Herzen; der würde gern dem armen Mann helfen, wenn er nur von ihm wüßte. Aber er kennt ihn gar nicht, und er bekommt so viele Bittgesuche, und es kommen zu ihm so viele arme Leute, daß er nicht weiß, wem er eher geben soll, – wer es verdient und wer nicht. – Der arme Mann, von dem wir sprechen, der weiß genau, daß er gerade ein solcher ist, dem der Reiche am liebsten geben würde, wenn er ihn nur recht kennte. Was soll er tun? – Es bleibt ihm nichts anderes übrig, als die anderen auszustechen. Er hat *ein* Kind – schreibt er, er hat *sieben*; er hat ein schwaches Auge – schreibt er, er ist vor dem Erblinden. So bemerkt ihn der Reiche, und er bekommt von ihm gerade so viel, als er ihm geben würde, wenn er ihn wirklich genau kennte. Also er ist gar nicht beschwindelt! Nicht im geringsten! – Im Gegenteil, – der Reiche, der Geber, hat noch einen großen Vorteil. Er hat die Freude darüber, daß er *sieben* Kindern geholfen hat, und dabei hat er doch nur *einem* geholfen. – Also hat er mehr Belohnung – in seinem Innern – als er eigentlich verdient. – Also wo ist da ein Schwindel?«

Chane wollte auffahren; Berl winkte beruhigend ab.

»Laß nur!« sagte er mild. »Mein Kind! Du hast mich schwer gekränkt; aber ich will dir verzeihen. Du kennst die Welt nicht, und du kennst die deutschen Juden schon gar nicht. – Du hast dich aufgeregt wegen der Schnorrer! – Sie haben uns mehr nötig wie wir sie! – Ist es nicht so, Klatzke?«

»Das ist richtig!« sagte Klatzke und nickte ernst. »Meint ihr, ich betreibe dieses Geschäft gern? Ich bin nicht nach Deutschland gegangen, um zu schnorren oder schnorren zu helfen. – Es ist mir oft schlecht genug zumute bei dem Geschäft!«

»Weshalb betreibst du es denn?« rief Jossel unmutig.

»Weshalb? – Ich bin dazu gekommen, ohne daß ich es gewollt habe. – Das Geschäft ist eine Notwendigkeit; ich kann es machen wie ein anderer. Man braucht die Schnorrer in Deutschland wie das liebe Brot. Ohne Schnorrer kein Judentum in Deutschland! Ohne sie würde man nicht wissen, was anzufangen. Und deshalb hat man auch in Deutschland ganz besondere Einrichtungen erfunden, um aus jedem russischen Juden, der ohne viel Geld herkommt, einen Schnorrer zu machen und um zu machen, daß an jedem Schnorrer möglichst viel Gemeinden und Menschen ihre Freude haben. – Ich bin damals in Thorn angekommen; ich bin gleich zur jüdischen Gemeinde gegangen und habe ganz ehrlich gesagt, was mit mir ist, – daß ich nach Berlin möchte und sehen, daß ich dort was verdiene. – Nach Berlin, haben sie gesagt, können sie mich nicht schicken, – das ist zu weit, – und sie haben mich mit der Bahn ein paar Stationen weit zu einer anderen Stadt geschickt. Ich habe gemeint, – damals habe ich mich noch nicht so ausgekannt – das ist auf dem Wege nach Berlin. Aber nein! Es hat sich herausgestellt, daß sie nach der Richtung schon zu viel Leute geschickt hatten in letzter Zeit, – da wollten sie jetzt einmal einer anderen Gemeinde etwas zukommen lassen. Und dort ist es ebenso gewesen; man hat mich einen Tag verpflegt, – ganz gut, – und dann wieder irgendwohin geschickt. Und so ist es immer weiter gegangen; ich bin an Orte gekommen, deren Namen ich nie gehört hatte und an die ich nicht im Traum gedacht habe. Durch ganz Deutschland hat man mich geschleppt, – hin und her. Ich habe gar nicht gewußt, was mit mir ist. Man hat mit mir gespielt wie mit einem Ball: eine Gemeinde hat mich geworfen und die andere hat mich aufgefangen. – Schließlich bin ich dahintergekommen; da war ich schon ganz schwindlig von dem vielen Herumfahren. In Hannover hat man mir ein Billett gegeben nach Lüneburg; was habe ich in Lüneburg zu tun? Da ist eine Station unterwegs, – Lehrte heißt sie, glaube ich. Da bin ich ausgestiegen und bin nach Berlin gefahren, – auf eigene Kosten. – Natürlich habe ich in Lehrte mir auf der Bahn bescheinigen lassen, daß ich die Karte nicht weiter benutzt habe. Ich habe das Geld dann von der Bahn zurückbekommen. Ordnung ist hier in Deutschland! – Aber monatelang hat der Spaß gedauert, bis ich von Thorn nach Berlin gekommen bin!« –

»Aber wer hat denn das alles bezahlt?« fragte Jossel entgeistert. »Die Bahn, – das Logis, – das Essen?«

»Wer bezahlt hat? – Natürlich die Gemeinden! – Hätten sie mich von Thorn gleich nach Berlin geschickt, wäre ich in einem Tage dagewesen, – das wäre billiger gewesen und bequemer. Aber dann hätten doch alle die anderen Gemeinden nichts von mir gehabt! Da hat man mich lieber durch das ganze Land spazierenfahren lassen. – Da habe ich gesehen, die Leute brauchen Schnorrer. Sie haben noch lange nicht genug! – Wo würde sonst all das Geld bleiben, das sie so rausschmeißen? Und was würden alle die Vereinspräsidenten und Armenvorsteher anfangen und die Durchreisendenkommissionen und die Pedelle! Man muß den Leuten helfen; es ist eine Wohltat! – Ich sage euch, der Schnorrer hat in Deutschland eine heilige Mission!«

»Wahrheit!« sagte Berl nachdrücklich. »Reine goldene Wahrheit! – *Mission*, – das ist das Wort. Ich habe vor einiger Zeit hier eine Predigt gehört, – von einem berühmten deutschen Rabbiner. Ich sage euch, ich war gerührt bis in meine Seele, wie er von der *jüdischen Mission* gesprochen hat. So wie er es gezeigt hat, hat das ganze jüdische Volk die Mission des Schnorrens, – und ich habe mir gedacht, daß also der Schnorrer der eigentliche Jude ist. Er hat bewiesen, daß es die Mission der Juden ist, heimatlos umherzuziehen, um allen anderen die Erfüllung sittlicher Aufgaben zu erleichtern, – ein Gegenstand des Wohltuns zu sein, – Wohltaten entgegenzunehmen und dankbar zu sein. Also das ist doch das ganze Leben des Schnorrers; – der Schnorrer ist der rechte Vertreter dieser Mission!«

»Eine schöne Moral!« rief Chane. »Und doch geht der Rabbiner nicht schnorren.«

»Manchmal doch!« sagte Klatzke. »Aber schnorre ich denn? Der Rabbiner und die Vorsteher und die jüdischen Zeitungsredakteure in Deutschland, die besorgen mein Geschäft, nur im großen. Ich schreibe Briefe und sie schreiben Artikel und halten Reden; da sagen sie genau dasselbe wie ich in den Briefen. Was schreibe ich? Ich schreibe vielleicht, daß der Bittsteller arm ist und nicht fähig zu arbeiten; früher, da sei er ein fleißiger Handwerker gewesen, aber er hat Unglück gehabt und hat seine Selbständigkeit für immer aufgeben müssen und solche Sachen! Und ich nenne ihn statt Ruben, wie er wirklich heißt, Schimon, oder statt Schlenker nenne ich ihn Lifschitz. Und was tun jene? Also akkurat dasselbe, – nur auf das jüdische Volk im ganzen! Früher, sagen sie, da hat das jüdische Volk mal sehr viel geleistet, – früher! Heute, sagen sie, ist es dazu nicht mehr fähig, – heute hat es schon auf immer seine Selbständigkeit verloren, es hat schon aufgehört, ein Volk zu sein. Es will nur noch Almosen! – Es will nur noch an fremdem Tische sitzen. – Ich will ja nur zeigen, wie die Leute, der Rabbiner und die anderen, dasselbe machen wie ich, denselben Schwindel, – wenn es ein Schwindel ist, was ich treibe. – Sie verschweigen und wollen nicht wissen, was das jüdische Volk zu leisten vermag, – und geben es für elender aus als es ist. – Und sogar mit dem falschen Namen stimmt es genau: ein Jude in Deutschland sagt nicht, er ist ›Jude‹, sondern er ist ›Israelit‹ oder ›mosaischer Konfession‹, – und der Jude gehört nicht zum jüdischen Volk, sondern er nennt sich Germane oder Slawe oder sonst was. – Ist das kein Schwindel?«

»Da fällt mir ein«, sagte Berl Weinstein, »du mußt für mich noch einen Brief schreiben, – an den alten Karger.«

»In Garz?«

»Ja, – das ist ein sehr ordentlicher Mann. Ich war bei ihm wieder ein paar Tage als Gast. – Also da muß ein Brief hinkommen, – aber nicht um zu schnorren, – sondern es muß ein Brief sein von den Vorstehern und dem Rabbiner von irgendeiner kleinen jüdischen Gemeinde in Galizien oder Ungarn. Da kann drinstehen, daß die Synagoge abgebrannt ist und daß da mitten im Feuer einer, – ein armer würdiger Mann, ein großer Gelehrter, der gerade da war, – erschienen ist. Der ist ins Feuer hineingegangen, – erst hat er sich den Gebetmantel umgenommen, – und hat ruhig eine Gesetzesrolle nach der anderen aus der heiligen Lade herausgetragen. Und der Name von dem Mann, der das getan hat, ist Berl Weinstein. Und die Gemeinde teilt dies Wunder allen Wohltätern in Israel mit.«

»Also das ist doch ein unerhörter Betrug!« rief Jossel außer sich; Chane hatte der Gesellschaft den Rücken gekehrt und stand am Fenster.

»Betrug? Noch immer Betrug?« sagte Berl traurig. »Du verstehst nicht, daß ich das nur tue, um dem alten Manne eine Freude zu machen. Wie kann ich ihm sonst meine Dankbarkeit zeigen? – Ich reise jetzt nach Ungarn, – da werde ich den

Brief gleich auf die Post besorgen! – Ich komme vielleicht nie wieder zu Karger, und ich will gar nichts von ihm. Aber der Mann hat mir soviel Freundschaft erwiesen.«

»Und das ist der Dank!« rief Jossel außer sich.

»Gewiß ist das der Dank!« sagte Berl bestimmt. »Es gibt keinen besseren! Wenn der Mann den Brief bekommt, ist er glücklich! Er glaubt nun mal an solche Dinge und möchte Wunder erleben. – Hast du eine Ahnung, was der alte Karger ist? Er lebt nur für die Armen! Wer wird nach dem Nest, nach Garz an der Oder fahren?! Kein Mensch! Aber er hat eine solche Reklame gemacht.«

»Reklame? Wofür?« fragte Jossel erstaunt.

»Für seine Herberge für Schnorrer. – Aber es ist eine Herberge, wo man nicht zahlt, sondern noch Geld bekommt. Und man wird neu eingekleidet. Man bleibt da drei Tage, vier Tage, und ruht sich aus. Da ist man wirklich ein Gast, – ein geehrter Gast. – Und er ist stolz darauf, daß manchmal zehn solche Gäste da wohnen; er hat ein eigenes Haus für sie gebaut. Dafür kennt man ihn auf der ganzen Welt, wohin nur ein Schnorrer kommt! – Warum soll ich dem alten Mann nicht die Freude machen? – Und vielleicht komme ich doch noch mal hin!«

»Und so eine dumme Geschichte glaubt der Mann?« sagte Jossel beklommen. »Kann ein Jude so abergläubisch sein, so etwas zu glauben?«

»Hast du eine Ahnung!« sagte Klatzke lachend. »Was deutsche Juden nicht alles glauben! – Sie glauben sogar an die jüdische Mission, von der ich dir erzählt habe.«

»Es gibt Juden in Deutschland«, sagte Berl, »die glauben an alles, was du willst, außer an die Thora. An die müssen nur die Leute glauben, die dafür besonders bezahlt werden! Also der Rabbiner! Wenn der Rabbiner nicht fromm ist, verdirbt er es mit allen; auch solche schimpfen auf ihn, die selbst nichts von allen Gesetzen der Thora halten. – Und die Schnorrer! Es soll einmal ein Schnorrer am Sabbat mit der Eisenbahn fahren! – Oder ein Stück Schweinefleisch essen! – Also es ist schon so: der Schnorrer ist noch der Erretter des bißchen Jüdischen in Deutschland!«

»Nein!« sagte Jossel sich erhebend. »Ich kann mir das nicht denken – jüdische Mission – Schnorrer spazierenfahren – falsche Namen – ich will selbst sehen, – mit eigenen Augen!«

»Mit eigenen Augen!« sagte Chane und blieb in der Tür stehen. »Komm, Jossel! Wir haben mit diesen Dingen nichts zu schaffen! – Es kann nicht so sein! Und wenn es so ist, wird es anders werden! – Ich glaube, das schlimmste ist, daß die Juden in Deutschland von uns russischen Juden nur die Schnorrer kennen, – und daß wir wieder bis jetzt auch nur einige Arten von deutschen Juden zu sehen bekommen haben. – Der Schnorrer ist nicht der russische Jude, – und der Prediger wird nicht der deutsche Jude sein; es muß auch andere Juden geben! Wenn aber alle Juden so wären« – ihr versagte einen Moment die Stimme vor Erregung –, »dann wäre es besser, wir verschwänden von der Welt mit unserer Schande!«

Und sie gingen beide hinaus.

»Heutige Kinder!« sagte Berl Weinstein mit Nachsicht. »Sie werden schon selbst sehen! – Nun, – ich gehe zur Börse.«

»Was willst du auf der Börse?« fragte Klatzke und tauchte die Feder ein.

»Mir einen Rock kaufen«, sagte Berl. »Der Rock, den ich von Karger bekommen habe, paßt mir zu gut. Damit kann ich nicht meine Besuche machen! Ich werde schon einen finden, der mir nicht paßt.«

Und damit ging er zur Altkleiderbörse in der Kaiser-Wilhelm-Straße.

Klatzke machte sich ernstlich wieder an die Arbeit, die so lange unterbrochen war. Er stach die Feder mehrmals in den Ärmel seiner wollenen Jacke, bis endlich eine Faser hängenblieb, und schmierte mit der so präparierten Feder auf den vor ihm liegenden Briefumschlag in schiefen unbeholfen aussehenden Buchstaben die Adresse:

an hern langerichtrat

Levysohn

Berlin

Mattäikirchstraße 8

IV

»Ser geherter her wolgeburen forwas si senen bekent fir a groisen filkantrop, fun idische oreme lait wente mich zi inen far groisen biternis nithabendig brut far esen di wab un kiner geherter her! wolgeburen habendig gelesen iren geherten aufruff an di liberalen fun vuriges jor ich senen imer für di liberalen forwas ich habe ich geschriben faine bicher iber inseren heiligen torasmoische auf zi halten schabbes un esen kuscher un bin ich fun di barimte idische gelerten rabiners, fun rusische lan nor itz in groisen biternis un iren wolgeburen in bekenter groisharzigkeit un eddelmitigkeit un idische frumkeit wulen stizen mit harzliche grisen efraim lifschitz dragunerstrasse 44ª zu schigen an Bornstein fir lifschitz.«

Mit diesem an den Landgerichtsrat Levysohn adressierten Briefe hatte Wolf Klatzke Mißgriff auf Mißgriff gehäuft: es zeigte sich, daß er den Berliner Verhältnissen doch noch recht fern stand. Sonst hätte er sich wohl gehütet, die Adressen für seine im Interesse Jossels und im Auftrage Berl Weinsteins zu versendenden Briefe einfach der langen Liste von Unterzeichnern jenes Flugblattes zu entnehmen, das er unter alten Zeitungen bei Bornstein gefunden hatte. Ihm hatte die Reihe klangvoller Titel imponiert, die er da vorfand, und er hatte sich die versprechendsten ausgesucht, nachdem eine flüchtige Durchsicht des Flugblattes selbst ihm die Gewähr zu bieten schien, daß er es gerade mit dem geeigneten Menschenmaterial zu tun hatte.

Das Flugblatt trug die Überschrift:
»An die liberaldenkenden Mitglieder
der Berliner jüdischen Gemeinde«
und forderte in eindringlichen Worten auf, bei den damals bevorstehenden Wahlen in das Repräsentantenkollegium der jüdischen Gemeinde nur den liberalen Kandidaten die Stimme zu geben. Vor allem warnten die unterzeichneten Notablen der Gemeinde mit bekümmertem Ernste jedermann vor den Lockungen und Fallstricken jener neuerdings leider auch in Berlin auftauchenden und lärmend agitierenden Bewegung, welche sich jüdisch-national nenne. »Im Namen unserer

heiligen Religion«, hieß es da, »protestieren wir gegen jede Verfälschung des Glaubens unserer Väter! Nur die tiefste Erfassung der Glaubenslehre als der ethischen Grundlage der mit unserem teuren Vaterlande unauflöslich verbundenen sittlichen Gemeinschaft allen staatsbürgerlichen Wollens und Handelns verbürgt uns voll und ganz den religiösen Inhalt des wahrhaften jüdischen Wesens und wird letzteres, trotz allem über es Geschriebenem, von Übelwollenden und schlecht Unterrichteten noch immer verkannt. Wenn jetzt aus den Kreisen mosaischer Bekenner der israelitischen Religion unter Verkennung aller jüdischen Literaturergebnisse selbst unser religiöses Nest beschmutzt wird, verdient dieses höher gehängt zu werden und muß gegenüber jenen demagogischen Elementen unsere Religion in erhöhtem Maße geschützt werden und ist sie den Beistand aller wahrhaft Liberalen in Sicherheit erwartend.«

Da war es denn an sich wohl begreiflich, daß Klatzke, der in den Berliner Verhältnissen und dem Jargon des deutschjüdischen Parteibetriebes sich noch nicht auskannte, aus dem Flugblatt herauslas, daß hier die frommen gesetzestreuen Juden Berlins sich gegen Neuerer und Reformer irgendwelcher Art zur Wehr setzten. Er freute sich daher ungemein, auf so bequeme Art eine Liste zahlungsfähiger Leute bekommen zu haben, die offenbar alle Stützen der alten Synagoge, brave, interessierte fromme Juden waren und die gewiß geneigt sein würden, einem in Not geratenen frommen jüdischen Gelehrten zu helfen. Den Ausdruck »liberal« aber nahm er für gleichbedeutend mit »fromm«.

Dementsprechend entwarf er denn auch den Text des Briefes.

Wie konnte er ahnen, daß unter all den Unterzeichnern jenes Aufrufes sich kaum ein einziger befand, der sich um den Sabbat oder um die Speisegesetze kümmerte, kaum einer, den jüdische Gelehrsamkeit interessierte, – und sehr wenige darunter überhaupt ernstere jüdische Interessen hatten, – daß die meisten sich jahrein – jahraus um jüdische Angelegenheiten überhaupt nicht kümmerten und daß sie ihre Unterschriften zum Teil aus purer persönlicher Gefälligkeit, zum Teil auch nur aus Ärger über die neue jüdische Partei gegeben hatten, deren geräuschvolles Auftreten die Diskretion, mit der bislang die jüdischen Angelegenheiten erledigt wurden, zu gefährden drohte.

Und vor allem, wie konnte Wolf Klatzke ahnen, daß der Landgerichtsrat Levysohn aus der Matthäikirchstraße, der vor einigen Monaten durch Unterzeichnung jenes Aufrufes sich so ernstlich bemüht hatte, die bedrohte jüdische Religion zu schützen, – daß eben dieser Wächter des Heiligtums, wenn er überhaupt noch Neigung verspüren sollte, als Religionsschützer aufzutreten, jetzt seinen Schutz allenfalls der protestantischen Kirche hätte angedeihen lassen müssen. Er war mit seiner Familie kurz nach Verschickung jenes Flugblattes aus dem Judentum ausgeschieden und zur Landeskirche übergetreten; er war nicht mehr Landgerichtsrat, sondern Landgerichtsdirektor, – er hieß nicht mehr Levysohn, sondern führte mit landesherrlicher Genehmigung den Namen Lehnsen.

Aber seine Wohnung in der Matthäikirchstraße 8 hatte er beibehalten, da der Mietvertrag noch zwei Jahre lief und nicht ebenso leicht zu lösen war wie der nach der Überlieferung vor längerer Zeit am Berge Sinai geschlossene Vertrag. So blieb seine alttestamentarische Vergangenheit im Hause und in der Umgebung bekannt, und so kam auch Wolf Klatzkes Brief richtig an, nachdem die Adresse, von dem schmunzelnden Briefträger herumgezeigt, einen Lichtblick in das Dasein der Portiersfamilie und vieler Dienstboten beiderlei Geschlechtes gesenkt hatte.

Eine fromme Stiftung

I

Die Familie Lehnsen saß beim Morgenkaffee.

Der Landgerichtsdirektor las mit gerunzelter Stirn die »Deutsche Tageszeitung« – seine Frau widmete sich mit Andacht der Mahlzeit – Else amüsierte sich damit, aus Brotkügelchen, Zahnstochern und Seidenpapier drollige kleine Figuren herzustellen; Heinz saß schon abseits auf dem Schaukelstuhl und rauchte eine Zigarette nach der anderen.

»Vergiß nicht, Heinz!« sagte die Mutter. »Sieh nachher im Tageblatt nach, ob was drinsteht!«

»Gräßlich!« sagte Else. »Jetzt erfährt man alles Neue erst, wenn Heinz vom Gericht zurückkommt! – Diese Tageszeitung, die Papa jetzt liest! – Findest du nicht, Mama, daß man geistig verkommt?«

»Ich bin das meiner Stellung schuldig!« sagte der Direktor, nur halb hinhörend.

Else lachte.

»Und da spricht man von der Weltfremdheit der Richter!« sagte Heinz. »Wir haben ja nun mal Theodor Wolff abgeschworen und uns zu dem alleinseligmachenden Oertel bekehrt. Man muß da seinem Glauben schon Opfer bringen.«

»– Und seine wohlgegründeten Ansichten jetzt von Oertel statt von Wolff beziehen!« lachte Else.

»Was ist das für ein Unsinn, Else!« sagte die Mutter mißbilligend. »Wer ist das: Oertel und Wolff?«

»Du kennst Loeser und Wolff!« sagte Heinz ernsthaft. »Das sind die Eckpfeiler Berlins; Oertel und Wolff sind die Stützen der öffentlichen Meinung. – Ich beziehe meinen Bedarf bei keiner dieser Firmen! Ich finde, ihre Produkte kohlen gleichmäßig.«

»Es ist nicht anzuhören, dieses Gewäsch!« sagte der Landgerichtsdirektor ärgerlich. »Gewöhnt euch doch endlich dieses fade Gewitzel ab. Das erinnert nur an unsere – an vergangene Zeiten. – Das ist vielleicht noch der Einfluß von eurem geliebten Tageblatt: lest mal hier den Leitartikel –«

»Ach Herrgott!« sagte Else. »Mutter und ich, wir beziehen doch unsere geistige Nahrung nur aus den Familienanzeigen. Und jetzt müssen wir uns auf Heinz verlassen, um zu erfahren, ob wer Vernünftiges gestorben ist und wer als verlobt in der Verlustliste steht. – Deshalb stürzten wir uns doch früher immer gleich auf das Handelsblatt. – Das ist eigentlich gar kein übler Witz vom Tageblatt, daß die Verlobungen direkt hinter den anderen Handelsnachrichten stehen. – Joseph und ich, wir müssen doch aber auf jeden Fall auch ins Tageblatt, wenn es soweit ist. – Du, Heinz! Wie notieren jetzt eigentlich Regierungsassessoren?«

»Kind! Wie du redest!« sagte Frau Lehnsen. »Wenn du das wenigstens lassen wolltest, wenn wir Gäste haben. Kürzlich hat Lea –«

»Ach, Lea! – Joseph freut sich nur darüber, wenn ich mich produziere!«

Es blieb eine Weile still.

»Mama!« sagte auf einmal Heinz. »Mama! Wäre es dir sehr unangenehm, wenn ich in meinem Zimmer einen Flohzirkus einrichte?«

Else platzte laut los.

Der Direktor knitterte heftig mit der Zeitung, kam aber hinter dem Blatt nicht zum Vorschein.

Frau Lehnsen blieb vor Schreck ein Stück Kuchen im Halse stecken. Als sie wieder zu Atem gekommen war, sagte sie erbost:

»Du kannst einen zu Tode erschrecken mit deinen verrückten Einfällen! – Was soll das nur wieder?«

»Irgend etwas muß der Mensch doch tun«, sagte Heinz nachlässig ganz ernsthaft. »Ich habe das Bedürfnis, einmal auf irgendeinem Gebiet etwas zu leisten. Also möchte ich Flöhe dressieren; das ist doch immer noch sinnvoller als meine sogenannte Berufstätigkeit. – Man ist ja jetzt sehr für Sport; für Pferde bin ich nicht recht zu haben – ich brauche etwas Subtileres! Ich kann doch keine Hunde abrichten; da schaffe ich mir doch lieber gleich Flöhe an. – Ich möchte der

Tierdressur überhaupt neue Bahnen weisen! Was hat das für einen kulturellen Wert, die Tiere nach beendeter akademischer Ausbildung noch weiter gefangenzuhalten. Man müßte ständig neue Individuen fangen und ausbilden – die ausgebildeten aber müßte man in Freiheit setzen, damit sie unter ihren Stammesgenossen Bildung und Aufklärung verbreiten.«

»Meschugge!« rief Frau Lehnsen.

»Großartig!« lachte Else. »Wie hübsch muß das sein, wenn man einen Floh fängt, und auf einmal beginnt der Kunststücke zu machen – zu tanzen oder zu marschieren –«

»Sag mal, Heinz! Redest du im Ernst?« fragte Frau Lehnsen unsicher.

Die Geschwister lachten.

»Bei dir kann man nie wissen!« sagte Frau Lehnsen beruhigt. »Ich begreife gar nicht, wie ihr solche Worte überhaupt in den Mund nehmen könnt.«

»Oh, das ist ein ungegründetes Vorurteil«, sagte Heinz. »Ich sah gestern zum ersten Male die Tierchen in größerer Anzahl, und sie benahmen sich sehr gesittet. – Ich war in einem Flohzirkus auf einem Rummelplatz in Grünau –«

»Warum hast du mich nicht mitgenommen, Heinz?« fragte Else.

»Das hätte sich schlecht gemacht. Ich hatte schon Begleitung –«

»Die Tilli?« fragte Else interessiert.

»Else!« rief die Mutter empört.

Else zuckte mit den Achseln.

In dem Augenblick brachte Sophie, das Stubenmädchen, die Post; sie legte die Briefe vor den Hausherrn nieder und begann langsam den Tisch abzuräumen.

»Also Joseph muß mir das auch zeigen, Heinz«, sagte Else. »Du mußt mir sagen, wo wir dies Etablissement finden! Das ist extra was für Joseph! Um nachher Lea damit zu schockieren!«

»Sie können später abräumen«, sagte Frau Lehnsen, und Sophie ging zögernd hinaus. »Ich finde, Else, du brauchst in Gegenwart des neuen Mädchens nicht immer von *Joseph* und von *Lea* zu sprechen. Die denkt sich am Ende noch –«

Sophie trat wieder ein, anscheinend um das vergessene Tablett zu holen.

»Heinz«, sagte Else und gab ihm einen Rippenstoß, »erinnere mich daran, wenn Sandersleben kommt –«

»Eine solche Unverschämtheit!« sagte der Direktor erbost und knüllte einen Brief in der Hand zusammen, sich dabei zornig nach dem Mädchen umsehend.

Die verschwand eiligst aus dem Zimmer.

»Sandersleben!« sagte Frau Lehnsen. »Wie das klingt! Das Mädchen meint doch bestimmt –«

»Ja, wie soll ich denn sagen?« fragte Else unschuldig. »Ich kann doch nicht dafür, daß der Herr Baron von Stülp-Sandersleben den biblischen Namen Joseph führt und seine Schwester sich Lea nennt.«

»Diese Leute können sich das erlauben, solche Namen zu führen«, sagte Frau Lehnsen.

»Wie das klingt!« sagte Else. »Joseph – Komma – Freiherr von Stülp – Bindestrich – Sandersleben! Zwei Interpunktionen im Namen! Ich nehme ihn schon allein wegen des Kommas! Joseph – Komma!«

»Lies mal diesen Brief!« sagte der Direktor aufstehend und eine Promenade im Zimmer beginnend.

»Und sieh dir vor allem mal die Adresse an! Solch eine unverschämte Aufdringlichkeit!«

Else hatte das Kuvert neugierig an sich gerissen. »An hern langerichtrat Levysohn«, las sie und lachte ausgelassen. »Deshalb wollte Sophie gar nicht aus dem Zimmer. Sie wollte die Wirkung sehen!«

»Unverschämte Person!« knurrte der Direktor.

»Und ich bildete mir ein, sie machte mir schöne Augen!« klagte Heinz.

Frau Lehnsen hatte den Brief flüchtig gelesen und warf ihn mit hochrotem Gesicht auf den Tisch.

»Ich hoffe, Adolf«, sagte sie, »du läßt dir das nicht gefallen! Der Mensch muß exemplarisch bestraft werden. – Und dann mußt du dich bei der Post beschweren! Wie kann dir die Post den Brief bringen. Wir heißen doch *Lehnsen*! Man macht sich ja lächerlich!«

»Ich werde mich schön hüten!« rief der Direktor. »Die Sache noch an die große Glocke bringen! – Aber natürlich amüsieren die sich in der Küche königlich! – Diese aufdringliche Bagage – dieses Schnorrergesindel – läßt nicht locker! – Aber wer noch einmal solch einen Brief annimmt, der fliegt!«

»Hättest du es lieber«, fragte Heinz, der indessen den Brief durchgelesen hatte, »wenn Herr Ephraim Lifschitz dir persönlich die Ehre seines Besuches erwiese?«

»Das wäre mir gerade recht!« rief der Direktor stehenbleibend. »Den ersten jüdischen Schnorrer, der sich hier sehen läßt, übergebe ich der Polizei. Ich bin überzeugt, dann habe ich ein für allemal Ruhe vor der Chawrusse!«

»Der Brief ist doch reizend!« rief Else laut lachend. »Diese Orthographie! Zum Totlachen! Den zeige ich Joseph – und Lea –«

»Untersteh dich!« sagte Frau Lehnsen empört.

»Der arme Teufel hat sich mit dieser Stilübung gewiß große Mühe gemacht«, sagte Heinz. »Und vielleicht ist er wirklich ein armer Mensch! – Ich hätte Lust, ihm etwas zu schicken.«

»Ich beteilige mich!« sagte Else.

»Ihr seid verrückt!« sagte der Direktor. – Ehe er sich weiter äußern konnte, trat Sophie ein und meldete mit Nachdruck:

»Herr *Rabbiner* Doktor Magnus! Herr Professor Dr. *Hirsch*!«

Else sprang entzückt auf.

»Magnus? Der süße Magnus?!«

»Führen Sie die Herren in mein Arbeitszimmer«, sagte der Direktor, »und bitten Sie sie, einstweilen Platz zu nehmen.«

Sophie verschwand.

Else sprang auf ihren Vater zu.

»Was will Magnus bei dir? – Du willst doch nicht wieder Jude werden?«

»Du bist wirklich verrückt!« brauste Lehnsen auf.

»Nein, Papa!« sagte Heinz ernsthaft. »Wenn du wieder einmal den Glauben wechseln willst, würde ich raten, bis zur Ernennung zum Landgerichtspräsidenten zu warten. Wenn du dich dann wieder umtaufen würdest, wärest du als der einzige jüdische Präsident der höchsten Ehrungen sicher, die Israel zu vergeben hat.«

Lehnsen lachte ärgerlich.

»Der Gedanke wäre nicht einmal so dumm!« –

»Willst du nicht hineingehen?« sagte Frau Lehnsen. »Du kannst die Herren doch nicht so lange warten lassen; sie müssen in guter Laune bleiben.«

»Laß sie ruhig etwas warten!« sagte Lehnsen. »Wahrscheinlich werden Hirsch und Magnus sich inzwischen in die Haare geraten. Das kann mir doch nur recht sein!«

»Hirsch! Magnus!« sagte Heinz verwundert. »Deine heutige Besucherliste scheint einigermaßen konfessionell gefärbt.«

»Ja – heute ist die Kuratoriumssitzung der Stiftung eures Großvaters. – Das Kuratorium besteht nach seinem Letzten Willen aus mir, einem Rabbiner der jüdischen Gemeinde und einem Dozenten vom Rabbinerseminar. – Ich wollte gern das Amt niederlegen, als ich – als wir den Wechsel vollzogen, aber Mama meinte ja, das hätte nicht dem Willen ihres Vaters entsprochen –«

»Gewiß nicht!« sagte Frau Lehnsen. »Der selige Vater hat gewollt, daß du auch mit solchen Wohltätigkeitssachen zu tun hast, und Wohltätigkeit ist interkonfessionell –«

»Ach, das ist die Stiftung – das Stipendium für einen frommen jüdischen Rabbinatskandidaten?« sagte Heinz. »Und da bist du noch Kurator?«

»Unsinn!« sagte Frau Lehnsen energisch. »Es steht nichts drin von *jüdisch* und nichts von *Rabbiner*. Dafür habe ich schon gesorgt, als das Testament gemacht wurde.« –

»Ja«, sagte der Direktor unmutig. »Ich habe auf Wunsch des Schwiegervaters als Jurist den Text formuliert, und da habe ich denn nur hineingeschrieben, ›für einen frommen Studenten, der sich dem geistlichen Berufe widmen will‹. – Der Vater hat sich ganz auf mich verlassen, und ich habe ja auch an nichts Böses gedacht! Ich wollte nur nicht, daß das Ganze so speziell jüdisch aussieht – schon wegen der Leute vom Gericht!«

»In der Sache ist ja damit auch nichts geändert!« sagte Heinz aufmerksam.

»Ja – es hat sich nun einiges verschoben, wie ihr wißt!« sagte Lehnsen, auf und ab gehend. »Da ist nun zum Beispiel der Kandidat Ostermann, für den sich Frau von Stülp-Sandersleben interessiert. Es scheint, es ist ein sehr verdienstlicher junger Mann, strengster kirchlicher Richtung –«

»Die Sandersleben will es durchaus, daß er das Stipendium bekommt«, sagte Frau Lehnsen. »Und sie kann es gewissermaßen verlangen. Lea ist nicht mehr allzu jung – Geld haben die Leute nicht: ihm ist eine Pfarre später sicher, wenn er nur das Studium hinter sich hat. Und da doch Joseph und unsere Else einig sind – bleibt so das Stipendium sozusagen in der Familie –«

»Ja, aber ob das gerade im Sinne des Vaters ist«, meinte der Direktor, »ist mir zweifelhaft. Gewiß! Die Zeiten ändern sich! – Aber dieser junge Mann, der Kaiser – vom Rabbinerseminar, – seine Zeugnisse sind ausgezeichnet. Sein Vater ist in einer kleinen Gemeinde in Süddeutschland Rabbiner; übrig haben die Leute auch nichts –«

»Aber, Adolf«, rief Frau Lehnsen entrüstet. »Du hast mir fest versprochen – und gestern noch der Sandersleben selbst. Sie kommt bestimmt nachher, sich erkundigen –«

»Was ich versprochen habe, halte ich«, sagte Lehnsen ärgerlich. »Aber ich werde einen schweren Stand haben; ich bin einer gegen zwei!«

Damit ging er zu der Konferenz.

»Grüße mir den süßen Magnus!« rief Else ihm nach. – »Ob ich ihm nachher auf dem Flur aufpasse? – Wir waren alle in ihn verliebt beim Konfirmationsunterricht.«

»Ich erinnere mich noch ganz gut an seine Tischrede abends«, sagte Heinz. »Von dem Hause, das glücklich die alte ehrwürdige Tradition Israels mit dem modernen Geist zu verbinden wisse – von der Treue zu den Eltern und der Treue zum Glauben.«

»Es war eine schöne Wirtschaft mit ihm«, sagte Frau Lehnsen. »Er aß kein Fleisch, und ich mußte eigens seinetwegen die Familie Pinkus einladen und Gersons, damit er zwischen ihnen sitzen konnte und man das nicht so bemerkte.«

»In das Gebetbuch, das er mir verehrt hat, hat er mir noch

einen Spruch eingeschrieben, – den er mir ›mitgegeben hat als Leitstern, mein teures Kind!‹. Wie hieß der doch? Richtig! ›Der Stolz der Eltern sind die Kinder – aber der Kinder Glück ist das Verdienst der Eltern!‹ – Ich glaube, das weiß Joseph auch zu schätzen – den Verdienst der Eltern!«

II

Dr. Magnus und Professor Hirsch hatten sich an der Potsdamer Brücke getroffen. – Der Professor war wartend stehengeblieben, als er den Rabbiner auf der Plattform eines Straßenbahnwagens erkannt hatte, wie er durch lebhaftes Schwenken des glänzenden Zylinderhutes sich bemerkbar zu machen suchte. Nun kam er von der Haltestelle her über den Straßendamm – den Hut in der schirmbewaffneten Linken und die Rechte von weitem schon dem Professor entgegenstreckend; seine roten Bäckchen leuchteten aus dem kohlschwarzen wohlgepflegten Bart hervor, und das Gesicht strahlte von Liebenswürdigkeit und Freude.

»Mein verehrter, lieber Herr Professor!« rief er und schüttelte mit herzlichem Druck die ihm gebotene Hand. »Mein verehrter Herr Professor! – Das ist aber schön, daß wir uns hier gerade treffen! – Ich freue mich, wie glänzend Sie aussehen! – Sie werden in demselben Maße täglich jünger, wie Ihre Arbeitskraft immer größere Dimensionen annimmt. Ihre neue Publikation im Jahresbericht ist phänomenal; sie wirft ganz neue Schlaglichter auf die Entwicklung der Suffixe der Pränomina –«

»Haben Sie meine Arbeit gelesen?« fragte der Professor mißtrauisch. »Ich wundere mich, daß Sie bei Ihrer vielseitigen Tätigkeit noch die Zeit haben, Wissenschaft zu treiben.«

»Ja, leider – leider! Es war immer mein Ideal, ganz und gar nur meinen Studien zu leben! Aber es ist ein Ideal geblieben! – Unerfüllbar wie alle Ideale! – Man wird so schrecklich in Anspruch genommen – von allen Seiten! – Was soll man da machen! Man ist einfach ein Sklave! Da klingelt mich zum Beispiel vorhin das Generalkommando an – wegen der

Vorbereitung der Rekruten zur Vereidigung; das kostet wieder Zeit. – Und die vielen Sitzungen und Referate – und die Loge; jetzt soll ich absolut das Präsidium übernehmen im Verein zur Hebung des – des – jetzt habe ich gar vergessen, was das für ein Verein ist; aber irgend etwas soll gehoben werden! – Dort drüben das Haus, Herr Professor!«

»Sie wissen hier wohl Bescheid, Herr Rabbiner?«

»*Ob* ich hier Bescheid weiß! Früher kam ich sehr oft hierher! Früher! – Ja, es stimmt mich wahrhaft traurig, wenn ich diese mir noch so vertraute Treppe hinaufsteige! – Böse, böse Zeiten für unsere Glaubensgemeinschaft!«

»Es ist mir widerlich!« sagte der Professor, auf dem Treppenabsatz stehenbleibend und den Stock aufstoßend. »Direkt widerlich, daß mich die Umstände nötigen, das Haus dieses *Täuflings* zu betreten.«

»Mir fällt das vielleicht noch schwerer, mein lieber Herr Professor!« sagte Magnus seufzend. »Bei mir kommen die Erinnerungen hinzu. Alle Kasualien in dem Hause wurden von mir versehen! Wirklich, unsere Besten verlassen uns! – Aber es ist bereits soweit, Herr Professor! – Wir können doch den Landgerichtsdirektor nicht warten lassen!«

»Wenn es nicht wäre, um dem braven Kaiser das Stipendium zu retten, brächten mich keine zehn Pferde her!« brummte Hirsch, die Treppe vollends ersteigend.

Das Mädchen öffnete und ließ die Herren eintreten; Dr. Magnus nannte ihr mit seelenvollem Augenaufschlag die Namen, und sie traten in das helle dreifenstrige Arbeitszimmer des Landgerichtsdirektors. –

Magnus warf unruhige Blicke auf den Professor.

»Verehrter Herr Professor!« sagte er einigermaßen in Verlegenheit mit seinem liebenswürdigsten Lächeln. »Verzeihen Sie, wenn ich Sie darauf aufmerksam mache: Sie haben wohl in Zerstreuung vergessen, Ihre Zigarre abzulegen. Abgesehen davon, daß der Hausherr eine ganz ausgezeichnete Marke führt – ich nehme an, daß er dieser schätzenswerten Gewohnheit treuer geblieben ist als unserer Religion –, können Sie doch nicht gut –«

»Ich rauche meine Zigarre weiter«, sagte Hirsch energisch.

»Ich mache hier keinen Besuch bei dem *Täufling*; ich betrachte diese Zusammenkunft als eine rein geschäftliche Angelegenheit; ich komme zur Kuratoriumssitzung. Meine Pflicht schreibt mir das vor, und ich kann nichts dagegen tun, wenn der Herr Landgerichtsdirektor als Vorsitzender des Kuratoriums es für taktvoll hält, mich zu einem Betreten seiner Wohnung zu nötigen. Gesellschaftliche Beziehungen zu ihm gibt es für mich nicht, und ich lehne es ab, ihm gegenüber mir in meinen Gewohnheiten besonderen Zwang aufzuerlegen.«

Der kleine weißbärtige Professor paffte wütend drauflos; jede der kleinen Rauchwolken, die er heftig ausstieß und die langsam gegen die Decke zu verflatterten, schien einen Protest darzustellen.

»Und daß Sie mir zumuten, von diesem – geborenen Levysohn mir Zigarren schenken zu lassen, finde ich befremdlich!« setzte er ingrimmig hinzu. »Natürlich brauchen Sie sich dadurch nicht stören zu lassen!«

»Aber, verehrter Herr Professor!« sagte Dr. Magnus betreten. »Wie können Sie nur über eine ganz harmlose Bemerkung sich so aufregen. Nichts liegt mir ferner als eine ganz unangebrachte Toleranz gegenüber Verrätern unseres Glaubens. Auch ich gedenke mich ausschließlich auf den Boden kühler Korrektheit zu stellen!«

»Ich finde, der Herr Direktor hat uns jetzt lange genug antichambrieren lassen«, sagte Hirsch empört und sah nach der Uhr. »Ich habe jetzt von der Madonna und der ›Austreibung der Wechsler‹, die er zum Zeichen seiner Konvertierung uns hier vor die Nase gehängt hat, gebührend Kenntnis genommen!«

»Die Bilder hängen schon seit Jahren hier«, sagte Magnus. »Es handelt sich da eben um Kunstwerke, die nur ihres Kunstwertes wegen da aufgehängt sind – ohne Rücksicht auf das Sujet.«

»So! Kunstwerke! – Ohne Rücksicht auf das Sujet! – Na, es soll ja jetzt auch künstlerisch ausgeführte Bilder des neuen jüdischen Apostels geben, – der unsere ganze Jugend aufsässig gemacht hat. Ich möchte wissen, was Ihnen Ihr Gemeindevorstand für einen Tanz machen würde, wenn Sie sich das Bild des Dr. Herzl um des Kunstwertes willen über den Schreibtisch hängen würden!«

»Aber, verehrter Herr Professor! Wohin geraten wir! – Das Bild des Zionistenführers beim Rabbiner wäre ja absurd. – In unserem Falle aber gebietet die einfachste Toleranz –«

»Ach was! Mich ärgert Ihre Art von Toleranz oder wie Sie es sonst zu nennen belieben. – Da gehen Sie also ruhig in solche Häuser, setzen sich unter Heiligenbildern an die Tafel, an der Sie nicht mitspeisen können, rauchen die guten Zigarren und halten Lobreden auf das jüdische Haus; den lieben Gott lassen Sie einen guten Mann sein! – Nur den Leuten das Judentum hübsch bequem machen, – daß es beileibe nirgends stört oder sich unangenehm bemerkbar macht. Bis die Leutchen es dann selbst vergessen und bis sie dann schließlich den letzten Schritt tun! – Dann natürlich – dann sind Sie aus den Wolken gefallen, ringen Sie schmerzerfüllt die Hände und schreien Zetermordio! – An die eigene Brust sollten Sie sich schlagen! Sie allein sind schuld daran – Sie und alle diese Lauwarmen mit ihrer berühmten sogenannten Toleranz.«

»Verzeihen Sie, Herr Professor!« sagte Dr. Magnus geärgert. »Sie werden in dem Schmerz über das Überhandnehmen der Taufe denn doch ungerecht. Ich würdige und teile Ihr Bedauern, und da will ich Ihnen nicht übelnehmen, was Sie da eben gesagt haben.«

»Ach was – übelnehmen! – Ich spreche, wie ich's meine! – Wie konnte eine solche Familie so rasch sinken! – Den Vater von der Frau des Hauses habe ich noch ganz gut gekannt, als er noch Lehrer im Posenschen war; ein tüchtiger Mensch war er, und da hat er sich bis zum steinreichen Mann emporgearbeitet. Er hatte mit den Auswanderern zu tun und wurde erst Grenzagent eines Auswandererbureaus – dabei kam er auf allerhand Geschäfte – na, er wurde reich, aber er vergaß doch sein Judentum nicht. – Beweis: die Stiftung, die uns hier zusammenführt! – Und der Schwiegersohn, dieser Levysohn, den hat er auf seine Kosten studieren lassen – das war ein ganz armer Junge, ein Waisenkind; – der hat dann die Tochter geheiratet. – Wie kommen diese Leute dazu, so hinüberzugleiten? – Weil sie in *Ihr* Fahrwasser geraten sind! – Der Alte war ein Orthodoxer strengster Observanz!«

»Und wie sind diese Leute denn in dies ›Fahrwasser‹ geraten? Wieso sind sie Ihnen und Ihrem Kreise entglitten und in meinen Wirkungsbereich geraten, den Sie für so verderblich halten? – Sie haben eben Ihrer Überzeugung Ausdruck verliehen, daß wir, die wir die versöhnliche mildere Richtung vertreten, an dem Abfall die Schuld tragen. Gestatten Sie nunmehr auch mir eine Bemerkung, und ich bitte, dieselbe nicht mißdeuten zu wollen! – Meines Erachtens ist es gerade Ihre Partei – sind es gerade die Orthodoxen, welche für den erschreckenden Abfall in erster Linie verantwortlich zu machen sind –«

»Da hört sich doch alles auf!« schrie der Professor.

»Verzeihen Sie, Herr Professor! Ich meine Sie natürlich nicht persönlich. Meine Hochachtung und Verehrung gegenüber einer der Säulen unserer jüdischen Wissenschaft – das sind Sie, Herr Professor! Unbestritten! – ist viel zu groß, als daß ich es wagen würde, mir eine persönliche Kritik zu erlauben. Ich spreche im allgemeinen! Und da muß ich sagen: Allzu scharf macht schartig! Viele werden durch die jeder Konzession an den Zeitgeist abholde Unentwegtheit der Orthodoxie abgestoßen! – Sie machen es den Leuten gar zu schwer – Sie machen ihnen ja fast das Leben unmöglich. Die Sabbatgesetze! Die Speisegebote! Alles Gebote, deren hohen historischen Wert ich persönlich gewiß zu schätzen weiß und denen ich für meine Person mich freudig unterwerfe. Aber wir müssen Verständnis für die Moderne haben – wir müssen Abgründe überbrücken – den Mittelweg suchen zwischen Gesetz und Leben, – auf daß nicht alles mit einem Male verlorengehe – das Große mit dem Kleinen – das Wichtige mit dem Unwichtigen –«

»Nichts ist unwichtig!« rief Hirsch.

»Es ist doch ein Unterschied, ob ich den Versöhnungstag nicht beobachte oder ob ich am Sabbat ein Taschentuch trage!«

»Sie tragen ja auch einen Schirm am Sabbat!« schrie Hirsch.

»Erlauben Sie, Herr Professor! Was ich persönlich tue, darauf –«

»Darauf allein kommt es an! – Es gibt nichts Unwichtiges! Nur die Tat ist von Wert, nicht das Gerede. Alle Ihre schönen Predigten sind keinen Heller wert ohne die Tat, die dahintersteht!«

»Ich bedaure lebhaft Ihre geringschätzende Kritik meiner Tätigkeit als Redner; ich kann für meine Person nur sagen, daß mich mein von dem Ihrigen abweichender Standpunkt nie dazu verleiten würde, etwa Ihre wissenschaftlichen Arbeiten unobjektiv zu beurteilen. –«

»Die verstehen Sie ja doch nicht!« rief der Professor wild. »Die können Sie gar nicht verstehen! Die kann kein Mensch verstehen, – der sich nicht ständig dem Studium der Grammatik der orientalischen Sprachen und dem Spezialgebiet der Suffixe widmet!«

»Erlauben Sie, Ihre glänzende Darstellung der Entstehung der Suffixe –«

»Kann nur von Fachleuten gewürdigt werden! – Aber nicht von jemandem, der täglich drei Juden zu begraben und die doppelte Anzahl zu trauen hat und der höchstens auf der Fahrt vom einen zum andern – seine wissenschaftlichen Bedürfnisse befriedigt. Das ist die Oberflächlichkeit, mit der Sie alle gewohnt sind, die Dinge zu betrachten.«

»Herr Professor, Sie sind in einer Stimmung, die eine Diskussion nicht eben angenehm macht.«

»Ich sehe auch nicht ein, wozu wir sie fortsetzen sollen! Ich gehe jetzt. Ich bin nicht der Hansnarr dieses Täuflings!«

Aber in diesem Moment trat der Landgerichtsdirektor ein.

III

»Ich bitte sehr um Vergebung, meine Herren«, sagte der Landgerichtsdirektor höflich, »wenn ich gezwungen war, Sie etwas warten zu lassen. – Wie geht es Ihnen, Herr Doktor?«

Er reichte dem Rabbiner die Hand; der Professor hielt seine Hände hinter dem Rücken verschränkt, und der Direktor griff mit der schon halb ausgestreckten Hand nach der Zigarrenkiste.

»Wollen die Herren sich nicht bedienen?«

»Ich danke! Ich rauche meine eigene Zigarre«, sagte der Professor, immer noch in gereiztem Tone. »Aber der Herr Rabbiner hat Ihr gutes Kraut gerühmt. Gestatten Sie!«

Er nahm mit einem Ruck die Kiste und hielt sie geöffnet dem Rabbiner hin, ihn durch die Brille grimmig anfunkelnd: »Bitte!«

»Ich sagte bereits dem verehrten Professor Hirsch«, sagte Magnus mit rotem Kopf, »daß ich durch eine Erkältung gezwungen bin, mir das Vergnügen des Rauchens auf einige Zeit zu versagen – soviel Vertrauen ich auch noch von alters her Ihrer Marke entgegenbringe!«

»Ja«, sagte Lehnsen, der gern die Unterhaltung über das eigentliche Thema etwas hinausschob. »Sie waren uns, wenn Sie kamen, stets ein sehr werter Gast; ich hätte beinahe gesagt, ein teurer«, fuhr er mit verbindlichem Lächeln fort, »denn gewöhnlich brandschatzten Sie mich für irgendeinen frommen Zweck. Ich bitte Sie, auch künftig nicht an meinem Haus vorüberzugehen. Selbstverständlich hat sich in puncto Wohltätigkeit bei mir nichts geändert. – Wohltätigkeit muß paritätisch sein!«

Magnus verbeugte sich, ohne etwas zu erwidern.

»Ja«, fuhr der Direktor fort, »wir erinnern uns mit Freuden Ihrer. Meine Tochter hat erst heute früh noch mit besonderer Verehrung Ihren Namen genannt.«

Magnus verbeugte sich wieder, sichtlich geschmeichelt.

»Sehr gütig von Ihrem Fräulein Tochter!« sagte er. »Auch ich kann nur sagen, daß mir der Unterricht damals hohe Befriedigung gewährte. Die seltenen Gaben Ihrer Tochter, – ihr ernstes gefestetes Wesen – ihre tiefsinnige Frömmigkeit –«

Er hielt inne und wurde blutrot.

Der Direktor räusperte sich.

Der Professor saß grimmig lächelnd da.

»Meine Herren«, sagte er, »es tut mir außerordentlich leid, daß ich Ihren Austausch von Liebenswürdigkeiten stören muß. Ich nehme aber an, daß Sie noch öfter dazu Gelegenheit finden werden. Meine Zeit ist aber gemessen, und wir fangen so schon später an, als ich voraussetzte. – Wenn ich bitten darf, gehen wir an die Geschäfte!«

Dr. Magnus rutschte geniert hin und her und sah angelegentlich aus dem Fenster.

»Vergebung!« sagte Lehnsen kühl. »Gehen wir also in medias res. Ich hoffe, die Sache wird uns nicht allzu lange aufhalten – vorausgesetzt, daß Sie meinen Intentionen zustimmen, woran ich übrigens nicht zweifle. – Ich habe die Akte kursieren lassen; es liegen, wie Sie gesehen haben werden, zwei Bewerbungen um das erledigte Stipendium vor, – die eine des cand. phil. Jakob Kaiser, die andere des cand. theol. Gustav Ostermann. Beide Bewerber sind gleichmäßig gut bezeugt und scheinen in ihrem Fach etwas zu leisten. An sich wären also die Chancen gleich, da beide Komparenten auch unterstützungsbedürftig erscheinen. – Ich bin nun der Ansicht«, er beugte sich über die Akte und fuhr mit erhobener, fast polternder Stimme fort, »daß unter diesen Umständen doch der Ostermann das Stipendium erhalten sollte. Einer kann es ja schließlich nur bekommen! Nun ist Ostermann Christ – ein angehender christlicher Theologe. Ich brauche nicht erst zu betonen, daß an sich dieser Umstand für mich nicht ausschlaggebend ist. Ich weiß mich nicht nur frei von antisemitischer Gesinnung, – das ist ja selbstverständlich! – sondern ich selbst bin gewissermaßen stolz darauf – daß ich selbst – Sie sind ja im Bilde, meine Herren! – Aber – gerade deshalb! Wohltätigkeitsangelegenheiten müssen paritätisch behandelt werden, wie ich schon vorhin sagte – durchaus! Bislang sind, wie Sie sich überzeugen können, in der ganzen Zeit seit Errichtung der Stiftung immer nur Israeliten bedacht worden; es erscheint mir da schon des Eindruckes nach außen wegen für geboten, nachdem nun, meines Wissens zum ersten Male, ein christlicher junger Mann als Bewerber auftritt, ihn auch in erster Reihe zu berücksichtigen. – Es kommt hinzu, daß es eine so große Reihe ausschließlich jüdischer Stiftungen gibt, daß der junge Kaiser wohl Gelegenheit finden wird, dort ein Stipendium zu erringen. – Die Herren sind wohl einverstanden?«

Der Professor stand auf und wollte losbrechen.

Dr. Magnus sprang ängstlich dazwischen:

»Einen Augenblick, Herr Professor! – Es wäre vielleicht zweckmäßig, aus der Stiftungsurkunde festzustellen, wer als Bewerber in Betracht kommt. – Soviel ich weiß, handelt es sich um ein Stipendium lediglich für Rabbinatskandidaten, und ich habe mich sogar offen gestanden etwas über die Bewerbung dieses Herrn Ostermann gewundert.«

»Die Stiftungsurkunde«, sagte Lehnsen verstimmt, »spricht nur von einem ›frommen Studenten, der sich dem geistlichen Berufe widmen will‹. – Diese allgemein gehaltene Wendung beweist eben, daß eine Beschränkung auf Bekenner der mosaischen Konfession nicht vorgesehen ist. Schließlich bin ich doch auch als Schwiegersohn des Stifters und als dessen eigentlicher Willensvollstrecker am ehesten zur Auslegung berufen und verpflichtet!«

»Sie sind verpflichtet, Ihr Amt auf der Stelle niederzulegen«, brach der Professor los, »Sie hätten das längst tun müssen – gleich nach Ihrer Bekehrung. Das hätte Ihnen mindestens der eigene Takt sagen müssen!«

»Sie werden schon gestatten, Herr Professor«, sagte Lehnsen kalt, »daß ich da nach eigenem Ermessen handle und daß ich vor allem in Fragen des gesellschaftlichen Taktes mir von niemandem Vorschriften machen lasse – auch nicht von Ihnen. Ich bitte Sie, nicht zu vergessen, daß Sie als mein Gast –«

»Den Teufel bin ich Ihr Gast! – Ich protestiere ausdrücklich gegen diese Auffassung! – Wir befinden uns in einer Sitzung des Kuratoriums der Stiftung, und dies ist der Sitzungsraum! – Und ich lasse mich in meinem statutarischen Recht nicht verkürzen! – Sie wissen so gut wie ich, daß der selige Stifter nie im Leben daran gedacht hat, die christliche Theologie zu fördern. Wie diese mehr als merkwürdige Fassung in die Urkunde hineingekommen ist, werden Sie vielleicht als Schwiegersohn und juristischer Berater am ehesten aufzuklären in der Lage sein.«

»Das geht zu weit, Herr Professor!« suchte der Rabbiner zu beschwichtigen. »Wir können doch dem Herrn Landgerichtsdirektor nicht eine intellektuelle Fälschung des Willens seines Schwiegervaters insinuieren.«

»Also Sie sind auf seiner Seite?!« rief Hirsch. »Immer besser! So muß es kommen! – Gerade das habe ich mir gedacht! – Dann bin ich ja überflüssig!«

Und er wendete sich brüsk zum Gehen. Magnus hielt ihn zurück.

»Sie sind zu hitzig, verehrter Herr Professor!« sagte er sehr unruhig. »Sie wollen nicht hören. – Ich bin ja mit Ihnen der Meinung, daß es sich um eine durchaus jüdische Stiftung handelt, – wenigstens vorläufig, bis mir der Beweis des Gegenteils erbracht wird. Ich hoffe sogar bestimmt, unsern verehrten Herrn Vorsitzenden von der Unrichtigkeit seiner Auffassung noch zu überzeugen.«

»In *diesem* Falle wird der Herr Landgerichtsdirektor Levysohn – Verzeihung! Lehnsen – seine Überzeugung wohl nicht so schnell ändern«, sagte Hirsch grimmig, kehrte aber um. »Ich bitte, abstimmen zu lassen.«

»Herr Professor!« begehrte jetzt Lehnsen auf. »Ihre Art des Auftretens trägt nicht eben dazu bei, Gegensätze auszugleichen. – Sie gefallen sich in Ausfällen und bissigen Bemerkungen. Sie Toleranz und Verständnis für einen von dem Ihren abweichenden Standpunkt zu lehren, fühle ich weder Neigung noch Beruf. – Aber eins will ich Ihnen denn doch bei dieser Gelegenheit sagen: Sie und Ihresgleichen sind es, die die zunehmende Abkehr von Ihrer Religion bewirken. Ihr Fanatismus – so ehrlichen und meinetwegen edlen Motiven er entsprungen sein mag – stößt zurück. Sie suchen künstlich eine Isolierung herbeizuführen – Sie wollen Ihre Glaubensgenossen von der lebendigen Welt absperren – Sie suchen eine Mauer um Ihre Gemeinschaft aufzuführen; aber das Leben ist stärker als alle Konstruktionen. Und der Erfolg lehrt das! Sie und die Männer Ihres Schlages sind aber eben unbelehrbar!«

Dr. Magnus räusperte sich diskret und sah den Professor mit triumphierendem Lächeln an.

»Ich glaube nicht«, sagte dieser, »daß eine Diskussion mit Ihnen über dieses Thema irgendwelchen praktischen Wert hat. Meine Zeit ist zu theoretischen Erörterungen zu kostbar. – Halten wir uns, wenn es gefällig ist, an die Tagesordnung.«

»Ich halte das auch für das Richtigste«, sagte Lehnsen, »und ich bitte die Herren, wieder Platz zu nehmen. – Ich habe Ihnen meine Ansichten entwickelt. Herr Professor Hirsch hat seine Meinung ja auch mit aller wünschenswerten Deutlichkeit zu erkennen gegeben. Die Entscheidung hängt nun von Ihnen ab, Herr Rabbiner. Ich stelle aber anheim, nochmals mit voller Objektivität alle Momente zu erwägen.« –

»Ich bin da in einer peinlichen Lage«, sagte Dr. Magnus. »Ich glaube, daß meine Objektivität und meine Toleranz außer Frage stehen; ich bin nie ein – Fanatiker gewesen und nie ein Parteimann –«

»Das weiß ich, Herr Doktor!« sagte Lehnsen mit Wärme. »Das habe ich Ihnen auch stets hoch angerechnet. Und deshalb erfreuen Sie sich auch überall der größten Sympathie. – Gerade deshalb hoffe ich nicht umsonst an Sie zu appellieren! Wie oft haben Sie an meiner Tafel Worte der allgemeinen Menschenverbrüderung gesprochen – haben Sie in herrlichen, wahrhaft erbaulichen Reden die allumfassende werktätige Menschenliebe gepriesen, die nicht vor den Schranken des Bekenntnisses haltmacht. Ich erinnere mich an Ihre Ausführungen über das Wort: Sind wir nicht alle Kinder eines Vaters? – Ich sage Ihnen, ich war gerade gegenüber meinen christlichen Gästen damals stolz darauf, daß ein Geistlicher meines Bekenntnisses so sprach – Sie werden sich jetzt nicht selbst desavouieren wollen und in die Kerbe des Fanatismus und der Intoleranz hauen. – Ich weiß bestimmt, Herr Rabbiner, Sie werden mir nicht mein Vertrauen zu der Wahrhaftigkeit Ihrer damals vertretenen Gesinnung rauben wollen! – *Ich* bin derselbe geblieben, der ich war; ich fühle mich mit dem, was Sie damals als den Inbegriff *aller* Religion bezeichneten – nach wie vor eins. – Was sich bei mir geändert hat, ist nur die Bezeichnung der Sache, nicht die Sache selbst!«

»Aha!« frohlockte jetzt der Professor. »Ich gratuliere, Herr Rabbiner! Da sehen Sie die Erfolge Ihrer berühmten Toleranz!«

Dr. Magnus fuhr auf.

»Herr Professor! Ich muß gegen diese Behandlung denn doch Verwahrung einlegen. – Meine Herren! – Herr Landgerichtsdirektor! – Sie irren sich durchaus in mir! – Sie können nicht annehmen, daß ich den Schritt, den Sie getan haben, irgendwie entschuldige, geschweige denn billige. Und Sie werden guttun, sich nicht auf mich zu berufen. Ich nehme doch an, daß Sie nicht die Absicht haben, mich unmöglich zu machen. – Wenn man derart mißverstanden werden kann – ja, dann hört eben alle Möglichkeit erfolgreicher Tätigkeit für unsereins auf! –«

»Herr Rabbiner!« sagte Lehnsen. »Ich wollte keine Debatte über dies Thema heraufbeschwören. Ich –«

»Ja, vergeben Sie vielmals, Herr Landgerichtsdirektor. Aber es ist jetzt Ehrensache für mich geworden, jeder möglichen Entstellung vorzubeugen. – Ich muß Sie bitten, mir in Gegenwart des Herrn Professor Hirsch zu bezeugen, daß ich die Fahne meines Glaubens in Ihrem Hause nie verleugnet habe –«

»Aber, Herr Rabbiner! Gewiß nicht! Ich sagte doch selbst –«

»Sie haben gewissermaßen angedeutet, daß Ihr Übertritt nichts an Ihren seelischen Beziehungen zur Religion geändert habe und daß Ihre Anschauungen mit den meinen konform gehen. Es ist mir unerfindlich, wie Sie etwas Derartiges aussprechen können! – Ich kann Ihnen nur sagen, als ich von Ihrem Übertritt hörte, hat es in mir einen schmerzlichen Riß gegeben. – Ich verurteile den Schritt, den Sie getan, auf das allerentschiedenste – mindestens ebenso wie der Herr Professor; ein Aufgeben der angestammten Religion ist unter allen Umständen –«

»Was habe ich denn aufgegeben? Erklären Sie mir das nur!« rief Lehnsen jetzt und richtete sich auf. »Reden wir doch nicht um die Sache herum! Ich habe mich innerlich mit dem Tage der Taufe nicht im geringsten verändert. Ich bin der geblieben, der ich immer war und als den Sie mich seit Jahren kannten. Versteck habe ich nie gespielt. – In allen Anschauungen der Ethik und Moral existiert zwischen einem aufgeklärten Juden und einem ebensolchen Christen keinerlei Unterschied. An das Zeremonialgesetz habe ich seit langem mich nicht gehalten, und Sie haben das ja aus nächster Nähe beobachtet. Da also doch schlechterdings jeder Unterschied zwischen mir und meinen nichtjüdischen Mitbürgern weggefallen war – oder ist das Judentum nach Ihrer Ansicht noch etwas anderes als religiöse Angelegenheit? – Haben Sie etwa Ihre Ansichten so grundlegend geändert, Herr Dr. Magnus, daß Sie eine jüdische *Nation* anerkennen?«

»Gott behüte!« rief der Rabbiner erschreckt.

»Na also! Da habe ich eben die Konsequenz gezogen, vor der Sie und viele andere Juden aus einer Art Pietät zurückschrecken – aus Motiven, die ich achte, wennschon ich sie mir nicht zu eigen machen kann. – Ich habe mich nicht zu irgendwelchen Dogmen bekannt, als ich übertrat. Ich glaube nicht mehr und nicht weniger als hier in Berlin Hunderttausende von Christen und Juden. – Der Staat, in dem wir leben, ist nun einmal ein christlicher Staat; ich konnte mich ohne Gewissensbedrückung aus einem Register in das andere übertragen lassen. – Es ist vielleicht sogar eine Art Opfer, das ich gebracht habe – unterschätzen Sie das nicht, meine Herren! Ein Opfer, dem ich mich bereitwillig im Interesse der Gesamtheit unterzogen habe. Ich unterwarf mich damit gewissen Demütigungen – ich zerriß damit manche mir lieb gewordene Erinnerungen – ich zerschnitt das Tuch zwischen mir und manchen von mir geschätzten Kreisen, und ich weiß genau, daß ich mich nach den vielfach leider noch herrschenden Anschauungen damit Mißdeutungen aller Art aussetze; man ist ja dann vielen nur noch ein gewissenloser Streber – ein Überläufer – ein Verräter und was alles sonst noch. Aber wer gleich Ihnen, Herr Rabbiner, wünscht, daß die Grenzen zwischen den Bürgern unseres deutschen Volkes fallen, der muß es ehrlicherweise billigen und unterstützen, daß derjenige, welcher sich ganz eins mit der Volksgesamtheit fühlt, das auch äußerlich durch das Bekenntnis zur Staatsreligion betätigt. – Ich habe meine Pflicht gegen mich, meine Familie und gegen den Staat erfüllt, und wie ich meine, habe ich keine Pflicht gegen meine ehemaligen Glaubensgenossen verletzt. Wer an der jüdischen Religion ernstlich und gläubig festhält, besitzt meine Achtung; wer aber die innerlich längst verloren hat und nur aus Trägheit oder aus Furcht vor Mißdeutungen daran festhält, ist mir unbegreiflich. Gerade von Ihnen, Herr Rabbiner, hätte ich da Verständnis erwartet. Ich habe mich getäuscht! Leider ! – Vielleicht sind Sie auch wirklich doch schon von den Zionisten infiziert und fühlen sich jüdisch-national! –«

»Ich?« rief der Rabbiner empört. »Gegen eine derartige Unterstellung protestiere ich denn doch auf das nachdrücklichste!«

»Da haben Sie ja Ihre Predigt weg, Herr Rabbiner!« sagte der Professor höchst zufriedengestellt. »Das sind die Folgen Ihrer Toleranz!«

»Nein – Ihres Fanatismus!« rief Magnus außer sich.

»Nur das strikte Festhalten an den göttlichen Gesetzen unserer Thora« – rief der Professor.

»Das Primäre ist doch der Glauben!« rief der Rabbiner. »Sagen Sie selbst, Herr Landgerichtsdirektor, kann jemanden, dem der Glauben fehlt, das Zeremonial allein befriedigen?«

»Und hat in Ihrem Hause, Herr Direktor«, donnerte Hirsch, »der Glaube ohne das Zeremonial sich erhalten können? Blieb da noch irgend etwas erkennbar Jüdisches?«

»Meine Herren!« sagte Lehnsen ruhig. „Ich glaube nicht, daß gerade ich die richtige Instanz zur Entscheidung Ihrer innerjüdischen Differenzen bin. – Kehren wir endlich wieder zur Tagesordnung zurück und stimmen wir ab!«

»Darum habe ich seit längerer Zeit ersucht!« sagte der Professor.

»Also, meine Herren, kommen wir zum Schluß! Ich stimme für Ostermann!«

»Ich für Kaiser!« sagte der Professor.

»Und Sie, Herr Rabbiner?« fragte Lehnsen, über die Akte gebeugt.

»Ich stimme ebenfalls für Kaiser!« sagte der Rabbiner und stand auf, am Kragen zupfend.

»Gut!« sagte Lehnsen. »Zwei Stimmen gegen eine! Also Kaiser bekommt das Stipendium. – Erledigt! – Ich darf Sie,

Herr Rabbiner, wohl bitten, dem jungen Mann die entsprechende Mitteilung zu machen. Ich wünsche mit der Sache möglichst wenig zu tun zu haben und behalte mir vor, den Vorsitz demnächst wirklich niederzulegen, auch vielleicht überhaupt aus dem Kuratorium auszutreten. – Das dürfte auch Ihnen das Willkommenste sein! – Guten Morgen, meine Herren!«

Er verbeugte sich förmlich, ohne dem Rabbiner die Hand zu bieten.

Der Professor ging wuchtigen Schrittes hinaus, – offenbar recht zufrieden mich sich und dem Ausgang der Konferenz. Der Rabbiner folgte in einiger Verwirrung, die sich noch steigerte, als auf der Diele eine sehr elegante junge Dame seinen Weg kreuzte.

Die Dame blieb stehen und sah ihm fröhlich ins Gesicht:

»Kennen Sie Ihre alte Schülerin nicht mehr, Herr Rabbiner?«

»Ach – Fräulein Levysohn –«

»So ähnlich, Herr Doktor! – Macht nichts! – Ja, wir haben uns alle etwas verändert. Aber Sie sehen noch ganz so aus wie damals, als wir alle für Sie schwärmten.«

»O – mein gnädiges Fräulein!«

»Aber Sie wissen das ja recht gut. – Alle Konfirmandinnen sind in Sie verliebt, und das wirkt am Ende noch nach. Etwas bleibt doch von dem Konfirmandenunterricht haften! – Also ich habe mich sehr gefreut, Sie noch einmal zu sehen – aber sehr! Adieu, Herr Doktor!«

Und so stieg denn auch Dr. Magnus getröstet und zufrieden mit sich die Treppe hinunter.

IV

Bald nachdem der Direktor sich zu der Kuratoriumssitzung begeben hatte, hatten sich im Salon die Baronin von Stülp-Sandersleben mit Joseph und Lea eingefunden. Man wartete nun auf den Ausgang der Beratung. Heinz hatte sich bald verabschieden müssen, da er aufs Gericht mußte.

Else und Joseph saßen im Erker; Joseph erzählte allerhand pikante Geschichten aus dem Klub. – Else gab dazu drollige Anmerkungen, und sie amüsierten sich königlich.

Weniger heiter ging es in der gegenüberliegenden Ecke zu, wo die beiden älteren Damen und Lea saßen. – Die Unterhaltung schleppte sich nur mühsam hin, und alle drei lauschten nach der Tür des Arbeitszimmers hinüber, von wo bisweilen Stimmengeräusch herüberdrang.

»Die Herren sind ziemlich laut«, sagte die Baronin. »Es scheint, daß sie doch nicht so einig sind, wie Sie meinten, Frau Lehnsen.«

»Aber, ich bitte Sie!« sagte die Angeredete, selbst etwas unruhig. »Der Dr. Magnus hat so oft an unserem Tisch gegessen – da ist es doch selbstverständlich –«

»Der Dr. Magnus – das ist der Rabbiner – nicht wahr?« sagte die Baronin. »Ich hätte ihn eigentlich gern einmal gesehen. – Ich kannte nämlich auch einmal einen Rabbiner; der kam bisweilen zu meinem Vater aufs Schloß; die Juden an der Grenze kamen da oft in allerhand Schwierigkeiten – mit Schmuggel und dergleichen. Mein Vater hat dann wohl mal ein gutes Wort bei den russischen Grenzoffizieren eingelegt; die verkehrten alle bei uns. Wir Kinder hatten immer unseren Spaß mit dem alten Mann, – aber doch war er uns ein klein wenig unheimlich mit seinem struppigen runden Bart, der großen Pelzmütze, dem langen Kaftan und den buschigen Brauen. Die Bauern behaupteten, er könne hexen. – Sieht der Dr. Magnus auch so aus?«

»Ach, aber ganz und gar nicht«, sagte Frau Lehnsen geniert.

»Sagen Sie doch, liebe Frau Lehnsen«, sagte Fräulein Lea, »ist es wahr, daß die jüdischen Geistlichen alle Vegetarianer sind?«

»Aber kein Gedanke!«

»Wie kommst du nur darauf?« sagte die Baronin. »Der alte Rabbi brachte uns bisweilen selbst eine Wurst mit; die schmeckte uns Kindern besonders gut. Und hier in Berlin gibt es doch so viele Schlachtergeschäfte mit hebräischen Zeichen – so drei Zeichen! Wie heißt doch das Wort?«

»Sie müssen es doch wissen, Frau Lehnsen!« sagte Fräulein Lea liebenswürdig.

»Ich – ja, ich glaube – koscher oder so ähnlich.«

»Ganz recht – *koscher*«, sagte die Baronin. »Ich weiß schon: *koscher* – und auf deutsch heißt das ›Fleischwarenhandlung‹. – Beziehen Sie Ihr Fleisch jetzt auch noch von dort?«

»Aber wir haben das ja nie getan«, rief Frau Lehnsen gequält.

»Ach – was Sie nicht sagen! Das ist ja sehr interessant! – Ja, das ist ja nun Sache der Überzeugung; mir hat die Wurst immer sehr gut geschmeckt!«

»Jetzt scheinen die Herren zu gehen!« rief Frau Lehnsen wie erlöst.

»Na – dann werden wir ja hören, wie es mit dem guten Ostermann steht!« sagte die Baronin und richtete erwartungsvoll die Lorgnette nach der Tür.

»Einen Augenblick!« rief Else aufspringend. »Vergiß nicht die Geschichte, Joseph; du warst bei dem Pumpversuch des Grafen Renknitz bei der Gaby. Ich muß meinen süßen Magnus begrüßen.«

»Ach, liebe Frau Lehnsen«, sagte Joseph, rasch an den Tisch tretend, »den Moment möchte ich benutzen. Mama hat zu Elses Geburtstag übermorgen da etwas gekauft – ich weiß nicht, ob das gerade das Richtige für Else ist. – Entscheiden Sie selbst.«

Er legte ein großes schlichtes Kreuz an dünner Silberkette auf den Tisch.

Frau Lehnsen bekam einen kleinen Schreck.

»Sehr hübsch!« brachte sie mühsam hervor.

»Ja, nicht wahr?« sagte die Baronin. »Ich weiß gar nicht, was Joseph nur dagegen hat. Ich finde, es ist einfach und sinnig. – Else hat schon so viel kostbare Schmucksachen – da kann unsereins doch nicht mitkommen.« –

»Ja – es ist wirklich ganz überflüssig«, sagte Frau Lehnsen rasch. »Else hat so vielen Schmuck von meiner seligen Mutter geerbt.«

»*Das* hat sie aber doch bestimmt nicht geerbt«, sagte Lea.

»Ebendeswegen haben wir ja das Kreuz gewählt«, sagte die Baronin. »Wenn Sie also keine Bedenken haben –«

»Ich? Was soll ich denn –? Eine sehr schöne Arbeit! – Es wird eine große Überraschung sein!«

»Siehst du, Joseph!« sagte die Baronin zufrieden. »Frau Lehnsen empfindet das gar nicht als taktlos! – Was dir auch immer einfällt! – Denken Sie nur, Joseph meinte, das Kreuz sei in diesem Falle ein Zeichen der Unterwerfung –«

»Aber, Mutter! Wie kannst du nur –?«

»Was denn? – Es ist doch das Zeichen der Demut! – Und die liebe Else kann es ja jetzt mit berechtigtem Stolze tragen. – Da sind sie! Pack es weg!«

Joseph steckte mißmutig das Paket ein, als der Landgerichtsdirektor und Else ins Zimmer traten. – –

Else war nach der Begegnung mit dem Rabbiner lachend in das Arbeitszimmer getreten.

»Also der süße Magnus ist noch ebenso süß, wie er war«, rief sie, »der reine Pfefferkuchenmann. – Und ich habe ihn in Blicke und Seufzer eingetaucht, daß er ganz weich wurde. – Ich habe wirklich den Konfirmationsunterricht nicht umsonst genossen; es war die rechte Schule des Kokettierens!«

»Du solltest dich was schämen, Else!« sagte Lehnsen verdrießlich lachend. »Aber wer weiß? Wenn ich dich zur Hilfe gehabt hätte, hätte ich ihn vielleicht rumbekommen.«

»Was ist los?« fragte Else ernst werdend. »Ist die Sache mit Ostermann schiefgegangen?«

»Jawohl! Leider! – Jetzt habe ich drin die Sache auszubaden! – Mir ist's ärgerlich genug, daß ich diese Rolle spielen mußte! – Du kannst dir doch denken, daß mir die Sache nicht gelegen hat. Es ist doch mindestens gegen den Großvater lieblos. –«

»Ja – wir sind doch nun mal Christen! Seinem Glauben muß man schon Opfer bringen!«

»Na, sei so gut!« brummte Lehnsen. »Ich bin nicht übergetreten, um den Märtyrer zu spielen! – Das hätte ich bequemer haben können.«

Damit ging er voraus in den Salon.

»Liebe Frau Baronin!« sagte er, direkt auf sie zuschreitend.

»Ich bedaure es aufs tiefste, daß ich für Ihren Schützling nichts habe erreichen können. Ich habe mein möglichstes getan, aber ich bin eben überstimmt worden!«

Ein verlegenes Schweigen folgte.

»Ei, verflucht!« sagte Joseph halblaut und zog sich dann mit Else wieder in den Erker zurück.

»Es ist unerhört!« rief Frau Lehnsen. »Diese Gesellschaft! – Über das Geld meines Vaters verfügen die ohne jede Rücksicht! – Da ist es denn kein Wunder, wenn man Antisemit wird!«

Sie biß sich auf die Lippen.

»Aber nicht doch, liebste Frau Lehnsen«, sagte die Baronin. »Wir sind doch Christen und wollen nicht aburteilen. Diese Leute sind eben in ihren Anschauungen befangen, und da können wir es ihnen vielleicht nicht einmal so übelnehmen. Woher sollen die auch den Takt haben! – Jedenfalls danke ich Ihnen sehr, lieber Lehnsen! Ich bin überzeugt, Sie haben sich alle Mühe gegeben! – Für Ostermann tut es mir natürlich sehr leid! – Er wird sich jetzt um einen christlichen Fürsprecher umtun müssen. –«

»Ostermann hat eben kein Glück!« sagte Lea gepreßt. »Er hätte als Jude geboren sein müssen, um es als Christ weiter zu bringen.«

»Mir tut noch etwas so ganz besonders leid!« sagte die Baronin besorgt. »Ich habe ihn durch meinen Einfluß bis jetzt zurückgehalten, sich mit seinem Antisemitismus so herauszustellen. Ich fürchte, jetzt wird das den Ausschlag geben, und er wird seine Artikel gegen die jüdische Unsittlichkeit doch veröffentlichen. –«

»Aber warum haben Sie das nicht früher erzählt?« rief Frau Lehnsen. »Ich bin überzeugt, wenn er das gewußt hätte, wäre Dr. Magnus bestimmt für ihn gewesen – nur, um die Schrift zu verhindern! – Er ist ja im Vorstand eines Vereins, der eigens dazu da ist, den Antisemitismus zu bekämpfen.«

»Ja, da ist nun nichts mehr zu ändern«, sagte die Baronin, mit liebenswürdigem Lächeln die Hand zum Abschied reichend. »Es scheint, wir armen Deutschen verstehen uns doch noch nicht so gut auf unseren eigenen Vorteil!«

V

Heinz trat einige Stunden später in das Dienstzimmer seines Vaters im Landgerichtsgebäude und schob ihm eine ziemlich umfangreiche Akte unter die Nase.

»Da, sieh dir mal die Bescherung an!«

»Was ist damit?« sagte der Direktor und las das Rubrum »Pfeffer gegen Boruch«.

»Die Akte hat mir perfiderweise dein Kollege Bandmann zum Referat gegeben. ›Lieber Kollege‹, sagte er dabei, ›diese Berufungssache nehmen Sie wohl in Ihr Dezernat über; mir liegt die Materie ganz fern; Ihnen dürfte sie vertrauter sein.‹ Ich ahnte gleich etwas der Art!«

»Worum handelt es sich denn?«

»Um eine Sendung einer mir bisher unbekannten Fruchtart ›Ethrogim‹ oder Paradiesäpfel, die angeblich beim jüdischen Laubhüttenfest in der Synagoge von den Betern geschüttelt werden – da scheint so eine Art Derwischtanz aufgeführt zu werden – und bei dieser Sendung sollen eine Anzahl Stengel dieser Früchte abgebrochen sein. Der Beklagte verweigert Zahlung, weil nach seiner Behauptung die Früchte ohne Stengel zu dem besagten Zwecke unbrauchbar wären. Er beruft sich auf Sachverständige. In erster Instanz ist die Klage auch abgewiesen, nachdem eine Anzahl rabbinatlicher Gutachten eingeholt sind. Und *die* Akte gibt mir Bandmann, weil mir die Materie wohl vertraut ist!«

»Eine bodenlose Unverschämtheit! – Du wirst ihm doch wohl sagen, daß du sowenig wie er über die Materie informiert bist?«

»Ich werde mich hüten! Das weiß er so gut wie ich! Und er weiß doch auch von unserer Taufe! – Dadurch ist er vielleicht erst darauf aufmerksam geworden, daß ich eigentlich Jude bin. –«

»Aber du weißt doch nun mal von der Materie der Ethrogim nicht mehr wie er.«

»Leider! Das tut mir direkt leid! – Ich finde, wenn man als Jude geboren ist, dann müßte man sich doch um seine eigene Kultur und Geschichte etwas kümmern. Ich habe über die

Inder und die Inkas mehr gelesen als über meinen eigenen Stamm!«

»Das Interesse kommt etwas spät.«

»Das ist das Seltsame! Mir scheint, durch die Taufe bin ich mir erst meines Judentums überhaupt bewußt geworden. Es ist doch eigentlich mein Austritt aus dem Judentum der erste Akt meines Lebens gewesen, in dem ich zu der jüdischen Religion irgendwie Stellung genommen habe. – Ich habe eigentlich meine Zugehörigkeit zum Judentum da zum erstenmal bekannt, als ich austrat.«

»Und nun willst du Ethrogimkunde treiben?«

»Na – jedenfalls möchte ich wissen, was es damit für eine Bewandtnis hat. Was sind das für seltsame Festgebräuche? Woher stammen sie? – Ich möchte doch etwas von der jüdischen Geschichte wissen. – Ich hätte auch direkt Lust, mal in einen Tempel zu gehen und mir den Betrieb anzusehen.«

»Dann sieh nur zu, daß du nicht als Abtrünniger erkannt wirst. – Es könnte dir schlecht gehen! – Viel fehlte nicht daran, daß ich heute früh in meinem eigenen Haus insultiert wurde!«

»Ach – die Kuratoriumssitzung! – Was ist geworden?«

»Ostermann ist durchgefallen, und Juda hat triumphiert!«

»Donnerwetter! Die arme Lea! – Aber ich kann es den beiden Juden eigentlich nicht verdenken!«

»Ich auch nicht! – Ich hätte vielleicht auch so wie sie gehandelt. Wenn man nach dem strengen Recht gehen wollte, mußte man ja so stimmen, wie sie getan haben. – Dein seliger Großvater hat natürlich speziell nur an jüdische Theologen gedacht! – Aber wir sind doch nun einmal zu Konzessionen gezwungen, um unsere Stellung zu behaupten und um unsere Emanzipation zu verdienen. –«

»Unsere? – Wir?«

»Ich rede natürlich vom Standpunkt der Juden! – Aber bei uns ist es ja auch so! – Wir, die wir nun glücklich den letzten Schritt getan und öffentlich dem abgesagt haben, was für uns längst keinen Sinn mehr hatte, wir müssen doch erst recht um unsere Position kämpfen. Für Bandmann bist du jetzt der Jude *geworden*; ich muß mit allen Mitteln erst beweisen, daß ich mich von der jüdischen Gemeinschaft wirklich getrennt habe. – Fast hätte ich Hirsch und Magnus heute beneiden können, die doch unbekümmert und ohne Rücksichten frei für das, was sie für recht halten, eintreten können.«

»Haben sie das getan?«

»Na – du kennst ja Magnus! Aber immerhin – sie haben doch für Kaiser gestimmt! – Freilich, sie sind sich auch nicht schlecht in die Haare geraten!«

»Wer? Hirsch und Magnus?«

»Jawohl! Jeder von ihnen hat natürlich das allein echte und unverfälschte Judentum gepachtet. Und jeder von ihnen ist im Besitze des allein wirksamen Panazees für alle Krankheiten und Leiden des Judentums.«

»Das muß so ähnlich gewesen sein wie der Streit der Ärzte bei Molière. – Da ist am Ende doch die radikale Taufwasserkur vorzuziehen.«

»Quacksalber alle zusammen. – Sie verlangen Glauben! *Glauben fordern!* – Was das schon an sich für ein Widersinn ist! Man kann sich doch nicht dazu zwingen, etwas zu glauben. – Das ist der Weg zur Heuchelei! – Es sind doch aber schließlich denkende Menschen. Weiß der Himmel, was eigentlich unter der Schwelle des Bewußtseins bei diesen Menschen sitzt! –«

»Ja – es muß doch irgend etwas Konkretes sein!«

»Aber sie gefallen sich samt und sonders in Abstraktionen. – Ich soll glauben und glaube nicht. – Ich soll mit dem Paradiesapfel herumlaufen, und er bedeutet mir nichts! – Mit welchem Recht verargen es diese Leute jemandem, dem diese Dinge nichts mehr sind, – ohne seine Schuld nichts geworden sind, – daß er weggeht?«

»Wenn es außer der Religion und dem Zeremonialgesetz nichts Jüdisches mehr gibt – aber das ist vielleicht eben die Frage!«

»Darüber schienen sogar Hirsch und Magnus einig. – Judentum ist Religion und nichts anderes!«

»Damit wäre am Ende auch das scharfe Profil eine von Staats wegen zu schützende religiöse Einrichtung!«

»Na – dann kämen wir ja glücklich auf die Logik der Herren Zionisten und könnten die gleich mal ernst nehmen! – Nee – da bin ich nur froh, daß wir endlich mal Schluß gemacht haben!«

»Haben wir das wirklich? – Fällt es dir nicht auf, daß wir früher nie Gespräche über Juden und Judentum geführt haben und jetzt des öfteren? – Und ich glaube, in früheren Zeiten wäre etwa ein solcher Brief, wie der von heute früh, ganz unbeachtet geblieben!«

»Dieser Schnorrerbrief! – Wo ist der geblieben?«

»Ich habe ihn eingesteckt. – Es gibt doch zu denken, daß ich mich gerade jetzt veranlaßt gesehen habe, dem Schreiber zehn Mark zu schicken.«

»Du hast –? Bist du nicht recht gescheit?«

»Ich weiß nicht. – Ich hatte momentan so eine Art Gefühl, als ob ich dem Mann oder besser gesagt den Juden etwas schuldig geblieben bin. – Da habe ich so eine Art Abschlagszahlung geleistet.«

»Also solch sentimentale Dummheiten möchte ich mir denn doch ein für allemal verbitten!« begehrte der Direktor auf. »Es muß Schluß gemacht sein! Jedes Band ist zerrissen! – Das fehlte noch, daß du uns die Polacken auf den Hals ziehst! – Ich habe genug an dem süßen Magnus und dem rabiaten Professor. – Den ersten Schnorrer, der sich jetzt noch zu uns wagt, übergebe ich unweigerlich der Polizei. – Ich werde mit allen Mitteln dafür sorgen, daß mein Haus judenrein wird und bleibt. – Und ich wünsche auch, daß bei uns keine jüdischen Angelegenheiten mehr erörtert werden; nichts Jüdisches kommt mir mehr über die Schwelle!«

»Ja – aber die Ethrogimakte muß ich ja wohl doch mit nach Hause nehmen!« sagte Heinz, schob die Akte in seine Mappe und verabschiedete sich.

Seelsorge

I

»Ja – mein lieber Herr Kaiser!« sagte Dr. Magnus, seinen Besucher über den mit ansehnlichen Büchern eindrucksvoll belegten Schreibtisch wohlwollend betrachtend. »Ich habe Sie zu mir gebeten, um Ihnen eine erfreuliche Mitteilung zu machen. Ich bin von dem Stiftungs-Kuratorium beauftragt, Ihnen zu eröffnen, daß Ihnen das Stipendium, das Ihr Herr Vater, mein verehrter Kollege, für Sie beantragt hat, bewilligt worden ist, – zunächst auf ein Jahr. Wenn Sie aber auch weiterhin, woran ich nicht zweifle, von Ihren Dozenten gute Zeugnisse beibringen und durch Fleiß, Frömmigkeit und tugendhaften Lebenswandel sich des Ihnen geschenkten Vertrauens würdig erweisen, so dürfte Ihnen das Stipendium für die ganze Dauer Ihres Studiums gesichert bleiben. – Nehmen Sie meinen herzlichsten Glückwunsch entgegen.«

»Ich bin Ihnen sehr dankbar, Herr Rabbiner«, sagte der junge Mann zögernd, der sich in seinem schwarzen Rock und den gelben Handschuhen einigermaßen unbehaglich zu fühlen schien.

»Ja, – ich habe mich für Sie ordentlich ins Zeug gelegt«, sagte Dr. Magnus mit abwehrender Handbewegung. »Ich kann Ihnen sagen: ich hatte keinen leichten Stand. – Aber ich dachte an Ihren lieben Herrn Vater, und da sagte ich mir: Du *mußt* es eben durchsetzen! Und da *habe* ich es durchgesetzt! – Professor Hirsch hat natürlich auch für Sie gestimmt, aber – ganz im Vertrauen gesagt – den Ausschlag habe denn doch schließlich ich gegeben. Das kann ich ruhig sagen, denn ich bin stolz darauf. – Ich habe mich da rücksichtslos über wertvolle alte persönliche Beziehungen hinweggesetzt, und ich habe mehrere Stunden meiner Zeit geopfert. – Aber das ist ja unser Los! – Man ist ein Sklave seines Berufes!«

»Es tut mir furchtbar leid, Herr Rabbiner, wenn Sie meinetwegen –«

»Man ist ein Sklave! – Hier in Berlin zumal! – Ja, Ihr Herr Vater, der hat es gut in seiner idyllischen kleinen Gemeinde in dem lieben gemütlichen Süddeutschland. Aber hier im rauhen Norden, – in der kalten Großstadt! Dort übersieht er doch seine Gemeinde – kennt jeden einzelnen, – hat Freude an seinem Wirkungskreis. Aber hier – da ist zum Beispiel der Konsul Michelsberg; den habe ich morgen zu begraben. Ja, – ich habe den Mann nicht gekannt, – und was ich jetzt so von ihm unterderhand gehört habe, ist nicht eben rühmlich. Aber was hilfts?! Es gilt auch da, das rechte Wort zu finden; ich höre, es wird auch ein Neffe dabeisein – ein Leutnant – natürlich getauft. Da gilt es taktvoll sein! – Und nachmittags eine Trauung in den ›Vier Jahreszeiten‹. Auswärtige – aus Bremen, glaube ich, sind die Leute. Genauere Information bekomme ich noch. Aber jedenfalls – es müssen reiche Leute sein. Da kann ich auch keine Wald-und-Wiesen-Rede halten. – Und alles kommt zu mir! Man ist eben ein Sklave! –«

»Herr Rabbiner!« sagte Kaiser mit einem Ruck. »Ich – ich kann das Stipendium nicht annehmen!«

»Was?« schrie Magnus, die Augen aufreißend. »Ich höre wohl nicht recht. – Sie lehnen ab?«

»Ja. – Ich glaube – als anständiger Mensch – muß ich das tun«, sagte Kaiser mit rotem Kopf.

»Und deshalb opfere ich meine Zeit und meine Kräfte!« rief Magnus aufgeregt. »Was ist denn los? – Was haben Sie denn? – Haben Sie das große Los gewonnen? – Hat Ihr Herr Vater eine Erbschaft gemacht?«

»Ach, nein!« sagte Kaiser beklommen. »Es wird meine Eltern hart treffen; aber ich muß sehen, allein durchzukommen – ohne Unterstützung von Haus.«

»Ja – aber erklären Sie mir doch nur –«

»Ich habe – Gewissensbedenken. – Die Stiftung ist doch für einen *frommen* Studenten bestimmt. Und – –«

»Nun?«

»Und, ich weiß nicht, ob ich das eigentlich noch bin«, stieß Kaiser heraus.

»Ach so!« sagte Magnus beruhigt. »Das ist alles? – Deswegen! Aus Gewissensbedenken! – Darüber kommt man schon hinweg. – Da können Sie das Geld ruhig annehmen!«

»Ich weiß doch nicht«, sagte Kaiser, den Rabbiner zweifelhaft ansehend. »Sie haben mich vielleicht nicht richtig verstanden. Als mein Vater das Gesuch einreichte, vor einem halben Jahr, da war ich noch nicht soweit. Und damals war ich zu Hause und sah, wie schwer dem Vater alles wurde – und da war ich einverstanden. – Aber inzwischen hat sich da so viel geändert – bei mir – und entwickelt –«

»Das ist der seelische Gärungsprozeß! – Sturm-und-Drang-Periode! – Sie sind in der Periode des Zweifelns! – Sie zweifeln vielleicht an allem – selbst an den Grundlehren der Religion – an den Fundamenten des Glaubens! – Aber, mein lieber junger Freund – wer hat denn nicht solche Perioden durchgemacht? – Ich auch! – Jawohl! Ich auch!« sagte Dr. Magnus mit Nachdruck und schlug sich auf die Brust. »Auch ich war einmal jung wie Sie und habe gegrübelt und spintisiert! – Aber was tut das? – Erfülle ich etwa meine Obliegenheiten deshalb heute weniger gut? – Das ist die Hauptsache! All das andere legt sich mit der Zeit. Pflichterfüllung – angestrengte Tätigkeit, das ist das Wahre! Das gibt die wahre Befriedigung; und da bleibt auch die Anerkennung der anderen nicht aus. Ich sage Ihnen, mir hat neulich ein aktiver Hauptmann nach der Beerdigung seiner Schwiegermutter mit Tränen in den Augen gedankt. – Das macht einem wenigstens einmal Freude! – So gewinnt man die Liebe zu seinem Beruf! – Ich habe mich eben durchgerungen! Und Sie werden sich auch durchringen! – Lassen Sie sich nicht klein bekommen durch diese Anfechtungen – Mut – lieber junger Freund! Mut!«

Er war aufgestanden und klopfte Kaiser auf die Schulter.

»Ich weiß doch nicht, Herr Rabbiner«, sagte der Student stockend. »Ich weiß auch nicht, ob ich nicht überhaupt einen anderen Beruf einschlagen werde – so böse es auch sein wird, wenn ich ein paar Semester verliere.«

»Umsatteln wollen Sie? – Ja, aber denken Sie doch an die Ihren daheim! Denen sollen Sie doch möglichst bald eine Stütze werden. – Ihr Gefühl macht Ihnen ja alle Ehre – aber Sie haben doch auch Pflichten!«

»Ich – ich glaube eben, meine Pflicht zu tun. – Ich möchte nicht durch Annahme des Stipendiums Verpflichtungen übernehmen.«

»Was für Verpflichtungen?«

»Gewissermaßen moralische. – Man wird es mir vielleicht später als Undankbarkeit auslegen – wenn ich nicht –«

»Was Sie später tun, ist eine Sache für sich. – Vorläufig können Sie das Geld ruhig nehmen! – Das sage *ich* Ihnen! Nehmen Sie es in Gottes Namen! – Was gibt's?«

Er öffnete die Tür, an die es gepocht hatte, und sah hinaus.

»Ein Schnorrer!« sagte er geringschätzig und schloß die Tür wieder. »Diese Leute überlaufen einen. Natürlich – der Rabbiner ist für alle da. Man ist ein Sklave! – Und Dankbarkeit? Kürzlich habe ich einem funfzig Pfennig gegeben – funf-zig Pfennig! – Nachher sah ich ihn am Sabbat mit einem Hausierkasten gehen! – Aber warten Sie. Ich will eben den Mann abfertigen; inzwischen können Sie sich die Sache überlegen. – Und nebenbei können Sie für die künftige Praxis lernen, wie man diese Leute schnell und schmerzlos los wird.«

Er öffnete die Tür wieder.

»Na – dann kommen Sie mal gleich rein!« rief er und blieb in der Nähe der Tür stehen.

Jossel Schlenker trat ins Zimmer; er sah in seinem sauberen, zur Hochzeit neu angeschafften Anzug nicht übel aus; aber der überlange Rock und der von keinem Schermesser berührte krause Bart, der sein ausdrucksvolles Gesicht umrahmte, verrieten seine östliche Herkunft.

»Guten Tag!« sagte er höflich und verbeugte sich vor beiden Herren.

»Woher kommen Sie?« fragte Dr. Magnus.

»Von Rußland. –«

»Das kann ich mir denken! – Wohin?«

Jossel verstand die Frage nicht.

»Antworten Sie gefälligst!« rief Magnus ungeduldig. »Ich habe meine Zeit nicht gestohlen! – Wohin wollen Sie?«

»Ich will in Berlin bleiben.«

»Sooo? – Natürlich! In Berlin bleiben! Na, zum Glück geht das nicht so einfach, wie Sie sich das denken, lieber Freund! –

Waren Sie schon bei der Gemeinde? – Was hat man Ihnen gegeben?«

Jossel starrte den Rabbiner verständnislos an.

»Ja – mein Gott! Wenn Sie nicht reden wollen! – Da! – Und nun gehen Sie mit Gott!«

Damit drückte er Jossel ein Geldstück in die Hand und schob ihn sacht zur Tür.

»Erlauben Sie – Entschuldigen Sie!« sagte Jossel sich freimachend, mit einiger Erregtheit. »Ich will das Geld nicht!«

Damit hielt er das Geldstück dem Rabbiner hin.

»Sooo? – Also was wollen Sie denn?« sagte der Rabbiner ironisch, beide Hände in den Taschen versenkend.

»Ich wollte einen Rat.«

»Sooo? – Einen Rat? – Schön! – Also was soll ich raten?«

Er trat zu Kaiser heran und sagte lächelnd:

»Das sind die Schlimmsten! – Kosten Zeit *und* Geld!«

»Herr Rabbiner!« sagte Jossel näher tretend und das Geldstück auf den Tisch legend. »Entschuldigen Sie – Ich bin nach Berlin gekommen, um zu lernen. – Ich habe gedacht, der Herr Rabbiner wird mir zeigen können, wo ich anfangen soll. Ich bin doch ganz fremd hier und weiß nicht, wie zu beginnen. – Ich wollte mich mit dem Herrn Rabbiner beraten.«

»Sooo?« sagte Dr. Magnus und sah nach der Uhr. »Sind Sie fertig? – Also ich rate Ihnen, schleunigst wieder aus Berlin zu verschwinden, – aber schleunigst! In der Gemeindestube bekommen Sie eine Fahrkarte und Unterstützung –«

»Ich will doch gar keine Unterstützung!«

»Hören Sie, lieber Freund!« sagte Dr. Magnus ungeduldig und überlegen. »Bei mir verfangen solche Redensarten nicht! – Ich kenne doch meine russischen Juden! – Hier, nehmen Sie Ihr Geld vom Tisch und gehen Sie!«

Jossel sah den Rabbiner ein paar Augenblicke stumm an; dann drehte er sich um und ging zur Tür.

»Guten Tag!« sagte er.

»Sie vergessen das Geld!« rief Magnus, – nahm das Geldstück in die Hand und ging Jossel nach. »Hier! – Nun machen Sie keine Faxen und nehmen Sie schon!«

Jossel ging hinaus.

»Aber so nehmen Sie doch das Geld!« rief Magnus fast flehend. »Seien Sie doch kein Esel!«

Aber Jossel hatte schon die Tür geschlossen.

»Haben Sie schon einmal so etwas gesehen?« sagte der Rabbiner in heller Entrüstung. »Das ist ja ein ganz gefährlicher Mensch! – Diese Schnorrer – jetzt nehmen Sie nicht mal mehr Geld – Diese Polacken!«

Kaiser war aufgestanden und machte Miene, sich zu verabschieden.

»Wollen Sie schon gehen?« fragte Magnus. »Haben Sie sich die Sache nun überlegt? Oder wollen Sie im stillen Kämmerlein noch einmal die Sache durchdenken?«

»Nein, Herr Rabbiner!« sagte Kaiser bescheiden, aber fest. »Es bleibt dabei; ich kann nicht anders. Vielen Dank für Ihre Güte!«

»Nun – wenn Sie nicht anders können und keinen Rat annehmen wollen. – Ich wasche meine Hände in Unschuld! – Empfehlung an Ihren Herrn Vater, wenn Sie schreiben.«

Kaiser ging, und der Rabbiner stürzte ans Telephon.

Bald hatte er die gewünschte Verbindung.

»Herr Landgerichtsdirektor selbst? – Hier Rabbiner Doktor Magnus! – Wie beliebt? – Oh – ich will auch nicht lange stören – nur eine freudige Mitteilung; – Sie werden sich jedenfalls darüber freuen. – In der Stiftungssache hat sich etwas Neues ereignet, das die ganze Sachlage ändert. Der Studiosus Kaiser war eben bei mir; er verzichtet auf das Stipendium – ja, *ver – zich – tet*!! – Aus persönlichen Gründen – – das würde zu weit führen am Apparat; ich will Ihre kostbare Zeit nicht – – ja, ich habe mich mit ihm lange unterhalten. – – Wie? Natürlich! Deshalb habe ich mir ja erlaubt – jetzt steht nichts dem im Wege – natürlich, jetzt erhält Ostermann das Stipendium! – – Oh, bitte, bitte! Den Dank verdiene ich kaum! Ja – nicht wahr? Ich bin doch nicht ganz so schlimm, wie ich – Wie? ha – ha – ha – Sehr gut! – Oh, sehr verbunden! Besten Dank im Namen meiner Armen! – Danke, gleichfalls – Empfehlung an die werten Damen! – Guten Tag!«

II

Jacob Kaiser lief die Treppe hinab und trat eilig aus der Tür; auf der anderen Seite der Oranienburger Straße vor der Synagoge stand Jossel und sah mit anderen Neugierigen sich die elegante Gesellschaft an, welche paarweise den vorfahrenden Equipagen entstieg und in das Gebäude eilte. Wenn die Damen ihre Schleppen zusammenrafften oder sonst in unauffälliger Weise einen kleinen Aufenthalt herbeiführten, um dem Publikum eine flüchtige Ahnung der Kostbarkeit der Toilette und des Schmuckes zu geben – ertönte jedesmal ein gedehntes Aah! der Bewunderung. Die Herren sahen alle sehr wichtig, die Damen einigermaßen verstört aus, und im ganzen war es ein Versuch, die Feierlichkeit einer Auffahrt bei Hofe zu imitieren.

»Entschuldigen Sie!« sagte Kaiser an Jossel herantretend. »Ich sah Sie oben bei dem Rabbiner. Ich heiße Kaiser und bin Student. Vielleicht kann ich Ihnen irgendwie helfen.«

»Sie sind Student?« fragte Jossel interessiert. »Sie sind ein Jude?«

»Gewiß!« sagte Kaiser lächelnd. »Sieht man mir das denn nicht an?«

»Ich weiß nicht«, sagte Jossel. »Vorhin habe ich einen Mann gefragt, den ich für einen Juden hielt. Ich wollte wissen, wo der Rabbiner wohnt, und wie ich nur das Wort ›Rabbiner‹ gesagt habe, hat er angefangen zu schreien und gesagt, ich wäre ein unverschämter Mensch und ich sollte ihn nicht beleidigen.«

»Das war ganz bestimmt ein Jude!«

»Ich weiß nicht! Und ich weiß überhaupt nicht, mit wem ich reden soll. Ich habe gedacht, mit dem Rabbiner kann ich doch gewiß mich aussprechen. Aber er läßt ja gar nicht reden – und er hört nicht, was man redet!«

»Herr Dr. Magnus ist sehr beschäftigt; er hat nicht viel Zeit zum Reden. Es kommen so viel Leute zu ihm.«

»Ist er mit allen Leuten so? – Mir scheint, *Sie* haben da ganz gut gesessen. – Ich bin vielleicht nicht auf die Art angezogen wie diese Leute hier. Sehr schöne Kleider! – Was ist das für eine Gesellschaft?«

»Da drin ist eine Trauung! – Haben Sie Zeit?«

»Ja, ich habe Zeit. – Ich habe nicht gedacht, daß der Besuch bei dem Rabbiner so kurz dauern wird.«

»Dann wollen wir doch hineingehen und zuhören. – Kommen Sie!«

Sie traten in den prunkvollen Raum; Kaiser erkundigte sich bei einem Diener und sagte:

»Ich kenne zufällig die Familie der Braut dem Namen nach. – Es ist eine Trauung erster Klasse!«

Den Eintretenden brauste mächtiger Orgelklang entgegen. Der Geistliche, ein behaglich gerundeter Herr mit graumeliertem Bart und bis auf die Schulter sich hinabkräuselnden Locken, stand den Kopf auf die Seite gelegt vor dem jungen Paare und sah es mit gerührtem Lächeln voll süßer Wehmut an; die Hände lagen friedlich ineinandergefaltet auf dem vom Talar beschützten Bäuchlein.

Kaiser und Jossel blieben bescheiden in einer der hinteren Reihen.

Jossel sah unruhig auf Kaiser.

»Muß man nicht den Hut abnehmen?« fragte er.

Kaiser glaubte, nicht zu verstehen; da aber eben der Schlußakkord der Orgel verbrauste, legte er den Finger auf den Mund und hielt die Hand dann ans Ohr, um nichts von der Rede des Geistlichen zu verlieren.

Trotzdem konnten sie, besonders Jossel, der an die deutsche Sprache noch nicht so gewöhnt war, nicht alles hören, zumal der Rabbiner sich darin gefiel, bald fast flüsternd zu sprechen, bald aus seinem Säuseln urplötzlich in ein donnerndes Pathos überzugehen. Immer aber war es mehr Gesang als Sprechen; er dehnte manche Vokale endlos, stieß die S-Laute mit erschreckendem Zischen durch die Zähne, gab heulende, schluchzende, zitternd ersterbende Töne von sich und entwickelte eine lebhafte Gestikulation. Bald fuhren beide Arme wild zum Himmel, bald schien er die ganze Welt umarmen zu wollen, und bisweilen nur fanden sich die Hände wieder zu friedvoller Ruhe auf dem Bauche zusammen. – Zum Schluß aber breitete er die Hände zum Segen über das Paar und sprach flüsternd einige hinten im Raum nicht verständliche Worte.

Auf einmal packte Jossel seinen Nachbar am Arm.

»Der hat doch eben etwas Hebräisches gesagt!«

Kaiser sah ihn verwundert an.

»Ja, natürlich. – Die Trauformel hat er vorgesprochen!«

»Hebräisch?«

»Wie denn?«

»Woher kann der Pope Hebräisch?«

»Pope? – Welcher Pope?«

»Es ist doch nur einer da; gibt es in Berlin auch in der Kirche Hebräisch?«

»In der Kirche? – Ja, was meinen Sie denn, wo wir sind?«

»Nun, wo anders – als in einer Kirche? – Ich bin zum erstenmal in einer Kirche. Bei uns geht man nicht dahin. Es interessiert mich sogar sehr!«

Kaiser sah Jossel mißtrauisch an; er überzeugte sich, daß Jossel keinen Scherz machen wollte.

»Kommen Sie hinaus!« sagte er und bemühte sich, ernst zu bleiben. Draußen im Vorraum aber platzte er los. – Jossel sah ihn beleidigt an.

»Was lachen Sie?« sagte er böse. »Habe ich denn etwas Dummes gesagt? Ich bin doch fremd, und ich bin doch noch nie in einer Kirche gewesen. Da ist mir natürlich alles noch ganz neu.«

»Seien Sie mir nicht böse«, sagte Kaiser und bemühte sich, das Lachen zu unterdrücken. »Aber wie kommen Sie nur darauf, daß das eine Kirche ist? – Das ist doch ein Tempel, und der Rabbiner hat ein jüdisches Paar getraut.«

»Das ist ein Tempel – mit Musik? Und der Pope – der dicke Mann mit dem schwarzen Hemd und der hohen Kappe, das ist ein Rabbiner? So sehen bei uns die Popen aus. – Und wieso hat der Mann so geheult und geschrien? – Es sind andere Sitten als bei uns. – Vielleicht machen Sie sich einen Spaß mit mir?«

»Nein, nein!« versicherte Kaiser, zog Jossel auf die Straße und zeigte ihm die hebräische Inschrift über dem Portal.

»So?« sagte Jossel gedehnt. »Das ist also eine jüdische Hochzeit? – Bei uns ist das ganz anders! Ich habe wirklich gemeint – Aber wirklich, da gibt es hier doch feine Juden. Was für Schmuck und was für Kleider! – Es muß eine gute Familie sein! Es war wirklich schön, wie der von dem seligen Vater von der Braut geredet hat – alle haben geweint! Was war das für ein Mann? – Er muß, so wie der Rabbiner geredet hat, ein großer Gelehrter und ein sehr edler Mensch gewesen sein.«

»Der alte Hendelsohn? – Der schlimmste Wucherer von Berlin! – Und das Haus ganz unjüdisch!«

»Waas?« –

Jossel versank in Nachdenken.

»Aber dann ist es doch schön«, sagte er, »daß die Tochter einen so frommen Mann bekommt!«

»Wie das? – Einen frommen Mann?«

»Ich habe doch gehört, wie der – Rabbiner gesagt hat: er weiß, daß es eine ›Heimstätte der Herzensfrömmigkeit‹ werden wird.« – –

»Da fährt das Brautpaar weg! – Das Hochzeitsdiner ist bei Dressel.«

»Das ist ein jüdischer Restaurateur?«

»Was denken Sie? – Natürlich essen die doch nicht koscher!«

»So? – Und der Rabbiner weiß das, daß sie gleich von der Trauung –?«

»Gewiß! Was soll er machen? – Er tut alles, was er kann! Er redet!«

III

Jossel und Kaiser gingen nach dem Hackeschen Markt zu.

Jossel schien verwirrt.

»Entschuldigen Sie!« sagte er. »Redet der Rabbiner bei jeder Trauung?«

»Er oder ein anderer Rabbiner. – Es gibt da sehr bedeutende Redner. Manche sind beliebter bei Beerdigungen – manche bei der Einsegnung – andere –«

»Immer wird geredet?«

»Ja – das ist bei uns so eingeführt. Die erste Rede bekommt der kleine Jude bei der Beschneidung versetzt, die letzte wird an seinem Grabe gehalten. Besonders bei der letzten verhält er sich still.«

»Also das ganze Leben von der Geburt bis zum Tode steht der Rabbiner dabei und hält Reden? – Die deutschen Juden lieben vielleicht Reden!«

»Und dann redet der Rabbiner noch fast an jedem Sabbat in der Synagoge und dann bei allen Festessen und in allen Vereinen –«

»Wann hat er denn Zeit, seine Geschäfte zu erledigen?«

»Seine Geschäfte? – Das ist doch sein Geschäft!«

»Das Reden?«

»Ja – das erfordert fast alle seine Zeit. Er muß sich doch auch vorbereiten.«

Jossel dachte nach.

»Vorhin haben Sie mir gesagt«, sagte er langsam, »der Dr. Magnus hat keine Zeit zum vielen Reden. Mir scheint, vor lauter Reden halten hat er keine Zeit, mit einem Menschen zu sprechen, der ihn nötig hat.«

»Sie dürfen ihm das nicht übelnehmen; in erster Linie ist er doch für die Mitglieder der Gemeinde da; es kommen so viel Fremde nach Berlin –«

»Sind nicht alle Juden Brüder?«

»Alle Menschen sind Brüder! – Darüber hat Dr. Magnus erst jüngst gepredigt –«

»Gepredigt? – Das ist soviel wie geredet?«

»Ja – im Tempel am Sabbat. – Wird bei Ihnen denn am Sabbat nicht im Tempel gepredigt?«

»Bei uns? – Nein! – Wozu? – Man liest aus der Tora vor –«

»Bei uns natürlich auch.«

»Kann der Prediger Besseres sagen als Moses?«

»Ja, was tut denn der Rabbiner bei Ihnen?«

»Zu so etwas hat er gar keine Zeit! – Er lernt und unterrichtet – er entscheidet Streitfragen – er gibt Ratschläge – er sorgt für die Armen – und tausend Dinge! – Aber vielleicht ist es gut, zu predigen, und ich verstehe das nur noch nicht. – Was predigt er?«

»Er sucht die Hörer besser zu machen – und frommer.«

»Von dem Reden werden sie besser und frommer?«

»Er tut, was er kann! Er redet! – Und manchmal schimpft er auch ordentlich!«

»Er schimpft?«

»Nun ja – er tadelt, was ihm an ihnen nicht gefällt!«

»Und das lassen sich die Leute gefallen?«

»Was stört es sie? – Dafür ist er doch der Rabbiner! Ihm ist erlaubt, zu schelten. Sie haben das sogar gern!«

»Und sie tun alles, was er sagt?«

»Nun – das nicht gerade! – Aber es ist doch gut, daß sie einmal die Wahrheit hören.«

»Ja – mir hat der Bode erzählt – beim zweiten Teil vom Faust – daß früher die Kaiser sich eigens einen Mann gehalten haben, der ihnen die Wahrheit sagen durfte und nicht bestraft wurde«, sagte Jossel nachdenklich.

Kaiser wollte eine Frage tun, aber Jossel war mit seinen Fragen noch nicht fertig.

»Also zum Beispiel – was sagt er in seiner Predigt? Sie haben gesagt, der Dr. Magnus hat darüber gepredigt, daß alle Menschen Brüder sind. Was hat er da gesagt?«

»Nun, daß alle Menschen, Juden und Christen, sich gegenseitig dulden sollen – daß nicht einer den anderen abstoßen und geringschätzen soll. Alle sollen gleiche Rechte haben.«

»Wollen denn die Juden den anderen hier Rechte wegnehmen?«

»Die Juden – den anderen?«

»Ja – wollen die Juden mit den anderen nicht in Frieden leben?«

»Die Juden? – Die wollen schon! Aber die anderen wollen nicht!«

»Die anderen! – Kommen denn die in den Tempel?«

»Natürlich nicht! – Die gehen in die Kirche!«

»Dann müßte doch der Dr. Magnus auch in die Kirche gehen und da predigen!«

Kaiser lachte.

»Es ist vielleicht doch nicht ganz überflüssig«, sagte er. »Viele von seinen Zuhörern gehen ein paar Jahre später doch in die Kirche statt in den Tempel. – Vielleicht beherzigen sie dann die Predigt des Rabbiners.«

»Ich verstehen das nicht!« sagte Jossel.

»Sie werden das schon später verstehen, wenn Sie erst länger in Berlin sind.«

»Was redet er sonst?«

»Allerhand; sehr oft ermahnt er die Leute, daß sie zur Synagoge gehen sollen!«

»Wenn sie nicht gehen, hören sie doch die Rede auch nicht; wenn sie aber da sind und hören – wozu redet er?«

»Ja, wenn Sie es so nehmen! Die meisten Reden werden doch vor denen gehalten, die sie nicht nötig haben – nicht nur die Predigten. Jeder geht doch am liebsten zu dem Redner, von dem er weiß, daß er mit ihm ganz übereinstimmt – der gerade das sagen wird, was er selbst denkt. – Ja, wie soll man denn dann reden?«

»Soll man gar nicht reden!«

»Hm. – Etwas summarisch!«

»Wie sagen Sie?«

»Auf die Weise sind doch auch fast alle Leitartikel der Zeitungen überflüssig. – Nein! Die Sache ist die: Der Rabbiner redet, damit man einen ästhetischen Genuß hat, – also, damit Sie verstehen: Eine gute Rede hören – das ist, wie wenn man ein schönes Bild sieht oder ein Gedicht liest oder gute Musik hört. –«

»So!« sagte Jossel. »Jetzt verstehe ich. – Bei unseren Hochzeiten haben wir auch so etwas. Da haben wir den Badchen – den Spaßmacher. – Jetzt verstehe ich auch, was im Faust steht: Ein Komödiant könnt' einen Pfarrer lehren.«

»Sie kennen Faust?« fragte Kaiser erstaunt.

»Gewiß!« sagte Jossel gleichmütig. »Ich habe ihn mit Chane gelesen, und ich habe ihn dem Pfarrer erklärt.«

»Welchem Pfarrer?«

»Bei uns zu Haus – dem deutschen Pastor – dem Bode. Aber er hat keinen guten Kopf – er hat nicht verstanden! – Chane hat gleich verstanden!«

»Wer ist Chane?«

»Meine Frau.«

»Sie haben eine Frau?«

»Welcher Jude hat keine Frau? – Ich bin schon 22 Jahre alt.«

Kaiser mußte lachen.

»Es ist hier etwas ungewöhnlich, wenn Studenten verheiratet sind.«

»Meine Frau will auch studieren.«

»Welche Bildung haben Sie denn?«

»Ich muß von Anfang anfangen. Ich denke, wenn ich erst weiß, was nötig ist, um zur Universität zugelassen zu werden, wird das schnell gehen. Ein Monat oder zwei!«

»Was? – Na, da unterschätzen Sie denn doch die Schwierigkeiten! – Was wollen Sie denn studieren?«

»Alles!«

»Alles? – Ja, was wollen Sie denn werden?«

Jossel sah Kaiser erstaunt an.

»Werden? – Ich will gar nichts werden – ich will wissen!«

»Ja, aber Sie müssen doch einen praktischen Zweck haben! – Wovon wollen Sie denn leben?«

»Ach, so meinen Sie! – Ich werde schon leben! Was kommt es darauf an!«

Sie waren langsam an der Stadtbahn entlang bis zur Kaiser-Wilhelm-Straße gelangt.

»Ich glaube – hier ist mein Weg«, sagte Jossel. »Sie haben gesagt, Sie können mir helfen?«

»Ich bin gern bereit, Ihnen behilflich zu sein, in das Studium hineinzukommen«, sagte Kaiser. »Ich gehe Ihnen auch sonst gern an die Hand. – Wo wohnen Sie denn?«

»Chane ist inzwischen gegangen, eine Wohnung zu suchen. – Was braucht man viel! –«

»Und Essen?«

»Was kommt es darauf an! – Ein bißchen Spiritus – macht man sich selbst den Tee. – Ein bißchen Wurst kann man doch kaufen! – Aber vielleicht wissen Sie für mich eine Stelle, wo ich unterrichten kann – Hebräisch oder sonst jüdische Dinge. – Und meine Frau möchte gern in ein Geschäft – sie kann ganz gut russische Briefe schreiben.«

»Und wann will sie studieren?«

»Es wird auch freie Zeit dasein!«

»Hm. – Wissen Sie, gehen Sie zu dem Rabbiner Dr. Rosenbacher –«

»Noch ein Rabbiner! –«

»Der ist anders als Magnus. Der ist von der orthodoxen Gemeinde: der wird Sie bestimmt anhören. – Ich schreibe Ihnen die Adresse auf. –«

»Er ist kein Redner?«

»Er redet sogar noch dreimal so lang wie die anderen. Aber er bereitet sich wenigstens nicht vor. Er hat Zeit für alle. Sie werden schon sehen. – Vor allem wird er Bescheid wissen, wo für Ihre Frau eine Stelle zu finden ist. Es soll doch am Sabbat frei sein?«

»Gewiß! Was denn?«

»Also dann ist Dr. Rosenbacher gerade der richtige Mann. – Hier ist die Adresse, und da haben Sie auch meine. Kommen Sie vielleicht in zwei bis drei Stunden zu mir, dann können wir alles besprechen, was Ihr Studium anlangt.«

»Gut; ich werde kommen! – Jetzt haben Sie keine Zeit mehr?«

»Nein; jetzt müssen Sie mich entschuldigen. – Ich muß jetzt selbst eine Rede halten – ich bin doch angehender Rabbiner!«

»Sie studieren Rabbiner? – Was für eine Rede werden Sie jetzt halten?«

»Eine Trauerrede! – Ein Mann ist auf der Eisenbahnfahrt tödlich verunglückt; er hinterläßt eine Witwe und sieben unmündige Kinder. Die Frau hat ihre Eltern erst im letzten Monat verloren.«

»Schrecklich! Schrecklich! – Sie lachen?«

»Ja – ich halte die Rede ja nur im homiletischen Verein.«

»Was ist das? – Eine Beerdigungsbrüderschaft?«

»Nicht doch! – Ein Verein, in dem sich die jungen künftigen Rabbiner im Reden üben. – Der Fall ist nur ausgedacht, um Übung im rührenden Reden zu bekommen. Guten Tag!«

Kaiser lief der Straßenbahn nach, und Jossel blieb verwundert stehen.

IV

Wolf Klatzke starrte mißmutig auf die Zigarettenschachteln, die vor ihm auf dem wackligen Tisch aufgehäuft lagen. Bisweilen nahm er eine Zigarette heraus, roch mißtrauisch an ihr und legte sie verdrossen zurück.

Chane las mit aufgestützten Armen, sich beide Ohren zuhaltend, eifrig in einem Buch.

Jossel trat ein.

»Du hast Geld bekommen«, sagte Klatzke. »Hier ist der Abschnitt. Es sind zehn Mark. – Von Levysohn – auf meinen Brief. Du weißt schon!«

Chane sah auf.

»Auf den Schnorrbrief?« fragte sie. »Man muß das Geld gleich zurückschicken.«

Klatzke zuckte die Achseln.

»Man kann den Namen gar nicht lesen«, sagte Jossel, den Abschnitt kopfschüttelnd betrachtend. »Es *kann* Levysohn heißen.«

»Es steht die Adresse dabei«, sagte Klatzke. »Ich habe in meiner Liste nachgesehen. Matthäikirchstraße 8 – das ist Levysohn. – Der einzige, der etwas geschickt hat!«

»Ich werde gleich das Geld abschicken! Hast du eine Anweisung?«

»Warte mal!« sagte Chane. »Welchen Namen willst du als Absender schreiben? Schlenker oder Lifschitz?«

Jossel sah betroffen aus.

»Das geht also nicht!« sagte sie. »Du wirst selbst hingehen und das Geld zurückbringen.«

»Man wird mich fragen.«

»Wer Geld *bringt*, wird nicht gefragt«, sagte Klatzke.

»Wenn man dich fragt, wirst du eine Ausrede sagen«, sagte Chane. »Du wirst sagen, es war ein Irrtum oder Lifschitz ist schon verreist oder was dir einfällt!«

»Gut! Ich werde gehen!«

»Vielleicht kannst du dem Levysohn für die zehn Mark Zigaretten geben?« sagte Klatzke kleinlaut.

»Zigaretten?«

»Ich habe da Zigaretten liegen; ich rauche nicht und verstehe gar nichts davon, aber ich bin so dazugekommen: da war der Gurland hier – er ist mir noch schuldig geblieben für 12 Briefe und ich habe ihm noch sechs Mark geliehen – ich Ochse! – Auf einmal ist er ausgewiesen und mußte weg – nach Dresden ist er gefahren; er ist doch zuammmen mit Chanes Vater gereist. – Geld hat er mir nicht geben können – habe ich die Zigaretten nehmen müssen! –«

»Erzähle, Jossel«, sagte Chane, »was hast du ausgerichtet?«

Jossel gab einen Bericht über die Erlebnisse – seinen verunglückten Besuch bei Dr. Magnus, sein Zusammentreffen mit Kaiser, die Trauungszeremonie, die er mit angesehen hatte, und seine letzte Unterhaltung mit dem Rabbinatskandidaten.

»Das muß ein sehr anständiger junger Mann sein!« sagte Chane. »Es scheint, er wird uns wirklich einen Rat geben können.«

»Vielleicht raucht er?« fragte Klatzke interessiert.

»Dann gehe ich gleich zu dem Dr. Rosenbacher!« sagte Chane. »Das mache ich, während du bei dem jungen Mann bist.«

»Mit dem Dr. Rosenbacher, das ist eine gute Idee!« sagte auch Klatzke. »Ein sehr tüchtiger Mann – und ein guter Mann. Mit dem kann man schon reden! – Vielleicht nimmt er ein paar Hundert Zigaretten ab?«

»Du kennst Rosenbacher?« fragte Jossel.

»Ja – ich kenne ihn auch etwas! – Und ich war schon ein paarmal da, wenn er gepredigt hat. Ich gehe überallhin, wo ich die richtige Aussprache lernen kann. Das müßt ihr auch tun – in Versammlungen und Theater und Predigten. Die Predigten sind umsonst. Und besonders bei Rosenbacher lernt man viel!«

»Redet er so besonders gut?« fragte Chane.

»Was er sagt, weiß ich gar nicht! Ich höre nur die Aussprache. Aber er redet so schön lange, da kann man viel lernen!«

»Ist er auch so angezogen wie der Pope? Macht er dem auch alles nach?«

»Ja – natürlich! – Aber ich habe gehört, erst seit ein paar

Jahren. Weil die Rabbiner von der anderen Gemeinde den christlichen Geistlichen es nachmachen und einen Talar tragen – macht er wieder seinen Kollegen nach. Jeder deutsche Jude macht irgendwem etwas nach!«

»Es gibt hier mehrere Gemeinden?«

»Gewiß! – Und jede Gemeinde hat ihre Rabbiner und ihre Schächter und ihre besonderen Schulen und ihre eigenen Buttergeschäfte und ihre eigenen Fleischläden und ihre eigenen Restaurants. Und von der einen Gemeinde wird, Gott behüte, keiner einmal in ein Geschäft von der anderen Gemeinde gehen oder in einem Restaurant von dem anderen Rabbiner essen.«

»Der Rabbiner hält ein Restaurant?«

»Er hält kein Restaurant und er hat auch kein Buttergeschäft. Aber man verläßt sich auf ihn, daß es in dem Geschäft, das unter seiner Aufsicht ist, koscher ist und daß man da essen kann oder kaufen.«

»Kommt es denn vor, daß ein Jude etwas verkauft, was nicht koscher ist? – Oder daß er sagt, es ist koscher, wenn es nicht wahr ist?«

»Es kommt schon vor! – Deshalb stellt der Rabbiner einen Aufpasser hin.«

»Ich möchte in einem solchen Restaurant nicht essen, wo ein Aufpasser nötig ist«, sagte Chane. »Ist der Besitzer ein anständiger Mensch, ist ein Aufpasser nicht nötig. Ist er ein Schwindler, nützt auch der Aufpasser nichts. Und wie kann ein anständiger Mensch einen Aufpasser nehmen? Ich würde ihn rauswerfen!«

»Hier in Deutschland ist es so eingeführt! Kein Jude traut dem andern! – Hier ist zum Beispiel ein anständiger frommer Jude, – der macht ein Restaurant auf und sagt, wie Chane, er will keinen Aufpasser, – erlaubt der Rabbiner nicht, bei ihm zu essen. – Dann ist ein anderer da, – der nicht weiß, ob man Fische schächten muß und ob man Fleisch mit Milch kochen darf, – dazu ein böser Mensch; da setzt der Rabbiner einen Aufpasser hin, – da darf man essen!«

»Merkwürdige Leute, die deutschen Juden!« sagte Jossel verwundert.

»Und damit beschäftigt sich gerade Dr. Rosenbacher ganz besonders, – damit und mit den Nahrungsmitteln überhaupt. – Er hat ein großes Buch geschrieben und viele Artikel in jüdischen Zeitungen; da beweist er, daß man irgendeine Sorte von Schokolade, – ich weiß nicht mehr welche, auf keinen Fall essen darf, weil da etwas, – ich weiß nicht was, aber etwas, was Juden verboten ist, – zur Fabrikation benutzt wird. Und er hat seine Aufpasser aufgestellt in Molkereien und in Bonbonfabriken und in Drogerien; er läßt koschere Bouillonwürfel machen und koscheren Malzextrakt und koschere Pflanzenbutter, und ich glaube, auch koschere Abführmittel! Er läßt unter seiner Aufsicht Kühe melken und Wein abziehen; mit tausend solchen Dingen ist er beschäftigt!«

»Mir scheint«, sagte Chane verwundert, »ein deutscher Rabbiner hat in der Hauptsache mit dem Magen zu tun!«

»So ist es wirklich!« sagte Klatzke. »Sie haben hier dafür sogar noch einen besonderen Ausdruck, – ein merkwürdiges Wort! – Wie heißt es doch? – Richtig! Jetzt fällt mir's ein: *Seelsorge* nennen sie das!«

V

Pessach nahte, – das jüdische Osterfest, – und wie stets brachte diese Erinnerungsfeier an den Auszug der Kinder Israel aus Ägypten in jeden jüdischen Haushalt eine kleine Revolution. – Das Gebot, alles »Gesäuerte« aus dem Hause zu verbannen, nötigt zu einem Großreinemachen fürchterlichster Art: kein Möbelstück, das nicht seine sämtlichen Schubladen entleeren muß, – keine Rocktasche, die nicht umgekrempelt, – kein Teppich, der nicht geschlagen, – kein Tintenfaß, das nicht gespült, – kein Buch, das nicht ausgeklopft wird! – Wenn die Stühle auf den Tischen kopfstehen und ihre Beine jämmerlich zum Himmel recken, – wenn das Geschirr, das das ganze Jahr über treu gedient hat, in riesigen Körben verschwindet, – wenn in sorglich vor der Berührung mit nicht »ostrigen« Sachen gehüteten Kisten große Mengen von »Mazzes«, jener ungesäuerten Reisekost der Vorväter, aufgestapelt liegen, – dann sieht es wirklich so aus, als ob ein neuer Auszug aus dem Lande der Knechtschaft bevorstände und als ob man des baldigen Rufes zur Heimkehr in das Land der Väter gewärtig sei. Bis endlich der Festabend herannaht und man sich feierlich um den Tisch des Hauses versammelt, um dann freilich statt des erträumten Rufes zur Heimkehr aus dem Munde des Familienvaters die Vertröstung zu vernehmen:

In diesem Jahre noch in der Fremde, –
aber im nächsten Jahr in Jerusalem!

Und so lassen sich die Kinder Israel von Jahr zu Jahr vertrösten; schon zwei Jahrtausende fast rüsten sie alljährlich sich zum Auszug, lassen sie geduldig und mit unverminderter Hoffnung sich vertrösten. – Noch aber war es in diesem Jahre nicht soweit; noch herrschte wie in jüdischen Wohnstätten des ganzen Erdenrundes auch im Hause des Dr. Rosenbacher das Tohuwabohu; nur der Kundige konnte den Festgeist verspüren, der über den Wassern schwebte, welche sich aus den Spüleimern über Zimmer, Vorplatz und Treppenhaus ergossen.

Sein Arbeitszimmer allein hatte der Rabbiner noch bislang gegen den Ansturm der mit Scheuerlappen und Besen bewehrten weiblichen Garde gehalten. Alle anderen Räume waren bereits der Osterreinigung verfallen und bis zum Feste unbetretbar und unbenutzbar geworden. So diente denn sein Arbeitszimmer jetzt gleichzeitig als Empfangs- und Warte-, als Speise- und Wohnraum. Und alle, welche die vielbegehrte Hilfe des Rabbiners in Anspruch nehmen wollten, drängten sich dort zusammen; es war nicht zu vermeiden, daß jeder auch die Nöte aller anderen Ratsuchenden vernehmen mußte.

Chane sah verwundert in das Getriebe des übervollen, nicht allzu großen Zimmers. Sie hatte Gelegenheit genug, ihre Blicke umherwandern zu lassen. Der Rabbiner hatte sie freundlich und aufmerksam angehört, sie gebeten, Platz zu nehmen und zu warten, – und dann seine Wanderung durch das Zimmer wieder aufgenommen. – Er diktierte auf und ab spazierend, die Hände unter den Rockschößen vereint, die Zigarre im Mundwinkel, das runde, schwarze Käppchen im Genick auf dem noch jugendlichen weißblonden schmalen Kopfe mit dem kurzen Spitzbart.

»Paragraph 18. – Der Mitkontrahent August Ferdinand Kluck verzichtet ausdrücklich auf jedes nach dem Gesetz ihm etwa zustehende Recht auf Einsicht in die Bücher und Geschäftspapiere, auf Prüfung der Bilanz oder sonstiger Abrechnungen, – überhaupt auf irgendwelche Auskunftserteilung über den Betrieb des gemeinsamen Geschäftes.«

Das engbrüstige bebrillte Männchen am Schreibtisch schrieb emsig nach. – Wenn der Rabbiner eine Pause machte, um zwischendurch irgendeinen der Wartenden abzufertigen, zog er schnell eines der vielen vor ihm liegenden Formulare heran und füllte es hastig aus.

Zur Seite des Schreibtisches saß bequem in den Klubsessel zurückgelehnt ein sorgfältig gekleideter Herr mit graumeliertem Spitzbart; sein spiegelblanker Zylinder stand neben ihm auf dem Tisch. – Er hörte aufmerksam zu und blätterte zwischendurch in dem Handelsgesetzbuch, das er einem der mächtigen Bücherregale, welche fast das ganze Zimmer umgaben, entnommen hatte.

Neben ihm stand eine Frau im Umschlagetuch, mit großer Perücke und ohne Hut, die in einem offenen Korb eine geschlachtete Gans trug.

Dann kam auf dem Diwan eine Dame mit kostbarem Pelzkragen und großen Brillanten in den Ohren, die sichtlich nervös mit ängstlichen Augen den Wanderungen des Rabbiners folgte.

Am Fenster stand ein hagerer Mann, der auf dem Rauchtischchen vor sich eine Kollektion von Tuben und Dosen aufgebaut hatte.

Neben ihm wartete ein kleiner asthmatischer Mensch, der mehrere große Schlüssel in der Hand trug. Vom Arm hingen ihm eine Anzahl seltsam geformter Gürtel herab.

Nächst der Tür standen mehrere russische Juden, Bücher und Papiere in den Händen.

Chane selbst saß neben dem zierlichen Schränkchen, das geschickt in die Bücherregale eingefügt war und dessen prachtvoll gestickter Vorhang anzeigte, daß in ihm eine Sefer-Thora, eine Gesetzesrolle, aufbewahrt wurde.

Den Schluß bildete, gegenüber dem Schreibtisch, eine Gruppe von Männern und Frauen, der Kleidung nach aus den verschiedensten Gesellschaftsschichten, von denen jede Person ein etwa sechsjähriges Kind an der Hand führte.

In der dunklen Ecke neben dem Schreibtisch, im ersten Augenblick kaum sichtbar, stand ein plumper Mensch mit borstigem rotbraunem Haar und Schnurrbart in einfacher Kleidung. Er zeigte keinerlei Interesse für die Vorgänge im Zimmer, döste vor sich hin und schien im Stehen halb zu schlafen. Von Zeit zu Zeit winkte ihn der Mann am Schreibtisch heran; dann schob er sich näher, nahm aus der Hand des Sitzenden die eingetauchte Feder, neigte sein rötlich schimmerndes Gesicht über die Tischplatte und schrieb mit gewaltsam hochgezogenen Brauen, ohne von dem Inhalt des ihm vorgelegten Papieres irgendwelche Notiz zu nehmen, an den ihm gewiesenen Platz mit großen unbeholfenen Zügen das eine Wort »Kluck«.

»Paragraph 19«, fuhr der Rabbiner in seinem Diktat fort. »Bezüglich der Auflösung der offenen Handelsgesellschaft Germersheim & Co. wird bestimmt: – ach, Herr Germersheim!« Er wandte sich an den Herrn im Klubsessel. »Schlagen Sie doch mal die Bestimmungen im Gesetzbuch auf! Ich kann inzwischen ein paar andere Sachen erledigen!«

Er trat an den Tisch und nahm einen Packen ausgefüllter Formulare in die Hand.

»Vertrag Heilbrunn–Kluck, Apothekenkauf ist in Ordnung! – Vertrag Meyenberg–Kluck – Kolonialwarengeschäft auch! – Lindenberg–Kluck – Blausäure – gut! – Halt! Hier – bei der Spiritusfabrik haben Sie vergessen, die Beträge auszufüllen, Herr Bluth! – Also: die Spiritusfabrik geht für den Kaufpreis von sieben Millionen fünfmalhunderttausend Mark in das Eigentum des Herrn August Ferdinand Kluck über! – Sie bewilligen den geforderten Preis, Kluck?«

»Jawohl, Herr Doktor!« sagte der Mann in der Ecke gleichmütig.

Chane sah erstaunt den unscheinbaren Mann an, der so gleichgültig über Millionen verfügte.

»Als Anzahlung«, fuhr der Rabbiner fort, »zahlt der Käufer Kluck fünfzig Pfennig. – Einverstanden, Kluck?«

»Jawohl, Herr Doktor!«

»Schön! Fügen Sie das noch ein, Herr Bluth! – Frau Bergmann!« Der Rabbiner wandte sich an die Dame mit dem Pelzkragen, während er ein Messer aufklappte und an der Gans herumzuschneiden begann, welche ihm die Frau im Umschlagetuch eifrig hinhielt. »Ich kann Ihnen leider bezüglich des Geschirres keine tröstliche Auskunft geben. Ihr Mädchen hat da mit der Milch eine schöne Geschichte angerichtet! Wenn die Milch noch kalt gewesen wäre! – Aber so ist das Geschirr leider unbrauchbar geworden; Sie werden das ganze Service hinauswerfen müssen. – Die Messer sind zu retten – Stecken Sie sie auf drei Tage in Erde, – vielleicht in Blumentöpfe. Dann können Sie sie wieder gebrauchen! – Die Gans ist in Ordnung; lassen Sie sie sich gut schmecken!«

Die Frau mit der Gans entfernte sich freudestrahlend, – Frau Bergmann verabschiedete sich seufzend. –

»Nun kommen Sie mal her!« sagte der Rabbiner zu den russischen Juden an der Tür. – »Was haben Sie denn? –«

Er fertigte die Leute kurz, aber freundlich ab; es waren Sendboten der Talmudhochschulen in Lida und Brest-Litowsk, welche in Deutschland Beiträge zur Erhaltung der Institute sammelten, – ferner Verfasser gelehrter hebräischer Bücher, die ihre Werke selbst zum Kauf anboten, – und gewöhnliche Schnorrer. – Alle zogen befriedigt ab.

»Herr Bluth«, sagte der Rabbiner, »Sie können inzwischen die Anmeldungen zur Religionsschule eintragen! – Bitte, meine Herrschaften!« Er winkte der Gruppe mit Kindern. »Geben Sie dem Herrn alle Papiere! – So! Und was haben Sie?« Er wendete sich zu dem Mann mit den Tuben und Dosen. »Ach so! Das neue Rasiermittel! – Kluck! Kommen Sie mal her! –«

Der Mann, der mit den Millionenwerten so gemütlich umging, näherte sich.

»Sehr schön! Rasiert haben Sie sich ja anscheinend schon ein paar Tage nicht! – Setzen Sie sich da auf den Stuhl! Und nun, lieber Krause, zeigen Sie Ihre Kunst! Rasieren Sie mir den guten Kluck! – Also wohlverstanden! Sie können als Nichtjude vielleicht nicht so wissen, worauf es ankommt! Nach unserem Gesetz darf kein Schermesser den Bart berühren!«

»Ist auch bei dem Fabrikat nicht nötig!« versicherte Krause. »Die Salben brennen die Haare bis auf die Haut ab und werden mit einem Löffel entfernt. Es wirkt wie das beste Rasiermesser!«

»Wir werden ja sehen! Fangen Sie nur an!«

Und Chane sah mit wachsendem Erstaunen, wie am Fenster des rabbinatlichen Zimmers sich die Prozedur rituellen Rasierens an jenem verkappten Millionär zu vollziehen begann.

»Haben Sie die Paragraphen gefunden, Herr Germersheim?« fragte der Rabbiner. »Aber warten Sie mal! Ich möchte Ihnen etwas sehr Schönes zeigen – eine neue, ungeheuer praktische Erfindung!« Er winkte den Mann mit den Gürteln und Schlüsseln heran. »Ziehen Sie sich den Rock aus und schnallen Sie einmal einen Gürtel um! Sehen Sie! Bis jetzt war es am Sabbat eine Kalamität, daß man wegen des Tragverbotes keinen Haus- oder Wohnungsschlüssel mitführen konnte. Jetzt habe ich solche Gürtel konstruieren lassen, die an beiden Seiten Haken und keine Ösen haben. – Nun wird der Schlüssel mit seinem Ring beiderseits eingehakt – so! Der Schlüssel hält also wirklich den Hosengurt erst zusammen! Damit wird er ein notwendiger Bestandteil der Kleidung und darf also getragen werden! – Was sagen Sie dazu?«

»Großartig!« sagte Germersheim und nahm voll Interesse einen Gürtel in die Hand. »Ich beglückwünsche Sie aufrichtig! Sie haben da wieder ein Problem von größter Wichtigkeit gelöst! Und wie einfach das ist! Das wahre Ei des Kolumbus!«

Auch Bluth und die Leute, welche ihre Kinder zu Ostern anmelden wollten, hatten sich interessiert genähert und erschöpften sich in Ausrufen der Freude und Bewunderung über diese neue Errungenschaft orthodoxer Technik.

»Also nun muß schleunigst die Anmeldung beim Patentamt bewirkt werden!« sagte Dr. Rosenbacher. »Vielleicht gründen wir überhaupt eine Gesellschaft zur Herstellung derartiger Gegenstände; Kluck wird natürlich Teilhaber! – Ja – wie ist es nun mit Ihnen, Fräulein?« wendete er sich zu Chane. »Können Sie das Fräulein unterbringen, Herr Germersheim? Sie möchte am Sabbat frei sein!«

»Verzeihen Sie, Herr Rabbiner!« sagte Chane. »Ich bin verheiratet. –«

»So?« sagte der Rabbiner gedehnt und warf einen scharfen Blick erst auf die behandschuhten Hände, dann auf ihre Frisur. »Sie sind verheiratet? Ist Ihr Mann auch hier?«

»Ja! – Er will studieren!«

»Soo? – Und Sie legen Wert darauf, am Sabbat frei zu sein?«

»Gewiß!«

»Nun, Herr Germersheim?«

»Bedaure!« sagte Germersheim kühl. »Von einer frommen jüdischen Frau verlange ich die Erfüllung *aller* religionsgesetzlichen Vorschriften, auch derjenigen, welche gebietet, nicht das eigene Haupthaar zu zeigen. Die Dame zieht es ja aber vor, wie ich sehe, sich keinen Scheitel aufzusetzen. Also –«

Er zuckte die Achseln.

Der Rabbiner rückte verdrießlich an seinem Käppchen.

»Immerhin!« sagte er. »Vielleicht wird sich die Dame doch entschließen –«

»Eine Perücke aufzusetzen?« sagte Chane und stand auf. »Verzeihen Sie, Herr Rabbiner, daß ich gestört habe.«

»Warten Sie nur!« sagte Dr. Rosenbacher. »Herr Germersheim! Vielleicht ließe sich doch –«

»Aber, Herr Doktor!« sagte Germersheim. »Ich habe ja nun auf Ihren Rat Kluck als Teilhaber in meine Fabrik aufgenommen. – Wir müssen übrigens den Vertrag endlich fertig machen! Ich muß noch zur Vorstandssitzung des Vereins der Sabbatfreunde! – Jetzt kann ich also meinen Fabrikbetrieb auch am Sabbat weitergehen lassen. Da bin ich doch nun gezwungen, alle jüdischen Angestellten zu entlassen.«

»Alle jüdischen Angestellten?« fragte der Rabbiner unbehaglich.

»Selbstverständlich! – Wenn das Geschäft auch am Sabbat arbeitet, muß ich verlangen, daß auch alle Angestellten am Sabbat zur Arbeit erscheinen. – Natürlich sind unter den sechzig Leuten auch eine ganze Menge, die am Sabbat arbeiten würden, – aber selbstverständlich werde ich niemals einer Entweihung des Sabbats durch Juden in meinem Betriebe Vorschub leisten. Das darf ich ja gar nicht!«

Der Rabbiner sah verstimmt vor sich hin.

»Sehr bedauerlich immerhin!« sagte er. »Es wird viele hart treffen. – Ja, liebe Frau«, er wendete sich zu Chane, »da kann ich Ihnen vorläufig nicht helfen, wie Sie sehen. Ich behalte aber die Sache im Auge! Wenn Sie mich wieder aufsuchen wollen – Ach, Sie sind fertig, Krause? – Vielleicht haben Sie die Güte, Herr Germersheim, sich zu überzeugen, ob Kluck gut rasiert ist! – Übrigens, Herr Bluth – vergessen Sie nicht, daß die Verkaufsverträge alle gestempelt werden müssen! – Ja, also, liebe Frau! Vielleicht läßt sich doch noch etwas machen; der Herr Germersheim hat ausgezeichnete Verbindungen. Wenn er nur *will*! – Machen Sie schon eine kleine Konzession! Ihnen schadet es doch nichts, wenn Sie sich vielleicht einen ganz kleinen falschen Zopf anstecken; damit wird er sich zufriedengeben. – Damit doch wenigstens die Form erfüllt wird; – zur Not kann man das als ausreichend bezeichnen –«

»Herr Rabbiner!« sagte Chane mit hochrotem Kopf. »Bemühen Sie sich doch nicht so! Was wollen Sie *mir* vorreden – ich bin doch nicht der liebe Gott!« Und ging hinaus.

VI

Es war verabredet, daß Chane ihren Mann bei Kaiser treffen sollte; so stieg sie denn die engen Treppen in dem düsteren muffigen Hause der Auguststraße hinauf und entzifferte mühsam im Halbdunkel des Treppenhauses die zahlreichen

Visitenkarten an den Wohnungstüren. Das ganze Haus war voll von Studenten. – Endlich im dritten Stock fand sie unter dem Porzellanschild mit dem Namen *Deneke* die Karte *Jacob Kaiser*, cand. phil. Daneben klebte eine andere Karte *Fritz Hamburger*, cand. med. –

Sie drückte auf den Knopf, der widerstrebend nachgab und ein zweifaches kurzes Klingelzeichen erweckte. – Drinnen brach ein Walzer am Klavier ab, – eine Tür knarrte, und schlurrende Schritte näherten sich. Dann öffnete sich die Türspalte bei vorgelegter Sperrkette, und ein erhitztes weibliches Gesicht lugte durch die Öffnung. – Die Tür wurde dann vollends geöffnet, und die breite Gestalt einer behäbigen Frau erschien. Sie streckte Chane gemütlich die Hand hin und schüttelte sie kräftig.

»Kommen Sie man rein, Fräuleinchen!« sagte sie und lachte ohne erkennbaren Grund laut auf. »Na nu, Kinder! Nu wird's erst fein!« schrie sie in die Wohnung zurück. »Da kriegt Herr Germersheim auch seine Frau! Nee, – ist das eine Welt! – Na, kommen Sie man rein! Je später der Abend, desto schöner die Gäste! – Wir wollen Ihnen mal bei Lichte besehen!«

Sie hatte die verdutzte Chane in den dunklen Vorplatz hineingezogen; durch eine offene Tür fiel Helle aus einem anstoßenden Zimmer; in diesem sah Chane am Klavier einen blonden, jungen Mann in Hemdsärmeln, während auf dem Sofa ein anderer junger Mann zwischen zwei Mädchen saß. Die eine, schwarze, hatte eine Zigarette im Mund und war damit beschäftigt, ihr losgegangenes Haar aufzustecken; die andere, blonde, sprang auf und lief auf den Vorplatz hinaus. In der Tür hinter ihr erschien jetzt auch die Silhouette eines lang aufgeschossenen, mit schlampiger Eleganz gekleideten jungen Menschen im Gehrock.

»Immer rein in die gute Stube!« rief die Blonde. »Wen haben Sie uns denn da noch herbestellt?« Sie stellte sich vor Chane hin. »Ich bin die Amanda, – dumm geboren, konfirmiert und nischt zugelernt! –« Sie hing sich in Chanes Arm und quietschte vor Lachen. »Und Sie, Fräulein? – Von wo kommen Sie denn angetanzt?«

»Erlauben Sie – das ist wohl ein Irrtum hier –«, stammelte die ganz verwirrte Chane. »Ich bin – ich wollte – Wohnt hier nicht Herr Kaiser?«

»Ui jeh!« kreischte Amanda, sie loslassend, packte den langen Menschen im Gehrock an beiden Armen und warf sich, ihn mitzerrend, vor Lachen geschüttelt hin und her. »Und ich habe schon gemeint, – über Ihnen aber auch, Herr Germersheim!«

»Na so was!« sagte Frau Deneke. »Ich habe gedacht, – nanu wird die Kadrillje erst vollständig. – Na, Sie sind aber einer, Herr Germersheim!« –

»Nun seid doch nicht ganz blödsinnig!« rief das schwarze junge Mädchen vom Sofa. »Das Fräulein muß ja wer weiß was denken! – Zeigt ihr doch, wo's geht!«

Der lange Mensch hatte sich schnuppernd Chane genähert und sagte, sich verbeugend:

»Ich heiße Germersheim! – Bitte, – meine Dame, – hier die Tür! – Darf ich bitten! Mein Freund Kaiser ist zu Hause – es sind noch mehr da. – Wir sind nämlich gerade mitten im Studium, meine Dame, – wir lernen gerade zusammen einen Talmudtraktat –«

Er öffnete eine Tür.

»Herr Kaiser, – Sie bekommen Damenbesuch!« kreischte Amanda und platzte wieder los.

»Entschuldigen Sie man!« rief Frau Deneke. –

Chane betrat das Zimmer Kaisers, gefolgt von Germersheim. – Es war ein langer Raum, der seine Beleuchtung nur durch ein schräg zum Zimmer gerichtetes, auf den Hof gehendes Fenster erhielt, das sich in einer breiten Nische befand. –

In dieser Nische stand ein Tisch, auf dem einige Folianten lagen, die Chane leicht als Talmudbände erkennen konnte. Über diese Bücher gebeugt, saßen vier Personen; Jossel und noch ein junger Mann, – den sie nach der Beschreibung gleich als Kaiser erkannte, – ferner ein kaum mittelgroßer Mann von vielleicht vierzig Jahren mit schmutzig gelbem Rundbart und ein rotblonder Mann etwa gleichen Alters mit einem ausgesprochenen Schafsgesicht.

Im Nebenzimmer hörte man Flüstern und Kichern; dann setzte der unterbrochene Walzer wieder ein, und man vernahm das Schleifen tanzender Paare.

Kaiser war aufgesprungen und kam Chane entgegen.

»Gewiß Frau Schlenker!« sagte er, sie freundlich begrüßend. »Willkommen! Sie bringen seltenen Glanz in meine Studentenbude! – Germersheim hat sich natürlich schon selbst bekannt gemacht? – Das hier ist mein alter Freund und Lehrer Joelsohn, – der die Güte hat, mit uns Talmud zu treiben, und der mit Ihrem Mann sich schon auf Tod und Leben über eine schwierige Stelle herumstreitet. – Das da ist Löwenberg!«

»Ich habe mit Herrn Kaiser alles besprochen«, sagte Jossel fröhlich. »Er wird mir helfen! – Ich weiß schon, wie man sich Bücher besorgt und womit wir anfangen sollen. – Er will auch selbst mit mir lernen! – Und er meint, ein Zimmer für uns wird es auch hier geben.«

»Und nun erzählen Sie von Ihrem Besuch bei Dr. Rosenbacher!« sagte Kaiser. »Ich will inzwischen Tee besorgen.«

Er öffnete die Tür zum Nebenzimmer; das blonde Mädchen drängte sich durch die Spalte und sah neugierig herein.

»Können wir etwas heißes Wasser bekommen, Fräulein Amanda?« sagte Kaiser, in der Tür stehenbleibend.

»M. w.! – Machen wir!« sagte Amanda und zog sich zögernd zurück.

»Hör mal, Kaiser!« rief eine Stimme aus dem Nebenzimmer. »Die Geschichte mit dem Prinzen von Homburg stimmt mir noch nicht! – Die Szene am Dom spricht für meine Auffassung, – nicht für deine! Der Kurfürst will keinesfalls im Ernst den Prinzen erschießen lassen.«

»Darüber sprechen wir noch!« sagte Kaiser und kam zurück. »Also – Was haben Sie bei Rosenbacher ausgerichtet?«

»Nicht viel!« sagte Chane und berichtete ausführlich.

»Das Ganze«, schloß sie, »machte auf mich mehr den Eindruck eines großen gewerblichen Betriebes als einer Rabbinatsstube. – Die Hauptperson scheint mir dieser Kluck zu sein: was ist das für ein merkwürdiger Mensch? – Er kauft anscheinend alles: – Apotheken, Spiritusfabriken, Kolonial-

warengeschäfte und was sonst noch; er wirft mit Millionen-
versprechen nur so um sich und zahlt nur ein paar Groschen
an. Er ist Teilhaber von Riesengeschäften und angezogen
wie ein Arbeiter. – Rasieren läßt er sich beim Rabbiner und
sagt zu allem nur immer: Jawohl, Herr Doktor!«

Kaiser lachte herzlich.

»Ja – wenn Sie auch Kluck nicht kennen! – Kluck ist die
Säule der jüdischen Orthodoxie von Berlin. Er ist Nichtjude,
und darauf beruht seine Stellung. Er lebt seit langen Jahren
in diesem orthodoxen Milieu und fühlt sich wohl dabei. –
Aber wehe – wenn er etwa eines Tages sich zur jüdischen
Religion bekehren würde. Damit würde er die Grundlagen
seiner Existenz erschüttern und auf der Stelle brotlos werden.«

»Wieso?« fragte Chane. »Gehört es zu den Grundsätzen
der orthodoxen Juden Deutschlands, keine jüdischen Angestellten zu dulden – so wie ich das ja bei dem Herrn Germersheim gesehen habe?«

»Mein Vater?« fragte der junge Germersheim. »Das ist
doch etwas ganz anderes! – Aber ich wäre sicher galanter gewesen!«

»Klucks Lebensaufgabe«, sagte Kaiser, »ist es, alle die Dinge
zu verrichten, die der orthodoxe Jude zwar selbst nicht tun
darf, welche er aber doch nicht entbehren mag, – und weiter
schafft Kluck auch sonst durch seine Mitwirkung allerhand
Erleichterungen.«

»Ich verstehe ganz gut!« sagte Jossel. »Er wird am Sabbat
die Lichter anzünden und auslöschen müssen. – Und davon
lebt er?«

»Das ist nur der kleinste Teil seiner Tätigkeit, daß er am
Sabbat von Haus zu Haus geht, die Briefe öffnet, die Öfen
nachschürt und dergleichen nicht überanstrengende Tätigkeit verrichtet! – Von seiner Vielseitigkeit haben Sie heute ja
schon einen kleinen Begriff bekommen. – Das Wesentliche
ist, daß ständig für ein paar Mark sein Name und seine Unterschrift zur Verfügung stehen: das magische Wort *Kluck*, unter ein entsprechend abgefaßtes Dokument gesetzt, beseitigt
alle Gewissensbisse, so sicher oder sicherer als die Absolu-

tion des Priesters. – Da ist zum Beispiel die Frage der Sabbatruhe! Der scharfe Konkurrenzkampf und vor allem die obligatorische Sonntagsruhe zwingen auch fromme Juden, der Selbsterhaltung wegen ihr Geschäft am Sabbat zu öffnen. – Um das strenge Gebot der Thora und des Talmuds nicht zu verletzen, ergreift mancher den Ausweg, sich einen nichtjüdischen Teilhaber zu nehmen. Dann ist ja das Geschäft nicht mehr rein jüdisch und kann am Sabbat also geöffnet werden; der jüdische Mitinhaber bleibt natürlich an diesem Tage den Geschäftsräumen fern. – Wenn er nun aber in Wirklichkeit einen Teilhaber nicht gebrauchen kann, engagiert er sich für billiges Geld einen Strohmann – und das ist eben der Kluck.«

»Und das geschieht allgemein?« fragte Chane.

»Wenigstens ziemlich oft! – Der biedere Kluck ist auf diese Weise Mitinhaber einer beträchtlichen Zahl von Geschäften geworden. –«

»Komisch!« sagte Jossel. »Aber es ist schon richtig! – Wie sollen die Leute sich sonst auch helfen!«

»Und die Hauptsache!« sagte Kaiser. »Jetzt – gegen die Osterzeit, fängt die eigentliche Geschäftssaison von Kluck an. Sie wissen, die strenge Vorschrift, alles ›Gesäuerte‹ für die Festwoche aus seinem Besitz zu entfernen, ist schon für einen privaten Haushalt beschwerlich genug und für manchen Geschäftsbetrieb ganz undurchführbar. Da hat nun zum Glück der liebe Gott den Kluck erschaffen. Was man nicht über das Fest behalten darf, verkauft man vor dem Feste an ihn. Kluck kauft vor Pessach alles an: Kücheneinrichtungen – Flaschenlager – Essigfässer – Spiritus- und Zuckerfabriken, Grundstücke und Apotheken, Kaffeehäuser und Bureaus und was sonst noch! – Das geht schon nach Schema, und man hat dafür sogar gedruckte Formulare. Es wird stets eine recht hohe Verkaufssumme eingesetzt – sonst könnte am Ende gar ein Dritter in den Vertrag eintreten und Ernst machen wollen; Kluck zahlt natürlich nur ein paar Groschen an und behält sich den Rücktritt vor. Und am Tage nach dem Fest erscheint er pünktlich und erklärt mit unerschütterlichem Ernst, daß ihm der Kauf leid tue und er von seinem Rücktrittsrecht Gebrauch machen wolle. Er bekommt sein Trinkgeld – der Vertrag wird zerrissen, und alles ist wieder im alten Geleise!«

»Merkwürdig!« sagte Jossel. »Bei uns geschieht etwas Derartiges auch mitunter; aber hier ist gleich alles wie in einer Fabrik. Formulare! – Nicht umsonst redet man von deutscher Ordnung!«

»Ich finde das Ganze empörend!« rief Chane. »Wen will man da betrügen? – Den lieben Gott? Oder sich selbst? – Das heißt doch, mit dem Heiligsten Schwindel treiben!«

Kaiser zuckte mit den Achseln.

»So müssen Sie das doch nicht auffassen!« sagte er. »Ich gestehe Ihnen, daß mir alle diese Sachen auch nicht sympathisch sind. Das sind aber unabwendbare Resultate der eigenartigen Lage, in der wir Juden uns nun einmal befinden.«

»Dann muß man die Lage ändern!« rief Chane.

»Gut gesagt! – Aber vorläufig stecken wir doch einmal in dieser Situation und dürften darin auch vorderhand bleiben! – Was sollen nun die Leute machen? Sollen sie einfach das Gesetz fallenlassen, an dem sie mit ganzem Herzen hängen – das allein ihnen und ihren Vorfahren in allen Nöten der Jahrhunderte den Halt gegeben hat – durch das allein das Judentum bis zum heutigen Tage seine Existenz gerettet hat?«

»Das heißt doch den Geist opfern und den Buchstaben retten!« rief Chane erregt. »Kann es etwas Schändlicheres und dabei Unsinnigeres geben, als im Namen der jüdischen Religion sechzig Juden brotlos machen, nur weil sie Juden sind? Das geschieht, um den Sabbat zu heiligen – um das Judentum zu erhalten! – Der Herr Germersheim glaubt wirklich, damit ein gottgefälliges Werk zu tun!«

»Wenn mein Vater das tut«, sagte Germersheim junior, »dann ist es ganz bestimmt richtig! Dann geschieht es genau nach den Vorschriften! – Darauf können Sie sich verlassen!«

»Aber auf den Geist kommt es an!«

»Das ist nicht unsere Sache! Dafür sind wir orthodox! – Wir müssen uns an das Wort des Gesetzes halten; was die heilige Thora erlaubt, kann nicht schlecht sein! – Aber wozu regen Sie sich auf? – Sie wissen wohl, daß Ihnen das gut steht, wenn Sie so zornige Augen machen?«

Chane sah Germersheim erstaunt an; ihr fehlte jegliches Verständnis für diese Sorte von Komplimenten und diese bequeme Art, Probleme zu behandeln. –

Amanda brachte ein Tablett mit Gläsern und einer Kanne und stellte es auf den Tisch; sie warf ungeniert kritische Blicke auf Chane. Als sie beim Hinausgehen an Germersheim vorbeikam, nahm sie ihm das große runde Käppchen vom Kopf, das er sich eben aufgesetzt hatte, um den vorgeschriebenen Segensspruch vor dem Trinken zu sprechen. Sie blieb in der Tür stehen und spielte mit dem Käppchen Ball, dabei bemüht, Chane durch lebhafte Grimassen zu zeigen, wie sie sich über Germersheim lustig mache.

»Machen Sie keinen Unsinn, Fräulein!« sagte Germersheim und ging ihr nach. »Geben Sie mir das Käppchen! Ich habe es jetzt nötig!«

»Kommen Sie doch zu uns rein!« sagte Amanda, das Käppchen hinter dem Rücken versteckend und sich gegen den Türpfosten lehnend, »Ilonka is doch schon ganz verrückt nach Ihnen!«

»Geben Sie her!« sagte Germersheim und griff mit beiden Händen um Amanda herum; es gab ein kurzes lebhaftes Ringen und Pressen, bis Amanda das Käppchen weit ins Zimmer hineinwarf und lachend die Tür hinter sich zuschlug.

Germersheim hob das Käppchen auf, klopfte es flüchtig, setzte es sich auf, ging an den Tisch und sprach, noch rot und keuchend von dem Kampf, den vorgeschriebenen Segensspruch. –

Inzwischen hatte Joelsohn sich dem Teetisch genähert; Löwenberg saß mit gesenktem Kopf, unberührt von allen Vorgängen im Zimmer, vor seinem Folianten.

»Was sagen Sie dazu, Joelsohn?« fragte Kaiser.

»Wozu? – Zu dem, was Sie da gesprochen haben? – Was ich denke, wissen Sie! Es gibt nur eins: die Juden müssen zurück ins Ghetto!«

»Ihr altes Steckenpferd!« lachte Kaiser verdrießlich.

»Steckenpferd oder nicht Steckenpferd! – Es ist doch so! Ich pfeife auf die ganze Emanzipation! – Unser Gesetz, unsere Thora hat uns allein erhalten, und im Leben von heute *muß* man solche Kunststücke machen mit Formularen und mit Kluck und mit den Schlüsselgürteln! – Richtig beobachten kann man das Gesetz nicht, – da macht man alles zum Symbol, zur Erinnerung! Man hat keinen Sabbat mehr, aber wenn man den Schlüssel auf dem Bauch trägt statt in der Tasche, sagt man sich: *eigentlich* ist doch heute Sabbat – *eigentlich* darf man nicht tragen! – Mnemotechnik! Das ganze jüdische Leben ist Mnemotechnik! Man soll nicht sein Judentum vergessen – man soll an Palästina denken – man soll sich erinnern, was man eigentlich ist! – Man lebt nicht, wie ein Jude leben soll – man hört schon fast auf, Jude zu sein; aber man erinnert sich: *eigentlich* sollte man anders leben – *eigentlich* ist man doch ein Jude! – Es ist eine Komödie!«

»Man muß aber da nicht mitspielen!« sagte Chane. »Bei uns in Rußland ist man Jude oder man ist es nicht!«

»Das sage ich ja! Weil drüben eben noch ein Ghetto ist. – Im Ghetto hat der Jude gelebt, wie ein Mensch lebt; – ich weiß: er hat wie ein armer, elender, hungriger Mensch gelebt und ständig für sein bißchen Leben gezittert! Aber er hat nicht sein ganzes Leben lang Komödie spielen müssen, bis er selbst nicht mehr weiß, was sein wahres Gesicht ist und was seine Maske. – Heute ist der Jude zum Schwindel gezwungen; und das Schlimmste ist: er weiß, daß es nichts nützt. Man kann nicht nur von Symbolen leben. Sie trinken aus leeren Bechern, wie die Leute auf dem Theater; und sie tun so, als ob es ihnen gut schmeckt. – Aber sie bleiben doch nüchtern und hungrig und leer!«

»Na – Sie verallgemeinern denn doch wohl zu sehr!« sagte Kaiser. »Schließlich gibt es doch noch einigen jüdischen Inhalt auch bei deutschen Juden. Es gibt doch noch –«

»*Noch!* – Das ist es: *noch!* – Man sagt in Deutschland von einem frommen Juden: er ist *noch* religiös – und von einem Abgefallenen: er ist *schon* liberal! *Noch* und *schon*! Es ist nur eine Frage der Zeit – die Frage von zwei, drei Generationen! – Alle gehen sie hinüber! Und der Orthodoxe, der nachdenkt – *Sie* meine ich nicht, Germersheim! – der weiß genau, wohin auch sein Weg führt. Er geht widerwillig – er stemmt sich dagegen, aber es hilft ihm nichts. – Es kommt doch nur darauf an, in welcher Richtung man geht. Der eine geht geradezu – der andere geht rückwärts – er sieht nach der einen Seite und geht nach der anderen! – Man klammert sich mit letzter Kraft an alles, was nur irgend erreichbar ist! Ein Ertrinkender greift nach einem Strohhalm; er weiß: es nützt nichts; aber doch hält er ihn fest; ein Strohhalm ist auch eine Art Symbol!«

»Mir scheint«, sagte Chane, »ein junger Mensch muß doch gerade durch das starre Festhalten an allen Formen abgestoßen werden! – Ist denn eine Perücke das ganze Judentum?«

»Das sage ich ja!« rief Joelsohn. »Es mußte hier so kommen, wie es gekommen ist, daß die Perücke wichtiger ist als der Mensch, der darunter steckt!«

»Na – hören Sie mal, Joelsohn!« sagte Germersheim böse. »Wollen Sie vielleicht den Scheitel abschaffen? Unser Gesetz sagt, daß die verheiratete Frau ihre Haare nicht zeigen darf, damit sie keinem anderen Manne gefalle als ihrem eigenen! – Wollen Sie unsere Sittlichkeit zerstören?«

»Vor mir brauchen Sie keine Angst zu haben! – Sonst bekomme ich es noch mit Amanda zu tun! – – Es ist schon eine schlimme Sache, mit all den tausend Vorschriften heutzutage zu leben!«

»Dann wollen Sie vielleicht auch reformieren?« sagte Germersheim von oben herab. »Herr Joelsohn – der neue Reformator!«

»Ich? – Gott soll mich schützen! – Wer bin ich? – Und wer kann überhaupt heute reformieren? – Wir wissen doch, was aus all den Reformen herauskommt! – *Der* schneidet das eine weg – *der* das andere – und übrig bleibt am Ende nichts! – Und das böseste dabei ist, daß das Judentum dann bald an jedem Ort anders aussehen wird. Es bleibt nichts Gemeinsames – kein Erkennungszeichen der Gemeinschaft – keine Hoffnung auf eine gemeinsame Zukunft! – Nein! – Es bleibt uns schon nichts anderes übrig, als alles unterschiedslos zu konservieren!«

»Aber Sie sagten doch selbst, das ginge nicht im heutigen Leben!« rief Chane. »Sie selbst geben zu, daß auch der Orthodoxe der Reform und dem Fortschritt unterworfen ist!«

»Richtig! – Und deshalb bleibe ich dabei, daß wir dorthin zurück müssen, wo das Konservieren möglich ist – wo uns das ganze Leben sonst in der Welt nicht berührt – ins Ghetto!«

»Nein!« sagte Chane. »Das ist ein Unding! – Und das müssen wir hier in Deutschland hören; wir sind aus dem russischen Ghetto hierhergeflohen – ins Freie. Wir haben gedacht, dort kann ein Jude nicht Jude sein – das heißt, dort läßt ihn die Unterdrückung nicht beweisen, was ein Jude zu leisten vermag. Hier aber im Ausland – im Westen, da kann jüdisches Wesen sich frei entwickeln, und da muß es die Verehrung und die Liebe aller Menschen erringen statt der Verachtung, die dem Ghettojuden zuteil wird!«

»Und ich sage Ihnen: – wenn nicht aus dem Ghetto im Osten immer wieder frische Auswanderer nach dem Westen zögen, gäbe es in Deutschland schon keine Juden mehr. Die da drüben meinen, das Glück liegt hier – Sie wollen aus dem Ghetto ins Freie – und wir hier in dem, was Sie das Freie nennen – wir lernen einsehen, daß wir ohne Mauern nicht leben können; wir müssen wieder ins Ghetto!«

»Na schön!« sagte Germersheim. »Dann gehen Sie ins Ghetto! Mir gefällt es ganz gut hier! Was fehlt mir? – Und ich meine, in unserer Villa im Grunewald geht es fromm genug zu. Man kann hier auch fromm sein; jedes Wort des Gesetzes, jeder Buchstabe wird bei uns erfüllt!«

»Ich weiß!« sagte Joelsohn. »Jeder Buchstabe! – Sie trinken auch keinen Wein bei Nichtjuden – wie es vorgeschrieben ist – und Sie rühren am Sabbat kein Geld an. Deshalb haben Sie auch in den Nachtlokalen, in denen Sie verkehren, sich für Sabbat Kredit verschafft, und deshalb haben Sie da immer solche Frauen bei sich, die für Sie den Wein trinken!«

»Herr Joelsohn!« sagte Germersheim vornehm. »Es ist eine Dame anwesend! – Und ich denke, Sie sollten doch froh sein, daß es noch fromme und gutsituierte Juden gibt, die auch noch regelmäßig Talmud lernen, wie Loewenberg und ich!«

»Wollen Sie mir vorhalten, daß ich von dem Unterricht im Talmud leben muß?« sagte Joelsohn. »Ohne meine Talmudstunden würden Sie schön aussehen bei den Bällen in Ihrer Villa – im Grunewald! – oder draußen in Halensee oder wo

Sie sonst tanzen! – Warum gehen Sie nicht hinein und tanzen mit den Weibern da drinnen – mit der Ilonka und der Amanda und der Frau Deneke – wie sonst jeden Tag? – Das ist die Talmudstunde! – Sie tanzen und Loewenberg schläft! – Solch ein Esel wie der Loewenberg ist überhaupt noch nicht auf der Welt gewesen! Kein Wort versteht er! – Aber er kommt regelmäßig zum Talmudstudium, weil das auch ein Gebot ist. – Das Lernen ist auch schon ein Symbol geworden!« –

Im Nebenzimmer ertönte Kreischen und Lachen – einem zornigen Aufschrei folgte ein lautes Klatschen!

Die Tür wurde aufgerissen, und Amanda stürzte herein.

»Herr Kaiser!« rief sie. »Ich komme bei Ihnen! – Herr Sonntag wird frech!«

Hinter ihr erschien der junge Mann, den Chane auf dem Sofa zwischen den beiden Mädchen gesehen hatte; seine linke Backe war knallrot. Er ging, mit dem Versuch, unbefangen auszusehen, zum Fenster und beugte sich über die Bücher.

»Wie weit sind wir heute gekommen?« fragte er.

»Wir sind mit dem Traktat über Sittenreinheit fertig geworden«, sagte Joelsohn. »Die Talmudstunde ist zu Ende; – wachen Sie auf, Loewenberg!«

Paradiesäpfel

I

»Kahn! – Kahn! – Kollege Kahn!! – Kollege Siegmund Kahn!!!«

Justizrat Wenzel brüllte schon seit einer halben Stunde nach Kahn – seine massige Gestalt durch das Gewimmel des Anwaltszimmers im Landgerichtsgebäude an der Grunerstraße schiebend. – Er wandelte den langen Korridor auf und ab, nach rechts und links spähend – er sah in sämtliche Kojen hinein und musterte die Gruppen an den breiten Tischen zwischen den Garderobeschränken – er blickte durch die Glastür in die Anwaltsbibliothek, deren Unbelebtheit und Stille seltsam gegen das börsenmäßige Getriebe ringsum abstach – er schmetterte seinen Schlachtruf, mit dem er den säumigen Gegner zum Kampf forderte, gegenüber in das Schachzimmer, in dem mehrere Partien im Gange waren, welche die Aufmerksamkeit nicht nur der Spieler, sondern auch zahlreicher Kiebitze in Anspruch nahmen – er ging rufend den Gang an den Telephonzellen entlang – er brüllte sein »Siegmund Kahn!!« im Haupteingang des Anwaltszimmers aufgepflanzt über die Treppen und Wandelgänge hin. – Aber kein Siegmund Kahn war zu entdecken! – Er fand Leopold Kahn und verschiedene Kohns – auch Siegmund Kohn, der auf den Ruf eilfertig herbeistürzte und dem voranstürmenden Justizrat die gewundene Treppe hinauf bis ins Terminzimmer folgte; dort erst stellte sich, nachdem Kohn sämtliche 23 Akten, welche ihm zur Terminswahrnehmung von Kartell Berendsen übersendet waren, durchgesehen hatte, der Irrtum heraus, und man trennte sich in großer Erbitterung. – Aber Siegmund Kahn kam nicht zum Vorschein! –

Inzwischen saß der Rechtsanwalt Sigismund Hank im Schachzimmer, duckte seine kleine Gestalt hinter einer Gruppe von Kiebitzen, welche wie hypnotisiert auf das

Schachbrett starrten, an dem zwei hoffnungslose Schachstümper über der uninteressantesten aller Partien brüteten – und stellte sich taub und stumm. Er wußte, in welcher Sache Wenzel ihn suchte; es war der verwünschte Prozeß wegen der Ethrogim, den er als Kläger in erster Instanz verloren hatte. Er hatte auf Wunsch seines Mandanten gegen das Urteil Berufung einlegen müssen, war aber von der Aussichtslosigkeit des Rechtsmittels einigermaßen durchdrungen. Die Sache war ihm überhaupt aus mancherlei Gründen wenig sympathisch, und zu allem Unglück mußte sie auch noch – ausgerechnet! – vor der Kammer des malitiösen Bandmann zur Verhandlung anstehen. Er nahm sich fest vor, wenn er diesmal dem suchenden Gegner entrinnen und wenn auf diese Weise eine Vertagung erfolgen würde, das nächste Mal die Akte zur Wahrnehmung des Termins einem Kollegen anzudrehen.

Aber schon war ihm das Verhängnis in der Gestalt des Anwaltsboten nahe; der hielt, als Wenzel wieder sein »Siegmund Kahn!!« brüllend an ihm vorbeizog, den Justizrat an der flatternden Robe fest und fragte:

»Wen suchen Sie? – Kahn? – Siegmund Kahn? – Aber Herr Justizrat – den gibts ja gar nicht mehr! – Dem ist doch durch allerhöchsten Erlaß im Wege der Gnade die weitere Verbüßung des Namens erlassen worden. – Wissen Sie – als jüngst der große Schub erfolgte: aus Saulus wurde Paulus – aus Levysohn wurde Lehnsen und aus der Asche Siegmund Kahns entstand der Phönix Sigismund Hank!«

Und er rief mit schmetternder Stimme:

»Rechtsanwalt Sigismund Hank!«

»Der Teufel soll sich mit den israelitischen Kollegen auskennen!« sagte Wenzel verdrießlich. »Jede Nase lang heißen sie anders!«

»Hank! – Kollege Hank!« rief er dann mit neubelebter Hoffnung.

Jetzt mußte Sigismund Hank wohl oder übel doch dem Rufe Folge leisten; er raffte seine Akten zusammen und kam scheinbar eilfertig aus dem Schachzimmer heraus.

»Na – da ist er ja!« rief der Anwaltsbote. »Herr Justizrat Wenzel bringt sich um nach Ihnen!«

»Bin ich gerufen?« sagte Hank unschuldig. »Herr Justizrat Wenzel? – Hier – Hank ist mein Name! Daß Sie nur endlich da sind! Ich warte schon mindestens eine Stunde auf
Sie!«

»Na – erlauben Sie mal!« sagte Wenzel entrüstet. »Ich brülle
schon seit drei Stunden wie ein Verrückter nach Ihnen!«

»Bedaure!« sagte Hank. »Ich hätte das doch hören müssen, wenn mein Name gerufen wäre. – Eben erst hörte ich
ihn zum erstenmal!«

»Na – wenn es für Sie den Reiz der Neuheit hatte, Ihren
Namen zu hören – ich bin richtig heiser geworden. – Na,
nun kommen Sie mal mit, damit wir wenigstens vor Ostern
unsere Paradiesäpfel unter Dach und Fach bringen.«

Sie eilten die Treppen zum zweiten Stockwerk empor und
betraten das Sitzungszimmer des wegen seiner Redseligkeit
und Bosheit gefürchteten Bandmann, der zwischen den Land-
gerichtsräten Schlüter und Bernstorff thronte. Da die Verhandlung in Sachen *Romanow* gegen *Prinz von Wales* viel
Zeit in Anspruch genommen hatte, hatten sich eine größere
Zahl von Anwälten im Zimmer angesammelt, die ungeduldig warteten, bis sie an die Reihe kommen würden. Die beiden Eintretenden wurden mit feindlichen Blicken empfangen, und es entspann sich der übliche Streit um den Vorrang.
Der Terminzettel entschied zugunsten der Sache *Pfeffer*
gegen *Boruch*; die anderen Anwälte zogen sich brummend
und unwillig in den Hintergrund. – Wenzel und Hank aber
postierten sich neben die beiden Pulte, die rechts und links
vor dem Richtertisch angebracht waren, um sofort, wenn
die augenblicklich verhandelnden Sachwalter das Feld räumen würden, ihre Sache aufrufen zu lassen, ehe noch etwa
im letzten Moment hereinstürzende Anwälte mit einer noch
früheren Nummer des Terminzettels sie wieder verdrängen
könnten. –

Von der Zuhörerbank im Hintergrunde aber lösten sich
die Parteien selbst – Herr Pfeffer und Herr Boruch; seit dem
Aufruf durch den Gerichtsboten, das heißt seit fast drei
Stunden – der Termin stand um neun Uhr an, und jetzt war
es fast zwölf – hatten sie auf der Holzbank gesessen, sich gif-

tige Blicke zuwerfend. Der Grimm, der sich in ihnen angesammelt hatte und der sich auch gegen die eigenen Anwälte richtete, welche sie hier stundenlang sich vor Ungeduld verzehren ließen, wich etwas freundlicheren Gefühlen; hoffnungsvoll und kampfbereit pflanzten sie sich neben ihren Beiständen auf, dem Gegenanwalt verächtliche Blicke zuwerfend.

Noch aber war die Sache Romanow gegen den Prinzen von Wales nicht ganz beendigt, doch diktierte der Vorsitzende schon dem Referendar den Vergleich, durch den der Lederhändler Wolf in Firma Romanow und der Schuhwarenhändler Rosenbaum in Firma Prinz von Wales ihre Streitaxt begruben.

Endlich war es soweit; das Vergleichsprotokoll war vorgelesen und genehmigt. Die abgefertigten beiden Anwälte stürzten mit ihren Akten hinaus, und Wenzel und Hark nahmen ihre Plätze ein.

»Die sechste Sache auf dem Zettel!« sagte der Justizrat. »Nr. 286 – Pfeffer gegen Boruch.«

»Ich sehe schon«, sagte der Vorsitzende, den Blick flüchtig über die Parteien schweifen lassend, und nahm die Akte aus der Hand des einen Beisitzers. »Das ist die Sache mit den Paradiesäpfeln, die Erisäpfel geworden sind. Die Milch der frommen Denkungsart hat sich in gärend Drachengift verwandelt. – Herr Referendar Lehnsen – das ist ja Ihre Sache! Führen Sie, bitte, das Protokoll!«

II

»Die Sache ist wohl spruchreif!« sagte Justizrat Wenzel. »Sie ist ausführlich schriftlich vorbereitet; müssen wir noch mündlich vortragen?«

»Die Herren haben sich mit aller dem Ernst der Sache entsprechenden Ausführlichkeit in ihren Schriftsätzen über den Gegenstand verbreitet«, sagte der Direktor. »Da können wir die Reden wohl als genossen annehmen und nach Lage der Akten entscheiden.«

»Ich hätte doch noch einiges anzuführen«, rief Hank.

»Also – richtig! Ihr Mandant ist ja persönlich anwesend.«

»Das hat auf meine Art des Verhandelns keinerlei Einfluß!« sagte Hank gereizt.

»Wieso sollte das auch?« fragte Bandmann anscheinend verwundert. »Wie kommen Sie nur auf den Gedanken? – Lassen Sie mich doch ausreden! Ich wollte sagen: da beide Parteien persönlich anwesend sind, läßt sich der Streit vielleicht im Wege des Vergleiches beilegen. –«

»Ein Vergleich erscheint mir ausgeschlossen!« sagte Hank hastig; er hatte schon in erster Instanz vergebliche Versuche zu einer gütlichen Beilegung des ihm höchst unerquicklichen Streitfalles gemacht, die alle an der Starrköpfigkeit seines Mandanten gescheitert waren. Ihm lag nichts daran, unnütz die Verhandlung der Sache zu verlängern.

»Wie Sie meinen!« sagte der Vorsitzende kühl. »Dann also zunächst das Protokoll, Herr Referendar. – Nehmen Sie die Erschienenen auf! Es erscheint mit dem Kläger und Berufungskläger« – er sah auf den Aktendeckel – »dessen Prozeßbevollmächtigter Rechtsanwalt Kahn –«

»Hank!«

»Wie beliebt?«

»Rechtsanwalt Hank für Kläger!« sagte der kleine Mann rot werdend.

»Sie sind –? Verzeihung! Ich kann nicht alle Herren Anwälte persönlich kennen! – Ich glaubte, Sie wären Kahn – wie doch der Schein trügt! – Also bitte, Herr Referendar! Ein neues Protokoll: mit dem Kläger für dessen Prozeßbevollmächtigten, den Rechtsanwalt Kahn, dessen Substitut Rechtsanwalt Hank.«

»Nein!« preßte Hank hervor. »Nicht Substitut – ich bin selbst Prozeßbevollmächtigter!«

»Sooo? – Oh, Entschuldigung!« sagte Bandmann überhöflich. »Also bitte, Herr Referendar, ein neues Protokoll: mit dem Kläger der Rechtsanwalt Kahn mit der Erklärung, daß er neben dem Rechtsanwalt Kahn als zweiter Prozeßbevollmächtigter bestellt sei.«

»Aber nein!« rief Hank, – außer sich über die Heiterkeit,

welche hinter seinem Rücken unter den Zuhörern sich zu verbreiten begann. »Ich bin doch der Prozeßbevollmächtigte, – Rechtsanwalt Hank, – ich bin der alleinige Prozeßbevollmächtigte!«

»Ach so!« sagte Bandmann mit unverminderter Höflichkeit. »Dann war das wieder ein Mißverständnis; ich bitte sehr um Entschuldigung. – Also, Herr Referendar, bitte, ein neues Protokoll: mit dem Kläger dessen Prozeßbevollmächtigter Rechtsanwalt Hank, – welcher mitteilt, daß das Mandat des früheren Prozeßbevollmächtigten Rechtsanwalt Kahn erloschen sei.«

»Aber das ist doch –!« Hank war nahe daran, die Akten auf den Boden zu werfen und hinauszulaufen. »Ich bin ja identisch – Kahn und Hank, das ist ja dasselbe. – Ich bin von Anfang an der alleinige Prozeßbevollmächtigte!«

»Ach?« sagte Bandmann sehr liebenswürdig. »Das verstehe ich noch nicht; da müssen Sie schon die Güte haben, mir das näher zu erklären.«

Hank nahm sich zusammen und sagte mit möglichster Ruhe:

»Mit allerhöchster Genehmigung habe ich meinen Namen geändert; ich heiße jetzt Hank!«

»Ach soo! – Ja, warum sagen Sie denn das nicht gleich! – Herr Referendar, also bitte ein neues Protokoll: mit dem Kläger dessen Prozeßbevollmächtigter Rechtsanwalt Kahn –«

»Hank!« schrie der Anwalt verzweifelt.

»Nur ruhig, – einen Augenblick! – Eins nach dem anderen!« sagte Bandmann sanft. »Haben Sie, Herr Referendar? Mit dem Kläger dessen Prozeßbevollmächtigter Rechtsanwalt *Kahn*. – Rechtsanwalt *Kahn* erklärt, daß er neuerdings mit landesherrlicher Genehmigung nicht mehr den Namen *Kahn* führe, sondern sich jetzt *Hank* nenne; Rechtsanwalt *Hank* stellt nunmehr den Antrag aus der Berufungsschrift. – Sie haben verstanden, Herr Referendar?«

»Jawohl!« sagte Heinz Lehnsen, ohne aufzusehen, eifrig schreibend; er teilte die allgemeine Heiterkeit nicht.

»Und mit der anderen Partei«, fuhr Bandmann fort, Justizrat Wenzel. – Der Name stimmt ja wohl?«

»Stimmt!« lachte der Justizrat gemütlich. »Immer noch August Wenzel, – von meiner Taufe an bis heute!«

»Also an einen Vergleich ist nicht zu denken?« sagte Bandmann bedauernd. »Schade! Die Sache eignete sich doch in hervorragendem Grade dazu. – Es handelt sich um Gegenstände des israelitischen Rituals; da sollte doch den Parteien, welche beide mosaischer Konfession sind, daran liegen, solche Streitigkeiten nicht bis zum Äußersten kommen zu lassen, wenn sie schon nicht umhingekonnt haben, sie gerichtlich anhängig zu machen. – Was meint denn der Beklagte dazu?«

»Na – nun machen Sie mal den Mund auf!« sagte Wenzel und schob seinen Klienten, der trotz des milden Frühlingswetters einen dicken Pelz trug, vor den Richtertisch.

»Herr Präsident!« sagte Boruch. »Ich bin ein friedlicher Mensch, – aber mit der Sache habe ich so viel Ärger gehabt: soll ich da noch Geld zuzahlen? – Man kann doch die Früchte nicht im Tempel gebrauchen, wenn die Stengel fehlen –«

»Na ja!« sagte Bandmann. »Ich persönlich verstehe zwar nicht recht, wieso gerade die Integrität des Stengels die rituelle Verwendbarkeit so beeinträchtigen soll. – Am Ende hat im Paradies damals der Apfel auch keinen Stengel mehr gehabt, als Adam anbiß, – aber da werden wir uns ja wohl der größeren Sachkunde des rabbinatlichen Gutachtens fügen müssen. Immerhin liegt rechtlich die Sache nicht so ganz klar. – Wollen Sie da nicht lieber aus freien Stücken dem Kläger die Hälfte bezahlen?«

»Wofür? – Für die abgerissenen Stengel?«

»Habe ich Stengel verkauft?« rief auf einmal Herr Pfeffer, ein schmales blasses Männchen mit dünnem Spitzbart und großer Brille. »Ich habe Früchte verkauft! – Wenn ich Birnen kaufe, und die Birnen sind gut, kann ich nicht sagen, die Stengel sind nicht in Ordnung, – und dann nicht zahlen!«

»Habe ich Birnen gekauft?« rief Boruch. »Ist ein Ethrog eine Birne? – Sie haben doch gewußt, daß ich mir die Ethrogim nicht einmachen will!«

»Was geht mich an, wozu Sie sie gekauft haben! Meinethalben können Sie sie mit Schlagsahne essen!«

»Herr Direktor!« rief Hank. »Die Vergleichsverhandlungen haben wirklich keinen Zweck.«

»Aber wieso denn?« sagte Bandmann, der sich bequem zurückgelehnt hatte und behaglich der Diskussion der streitenden Parteien folgte. »Sie sind doch auf dem Wege zur Verständigung. Lassen Sie die Leute sich nur aussprechen, Herr Rechtsanwalt Kahn!«

»Hank!!« schrie der kleine Anwalt außer sich.

»Hank?« sagte Bandmann, scheinbar aufs äußerste verwundert. »Aber diesmal irren *Sie* sich! Sie haben ja vorhin selbst zu Protokoll gegeben, daß Sie mit allerhöchster Genehmigung Ihren Namen geändert haben und jetzt Kahn heißen!«

Hank schnappte nach Luft.

»Sehen Sie doch bitte nach, Herr Referendar Lehnsen!« sagte Bandmann besorgt. »Wie war es doch?«

Heinz beugte sich tief über das Protokoll; er mußte zweimal ansetzen, ehe er antworten konnte.

»Rechtsanwalt Hank, – früher Kahn«, sagte er dann in möglichst amtlichem Tone.

»Ach, wirklich? – Also doch! – Dann muß ich um Entschuldigung bitten. Nicht wahr, – ein begreiflicher Irrtum? Es konnte ja ebenso umgekehrt sein. – Hank! Jetzt werde ich mir den Namen aber merken!«

»Darum möchte ich aber auch dringend bitten!« sagte Hank zornig.

»Aber warum denn so gekränkt?« fragte Bandmann unschuldig. »Ich habe mich eben geirrt und erkenne das an. – Jetzt erinnere ich mich auch genau, daß Sie Hank sagten: Sie setzten ja noch hinzu; von Ihrer Taufe an bis heute!«

»Na, das sagte wohl ich!« schmunzelte Wenzel.

»Auch möglich!« sagte Bandmann. »Damit ist der Zwischenfall wohl erledigt! – Also nun wieder zu besagten Paradiesäpfeln. – Sie, Herr Boruch, hätten also religiöse Bedenken gegen die Verwertung der stengellosen Früchte?«

»Ohne Stengel sind die Früchte nicht zu gebrauchen! – Kein Mensch würde sie mir abkaufen, weil man doch nicht mit ihnen beten kann!«

»Was sagt der Kläger dazu?«

»Es kommt auf diesen Punkt gar nicht an«, sagte Hank, der das Bedürfnis verspürte, eine etwas weniger passive Rolle zu spielen. »Ich will darauf gar nicht eingehen; ich persönlich verstehe ja davon nichts, aber –«

»Was?« fuhr Boruch dazwischen. »Sie verstehen nichts davon? Und dabei ist doch der alte Leiser Kahn selig Vorbeter gewesen im Tempel in Wongrowitz!«

»Ich bitte, mich gegen Insulten zu schützen!« rief Hank.

»Herr Boruch!« sagte Bandmann ernst. »Unterlassen Sie die Unterbrechungen und lassen Sie Ihre ungehörigen Bemerkungen gegenüber dem klägerischen Herrn Prozeßbevollmächtigten. – Der selige Leiser Kahn aus Wongrowitz geht weder das hohe Gericht etwas an noch den Herrn Rechtsanwalt Hank. – Verstanden?«

»Aber der Rechtsanwalt Kahn – Hank – weiß doch ganz gut – jeder Jude weiß doch –«

»Ich bin Protestant, – wenn Sie nichts dagegen haben!« sagte Hank scharf.

Boroch sah ihm ins Gesicht und wurde auf einmal ganz ruhig.

»Ich habe nichts dagegen!« sagte er dann und trat zurück. »Ich habe nicht gewußt, daß der Anwalt von dem Herrn Pfeffer getauft ist!«

»Dafür kann ich doch nicht!« rief Pfeffer eifrig. »Er hat sich erst während des Prozesses taufen lassen! Da hatte ich schon den Vorschuß gezahlt!«

»Das ist eine Unverschämtheit!« begehrte Hank auf. »Ich werde das Mandat niederlegen, wenn Sie noch ein Wort sprechen!«

»Aber Herr Rechtsanwalt!« sagte Bandmann sanft. »Nicht gleich so erregt! Etwas mehr christliche Milde!«

»Ich muß gegen diese fortgesetzt gegen mich gerichteten antisemitischen und verletzenden Bemerkungen seitens des Herrn Vorsitzenden protestieren!« rief Hank jetzt außer Rand und Band.

»Antisemitisch? Verletzend?« rief Bandmann im Ton höchsten Erstaunens und sah wie entgeistert die Beisitzer an, die ihrerseits entrüstete Gesichter machten. »Antisemitisch und verletzend? – Aber sind Sie denn überhaupt Israelit, Herr Hank?«

Hank war keiner Antwort mehr fähig; er ergriff hastig seine Akten und stürzte aus dem Zimmer.

»Haben Sie je so etwas gesehen? Was hat der Mann nur?« fragte Bandmann und sah sich nach allen Seiten um. – Sein Blick blieb auf Lehnsen haften, der noch immer tiefgebückt schrieb.

»Die Anträge haben Sie protokolliert, nicht wahr? – Herr Justizrat Wenzel hat Verwerfung der Berufung beantragt! – Termin zur Verkündung der Entscheidung in acht Tagen!«

III

Heinz Lehnsen ging mißmutig vom Gericht nach Hause; unter dem Arm trug er die Aktenmappe mit der unglücklichen Sache »Pfeffer gegen Boruch«. – Die Berufung war seinem Votum entsprechend verworfen worden, und ihm lag nun ob, in den nächsten Tagen das Urteil abzusetzen. Das war übrigens weiter nicht gefährlich, und seine Gedanken beschäftigten sich augenblicklich weniger mit den rechtlichen Problemen des Falles als mit der heutigen Verhandlung, deren Zeuge und Chronist er notgedrungen hatte sein müssen.

Die Art, wie Bandmann den Anwalt behandelt hatte, regte Heinz auf und empörte ihn; waren doch Bandmanns Malicen auch oder vielleicht sogar hauptsächlich auf ihn gemünzt, der ja zu gleicher Zeit mit Kahn Glaubensbekenntnis und Namen gewechselt hatte; er mußte dabei nur ruhig stillhalten und Protokoll führen, während es dem Anwalt doch freistand, in gemessener Weise den boshaften Anspielungen entgegenzutreten. – Nun war freilich dieser neugebackene Herr Hank nicht die Persönlichkeit, um mit Würde seine Position zu verteidigen.

Heinz war auf Hank fast noch ärgerlicher als auf Bandmann; Hank hatte mit sich auch ihn lächerlich gemacht. Hank war durch den Zufall der Anwalt auch seiner Sache geworden und hatte durch seine Ungeschicklichkeit ihn selbst auch hineingelegt.

Heinz versetzte sich im Geiste an den Platz von Hank und fragte sich, was er an dessen Stelle geantwortet hätte. – Er traute es sich wohl zu, daß er sich nicht hätte so überrumpeln lassen und daß er mit gehörigem Nachdruck allen Überheblichkeiten am Richtertisch entgegengetreten wäre. – Aber freilich war damit das Problem nicht erschöpft; das ungehörige Verhalten des einzelnen konnte man energisch zurückweisen, ohne zur Sache selbst Stellung zu nehmen. – Heinz erkannte aber recht wohl, daß unter der Oberfläche jenes Dialogs zwischen Richter und Anwalt, daß zwischen den Anspielungen und Neckereien etwas anderes, Ernsteres lag. – Er hatte das deutliche Empfinden, daß es nicht nur der Mangel an schlagfertigem Witz oder an Würde des Auftretens war, welcher Hank in den Augen aller Zuhörer so ungünstig abschneiden ließ.

Wie hätte Hank seine Stellung, seinen Namenswechsel und was damit zusammenhing, verteidigen können, wenn ihm ernsthaft das vorgeworfen worden wäre, was Bandmann in boshafte Spitzen kleidete?

Heinz bekam eine gelinde Wut auf Hank; er stellte sich seine kleine, schmächtige Figur, – sein schmales, schlappes Gesicht, – seine unruhigen Augen, – seine Hakennase vor, und ihm stieg das Blut zu Kopf, wenn er sich vergegenwärtigte, wie sich dieser ekelhafte Kerl unter den Bosheiten Bandmanns gewunden hatte. Sollte nicht am Ende Bandmann und sollten nicht die meisten ihn selbst so ansehen, wie er jenen ansah, – mit demselben Abscheu, – mit derselben Verachtung? –

Aber hatten diese Leute das Recht zu dem hochmütigen Urteil, sie, die Herrschenden im Staate, der die Glaubenskonvertierung lohnte. Sein Vater verdankte seine Beförderung doch der Taufe, welche ihm von maßgebender Stelle so nahegelegt war. – Was der Staat als Vorbedingung für die Erlangung höherer Posten ansah, konnte nichts an sich Unmoralisches sein. Und wieviel sittlich über jeden Zweifel erhabene Menschen kannte er, die diesen Weg gegangen waren.

Es war wohl so, daß der Fall Kahn – Hank anders lag, ganz anders als sein Fall und alle die Fälle, an die er eben gedacht hatte. – Es stimmte wohl, was dieser Boruch gesagt hatte: Kahn stammte aus wirklich jüdischem Hause, wußte etwas vom Judentum, von jüdischen Bräuchen und jüdischen Gefühlen und hatte doch den Schritt getan, – hatte es über sich gebracht, seine Vergangenheit zu verleugnen.

Dagegen er, – Heinz Lehnsen! Was verleugnete er? – Welches Band zerriß er? – Er hatte nie etwas Jüdisches vor sich gesehen; seine Großeltern hatte er nicht gekannt, wennschon das Andenken des Vaters seiner Mutter zumal in Ehren gehalten wurde. Sein Bild hing im Speisezimmer, und die Geschichte seines Aufstieges vom armen eingewanderten Lehrer zum Großkapitalisten hatte auf ihn Eindruck gemacht. Im Hause seiner Eltern wurde nichts Jüdisches gepflegt oder auch nur geduldet. Die Juden, die ins Haus kamen, wiesen in der Art des Auftretens keine erkennbaren Unterschiede auf. Allenfalls der Dr. Magnus! Aber auch der hatte nicht ein Wort gesprochen, das nicht auch ein christlicher Theologe hätte sagen können. Das gebot vielleicht in der christlichen Gesellschaft der Takt! – Das Judentum war den Kindern im wesentlichen eigentlich nur dadurch zum Bewußtsein gekommen, daß sie in der Schule die Religionsstunden, in den oberen Klassen wenigstens, nicht mitnahmen und daß sie nicht zur Kirche gingen.

In der Synagoge war Heinz einmal gewesen, – bei der Einsegnung seiner Schwester; Konfirmationsunterricht hatten sie beide genossen. – Ihm war ein dunkler Begriff von in a, b und c zerfallenden ethischen Pflichten geblieben.

Also er hatte nichts verleugnet, wenn er aus dem Judentum austrat; – er hatte keine Unehrlichkeit begangen, wenn er den Namenwechsel vornahm; im Gegenteil, er hatte den Namen Levysohn und den Namen Jude als geradezu irreführende Bezeichnungen abgelegt. – Es wurde bislang durch sie nur ein falscher Eindruck über ihn hervorgerufen – er wurde in eine Gemeinschaft einrubriziert, mit der er in Wahrheit nichts zu tun hatte.

Dagegen Hank! – –

Aber vielleicht lag die Sache doch anders, und vielleicht tat man Hank unrecht! – Wie nun, wenn dieser Hank gerade aus Kenntnis des Judentums diesem den Rücken gekehrt hatte! Wie, wenn er auf Grund einer ernsten Untersuchung zur Verurteilung des Judentums gelangt wäre!

Während er, Heinz, ohne jede Kenntnis, ohne eigenes Urteil jenen Schritt getan hatte. – In Wirklichkeit hatte er ja ohne Interesse den Vater zur Abgabe der Erklärung auf das Amtsgericht begleitet. –

Spielte er da nicht eine schlimmere Rolle als Hank, wenn er ernsthaft ins Verhör genommen wurde? Was konnte er sagen?

Merkwürdig! – So viel wußte Heinz immerhin von der jüdischen Geschichte, daß die Taufe allezeit dem Juden den Weg in die Freiheit geöffnet hatte, daß Jahrhunderte hindurch den am Judentum Festhaltenden Tod und Folter bedrohte.

Wie war es da möglich, daß es überhaupt noch Juden gab!

Was nur irgend schwach und ängstlich, was nicht von stärkster Lebensenergie beseelt war, mußte doch damals hinübergeglitten sein. Noch mehr: wenn in irgendeiner Generationsfolge auch nur ein einziger dem Druck nachgab, so waren mit ihm alle späteren Geschlechter dem Judentum entzogen, so war die Familie damit für alle Ewigkeit aus der jüdischen Rolle gestrichen. –

In die Neuzeit hatte sich danach also wirklich nur eine Auslese der Kräftigsten und Mutigsten gerettet. –

Heinz blieb erschüttert stehen, als dieser Gedanke in ihm aufstieg.

Aber das war ja Adel – Adel im besten Sinne des Wortes!

Was waren dagegen die Stülp-Sandersleben, die ihren Adel auf einen Kreuzfahrer zurückführten und denen der Adel nur immer die Wege geebnet hatte. Wann hatte dieser Adel Gelegenheit gehabt, sich in Not zu bewähren? – Wann hatte Mut dazu gehört, sich zu diesem Adel zu bekennen? –

Aber wie kam es doch, – Heinz setzte langsam seinen Weg durch den Tiergarten fort – wie kam es doch, daß jetzt, in der Neuzeit, da die Gefahr für Leib und Leben vorbei war, – daß da die Söhne dieses alten Adels massenweise überliefen, daß sie alle fast das Ideal hatten, spurlos in der Menge zu verschwinden, sich ihrer besonderen Kennzeichen zu entäußern? – Für ein buntes Korpsband, für ein paar Epauletten, für eine kärglich dotierte Stelle geben sie auf, was ihren Vätern Todesnot und Foltern nicht abgepreßt hatten.

Welch ein Unsinn der Weltgeschichte, wenn Jahrtausende hindurch mit unendlicher Zähigkeit etwas festgehalten und konserviert wurde, das im selben Moment, da es gefahrlos gezeigt werden darf, als wertlos verworfen wird.

So sinnlos sollte die Geschichte sein? – Oder sollte die jetzige Zeit die größte Feuerprobe darstellen, aus der wieder nur die wenigen, die Besten, als höchste und letzte Auslese hervorgehen würden! –

Die Besten, – zu denen die Hanks und Lehnsens nicht gehörten!

Möglich, – wahrscheinlich sogar, daß seine Ahnen an altem längst überwundenen Aberglauben geklebt hatten, – das konnte ihn, den modernen, aufgeklärten Sohn der Jetztzeit, nicht binden. – Aber kennen hätte er die Sache doch mögen, – sich selbst ein Urteil bilden. –

Jetzt war es freilich zu spät! – Er hatte den großen Schritt getan, ohne der Sache irgendeine Aufmerksamkeit zu schenken. – Und er war nicht imstande, seine Handlungsweise zu verteidigen, – wenn sie angegriffen wurde.

Aber war es wirklich zu spät? – Sollte es sich nicht lohnen, noch heute, – gerade heute das Problem zu prüfen, um, wenn es not tat, den Beweis zu führen, wie sittlich gerechtfertigt der Übergang war, und um mit freier Stirn allen Anfeindungen und Zweifeln entgegentreten zu können. –

Wie aber, wenn das Resultat anders sein würde, als er erwartete? –?

Heinz lachte ärgerlich auf; auf welch verrückte Wege führte ihn der Zwischenfall der heutigen Verhandlung. Er, der so absolut ohne jedes religiöse Bedürfnis nicht nur war, sondern der überhaupt keine Spur von Verständnis gegenüber Dingen wie »Glauben« besaß, – rechnete mit der Möglichkeit, auf dem Wege der Untersuchung zur Religion zu gelangen, – und gar zu einer so alten, in abenteuerlichen und abgeschmackten Formen sich gefallenden wie die jüdische. – Er stellte sich seine eigene Person vor, wie er mit Paradiesäpfeln in der Synagoge unter lauter alten bärtigen Juden paradieren würde. – Das wäre ein Einfall für Else! –

Ihm fiel ein, daß seine Schwester ja heute Geburtstag habe und um diese Zeit schon Gäste dasein würden. Hastig legte er die letzte Strecke zurück.

Als er über den Damm der Wohnung zustrebte, sah er im Hauseingang eine Gruppe, die ihn einen Augenblick zögern ließ.

Da stand ein blasser junger Jude, anständig, aber die östliche Herkunft verratend gekleidet, etwa von seiner eigenen Größe, im Wortwechsel mit dem Portier. – Der hatte sich, in Hemdsärmeln, wie er eben aus dem Keller hervorgekommen war, breit in den Eingang gestellt, gestikulierte lebhaft mit den muskulösen Armen und rief, als er Heinz herankommen sah, mit lauter Stimme:

»Also ich sage Ihnen noch einmal: Machen Sie, daß Sie wegkommen! Hier im Hause wohnt kein Levysohn! Da kommt ja der junge Herr nach Hause, – da können Sie ihn gleich selbst fragen!«

IV

Heinz ging langsam auf die Tür zu; in diesem Moment erschien ihm die Begegnung mit einem Juden alten Schlages ein seltsamer Zufall und beziehungsreich. Er sah dem jungen Menschen, der sich herumgedreht hatte und auf ihn zukam, gedankenvoll und mit leisem Lächeln ins Gesicht. War das der Vertreter des alten Adels? War das einer von denen, welche die Feuerprobe bestehen sollten, denen er so wenig gewachsen war wie dieser Hank?

Er war so vertieft in seine spielerischen Träumereien, daß er die Anrede Jossels überhört hatte. –

»Was wünschen Sie?« sagte er, – seine Gedanken abschüttelnd. –

»Und da bringe ich das Geld jetzt zurück«, vollendete Jossel die Auseinandersetzung, die Heinz überhört hatte.

»Was für Geld?«

»Die zehn Mark! –«

Jossel hielt in der Hand ein Zehnmarkstück, – in der anderen einen Postanweisungsabschnitt.

»Zehn Mark?«

»Ja, – die zehn Mark für Lifschitz bei Bornstein!«

Jetzt fiel Heinz der Schnorrbrief und seine philanthropische Regung ein. Er sah Jossel erstaunt an.

»Das Geld bringen Sie mir wieder?«

»Ich habe es nicht nötig!« sagte Jossel verlegen.

»Sie sind Lifschitz?« fragte Heinz.

Jossel wurde rot und sah zur Erde.

»Sie sind Levysohn?« fragte er dann.

Heinz wurde ebenfalls rot und sah in die Luft.

In diesem Moment bog ein Wagen um die Ecke vom Ufer her und verlangsamte, wie er sich dem Hause näherte, sein Tempo.

»Kommen Sie mit!« sagte Heinz kurz, nachdem er einen Blick auf das Gefährt geworfen hatte, und trat hastig in das Haus. – Jossel folgte. – –

Dem Wagen entstiegen der Landgerichtsdirektor Lehnsen und zwei jüngere Herren. – Lehnsen bezahlte den Kutscher trotz des Protestes der Herren, welche ihren Anteil begleichen wollten.

»Aber auf keinen Fall, Herr Leutnant! – Ich habe Sie aufgegriffen und mitgenommen. – Bitte, Herr Assessor Borchers, – Herr Leutnant! – Was gibt's denn, Böhme?«

Der Portier war aus seinem Keller wieder hervorgekommen, als die Herren ins Haus gingen, und trug ein entrüstetes rotes Gesicht zur Schau.

»Herr Direktor!« pustete er aufgeregt. »Ich will man bloß sagen: ich kann nichts davor! – Der junge Herr – der Herr Referendar hat mir ja nich gelassen, – ich hab ihn ja rausschmeißen wollen!«

»Was denn? – Wen denn?« fragte Lehnsen ahnungslos; die beiden jungen Herren betrachteten amüsiert den eifernden Cerberus.

»Na, den verdammten Judenbengel doch! Der hier rumbettelt! – Nu is er doch rauf bei den Herrn Referendar! Er heißt – Lifschitz oder Bornstein oder so ähnlich; so was hat er gesagt – un ich habe gesagt: Hier gibt es schon lange keinen Levysohn mehr, und Juden haben hier nischt mehr zu suchen!«

Die beiden Herren hatten mit geflissentlicher Diskretion angefangen, sich laut zu unterhalten, und stiegen langsam die Treppe hinauf.

Lehnsen sah den Portier zornig an und rief mit bis nach oben vernehmlicher Stimme:

»Holen Sie einen Schutzmann und lassen Sie den Kerl festnehmen!«

Dann eilte er ergrimmt die Stufen hinauf und beeilte sich vergeblich, ein unbefangenes und heiteres Gesicht zu machen.

V

Jossel war, das Goldstück und den Postabschnitt in der Hand, beklommenen Herzens Heinz die Treppe hinauf gefolgt. Heinz öffnete mit dem Drücker die Entreetür; ein Mädchen mit weißem Häubchen und Tändelschürze kam zum Vorschein und sah neugierig auf die ungewohnte Erscheinung Jossels.

»Ist mein Vater schon zu Hause?« fragte Heinz.

»Der Herr Landgerichtsdirektor ist noch nicht zurück«, sagte das Mädchen. »Drinnen sind aber schon viele Gäste –«

Aus dem Salon hörte man Stimmengewirr.

Heinz öffnete eine Tür zur Linken und winkte Jossel, ihm zu folgen. – Sie traten in das Arbeitszimmer des Referendars; Jossel blieb befangen an der Tür stehen, während Heinz seine Sachen ablegte und dann gewohnheitsmäßig die Aktenmappe ausleerte. – Er hob eine Akte auf, blätterte etwas darin und fragte mit leisem Lächeln:

»Wissen Sie, was Ethrogim sind?«

Jossel sah ihn so hilflos an, daß Heinz lachen mußte.

»Ich frage, ob Sie wissen, was Ethrogim sind – Paradiesäpfel – die Frucht, die man am Laubhüttenfest in die Tempel mitnimmt.«

»Sie meinen – ich weiß schon – Sie sprechen nur anders
aus – Eßrog und Lulew!«

»Lulew?«

»Nun ja – zu Szukkes!«

»Szukkes?«

»Die Pflanzen, die man an dem Fest schüttelt?«

»Ja – ganz recht – was für Worte waren das noch? – Aber
einerlei! – Also Sie wissen, was ich meine?«

»Gewiß weiß ich.«

Damit hatte die Unterhaltung ihr vorläufiges Ende erreicht; Heinz hatte sich ans Fenster gestellt und sah hinaus.
Er war in die alte Gedankenreihe geraten und fragte sich, ob
er die Gelegenheit, die sich ihm so seltsam bot, benutzen
sollte, etwas über jüdische Dinge zu erfahren. – Aber ob dieser Mensch da gerade der rechte Lehrmeister war? Sein Gesicht gefiel ihm gut genug; es kam ihm fast vertraut, jedenfalls sympathisch vor; der Mensch sah eigentlich gar nicht
nach einem Schnorrer und gewiß nicht so aus, als ob er solch
lamentable Briefe zu schreiben imstande wäre. – Richtig! Er
brachte ja das Geld zurück; das mußte vor allem aufgeklärt
werden.

Er drehte sich um.

»Also was ist's mit dem Geld?« fragte er. »Warum bringen
Sie mir das zurück?«

Jossel hatte in seinem Erstaunen über die Fragen nach den
Ethrogim, mit denen er empfangen war, ganz den Grund
seines Kommens vergessen. Nun erschrak er um so mehr.

»Ich bringe Ihnen das Geld zurück«, sagte er und legte
Geld und Postabschnitt auf den Tisch. »Was wollen Sie
mehr? – Es ist ein Irrtum gewesen. – Es war sehr freundlich
von Ihnen, aber ich habe es nicht nötig.«

Er suchte sacht die Tür zu gewinnen.

»Halt!« sagte Heinz, und Jossel blieb stehen. »So schnell
geht das nicht! – Wenn Sie es nicht nötig haben, warum
schreiben Sie dann erst! –«

Jossel wurde es sehr schwül, er drehte sich hin und her und sagte schließlich mit niedergeschlagenen Augen:

»Ich habe doch gar nicht geschrieben!«

»Sie nicht? – Sie sind also gar nicht Lifschitz?«

»Nein!«

»Wer sind Sie denn?«

»Wer ich bin?«

»Ja! Wie heißen Sie?«

»Schlenker – Jossel Schlenker!«

»Schlenker? – Woher sind Sie?«

»Aus Borytschew.«

»Aus Borytschew in Rußland?«

»Ja.«

Heinz hatte sich während des Verhörs auf die Platte des Schreibtisches gesetzt und eine Zigarette angezündet; jetzt stand er auf und ging im Zimmer auf und ab. – Dann trat er ans Fenster, zog den Vorhang auf, daß das Tageslicht voll hineinflutete, und winkte Jossel heran.

»Kommen Sie doch mal hierher! – Setzen Sie sich mal dahin!«

Er schob Jossel einen Stuhl ans Fenster, und Jossel ließ sich in recht unbehaglicher Stimmung darauf nieder, – die folgenden Fragen mit Bangigkeit erwartend.

Je länger Heinz schwieg und ihn nur mit seltsamer Neugier betrachtete, desto ungemütlicher wurde es Jossel. – Schließlich konnte er es nicht mehr aushalten und fragte gedrückt:

»Kann ich jetzt gehen?«

»Gehen?« Heinz fuhr wie aus Träumen geweckt auf. »Ach so! – Nein – im Gegenteil! Also – wo waren wir? Richtig – also nun erzählen Sie mir, Herr Jossel Schlenker: wer ist Lifschitz?«

Das war nun eine böse Frage, und Jossel antwortete daher gar nicht.

»Wer ist Bornstein?«

Das war leichter zu beantworten.

»Das ist der Wirt aus der Dragonerstraße.«

»Wer hat nun den Brief geschrieben?«

»Was quälen Sie mich?« sagte Jossel nach einer Pause. »Ich habe doch nichts Schlimmes getan; Sie haben Ihr Geld wieder. Es ist doch nur, weil ich nicht wollte, daß man Sie beschwindeln soll, daß ich es gebracht habe. – Was geht es mich sonst an?«

»Sieh mal an!« sagte Heinz. »Man hat mich also beschwindeln wollen! – Wer hatte diese Absicht? – Der Brief ist also ein Schwindel gewesen?«

»Herr Levysohn!« sagte Jossel und stand auf. »Entschuldigen Sie! Aber ich kann nichts mehr sagen – *Ich* habe bestimmt nichts Böses tun wollen, sonst wäre ich nicht hierher gekommen. Und mehr will ich nicht sagen! Machen Sie mit mir, was Sie wollen!«

»Ich will Ihnen gar nichts Böses tun!« sagte Heinz leise und fühlte ein seltsames Mitgefühl mit dem armen Menschen, den er in solche Verlegenheit gebracht hatte. »Ich glaube, daß Sie ein ordentlicher Mensch sind. Sonst hätten Sie mir wirklich nicht das Geld zurückgebracht. – Mir scheint, Sie haben einen Schwindel verhüten wollen, und dafür bin ich Ihnen dankbar. – Aber was haben Sie überhaupt mit der Sache zu tun gehabt? Wieso haben Sie das Geld bekommen? Sie sind doch nicht Lifschitz, sondern Jossel Schlenker!«

»Ich bitte Sie, lieber Herr«, sagte Jossel flehend, »lassen Sie mich gehen. Ich möchte auch nicht einem anderen Menschen schaden!«

»Ich verspreche Ihnen, daß keinem etwas geschehen soll! – Aber ich möchte wissen, was dahintersteckt.«

»Sie versprechen mir das ganz bestimmt?« sagte Jossel zögernd und sah Heinz in die Augen.

»Hier haben Sie meine Hand!«

»So wahr Sie ein Jude sind?« fragte Jossel eindringlich.

Heinz schwieg betreten.

»So wahr ich als Jude geboren bin!« sagte er dann.

Jossel begann nun zu erzählen, was sich einige Tage vorher im Bornsteinschen Lokal abgespielt hatte, schilderte Klatzkes Tätigkeit, gab die Argumentation Berl Weinsteins wieder und berichtete, wie er und seine Frau vergeblich Einspruch eingelegt hatten. –

Heinz hörte mit gespanntem Interesse zu.

»Sie trifft kein Vorwurf!« sagte er dann. »Es ist nur anerkennenswert, daß Sie mir die zehn Mark wiederbringen. Aber nun erzählen Sie mir weiter, was Sie nach Berlin gebracht hat und was Sie hier bis jetzt getrieben haben.«

Jossel erzählte, und Heinz stellte viele Fragen, bis er nicht nur das Resultat der Besuche von Jossel und Chane bei den Berliner Rabbinern kannte, sondern auch über die Borytschewer Fauststudien in großen Zügen unterrichtet war. – Ja, auch für die Familie Jossels interessierte er sich – er ließ sich von Jossels Vater erzählen, von dessen vor langen Jahren im Ausland verschollenen Bruder, auch von Chane und ihren Schwestern und manch anderem aus der Chronik der Borytschewer Gemeinde.

Er hörte freilich zuletzt nur noch mit halbem Ohr hin und begann seinen eigenen Gedankengängen nachzuhängen, während er aus dem Fenster auf die stille Straße hinunterschaute. Etwas da unten schien plötzlich seine Aufmerksamkeit zu fesseln. Er sah den Portier mit einem Schutzmann auf das Haus zugehen und stellte, den Flügel aufreißend und sich hinausbeugend, fest, daß beide im Hauseingang verschwanden. – Er schlug hastig das Fenster zu und ging zur Tür, sie leise öffnend; auf der Treppe hörte man die plumpen Schritte der Heraufkommenden, und gleich darauf pochte es an der Flurtür.

Das Mädchen öffnete, und Heinz hörte, wie der Portier ihr zuraunte:

»Ich wollte man bloß sagen, daß ich 'n Schutzmann da habe; der kann ja hier draußen solange warten.«

Während das Mädchen mit sensationslüsternen Augen Näheres zu erkunden suchte, zog sich Heinz zurück.

Er ging aufgeregt auf und ab; der Zusammenhang war ihm klar, und er fühlte sich zornig und empört. – All der Zorn, der sich seit dem Morgen, seit der Verhandlung in Sachen Pfeffer gegen Boruch in ihm angesammelt hatte, stieg in ihm hoch und überwältigte ihn.

Er blieb vor Jossel stehen und packte ihn beim Arm.

»Kommen Sie!« sagte er rauh.

Jossel stand erschrocken auf und sah Heinz mit großen Augen an.

Heinz blieb einige Augenblicke so stehen, die Hand um Jossels Arm gepreßt – seine Augen dicht vor denen Jossels. Und da überkam ihn, als er in die tiefen und doch so reinen Augen blickte, die ihn jetzt fragend und erschreckt ansahen, ein heißes und fast schmerzliches, zitterndes Gefühl, – ähnlich vielleicht dem, das er einmal als Knabe gehabt hatte, als er einen gefangenen jungen Vogel in der Hand hielt.

In überstürztem Entschlusse riß er die Tür zum Nebenzimmer auf, ohne Jossels Arm zu lassen, und zog ihn hinein. –

VI

Im Salon hatte sich schon, als Heinz noch durch die Linden und den Tiergarten vom Gericht der Wohnung zustrebte, eine zahlreiche Gesellschaft versammelt.

Im Erker hatten sich Elses Freundinnen gruppiert; Erika Gerson und Hedwig Blumenfeld unterhielten sich lebhaft, aber mit gedämpfter Stimme mit einem kleinen Husarenleutnant von übermütigem Aussehen und einem hageren Juristen, der sich mit einer Mitgefühl erweckenden Ängstlichkeit abmühte, Erscheinung, Ausdruck und Charakter auf die Note des Monokels, das er ins Auge geklemmt hatte, abzustimmen. Martha Mertens, eine hochgewachsene, ernsthafte Blondine von schlichter unbefangener Art verhielt sich schweigsam und sah mit ruhigen, aufmerksamen Augen auf die Gruppe gegenüber am Sofa. Dieser Gruppe – der »Schreckenskammer«, wie Hedwig sie nannte – wendeten auch die anderen ihre Aufmerksamkeit zu, ihre Bemerkungen darüber austauschend.

Dort drüben begaben sich in der Tat große Dinge: zum erstenmal war es Joseph gelungen, den Senior seiner Familie, den alten Baron Anselm von Stülp-Sandersleben, in das Haus Lehnsen zu bringen, dem er sich zu verschwägern gedachte; solange das Haus noch die Etikette »Levysohn« geführt hatte, war das überhaupt gänzlich ausgeschlossen gewesen, und auch so hatte es Mühe genug gekostet. – Nun saß aber der alte, würdig aussehende Herr glücklich zwischen seiner Nichte, der Baronin, und der Frau Landgerichtsdirektor und unterhielt sich mit freundlichem Lächeln mit Else, die ihm gegenübersaß. – Sein Blick hatte beim Eintreten prüfend das Zimmer, die strenge und unauffällige Einrichtung wie die versammelte Gesellschaft gestreift und war nun unverwandt auf Else gerichtet, deren hübsches, keckes Gesicht zwar unter den ernsten forschenden Blicken errötet war, die aber doch tapfer aushielt, ihm unschuldig ins Gesicht sah, bisweilen auch die Augen niederschlug und sich mit Erfolg bemühte, in ihren ruhigen, bescheidenen Antworten jegliches Temperament und jegliches Geistessprühen zu vermeiden. Sie gab gerade so viel Verständnis und so viel eigene Meinung von sich, als sich mit der Herzenseinfalt und der Unberührtheit der deutschen Jungfrau nach ihrer Meinung vertrug. Dabei war doch zu erkennen, daß ihr sittlich gefesteter Charakter und ihre tiefinnige Verehrung für alles Gute, Edle und Schöne dafür bürgten, daß der Mann, der sie heimführen würde, in ihr vollen Ersatz für den ihm etwa mangelnden sittlichen Ernst finden würde, und daß ihm alle Bürgschaften für die Solidität der Lebensführung und die ehrerbietige Weiterführung alter guter Traditionen gegeben waren.

Das alles sprach aus der Art, wie sie sich in der Unterhaltung gab; dabei drehte sich diese um alle möglichen scheinbar weitabliegenden Gegenstände, um Theater und Musik, um Sport und Reisen, um Lektüre und Wohltätigkeit. – So ruhig Else sich aber auch gab, nestelten doch ihre Hände nervös unter dem Spitzenkragen an dem Kreuz, das sie heute geschenkt erhalten hatte. Sie bemühte sich ständig aus unklaren Instinkten heraus, das Schmuckstück unter dem Spitzenkragen verborgen zu halten, den sie übrigens eigens zu diesem Zwecke noch nachträglich ihrer Toilette angefügt hatte.

Die anderen Herrschaften, die sonst am Tische saßen, verstanden sehr wohl, daß es sich hier um eine Art von Prüfung handelte, mischten sich mit keinem Worte in die Unterhaltung und folgten nur mit verbindlichem Lächeln dem Dialog, – mit Ausnahme Leas, die kalt und steif auf ihrem Sessel saß und mit zur Schau getragener Teilnahmslosigkeit ins Leere starrte.

Joseph stand hinter Elses Stuhl, auf dessen Lehne er beide Hände gelegt hatte, machte ein fröhliches Gesicht, schaute den alten Baron bisweilen triumphierend an, schien sehr stolz auf seine Else und seiner Sache sicher zu sein.

In der Tat war es klar, daß der alte Herr ganz bezaubert von Else war und zusehends auflebte.

– Alles ging nach Wunsch. –

»Nun seht euch nur mal die Else an!« sagte Hedwig Blumenfeld halblaut. »Wie unschuldig sie die Augen niederschlägt! – Also, Kinder – von der können wir noch was lernen!«

Der Leutnant flüsterte Erika Gerson etwas ins Ohr, worauf die ein Aufquietschen unterdrückte und ihm die Hand, die er ihr sachte auf den Rücken gelegt hatte, hinterrücks zusammenpreßte, so daß er gerade noch einen gelinden Aufschrei zurückhalten konnte.

»Kinder – ihr verderbt das ganze Ensemble!« sagte Hedwig. »Geknutscht wird hier nicht! Wir wollen uns unsere Brautjungfernschaft doch nicht verderben!«

Worauf der Leutnant begann, sie selbst hinten am Haaransatz sanft zu kitzeln; sie legte den Kopf hintenüber und puffte heimlich mit der Faust nach hinten. Aber sie bekam es auch dabei noch fertig, ein sittsam bescheidenes Gesicht zu zeigen. –

Der Direktor trat mit den beiden Herren, die er unterwegs aufgegriffen hatte, ein. Er und der alte Baron begrüßten sich mit einiger Feierlichkeit; Lehnsen entschuldigte sein langes Ausbleiben mit den Pflichten des Dienstes, und es begann ein ernsthaftes und von beiden Seiten gemessen geführtes Gespräch über die Berliner Gerichtsorganisation. Das war ein Thema, über welches der Baron wenig wußte, über das der Direktor aber sich mit Sachkenntnis in anschaulicher Art verbreitete.

Baron Anselm nahm die erste Gelegenheit wahr, Else wieder ins Gespräch zu ziehen, unterhielt sich noch einige Zeit fast ausschließlich mit ihr und stand dann auf. Die ganze Gesellschaft erhob sich gleichzeitig, und auch im Erker wurde es mit einemmal still. Alle sahen mit unbestimmter Erwartung auf den alten Herrn, welcher langsam mit versonnenem Gesicht einige Schritte ins Zimmer trat.

»Ich muß mich für heute verabschieden«, sagte er langsam und nahm Elses Rechte zwischen seine beiden Hände. »Aber ich glaube, wir werden uns noch öfter sehen – recht oft – und uns vielleicht noch nähertreten.« Er sagte das bedeutungsvoll und mit einiger Wärme. »Ich bin hier meinem Großneffen aufrichtig dankbar, daß er mich Sie hat kennenlernen lassen. Als altem Mann ist es mir ja wohl gestattet, Ihnen auszusprechen, wie sehr Sie mir gefallen, mein liebes Fräulein! Die Ihren sind gewiß recht stolz auf Sie! Und Herr Direktor!« Er ließ Elses Hand los und wendete sich zu Lehnsen: »Ich werde mich durchaus freuen, wenn die unseren beiden Familien eigenen freundlichen Gefühle für Ihr Fräulein Tochter in diesem Punkte so etwas wie eine Gemeinsamkeit zuwege bringen. – Ich habe mich jedenfalls sehr gefreut, hier heute auch Sie und Ihre Gattin kennenzulernen und so wenigstens einen Teil der Familie, in welcher –«

In diesem Augenblick öffnete sich im Rücken des Barons eine Tür.

»Da ist Heinz!« rief Frau Lehnsen, die glückstrahlend mit ineinandergelegten Händen den Worten des Barons gefolgt war. Aber entsetzt fuhr sie mit einem kleinen Schreckensruf zurück, als im Türrahmen neben Heinz die Gestalt eines russischen Juden erschien.

Der Baron, mitten im Satze unterbrochen, drehte sich langsam um und sah die Gruppe in der Tür befremdet an.

Heinz blieb einen Augenblick in der Tür stehen; er war rot und erregt – seine Blicke irrten über die Gesellschaft und all die auf ihn gerichteten Augen. Dann trat er, den ihm willenlos folgenden Jossel noch immer am Arm haltend, vor und sagte mit ein wenig bebender Stimme, während alle Anwesenden ihm lautlos entgegenstarrten:

»Gestatte, liebe Mama, daß ich dir deinen Vetter vorstelle – Jossel Schlenker – den Sohn deines Onkels Moische Schlenker aus Borytschew!«

Ostergeläute

I

Pastor Bode bekam dieses Jahr vom Passahfest am Ende doch noch mehr zu spüren als selbst der Rabbiner Rosenbacher; jedenfalls war es von den beiden Schulfreundinnen Marie Lodemann und Hilde Lilienfeld nur die Pastorin, welche überhaupt Mazzes zu sehen bekam.

»Um Gottes willen, was hast du denn da?« fuhr sie auf das kleine Dienstmädchen los, das stillvergnügt in der Ecke am Herd kauerte und mit beiden Fäusten die krachenden und splitternden Brocken in den Mund stopfte, während das gesunde Gebiß kräftig darauflos mahlte. »Was ist denn das?« Und die lebhaften Augen der Hausfrau irrten erschreckt auf dem blank gescheuerten Fußboden umher, der wie beschneit aussah.

»Mazzen«, sagte Lise zögernd und unbestimmt ein begangenes Unrecht ahnend, »vom Bäcker Schnerson.«

Frau Marie schnappte nach Luft.

»Sofort raus mit dem ganzen Krempel«, sagte sie dann energisch, »das gehört nicht in einen christlichen Haushalt – dieses gräßliche Zeug! Weißt du denn nicht, daß die Juden zu Ostern –« Sie besann sich und brach kurz ab; da es ihr aber nicht gegeben war, etwas, was ihr auf der Zunge brannte, für sich zu behalten, segelte sie ins Studierzimmer ihres Gatten. Dort platzte sie in eine lebhafte Debatte zwischen dem Pastor und Dr. Strösser hinein. Der Oberlehrer saß qualmend in der Sofaecke, während Bode auf einem Stuhl am Bücherschrank stehend eifrig im obersten Fach herumstöberte.

Das war ein neuer Ärger für die Hausfrau.

»Wie oft soll ich dir das noch sagen, Johannes, – du sollst nicht auf die Lederstühle steigen, das hat Papa niemals getan; überhaupt hat bei uns das ganze Jahr keiner an die Bücher gerührt, die im obersten Fache standen. Was du brauchst, kannst du dir doch unten handlich hinstellen. Oben standen bei uns immer alle weltlichen Bücher – die Klassiker und so. – Weißt du, wie Papa immer sagte: Die schönste Zierde des Deutschen Hauses! Was suchst du denn eigentlich?«

»Ich habe es schon gefunden«, sagte Bode herabsteigend und reinigte schuldbewußt den Überzug des Stuhles. »Hier ist der Rabbi von Bacharach! Wieso steht denn der Heine auf einmal in der zweiten Reihe?«

»Das habe ich jetzt beim Osterreinemachen so gemacht; bei Papa wurde Heine überhaupt nicht im Hause geduldet, und Papa war doch gewiß duldsam; aber er sagte: In ein deutsches Haus gehört der Jude nicht.«

»Liebes Kind«, sagte Bode lächelnd. »Dieser Jude, der übrigens getauft war, hat uns doch immerhin einige schöne Lieder geschenkt. Sieh mal – du selbst hast doch die Lorelei so gern gesungen.«

»Die ist von Heine?« sagte Frau Marie und machte runde Augen. »Wirklich, Herr Doktor? Na, dann hat er die aber sicher nach der Taufe gemacht. Merkwürdig!«

Sie sah so betroffen aus, daß Dr. Strösser fragte:

»Was ist denn daran so merkwürdig?«

»Ja, ich weiß nicht, wie ich das sagen soll; – ich habe die Lorelei so oft gesungen, und es ist mir nie in den Sinn gekommen, daß das auch einer ›gemacht‹ hat. Du hättest mir das gar nicht sagen sollen, Johannes; nun werde ich immer daran denken müssen, und wie sich diese Juden doch auch überall eindrängen. Hätte dieser Heine das nicht auch einem echten deutschen Dichter überlassen können – Körner oder so einem? – und was ist das mit dem Rabbiner von Bacharach?«

»Das ist eine Ostergeschichte sozusagen«, sagte Strösser, der inzwischen in dem Buch zu blättern angefangen hatte. »Wir unterhielten uns eben über jüdische Osterbräuche, und da wollten wir –«

»Halt, richtig, deshalb komme ich ja gerade herein!« rief Frau Marie. – »Also nun denken Sie nur, Herr Doktor – Johannes, stell dir vor, was mir eben passiert ist. Ich komme ganz ahnungslos in die Küche; da sitzt die Lise am Herd und stopft, was sie nur kann, diese gräßlichen Mazzen in sich hinein. Was sagt man dazu?«

»Aber liebes Kind«, sagte Bode etwas verwundert. »Darin kann ich noch nicht so etwas Furchtbares sehen. Offen gestanden wollte ich selbst mir auch ein paar Pfund holen lassen.«

»Du willst das Zeug hier hereinbringen und selbst essen?« fragte Frau Marie entrüstet. »Man weiß doch ganz gut, daß die Juden in ihr Osterbrot Christenblut hineintun.«

»Marie!« rief der Pastor mit hochrotem Kopf und in bei ihm ungewohnter Heftigkeit. »Ich verbiete dir, jawohl, ich verbiete dir, so etwas auszusprechen! Rede doch nicht so unverantwortliche Dinge! Dieses alberne Märchen –«

»Märchen? Aber denke doch an Ernst Winter! Papa war doch gewiß duldsam, aber er sagte immer: –«

»Ich will davon nichts hören, ein für allemal!« sagte Bode entschieden. »Ich weiß, daß dieser Aberglaube weit verbreitet ist. Diese Mazzen haben schon Blut genug gekostet! Freilich nicht christliches, aber jüdisches. Es sieht ja so aus, als ob wir hier dieses Jahr eine neue Auflage der Geschichte erleben sollen. Diese gewissenlose Verhetzung durch die Flugblätter muß bei dem rohen Volke wirken!«

»Nicht nur dort«, sagte Strösser, »auch die sogenannten besseren Kreise sind beunruhigt, Herr Pastor! Sogar Ihre eigene Herde! Manche Mutter begleitet jetzt ihre Kinder täglich auf dem Schulweg, nur aus Angst, daß sie unterwegs gestohlen werden können.«

»Kein christliches Kind ist mehr auf dem Boulevard zu sehen!« sagte Frau Marie mit Nachdruck.

»Marie«, rief der Pastor, seinen aufgeregten Gang durchs Zimmer unterbrechend; »jetzt verstehe ich erst! Deshalb also kommt unsere Bertha seit einigen Tagen nicht mehr aus dem Garten heraus! Das hört auf! Das wäre ja noch schöner! Ich werde dem Mädchen selbst Anweisung geben, daß sie die gewohnten Promenaden zum Gouverneursgarten wieder aufzunehmen hat.«

»Aber, Johannes, ich beschwöre dich –«

»Das wäre ja noch schöner! Wie das schon aufgefallen sein muß – so bekannt wie unsere kleine Bertha in der Stadt ist. –«

»Ja«, lachte Strösser. »Sie gehört schon zu den populärsten Persönlichkeiten hier – dank ihrer Begleiterin; bis dato kannte man hierorts das Spreewälderkostüm noch nicht.«

»Ich will mein Deutschtum hochhalten!« sagte Frau Marie entschieden.

»Und deshalb das wendische Kostüm!« schmunzelte Strösser. »So ist das mal wieder in slawisches Milieu zurückgekehrt.«

»Man erkennt sie so auch schon von weitem, und ich kann sie besser im Auge behalten«, sagte Frau Marie bekümmert. »Du bestehst wirklich darauf, Johannes, daß ich mit dem Kinde den alten Weg gehe?«

»Nicht du! Das Mädchen soll mit dem Kinde ganz wie früher ihre Promenade machen. Um Himmels willen! Wenn ich erleben müßte, daß du noch dazu beiträgst – Du mußt schon verzeihen, Marie, daß ich etwas heftig geworden bin, aber jetzt, wo die Stadt so aufgeregt ist und man jeden Moment Krawalle befürchtet, muß man um so sorgfältiger auf seine Worte achten. Wenn dumme, alte Weiber sich mit solchen Geschichten graulen machen, mag das hingehen, aber wenn die junge gebildete Pastorsfrau selbst das bestätigt –«

»Ich rede ja nur zu dir und Dr. Strösser«, sagte Frau Marie etwas kleinlaut. »Du kennst ja natürlich die Juden besser als ich. Aber, sagen Sie, lieber Doktor, – hat Johannes das Recht, so böse zu sein? Vielleicht ist doch etwas daran; und Papa sagte immer: Volkes Stimme Gottes Stimme.«

»Ja, liebste Frau Marie«, sagte Strösser gemütlich, »Sie sind ja sonst in allen Küchen- und Backangelegenheiten unbestrittene Autorität, aber Ihr Mazzesrezept stimmt nun zufällig doch nicht. Die Juden genießen nicht einmal Tierblut, und ihre Mazzes sind eine ganz harmlose und bekömmliche Speise. Ich persönlich ziehe ja andere jüdische Nationalgerichte vor, als z. B. Schalet, dem Ihr Freund Heinrich Heine auch noch nach seiner Taufe so begeisterte Verse gewidmet hat, oder die Schabbeskuggel, oder die gefüllten Fische –«

»Sie sind mir ja ein guter Christ«, sagte Frau Marie entrüstet. »Sie essen wohl lauter koschere Sachen in sich hinein?«

»Warum nicht? Wenn ich sie nur kriege«, lachte Strösser. »Ein echter deutscher Mann kann keinen Juden leiden, doch seine Fische ißt er gern. Aber beruhigen Sie sich, liebste Frau Marie, ich habe mir auch für Schinken noch meine Empfänglichkeit bewahrt. Seitdem ich aber die paar jüdischen Jungen zum Examen vorbereite, pflegen die diversen Mütter von Zeit zu Zeit kulinarische Attacken auf mich zu machen, um auf dem Wege durch den Magen mein Herz für ihre Jüngelchen zu erobern. Heute brachte mir so dieser Jacob Schlenker einen Stoß Mazzes mit und unterwies mich überdies in der Kunst des Mazzekaffeebrockens. Das ist nämlich gar nicht so einfach. Passen Sie auf! Erst nimmt man –«

»Wollen Sie wohl ruhig sein«, sagte Frau Marie böse. »Bei mir werden solche Sachen nicht eingeführt; ob da nun Christenblut drin ist oder Judenblut, wie Johannes sagt –«

»Halt!« rief Bode. »Was habe ich gesagt?«

»Ich will von dem Zeug jedenfalls nichts mehr hören, und in mein Haus soll das nicht kommen. So weit sind wir denn doch noch nicht!«

Und ging böse hinaus.

II

Bode ging verstimmt und schweigend auf und ab.

»Ich habe es immer gesagt, Herr Pastor«, sagte Strösser nach einer Weile. »Sie sollen Ihre Hände von den Juden lassen. Sie erleben keine Freude daran, nicht mal im eigenen Hause! Und was erreichen Sie? Was haben Ihre Fauststudien mit Ihrem Jossel Schlenker bewirkt? Ist er Ihren Heilslehren nähergekommen? Nach Berlin ist er gegangen; dort wird er vielleicht Heide werden, aber sicher kein Christ.«

»Ich verdanke jenen Stunden doch viel«, sagte Bode nachdenklich. »Ich gebe zu, die Sache hat sich anders entwickelt, als ich sie mir ursprünglich dachte; aber doch habe ich sehr viel profitiert. Ich bin in Beziehungen zu einer jüdischen Seele gekommen. – Ich habe einige ungeahnte Einblicke gewonnen. –«

»Sehen Sie klarer als zu der Zeit, da Sie am Berliner Seminar für Judenmission arbeiteten?«

»Das eigentlich nicht! – Ich möchte sagen im Gegenteil. Die Verhältnisse liegen doch viel komplizierter, als ich sie mir dort vorstellte. Aber auch schon diese Erkenntnis ist ein Gewinn, und dann: es ist eine Bresche geschlagen. Durch Jossel Schlenkers Beispiel haben doch manche gerade der einsichtigeren Juden gelernt, daß die Berührung mit moderner Bildung noch keine Untreue gegen die eigene Gemeinschaft nach sich ziehen muß. Der beste Beweis ist doch, daß Sie selbst jetzt eine Anzahl jüdischer Schüler haben.«

»Das stimmt! Der Bruder von Jossel, der kleine Jacob, war der erste; – jetzt sind's schon fast ein Dutzend.«

»Und sie machen Ihnen, glaube ich, Freude.«

»Natürlich freut es mich, wenn ich mein Lehrgeld einstreiche.«

»Strösser, Strösser, – erzählten Sie nicht selbst, wie begabt –«

»Darüber soll ich mich freuen? Na ja, gewissermaßen, weil es meine alten Beobachtungen bestätigt. Ich halte mich strikt an den deutschen Normal-Unterrichtsplan, und wenn ich solch einen achtjährigen Bengel, der sich in den verzwicktesten Fragen des Eherechts und des Zivilprozesses auskennt, dann aufsagen lasse: ›Ein kleines Schäfchen, weiß wie Schnee‹, habe ich ein diebisches Vergnügen.«

»Na, jedenfalls arbeiten Sie mit am Schlagen der großen Brücke zwischen den Menschen, und ich bin glücklich, daß ich durch den Versuch mit Jossel Schlenker dazu beigetragen habe, hier Abgründe zu überbrücken. Danach können Sie sich meine Aufregung vorstellen, wenn ich jetzt sehen muß, wie das wenige, was ich erreicht habe, durch diese wahnsinnige Hetze hier gefährdet wird. Sie müssen sich in meine Lage hineindenken! Ich bin ernstlich bekümmert!«

»Lassen Sie die Finger von den Juden!«

»Kann ich das? Soll ich untätig zusehen, wie dieses Ritualmordmärchen unter meinen eigenen Gemeindemitgliedern Gläubige findet? Soll ich nichts dagegen tun, wenn ich sehe, daß diese entsetzliche Lüge auch hier wieder Blutopfer fordern will?«

»Ach, wissen Sie, das ist ein Märchen!«

»Was ist ein Märchen?«

»Daß die Ritualmordbeschuldigung jemals Judenverfolgungen verursacht hat.«

»Was? Und all die Gemetzel in allen Zeiten; – die Verfolgungen, die immer zur Osterzeit eingesetzt haben, – die Hetzagitation, wie wir sie jetzt wieder erleben?«

»Ist mir natürlich alles bekannt. Aber nicht, weil man glaubt, daß die Juden Christenblut brauchen, schlägt man sie tot, sondern weil man sie totschlagen will, weil man sie haßt, glaubt man, daß sie Menschenfresser sind. Als man im alten Rom die Christen ausrotten wollte, hat man ihnen genau dasselbe nachgesagt. Also mit Vernunftgründen da zu kämpfen, hat gar keinen Zweck. Logik richtet gegen Instinkte nie etwas aus.«

»Der Haß selbst ist's, den man bekämpfen muß!« rief Bode. »Man muß dem Haß den Boden entziehen, indem man jeden Vorwand, den er erfindet, vernichtet. – Man muß ihm jede Maske, in die er sich verhüllt, abreißen. – Man muß –«

»Was muß man?« unterbrach Strösser, aus seiner Ecke aufstehend. »Den Haß nackend und jedem Auge sichtbar hinstellen? Was wird dann geschehen, wenn die Menschen sich selbst sehen, wie sie sind? Jeder haßt jeden! Jetzt schämen sie sich wenigstens noch und haben den Mantel der Liebe und andere Mäntel über ihre Nacktheit geworfen. Das Feigenblatt war die erste Lüge! – Vom Baum der Erkenntnis essen, heißt die Notwendigkeit der Lüge einsehen!«

»Sie lästern, Strösser!«

»Ich lästere nicht!« sagte Strösser nach einer Pause ruhiger. »Wodurch unterscheidet sich eigentlich der Mensch vom Tier? Durch die Fähigkeit zur Lüge und vor allem die Fähigkeit, sich selbst zu belügen. Die Katze tötet die Maus, ohne sich einzureden, daß sie eine soziale Tat oder Gerechtigkeit übt; wenn wir aber jemand umbringen wollen, müssen wir uns erst allerhand Dinge einreden oder gar eine Justizkomödie aufführen. Logik und Gerechtigkeit sind Fiktionen, ganz ausgezeichnete Fiktionen sogar, und ich begreife ihre Notwendigkeit.«

»Es sind die Grundlagen unserer Kultur.«

»Die auch danach ist! Es sind Illusionen, nichts weiter; aber sie regulieren unsere Instinkte, die sonst hemmungslos wüten würden. Ludwig XVI. vor seinem Richter! – Die ganze Rechtsprechung des Revolutionstribunals! Da haben Sie so ein Beispiel! Wehe dem Richter, der zu einem Freispruch gekommen wäre; aber die Justizkomödie mußte gespielt werden!«

»In solch aufgeregten Zeiten –«

»– Tritt das, was sonst besser kaschiert ist, deutlicher hervor. Im Grunde ist es immer ein und dieselbe Sache. Wie man entschlossen war, Ludwig zu töten, ist man entschlossen, Juden zu töten, ob sie nun kleine Kinder fressen oder nicht. Ich bin kein Mensch, der andern die Illusion rauben will; nur ich selbst mache mir keine. Ich halte die alten Menschheitsillusionen wie Gerechtigkeit und Nächstenliebe für einen Segen, denn ohne sie würde es noch viel schlimmer aussehen. Wenn die Menschen wüßten, wie sie sich hassen!«

»Und die Lehre der Liebe? – Liebet eure Feinde! Ist das umsonst gepredigt?«

»Das ist schon ein gutes Wort, nur wird es ewig falsch gedeutet! Den Nächsten lieben –«

»Das ist noch wenig. Das lehrt schon das Alte Testament. Aber Feindesliebe! Das ist gegen den Haß gemünzt, von dem Sie reden.«

»Verzeihen Sie, Herr Pastor! Nach meiner Meinung ist das genau dasselbe. Dein Nächster ist dein Feind. Nächster und Feind sind identische Begriffe. Wen zum Teufel soll ich denn lieben, wenn nicht meinen Feind? Meinen Freund zu lieben, braucht mir doch nicht erst befohlen zu werden. Ich soll da, wo ich hasse, wo die Natur selbst mich zum Haß drängt, statt Böses Gutes tun, meinen Haß verbergen und Liebe zeigen. So wird die Lüge höchstes sittliches Prinzip! Liebe kann sowenig wie Haß oder jedes andere Gefühl befohlen und erzwungen werden. Nur auf die Tat kommt es an, und die ist unehrlich und soll es sein. Die Wahrheit ist verderblich!«

»Ich stoße leider nicht zum ersten Male bei Ihnen auf solche Reden«, sagte Bode kopfschüttelnd, »aber zum Glück widersprechen Sie sich oft genug.«

»Ich bin stolz darauf, kein System zu haben! Ich unterwerfe mich dem Götzen der Logik auch nicht. Ich stelle nur Tatsachen fest, wie sie mir gerade im Moment erscheinen. – Wir gingen von den Mazzes und der Blutbeschuldigung aus und sind etwas abgekommen; ich wollte eigentlich nur die einfache Feststellung treffen, daß es keinen, aber schon gar keinen Sinn hat, Leuten, welche zu morden entschlossen sind und unter allen Umständen morden werden, auch noch den guten Glauben zu nehmen, daß sie ein frommes und gerechtes Werk vollbringen.«

»Sie sind ein Opfer jener spitzfindigen Logik, gegen die Sie so viel predigen!« rief Bode eifrig. »Ich werde meine Pflicht tun, ohne Grübelei und Sophismen! Ich habe Zeugnis für die Lehre der Liebe abzulegen, und ich werde es tun!«

»Was gedenken Sie zu tun?« fragte Strösser stutzend.

»Ich werde am Sonntag zu meiner Gemeinde sprechen und mich und mein Wort als Bürgen gegen jenes Lügenmärchen stellen!«

Strösser schwieg und machte ein betroffenes Gesicht.

»Herr Pastor!« sagte er dann vorsichtig. »Ich mag Ihnen nicht in Ihre Amtstätigkeit hineinreden, aber Ihnen ist bekannt, daß hinter der Pogrombewegung die Regierung steht und daß mit unserem Generalgouverneur nicht zu spaßen ist.«

Bode blickte zornig auf.

»Ein Appell an die Furcht?«

»Nein! – aber an die mannigfachen Aufgaben möchte ich Sie erinnern, die Sie sich hier gestellt haben und deren Durchführung Sie sich selbst vielleicht erschweren, wenn nicht unmöglich machen. Ihre Gemeinde muß Ihnen doch näher stehen als die Juden; man wird Ihre Wort in der Kirche hinaustragen –«

»Das ist meine Absicht! Man soll wissen, daß in der lutherischen Kirche hier jenem Aberglauben und jenem Haß der Weg in die Gemeinde versperrt worden ist. Wir wollen unsere Hände rein erheben können! Ich habe meine Pflicht erkannt und werde sie tun.«

III

Das Großreinemachen vor dem Passahfeste bringt unter
Umständen der jüdischen Hausfrau gar manche reizvolle
Überraschung. Da finden sich bei dem Durchstöbern aller,
auch der verborgensten Winkel des Hauses auf der Jagd
nach dem auszutilgenden »Gesäuerten« allerhand Dinge,
die im Laufe des Jahres geheimnisvoll verschwunden sind;
blitzartig tauchen Erinnerungen auf, welche lang schon als
unlösbar aufgegebene Rätsel erhellen. Natürlich: die Win-
deln, welche so lange verschwunden waren, sind ja damals,
als plötzlich Besuch kam und man nicht wußte wohin in der
Eile damit, auf den großen Schrank geflogen; – der dicke
Brief aus Amerika, nach dem man sich wochenlang halbtot
gesucht hatte, ist unter den Fuß des ewig wackelnden Wasch-
tisches geklemmt, und so erklären sich gar viele übernatür-
lich erscheinende Dinge ganz einfach und rationalistisch,
wennschon es wohl ewig ungeklärt bleiben wird, wie die
Brille unter die Aufwischlappen oder gar das Seidenkäpp-
chen in den invaliden Wasserstiefel geraten sind. Aller dieser
unterhaltsamen und bisweilen wie eine Sensation prickeln-
den Überraschungen wird jemand, der sein Hauswesen in
pedantisch langweiliger Ordnung erhält, nie teilhaftig werden; jedenfalls ist es aber eine segensvolle Wirkung des jüdischen Gesetzes, daß es durch seine strenge Verpönung alles
Gesäuerten für die Ostertage einmal im Jahre alle Häuser
einer unerbittlichen Säuberung unterwirft. Hier, wie bei
vielen Vorschriften des jüdischen Rituals, ist der Gedanke
nicht von der Hand zu weisen, daß vielleicht manchem der
Rabbinen, welche alle die gesetzlichen Bestimmungen fixiert
haben, das Mittel mindestens ebenso heilig gewesen ist wie
der Zweck, und daß es sehr gute Psychologen gewesen sind,
welche heilige Ziele steckten, um recht profane, aber doch
sehr nützliche Dinge der Hygiene und Sauberkeit für alle
Zeiten und Verhältnisse sicherzustellen.

Im Hause Moische Schlenkers herrschte auch das Jahr
über leidliche Ordnung; trotzdem hatte in den letzten Jahren Frau Beile Schlenker gegen die Osterzeit beim Räumen

manche Überraschung erlebt, zumal, wenn sie die Zimmer ihrer Kinder vornahm. Kopfschüttelnd und seufzend hatte sie jedesmal die zahlreichen deutschen Bücher, deren ihr unverständliche Schrift sie mit tiefem Mißtrauen betrachtete, wieder an ihren Platz zurückgelegt. Im letzten Jahre hatten ja nun in ihr Haus, wie in manche anderen jüdischen Häuser, die fremden Bücher ganz offiziell ihren Einzug gehalten; so war eigentlich nicht abzusehen, was ihr in diesem Jahre noch für sonderbare Überraschungen blühen sollten.

Und doch wurde ihr eine zuteil, wie nie zuvor; – den Schrecken konnte sie lange nicht verwinden. Sie schlug ein Bettuch aus ihrer Tochter Riwke Lade auseinander, – da polterte etwas auf den Fußboden; sie sah hin und sank erschreckt auf einen Wäschehaufen. Pochenden Herzens starrte sie auf das unheimliche glitzernde, kleine Ding mit den Nickelbeschlägen, das da lag.

Wie kam das in ihr Haus – in ihr jüdisches Haus? Wie kam das in ihrer Tochter – in ihrer jüdischen Tochter Aussteuer?

Welch eine Welt – welch eine Zeit!

In Moische Schlenkers, des Thoraschreibers Haus ein Revolver!

Nach Goethe der Browning! Europäische Kultur und europäische Barbarei drangen über die Mauer des großen Ghettos im Osten. Die jüdische Jugend in Borytschew war nicht gewillt, sich ohne Widerstand hinschlachten zu lassen, wenn es zu einem Pogrom kommen sollte; und es sah sehr danach aus. War es doch schon in einigen Städten zu blutigen Ausschreitungen gekommen. Die Alten freilich schüttelten den Kopf, – ein Pogrom in Borytschew, – lächerlich! Hier, wo man stets so friedlich mit den Nichtjuden zusammen gelebt hatte. In Kischinew müssen die Verhältnisse anders gelegen haben. Die armen Leute dort! Man sammelte für die unglücklichen Opfer, die ihr Schicksal unter eine so grausame Bevölkerung verschlagen hatte. Man schätzte sich glücklich, daß man selbst es hier so gut getroffen hatte.

Die Jungen aber wollten nicht an die Sicherheit glauben und waren eifrig beschäftigt, unterderhand eine Selbstwehr zu organisieren, wie sie allerorten jetzt entstand. Die Begeisterung war groß genug, aber sie stellte fast das einzige Aktivum der Truppe dar. Waffen gab es sehr wenig, und derer, die mit ihnen umzugehen verstanden, noch weniger. Dazu fehlte es den jungen Leuten oft an dem primitivsten Begriff von Organisation und Disziplin, und guter Wille ersetzte das alles nur sehr mangelhaft. Daß sie im Ernstfall ihren Mann stehen würden, war nicht zu bezweifeln, aber ebensowenig konnte man sich verschweigen, daß sie dann nichts ausrichten würden, wenn, wie anderwärts geschehen, das Militär selbst die Durchführung des Pogroms in die Hand nehmen würde. An einigen Orten hatte man die Selbstwehr dadurch unschädlich gemacht, daß die Polizei kurz vor Ausbruch des Pogroms alle Judenhäuser nach Waffen durchsuchte, – auf Waffenbesitz stand die Mindeststrafe von drei Monaten Gefängnis! – Solche Waffensuche bot den Pogromleuten den doppelten Vorteil, sich einmal gegen jede Gefahr sicherzustellen, und weiter, ihren eigenen Waffenreichtum zu vervollständigen. Da man in Borytschew eine solche Durchsuchung sehr fürchtete, hatte man die vorhandenen Waffen in möglichst viele Häuser verteilt und an möglichst unwahrscheinlichen Orten versteckt. –

Frau Beile Schlenker löste sich mit einem tiefen Seufzer aus ihrer Erstarrung; sie bückte sich und hob die Waffe ängstlich und mit Abscheu, als ob es sich um ein ekelhaftes Insekt handele, in die Höhe, sie zwischen Daumen und Zeigefinger am Griff haltend. So trug sie sie mit nach vorn ausgestrecktem Arm auf den Korridor hinaus. Sie blickte verwirrt um sich, weil sie nicht wußte, wohin damit; keinesfalls sollte das Mädchen das Ding finden. Während sie noch so dastand, – das Mordinstrument schien ihr in der Hand zu brennen, – öffnete sich schnell die Haustür. Zum Glück war es nur Riwke, die, eben erst von Hause weggegangen, hastig zurückkehrte. Als sie die Mutter mit dem Revolver in der Hand sah, blieb sie betroffen stehen, mußte dann aber doch ob des ungewohnten Anblickes lachen.

»Du lachst! Schönes Gelächter!« sagte Beile bitter. »Nimm das Ding, daß ich es nicht mehr sehe. Ins Unglück werdet ihr uns alle bringen mit euren Schießgewehren!«

»Ich komme ja gerade deshalb zurück«, sagte Riwke und nahm den Revolver. »Mir ist unterwegs eingefallen, daß ich ihn vergessen habe.«

Dann steckte sie ihn in den Henkelkorb, den sie unterm Arm trug, unter das weiße Tuch.

»Gott im Himmel!« rief Beile. »Wie sie das sagt; als ob sie den Schirm vergessen hat. Wenn sie einkaufen geht, muß sie einen Revolver mitnehmen!«

Riwke war aber schon verschwunden. Sie beeilte sich, um die versäumte Zeit nachzuholen. Im neuen Lehrhaus sollte eine Besprechung der Leiter der Selbstwehr stattfinden, an der sie teilnehmen wollte. Sonst war das Betreten der Lehr- und Betstuben für Frauen im allgemeinen streng verpönt gewesen; jetzt aber setzte man sich, der Not der Zeit gehorchend, über vieles hinweg. Mußte man doch für diese Zusammenkünfte möglichst unauffällige Räumlichkeiten wählen, um nicht den Verdacht der Polizei zu erregen.

Riwke ging durch den Torbogen, welcher in den Synagogenhof führte; im zweiten Hof war der Fleischmarkt, und man konnte annehmen, daß sie sich zum Einkauf dorthin begeben wollte. Sie bog aber, als sie nichts Verdächtiges sah, schnell nach rechts hinter das kleine Tempelgebäude ein und trat in das halbdunkle Stübchen, das sich an den großen Betsaal anlehnte.

Sie war in großer Spannung. In der Stadt kursierten aufregende Gerüchte über einen Zusammenstoß, der am gestrigen Nachmittag in der Umgegend zwischen Angehörigen der Selbstwehr und Polizisten erfolgt sein sollte. Ein solcher Zwischenfall konnte von der Polizei leicht zum Anlaß einer Waffensuche genommen werden, so daß das ganze Werk der Selbstwehr gefährdet war.

So erwartete sie, eine gedrückte Stimmung zu finden; statt dessen aber hörte sie schon von draußen die freudig erregte Stimme von Benjamin Schapiro. Als sie die Tür öffnete, sprang er ihr gleich entgegen.

»Riwke! Du weißt schon? Ganz prachtvolle Nachrichten! Herrliche Aussichten!«

»Welche Aussichten?« fragte Riwke pochenden Herzens.

»Die Ernteaussichten in Palästina!«

IV

»Na kann man nun mit euch Zionisten arbeiten?« fragte Meier Kaplan, zornig seine Zigarette auf die Erde schleudernd. »Wir sitzen hier in tausend Sorgen, – jeden Augenblick kann Unglück und Tod über uns alle kommen, – und er tanzt vor Vergnügen herum, weil in seinem Palästina die Ernteaussichten gut sind.«

»In meinem Palästina – meinem!« rief Benjamin zornig. »Da hört ihr es also, – als ob es nicht unser aller Palästina ist! – Unsere Heimat! – Unser Vaterland!«

»Meine Heimat ist Rußland!«

»Eine schöne Heimat!«

»Unsere Heimat ist nicht Rußland und nicht Palästina!« sagte David Perkowski, ein schmächtiger, blasser Mensch, lahm und etwas verwachsen. »Unsere Heimat ist überhaupt nicht ein bestimmtes Land; unsere Heimat ist die ganze Welt! Die Proletarier aller Länder sind unsere Brüder!«

Nun fing ein allgemeines Debattieren an; es waren fast ein Dutzend junge Leute anwesend, fast alle Zigaretten qualmend, so daß die Luft in dem kleinen Raum kaum noch erträglich war. Alle redeten durcheinander; jeder verfocht seine Weltanschauung mit gewaltigem Eifer und lebhaften Gestikulationen.

Endlich klopfte der hochgewachsene Mendel Friedmann ein paarmal stark auf den Tisch, und es wurde etwas ruhiger.

»Wir sind heute nicht zusammengekommen, um unsere Programme zu entwickeln!« sagte er, energisch seinen schmalen Kopf mit dem kurzen, braunen Bart schüttelnd. »Ich bin ein so guter Zionist wie du, Benjamin; das weißt du. Ich liebe das, was gut ist in Rußland, wie du, Meier, und daß ich auf seiten der Unterdrückten stehe, weißt du auch, David. Aber wir sind doch alle Juden und wollen unserem Volke dienen. Heute handelt es sich um Dinge, die uns ganz nahe liegen, nicht um Zukunftsideale. Ihr wißt alle von dem Unglück, denke ich, das gestern geschehen ist.« –

»Ich weiß noch nichts Bestimmtes!« sagte Riwke. »Ist es wahr, daß Esther Neumann ermordet ist?«

»Sie ist nicht tot«, sagte Mendel, »aber sie liegt schwerkrank, man hat ihr einen Finger abgeschnitten.«

»Um Gottes willen!« rief Riwke erschrocken. »Einen Finger? Wie ist das geschehen? Wer hat das getan?«

»Wer tut so etwas?« sagte David achselzuckend. »Unsere liebe Polizei!«

Und nun hörte Riwke den abscheulichen Vorfall. Esther Neumann und zwei junge Leute waren nahe der Stadt von einigen Bauern überfallen und ausgeraubt worden; dabei hatte sich die brutale Verstümmelung ereignet. Um schneller sich eines kleinen Brillantringes bemächtigen zu können, hatte man den Finger abgehackt. Allgemein wurde vermutet, daß die Täter in Wirklichkeit gar nicht Bauern, sondern verkleidete Polizeispitzel gewesen waren, wie sie der Polizeileutnant Kujaroff, der als Leiter der Pogrombewegung galt, in Mengen heranzog. In letzter Zeit wimmelte es in der Stadt von fremden und verdächtigen Gestalten. Der Vorfall konnte das Vorspiel größeren Unheils sein. Es wurde ernst; mit einmal stand das nahende Verhängnis allen leibhaftig vor Augen. Diese jungen Menschen, von Jugend auf daran gewöhnt, sich nur mit geistigen Dingen zu beschäftigen, und erfüllt von dem allen Juden tief eingewurzelten Abscheu gegen jede rohe Gewalt und gegen jedes Blutvergießen, erschauerten und blieben eine Weile stumm.

»Wenn ich so etwas sehe, mit eigenen Augen sehe, dann werde ich auch meine Waffe gebrauchen können«, sagte Meier gepreßt, »sonst werde ich nie auf einen Menschen schießen können.«

»Also erst soll unschuldiges Blut fließen?« rief Benjamin. »Ich werde nicht so lange warten, bis es für einige von uns zu spät ist. Wie diese Mörder nur versuchen, in unsere Häuser oder Geschäfte zu dringen, müssen wir das Signal zum Kampfe geben.«

»Wir sind nicht dazu da, die Kapitalisten zu schützen!« sagte David. »Jüdische Kapitalisten und russische, das ist ganz dasselbe! Ausbeuter alle zusammen! Wenn sie sich an Menschenleben vergreifen, dann werden wir wissen, zu kämpfen und zu sterben!«

»Mein Gott!« sagte Riwke und ließ sich auf eine Bank nieder. »Die arme Esther! Was haben wir diesen Menschen nur getan! Sind denn alle Menschen um uns Verbrecher? Oder sind wir es?«

»Nicht wir und nicht jene!« sagte Mendel. »Unsere Feinde sind vielleicht unglücklicher als wir. Welch hoffnungslose Dunkelheit bei ihnen! Wir haben doch ein Licht in all der Nacht! Wir haben die Hoffnung auf Zion und Palästina! Welche Hoffnung haben diese stumpfen Menschen?«

»Wenn die Stunde der Befreiung für alle Gedrückten kommt«, sagte David sanft, »wird auch Licht und Freiheit in dieses unglückliche Land dringen. Wir nun, das älteste und freieste aller Völker, haben die Aufgabe, die ganze Menschheit zu befreien und alle Sklavenketten zu lösen. Moses war der erste, der Sklaven den Weg in die Freiheit gewiesen hat, – Marx und Lassalle waren Juden, –«

»Erst haben wir aber uns selbst zu befreien!« rief Benjamin. »Wenn wir in Palästina ein jüdisches Reich haben werden, werden wir der Welt zeigen, was Freiheit ist. Bei uns wird es keine Sklaven geben! – keine Proletarier! – und keine Aussauger! Von Zion wird das Licht ausgehen, – das Wort Gottes von Jerusalem!«

»Überall kann Zion sein!« rief Meier. »Überall kann man das Licht der Freiheit zünden! Um den Russen unsere Lehren zu bringen, brauchen wir doch nicht auszuwandern! Hier im Lande müssen wir zeigen, was wir sind! Wenn unser jüdisches Volk sich auf sich selbst besinnt, auf seine nationale Würde, wird es auch hier eine Macht sein. Eine geistige Macht! – eine moralische Macht! – und der Geist siegt am Ende doch über die Gewalt!«

»Komme du Kujaroff mit Geist und mit Moral!« rief Benjamin hitzig. »Nur in Palästina, in unserem eigenen angestammten Lande, wenn wir frei sind von dem Druck der Fremden, können wir unser eigenes Leben leben. Hier verlieren wir ja unsere eigene Moral – bekommen wir selbst Sklavenseelen! Hier, lest in der ›Welt!‹« Er schwenkte das gelbe Blatt, das allbekannte zionistische Organ. »Wie unsere Kolonien drüben aufblühen, – wie unsere hebräische Sprache erwacht ist! Dort entwickelt sich ein gesundes, freies Leben! Die zionistische Weltorganisation wächst von Tag zu Tag! Dr. Herzl verhandelt jetzt mit der englischen Regierung und mit dem Sultan. Wie lange noch, und das jüdische Reich ist Tatsache! Mögen wir alle hier erschlagen werden, was liegt daran!«

»Wozu machen wir dann noch die Selbstwehr!« rief Meier. »Dann wollen wir doch lieber uns gleich alle abschlachten lassen!«

»Wir arbeiten für alle Menschen, nicht für einen Bruchteil!« schrie David. »Ein Zion wollen wir errichten für alle. Es wird eine Zeit kommen, wo alle nationalen Unterschiede aufhören, wie die Unterschiede des Glaubens, der Geburt und des Vermögens.«

»Bis zu jener schönen Zeit wird es aber keine Juden mehr geben, die sich an ihr erfreuen können, wenn es so weitergeht!« rief Benajmin.

»Jedenfalls müssen wir leben, um unsere Ziele zu erreichen!« sagte Mendel ruhig, auf den Tisch klopfend und Ruhe gebietend. »Wir sind doch darin einig, daß wir uns und unsere Leute verteidigen wollen, wenn die Banden Kujaroffs über uns herfallen. Unsere Ideale haben uns nötig, wie verschieden sie auch sind. Wir verteidigen mit unserem Leben unsere Ideale. Diese Diskussion können wir fortsetzen, wenn die Osterzeit vorbei ist. Jetzt aber drängt die Arbeit. Wir haben viel zu tun. Hier ist die Liste der Mitglieder unserer Selbstwehr. Wir müssen jetzt die Orte bestimmen, wo sich unsere Abteilungen sammeln, und wo wir sie alarmieren können, wenn es soweit ist.«

»Einen Augenblick!« rief David. »Ist nebenan im Saal keiner, der auch dabeisein will?«

Er humpelte an die Tür zum Nebenraum, öffnete sie ein wenig und steckte den Kopf durch. Das Stimmengewirr, das man die ganze Zeit gehört hatte, wurde deutlicher.

»Ach!« sagte er nach einer Weile, die Tür wieder schließend. »Drin debattieren sie über Zeugenvernehmungen vor dem Synhedrion in Jerusalem. Eine Wichtigkeit! – diese Alten!«

V

Die Frage, welche drinnen im Lehrsaal verhandelt wurde, war nicht einfach. Man sah den gerunzelten Stirnen, den im schärfsten Nachdenken gespannten Gesichtern an, wie es im Gehirn arbeitete. Es waren wohl an die zwanzig, durchweg ältere Männer, die um den langen Tisch an der Fensterseite herum saßen und standen; die Augen starrten in die Bücher oder ins Weite, waren wohl auch in schärfstem Sinnen bisweilen minutenlang geschlossen; aller Oberkörper aber schaukelten, bei dem einen langsam und bedächtig, bei dem anderen schnell und aufgeregt, nach vorwärts und rückwärts.

»Also die Sache ist die«, sagte Moische Schlenker, der vorlernte, heftig in seinem Bart wühlend und jedesmal, wenn er beim Schaukeln mit dem Kopf die Rückwand berührte, einige Sekunden den Kopf dort anlehnend, in jenem Singsang, der zum Talmudstudium nun einmal gehört. »Zwei Zeugen sind nötig, um auf ihr Zeugnis hin jemand zu verurteilen; – nun haben die zwei Zeugen ausgesagt: sie haben gesehen, wie Ruben den Schimon erschlagen hat, – an dem und dem Tage und an dem und dem Ort. Und nun kommen zwei andere Zeugen und sagen: ihr habt falsches Zeugnis abgelegt; an dem und dem Tage seid ihr gar nicht an dem Orte gewesen, sondern ihr seid mit uns an einem anderen Orte gewesen, – dann sagt das Gesetz: die beiden ersten Zeugen sind falsche Zeugen, und man verurteilt diese beiden falschen Zeugen zum Tode, und man richtet sie hin, – man richtet sie hin, – man richtet sie hin, und – man richtet sie beide zusammen hin, denn einen allein darf man nicht hinrichten. Wenn einer inzwischen von ihnen stirbt, muß man den andern auch leben lassen, denn einer allein konnte das falsche Zeugnis nicht ablegen; – ein Zeugnis von einem Menschen ist gar nichts, – man braucht das Zeugnis von zwei Zeugen. Also nur alle beide zusammen haben gesündigt, und man kann auch nur alle beide zusammen bestrafen.«

»Und wie kann man auf das Zeugnis von den zwei neuen Zeugen die ersten bestrafen?« fiel einem ein. »Hier sind zwei Zeugen und da sind zwei Zeugen, sind doch auch zwei gegen zwei. Wer sagt uns, daß die beiden neuen die Wahrheit sprechen? Vielleicht sind die die Lügner, und die beiden ersten haben ganz richtig ausgesagt.«

»Richtig! Wahrheit!« riefen aufgeregt viele Stimmen.

»Die Frage ist gut!« sagte Moische Schlenker und schob seine Schirmmütze ins Genick. »Die Frage ist nicht neu. Darüber sprechen schon viele Erklärer, – Raschi und andere auch. Die Sache ist die: jeder von den beiden ersten Zeugen wird doch für sich vernommen, so daß der andere nicht hört, was er aussagt, und nun stehen die beiden anderen Zeugen, die neuen gegen einen auf, – also sind es doch jedesmal zwei gegen einen, – das muß man also trennen. Aber wir wollen nachlernen, was Raschi darüber sagt!«

»Ich habe noch eine andere Frage!« rief jemand am unteren Ende des Tisches. »Ihr sagt, Reb Moische, das Gesetz bestimmt: Wenn einer von den falschen Zeugen stirbt, kann der andere nicht hingerichtet werden. Nun frage ich: wie ist es nun, wenn der eine Zeuge den anderen totschlägt? Sie gehen zum Hinrichtungsplatz, und unterwegs nimmt der eine einen Stein und schlägt den anderen tot; da muß er doch frei sein? Damit, daß er den anderen ermordet, soll er sich frei machen? He, kann das sein?«

Unwilliges Gemurmel erhob sich.

»Reb Chaim«, sagte Moische Schlenker mißbilligend, »was sind das für Fragen, – was nützt einem das? Dann wird er doch hingerichtet, weil er den anderen ermordet hat. Also das ist gar keine Frage, also – es sind zwei Zeugen gegen zwei Zeugen, aber eigentlich sind es zwei mal zwei Zeugen jedesmal gegen einen Zeugen.«

»Reb Moische!« rief Chaim, der durch die kurze Abfertigung gekränkt war. »Eure Antwort ist keine Antwort. Weil er den zweiten Zeugen getötet hat, kann er nicht hingerichtet werden! Das ist kein Mord!«

Der allgemeine Unwillen richtete sich gegen Reb Chaim, der durch seine Zwischenfragen die Gedankenarbeit jedes einzelnen störte.

Und warum nicht? Warum soll das kein Mord sein?« fragte Moische Schlenker ruhig.

»Weil geschrieben steht, daß nur der einen Mord begeht, der ein Leben vernichtet; wer aber einen Toten tötet, d. h. soviel wie einen, der so gut ist wie tot, – einen, der auf dem Totenbett liegt, dessen Leben verfallen ist und für den es gar keine Rettung mehr gibt, – wer solchen Menschen tötet, der begeht gar keinen Mord. Hier soll doch der Mensch schon hingerichtet werden; – er ist schon auf dem Wege zum Hinrichtungsplatz, – da gibt es doch für ihn gar keine Rettung; – er ist schon so gut wie tot! Wie kann man dann den anderen hinrichten, wenn er ihn tötet? Er tötet doch einen Toten!«

Es war Reb Chaim gelungen, das allgemeine Interesse für seine Frage zu erwecken. Alle starrten ihn an, und das neu einsetzende heftige Schaukeln verriet, mit welcher Intensität man dem Problem nachging.

Moische Schlenker war stutzig geworden; er wiederholte den Fall. –

»Es ist richtig! Einer, der zum Hinrichtungsplatz geführt wird, ist schon so gut wie tot, – ist ein Toter, – ist ein Toter, – ein Toter! Wer ihn erschlägt, begeht keinen Mord, – keinen Mord, also kann er nicht wegen Mordes bestraft werden, – ist er frei, und wegen seines falschen Zeugnisses kann man ihn auch nicht hinrichten, denn einen Zeugen allein kann man nicht hinrichten; – ist er auch wieder frei, – wirklich! Reb Chaim hat recht; er ist frei; wenn der eine falsche Zeuge den andern falschen Zeugen totschlägt, macht er sich frei.«

Großer Lärm erhob sich. »Das ist unmöglich! Ein Verbrecher soll sich von der Strafe dadurch frei machen, daß er ein zweites Verbrechen begeht! Das kann das Gesetz nicht wollen.«

Auf einmal schlug Moische Schlenker mit der flachen Hand auf den Tisch.

»Ruhig! Still! Ich hab's! Was erzählt uns Reb Chaim für Sachen? Der zweite Zeuge, sagt er, ist ein Toter, – ist schon so gut wie tot, weil er schon auf dem Wege zum Hinrichtungsplatz ist. Nun ist doch der eine Zeuge gerade so gestellt wie der andere; beide führt man zum Hinrichtungsplatz. Beide sind verloren. Nun schlägt der eine den anderen tot, – schlägt ihn tot, und dadurch soll er frei sein? Nicht so? Nun, wenn der eine das kann, kann doch der andere das auch, – hätte doch der andere, der zweite Zeuge, den ersten Zeugen totschlagen können; dann wäre er doch frei geworden! Also?«

Er machte eine lange Pause und sah sich triumphierend im Kreise um.

Allen stockte vor Spannung der Atem.

»Also«, fuhr er endlich fort, »also hatte doch der andere auch ein Mittel, sich frei zu machen; – also war er doch noch nicht verloren; war er doch noch nicht so gut wie tot; war er kein Toter, sondern ein Lebendiger. Dann hat also der erste Zeuge einen Lebendigen erschlagen, einen ganz richtigen Mord begangen, also kann man ihn hinrichten und nützt ihm die ganze Sache gar nichts!«

Große Freude am ganzen Tisch. Man schüttelte anerkennend den Kopf. Ein feiner Kopf – ein scharfer Kopf. – Reb Moische Schlenker! Nur Reb Chaim gab sich nicht zufrieden.

»Mir scheint«, sagte er, »die Frage bleibt eine Frage. Wenn es so ist, wie Reb Moische sagt, daß es dem ersten Zeugen, der den zweiten erschlagen hat, gar nichts nützt, und wenn er also doch hingerichtet wird, – dann hätte es doch dem zweiten Zeugen auch nichts genützt, wenn er den ersten totgeschlagen hätte, – dann wäre er doch auch hingerichtet. Also gibt es für ihn doch kein Mittel, sich zu befreien – wird er in jedem Fall hingerichtet. Dann ist er doch aber wieder einer, der so gut wie tot ist, und der erste Zeuge hat keinen Lebendigen getötet, sondern einen Toten. Und er ist frei.«

»Dann hat die Sache doch nie ein Ende!« rief Moische Schlenker. »Ist er frei, muß er getötet werden, – muß er getötet werden, ist er frei! Eine schwere Sache!«

Die Tafelrunde versank wieder in ein Meer von Zweifeln.

Ein Mann in Kutscherkleidung, die lange Peitsche in der Hand, der seit einiger Zeit eingetreten war und bescheiden an der Tür wartete, trat jetzt näher und fragte, ob es nicht Zeit sei, das Nachmittagsgebet zu verrichten, seine Droschke warte im Hofe.

Das war das Signal, eine kleine Pause eintreten zu lassen. Mit schwerem Kopfe erhob man sich und stellte sich an der Ostwand zum Beten an.

»Vielleicht ist nebenan noch wer, der mitbeten will«, sagte einer und öffnete die Tür zum Nebenzimmer.

Er schlug die Tür bald ärgerlich zu.

»Wißt ihr, worüber die da drinnen sprechen? Über Pogrome, – über Selbstwehr! Eine Wichtigkeit! Diese Jungen!«

VI

Wenn Pastor Bode auf der Kanzel wissen wollte, ob seine Worte recht verstanden und im Herzen aufgenommen wurden, blickte er nach den Alten. Die Jüngeren saßen steif und regungslos auf ihren Plätzen, ihn mit ausdruckslosen Augen anstarrend. Aber die Alten hatten die Gewohnheit, von Zeit zu Zeit durch Nicken ihre Zustimmung zu bestätigen. Das geschah nun freilich so regelmäßig und so ausnahmslos an jedem Sonntag, daß ihm diese ewige und unentwegte Zustimmung doch schon manchmal etwas verdächtig vorgekommen war und er sich bisweilen fragte, ob es sich da nicht um eine mechanische Angewohnheit handele, aus der er keine Schlüsse über den Eindruck seiner Worte zu ziehen berechtigt wäre.

Dieser Sonntag aber konnte ihm die beruhigende Gewißheit bringen, daß es doch nicht an dem war, denn bei der diesmaligen Predigt blieb das zustimmende Nicken aus, – zum ersten Male seit dem Beginn seiner Tätigkeit in Borytschew. Das geschah gegen Ende seiner Rede; er sprach über das Ostergeläut, das nun seit Wochen von den zahlreichen Kirchtürmen die Gläubigen zur Einkehr und Gebet rief und die Botschaft von der Auferstehung kündete. Solange der Pastor davon sprach, daß diese Glocken die Botschaft der Liebe allen Christen bringe, den Protestanten wie den römischen und griechischen Katholiken, nickten die Alten in gewohntem Tempo. Als er aber nach einer kleinen Pause fortfuhr und mit erhobener Stimme verlangte, daß diese Liebe auch dem Volke gebühre, aus dem der Heiland hervorgegangen sei, – dem jüdischen Volke, – ging eine merkbare Unruhe durch die Gemeinde, und als er sich nun gegen die Hetzer und Schürer des Hasses wendete, wurde es zwar mäuschenstill, – es schien, daß alle den Atem anhielten, – aber kein freundliches Lächeln ermutigte ihn. Unbeirrt aber setzte er seine Predigt gegen den Haß fort. Wer die Lehre des Hasses predige, habe das Recht verwirkt, sich einen wahren Christen zu nennen. Die Jünger des Satans aber könne man an den Mitteln erkennen, die sie gebrauchen. Nur der Erzfeind, der Vater der Lüge, könne sich des wahnsinnigen Blutmärchens bedienen. »Wir sind hergesetzt, um die Lehre der Liebe zu künden; wie sollen diese Juden, denen wir den Weg des Heils öffnen wollen, an uns glauben, wenn wir, die wir uns die Jünger der Liebe nennen, den Haß predigen?« Er schloß mit dem Gebete, daß der Herr die Gemeinde vor dem Geiste des Hasses und der Lüge in Ewigkeit bewahren möge und daß er allen den Mut geben möge, gegen die Verleumdung und die Lüge zu kämpfen.

Es war diesmal nicht das durch Respekt gedämpfte, beifällige Gemurmel, das zu vernehmen er gewohnt war, wenn er die Kanzel verließ. Es wurde viel in der Kirche gewispert, mehr vielleicht, als sich mit der Würde des Gotteshauses vertrug, und als der Gottesdienst endlich vorbei war, drängte sich alles eilfertig zum Ausgange. Draußen bildeten sich Gruppen, in denen man erregt die Predigt besprach.

Als der Pastor mit seiner Frau und Strösser die Kirche verließ, verstummten die Gespräche auf eine Weile, und alle Häupter entblößten sich respektvoll; aber nicht wie sonst trat der eine oder andere heran, um Bode die Hand zu schütteln und ihm für seine Worte einen besonderen Dank auszusprechen.

Nachdenklich und schweigsam betraten sie das Pfarrhaus. Frau Marie eilte in die Küche, um das Mittagessen vorzubereiten, zu dem Strösser ein für allemal am Sonntag geladen war, und die beiden Herren steckten sich im Studierzimmer ihre Zigarren an. Eine Zeitlang pafften sie stumm vor sich hin.

»Es scheint, man ist nicht mit mir zufrieden!« sagte Bode schließlich, um das Eis zu brechen, in humoristischem Tone, aber doch etwas unsicher. »Nun schießen Sie mal los!«

»Ich will unser neuliches Gespräch nicht wieder aufnehmen«, sagte Strösser kopfschüttelnd. »Sie haben ja nun Ihren Willen gehabt. Ich wollte, es käme nichts hinterher.«

»Wieder Ihre Angstmeierei: das macht mir am wenigsten Sorge«, sagte Bode zerstreut.

»Ich täte aber unrecht, Ihnen meine Befürchtungen vorzuenthalten. Der Gouverneur ist ohne jeden Zweifel schon in diesem Moment über den Inhalt Ihrer heutigen Predigt unterrichtet.«

»Der Gouverneur ist ein viel zu gewaltiger Herr, als daß er sich um des kleinen deutschen Pastors Predigt viel kümmern sollte«, meinte Bode ungläubig lächelnd; »im übrigen wäre es mir schon ganz recht, wenn er auf diese Weise ein Wort der Wahrheit vernehmen würde. Außerdem, – was soll er mir viel anhaben? Schließlich ist er doch auch, wie ich höre, ein gebildeter Mensch. – Er hat ja sogar in Deutschland studiert.«

»Darauf verlassen Sie sich lieber nicht; er ist ein Autokrat, wie er im Buche steht, – Iwan der Schreckliche in der Provinz. Er wird gegen Sie nicht gerade verfahren wie gegen einen aufsässigen Bauer, aber ihm bleiben Mittel genug, Ihnen Ihre Amtsführung zu erschweren, wenn nicht unmöglich zu machen.«

»Er könnte mich ausweisen, aber das wagt er kaum!«

»Das glaube ich selbst; das gäbe Verwickelungen. Er ist aber jeder Gemeinheit und Brutalität fähig! Seine Bauern läßt er bis aufs Blut peitschen. Sie werden geschunden wie nur je Leibeigene, fühlen sich übrigens anscheinend ganz wohl dabei. Voriges Jahr hat er ein junges Mädchen sechs Wochen lang in einen finstern Keller gesperrt; sie ist halb blödsinnig herausgekommen.«

»Wollen Sie mich mit solchen Räubergeschichten graulich machen?« lachte Bode etwas ärgerlich. »Warten wir es in Ruhe ab.«

»Ja, aber ich mache mir doch Vorwürfe, daß ich nicht energisch genug versucht habe, Sie von der Predigt abzuhalten. Offen gestanden glaube ich auch nicht einmal, daß die in der Kirche erzielte Wirkung das Risiko lohnte.«

»Sehen Sie, das ist der Punkt, der mich viel mehr interessiert als Ihr Provinztyrann. Meine Gemeinde! Ich habe doch weiß Gott heute aus vollem Herzen gesprochen, und doch habe ich gerade heute den lebendigen Kontakt vermißt.«

»Ja, Sie müssen auch von den Leuten nicht zuviel verlangen!«

»Zuviel verlangen? Ich habe nie etwas anderes gepredigt als werktätige Menschenliebe, als praktisches Christentum.«

»Aber heute haben Sie ihnen eine konkrete Aufgabe gestellt. Sehen Sie, Herr Pastor, gegen Ideale hat kein Mensch etwas einzuwenden. Wer flüchtet sich nicht gern aus dem grauen Alltag auf ein Stündchen in den Himmel? Aber man ist doch froh, wenn man wieder auf den Boden der Wirklichkeit zurückgekehrt ist, und freut sich, daß der Himmel so hübsch weit ist!«

»Das soll heißen?«

»Daß Werktag nicht Sonntag ist, daß Ihre Schäflein keine Flügel haben und daß Menschen keine Engel sind. Alle Achtung vor den Aposteln und Heiligen, aber es würde ihnen schlimm ergehen, wenn sie heute unter den Gläubigen wandelten.«

»Ihnen fehlt der Glaube, Strösser!«

»Der Glaube an was? – an Gott oder an die Menschen? Es gibt viel mehr Menschen, die an Gott glauben, als solche, die an Menschen glauben!«

»Was soll das nun wieder?«

»Kennen Sie den Heiligen Crispinus? Wollen Sie ihn kennenlernen? Er wohnt gleich am Ufer, in der alten Fischgasse; da flickt er in einem feuchten Loch seine Schuhe. Sie finden auch eine Menge Apostel hier am Orte, die ja an der Familienähnlichkeit unschwer zu erkennen sind; deren bloße Existenz wirkt provozierend; da finden Sie alle Ihre christlichen Ideale verkörpert: Keuschheit, Nächstenliebe, Leben im Geist, freudige Armut, Opfersinn und Martyrium.«

»Ja, wenn es hier wirklich solche idealen Menschen unter den Juden gibt, wie Sie behaupten, – und Ihnen, dem Antisemiten, müßte man es ja eigentlich glauben, – sollte es doch leicht sein, den Weg der Liebe zu ihnen zu finden.«

»Gerade diese Menschen erregen allerhöchstes Unbehagen, eben weil sie eigentlich Heilige sind und nicht Menschen. – Sie wirken verwirrend!«

»Verwirrend? Wenn sie Ihren Schilderungen entsprechen, dann wären sie ja die wahren Christen!«

»Das Weitere ist in Lessings Nathan nachzulesen! Wir normalen Menschen aber wollen diese Ideale nicht in irgendwelchen Schustern und Schneidern verkörpert sehen. Wir können das nur dulden, wenn es ganz vereinzelt auftritt; da machen wir es unschädlich, indem wir die Betreffenden zu Göttern oder Heiligen machen. Etwas erträglicher noch werden sie uns, wenn sie wenigstens in ihrer Jugend ordentlich gesündigt haben. Es ist immer dieselbe Geschichte in der katholischen Legende. Erst Sünder, dann Idealmensch, dann Martyrium und zum Schluß Heiligsprechung. Für jene der Himmel, für uns die Erde. Ein Heiliger, der ungekreuzigt herumläuft, verletzt unser natürliches Empfinden und ruft feindselige Gefühle wach.«

»Das ist nicht gehauen und nicht gestochen!« rief Bode ärgerlich. »Dann hätte also auch Ihr famoser Gouverneur recht, wenn er mich mit meinen Ideen ins Loch steckte? Was gibt's?«

In der Tür war Frau Marie erschienen, blaß und erregt.

»Vom Gouverneur!« sagte sie gepreßt. »Ein Polizist. Du sollst sofort zu ihm kommen! O Johannes!«

Sie warf sich ihm schluchzend an den Hals. Bode starrte ungläubig Strösser an, der erschrocken aufgestanden war.

»Da hilft nichts!« Bode machte sich sanft los. »Gib mir den guten Rock! Er wird mich ja nicht gleich fressen! Bis zum Essen werden wir es hinter uns haben. Herr Doktor, Sie leisten meiner Frau wohl Gesellschaft, bis ich wiederkomme.«

»Ich gehe mit!« rief Frau Marie. »Ich begleite dich!«

»Unmöglich! Du kannst so aufgeregt nicht auf die Straße. In einer Stunde spätestens bin ich wieder da. Ihr könnt ganz ruhig sein, ich bin's ja auch!«

So ganz ruhig war er aber doch nicht, wenn ihm auch äußerlich kaum etwas anzumerken war. Vor der Haustür lümmelte sich der Polizeibeamte und griff nachlässig an die

Mütze, als der Pastor vorbeikam, ihn von unten herauf schief ansehend. Bode ballte die Hand etwas fester um den Schirm und ging eiligen Schrittes über die Straße; mit dem starken Ausschreiten kam etwas wie Stolz in ihn. Vielleicht war er berufen, die Sache des Rechtes und der Vernunft vor dem Gewaltigen zu führen.

Als er durch den Gouverneursgarten schritt, sah er von weitem das bunte Kostüm der Kinderwärterin leuchten. Einen Augenblick wandte er sich dorthin zur Seite. Da sah er den Polizisten, wie er etwa fünfzig Schritt hinter ihm her schlenderte. Mit einem Ruck drehte er sich um und schritt auf das Gouverneursgebäude zu.

Der Schweizer an der Tür schien ihn erwartet zu haben; ohne zu fragen, ließ er ihn in den Vorsaal eintreten. Der geräumige Saal war leer. In einer Ecke brannte ein Öllicht vor einem großen Heiligenbild. Der Diener ging durch das Zimmer und verschwand hinter einer Tür; gleich darauf kam er wieder und ging, ohne ein Wort an den Pastor zu richten, an ihm vorbei und zur Eingangstür hinaus.

Bode stand am Fenster und blickte über den Garten und den Boulevard hinaus dorthin, wo eben die Ecke seines Hauses zu sehen war; er wäre doch schon gern wieder daheim gewesen.

Er wartete lange, und Warten machte ihn immer nervös.

Zwei Gendarmen mit mächtigen buschigen Bärten traten auf einmal ins Zimmer. Sie warfen finstere Blicke auf Bode und blieben an der Tür stehen. Nach einer Weile trat der Polizeileutnant Kujaroff aus dem hinteren Zimmer, warf einen Blick auf den Pastor, grüßte flüchtig und sprach lange leise und eindringlich mit den beiden Polizisten, wobei alle drei oft zu ihm verdächtig hinübersahen. Plötzlich klingelte es drinnen kurz und scharf. Kujaroff ging hinein, kam gleich wieder heraus, hielt die Tür offen und winkte dem Pastor.

Bode gab sich einen Ruck und trat über die Schwelle. Die Tür schloß sich hinter ihm.

Er war mit dem Gewaltigen allein.

Der Gouverneur stand hinter seinem Schreibtisch in der weißen Jacke mit den goldenen Knöpfen, kolossal aussehend. Beide Hände hatte er auf den Tisch gestützt, der kahle Schädel leuchtete, während er aus den kleinen, unter den buschigen Brauen fast verschwindenden Augen den Eintretenden scharf ansah. Der Kopf war etwas vornübergeneigt, so daß sich der lange zweigeteilte, schon angegraute Bart auf der Brust bäumte. Bode verbeugte sich respektvoll; der Gouverneur blieb eine Zeitlang unbeweglich.

Plötzlich löste sich die Starre seines Gesichts in ein breites, freundliches Lachen, und der Gewaltige kam mit ausgestreckten Händen auf ihn zu.

»Mein lieber Herr Pastor, wie freue ich mich, Sie hier bei mir zu sehen. Nun setzen Sie sich und lassen Sie uns gemütlich plaudern.«

VII

Der Gouverneur entzündete umständlich seine Papirosse. Er schob das Kästchen einladend seinem Besucher hinüber, der verwirrt dankte. Dann lehnte er sich behaglich in den Sessel zurück und sagte herzlich:

»Also, mein lieber Herr Pastor, ich freue mich, Sie endlich einmal bei mir zu sehen. Bis heute habe ich gezögert, Ihre Bekanntschaft zu machen. Ganz ehrlich: ich kenne Deutschland und die Deutschen ja etwas – ich konnte nicht wissen, wes Geistes Kind Sie sind. Aber seit heute, – seit Ihrer heutigen Predigt ist das etwas anderes. Ich bin entzückt, einen Deutschen und noch dazu einen deutschen Akademiker von so liberalen Anschauungen kennenzulernen, – wahrhaft entzückt und überrascht!«

Pastor Bode machte ein höchst verdutztes Gesicht. Der Gouverneur rückte seinen Stuhl dicht an ihn heran und schlug ihn lachend aufs Knie, ihm verschmitzt in die Augen blickend.

»Sie sehen, ich bin gut unterrichtet – ich bin überhaupt ziemlich gut unterrichtet. Also – Sie haben mir eine freudige Überraschung bereitet, kann ich wohl sagen. Wer wie ich die Konitzer Affäre in Deutschland miterlebt hat, weiß, wie verbreitet dort der dumme Aberglauben von dem Blutmärchen ist. Ich habe unzählige eurer sogenannten Gebildeten kennengelernt, die fest an den Ritualmord glauben. So etwas ist bei uns ein Ding der Unmöglichkeit. Bei euch Deutschen ist der Antisemitismus zu tief gewurzelt. – Ihr seid doch Barbaren!«

Wieder schlug er Bode lachend aufs Knie; er strahlte eine solche Jovialität aus, daß man ihm nicht böse sein konnte.

»Exzellenz«, stammelte der total verwirrte Pastor. »Unsere deutsche Kultur –«

»Ach, gehen Sie mir mit Ihrer deutschen Kultur!« Der Gouverneur schlug ihm diesmal zur Abwechslung auf die Schulter. »Wir sind doch unter uns – wir reden als gute Freunde! – Eure sogenannte Kultur ist doch nichts als Bildungstünche! Ihr Deutsche besitzt doch nichts, als was ihr gelernt habt. Wenn das abfällt, bleibt nichts übrig. Ihr habt Maschinen – Technik – Organisation – weiß der Teufel, was alles. Jeder Droschkenkutscher liest bei euch die Zeitung und macht Politik. Das gibt's bei uns nicht – gottlob! Aber wir haben Kultur, wie schließlich die Juden auch. Die haben außerdem noch Kenntnisse und Bildung, – Dinge, die wir unter den Russen nur bei wenigen antreffen – zum Glück! Was kommt bei der allgemeinen Bildung denn heraus? Unzufriedenheit – wachsende Bedürfnisse! Glücklicher ist noch kein Volk dadurch geworden! Deshalb soll's in Rußland so bleiben, deshalb sind die Juden hier eine Gefahr, und deshalb kann man ihr Gegner sein. Aber Judenhaß oder gar Judenverachtung, – so etwas gibt es unter gebildeten Russen nicht. Ihr Bismarck hat den Antisemitismus erfunden, – Ihr Stöcker hat die Berliner Bewegung gemacht. Eure wundervollen Theorien sind bei uns bisweilen in handgreifliche Aktionen übersetzt, nachdem der Antisemitismus aus Deutschland importiert worden ist. Aber einen gebildeten Russen, der im Ernst etwa auf solch einen plumpen Schwindel hineinfallen würde, wie der Ritualmord ist, gibt es bei uns nicht, – nicht einen! Auf Ehrenwort!«

»Exzellenz!« sagte Bode unruhig, bestrebt, sich zu sammeln. »Ich bin ja einerseits höchst erfreut über die Zustimmung in der Ritualmordsache, die ich hier finde, aber andererseits kann ich als Deutscher nicht alles unwidersprochen hinnehmen. Gerade bei uns in Deutschland genießen doch die Juden die volle Gleichberechtigung und –«

»Ach, Gleichberechtigung! Doch nur unter der Bedingung, daß sie sich ihres Judentums entäußern, und selbst dann – Sie demoralisieren die paar Juden, die sie drüben haben, und die sind glücklich schon so weit, daß sie sich ihres eigenen Volkstums schämen und als eine Art von Kirchengemeinschaft unterzukriechen suchen. Da lobe ich mir doch meine lieben russischen Juden! Das sind doch wenigstens noch ganze Kerls!«

»Exzellenz – darf ich frei sprechen?« sagte Bode, der sich inzwischen einigermaßen gefaßt hatte.

»Aber ich bitte darum, mein lieber Freund!« sagte der Gouverneur mit überströmender Herzlichkeit. »Ganz frei und offen, – so wie ich. Wir sprechen als Freunde, – ich bin jetzt nicht der Gouverneur, – ich freue mich, mit einem gebildeten und liberalen Menschen einmal vertraulich plaudern zu können.«

»Also dann offen heraus! Ich bin ungeheuer überrascht, nicht nur, weil ich hier auf solche Ansichten stoße, die mir zwar ganz und gar neu und vorläufig unverständlich sind; – ich glaubte bisher, daß die Russen im großen und ganzen fanatische Antisemiten sind –«

»Wie wenig ihr uns doch kennt, ihr Deutsche!« sagte der Gouverneur, lächelnd den Kopf schüttelnd.

»Aber vor allem, – man hat mir Exzellenz selbst als rabiaten Antisemiten geschildert. Und jetzt höre ich, daß die Ansichten, die ich heute in der Predigt entwickelt habe, hier nicht nur mißfallen –«

»Mißfallen! – Aber ich bin entzückt, begeistert!«

»Also ich bin von Herzen froh über dieses Lob meiner Predigt, und ich verspreche, künftig in diesem Sinne –«

»Einen Augenblick! Nicht so eilig! – Nehmen Sie nicht doch eine Papirosse? – Nicht? – Also Ihre Predigt! In den Anschauungen stimmen wir ganz überein, wie gesagt, – aber ob es so richtig ist, diese unsere aufgeklärte Anschauung von der Kanzel herab zu verkünden, ist vielleicht noch eine Frage.«

»Ist es nicht meine Pflicht, aufklärend zu wirken? Jetzt, wo man gar von einem Pogrom spricht –«

»Wer spricht von einem Pogrom? Ein Pogrom? Hier? In meiner Stadt? Wer hat Ihnen das aufgebunden?«

Der Gouverneur machte ein maßlos erstauntes und empörtes Gesicht. Bode sah ihn unsicher an.

»Man redet allgemein davon«, sagte er verwirrt. »Man redet freilich viel. Hat man doch sogar gesagt, Exzellenz selbst –«

»Da sehen Sie, was es für boshafte Menschen gibt!« sagte der Gouverneur, gekränkt den Kopf schüttelnd. »Das ist traurig! Jetzt kennen Sie mich doch aber! Ich sage Ihnen: wenn es hier zu einem Pogrom kommen sollte, – ausgeschlossen ist ja schließlich nichts, – könnte die Anregung nur von deutscher Seite ausgehen.«

»Dann kommt es nie dazu!« rief Bode. »Für meine Gemeinde bürge ich!«

»Sagen Sie das lieber nicht so bestimmt, mein lieber Herr Pastor. Es ist schon schwer genug, für sich selbst einzustehen. Aber wenn Sie dieser Meinung sind, – wozu dann die Predigt gegen den Pogrom? Wozu setzen Sie sich überflüssigen Kommentaren aus? Wer zwingt Sie, Stellung zu nehmen? Sie setzen sich in Gegensatz zu der allgemeinen Stimmung Ihrer Landsleute, und Sie wollen einer höheren Fügung vorgreifen. Man soll dem Schicksal seinen Lauf lassen. Alles, was geschieht, ist letzten Endes gut. Von Zeit zu Zeit geht eine Pogromwelle durch unser Rußland. Ja, du lieber Himmel! Der Pöbel sucht für seine wilden Instinkte ein Ventil. Eine weise Regierung muß dafür sorgen, daß die Zerstörungswut keinen irreparablen Schaden anrichtet und keine unersetzlichen Güter zerstört. Gegen wen soll sich die Raserei richten? Gegen die Kirche, – den Staat, – die Regierung? Lieber Freund! Wir sprechen doch unter uns. Wir kennen doch diese Institutionen. Könnten die den Sturm überstehen? Zusammenkrachen würden sie, – sie stehen auf hohlem Fundament. Die Juden, – das ist etwas anderes! Die sind sturmfest und feuerfest. Seit Tausenden von Jahren sind die allen

Verfolgungen und zerstörenden Kräften ausgesetzt, und sie haben alles überstanden, ohne im Kern Schaden zu nehmen. So ist es also am besten, wenn der unvermeidliche Sturm auf die Juden abgelenkt wird. Noblesse oblige! Die können das und noch Schlimmeres aushalten, ohne im Kern gefährdet zu werden. Was sage ich: die gewinnen nur noch an innerer Stärke. Sie in Deutschland mit Ihrer sogenannten Gleichberechtigung legen ja die Schranken nieder, welche die Juden vor dem restlosen Aufgehen, vor dem absoluten Untergang bewahren. Pogrome und Ausnahmegesetze sind im Grunde die größte Wohltat für die Juden. Das Leben der Nation wird durch den Tod der Pogromopfer gerettet. Soll ich mich dem entgegenstemmen? Darf ich das? Dürfen Sie das? Darf ich, um einigen Individuen das Leben zu erhalten, ein Volk opfern? Nein, mein lieber Freund, wir haben unsere persönlichen Gefühle zurückzudrängen. Es geht ums Ganze! Wir schützen uns und unsere Kultur und schaden dabei den Juden als Ganzes genommen nicht im geringsten.«

»Exzellenz belieben zu scherzen!« sagte Bode nach einer Pause. »Ich vermag an die Ernsthaftigkeit dieser Deduktion nicht zu glauben.«

»Sie werden wohl oder übel daran glauben müssen, lieber Herr Pastor«, sagte der Gouverneur mit Nachdruck.

Er erhob sich plötzlich und sah bedeutungsvoll auf den Pastor herab, der sich aus seinem Sessel nicht erheben konnte, so dicht vor ihm stand die Riesengestalt des Gouverneurs.

»Sie werden lernen müssen, das große Ganze im Auge zu behalten. Alles in Rußland hat sich dem großen russischen Gedanken unterzuordnen, – auch die Juden, – auch die Deutschen. – Ich wäre aufrichtig betrübt, wenn meine bisher geübte weitgehende Toleranz gegenüber der lutherischen Kirche zu Mißhelligkeiten führen würde.«

Er nickte bedeutsam und sah einige Sekunden noch auf den Pastor herab; dann drehte er sich langsam und ging eine Weile schweigend im Zimmer umher. Endlich trat er nahe an Bode heran, der sich verwirrt und bleich erhoben hatte, und sagte eindringlich:

»Herr Pastor, Sie sind doch ein guter Deutscher, denken Sie auch an Ihre Pflichten als Deutscher! Verwirren Sie Ihre schlichten Gemeindemitglieder nicht! Jeder Deutsche ist im Grunde Antisemit, Sie auch, – jawohl, Sie auch! Ihre Anschauungen kommen aus dem Kopf, nicht aus dem Herzen. Zu jener Aufklärung, jener Geistesfreiheit wie wir seid ihr nun einmal nicht fähig, auch nicht zu jener Breite und Großzügigkeit der Weltanschauung. Wenn es zum Klappen kommt, sind Sie persönlich am Ende auch noch fähig, an das Ritualmordmärchen zu glauben und Pogrome anzustiften.«

Bode sah verstört um sich. Was sollte er auf diese handgreiflichen Ungereimtheiten erwidern.

»Herr Pastor«, fuhr der Gouverneur fort, durch eine Handbewegung jede Erwiderung abschneidend, »ich habe aufrichtig, mit der Ehrlichkeit eines echten Russen zu Ihnen gesprochen. Ich habe eine Bitte! Ich, der Gouverneur, an den deutschen Pastor: Am nächsten Sonntag werden Sie von der Kanzel herab erklären, – ohne daß Sie von Ihren Anschauungen über die christliche Liebe etwas zurückzunehmen brauchen, – daß Sie von größtem Vertrauen zu der Regierung erfüllt sind und daß Sie sich überzeugt haben, daß die Regierung des Zaren sich in ihrem Verhalten gegenüber all ihren Untertanen von Gerechtigkeit und Weisheit leiten läßt, – und daß es eine Vermessenheit ist, wenn der einzelne sich untersteht, die Motive der Obrigkeit zu prüfen und zu kritisieren.«

»Das kann und darf ich nicht sagen!« sagte Bode fest.

»Es war ein freundschaftlicher Rat, – es steht bei Ihnen, ihn zu befolgen oder nicht!« sagte der Gouverneur kurz. Seine Lippen preßten sich zusammen, und einen Augenblick funkelten den Pastor ein paar drohende Augen an. Augenblicklich aber machte der finstere Ausdruck wieder der jovialen und treuherzigen Miene Platz. Der Gouverneur schüttelte Bode lächelnd zum Abschied die Hand und begleitete ihn durch das Vorzimmer bis zur Haustür. Die Gendarmen im Vorraum standen stramm und salutierten.

In der offenen Haustür blieb der Gouverneur stehen.

»Ist das da hinten nicht Ihr Töchterchen?« fragte er

lächelnd. »Man erkennt es an der bunten Begleiterin schon von weitem. Haben Sie noch mehr Kinder?«

»Nein, unsere Bertha ist unsere einzige.«

Der Gouverneur lächelte.

»Also, Herr Pastor«, sagte er, »eins will ich Ihnen noch zu Ihrer Beruhigung sagen: wenn nicht von der deutschen Seite ein Pogrom verursacht wird, wird es überhaupt nicht dazu kommen.«

Er nickte verabschiedend dem Pastor freundlich zu und blickte ihm nach, wie er den Gartenweg entlang zur Pforte schritt. Bode fuhr zusammen, als er hinter sich den Gouverneur mit dröhnender Stimme einige russische Worte rufen hörte, welche dem Posten auf der Straße galten. Der Posten lief eiligst an sein Schilderhäuschen neben der Tür, und als Bode vorbeiging, präsentierte er sein Gewehr.

Bode zog verlegen grüßend den Hut.

Posaunentöne

I

Klopfenden Herzens stieg der Kandidat Ostermann die schmale, staubige Treppe des Hinterhauses in der Lindenstraße hinauf. Eine niedrige Gasflamme erleuchtete notdürftig das auch jetzt am Vormittage dunkle Treppenhaus und warf ihren flackernden Schein auf das verschmutzte Plakat mit der Aufschrift:

> Zur Schriftleitung der Posaune
> 2. Etage

Das Wort »Etage« aber war mit Rotstift mehrfach energisch durchgestrichen, – dafür war mit großen Zügen das Wort »Geschoß« hingeschrieben. Sinnfälliger konnte nicht zum Ausdruck gebracht werden, daß dieser Weg zu einer Hochburg unerbittlicher Vorkämpfer des Deutschtums und unentwegter Vertilger alles Undeutschen führte. Dieses »Geschoß« war eines wahrhaft deutschen Tell Geschoß.

Der Kandidat Ostermann freilich, der zögernden Schrittes die Treppe erklimmte, ängstlich den schwarzen Überrock vor einer Berührung mit der rissigen Kalkwand bewahrend, war nicht in der Verfassung, solche Feinheiten der Aufmachung auf sich wirken zu lassen. Zum ersten Male sollte er jene geheimnisvollen Räume betreten, in denen Männer saßen, welche die öffentliche Meinung darstellten, – sollte er von Angesicht zu Angesicht jene mutigen Vorkämpfer christlich-germanischer Zucht und Sitte erblicken, welche in diesem ach so verjudeten und verdorbenen Babel den Kampf gegen die fortschreitende Verderbnis aufgenommen hatten und die mit dem Schall der Posaune die Mauern der heidnischen Feste, allwo falsche Baalspriester dem Götzen Mammon huldigten, zu Fall zu bringen suchten.

Nur mit Scheu und Zagen hatte er es gewagt, sein Manuskript »Der entsittlichende Einfluß des Judentums« einzusenden. Zwar konnte er es sich gestehen: die Arbeit war nicht schlecht, – ja, sie übertraf an Gelehrsamkeit und an Fülle von Zitaten die meisten jener zu diesem Thema sonst erschienenen Aufsätze. Er hatte sorglich die einschlägige Literatur studiert, – selbstverständlich nur diejenige, deren Verfasser durch ihre streng antisemitische Richtung ihm eine Gewähr für ihre Zuverlässigkeit und Unabhängigkeit boten, – er hatte Justus Brimann wie Rohling exzerpiert und war bis auf Eisenmengers »Entdecktes Judentum« zurückgegangen. In der Anlage entsprach die Arbeit genau dem wohlgefügten Schema, das schon seinen Aufsätzen im Gymnasium zu Probstweida zugrunde gelegen hatte und das er unerbittlich heute wieder von allen seinen Schülern forderte, ob diese sich nun über die Frage verbreiteten, weshalb der Rhein der Lieblingsstrom des deutschen Volkes sei oder ob sie eine Parallele zwischen dem Aufbau der Jungfrau von Orleans und dem der Anabasis des Xenophon zu ziehen hatten. Auch ermangelte die Arbeit durchaus nicht jenes maßvollen Schwunges der Sprache und jener verständig und sparsam angewendeten Begeisterung zum Schluß eines jeden Abschnittes, welche der auf Wirkung bedachte Redner oder Autor anzuwenden nicht immer wird umhinkönnen. Und die oft kräftig gewählten, teutonischer Herzhaftigkeit gemahnenden Kernworte erinnerten, wie sich Ostermann mit gerechtem Stolze selbst sagte, direkt an Martin Luther. Hatte er doch fleißig genug sich eine große Reihe von Kraftausdrücken ausgezogen und in einer systematisch nach Stichworten angelegten Tabelle aufgezeichnet, so daß er, wenn ihn beim Schreiben der heilige Eifer übermannte, nur nachzuschlagen brauchte, um einen entsprechenden Ausdruck für seine Gefühle zu finden.

Auf Leas dringendes Bitten hatte er seine Schrift sorglich im Schubfach verborgen gehalten, solange er noch auf das Stipendium hoffen konnte. Aber am Nachmittag des Tages der Kuratoriumssitzung, über deren Ausfall Lea ihn sogleich unterrichtete, hatte er stürmisch und ohne ein Wort zu verlieren das Manuskript zur Lindenstraße getragen und hatte es selbst nebst einem Begleitschreiben in den Briefkasten der

»Posaune« geworfen. Mit langen, stolzen Schritten, wie nach einer befreienden Tat, war er davongegangen; endlich hatte er seinem Ingrimm gegen diese jüdische Gesellschaft Luft machen können; sein Zorn gegen dieses Volk, das seit den Tagen von Golgatha so viel Schuld auf sich geladen, hatte durch dieses neueste Ereignis, durch die Verweigerung des Stipendiums, sich mindestens verzehnfacht.

Das Hochgefühl, das ihn erfüllt, war bald geschwunden; noch am gleichen Abend hatte er es sich klargemacht, daß es eine Vermessenheit von ihm war, auf die Annahme seiner Arbeit zu rechnen. Wie viele und bekannte Männer drängten sich wohl danach, die Erzeugnisse ihrer Feder in der »Posaune« veröffentlicht zu sehen.

Die Männer, welche dort ihres heiligen Amtes walteten, hatten unter den Besten zu wählen; würden sie, die über Leben und Tod von deren Geisteskindern zu urteilen hatten, auch nur die Muße aufbringen, sein Manuskript zu lesen? Ja, durften sie, deren Zeit und Arbeit ja der Allgemeinheit und dem Vaterlande gehörten, – durften sie auch nur ihre Zeit damit vergeuden, jedes ihnen zukommende Geschreibsel zu lesen? Wieviel Spreu häufte sich da wohl auf; konnten und durften sie kostbare Stunden opfern, um vielleicht ein Körnchen zu entdecken?! –

Aber schon nach wenigen Tagen erhielt er eine Postkarte mit der Aufforderung, sich tunlichst bald zur Schriftleitung bemühen zu wollen, – »zwecks persönlicher Rücksprache in Angelegenheit des gütigst eingesandten Beitrages«.

Und so pochte er jetzt, – wenige Stunden nach Erhalt der Karte, – an die Tür, welche zu dem Heiligtum führte. Er fühlte die Bedeutung der Stunde; hier begann ein neuer Lebensabschnitt für ihn; in wenigen Sekunden sollte er in den Kreis erlauchter Geister treten, mit denen in Reih und Glied er an dem neuen Kreuzzug teilzunehmen hoffte.

»Her–ein!!«

Ostermann gab sich einen Ruck und drückte auf die Klinke; die Tür klemmte etwas und sprang dann unvermutet weit auf. – Etwas erschrocken blieb er, den Hut, den er vor dem Anklopfen abgenommen hatte, in der Hand, im

Türrahmen stehen. Er war so benommen, auch von der plötzlichen Helle geblendet, daß es einige Zeit dauerte, bis er sich im Zimmer orientiert hatte und es vermochte, die Anwesenden zu unterscheiden.

Übrigens nahm zunächst keine der beiden Personen, welche sich im Zimmer aufhielten, Notiz von ihm. Sie schienen intensiv beschäftigt. Ostermann warf einen wilden Blick auf das Schild an der noch immer geöffneten Tür und überzeugte sich nochmals, daß er sich wahr und wahrhaftig auf der Schwelle des Allerheiligsten der »Posaune« befand. Dann versank er wieder in Erstarrung.

»Tür zu, zum Donnerwetter!!« brüllte dieselbe knarrende Stimme, welche Herein! gerufen hatte; Ostermann folgte schnell und furchtsam dem Befehle und suchte das Angesicht des Urhebers der Stimme zu erblicken. Doch sah er von dieser Persönlichkeit zunächst nichts als den Unterteil von ein paar großkarierten Hosen und kolossale gelbe Schuhe, außerdem den graugrünen rechten Ärmel und eine gewaltige Pranke. Mächtige Rauchwolken, die sich stoßweise entluden, ließen aber ungefähr die Gegend des Mundes ahnen. Im übrigen aber war der Raucher durch eine üppige rotblonde Dame von unbestimmtem Alter verdeckt, welche sich auf seinem Schoße häuslich eingerichtet hatte und bequem wie in einem Fauteuil in dem graugrünen Arm lehnte. Sie hatte vor sich auf dem breiten, mit einem unglaublichen Wust von Papieren und Zeitungen bedeckten Tisch auf einem Haufen von Büchern ein Heft liegen, in das sie hineinstenographierte, was die knarrende Stimme diktierte.

Einen Augenblick nur wurde ein starker blonder Haarwulst hinter der Dame sichtbar, als diese flüchtig den Kopf nach dem Besucher drehte. Dann streckte sie ihr rechtes Bein mit solcher Vehemenz vor, daß Rock und Jupons nur so hochflogen, angelte kunstvoll mit dem Fuß einen Stuhl, kippte ihn um, daß die daraufliegenden Bücher herunterpolterten, und schleuderte ihn mit verwunderlicher Geschicklichkeit, die auf Übung schließen ließ, dem Besucher an die Schienbeine.

Es war das eine pantomimische und eindrucksvolle Aufforderung, Platz zu nehmen.

Ostermann setzte sich in höchster Verwirrung; ihm schwindelte; was er zu sehen bekam, entsprach durchaus nicht, weder im allgemeinen noch im besonderen, dem, was er erwartet hatte. Dunkel fühlte er, daß es einigermaßen schwierig sein würde, Lea den Besuch der Redaktion mit all jener ins Detail gehenden Genauigkeit zu schildern, welche er sich ursprünglich vorgesetzt hatte.

»Verflucht noch mal – diese ewigen Störungen!« knarrte er mißmutig. – »Natürlich grade mitten in der Gefühlskiste! – Emmy, Wonne meines Daseins, – noch mal den letzten Absatz!«

»Einen Momang, Dickerchen!« sagte die wohlgenährte Posaunistin, im Stenogramm suchend. »Wo ist denn nur der Quatsch? – Aha, – hier fängt's los: Wann endlich wird der gesunde Geist unseres in seiner unerschöpflichen Urkraft noch ungebrochenen Volkes sich ermannen, um in altererbter Berserkerwut jenen allem germanischen Wesen abholden, an den Orient in mehr als einer Hinsicht gemahnenden Paschagebräuchen und Haremssitten den Garaus zu machen? Soll es auch ferner unter den Augen deutscher Männer und Frauen, – deutscher Väter und Mütter geschehen, daß – na, Dickerchen, was soll ferner geschehen?«

»Ja, warte mal – was soll nun wirklich weiter geschehen?! – Verflucht noch mal – streuen wir mal wieder 'n bißchen Pfeffer in den Salat – also: soll es ferner geschehen, daß – blonde deutsche Mädchen und Jungfrauen den lüsternen Wünschen ihrer schwarzgekräuselten Paschas ausgeliefert sind, – mit Bangen in Demut des Augenblickes harren, da der allmächtige Herrscher des Serails sein nicht allzu sauberes Schnupftuch schleudert? Sollen noch ferner die pomadisierten Wüstlinge, die mit Kölnischem Wasser den üblen, tränenerweckenden Duft zu übertünchen suchen, der ihnen aus dem Osten anhaftet, wo ihre Wiege stand, – sollen wirklich auch weiter sie die Nachfrage nach den Wiegen des Westens in den Kaufhäusern, ihrer höchsteigenen gegen den gesunden Mittelstand gerichteten Erfindung, so steigern, daß –«

»Na, nu hör auf!« sagte die Posaunistin und gab dem Diktierenden einen derben Ellenbogenstoß. »Du verhedderst dir!«

»Jawohl! Das stimmt! – Ich bin aus der Stimmung! Geh los, – Emmy, meines Daseins Wonne, und verschönere dem Kardinal sein Dasein! Sieh mal nach, ob das Schwein endlich seinen Jammer ausgeschlafen hat!«

Der Posaunenengel klappte sein Heft zu, griff kräftig in den blonden Haarwulst, schüttelte den unverständliche Grunztöne von sich Gebenden ein paarmal kräftig und warf sich mit dem vollen Gewichte ihrer Reize zu einem ausgedehnten Kusse auf den bei dem Überfall nur auf die Sicherstellung seiner Pfeife Bedachten, – er hielt sie in der zum Himmel gestreckten Linken krampfhaft fest. Dann sprang sie auf einmal von seinem Schoß herunter und verschwand mit großem Gepolter im Nebenzimmer.

Der Kandidat Ostermann und der Redakteur der »Posaune« blieben allein.

»Donnerwetter!« sagte der mächtige blonde Mann mit starkem Vollbart, der nun sichtbar geworden war, indem er seine Pfeife wieder in Gang brachte. »Donnerwetter! Da ist Rasse drin! Totquetschen kann einen das Aas! – Das ist so die Sorte von Preßfreiheit, die ich liebe!«

Die Pfeife war in Ordnung; er drehte sich um und sah zum ersten Male den Kandidaten an. Er musterte einigermaßen erstaunt die Gestalt, welche ganz und gar Bratenrock und Feierlichkeit war.

»Wer sind Sie eigentlich?«

Ostermann war so benommen, daß er kein Wort herausbrachte; er streckte nur die Hand mit der empfangenen Postkarte aus.

Der Gewaltige nahm sich nicht die Mühe, die Karte abzunehmen, sondern las sie von weitem aus der Hand Ostermanns.

»So«, sagte er und ließ seinen Blick ungeniert nochmals langsam über Ostermanns Gestalt wandern. »Also der sind Sie! – Donnerwetter!« Er schlug sich mit der rechten Hand aufs Knie, daß es klatschte. »Also *so* habe ich Sie mir vorgestellt!!«

II

Da saßen sie nun eine Weile und guckten einander an, – der Kandidat Ostermann und der Dr. Schliephake, der Hauptschriftleiter der »Posaune«. – Ostermann suchte sich darüber klarzuwerden, ob die letzten Worte eigentlich schmeichelhaft für ihn waren, während der andere unaufhörlich paffend ihn aus etwas verquollenen Augen ansah, – ein paarmal die Lippen öffnend, als ob er etwas sagen wollte. – Aber es dauerte einige Zeit, bis er sprach.

»Nun sagen Sie mal, Mann Gottes, – das ganze Gesabbere da soll ich drucken?«

Ostermann fuhr puterrot in die Höhe.

»Bitte«, stieß er hervor, »geben Sie mir mein Manuskript – ich sehe, ich habe mich getäuscht – ich bin hier nicht am rechten Platze. – In keiner Beziehung!« schloß er mit einem Seitenblick nach der Tür, durch welche die Egeria der »Posaune« verschwunden war.

»Immer sachte mit die jungen Pferde!« sagte der andere, ruhig weiterpaffend. »Setzen Sie sich nur hübsch wieder auf den von der Vorsehung Ihnen zu diesem Zwecke verliehenen Körperteil und vergessen Sie nicht, die Schöße Ihres Jünglingsrockes fürsorglich auseinanderzuspreizen. – Sie sind ja eine Hauptnummer! Mann Gottes, nun seien Sie keine gekränkte Leberwurst; wenn mir Ihre Sache nicht soweit ganz gut gefallen hätte, hätte ich Sie doch nicht hergesprengt, sondern hätte unter tiefstem Ausdruck des Bedauerns wegen Überfüllung abgewunken. – Ich sollte Ihnen wohl gerührt die Flosse schütteln, indem ich in Ihnen einen neuen Mitkämpfer begrüße? Was?«

Ostermanns Erwartungen waren in der Tat auf etwas der Art gerichtet gewesen; er sank in seine Verlegenheit zurück.

»Das können Sie auch haben, verehrter Gönner«, fuhr der andere fort. »Alles auf Lager – hinter jener Tür, hinter der Ihr die vollbusige Teufelin verschwinden saht, welche Euren Sinnen so gefährlich zu sein scheint, irrender und tugendsamer Ritter. – Ihr irrt, dorten ist kein Venus- und Hörselberg, sondern dort ruht und harrt einer fröhlichen Auferstehung der höchst ehrwürdige Kardinal alias Dr. phil. Hesse. – Also alle Salbaderei und dummes Zeugs gehören in sein Ressort. Ich rede, wie mir der spitze Schnabel gewachsen ist. – Also rundheraus: Was denken Sie für den Artikel da zu bekommen?«

Ostermann hatte sich niedergesetzt; es leuchtete ihm ein, daß sein Artikel doch wohl gefallen haben mußte. Wozu hatte man ihn sonst auch bestellt? Die letzte Frage nun gar ließ ihn wieder erröten, diesmal aber vor Vergnügen.

Er machte eine stolz-bescheidene generöse Handbewegung.

»Ich schreibe nicht aus materiellem Interesse; – ich bitte Sie vertrauensvoll, das Honorar selbst zu bestimmen.«

Der andere sah ihn wieder eine Weile stumm an.

»Sind Sie vorbestraft?« fragte er dann.

Sprachlos starrte Ostermann ihn an; es war schwer, diesen Gedankensprüngen zu folgen.

»Kennen Sie die Partie Klabrias?« hieß es weiter. »Waren Sie nie bei den Herrnfelds am Alexanderplatz?«

Der Zusammenhang auch dieser Frage mit dem Thema war nicht ersichtlich.

»Nein, niemals!« sagte Ostermann, aber doch entschieden den Kopf schüttelnd. »Ich besuche derartige Lokale nicht!«

»Schade! Es ist eigentlich Ihre Pflicht, wenn Sie die Juden studieren wollen. – Ich seh jedes Stück mindestens dreimal – preußische Pflichttreue!! – Also da fragt der eine Kaffeehausbesucher: Was, meinen Se, – bekomme ich für den Rock? – Und der andere edle Glaubensgenosse antwortet: ein Jahr Gefängnis. – – Drei Monate bekommen Sie für den Artikel!«

Ostermann fuhr entsetzt in die Höhe.

»Bleiben Sie sitzen – Sie müssen sich ans Sitzen allmählich gewöhnen. – Judas Zorn wird mächtig entbrennen, und man wird uns den Moabitern ausliefern. Das macht aber nichts. So was haben wir lange schon nötig. – Verächtlichmachung von Religionseinrichtungen – großer Tamtam – Gutachten – lange Prozeßberichte – es wird eine aufgelegte Sache, – und am Ende kommt noch die Pinke für Emmy raus, daß sie sich endlich ihre heißersehnten Seidenhemden koofen kann. – So wird Israel auch seine Freude haben!«

»Israel?« stotterte Ostermann verwirrt.

»Nämlich N. Israel in der Spandauer Straße! – Ja, diese Wirkungen Ihres Erscheinens in der Literatur haben Sie wohl nicht geahnt? – Der Lorbeer ist zackig!«

»Ich dachte – nicht entfernt – und außerdem: Ich wollte den Artikel ohne meinen Namen gedruckt haben!«

»Nanu? – Nee, Verehrtester! Damit ich Ihre Suppe auslöffeln soll? – Den Zahn lassen Sie sich man ziehen! Kneifen ist nicht!«

Ostermann griff nach dem Manuskript.

»Ich verzichte auf den Abdruck«, erklärte er. »Es ist keine Feigheit von mir. Da sind persönliche Beziehungen – ich *kann* einfach meinen Namen nicht nennen – und dann – es ist überhaupt alles anders, als ich mir vorgestellt hatte.«

Wieder schweifte sein Blick unwillkürlich zu der Tür des Nebenzimmers.

»Ach, Sie Jüngling mit dem Tugendrock!« sagte der Redakteur aufstehend. »Ich hätte wohl bei Ihrem Erscheinen auf der Bildfläche schleunigst das Teufelsluder, die Emmy, runterschmeißen und mich Ihnen als den biederen und sittigen Ritter ohne Furcht und Tadel – warten Sie! Sie sollen gleich bedient werden –«

Er öffnete die Tür zum anderen Zimmer und brüllte hinein:

»Kardinal! – Wollen Eminenz sich nicht bemühen!«

Auf der Schwelle erschien die so beschworene Persönlichkeit; es ging von ihr weniger ein Geruch der Heiligkeit aus als der, welchen starker Alkoholverbrauch zeitigt. Es war ein untersetzter, ziemlich korpulenter Herr, in einem etwas fettigen Rock. Fettig schien auch sein kurzer, kaum aus der schwarzen Binde hervorquellender Hals und sein schlecht rasiertes bartloses Gesicht mit der Stülpnase und den runden Brillengläsern. Im ganzen hatte seine Erscheinung wirklich etwas an einen Geistlichen Ermahnendes, zumal eine tonsurartige Glatze das Ganze krönte. Er bewegte sich langsam und mit einer gewissen Feierlichkeit; seine Sprache war gemessen und ölig.

»Kardinal, – ich habe das Meinige getan, – tun Sie das Ihre«, sprach Dr. Schliephake. »Dies Kind, so wie ein Engel rein – ist der Kandidate Ostermann, der uns über das Judentum sexuell aufklären möchte. Er hat sich die Sache so gedacht, daß er hübsch im Hintergrunde bleibt und wir für ihn brummen sollen. –«

Der Kardinal wiegte sorgenvoll sein Haupt.

»Außerdem fühlt er sich sittlich durch den Anblick von Emmys Waden gekränkt und schien über die Art, wie sie ihren Posten auf meinem Schoße einnimmt, einigermaßen perplex. Wen zum Teufel soll ich denn auf den Schoß nehmen? Etwa das heilige Konsistorium? Also der fällt unter Ihr Ressort, Hesse, – Schmalz und Butter!«

Er setzte sich wieder an den Schreibtisch und begann eine neue Pfeife zu stopfen.

»Ja«, sagte der Kardinal milde lächelnd. »Es ist bisweilen ein schweres Auskommen mit unserem guten Schliephake. Lassen Sie sich das nicht anfechten, junger Freund! – Sie müssen ihn nach seinen Artikeln beurteilen; da liegt seine eigentliche Seele. Was kommt es auf den einzelnen an! Wir alle stehen im Dienste großer Ideen! Nicht wahr? – Der allergrößten! Wahrheit – Vaterland – Volk. – Nicht so, mein junger Freund?«

»Gewiß, – gewiß«, stammelte Ostermann. »Gerade deshalb –«

»Na, also!« sagte Hesse nachdrücklich, als ob damit alles erledigt wäre, und sah Ostermann an, als ob es ihm leid täte, daß dieser ihm durch sein sittliches Betragen Anlaß zu einer Rüge gegeben hatte. »Na also! Nun lassen wir's gut sein! – Was ist denn der einzelne? Was bin ich? – Auf das große Ganze kommt es an! Wen darf das interessieren, ob hier unser Freund seine kleinen Schwächen hat, – oder was machte es aus, wenn ich beispielsweise jeden Abend mich schmählich betrinken würde! Wer ist so kleinlich, sich darum zu kümmern! Wer von uns ist so vermessen, sein kleines Privatleben für irgendwie bedeutend zu nehmen? – Was wir schreiben, darauf kommt es an! Das geht in die Welt und rüttelt die Trägen im Geiste auf! – An ihren Früchten sollt ihr sie erkennen! Wer fragt danach, wie der Boden gedüngt ist, auf dem die Früchte wachsen, – welcher Schmutz da lag, wo die schönsten Bäume sprießen. – Urteilen Sie nie nach dem Schein!«

»Mensch«, sagte Schliephake, »mußt du einen Jammer haben! – Mach mal Schluß mit der Predigt! – Zur Sache!!!«

»Ich habe Ihr Manuskript auch gelesen, – viel Talent, – viel Talent! Und eine sehr fleißige Arbeit! Wir müssen einiges streichen – die Hauptsachen können alle bleiben – und dann wird keine Freiheitsstrafe zu besorgen sein, – besser wäre es vielleicht, – aber ich glaube, mit gar nicht zu umfangreichen Änderungen kann ich die Sache bis auf eine Geldstrafe von 500 M. herunterbringen. – Einigermaßen kenne ich den Tarif!«

»Aber das ist ja ausgeschlossen!« schrie Ostermann. »Unter keinen Umständen darf mein Name genannt werden. Das sind persönliche Gründe!«

»Ich verstehe schon«, sagte Hesse. »Ich vermute wenigstens. Sie sind noch Student. Sie reflektieren auf Unterstützungen, und da ja fast alle Stipendienfonds aus dem jüdischen Geldbeutel fließen –«

»Nein!« sagte Ostermann verbissen. »Da habe ich nichts zu hoffen! Das ist vorbei!«

»Vorbei?« sagte der Kardinal teilnahmsvoll. »Sind Sie abgelehnt? Um welches Stipendium handelte es sich?«

»Einerlei!« sagte Ostermann. »Zwei Rabbiner gegen mich, und der dritte Kurator ist ein getaufter Jude.«

»Zwei Rabbiner zusammen mit einem Getauften? – Wer ist denn das?«

»Der Landgerichtsdirektor Lehnsen!«

»Hallo!« rief Schliephake aufspringend. »Mein Freund Levysohn? Der mir damals wegen der dämlichen Ulkaffäre im Café mit dem Judenmädel und ihrem Vater zwei Wochen gegeben hat? – Der sitzt mit Rabbinern zusammen? Ich denke, der macht in Judenreinheit!«

»Das soll ihm schwerfallen«, lachte Ostermann grimmig. »Dem läuft ja jetzt seine polnische Familie das Haus ein.«

»Das müssen Sie uns doch ausführlicher erzählen, lieber Herr«, sagte Hesse mit erwachender Aufmerksamkeit und warf Schliephake einen bedeutungsvollen Blick zu.

»Ach, es ist weiter nicht von Interesse«, sagte Ostermann. »Nur gerade beim Geburtstagsfest des Fräuleins taucht auf einmal mitten in der Gesellschaft, – es war sogar eine freiherrliche Familie da, – ein junger Judenjunge, ganz unverfälscht mauschelnd und mit großem Bart, auf, – es muß eine schöne Situation gewesen sein. – Aber das kann Sie ja nicht interessieren.«

»Aber das interessiert uns kolossal!« schrie Schliephake. »Das gibt ja einen Hauptulk und ist zehn Sittlichkeitsaufsätze wert!«

»Aber meine Herren!« stammelte Ostermann blaß werdend und von einem zum anderen sehend. »Das ist eine rein private Sache, die ich Ihnen zufällig erzählt habe. – Sie werden doch nicht in der Zeitung – wen kann das denn interessieren –«

»Junger Freund und Mitarbeiter – so darf ich Sie doch jetzt nennen«, sagte Hesse mit einer gewissen Feierlichkeit. »In dem schweren und heiligen Kampfe, den wir führen, müssen wir als gewissenhafte Arbeiter auf keine Gelegenheit verzichten, den vielfachen Verzweigungen jüdischen Lebens und den feinsten psychologischen Motiven nachzugehen. – Es ist ja nur zu unserer persönlichen Information, nicht für die Zeitung –«

»Wenn Sie aber jetzt nicht alles erzählen, was Sie wissen, Verehrtester«, sagte Schliephake brutal, »so mache ich aus dem, was Sie schon gesagt haben, ein Ragout für die nächste Nummer zurecht, an dem Herr Lehnsen lange zu verdauen haben wird. Wenn's nicht stimmt, mag er sich an unseren Gewährsmann halten, – an den Herrn Kandidaten Ostermann!«

»Aber andererseits«, sagte Hesse milde zu dem ganz vertattert dastehenden unglücklichen Ostermann. »Wenn Sie uns Ihre Informationen geben, – geben Sie uns gleichzeitig einen Beweis, daß Sie sich voll und ganz als zu uns gehörig betrachten. Und dann natürlich werden wir Ihren Wünschen gern Rechnung tragen und den Artikel über die Sittlichkeit also ohne Nennung Ihres Namens bringen – nicht wahr, Schliephake? – Sie brauchen auch keinen Pfennig dafür zu bezahlen! –«

»Und Sie werden meinen Namen auch nicht nennen, wenn später wirklich Unannehmlichkeiten entstehen sollten?« fragte Ostermann unsicher.

»Die Ehre unseres Blattes und unsere eigene bürgt Ihnen dafür«, sagte Hesse feierlich. »Bedenken Sie – Redaktionsgeheimnis!«

»Und was ich Ihnen erzähle – ich habe es von meiner – von jemand, der bei der Geburtstagsfeier war, – bleibt unter uns – kommt nicht in die Zeitung?«

»Ausgeschlossen!« sagte Schliephake. »Die Sache hat ja für uns überhaupt nur Wert, wenn sie nicht gedruckt wird!«

Das war etwas dunkel, aber Ostermann fühlte sich beruhigt und erzählte dem aufmerksam zuhörenden Hesse von dem Auftreten Jossels im Lehnsenschen Hause. –

»Na, viel ist damit nicht anzufangen!« brummte Schliephake. »Aber was ist denn nun mit dem Jüngelchen an dem Tag geworden?«

»Ja, weiter weiß ich auch nichts. Meine – die Gäste haben sich schnell fortgemacht, und was dann vorgegangen ist, entzieht sich meiner Kenntnis! – Wann wird mein Artikel nun wohl erscheinen? Und also ohne meinen Namen! Redaktionsgeheimnis!«

»Streng anonym! Morgen geht der erste Teil in Druck!« sagte Hesse. »Also, lieber Herr Kandidat, wir hoffen, aus Ihrer geschätzten Feder oft Beiträge zu erhalten und öfter Ihre interessante Unterhaltung zu genießen.«

Sie schüttelten sich zum Abschied die Hände.

»Es wird einschlagen!« sagte Hesse.

»Wie eine Stinkbombe!« sagte Schliephake.

»Vorwärts – für deutsche Zucht und Sitte!« sagte Hesse pathetisch.

»Kernig – mutig – herzhaft!« sagte Schliephake.

»Und anonym!« sagte Ostermann und empfahl sich.

III

Allzu vorsichtig sein, tut nicht immer gut.

Bisweilen ist es sogar eine Unvorsichtigkeit.

Das sollte der Landgerichtsdirektor Lehnsen erfahren.

Als der Rabbiner ihm telephonisch die Ablehnung des Stipendiums durch Kaiser mitteilte und ihm bestätigte, daß nunmehr Ostermann das Stipendium erhalten könne, freute er sich natürlich nicht wenig. Aber als er eben zu seinen Damen gehen und ihnen die angenehme Nachricht bringen wollte, kamen ihm Bedenken. Der Teufel traue dem süßen Magnus! Unwillkürlich war ihm schon während des Telephongespräches Elses Kosenamen in den Sinn gekommen, und er hatte, als er den Hörer anhängte, das Gefühl gehabt, etwas unangenehm Klebriges in der Hand gehabt zu haben. Wenn der rabiate Professor den Rabbiner noch einmal in die Mache nehmen würde, konnte der am Ende wieder umklappen. So beschloß Lehnsen denn, um erneuten Ärger und neue Enttäuschungen zu vermeiden, lieber niemandem etwas von der neuesten Wendung mitzuteilen, bevor nicht das endgültige Resultat vorlag.

Er ließ die Akte aufs neue zirkulieren, nachdem er durch eine kurze Notiz die Ablehnung des Stipendiums durch Kaiser vermerkt hatte. Er bat um die formelle Zustimmungserklärung zur Auszahlung des Geldes an den nunmehr alleinigen Bewerber Ostermann.

Die Akte kam am Freitag zu dem Professor und blieb, da dieser am Sabbat keinerlei Geschäfte erledigte, bei ihm bis zum Sonntag liegen. Erst am Montag gelangte sie zu Dr. Magnus; unter die Notiz des Direktors hatte der Professor mit gewaltigen Buchstaben geschrieben:

**Nein!!! – Nicht einverstanden!!! –
Statutenwidrig! – Hirsch.**

Das Ganze war dreifach rot unterstrichen.

Dr. Magnus lief verärgert im Zimmer herum. Er hatte sich ja eigentlich, vielleicht etwas vorschnell, dem Direktor gegenüber schon festgelegt, – aber er scheute sich doch auch nicht wenig vor dem Professor. Hatte er sich selbst in der Sitzung doch auch auf den Standpunkt gestellt, daß die Zuteilung des Stipendiums an einen nichtjüdischen Studenten statutenwidrig sei! Was nun tun?

Die Akte lag drei Tage auf seinem Schreibtisch und ärgerte ihn. Endlich schrieb er, nachdem er viele Konzepte zerrissen hatte, sein Votum; er fand die schließlich gefundene Fassung meisterhaft und atmete freudig auf, als er die Akte in das Kuvert schob.

Sein Votum aber lautete:

»Unter ausdrücklicher Wahrung der Freiheit der Entschließung in künftigen Fällen und unter nachdrücklichster Betonung des Willens des Stifters sel. A. als des ausschlaggebenden Faktors bei allen Entschließungen des Kuratoriums einerseits, – unter Berücksichtigung andererseits der gegebenen außergewöhnlichen Bedingungen und Umstände des besonderen Falles kann ich nach pflichtmäßigem Erwägen aller Für und Wider sprechender Momente nur zu dem Resultate der Stimmenthaltung gelangen.

Dr. Magnus,

Rabbiner.«

Lehnsen lächelte spöttisch, als er das las; aber er verstand Magnus sehr wohl, der so gut wie er wußte, daß bei Stimmengleichheit – und die lag ja nun vor – die Stimme des Vorsitzenden entschied.

Als Träger solch glücklicher Nachricht hoffte er den Rest von Verstimmung auszutilgen, der etwa von dem ärgerlichen Vorfall an Elses Geburtstag her bei der freiherrlichen Familie noch zurückgeblieben sein mochte. Im allgemeinen war es ja besser abgegangen, als man im ersten Schrecken annehmen mußte. Er hatte den glücklichen Gedanken gehabt, Heinz zunächst einmal auf Reisen zu schicken, um allen neuen Extravaganzen und ärgerlichen Auseinandersetzungen vorzubeugen, Joseph kam nach wie vor täglich, und die offizielle Verlobung stand vor der Tür; selbst Baron Anselm schien also über die Existenz des unseligen Vetters Jossel den Mantel christlicher Liebe decken zu wollen.

IV

So schien der Blitzschlag, der mit dem Erscheinen des exotischen Gastes in die Familie Lehnsen gefahren war, ein kalter Schlag geblieben zu sein. – Nach der verblüffenden Präsentation Jossels durch Heinz hatte die Gesellschaft für einige Augenblicke in einer Art Versteinerung verharrt, – Baron Anselm und der Direktor blieben sogar krampfhaft Hand in Hand stehen – und alle starrten entgeistert Jossel an, der seinerseits nicht weniger verwirrt war als die anderen. Aber auch Heinz hatte einen roten Kopf bekommen, selbst erstaunt und erschrocken über seine impulsive Handlungsweise und deren paralysierende Wirkung.

Lea war es, welche die Spannung endlich löste; sie hatte die Gabe, in jeder Situation das unpassende Wort zu finden, und sagte mit frostiger Liebenswürdigkeit:

»Ich denke, wir empfehlen uns jetzt wirklich! Wir wollen das Wiedersehen lieber Verwandter nicht stören!«

Damit war der Bann gebrochen; es setzte ein ziemlich verwirrtes und heftiges Händeschütteln ein. Draußen mußte der Direktor noch den Schutzmann expedieren, welcher am Treppenabsatz wartete. – Als er dann glücklich alle verabschiedet hatte und die Tür zum Salon wieder öffnete, fand er nur noch Martha Mertens und Jossel vor; erbost schmetterte er die Tür wieder zu und ging ins Arbeitszimmer. – Seine Frau schluchzte im Schlafzimmer, – Else und Heinz hatten sich in ihren Zimmern eingeriegelt. –

Die Gäste trennten sich vor der Haustür, ohne auf den Vorfall zurückzukommen. Joseph begleitete Baron Anselm; sie gingen langsam am Kanalufer entlang dem Lützowplatz zu.

Das nachdenkliche Schweigen des alten Herrn beunruhigte Joseph nicht wenig. Den Teufel auch! Alles hatte sich so gut angelassen, bis dieser ekelhafte Judenlümmel dazwischengeplatzt war. Der gute Heinz, den er sonst recht gut leiden mochte und über dessen barocke Einfälle er sich oft amüsierte, schien ja nun ganz und gar verrückt geworden zu sein. Was sollte er nun dem alten Herrn sagen! Dieser bär-

tige Cousin aus der Polackei ließ sich doch nicht gut weg-
disputieren!

Endlich begann Baron Anselm bedächtig:

»Diese junge Dame hat auf mich einen nicht üblen Eindruck gemacht. Ein wohlerzogenes, liebes Kind, – hat gute
Formen, – wirklich, benimmt sich eigentlich recht gut. Man
sieht: die Eltern haben offenbar alles, was in ihren Kräften
stand, getan, um sie – hm – ihre Abkunft vergessen zu lassen.«

Und zu Josephs größtem Erstaunen folgte eine breite, von
äußerstem Wohlwollen getragene Schilderung der Vorzüge
Elses, gleich als gälte es, etwaige Widerstände Josephs gegenüber der Verbindung zu überwinden.

»Wenn die sonstigen Umstände zufriedenstellend sind –«,
schloß Baron Anselm.

»Die Verhältnisse des Hauses sind glänzend!« sagte Joseph feurig.

»– dann glaube ich wohl, daß dieses Mädchen einmal eine
gute und brave Frau werden kann.«

»Also du willigst ein?« rief Joseph beglückt. »Na, Gott sei
Dank! du kannst dich auch darauf verlassen, – daß dieser
unglückselige orientalische Vetter nicht mehr ins Haus
kommt!«

»Welcher Vetter?« sagte der alte Herr langsam. »Dieser
junge Mensch, der so unmanierlich aussah? Inwiefern stört
der dich?«

Joseph sah ihn verdutzt an.

»Wenn er dich nicht stört – ich nehme an – schließlich ist
er doch unmöglich – man wird ihn expedieren – ich glaube
nicht, daß Lehnsens selbst sehr entzückt von ihm waren.«

»Das ist wohl möglich. Das ist aber die Sache des Herrn
Landgerichtsdirektors. Darf ich fragen, was das uns kümmert?«

Baron Anselm war stehengeblieben und sah Joseph eindringlich an.

»Auf welchen Irrwegen ertappe ich dich da, Joseph? Es ist
weiß Gott ein schwerer Schritt für uns alle, wenn wir uns zu
einer Verschwägerung mit einer jüdischen Familie ent-

schließen. Wenn du dein Leben anders – na, lassen wir das! Wir haben wie so manche Familien auch des ältesten Adels uns dazu entschlossen. Ich habe den Abgrund überschritten, als ich jenes Haus betrat, um zu sehen, ob wenigstens die Frau, die du heimführen willst, persönlich uns keine Schande machen wird. Und wie gesagt – da ist nichts auszusetzen. Blond ist sie auch! – Aber prinzipiell ist der Schritt mit meinem Besuch vollzogen. – Jetzt aber, wenn wir diesen Schritt getan haben, müssen wir um so schärfer die notwendigen Grenzen sichern. – Wenn wir durch die Umstände schon gezwungen sind, ein fremdes Glied in unsere Familie einzuführen, müssen wir es uns doppelt klarmachen, wer wir sind und wer jene sind. –«

»Ja gewiß!« sagte Joseph verwirrt. »Gerade deshalb dachte ich, daß dieser fremde junge Mensch – er ist doch unmöglich – in der Familie –«

»Unmöglich? Gewiß! – Aber unmöglicher als der Herr Landgerichtsdirektor selber? Unmöglicher für uns? – Joseph, – du bist unsicher geworden, – du weißt nicht mehr, wo die Grenzlinie läuft. Der Abgrund liegt zwischen uns und dem Direktor, nicht jenseits von diesem Herrn, nicht zwischen ihm und dem Vetter im Judenrock. Jude ist Jude! Es verschlägt nichts, ob er getauft ist oder nicht, – ob er einen Kaftan trägt oder einen Frack. Mit Hilfe von Schneider, Friseur und von Innenarchitekten kommen sie uns nicht näher, – auch nicht mit Hilfe von Kanzel oder Katheder. Sie bleiben, was sie sind, und wir bleiben wir. Eine Maske kann sich jeder vorbinden; ich möchte beinahe sagen, daß der maskierte Jude noch mehr abzulehnen ist, denn er ist gefährlicher. Das sehe ich ja jetzt an dir! – Pille bleibt Pille und nur Kindern versüßt man sie. – Hole du dir deine Else, und wir wollen sehen, über alles hinwegzukommen; wir wollen sie freundlich aufnehmen und sehen, aus ihr eine brave christliche deutsche Edelmannsfrau zu machen. Aber die Familie! – Hand davon!«

Auf diese Weise empfing Joseph den ersehnten Segen des Familienoberhauptes.

V

Jossel Schlenker war in dem Lehnsenschen Salon auf dem Platz, auf den Heinz ihn geführt hatte, stehengeblieben, auch als die vielen Menschen, deren Mittelpunkt er auf einmal unfreiwilligerweise geworden, plötzlich durch verschiedene Türen verschwunden waren. Er war von all dem Seltsamen, das er erlebt hatte, und besonders von der Art seiner Einführung in die Berliner Gesellschaft vollkommen benommen. – Diese dicke vornehme Dame sollte seine Cousine sein, – diese eleganten feinen Menschen seine Verwandten? Er wußte wohl, daß ein älterer Bruder seines Vaters vor langen, langen Jahren nach Deutschland gegangen war, – man erwähnte seinen Namen kaum jemals; er galt als abtrünnig und gewiß irgendwo im Elend verkommen, – und nun sollte er hier und in solchen Verhältnissen seine Familie wiederfinden! Ihm schwindelte!

Als er zu sich gekommen war, bemerkte er, daß er allein im Zimmer war; nur eine junge Dame stand am Fenster und schaute ihn aufmerksam an. An Gewandtheit im Verkehr mit Damen hatte er seit jener Zeit, da er mit Chane die folgenschwere Auseinandersetzung über das Tragen am Sabbat hatte, kaum zugenommen, und die ganze Lage war nicht eben dazu angetan, seiner Ungeschicklichkeit zu Hilfe zu kommen. Er hatte nur den einen Wunsch, möglichst schnell aus diesem unheimlichen Hause zu verschwinden, in seine gewohnte Umgebung, zu seiner Frau zurückzukehren, um in Ruhe seine verwirrten Gedanken zu ordnen. Er machte den unvollkommenen Versuch einer Verbeugung und ging auf den Zehenspitzen, um den kostbaren Teppich möglichst zu schonen, zur Tür.

Beinahe hatte er den Ausgang schon erreicht, – er streckte schon die Hand aus, um die Klinke zu fassen, – als die Tür plötzlich von außen aufgerissen wurde; im Türrahmen erschien derselbe stattliche Herr mit dem kurzgeschnittenen graumelierten Schnurrbart, der vorhin so liebenswürdig dem anderen alten Herrn die Hand gedrückt hatte. Jetzt aber sah er rot und zornig aus und warf ihm einen so wütenden Blick zu, daß er erschrocken zurückfuhr. Im nächsten Moment wurde die Tür heftig zugeschmettert, und die Erscheinung war verschwunden.

Jossel wurde es ängstlich; er war entschieden in ein Tollhaus geraten. Er blieb unschlüssig stehen.

Da berührte eine Hand leise seinen Arm, und eine ruhige weibliche Stimme sagte:

»Sie wollen wohl auch gehen, Herr Schlenker. Gehen Sie mit mir zusammen.«

Er sah die Dame an und hatte den Eindruck, es endlich wieder mit einem vernünftigen Menschen zu tun zu haben. Ihr klares, regelmäßiges und ruhiges Gesicht, – die grauen hellen Augen, – das glatte blonde Haar, – die Bestimmtheit ihres Tones, – alles zusammen gab das Gefühl der Sicherheit. Er folgte ihr eilig und froh auf die Straße.

»Wo wohnen Sie hier?« fragte die Dame ruhig weitergehend, als ob es sich von selbst verstände, daß Jossel sie noch begleite. Jossel gab Auskunft, – die Dame brachte ihn bis zur Haltestelle der Straßenbahn und sorgte dafür, daß er in den rechten Wagen kam. –

Kaum war er abgefahren, als Heinz Lehnsen eilig daherkam; er blickte suchend um sich und kam, als er Martha erblickte, auf sie zu.

»Entschuldige, Martha, – hast du nicht diesen jungen Menschen gesehen?«

Martha wies auf den nach dem Potsdamer Platz zu verschwindenden Wagen.

»Dort fährt er; ich habe ihn in die Bahn gesetzt.«

»Du hast dich seiner angenommen? – Natürlich bist du die einzige gewesen, die an das Nächstliegende gedacht hat.«

»Ja«, sagte Martha lächelnd. »Mir schien, er hatte einigen Schutz nötig, und dein lebhaftes Interesse für ihn hatte so plötzlich nachgelassen, daß er ganz hilflos und einsam in eurem Salon stand. Da bin ich eben für dich eingesprungen.«

»Na ja, – Christenpflicht und so weiter! Du kannst schließlich nicht erwarten, daß ich auf diesem Gebiete schon die rechte Übung habe.«

»Mir schien es heute einen Moment, als ob du sogar bisweilen urchristliche Anwandlungen verspürst.«

»Na ja, – vielleicht etabliere ich mich noch mal als Berlin-W-Tolstoi.«

»Jedenfalls scheint mir, daß sich heute zum erstenmal bei dir so etwas wie Familiensinn offenbart hat. Wenn auch die eigenartige Form nicht eben Elses Fest verschönt hat.«

»Tu mir einen Gefallen, Martha, – und schimpfe mich ordentlich aus; aber ernsthaft!«

»Wenn du findest, daß du Schelte verdienst, ist meine Predigt ja schon nicht mehr nötig. Du kannst dir auch wirklich Vorwürfe machen! – Was ist dir denn nur eingefallen?«

»Es war eben nur ein Einfall – und ein recht kindischer dazu. Ich war gereizt, und der junge Kerl – ich hatte heute Verschiedenes erlebt, was mich nervös machte. Ich verspürte mal wieder die Lust, irgend etwas anzustellen, daß die Philister zu Salz erstarren sollten; – im Grunde genommen natürlich fühle ich nicht das geringste Bedürfnis nach halbasiatischer Vetterschaft!«

»Und weshalb läufst du jetzt hinter dem jungen Menschen her?«

»Mir dämmerte, daß ich ihn doch in die allerunangenehmste Situation gebracht habe, – nächst Else. Den fremden Menschen kann ich auch eher um Verzeihung bitten, – mit Else hält das schwerer. – Du weißt, daß ich mit Else kaum jemals ernsthaft reden kann, – überhaupt mit keinem aus der Familie oder näheren Bekanntschaft, – außer natürlich mit dir!«

Sie gingen am Kanal entlang dem Lützowplatz zu; er hatte den Arm vertraulich in den ihren eingehängt.

»Es ist furchtbar schade«, sagte Martha nach einer Weile, »daß du und Else nie ein ernstes Wort miteinander reden. Jeder von euch schämt sich seiner Gefühle, und mit schnoddrigen Redensarten und Witzen spielt ihr euch über alles hinweg. – Es ist, als ob ihr Angst habt, den Dingen ins Auge zu sehen und auch – euch selbst ins Auge sehen zu lassen. Ihr könnt nicht unbefangen sprechen und einfach die Dinge so nennen, wie sie sind.«

»Was willst du? – So sind wir nun einmal. Ihr seid anders!«

»Wir? – Vielleicht! Ihr tut mir so furchtbar leid oft, – euch fehlt das Beste im Leben. – Dabei beneide ich euch um so vieles. Ich habe doch Else wirklich lieb, seit wir uns in der Schule kennenlernten; ich habe sie immer bewundert. Ihr flog alles zu, ohne Arbeit und Lernen; aber sie machte sich gar nichts daraus. Und oft wird mir bange um sie – ich möchte sagen, sie ist ständig auf der Flucht vor sich selbst, geradeso wie du.«

»Martha«, sagte Heinz still und drückte leise ihren Arm. »Das ist es ja, was wir in dir lieben, – das, was uns fehlt. Wie kommt es, daß ich mit dir reden kann wie mit keinem sonst? – Ich habe schon oft gedacht, da liegt der tiefere Grund, wenn so viele junge Männer jüdischer Abstammung keine Jüdinnen wählen –«

»Was willst du nun nach der Geschichte heute machen?« fragte Martha hastig. »Dein famoser Streich kann doch noch ärgerliche Wirkungen haben.«

»Ja – es dürfte wohl einige peinliche Auseinandersetzungen zu Hause geben«, sagte Heinz verdrießlich und ließ Marthas Arm frei.

»Und dieser junge Mann – willst du ihn nicht aufsuchen?«

»Was soll ich mit ihm? – An dem einen Besuch habe ich genug. Obwohl – ich habe interessante Dinge gehört, und wenn es nicht unglücklicherweise ein veritabler Vetter wäre –«

»Das stimmt also wirklich?«

»Es ist kaum zu bezweifeln. Höre zu.«

Und er erzählte ihr das Abenteuer von Beginn bis Ende. Martha hörte interessiert zu und stellte viele Fragen über die Borytschewer Verhältnisse. Heinz mußte gestehen, daß er über die paar zufälligen Mitteilungen Jossels hinaus wenig orientiert war.

»Merkwürdig!« sagte Martha. »Merkwürdig zu denken, wie ganz nahe Verwandte in so verschiedenen Welten leben! Dort in Borytschew, – das muß doch eine ganz andere Welt sein. Vielleicht sind das dort die eigentlichen Juden – ich habe nie eine Ahnung von so etwas gehabt.«

»Was kümmert mich im Grunde die versprengte Verwandtschaft.«

»Seid *ihr* nicht die Versprengten? Ihr seid doch von dort aus-gerissen – und mir scheint, ihr seid noch auf der Flucht. Was ich vorhin sagte: Ihr seid auf der Flucht vor euch selbst, – hat am Ende noch mehr Bedeutung, als ich selbst verstand.«

»Also was meinst du nun eigentlich damit? Soll ich den Weg nach Borytschew suchen? Soll ich vielleicht mir Schlä-fenlocken wachsen lassen?«

»Das nun eben nicht. Aber ich glaube, wenn ich du wäre, – ich würde mich dafür interessieren, – ich würde die Ge-legenheit suchen, einmal dorthin zu kommen. Es muß doch seinen Reiz haben, – seine Urahnen lebendig auf Erden wan-deln zu sehen. Es würde mir fast eine Pflicht scheinen. No-blesse oblige.«

»Das ist merkwürdig!«

»Was denn?«

»Du begegnest meinen Gedankengängen von heute früh, vor diesem unglückseligen Zwischenfall. Bin ich nicht am Ende von urältestem Adel? Du hast ja gesehen, was dabei herauskommt, wenn einer unserer Ahnherren lebendig wird und leibhaftig im Salon erscheint. – Neugierig wäre ich ja, wie ein Stülp-Sanderslebener Urahn sich in Berlin W aus-nehmen würde, – ein vierschrötiger, schreibens- und lesens-unkundiger brutaler Schnapphahn –«

»Vielleicht ist etwas derart doch auch noch heute aufzu-treiben. Ich weiß nicht, wer besser abschneiden würde. – Aber hier kommt meine Bahn; ich habe noch eine Stunde zu geben. – Denke aber mal über das Problem nach!«

»Über meinen Adel? Also, Martha, – ich bitte dich, dich versichert zu halten, daß mein neu entdeckter Adel mich nicht hochmütig machen soll. Ich werde auch mit dem jun-gen Adel aus Kreuzzugs-Landknechtszeiten nach wie vor vorurteilslos beim Bac zusammensitzen und auch dir ab und zu ein Wörtchen gönnen. Und wenn ich nicht schnurstracks in meine Ahnenburg nach Borytschew fahre, – meinen edlen Vetter Jossel vom Geschlecht der Schlenker werde ich auf seinem Sitz unter den Edlen der Dragonerstraße aufsuchen. Bei meiner Ritterehre!«

VI

Heinz war auf ein gehöriges Donnerwetter gefaßt, als er, nach Hause zurückgekehrt, von dem Mädchen hörte, daß sein Vater ihn im Arbeitszimmer erwarte. Schuldbewußt wie er war, beschloß er, möglichst still mit gesenkten Augen alles über sich ergehen zu lassen. Zu seiner Überraschung fand er aber den Direktor in ziemlicher Ruhe am Schreibtisch hinter der Akte sitzend, und was er hörte, ließ ihn erstaunt aufsehen.

»Du hast mehrfach den Wunsch geäußert«, sagte der Direktor, »zu der Tagung der internationalen kriminalistischen Vereinigung zu fahren, die demnächst in Petersburg stattfindet. Ich habe bislang dir meine Einwilligung nicht gegeben, da ich einerseits eigentlich niemals bei dir besonderes Interesse für die dort zu behandelnden Materien wahrgenommen habe, anderseits auch finde, daß du in Berlin gerade genug Gelegenheit zum Amüsement hast. – Ich habe mir die Sache anders überlegt. Du kannst dir morgen Paß und Visum besorgen, und es ist mir recht, wenn du deine Abreise beschleunigst. Reiche ein Urlaubsgesuch auf 3 Wochen ein; ich werde es befürworten, wenn es nötig sein sollte. Du kannst dir dann gleich Moskau und was dich sonst in Rußland interessiert ansehen. – Zu danken brauchst du mir nicht; du verstehst, daß das keine Belohnung darstellt. Es scheint mir besser, du verschwindest eine Weile von hier.«

Heinz zog sich mit rotem Kopf und etwas beschämt zurück; diese russische Reise war sein starker Wunsch gewesen, und er hatte sich über das Veto seines Vaters genügend geärgert. Nun fiel sie ihm in den Schoß. Kein Zweifel, daß sein Vater neue Streiche von ihm fürchtete. Am Ende nahm er gar das, was nichts als eine unüberlegte Improvisation gewesen war, für das Resultat planmäßiger Überlegung. Jedenfalls aber war die Petersburger Reise ein erfreuliches Resultat des dummen Streiches, der Lohn ungeübter Tugend. –

Anderen Tages besorgte sich Heinz denn im Polizeipräsidium seinen Paß und begab sich aufs russische Konsulat, um sich das vorgeschriebene Visum des Konsuls zu holen. – In dem Geschäftszimmer mußte er zunächst warten, da vor ihm einige Paßinhaber abgefertigt wurden. Der Konsulatsschreiber verhandelte eben mit einer recht elegant gekleideten Dame, die sich in großer Aufregung zu befinden schien; sie zerknitterte mit nervösen Händen ihr Taschentuch, das sie bisweilen an die Augen führte, und folgte mit zitternder Ungeduld den langsamen und phlegmatischen Bewegungen des Beamten. Der hatte ein dickes Register vor sich liegen und trug die Angaben, welche die Dame ihm machte, darin ein, – zwischendurch die Papiere, die ihm von ihr herübergereicht wurden, umständlich prüfend.

»Also – heißt die Firma, für die Sie nach Moskau reisen?«

»Friedrich Schmolke«, sagte die Dame seufzend. »Es steht doch da, – in dem Auszug.«

»Friedrich Schmolke. Margarine en gros und en detail, Köpenicker Straße 43«, las der Beamte langsam aus dem Papier vor. »Das stimmt soweit; das ist also der Handelsregisterauszug des Königlichen Amtsgerichts Berlin Mitte.«

Er hielt die Urkunde gegen das Licht, als ob er an der Echtheit zweifelte.

»Und nun Ihre Vollmacht.«

Auch diese Urkunde wurde einer eingehenden Prüfung unterzogen.

»Nach dieser Urkunde – Vollmacht – Unterschrift beglaubigt durch den Notar Dr. Berger – reisen Sie also für die Firma Schmolke als Handlungsreisende, – bevollmächtigt zum Einkauf gegen Kassa. Stimmt das?«

»Mein Gott – ja! ja!« sagte die Dame, ein Schluchzen unterdrückend. »Um Gottes willen beeilen Sie sich doch. Ich muß heute den Zug noch bekommen! – Sie wissen doch – ich wollte schon gestern – nun laufe ich wegen der Dokumente seit gestern früh herum –«

»Bedaure sehr«, sagte der Mann hinter der Schranke gleichmütig. – »Ich bin an die Vorschriften gebunden.«

Die Dame seufzte schwer.

Heinz wunderte sich inzwischen nicht wenig über diese elegante Margarinereisende und noch mehr darüber, was an dieser nüchternen Branche so herzbewegend sein könnte und woher wohl die Aufregung der Dame stammen mochte. Eben dachte er auch darüber nach, was in aller Welt wohl eine Margarinehandlung in Rußland für Einkäufe besorgen lassen könne, als er in noch höheres Erstaunen versetzt wurde, wie der Beamte jetzt den Namen der Geschäftsreisenden aus dem Paß vorlas.

»Frau Geheime Sanitätsrat Professor Dr. Mandelbrot, Hannah geborene Brudskus.«

Heinz blickte überrascht auf; jetzt erkannte er auch die Dame, welche er früher bisweilen in Gesellschaften getroffen hatte. Was konnte da nur geschehen sein, daß diese als steinreich bekannte Gattin eines berühmten Spezialisten sich in Kunstbutter betätigte?

»Also den Paß können Sie abholen, wenn er fertig ist«, sagte der Beamte. »Die Gebühren sind: Visa 4,90 M., – die Legalisation der Vollmacht 6,50 M. – zusammen 11,40 M. – Danke. – Ich rate Ihnen aber dringend, hier noch eine beglaubigte Übersetzung der Dokumente ins Russische vornehmen zu lassen, damit Sie an der Grenze keine Schwierigkeiten haben, – Kosten 91,80 M. Das wird in drei Tagen fertig sein.«

»Drei Tage?« schrie die Dame entsetzt.

»Ja, schneller geht es nicht. – Aber wenn Sie wollen, können Sie jetzt die 91,80 M. zahlen und die Dokumente gelegentlich abholen lassen. Den Paß bekommen Sie in diesem Falle gleich.«

Die Dame seufzte und zahlte. Der Beamte verschwand im Nebenzimmer, und sie setzte sich auf die Bank neben Heinz. Heinz war etwas verwirrt; er wußte nicht, ob es der Dame recht sein mochte, in dieser eigenartigen Situation als Handlungsreisende erblickt zu werden. Aber sie erkannte ihn und streckte ihm die Hand entgegen.

»Sie hier? – Wollen Sie auch nach Rußland hinein? Ach diese Paßschwierigkeiten sind schrecklich. In welchem Artikel reisen Sie denn?«

Sehr erstaunt sagte Heinz:

»Pardon, – gnädige Frau! Ich bin Jurist.«

»Ja, aber – ach, verzeihen Sie vielmals. Ich vergaß ja, – Sie sind ja schon getauft.«

Jetzt waren beide Teile etwas verlegen.

»Aber unsereins!« fuhr die Geheimrätin fort. »Unsere Kinder sind es natürlich längst, – aber ich konnte es nicht übers Herz bringen, solange meine Mutter noch –.«

Sie fuhr mit dem Tuch an die Augen.

»Vorgestern bekam ich ein Telegramm aus Moskau – Mutter hoffnungslos erkrankt – nun muß ich von Pontius zu Pilatus laufen, um die Reise zu ermöglichen. Sie haben es gut; Sie zeigen Ihren Taufschein, zahlen Ihre vier Mark neunzig, bekommen Ihr Visum und können reisen. Aber Juden kommen ja nur über die Grenze, wenn sie sich als Reisende einer Firma ausweisen. Zum Glück hat der Vater meiner Köchin ein kleines Geschäft; so reise ich jetzt als seine Angestellte. Aber bis man erst alle die Papiere zusammengebracht hat! Man schämt sich ja ordentlich, so zu schwindeln, – aber was soll man tun? Und dann alle diese Schikanen und Erpressungen! – Jetzt werde ich ja wohl endlich das Visum bekommen. Geld hat's genug gekostet!«

»Ich hatte keine Ahnung von all den Dingen!« sagte Heinz erstaunt. »Aber bekommen Sie denn den Paß wenigstens jetzt sicher? Der Beamte sagte doch, daß die Abschrift der Dokumente allein drei Tage daure.«

»Schwindel!« lachte die Geheimrätin grimmig. »Die Abschriften werden nie gemacht und nie verlangt, – sind auch ganz und gar überflüssig. Es ist nur eine Methode der Kerls, um für die eigene Tasche noch etwas Geld zu erpressen. Zahle ich nicht, kann ich eine Woche warten!«

»Aber das ist doch empörend! – Ist man denn da als Jude ganz schutzlos?«

»Man kann sich ja taufen lassen«, sagte sie achselzuckend. »Ach Gott! Ich werde meine Mutter wohl kaum noch treffen.«

Sie seufzte und führte das Tuch an die Augen.

»Na – es ist diesmal wohl das letzte Mal – wenn man noch eine Mutter hat – nicht wahr, Herr Doktor? – dann bringt man gerne auch ein Opfer! – Fast einhundertfünfzig Mark kostet mich heute meine Religion.«

Das Erscheinen des Beamten machte der Unterhaltung ein Ende. Heinz drückte der Dame, die den kostbaren Paß endlich erhalten hatte, seine Wünsche für glückliche Reise und für die Genesung ihrer Mutter aus und kam nun endlich an die Reihe. –

In wenigen Minuten hatte er sein Visum.

Es ließ sich nicht verkennen, daß der Besitz eines Taufscheines seine Vorteile hat.

VII

Heinz wollte seinen Vorsatz, seinen Vetter aufzusuchen, ausführen und machte sich nach der Dragonerstraße auf. Als er in diese ihm bisher völlig fremde Straße einbog, machte er große Augen und fragte sich, ob man nicht auch hier schon sein Paßvisum fordern würde. Er befand sich augenscheinlich nicht mehr in Berlin oder Deutschland, sondern war auf irgendeine zauberhafte Weise in eine russische oder galizische Judenstadt versetzt.

Rechts und links starrten hebräische Lettern von den Ladenschildern auf ihn herab; orientalisch aussehende Frauen in großen Umschlagtüchern handelten kreischend in den Kellereingängen um Lebensmittel oder um allerhand unwahrscheinlich aussehende Dinge. Männer mit Korkenzieherlocken an den Schläfen und in langem Kaftan debattierten mitten auf dem Straßendamm, der hier den Charakter eines Fahrweges verloren und den eines allgemeinen Versammlungsplatzes angenommen hatte, und unzählige Kinder, an malerischem Schmutz mit denen Genuas und Neapels wetteifernd, hemmten allenthalben die Passage.

Heinz bahnte sich verwundert einen Weg durch das Gedränge, hier und da stehenbleibend, um einen Blick durch eine der offenen Türen zu werfen, auf deren abgetretenen Stufen schwarzäugige Kinder mit ernsten Gesichtchen Tauschgeschäfte vollzogen. Er war betroffen von den vielen ausdrucksvollen Gesichtern der älteren Männer, deren patriarchalisches durchgeistigtes Gesicht so gar nicht im Einklang mit den Tätigkeiten stand, denen sie sich widmeten. Hier hielt ein Alter, der zu einem Moses hätte Modell stehen können, in einer Ladentür eine karierte graue Hose an den Beinenden in die Luft und sprach eindringlich mit kummervoller Miene auf einen jungen geckenhaft und liederlich gekleideten Menschen ein, der unschlüssig an seinem Stockknopf kaute; – dort an einem Fenster stand eine Gruppe von Märtyrergestalten zusammen, in der Sonne ein Paar Brillantohrringe prüfend. Die Frauen sahen schon erheblich irdischer aus; dick und fett, wie sie über die Straßen watschelten, hätten sie schließlich, wie Heinz sich sagte, anders gekleidet auch ganz gut in einen Salon des Westens gepaßt, ohne aufzufallen. – Es war traurig, zu denken, daß die vielen auffallend schönen jungen Mädchen mit den tiefen dunklen Augen, in denen sich die Leiden und Erkenntnisse eines tausendjährigen Volkes spiegelten, einst zu der Gewöhnlichkeit ihrer Mütter herabsinken sollten. –

Endlich kam er vor das Bornsteinsche Gasthaus und trat in den Wirtsraum. Hinter dem Schenktisch lehnte der Wirt, ein starker Jude mit kurzem wolligem Bart, der Rock und Weste aufgeknöpft hatte. Er unterhielt sich mit zwei jungen Leuten, denen man es ansah, daß sie nicht aus diesem Stadtbezirk stammten. Der junge Mann trug ein buntes Studentenband; seine Begleiterin machte den Eindruck einer Konservatoristin. – Der Wirt fuhr sie ziemlich grob an.

»Was soll mir das? Unsinn – Schekeltag! – Was ist das überhaupt – Schekel?«

»Aber Sie müssen doch schon vom Zionismus gehört haben«, sagte der junge Mann ruhig. »Schekel – so heißt unser Jahresbeitrag – eine Mark.«

»Nun – und was ist mit der Mark? Wenn ich die Mark gebe – was wird dann sein?«

»Das Programm des Zionismus ist die Schaffung einer öffentlich rechtlich gesicherten Heimstätte für das jüdische Volk in Palästina.«

»Mit meiner Mark? – Eine neue Schnorrerei! Jetzt kommen die feinen Herren und Damen vom Tiergarten schon zu den russischen Juden, um Geld zu holen! – Das ist doch gar eine verkehrte Welt!«

»Wir schnorren nicht«, sagte das junge Mädchen. »Wir

gehen zu allen Juden – deutsche oder polnische, das ist uns gleich. Wenn es nur Juden sind. Heute ist Schekeltag; da sammeln wir. Es soll keine Schnorrerei mehr geben, sondern Arbeit für alle.«

»Hast du gehört, Brandler!« brüllte Bornstein lachend und haute mit der Faust auf den Tisch. »Keine Schnorrerei mehr! Und dein Geschäft?«

Vom Tisch am Fenster erhob sich ein dicker rotnasiger Mensch und schlürfte näher.

»Von mir aus! Schekel! Palästina! Zionismus! – Kein Geschäft für mich! – Das könnte den Reichen so passen, – die Schnorrer abschaffen! Auf Wohltätigkeit beruht die Welt!«

»Also Sie wollen nicht?« rief der Student ärgerlich. »Auch gut, wir haben nicht Zeit, uns lange zu unterhalten.«

»Na, hören Sie, junger Mann!« sagte Bornstein grinsend. »Solch feine Schnorrer habe ich noch nicht gesehen. Hier haben Sie schon etwas!«

Damit krabbelte er in der Westentasche herum.

»Danke sehr«, sagte das Mädchen. »Wir nehmen keine Geschenke. Wir nehmen nur den Schekel von Juden, die sich zu unserem Programm bekennen, wir suchen Menschen und kein Geld!«

Sie warfen eine Anzahl bedruckter Blätter auf den Tisch und gingen hinaus, an Heinz vorbei, der in der Tür stehengeblieben war. Bornstein erblickte ihn, als er den beiden Zionisten nachschaute, und kam sogleich mit kriechender Höflichkeit näher. Seine verquollenen Äuglein nahmen einen unruhigen Ausdruck an. Offensichtlich wußte er nicht, was er aus dem Gast machen sollte.

»Der gnädige Herr wünschen? –«

Auf einmal wurde er mißtrauisch.

»Am Ende kommen Sie auch wegen eines Schekel?«

Heinz beruhigte ihn.

»Nein – das nicht. Ich wollte mich nach einem Ihrer Gäste erkundigen –«

»Es waren heute schon mehrere da – diese Zionisten laufen heute in der ganzen Stadt herum. – Einen Gast von mir sucht der Herr? – Sie sind doch nicht von der Polizei?«

»Nein, nein! – Ich suche einen Herrn Schlenker.«

»Oi! – Jossel Schlenker!« rief Brandler. »Der wohnt doch jetzt mit Klatzke – kennen Sie Klatzke? Auch ein Mensch! Briefe hat er schreiben wollen! Er hat gedacht, das ist so eine einfache Sache, Briefe schreiben. Der Lump! Mein Brot hat er mir nehmen wollen! – Brauchen Sie einen Brief? Was rede ich? Er wird an Sie geschrieben haben?«

»Ich suche nicht den Herrn Klatzke«, sagte Heinz, amüsiert den grimmigen rotnäsigen Brieffabrikanten betrachtend. »Ich suche Herrn Schlenker.«

Bornstein hatte inzwischen eine Menge Papiere aus seiner Tasche auf den Schenktisch entleert und brachte endlich einen zerknitterten Zettel mit der neuen Adresse Jossels in der Auguststraße zum Vorschein.

Als Heinz sich entfernen wollte, hielt ihn Bornstein noch zurück; offenbar empfand er Gewissensbedenken, den feinen Herrn so ziehen zu lassen, ohne irgendeinen Nutzen aus ihm gezogen zu haben.

»Entschuldigen Sie«, sagte er. »Vielleicht ist der Herr ein Mediziner; ich habe einen Kasten mit Instrumenten zum Operieren zu verkaufen – wie neu – und billig.«

Heinz dankte und ging.

»Können Sie einen kleinen Dampfpflug gebrauchen?« schrie Bornstein hinterher. »Eine silberne Handtasche? – Schnürsenkel?«

Heinz beeilte sich, die Straße zu gewinnen. In der Haustür studierten einige junge Leute die von den Zionisten verteilten Blätter. Einer las vor; einzelne Worte schlugen an sein Ohr:

»Schekeltag – Baseler Programm – Lösung der Judenfrage.«

Heinz lächelte; wann würde diese Frage gelöst werden? Sein Blick fiel auf einen auf dem Trottoir liegenden Zettel, und er las die großgedruckten Worte:

Heute abend 8 Uhr pünktlich
Die Lösung der Judenfrage.

Der Minjan-Mann

I

»Erich Schmidt sagt –«

»Es ist mir ganz gleichgültig, was Erich Schmidt sagt!«

»Na erlaube mal, Hamburger! der Entdecker des Urfaust –«

»Ach, Goethe selbst hat kein Verständnis für Kleist gehabt – wie soll sein Epigone es haben! Nie und nimmer hat der Kurfürst im Ernst den Prinzen töten wollen. Sein monumentales Charakterbild wäre zerstört, wenn er durch Natalie oder die Offiziere umgestimmt würde. Er steht doch geistig hoch über ihnen allen; – er setzt in sein Kalkül von vornherein gleich alle ihre Überlegungen ein. Sein Zweck aber ist, den einzigen Menschen, der seinesgleichen nicht ist, aber doch werden kann, durch eine Radikalkur zu erziehen. Er benutzt dazu mit der Unbekümmertheit des Kraftmenschen das gewaltige psychologische Mittel der Todesfurcht. – Er zwingt so den Prinzen zum Nachdenken, zur Analyse, – er zwingt ihn zu sich hinüber. Nachdem er das erreicht hat, – nicht eher, – spricht er die von jeher beabsichtigte Begnadigung aus!«

Das Problem des Prinzen von Homburg beschäftigte Jacob Kaiser und Fritz Hamburger nun schon seit einer Woche. Die beiden Studenten hatten sich auf das Thema mit dem gleichen Eifer gestürzt, wie ihn nur die Hörerschaft Moische Schlenkers für eine Streitfrage des Talmud aufbrachte. Jossel Schlenker und Klatzke, die eben ins Zimmer traten, waren nicht wenig erstaunt, die beiden schon wieder dies Thema erörtern zu hören.

»Komische Menschen das!« sagte Klatzke. »Streiten sich, was der Dichter von einem Theaterstück sich gedacht hat. Eure Sorgen möchte ich haben! Was kommt dabei heraus? Wenn ich mich über ein Buch streiten soll, nehme ich ein Blatt Talmud; da kann man sich die Zähne dran ausbeißen.«

»Und was kommt *dabei* heraus?« fragte Kaiser lächelnd.

»Das sind doch praktische Fragen, – Dinge, die man täglich braucht«, sagte Klatzke ahnungslos.

»Zum Beispiel«, sagte Kaiser, »die Frage, wann das Frühopfer im Tempel zu Jerusalem gebracht werden darf, ist eine sehr praktische Frage. Oder der Streit über das Verdauungsprodukt einer Ziege, die vom Priesterzehnt gefressen hat, – das sind Dinge, die man so im Leben täglich gebrauchen kann.«

»Aber wie können Sie das vergleichen!« sagte Jossel unruhig. »Ich verstehe ganz gut, daß man ein Gedicht oder ein Theaterstück langsam liest und daß man es gründlich verstehen will. Aber der Talmud, – natürlich ist das keine bloße Unterhaltung, – das ist doch unser ganzes Leben. – Wieso lernen wir denn in allen Lehrhäusern Tag und Nacht seit Jahrhunderten und ist uns das wichtiger als Essen und Trinken?«

»Ja, weshalb? – Wer kann das beantworten?« sagte Fritz Hamburger. »Wir deutsche Juden tun das ja schon nicht mehr; ich glaube, viel Studenten wie wir wird's nicht geben, die Talmud studieren –«

»Und Mediziner schon gar nicht!« warf Kaiser ein.

»Richtig! Du willst wenigstens selbst Rabbiner werden, – da hat's noch Sinn. Ich studiere mit Vergnügen Talmud, weil es die amüsanteste und geistschärfendste Betätigung ist, die es gibt. Aber wie kommt es, daß ein ganzes Volk – noch dazu eins, dem man nachsagt, daß es eminent aufs Praktische gerichtet ist, – sein Leben damit hinbringt, über Folianten zu hocken?«

»Aber ohne das würde es nicht mehr existieren!« rief Jossel. »Das gibt ihm ja die Kraft – das ist seine Aufgabe –«

»Nun sagen Sie nur noch Mission!« rief Kaiser. »Es ist schon richtig – es ist eine hervorragende Geistesschulung, – aber nur möchte ich wissen, wozu der Geist geschult wird. Wieder nur, um neu lernen und tüfteln zu können? Was hat die Welt, die Menschheit von dem, was innerhalb der Ghettomauern gezüchtet wird? Wozu das alles?«

»Eure Sorgen möchte ich haben«, sagte Klatzke wieder, während Jossel verwirrt nach einer Antwort suchte. »Es ist, wie es ist, und der liebe Gott wird schon gewußt haben, wozu er uns so geschaffen hat. Und was machen Sie, wenn Sie nicht Talmud lernen, – dann lernen Sie den Prinzen von – wie heißt er – von Hamburg. Ich habe gedacht, Hamburg ist eine Republik und hat gar keine Prinzen.«

Alle lachten.

»Gut – lachen Sie! Diese Sachen werde ich auch noch kennen, wenn ich Zeit dazu haben werde. – Jetzt kommen Sie aber rüber in mein Kontor. Die Einrichtung ist fertig, und nun kann das Geschäft losgehen.«

Alle begaben sich nun in die Nachbarwohnung, an deren Tür ein Plakat prangte, auf das Klatzke nicht wenig stolz war:

W. KLATZKE
Cigaretten Fabrik
Vertreter von erste Firmen

II

Klatzke hatte sich kurz entschlossen, seine Briefstellerei aufzugeben, um mit Jossel und Chane zusammenzuziehen und ein aussichtsreicheres Geschäft zu beginnen. Die Bettelbrieffabrikation bot keine Entwicklungsmöglichkeiten für einen höher strebenden Geist und war ja von vornherein von ihm nur als ein Notbehelf für den Anfang gewählt. Jossels, seines alten Schülers, Eintreffen hatte ihn aus dem Geleise gebracht, und der Zufall mit den paar Hundert Zigaretten, die ihm Gurland für seine Schuld gegeben, hatte seinen schweifenden Plänen ein festes Ziel gewiesen. Warum sollte er es nicht mit Zigaretten versuchen? Er besaß zwar keinerlei Fachkenntnisse, aber die besaß er auf keinem Gebiete und die konnte man sich im Laufe der Zeit schon aneignen. Die Hauptsache war ein Firmenschild und ein Kontor. Das Schild machte er sich selbst, und die Einrichtung des Kontors bereitete ihm auch keine Schwierigkeiten. Er schlug Jossel und Chane vor, mit ihnen in die Auguststraße zu ziehen. Er nahm das große Vorderzimmer, während sie das kleine Hinterstübchen bezogen. Die Miete entrichtete er, während sie dafür in seiner Abwesenheit die Kundschaft zu empfangen hatten. Chane aber sollte bei der Korrespondenz helfen.

Nun bewunderten die Studenten die Geschäftseinrichtung. Klatzke hatte es wirklich verstanden, aus dem möblierten Zimmer mit der unvermeidlichen Plüschgarnitur eine Art Geschäftsraum zu gestalten. An den Wänden hingen große bunte Plakate von Tabakfirmen, die er sich – weiß der Himmel, wo – verschafft hatte. Auf dem Schreibtisch lagen Stöße von Papier um das kolossale Tintenfaß herum. – Das Bett war in das Hinterzimmer geschafft – Klatzke schlief auf dem schmalen Sofa. Dem Waschtisch aber konnte man tagsüber seine Bestimmung nicht ansehen; die Platte war mit einem breiten, tief herabhängenden Tuch bedeckt, und auf ihm waren die Talmudfolianten, die er sich von den Studenten entliehen hatte, aufgestellt. Sie machten von weitem wirklich den Eindruck von Geschäftsbüchern und erweckten achtungsvolle Vorstellungen über die Respektabilität und den Umfang des Betriebes.

»Na, habe ich das nicht fein gemacht?« sagte Klatzke. »Nun muß ich nur noch Kunden und Ware haben. Die Hauptsache sind die Kunden! Ich werde in die Offizierskasinos gehen – zum Glück spreche ich noch schlecht Deutsch – so wird man mich leicht für einen Ausländer halten. Ich bin blond, – sonst wäre das nicht so gut. – Vielleicht kaufe ich mir einen roten Fez. Es wird schon gehen, – kleinen Nutzen und gute Ware, – das ist die Hauptsache. – Einen eleganten Anzug muß ich mir noch bestellen, – das ist sehr wichtig. Essen werde ich Käse, – aber aussehen muß ich wie ein Graf.«

»Ja, aber wer wird hier in die Auguststraße kommen?« sagte Hamburger lachend. »Ist das ein Heim für elegante Ausländer?«

»Ich werde zu den Herren sprechen: Was haben Sie von teuren Lokalen, die Sie doch bezahlen müssen? Ich will bescheiden wohnen, um die Kunden billiger bedienen zu können. – Und es wird niemand hierher kommen und nachsehen. Wenn wer kommt, sind Sie meine jungen Leute, und die Talmudbände sind meine Hauptbücher. Den Gefallen werden Sie mir doch tun, meine Kommis zu spielen.«

Die jungen Leute lachten herzlich über diese Zumutung, als es pochte. Joelsohn, Germersheim und Löwenberg traten ein.

»Wo seid ihr geblieben?« sagte Joelsohn verdrießlich. »Und wo sind die Bücher? Wir sitzen seit einer halben Stunde drüben, es ist schon Zeit für unsere Talmudstunde. Ihr seid nicht da, – die Bücher sind nicht da. Endlich sagt uns Amanda, daß ihr hier seid. Wollen wir hier lernen?«

»Jawohl!« rief Klatzke begeistert. »Das ist doch eine jüdische Sitte, zur Einweihung Talmud zu lernen. Wir weihen das neue Geschäft und die neue Wohnung ein.«

»Wollen wir nicht erst beten?« sagte Germersheim. »Der Doktor Pinkus, der Chemiker, hier unten hat mich auf der Treppe angehalten – ich habe ihm gesagt, – er soll raufkommen – er hat heute Jahrzeit nach seinem Vater.«

»Jahrzeit«, den Todestag eines nahen Angehörigen zu begehen, erscheint selbst sonst ganz unreligiösen Juden eine heilige Pflicht. An solchem Tage sucht ein jeder an einem Gottesdienste teilzunehmen, um das vorgeschriebene besondere Gebet des Trauernden, den Kaddisch, zu sprechen. Wenn's irgend geht, sucht er auch an solchem Gottesdienst nicht teilzunehmen, sondern selbst als »Vorbeter« zu fungieren. Dieser Wunsch kann ihm aber bei den offiziellen Gottesdiensten in der Synagoge selten erfüllt werden, schon der zahlreichen Konkurrenz wegen. Deshalb zieht er es vor, selbst die zum Gottesdienst erforderliche Zehnzahl, das »Minjan«, zusammenzubringen und einen Gottesdienst zu improvisieren. Kein Jude wird sich der Pflicht, einen solchen Gottesdienst dadurch zu ermöglichen, daß er die erforderliche Zehnzahl durch seine Teilnahme komplettiert, entziehen. Gibt es doch sogar eine besondere Einkommensquelle für arme Juden, die als solche »Minjan-Leute« sich stets zur Verfügung halten. Die liberalen Synagogen sind genötigt, um überhaupt ihren Gottesdienst zu ermöglichen, ständig angestellte Minjan-Leute zu besolden.

So waren die jungen Leute denn auch sofort bereit, dem Doktor Pinkus zur Erfüllung seiner frommen Pflicht behilflich zu sein, ohne daran Anstoß zu nehmen, daß er als Vorstandsmitglied des Vereins für Feuerbestattung und als Sozialist ein ständiges Ärgernis für viele Orthodoxen bildete. – Klatzke suchte ein Gebetbuch und seinen Gebetmantel heraus, das wollene Tuch mit den dunkelblauen Längsstreifen und den seltsamen Eckfrangen, den »Schaufäden«, und hielt beides für den Chemiker bereit, dessen zornige Stimme man schon von der Treppe her hörte. Pinkus trat zusammen mit seinem Assistenten, Dr. Cohn, ein, einem jungen Mann, der am Rockaufschlag ein silbernes Mogendowid, das aus zwei verschlungenen Dreiecken bestehende »Davidswappen«, das Abzeichen der Zionisten, trug.

»Und ich sage Ihnen«, schrie Pinkus, den Gebetmantel entgegennehmend und auseinanderfaltend, »es gibt keinen größeren Unsinn als den Satz: Religion ist Privatsache. Das ist eine Feigheit von der Sozialdemokratie, und die Zionisten machen denselben Unsinn nach. Rückständigkeiten müssen bekämpft werden und ausgerottet! Nieder mit allem Aberglauben! Fort mit der Religion!« Er umhüllte sich mit dem Gebetmantel und verhüllte sich, mechanisch altem Brauche folgend, damit für einen Moment das Gesicht.

»Halt!« rief Joelsohn. »Wir haben ja noch kein Minjan! Wir sind nur neun! Es fehlt uns noch einer!«

»Ich werde einen Minjan-Mann holen«, erhob sich Klatzke diensteifrig. »In der Auguststraße werde ich doch wohl noch einen Juden treffen. – Vielleicht probieren die Herren inzwischen diese Zigaretten. Ich kann Sie sehr kulant bedienen.«

Als er aus der Tür stürzte, prallte er an einen hochgewachsenen jungen Mann, der die Türschilder musterte.

»Wohnt hier –?« begann der Fremde, nachdem er sein Gleichgewicht wiedergefunden hatte.

»Entschuldigen Sie!« unterbrach ihn Klatzke. »Sind Sie ein Jude?«

Der Fremde staunte ihn betreten an.

»Eine dumme Frage!« rief Klatzke. »Man sieht ja. Kommen Sie rein – Sie haben Glück – wir wollen eben beten. Es fehlt uns gerade einer zum Minjan!«

Damit faßte er ihn ungeniert am Arm und zog ihn ins Zimmer.

»Herr Levysohn!« rief Jossel sehr erstaunt und trat ihm entgegen.

Doktor Pinkus aber hatte sich schon, seine Rede gegen die Religion mit einer Handbewegung abtuend, an die Ostwand gestellt und begann mit lauter Stimme hebräisch den Eingangspsalm des Nachmittagsgebetes zu rezitieren. Alle fielen ein, – ohne jede Rücksicht auf Harmonie und Takt, – und wildes Gesumme machte zunächst jede Verständigung unmöglich.

Heinz Lehnsen bedeckte mechanisch seinen Kopf nach dem Beispiel der anderen und suchte sich in seine neue Würde als Minjan-Mann zu finden, dessen Funktionen ihm freilich noch nicht klar waren.

III

Die Einreihung in die betende Gemeinde war so überraschend und schnell geschehen, daß Heinz keine Zeit gehabt hatte, Protest einzulegen, selbst wenn er sich entschlossen hätte, bei dieser etwas heiklen Gelegenheit den Irrtum über seine Religionszugehörigkeit zu berichten. Nun blieb ihm nicht gut etwas anderes übrig, als die Entwickelung der Dinge abzuwarten. Er drückte sich in eine Ecke und schaute sich neugierig die Versammlung an. –

Der Eingangspsalm war zu Ende; er war in sehr formloser Weise abgeplärrt. Einige der Beter spazierten dabei, die Arme auf dem Rücken, im Zimmer umher oder saßen herum. Einer der jungen Leute saß sogar auf dem Tisch und rauchte während des Betens rasch seine Zigarette zu Ende. – Nun wurde es auf einmal still; der Vorbeter allein rezitierte in raschem Tempo ein Gebet, sich dabei öfter verbeugend; von

Zeit zu Zeit fiel der Chor in verworrenem Geschrei ein. Dann folgte ein längeres stilles Gebet, bei dem alle Beter nach derselben Richtung blickend mit geschlossenen Füßen an einem Fleck stehend sich beteiligten. Bald hier, bald dort verbeugte sich einer von ihnen. Jossel und der Mann, der Heinz eingeführt hatte, schaukelten den Oberkörper hin und her, während die anderen fast unbeweglich standen. Die Verbeugungen fielen verschiedenartig aus: einige klappten wie Taschenmesser zusammen und beugten die Knie tief, – andere machten ein tanzstundenmäßig konventionelles Kompliment. – Nach einer ziemlich ausgedehnten Zeit tat erst der eine, dann der andere einige Schritte zurück, sich nach allen Richtungen verneigend, zum Schluß der Vorbeter, der nun wieder eine Rezitation begann.

Heinz folgte erstaunt und interessiert den Vorgängen, die ihm ziemlich unbegreiflich erschienen. Dieser Gottesdienst in seiner unglaublichen Formlosigkeit, veranstaltet in einem von Zigarettenqualm erfüllten Zimmer, zwischen Reklameplakaten und Plüschmöbeln, hatte keinerlei noch so entfernte Ähnlichkeit mit dem, was er sonst unter einer kirchlichen Feier verstand. – In der Tat gibt es auch kaum noch Beziehungspunkte zwischen der Zelebrierung eines feierlichen Aktes in einer Kirche oder Synagoge des Westens und der summarischen Absolvierung des vorgeschriebenen Gebetpensums durch ein jüdisches Minjan wie das, welches im Zimmer Wolf Klatzkes versammelt war. – Der gesetzestreue Jude hat dreimal des Tages gewisse, sich gleichbleibende Gebetstücke zu sprechen. Nicht nur der Wortlaut, auch die Körperhaltung, die Stellung nach Osten – nach der Stätte des salomonischen Tempels zu, – ist geregelt. Bei gewissen Stellen schlägt man sich reuig die Brust, bei anderen verbeugt man sich ehrerbietig. Im Laufe der Zeit macht Übung und Gewohnheit diese Bewegungen mechanisch; die Hand fährt zur Brust, der Nacken krümmt sich automatisch, ebenso wie die Worte von den Lippen gesprochen werden, ohne daß irgendeine Tätigkeit des Gehirns mitwirkt. Das Gebet wird in der Mehrzahl der Fälle vollkommen unbewußt heruntergesprochen, so daß es dem Betenden oft erst durch die automatische Rückwärtsbewegung seiner Füße zum Bewußtsein gebracht wird, daß sein Pensum erledigt ist. Nichts hindert ihn, während der Zeit des Betens seinen Gedanken nachzuhängen; das Gebet ist eine rein körperliche Funktion ohne Mitwirkung eines geistigen Faktors. Natürlich gibt es auch Beter, welche das, was sie sagen, empfinden und welche sich in Andacht zu sammeln suchen, aber einmal ist im Westen die Zahl derer, welche überhaupt auch nur den Text der Gebete verstehen, verhältnismäßig gering, so daß es sich letzten Endes um das Abplappern einer völlig unverständlichen Wortfolge handelt, und dann ist es für einen im Berufsleben stehenden Menschen fast unmöglich, sich alle paar Stunden plötzlich innerlich völlig umzustellen. Oft auch mag ein Betender wirklich von andächtigen Gedanken erfüllt sein, aber dann ist noch die Frage, ob diese mit den gesprochenen Worten in irgendeinem Zusammenhang stehen. –

Während des stummen Gebetes trat Chane ins Zimmer; sie hatte allerhand Einkäufe für die neue Einrichtung gemacht und war mit Paketen beladen. Als sie sah, was vor sich ging, suchte sie leise auf den Fußspitzen in die Hinterstube zu gelangen. Dabei rutschten ihr die Pakete aus der Hand und trudelten auf den Boden. Sie fielen in die Nähe von Jossel und Kaiser. In Unbeweglichkeit gebannt, machten diese aber keine Miene, ihr beizustehen. Der einzige, der sich regte und hilfreich zusprang, war Heinz. Sie sah ihn erstaunt und einigermaßen befremdet an, dankte nur durch ein Kopfnicken und verschwand in ihr Zimmer. – Heinz erriet unschwer, wem er den kleinen Dienst erwiesen hatte, und sah Chane mit angenehmer Überraschung nach. Unter einer russischen Studentin hatte er sich bislang nach Karikaturen ein Bild zurechtgelegt, das mit dieser Wirklichkeit nicht in Einklang zu bringen war.

Inzwischen neigte sich der Gottesdienst seinem Ende zu. Doktor Pinkus sprach mit großer Hast das Schlußgebet, den Kaddisch, – dabei zornige Blicke auf Hamburger und Cohn werfend, die wenige Schritte von ihm sich lebhaft unterhielten. Man merkte deutlich, daß er sich beeilte, um in die ihn ärgernde Debatte eingreifen zu können. In einem Atemzuge mit den letzten Worten des Gebetes, so daß es wie eine deutsche Fortsetzung klang, rief er ihnen erbost zu:

»Sie könnten auch ruhig sein, wenn ich das Kaddisch für meinen seligen Vater spreche. Und wie Akademiker, gebildete Menschen, an Unsterblichkeit der Seele und solch einen Unsinn glauben können, ist mir schleierhaft.« Er riß zornig den Gebetmantel von der Schulter. »Mit diesem Wust von altem Aberglauben muß aufgeräumt werden! Nieder mit der Religion!« Er knautschte das Tuch zornig zusammen und schob es in den Beutel. Dann nahm er das Gebetbuch in die Hand und schwang es erregt: »Mit Stumpf und Stil muß die sogenannte Religion ausgerottet werden!« Mit grimmiger Miene führte er das Buch zum Munde und küßte es. »Diese Rückständigkeit ist die Schande unserer Zeit! Das sage ich Ihnen!« Damit warf er das Buch auf den Tisch und ging hinaus. –

IV

Während das Zimmer sich leerte, – Joelsohn und seine Talmudschüler zogen mit den Folianten unter dem Arm in Kaisers Wohnung hinüber, – begrüßte Jossel Heinz und machte ihn mit Chane bekannt, die wieder hereingekommen war.

»Ich fürchte, ich bin etwas ungelegen gekommen«, sagte Heinz.

»Wieso ungelegen?« rief Klatzke, der sich für den Besucher lebhaft interessierte und im Geist schon dessen voraussichtlichen Zigarettenkonsum taxierte. »Wir haben doch gerade einen Minjan-Mann gebraucht. – Und wennschon ungelegen, dann sind Sie doch quitt! Jossel wird bei Ihnen zu Haus noch ungelegener gekommen sein!«

»Ich fürchte in der Tat«, sagte Heinz, Klatzke mit wenig Wohlwollen und einigermaßen befremdet ansehend, »daß Herr Schlenker bei uns in eine etwas schiefe Stellung geraten ist, wie dieser Herr andeutet –«

»Ich bin doch Klatzke«, sagte dieser freundschaftlich

lächelnd. »Wolf Klatzke, – Zigaretten en gros und en detail. Ohne meinen Brief würden Sie doch gar nicht bekannt geworden sein. Jetzt schreib' ich keine Briefe mehr; ich mache nur noch in Zigaretten.«

»Ich glaube, der Herr will mit uns sprechen«, sagte Chane verweisend.

»Weiß ich«, sagte Klatzke unberührt. »Lassen Sie sich nicht stören, Herr Levysohn. Jossel und ich sind alte Freunde, und Sie sind doch gar sein Verwandter. Chane wird Wasser aufsetzen, und wir werden gemütlich Tee trinken.«

Es ergab sich, daß das Wasser schon kochte. Heinz glaubte aber zunächst doch auf den Vorfall in seinem Elternhause zurückkommen zu müssen.

»Ich bin eben deshalb hergekommen, um Sie um Entschuldigung zu bitten, wenn ich Sie in eine unangenehme Lage gebracht habe.«

»Es braucht keine Entschuldigung«, sagte Chane ruhig. »Ich glaube nicht, daß Sie meinen Mann in Verlegenheit bringen wollen. In Wirklichkeit hat Klatzke wohl doch recht. Jossel paßt sowenig in Ihr Haus wie Sie in unser Minjan. Ich sah doch, daß Sie gar nicht mitgebetet haben. Es sind zwei verschiedene Welten, die wenig miteinander zu tun haben.«

Das klang nicht allzu einladend; aber Jossel ergriff Heinz an der Hand und sagte warm:

»Aber ich freue mich doch, daß Sie gekommen sind. Das ist sehr fein von Ihnen. Schließlich sind wir doch Verwandte, und vor allem sind wir doch alle Juden!«

Heinz fühlte, daß er errötete; er konnte sich aber doch nicht entschließen, in diesem Moment von der Tatsache seiner Taufe Mitteilung zu machen. Ihm fuhr der Gedanke durch den Kopf, ob nicht von den Beteiligten seine Teilnahme am Gottesdienst unter diesen Umständen als eine beabsichtigte Blasphemie angesehen werden würde.

»Ich weiß leider wenig von jüdischen Dingen«, sagte er vorsichtig. »Ich habe auch wirklich vorhin nicht gebetet, da ich den Text gar nicht kenne. Mir ist das alles überhaupt fremd. In unserem Hause steht man diesen Dingen ganz fern.«

»Nun«, sagte Jossel lächelnd. »Das ist sehr schade. Das macht ja aber nichts aus. Deshalb können Sie doch ein ebenso guter Jude sein wie wir alle.«

»Wie wäre das möglich?« fragte Heinz unsicher. »Sie verstehen mich wohl nicht recht? Ich kenne kein Wort Hebräisch, – ich gehe nie in eine Synagoge, – ich halte weder den Sabbat noch die Feiertage, – ich stehe überhaupt in gar keiner Beziehung mehr zu Ihrer Religion. So kann ich wohl kein guter Jude sein.«

»Merkwürdig, was man für Ansichten bei deutschen Juden trifft!« sagte Chane. »In den paar Tagen, die ich in Deutschland bin, höre ich mehr von Religion und Judentum reden als in meinem ganzen Leben. Ich möchte nur wissen, ob die Nichtjuden auch immerfort von ihrem Christentum oder ihrem Deutschtum sprechen.«

»Und ich werde Ihnen was erzählen«, rief Klatzke. »Wenn Sie einmal nach Rußland kommen, finden Sie in allen jüdischen Häusern das Bild von Theodor Herzl, und wenn sie irgendeinen russischen Juden fragen, wer der größte und bedeutendste Jude, der beste Jude der Welt ist, wird er Ihnen sagen: das ist der Dr. Herzl in Wien. Und es gibt bestimmt frommere Juden als ihn. Er wird nicht viel mehr beten als Sie!«

Heinz entsann sich dunkel, den Namen Herzl irgendwo gehört oder gelesen zu haben, wollte aber nicht fragen.

»Gibt es denn keine guten Deutschen oder Russen ohne Religion?« fragte Jossel. »Warum soll es keine Juden ohne Religion geben?«

»In Deutschland«, sagte Klatzke, »ist es so: der Jude muß entweder Religion haben oder doch so tun, als ob er sie hat.«

»Aber ein Jude ohne Religion ist für mich ein Unding«, rief Heinz. »Geradeso wie ein Christ –«

»Ein Christ? – Aber das ist doch ganz etwas anderes«, rief Klatzke aufgeregt. »Wie können Sie das vergleichen? Entschuldigen Sie, aber ich glaube nicht, daß Sie nie in die Synagoge gehen. Wenn Sie nicht die deutschen Rabbiner haben predigen hören, könnten Sie doch gar nicht solch falsche Ideen haben. Das ist doch erst eine Erfindung von den deutschen Rabbinern, daß das Judentum eine Religion ist wie das Christentum.«

»Und was sagen Ihre russischen Rabbiner? – Wie antworten die, wenn man sie fragt, was Judentum ist?«

»Kein Mensch wird bei uns so etwas fragen«, sagte Jossel. »Das weiß doch jeder von selbst. Ein Jude ist ein Jude und ein Russe ein Russe!«

»Ich glaube«, sagte Chane, »Sie werden mich nicht verstehen. Sie müssen geradeso verwundert über uns sein, wie ich es zuerst über die deutschen Juden war. Hier fordert man, scheint es, vom Juden eine Art Glaubensbekenntnis, und wenn einer seinen Glauben verloren hat, verliert er sein ganzes Judentum.«

»Und dann läßt er sich taufen«, schrie Klatzke. «Christ sein, das heißt für diese Leute nämlich nichts mehr glauben. Sie tun dann nur so, als ob sie an etwas glaubten, aber an etwas Neues. Und die sich nicht taufen lassen, die tun so, als ob sie an etwas glaubten, und kein Mensch kann sagen an was! Schwindler alle zusammen!«

»Ich weiß doch nicht, ob das alles Schwindel ist«, sagte Chane nachdenklich. »Schuld ist nur diese seltsame Idee, daß Jude sein etwas mit Glauben zu tun hat. Das wird den Leuten eingeredet: wenn sie nur in ihrem Glauben erschüttert sind, fühlen sie doch noch immer, daß sie trotz alledem Juden geblieben sind. Nun können sie sich nicht anders helfen, als indem sie es sich und anderen verheimlichen wollen, daß ihnen das abhanden gekommen ist, was hier als die Grundlage ihres Judentums angesehen wird.«

»Richtig!« sagte Jossel. »Man sagt ihnen: ohne Religion kein Jude. Nun fühlen sie, sie sind Juden; – also, sagen sie, müssen wir doch religiös sein, wenn wir's auch selbst nicht merken.«

»Und die andern, die sich taufen lassen«, sagte Klatzke, »sagen sich: Wenn wir schon so tun müssen, als ob wir glauben, wollen wir's lieber auf der Seite, wo es etwas einbringt!«

»Ich wundere mich hier in einem fort«, sagte Jossel, »wenn ich sehe, was die deutschen Juden mit Religion angeben. Bei uns in Borytschew fällt es keinem Menschen ein, zu beten, wenn er nicht wirklich glaubt, was er sagt, – und hier –«

»Hier«, rief Klatzke, »finden Sie Leute, die täglich dreimal um die Rückkehr des Volkes Israel nach Palästina beten und dabei gegen die Zionisten kämpfen, – die öffentlich sagen, daß das, wofür sie beten, ein Unglück wäre, wenn es eintreten würde, – und die sogar sagen, daß es gar kein jüdisches Volk gibt.«

»So etwas gibt es in Rußland nicht?« fragte Heinz.

»Es gibt viele Juden, die nicht Zionisten sind«, sagte Jossel. »Aber es gibt natürlich keinen Menschen, der behaupten wird, wir sind kein Volk. Jedenfalls ist es dort so, daß man nicht für ein Ding betet und zugleich dagegen arbeitet. – Dort bleibt der Mensch das, was er ist, und hier wird er ein anderer Mensch, wenn er in den Tempel geht.« –

»Ich fahre heute abend nach Petersburg«, sagte Heinz. »Vielleicht lerne ich dort die Verhältnisse etwas kennen.«

»Nach Petersburg?« sagte Chane. »Dort gibt es kaum Juden; nur die ganz Reichen, die Kaufleute erster Gilde, dürfen dort wohnen.«

»Wissen Sie was?« rief Jossel aufgeregt. »Machen Sie einen Umweg über Borytschew. Besuchen Sie meine Eltern. Dort werden Sie ein guter Gast zum Fest sein. Bei uns ist ein Gast und noch dazu ein Verwandter die höchste Freude!!«

»Auch wenn er ein solcher Ketzer ist wie ich?« sagte Heinz lächelnd.

»Bei uns wird das keinen Unterschied ausmachen«, sagte Chane ernsthaft. »Kein Mensch wird verlangen, daß Sie sich fromm stellen.«

»Entschuldigen Sie«, fragte Klatzke, »wie haben Sie einen Paß bekommen? Sie müssen doch als Handlungsreisender fahren. Für was für eine Firma?«

Heinz machte einige unbestimmte Andeutungen über Margarine und fragte nach den Verbindungen nach Borytschew, ohne daß er in diesem Moment schon sich zu dem Abstecher entschlossen hätte. Immerhin reizte ihn die Gelegenheit, Einblicke in diese ihm neue, verwunderliche Welt zu nehmen, und dieses Interesse wurde durch das Gespräch, welches ihn noch lange am Teetisch festhielt, wesentlich gesteigert.

Er schied als guter Freund; auch Klatzke, dem er seine Kundschaft und Empfehlung in Aussicht gestellt hatte, war befriedigt. –

»Wißt ihr«, sagte er, »euer Vetter hat mich auf einen Gedanken gebracht. Ich werde meine Firma bei Gericht eintragen lassen. Es muß doch viele Juden geben, welche einen Paß nach Rußland haben wollen und eine Vollmacht brauchen. Die werden doch gut bezahlen, und ich kann drucken lassen: viele Spezialreisende für Rußland und den Orient.«

V

Heinz hatte sein Gepäck bereits zur Bahn expediert und überlegte, wie er die Zeit bis zum Abgang des Zuges hinbringen sollte. Im Umherschlendern erblickte er wieder das Plakat, welches zu einer öffentlichen Erörterung des Themas »Die Lösung der Judenfrage« einlud. Er beschloß, sich einmal die Versammlung anzusehen. –

Auf den ersten Blick unterscheiden sich diese Art von Versammlungen kaum von den sonstigen Veranstaltungen dieser Art, in denen die augenblicklich »brennenden Tagesfragen« bei gewaltigem Alkoholkonsum erörtert werden. Am ehesten freilich zeigt sich der Unterschied gerade bei diesem Punkte, nämlich dem Alkoholverbrauch. Es wird ganz erheblich weniger getrunken als sonst bei politischen Zusammenkünften; das ist nur zum Teil darauf zurückzuführen, daß die Beteiligung des weiblichen Geschlechtes bei jüdischen Versammlungen ungleich größer ist als bei anderen; auch die männlichen Teilnehmer trinken fast gar nicht, und nur ein Teil von ihnen bestellt, ohne rechte Lust, mehr aus Gründen der Schicklichkeit, ein Glas Bier, während sonst doch zunächst eine ernsthafte Besprechung mit dem Kellner, welche der vorhandenen Biersorten heute besonders empfehlenswert sei, erfolgt und dann die Ordre als reifes Resultat gründlicher und ernsthaftester Überlegung geschieht. Mit bedeutungsvoller Würde wird dann die Blume betrachtet, ins Glas geblasen, und der erste Schluck wird unter sorglichster Konzentrierung aller kritischen Fähigkeiten genommen. Von dem Ergebnis der Probe hängt gar viel ab, auch für den Erfolg des Redners wie der Partei; entspricht aber das Resultat nur einigermaßen den Erwartungen, so folgen der ersten Bestellung gar viele andere, und die Kellner haben den Abend hindurch dauernd schwerbeladene Biertablette durch den Saal zu schleppen. – Hier aber ist ihre Tätigkeit eine beschauliche; das Bierglas bleibt lange Zeit unberührt stehen, die Blume steht ab, und das Getränk ist längst ausgeschalt, wenn sich der Gast endlich seiner erinnert und, um doch das Geld nicht umsonst ausgegeben zu haben, langsam und ohne Interesse einen Schluck nimmt. Mechanisch schiebt er dann das kaum angenippte Glas zurück – noch ein paarmal versucht er es, den Gegenwert für seine Münze sich einzuverleiben: aber er zwingt es nicht, und nach dem Schluß der Versammlung stehen allerseits die üblen Reste herum. – So führen die Kellner nach Ausführung der zu Anfang gegebenen Bestellungen ein geruhiges Dasein und blicken mit Geringschätzung auf dieses Auditorium, ganz abgesehen davon, daß sie in ihrer Würde auch vielfach durch Aufträge in Limonade und Selters gekränkt werden, Getränke, welche von den toleranten Wirten im wesentlichen wohl nur mit Rücksicht auf ihre jüdischen Gäste geführt werden.

Weiter ist es ein besonderes Kennzeichen dieser Art von Versammlungen, deren eine Heinz mit Neugier sich heute ansah, daß hier nicht wie sonst fast nur Angehörige einer bestimmten sozialen Schicht zusammenkommen. Heinz sah, als er sich bemühte, durch den dichtgefüllten Saal näher an die Rednerbühne zu gelangen, daß die Zuhörerschaft aus Leuten aller möglichen Berufsstände und Vermögensschichten zusammengesetzt war.

Weiter fiel ihm die starke aktive Beteiligung jugendlicher Elemente auf. Am Eingang hatte er einen Kordon von ganz jungen Leuten, fast noch Kindern, zu überwinden, die, mit blauweißen Emblemen geschmückt, jedem Passanten ihre Sammelbüchsen, Flugblätter, Broschüren oder Zeitungen entgegenstreckten. Im Saale wanden sich andere Funktionäre, hauptsächlich junge Mädchen, von Tisch zu Tisch, mit Quittungsblocks, Listen, Beitrittskarten um die Seelen der Besucher werbend.

All das hinderte aber nicht, daß die Zuhörer eifrig und gespannt dem Redner ihre Aufmerksamkeit zuwendeten. Auf der Tribüne saßen sechs oder sieben meist junge Leute; den Vorsitz führte das einzige ältere Mitglied des Vorstandes, der vielleicht seines langen graumelierten Bartes und überhaupt seiner dekorativ wirkenden Persönlichkeit wegen mit der Leitung der Versammlung betraut war. Er hatte beide Hände um das Zeichen seiner Würde, die Glocke, gefaltet und sah, wie es schien, mit einiger Besorgnis zu dem neben ihm stehenden Redner hinauf, dessen lebhafte Gestikulation in der Tat jeden Augenblick drohte, die Würde seiner Person und seines Amtes mit einem Schlage zu gefährden.

Der Redner war eine lang aufgeschossene hagere Gestalt mit dünnem braunem Bärtchen, aber desto dichterem Haupthaar. Er sprach mit rasender Schnelligkeit, und es wurde Heinz lange Zeit schwer, mehr als einzelne Worte zu verstehen. Mehrfach hörte er »Palästina« und »Zion«, und fast regelmäßig setzte dann ein starkes Beifallsklatschen ein, das aber rasch abbrach, da der Redner sich nicht im mindesten dadurch stören ließ, sondern, unbekümmert um den Lärm, der ihn absolut unverständlich machte, in gleichem Tempo weiterredete, was man nur aus den Bewegungen seines Mundes und seiner Hände bemerken konnte. – Er war aber schon am Schluß seiner Rede und schloß jetzt endlich – sehr zur Erleichterung des Vorsitzenden – mit den nun auch für Heinz vernehmlichen Worten:

»Die Sehnsucht nach Palästina ist es, die unser Volk durch die Jahrhunderte geführt hat! Die Sehnsucht nach Palästina ist es, die uns zusammenführt – Juden von Ost und West, Reiche und Arme – gebildete und einfache Menschen – Fromme und Unfromme! Wir alle – wir wollen heim – in unser Land – in unsere Heimat – nach Palästina!«

Ein ungeheurer Beifallssturm brach los, der sich immer wieder erneuerte und nicht enden zu wollen schien. Der Redner erhob sich immer wieder von neuem und verbeugte sich mit geistesabwesender entrückter Miene, während er sich mechanisch den Schweiß abtrocknete, und jedesmal war sein Erheben das Signal zu neuen Ovationen.

Erstaunt sah Heinz in die tobende Menge. Alle diese Leute wollten nach Palästina – betrachteten Palästina als ihre Heimat? Da saßen würdig und philiströs ausschauende Spießer, matronenhaft dicke brave Hausfrauen, modisch frisierte junge Mädchen, mit Schmissen bedeckte Studenten, alte russische Juden im Käppchen – bebrillte Doktoren oder Ingenieure, elegant gekleidete junge und ältere Herren, unter denen er mit Erstaunen einen Anwalt vom Kammergericht erkannte –, sie alle klatschten wie toll, klatschten diesem ungebärdigen Redner zu, der ihm wie der Apostel einer fanatischen Sekte vorkam. Palästina? Mein Gott – gab es das überhaupt noch? Hinten, weit in der Türkei. Beim Klang des Namens Palästina tauchten in ihm zunächst Erinnerungen an Bethlehem, Golgatha, den Ölberg auf – dann an den Wahnsinn der Kreuzzüge. Das Palästina von heute war, soviel er wußte, ein ödes verlorenes Wüstenland, von räuberischen Beduinen unsicher gemacht, allenfalls ein Ziel für nordische und englische Sektierer, für russische Pilger und jüdische Bettler, in das ab und zu aus Europa unter dem Schutz und Geleite Cooks ein Tourist seinen Kodak spazierenführte, oder in dem ein verwegner Archäologe Material für seine Habilitationsschrift suchte.

Der Beifall ebbte allmählich ab, und nun hörte Heinz hinter sich ein vernehmliches Zischen. Er wandte sich um und sah an einem Seitentisch eine Gruppe, welche offenbar die Opposition darstellte – junge Studenten, die nach ihrem Aussehen ebensogut auch auf der anderen Seite hätten stehen können, wenn nicht die etwas ostentativ zur Schau gestellten geleerten Biergläser darauf hindeuteten, daß an diesem Tisch germanische Art gepflegt wurde. Ein großgewachsener Mensch, mit dunkel gerandetem Kneifer auf der stark gekrümmten Nase, schien der Mittelpunkt der Gruppe zu sein. Er rief, die Hände zum Schalltrichter formend, etwas zur Tribüne hinauf, was im ganzen unverständlich blieb. Heinz glaubte die Worte »Abfahrt nach Palästina!« zu verstehen. Seine Freunde lachten, laut Beifall spendend, und ließen ihre Bierseidel auf dem Tisch klappern.

Indessen erhob sich zur Linken des Präsidenten ein zweiter Redner, ein stämmiger mittelgroßer Mann, dessen glattrasiertes dunkles Gesicht merkwürdig energische und scharfe Züge aufwies. –

Heinz war auf einen neuen fanatischen Ausbruch gefaßt und war sehr betroffen, als der Redner einen ganz anderen Stil brachte. Seine Rede war die Nüchternheit selbst, gab fast nur Tatsächliches und strotzte von Ziffern. Sie klang wie der Bericht des Aufsichtsrates in der Generalversammlung einer Aktiengesellschaft. Der Redner gab einen Überblick über die bisherige Entwicklung der zionistischen Bewegung. Heinz hörte von der Schöpfung der Organisation durch Theodor Herzl, und nun fiel ihm auch ein, woher er diesen Namen kannte. Er hatte eine Anzahl Feuilletons dieses Schriftstellers gelesen und sich an der Feinheit der Sprache, der Klarheit der Gedankenführung und an dem wehmütigen an Heine gemahnenden Humor erfreut. Er war sehr verwundert, daß dieser Mann, der ihm nach seinen Schriften ein Vertreter der feinsten deutschen Kultur zu sein schien, der Schöpfer jener Bewegung sein sollte, deren fanatische Jünger ihn ebenso erstaunt und befremdet hatten. Er vernahm wieder das auf dem Zionistenkongreß in Basel formulierte Programm, das er in der Dragonerstraße heute schon gehört hatte, und er erfuhr, daß über die Verwirklichung dieses Programms mit der türkischen Regierung und den politischen Machthabern aller möglichen europäischen Regierungen bereits ernsthaft verhandelt wurde. Er hörte von den ersten Siedelungen in Palästina, von Versuchsstationen und Bankgründungen, von wissenschaftlichen Expeditionen und Gutachten, von Voranschlägen und Industrieprojekten, – es war die Rede von sanitären Einrichtungen, von Meliorationsprojekten und Siedelungsgenossenschaften. Der Redner erörterte die Frage der Ein- und Ausfuhr, der Rohstoffe, der natürlichen Kraftquellen, der künstlichen Düngung und des Aufbaus des Schulwesens. – Ohne Übergang besprach er ein Ding nach dem anderen – alle mit gleicher Nüchternheit. Ohne eine Phrase, ohne jede pathetische oder sentimentale Wendung erörterte er in rein referierender Art die Fragen, die Zahlenangaben einem Zettel entnehmend. Das Auditorium folgte auch diesem Redner mit gespannter Aufmerksamkeit, als ob jeder einzelne sich alle diese Zahlen einprägen wolle. – Nur an dem Tisch der Opposition schien man sich zu langweilen und unterhielt man sich ziemlich geräuschvoll. – Lauter Beifall folgte auch diesem Redner.

Heinz war durch die erste Rede und noch mehr durch den Eindruck, den sie auf die Versammlung gemacht hatte, in Verwunderung versetzt; die zweite Rede steigerte sein Erstaunen und verstimmte ihn etwas. – Fanatismus, das alles vergessende Einsetzen für eine Idee, und sei es für die abwegigste, verschrobenste Idee der Welt, hat doch etwas Großzügiges in sich; der Gedanke, daß eine Menge Menschen, – Millionen, wenn man den Rednern glauben konnte, – sich für die Idee begeistern konnten, war in dieser Zeit des Materialismus fast beglückend. Aber ein kaltblütig rechnender Fanatismus, eine Begeisterung, die mit Ziffern rechnet und auf Voranschlägen gegründet ist, schien ihm ein Widerspruch in sich selbst, kam ihm fast entwürdigend vor. – Er sah mit Befriedigung, daß der Oppositionsführer jetzt neben dem Präsidenten erschien und sich zu reden anschickte, – von einem lebhaften Klatschen seiner Freunde empfangen.

Der Redner begann mit der Erklärung, daß er sich voll und ganz als Deutscher, als Glied des deutschen Volkes fühle und als Deutscher seine Pflicht gegen das deutsche Vaterland zu erfüllen bestrebt sei! – Schon hier wurde es im Saal unruhig, und ein dicker Mann schrie aufspringend mit kirschrotem Gesicht: »Wir auch! Das ist eine Gemeinheit!« Alles stand auf, um den Zwischenrufer zu sehen. Die einen klatschten ihm Beifall, – die Opposition schrie: Zur Ordnung! Zur Ordnung! – und viele vermehrten den Lärm, indem sie Ruhe! Ruhe! riefen. Der Präsident läutete dazu unausgesetzt mit Ausdauer und Gleichmut, die verrieten, daß er an derlei Szenen gewöhnt war, während der Redner mit einem der Herren vom Vorstandstisch Grobheiten austauschte, die aber in dem Lärm unverständlich blieben. Allmählich trat Ruhe ein, und der Diskussionsredner konnte fortfahren. Er wiederholte, daß er als Deutschnationaler also den Zionismus bekämpfen müsse. – Er sei, fuhr er fort, gegen diese jüdisch-nationale Bewegung, da er Kosmopolit sei und nicht chauvinistischen Bestrebungen Vorschub leisten könne. Weiter erklärte er den Zionismus für ein Hirngespinst, für eine Utopie, da Palästina den Juden niemals gegeben werden würde, da es das Juwel der Türkei und außerdem das Heiligtum aller christlichen Völker sei. Würde es aber gegeben werden, wäre damit nichts anzufangen, da es ein trostlos ödes unfruchtbares Gebiet wäre, zur Ansiedlung ungeeignet. Die Juden seien außerdem unfähig zu jeder Kolonisationsarbeit, – sie seien überhaupt kein Volk. – Das jüdische Volk sei in der Welt zerstreut, um den anderen Völkern als Lehrer seiner heiligen Wahrheiten zu dienen. Dies sei seine Mission! Er bekämpfe den Zionismus als eine reaktionäre Bewegung, die allen modernen liberalen Strömungen widerspräche. Er sprach Beträchtliches über Aufklärung, Gleichberechtigung, Bekämpfung allen Muckertums und Aberglaubens und schloß mit den Worten:

»Seien wir unserer erhabenen Mission eingedenk und unseres Deutschtums! Entäußern wir uns aller besonderen Wünsche und Eigenarten, damit wir uns von der uns umgebenden Gesamtheit nicht mehr unterscheiden! Und vergessen wir nicht der Lehren unserer ehrwürdigen Religion, nach denen wir in Ruhe abwarten sollen, bis der Messias, von dem der Prophet spricht, sein Volk nach Zion zurückführt.«

Diese letzte Wendung, mit der vielleicht der Redner sich auch bei der feindlich gesinnten Majorität einen gelinden Abgang sichern wollte, – übrigens ohne jeden Erfolg, denn das Klatschen seiner Getreuen wurde von energischem Gezisch und einigem Geheul niedergehalten, – ärgerte Heinz ganz besonders. Er hatte schon bald den Eindruck gewonnen, daß dieser Opponent sich die Sache reichlich bequem machte und die Argumente nahm, so, wie sie sich ihm boten, nur nicht einer eigenen durchgebildeten Überzeugung. Gegen das Ende aber hatte er gehofft, daß der Redner in seinem Kampfe gegen die Reaktion ehrlich genug nun zur Aufgabe des eigensinnigen Festhaltens an einem überwundenen

Glauben auffordern würde; statt dessen kam nun gar eine Art von Verbeugung vor derselben, eben bekämpften Tradition. – Und tragikomisch erschien es, daß der Redner in gleicher Weise jedesmal, wenn er ein neues Argument vorbrachte, ob dieses nun aus nationalem oder kosmopolitischem, aus freigeistigem oder orthodoxem Arsenal stammte, von seinen Anhängern beklatscht, von den Gegnern ausgezischt wurde. – Denn die Sturmszenen hatten sich fast nach jedem Satze der Rede mit wenig Variationen wiederholt. – Beide Parteien waren offenbar entschlossen, jedes Argument nicht nach seinem sachlichen Gewicht, sondern nur nach dem Grade, in dem es ihren persönlichen Wünschen diente, zu bewerten.

Jetzt kam wieder ein Zionist an die Reihe, ein blonder Student mit ewig rutschendem Kneifer, der unter lebhafter Zustimmung der Versammlung den Nachweis zu erbringen suchte, daß ein Jude nur als Zionist ein echter deutscher Patriot sein könne, worüber der Oppositionstisch ein großes Hallo erhob, was wieder bei denen, welche vorher getobt hatten, maßlose Entrüstung hervorrief. »Wer nicht national empfindet oder sich seines Volkstums schämt«, rief der Redner, »muß von jedem ehrlichen Menschen als verdächtig angesehen werden! – Nationales und religiöses Bekenntnis hat mit dem Staatsbürgertum nichts zu tun; aber wenn wir Juden, die wir uns als zum ältesten Adel der Menschheit gehörig betrachten –«

Hier brach am Oppositionstisch geräuschvolle Heiterkeit aus; die Herren lachten dröhnend und klapperten mit den Seideln.

»Adlig! Blaues Blut! – Hurra!« brüllten sie. »Hört – Hört! Herr von Cohn! Graf Levy! Edler von Levysohn!«

Heinz fuhr blutrot in die Höhe, stürzte auf den Tisch zu und rief:

»Worüber lachen Sie, meine Herren? Über sich selbst? Sie lachen über ihre eigene Mutter!«

Seine Worte gingen in dem Höllenlärm, der ausgebrochen war, unter; er selbst aber war von der Explosion in ihm aufgehäufter Zündstoffe, von deren Existenz er selbst kaum etwas geahnt hatte, aufs höchste betroffen. Einen Moment vorher noch hatte er sich zurechtgelegt, wie er selbst auf der Tribüne dem zionistischen Redner erwidert hätte. Und nun dieser wütende Ausfall gegen die andere Seite! – Ernüchtert drängte er sich durch die erregte Menge zum Ausgang. Alle waren aufgestanden und schrien durcheinander. Der Präsident hatte sein Läuten schließlich als nutzlos eingestellt und seinen Platz verlassen. Man begriff, daß die Versammlung beendet sei, und allmählich leerte sich der Saal. – Die jungen Herren von der Opposition schoben sich geschlossen zur Tür und stimmten im Herausgehen: »Deutschland, Deutschland über alles« an.

Heinz trat auf die Straße und hielt eine vorüberfahrende Droschke an. Er war eben eingestiegen und hatte dem Kutscher den Auftrag erteilt, zum Bahnhof zu fahren, als unter der herausströmenden Schar die Sänger erschienen und nun vor dem Portal ihren Kantus weitersangen.

Der alte Kutscher drehte sich im Fahren um und sagte kopfschüttelnd, mit der Peitsche nach jenen deutend:

»Nu jeht der olle Rummel schon wieder los! – Ick kenne den Radau von diese Annesemiten noch von Ahlwardten her. Immer mit Deutschland – Deutschland! Ick sage Ihnen« – er beugte sich vertraulich zu seinem Fahrgast zurück – »det janze Unjlück mit de Annesemiten hätten wir ooch nich, wenn's keene Juden nich jeben däte!«

240

Die Erstgeborenen

I

Der kleine Jacob Schlenker biß vergnügt in den Pfefferkuchen, obwohl er eigentlich keine berechtigten Ansprüche
auf die Teilnahme an den Leckerbissen hatte, die heute früh
im Bethaus ausgeteilt wurden. Waren diese doch nur für die
erstgeborenen Söhne bestimmt, und außer dem großen Bruder Jossel hatte er in Riwke noch eine ältere Schwester. – Er
hatte sich auf der »Bime«, dem großen, die Mitte des Rau-
mes einnehmenden Podium, auf eine Stufe gekauert und war
so den Blicken der eigentlichen Teilnehmer an dem gemeinsamen Mahl und vor allem denen seines Vaters entrückt. –
Er hätte sich aber gar nicht so zu verstecken brauchen.
Alle, die sich da um den langen Tisch an der Fensterseite
drängten, – die wenigsten hatten auf den beiden Bänken
Platz gefunden, – waren intensiv in Anspruch genommen und
vor allem Moische Schlenker selbst, der wieder vorlernte.
Sie dachten auch noch längst nicht an den Kuchen und den
Schnaps, der auf der Bime ihrer harrte, sondern hatten
Augen und Sinn nur auf die Folianten gerichtet, welche den
Tisch bedeckten. Trug doch das heutige Lernen noch einen
besonderen Charakter: es war die am Rüsttage des Pessachfestes übliche Veranstaltung der »Erstgeborenen«.
Zum Andenken nämlich daran, daß einst in Ägypten bei
dem Sterben der Erstgeborenen der Todesengel an den Häusern Israels vorbeischritt, haben nach jüdischem Brauche
alle erstgeborenen Söhne an diesem Tage zu fasten. – Dergleichen besondere Fasttage gibt es gar viele außer den hohen allgemeinen Fasten, – so viele, daß es schier unmöglich
erscheint, ohne ernste Schädigung der Gesundheit an so vielen Tagen sich jeglichen Genusses von Speise und Trank zu
enthalten. Da ist nun wieder weise vorgesorgt. Wer nämlich
an solch einem Fasttage Gelegenheit hat, an einem aus heiligem Anlaß veranstalteten Zweckessen teilzunehmen, ist

vom Fasten befreit. Solcher Zweckessen gibt es mancherlei, – als da Hochzeits- oder Beschneidungsmahl oder vor allem die Mahlzeit, die zur Feier der Beendigung des Studiums eines Talmudabschnittes veranstaltet wird. Das ist ein besonders im Ansehen stehendes Fest, und wenn gar, was alle paar Jahre sich einmal ereignet, in einem Lehrhaus der ganze Talmud von Anfang bis Ende durch »gelernt« ist, gibt es ein Fest, an dem die ganze Stadt Anteil nimmt. Einen einzelnen Abschnitt aber zu absolvieren, braucht nicht eben allzu viel Zeit, und so tun sich einige Monate vor dem Pessachfeste regelmäßig Gruppen von Erstgeborenen mit einem Lehrer zusammen, um einen solchen Abschnitt zu studieren, und sie richten es so ein, daß der Abschluß gerade am Rüsttage, an dem eigentlich zum Fasttag bestimmten Tage erfolgt. Nach den letzten Worten des Lehrvortrages wird dann etwas Pfefferkuchen und Schnaps ausgeteilt, als Andeutung des Festmahles; so ist das Angenehme mit dem Nützlichen verbunden, und statt des wenig erfreulichen Fastens haben alle Teilnehmer das frohe Gefühl gewonnen, ein gutes Stück erfreulicher geistiger Arbeit hinter sich gebracht zu haben.

Diese Sitte hat sich merkwürdig tief eingewurzelt und wird auch an Orten geübt, an denen sonst wenig Sinn für Talmudstudium zu finden ist; und viele Juden, die fast alles sonst aufgegeben haben, halten darauf, an diesen Veranstaltungen teilzunehmen, auch ihren ältesten Sohn von klein auf daran zu gewöhnen. –

Auch in Berlin wird diese Sitte geübt; dort hat sie freilich ein anderes Gepräge angenommen. – Da ist die Mahlzeit die Hauptsache geworden, und das Lernen wird nur angedeutet. – Dort ist eine Vereinsangelegenheit daraus geworden; es gibt einen richtigen »Verein der Erstgeborenen« mit Statuten, Mitgliedsbeiträgen und Eintrittsgeldern und natürlich vor allem mit Vorstehern und Beamten. – Der Verein versammelt sich nur einmal jährlich, nämlich eben am Pessachrüstetag des Morgens in aller Frühe. Erst wird das Morgengebet verrichtet, – dann trägt der Rabbiner hastig die Schlußsätze eines Talmudabschnittes vor, den er für sich studiert hat, – keiner der Anwesenden hat sich daran beteiligt und kaum einer hört, worum es sich handelt, – die meisten kennen überhaupt nicht mehr den Ursprung oder den Sinn der Veranstaltung; dann, nachdem diese lästige Zeremonie erledigt ist, läßt man sich an der reichbesetzten Kaffeetafel nieder. Viele erscheinen auch erst während des Essens. Es folgen bei Tische Rechenschaftsberichte des Vorstandes und des Kassierers, – die Dechargeerteilung und die Neuwahlen, – es gibt eine Reihe von Tischreden, in denen nach bewährtem Muster alle um den Verein verdienten Persönlichkeiten gefeiert und die Vorzüge des Vereines, seine hohen Ideale und seine erfolgreiche Wirksamkeit gepriesen werden, – es fehlt nicht der Appell an alle Erstgeborenen, auch weiter ihrer hohen Mission sich bewußt zu bleiben und im künftigen Jahre noch enger sich zur Erreichung ihrer Ziele und zur Vertretung ihrer gemeinsamen Interessen zusammenzuschließen. Es wird der Verstorbenen gedacht und es werden Begrüßungstelegramme abwesender Vereinsmitglieder verlesen. – Dann versinkt der Verein für ein Jahr wieder in das absolute Nichts.

Nun hatte Heinz Lehnsen, auch als er noch Levysohn hieß, weder von der Existenz eines solchen Vereines noch von den besonderen Pflichten der Erstgeborenen je etwas gehört. So schaute er denn recht befremdet und befangen auf das Bild, das sich ihm bot, als er an diesem Morgen, dem Rüsttag des jüdischen Osterfestes, das Bethaus in Borytschew betrat. Er war spätabends angekommen und hatte sich neugierig schon am frühen Morgen aufgemacht, um sich umzusehen. Das laute Gemurmel und der Singsang, der aus einem Hoftor klang, hatten ihm den Weg gewiesen. – Er war durch das Tor getreten, durch das alte bärtige Juden mit einem Beutel unter dem Arm aus und ein gingen, und hatte sich auf einem winkligen, schlechtgepflasterten, von einer Menge regellos durcheinanderstehender kleiner Gebäude besetzten Platz gefunden. Aus allen Häusern drang Stimmengeräusch. Er näherte sich einem offnen Fenster und sah in ein Gewimmel von in lange schmutzige weiße oder gelbe Tücher gehüllten Männern, die in lebhaftem, nichts weniger als taktmäßigem Chor, heftig den Oberkörper schaukelnd, in kurzen Abständen den Vorbeter unterbrachen. Viele, auch der Vorbeter, hatten ihre Tücher so über den Kopf gezogen, daß man vom Gesicht nichts sehen konnte; andere in aller Eile machten sich eben zum Gebete fertig, indem sie ihre Betmäntel aus dem Beutel packten und umlegten oder indem sie schwarze Riemen mit Kapseln um den Kopf oder den entblößten linken Arm legten. – Im Hof selbst standen Gruppen von Juden herum, die sich lebhaft und unruhig unterhielten. – Heinz trat einige ausgetretene Stufen hinabsteigend in eine der Betstuben, in der es etwas stiller zu sein schien, und gelangte so in die Erstgeborenenfeier, welcher Moische Schlenker präsidierte.

Der nicht allzu große Raum war in Halbdunkel gehüllt: die schmutzigen und blinden kleinen Fenster, die etwa in Straßenhöhe lagen, ließen wenig Licht durch. – Auf dem Tisch, um den die Lernenden saßen, brannten in Armleuchtern zwei Talglichter. Alle waren so vertieft, daß keiner auf den Fremden, in seiner europäischen Tracht, an dieser Stelle an sich eine auffallende Erscheinung, achtete. – Heinz betrachtete die sich dicht an den Tisch drängenden Menschen mit Verwunderung; er konnte von seinem Stand an der Tür nicht erkennen, was die Aufmerksamkeit aller so gefangennahm; die dichte Menschenmasse machte ihm jeden Ausblick auf den Tisch unmöglich. Unwillkürlich wurde er an ein ganz ähnliches Bild erinnert, das er oft gesehen hatte, – ohne daß er im Moment sich darauf entsinnen konnte, wo das gewesen war. Wo in aller Welt gab es im Westen, in Europa dieselbe Situation: eine Menge Menschen um einen langen Tisch gedrängt, eng aneinandergepreßt, – die meisten stehend sich über die wenigen Sitzenden beugend, – alle von augenscheinlich aufs höchste gesteigerter Spannung erfüllt, wie unter einem Bann den Vorgängen auf dem Tische folgend? – Endlich hatte er's und machte verwundert einige rasche Schritte auf den Tisch zu: in Monte Carlo, – im Klub in Berlin auch, – am grünen Tisch bei Roulette oder Bakkarat hatte sich dieses Bild geboten. – Sollte hier –? Unmöglich! – Er hätte nie geglaubt, daß außer dem Spiel noch irgendein Ding solch konzentriertes Interesse zu sammeln vermöchte. Er trat in seinem Eifer auf das Mittelpodium und konnte nun die dicken Bücher erkennen, über die die Köpfe sich neigten.

Etwas zupfte an seinem Rock; sich umschauend, bemerkte er einen kleinen Jungen von etwa zehn Jahren, der mit ernster Sachlichkeit den Stoff seines Anzuges befühlte.

»Das ist guter Stoff – sehr feiner Stoff!« sagte er anerkennend und nickte ernsthaft mit dem Kopf, als Heinz sich zu ihm umdrehte.

II

Heinz wurde gewahr, daß er der Gegenstand angestrengtester Beobachtung für ein zahlreiches Auditorium geworden war. Ungefähr zwei Dutzend Knaben umringten ihn, in voller Unbefangenheit ihn studierend, – sein Gesicht, seine Tracht, sein Schuhwerk. Er bildete offensichtlich ein Schaustück von allergrößter Anziehungskraft. – Heinz wieder betrachtete die Kinder mit kaum geringerem Interesse, sie waren für ihn in ihrer Art auch eine Sensation. Die Ernsthaftigkeit in ihren großen, dunklen Augen, – die Ruhe und Sicherheit, mit der sie seinen Blick aushielten, schienen ihm fast unwahrscheinlich. Doch konnte man nicht sagen, daß die Physiognomien etwa unkindlich gewesen wären. Ihnen fehlte nur gänzlich die Puppenhaftigkeit, an die er aus dem Westen gewöhnt war; es waren bereits denkende Menschen, nur eben kleine und unentwickelte, die aber doch schon eine gewisse Geschlossenheit aufwiesen. Wie Puppen sahen sie wirklich nicht aus: die besser gekleideten trugen lange, schwarze Kittel und runde steife Mützen, – viele waren barfuß und in wahre Lumpen gekleidet; die Fetzen hingen aus großen Löchern heraus. Einige trugen auf dem Kopf viel zu große verschmutzte und verbeulte Hüte. Das Auffallendste aber blieben doch die ernsthaften Augen, bei deren Anblick man sich unwillkürlich fragte, wie Kinder zu solch alten Augen kämen. –

Einer der Jungen trat auf Heinz zu und streckte ihm seine

nicht eben reinliche Hand entgegen, dazu einige Worte in einer fremden Sprache aussprechend. – Als Heinz die Hand ergriff, drängte plötzlich die ganze Schar auf ihn ein, alle dieselben Worte wiederholend, die allmählich zu einem Geschrei anschwollen, da jeder den anderen übertönen wollte. Und alle wollten ihm die Hand schütteln; manche versuchten es zum zweiten oder dritten Male. Es begann eine Art Sport zu werden und schien den Kindern ein unbändiges Vergnügen zu bereiten, ungefähr wie es den Kindern im Berliner Zoologischen Garten Freude und Genugtuung verschafft, dem zahmen Schimpansen die Hand zu schütteln.

»Sagen Sie Aleichem Scholem!« rief einer.

Und »Scholem Aleichem! – Aleichem Scholem! – Scholem Aleichem! – Aleichem Scholem!« schrie es im Chore.

Es wurde Heinz ungemütlich, wenn ihm auch die Unart der Kinder, in die sich ihre frühere Ernsthaftigkeit auflöste, fast eine innerliche Erleichterung bedeutete.

Auf einmal fuhr ein kleiner rotbärtiger Jude dazwischen und trieb mit viel Geschrei und einem großen Aufwand von Scheltworten den Kreis, der sich um Heinz gebildet hatte, etwas zurück. Dann näherte er sich auch Heinz und bot ihm seinerseits die Hand:

»Scholem Aleichem!«

Und nun verstand Heinz auch den alten orientalischen Friedensgruß, das Salem Aleikum, das »Frieden mit Euch!« – Er hatte seine orientalischen Märchen nicht ganz ohne Erfolg gelesen.

»Aleichem Scholem!« murmelte er gelehrig und kam sich in dem Moment recht interessant vor. – Er hatte Gelegenheit, diese neueste sprachliche Errungenschaft noch oft zu verwenden, denn nun strömten alle die Juden von dem langen Tisch herüber, und jeder einzelne beeilte sich, dem Fremden die Hand zu reichen und ihm den alten Willkommensgruß zu bieten. Sie umringten ihn und begannen die Musterung mit nicht weniger Interesse als vorher die Kinder.

Daneben setzte ein scharfes Kreuzverhör ein; woher der Herr käme – wo er wohne – ob er hier Geschäfte habe – was für Geschäfte das seien und was der Fragen mehr waren.

Heinz war überrascht, wie gut er doch meistens den Sinn der wie fremdartiges Deutsch klingenden Worte verstand; seine Antworten waren etwas allgemein gehalten, doch kam er bei der Fülle der auf ihn niederprasselnden Fragen kaum zu Gehör. –

Aus der Flut der Fragen hob sich aber eine, die ständig wiederkehrte und deren Sinn ihm lange verborgen blieb:

»Wo ist der Herr heute zum Seder?«

»Seder?« fragte er ratlos.

»Ja – heute abend ist doch Seder.«

Und als nun schließlich herauskam, daß er am heutigen Abend noch nicht vergeben sei, – man denke, am Sederabend, dem Eingangsabend des Pessachfestes, an dem ein jeder Jude doch wenigstens einen Gast an dem Festmahl teilnehmen lassen will – begann erst das rechte Geschrei, das offensichtlich in ein Gezänk ausartete.

Heinz starrte mit großer Verwunderung und beinahe mit Besorgnis in das abenteuerliche Getriebe. Jeden Augenblick sah es aus, als ob es zu Tätlichkeiten kommen würde. Er begriff lange Zeit nicht, was in aller Welt denn eigentlich der Gegenstand des Streites war. Nur so viel merkte er, daß es sich um seine Person handelte; man deutete auf ihn oder es faßte ihn gar in der Hitze des Gefechts der eine oder andere am Arm und suchte ihn an sich zu ziehen, wie ein Stück Ware, um dessen Besitz man sich streitet. Andere wieder schrien ihm unaufhörlich ihren Namen und ihre Adresse ins Ohr. Er sah hilflos um sich.

Es war ja aber auch keine Kleinigkeit für die Borytschewer Familienväter. Da war ein fremder, offenbar im Orte ganz unbekannter Jude – daß er am Ende gar kein Jude sei, war eine Möglichkeit, an die kein Mensch in der Synagoge dachte; was soll ein Nichtjude auch bei der Erstgeborenenfeier im Lehrhaus zu Borytschew suchen? – also ein fremder Jude, vermutlich ein »Taitsch«, ein Deutscher, vielleicht kein gelehrter und frommer Jude, aber doch ein Jude. Er war offensichtlich vom Himmel gesendet, um dem heutigen Festabend in einem der jüdischen Häuser zu besonderem Glanz zu verhelfen. Die Gastfreundschaft, welche unter allen Tugen den im jüdischen Volke obenan steht, ist für diesen Abend, der dem Andenken an den Auszug aus dem ungastlichen Ägypten gewidmet ist, noch eine besondere Pflicht. Und kaum jemals hatte es ein so interessantes Objekt der Gastfreundschaft in Borytschew gegeben, als dieser feingekleidete Fremde eins war, der so zur rechten Zeit auftauchte. – Welcher Triumph für den Familienvater, der ihn an den Familientisch brachte; wie würde er von allen den weniger glücklichen Konkurrenten beneidet werden! So wollte jeder ihn haben und keiner nachgeben.

Endlich aber drang doch die vernünftige Ansicht durch, daß der Fremde selbst entscheiden solle.

Heinz wurde allmählich die Sachlage klar: man riß sich um den Gast für die Abendtafel. Sein europäisches Gewissen sträubte sich etwas; aber offenbar waren die Umgangsformen wie die Begriffe über Gastfreundschaft und Behandlung von Fremden hier wesentlich verschieden von den in der Gegend um die Potsdamer Brücke herrschenden. Von Einführung, Vorstellung, Antrittsbesuchen und dergleichen Zeremonien konnte hier wohl nicht die Rede sein. Einigermaßen verlockend schien ihm die Aussicht, bei einem dieser Männer Gast zu sein, eigentlich nicht, wenn er auch andererseits hoffen konnte, auf diese Weise einen näheren Einblick in die ihn interessierenden Verhältnisse zu erfahren.

Da klang unter den ihm zugerufenen Namen ein bekannter an sein Ohr: Schlenker.

Sollte das –?

»Kommen Sie zu uns«, sagte einer der Knaben, die Bitte seines Vaters unterstützend, in leidlichem Deutsch. »Zu Moische Schlenker – Wilnaer Straße 8. Ich werde Sie abholen im Hotel – ich kann hochdeutsch. Mein Bruder ist in Berlin.«

Er sagte das mit großem Stolz.

Entschlossen schlug Heinz ein.

»Wenn Sie wollen«, sagte Jacob beglückt, »will ich Sie führen. Sie wollen vielleicht die Stadt sehen? Ich habe heute keine Schule.«

Und so machte sich Heinz Lehnsen mit seinem kleinen Vetter Jacob Schlenker auf, um Borytschew kennenzulernen, die Stadt, deren Enge sein Großvater einst entflohen war, um deutsche Kultur und Freiheit zu suchen.

Moische Schlenker aber eilte nach Hause, um seine Frau auf den prächtigen Gast vorzubereiten, den ihnen der liebe Gott zugeschickt hatte.

III

Es war keine geringe Enttäuschung für Jacob Schlenker, daß gerade die Sehenswürdigkeiten, von denen er sich die meiste Sensation versprochen hatte, in ihrer Wirkung auf den Gast gänzlich versagten. – Weder der Boulevard noch der Gouverneursgarten, selbst nicht die neue Dragonerkaserne oder das Alexanderdenkmal brachten ihn aus der Ruhe. Dagegen interessierte er sich merkwürdigerweise für ganz alltägliche und gewöhnliche Dinge. Aus der schmutzigen Fischgasse, an der Jacob eigentlich schnell vorbei wollte, in die Heinz aber absolut hinein wollte, war er lange Zeit gar nicht wieder herauszubekommen. Er blieb vor jedem Laden stehen und starrte in die schmutzigen, dunklen, mit unglaublichstem Trödel überfüllten Löcher, deren Besitzer resigniert auf Leute warteten, die so geistesverwirrt sein konnten, ihre Waren zu kaufen. – Das Getriebe des Marktes, auf dem es heute vor dem Fest besonders lebhaft zuging, fesselte ihn dann lange. – Als Jacob ihn mit einer Mischung von Stolz und ehrfürchtiger Scheu auf einen alten Mann aufmerksam machte, der den ganzen Talmud auswendig könne, schenkte er diesem Ausbund von Gelehrsamkeit kaum einen flüchtigen Blick, aber an den zerlumpten Bettlern am Brunnen konnte er sich gar nicht satt sehen. – Und vor dem Branntweinladen, in dem der Monopolschnaps ausgeschenkt wurde, bewunderte er verblüfft die Virtuosität, mit der die Bauern verstanden, durch einen mit der Hand gegen den Boden der Flasche geführten Schlag oben den Pfropfen herausspringen zu lassen, eine Fertigkeit, die höchstens noch durch die, welche sie bei der Leerung der Flasche bewiesen, übertroffen wurde.

»Ein komischer Mensch!« dachte Jacob, aber er ließ nicht

nach, gewissenhaft alle Merkwürdigkeiten aufzuführen. – Daneben führte er noch einen erbitterten Kampf gegen eine Anzahl von barfüßigen kleinen Jungen und Mädchen, welche hinter dem Fremden einherliefen, die bettelnden Hände hochgestreckt und unaufhörlich mechanisch ihre Bitten in winselndem Tone wiederholend. Heinz hatte längst, was er an Kleingeld hatte, verteilt, aber Jacob hatte noch lange zu tun, bis er einigermaßen Ruhe geschafft hatte. – Der Junge plauderte dabei die ganze Zeit unaufhörlich, von sich und den Seinen erzählend, dazwischen die ihm interessant erscheinenden Geschichten, welche sich auf die passierten Örtlichkeiten oder auf begegnende Menschen bezogen. Es machte ihm offenbar großes Vergnügen, seine deutschen Sprachkenntnisse anzubringen.

So erfuhr Heinz denn während seines Spazierganges nicht nur viele Dinge über seine Verwandten und die Geschichte der Gemeinde, sondern bekam auch einen guten Teil des Stadtklatsches in Kauf und wurde sogar mit den Spitznamen bekannt, deren sich einzelne der ihnen Begegnenden erfreuten; die Zuerteilung von Spitznamen ist bei den Juden im Osten ja besonders beliebt.

Mit besonderem Stolze erzählte Jacob immer wieder von seinem großen Bruder in Berlin, der dort studiere, – er selbst solle das auch; er lerne jetzt bei dem Doktor Strösser und könne schon gut deutsch lesen und schreiben. Er unterrichte wieder seine Schwester Riwke; der Herr würde ja selbst sehen, wie gut die deutsch verstünde, vielleicht noch besser wie er, – nein, besser wohl doch nicht, aber ebenso gut! – Der Mann da drüben vor dem Kramgeschäft in Polizeiuniform, das sei der Pristaw Kujaroff, der jetzt den Pogrom machen wollte, und die zwei jungen Leute gegenüber, die auf und ab gingen, die seien von der Selbstwehr; – der Mann mit dem merkwürdigen Gesicht und der großen Stirn sei »Rosenfeld ohne Nos« der Schadchen, – der käme jetzt oft zu ihnen ins Haus, – seine Schwester solle heiraten, aber sie wolle nicht, – das sei übrigens ein merkwürdiger Mensch, er kenne den Talmud so genau, daß, wenn man ihm einen Band hinlegte und eine Nadel irgendwo in das Buch stecke, er genau sagen könne, durch welches Wort die Nadel auf jeder Seite durchginge; – das Haus mit dem großen Tor sei die Feuerwehr; die sei sehr gut. Der Oberst von der Feuerwehr habe schon viele Prämien bekommen, weil er immer so schnell mit seiner Spritze da wäre; allerdings sage man, daß er es immer schon vorher wisse, wo es brennen würde. Er sei schon zweimal in Untersuchung gewesen. – Das Denkmal für Alexander III. hätte 80 000 Rubel gekostet; das Geld sei durch freiwillige Spenden der Juden zusammengebracht; das sei ein sehr schlechter Mensch gewesen, der alte Kaiser, und ein großer Judenfeind! Das Geld sei aber doch aufgebracht. Erst sei nicht genug zusammengekommen, aber dann habe der Gouverneur eine Kommission von Ärzten geschickt, und die hätten gesagt, die ganzen Häuser in der Fischgasse und fast alle Schulen seien baufällig und gesundheitsgefährlich und müßten geschlossen werden. Da hat man denn das Geld schnell gesammelt, damit nicht alle die armen Leute auf die Straße geworfen werden, und die Schule mußte man doch haben. Und da sei der Gouverneur noch einmal gnädig gewesen. Er habe dann auch einen großen Orden bekommen, weil die Stadt so patriotisch sei! – Das rote Gebäude sei das Gymnasium, wo Doktor Strösser unterrichte. Da sei auch ein Sohn von dem reichen Berelsohn drin, das sei aber eine schlechte Sache, denn er müsse da am Sabbat schreiben. Und es koste den Berelsohn viel Geld. Es dürfen doch in jeder Klasse nur 5 Prozent der Schüler Juden sein, und nun seien in der Klasse von dem Sascha Berelsohn im ganzen nur achtzehn Schüler gewesen, so daß er nicht hätte drin bleiben können. Da sei dem Vater nichts übriggeblieben, als zwei arme Bauernjungen zu nehmen und für sie zu bezahlen, damit sie auch ins Gymnasium gingen und nun zwanzig Schüler in der Klasse seien. Aber die beiden seien sehr dumm und faul, und Berelsohn müsse ihnen auch teure Privatstunden geben lassen und dem Direktor noch etwas bezahlen, damit sie nur versetzt werden und sein Sascha nicht herausgeworfen wird. – Der komische Mann mit der Pfeife sei »Boruch der Kommandant«. Sein Vater erzählte, der sei früher sehr klug gewesen und sehr gelehrt. Er hätte nur überall und besonders beim Beten immer alles kommandieren wollen; da hat man ihn den Kommandanten genannt. Nun sei er von zu vielem Studieren nicht mehr richtig im Kopf. Und einmal sei er Zeuge bei Gericht gewesen, bei einer großen Verhandlung in Moskau; da hatte der Gouverneur ihn hingeschickt, er solle aussagen, daß die jüdische Frau, welche den Popen angezeigt hatte, daß er ihr was Schlimmes hätte antun wollen, daß diese Frau eine liederliche Frau sei. Und da habe man ihn gefragt, was er sei, und er habe geantwortet: Kommandant von Borytschew! Da habe das Gericht gelacht und ihn nach Hause geschickt! – Die vielen Leute mit den großen Säcken seien Fremde; die kenne kein Mensch. Man denke, die habe der Kujaroff kommen lassen, um einen Pogrom zu machen. – Er habe keine Angst; die Selbstwehr sei ja da und heute abend sei doch Pessach. Da brauche man sich nicht zu fürchten; man brauche ja nicht einmal das ganze Nachtgebet zu sagen an diesem Abend. – Da drüben sei ihr Haus, und die da vor der Tür stände und auszahlte, sei seine Schwester Riwke. Sie habe bis jetzt die Auszahlung gehabt, aber nun müsse er sie ablösen, denn jetzt müsse sie in die Stadt gehen; sie würde ihn ins Hotel bringen. –

Heinz betrachtete gefesselt das Bild, das sich ihm im Eingang des Schlenkerschen Hauses bot und das er ähnlich vor vielen Türen unterwegs beobachtet hatte. – Im Flur stand ein kleines Tischchen, auf dem viele Häufchen von Kleingeld lagen; hinter dem Tischchen saß ein junges Mädchen von vielleicht achtzehn Jahren mit natürlich gelocktem dunklem Haar und mit feinen, schmalen, jetzt von der Anstrengung geröteten Wangen. Um den Tisch drängten sich eine Anzahl ärmlich gekleideter Männer und Frauen, an welche das junge Mädchen Geld auszahlte. Es schien die Auszahlung des Arbeitslohnes an Arbeiter zu sein, doch ging es anscheinend nicht ohne Differenzen ab. Eben beschwerte sich eine kleine Alte, die behauptete, Anspruch auf eine höhere Summe zu haben, während ihr Vormann noch mißtrauisch die empfangenen Münzen nachzählte. – Riwke wendete sich eben schon an die nächste Person, als Jacob sich einmengte und die Partei der Alten nahm. »Hinde Rasche hat recht«, rief er. »Ich weiß es, sie bekommt seit dem letzten Mal das Doppelte, hat die Mutter gesagt.«

»Gut«, sagte Riwke lächelnd. »Ich habe das nicht gewußt.«

Sie schob der Alten einige Münzen hinüber und bat sie freundlich um Entschuldigung wegen des Versehens. Die Alte nahm brummend das Geld und humpelte eiligst fort, im Weggehen noch ihrem Unmut über den unnützen Aufenthalt Ausdruck verleihend.

Jacob nahm den Platz seiner Schwester ein, nachdem er ihr flüsternd über die Persönlichkeit des Gastes mitgeteilt hatte, was er wußte. Riwke setzte ihren auf dem Tisch liegenden Hut auf und kam unbefangen lächelnd auf Heinz zu, ihm die Hand bietend.

»Ich habe schon gehört, daß wir heute abend einen besonderen Gast haben. Das ist schön, daß ich Sie jetzt schon sehe. – Wenn Sie ins Hotel wollen, haben wir denselben Weg. Ich habe jetzt Patrouillendienst.«

IV

Die letzten Worte, – ganz ernst gesprochen, – verwirrten Heinz nicht wenig. Er glaubte, nicht recht verstanden zu haben.

»Verzeihung! – Was haben Sie?«

»Patrouillendienst. – Nun kann Jacob die Auszahlung weiter besorgen; Sie haben gesehen, er weiß mindestens so gut Bescheid wie ich. Die Leute sind heute besonders ungeduldig, weil heute überall Auszahlung ist.«

»Wohl wegen des bevorstehenden Festes?«

»Gewiß. Bei uns ist sonst der Donnerstag Zahltag, aber heute ists natürlich außer der Reihe. Da müssen die Leute sich beeilen und vertragen es nicht, wenn sie warten müssen.«

»Ja, – sind denn die Leute gleichzeitig in mehreren Betrieben beschäftigt?«

»In mehreren Betrieben beschäftigt? Ich verstehe nicht.«

»Ich meine: arbeiten die Leute denn gleichzeitig bei Ihnen und anderswo?«

»Arbeiten? – Die Leute möchten wohl alle gerne arbeiten, aber es gibt nicht genug Arbeitsgelegenheit. Sie arbeiten überhaupt nicht, – nur wenn sich gelegentlich etwas bietet.«

»Jetzt verstehe ich nicht; – Sie haben den Leuten doch Arbeitslohn ausgezahlt?«

»Arbeitslohn? – Aber kein Gedanke! Mein Vater hat doch keine Fabrik! – Das sind alles arme Leute.«

»Gott im Himmel! Sie wollen doch nicht sagen, daß alle diese Leute Unterstützungen geholt haben?«

»Nichts anderes. Das ist heute bei allen Familien der Stadt so, die nur irgend geben können.«

»Aber die Leute benehmen sich doch so, als ob sie ein Recht hätten, ihr Geld zu fordern.«

»Haben Sie das denn nicht? – Benehmen sich die bei Ihnen zu Hause anders?«

»Bei uns zu Hause – freilich! Da gibt es kaum noch Hausbettelei: Wir geben an Vereine, und an der Tür steht ein Schild, daß man Mitglied des Vereins gegen Hausbettelei ist. Kaum, daß ein Bettler dann wagt zu klingeln, wenn ihn der Portier überhaupt ins Haus gelassen hat.«

»Seltsam! – Solche Vereine für Armenpflege gibts bei uns auch genug, aber das würde sich keiner gefallen lassen.«

»Sie meinen von den armen Leuten?«

»Nein, – auch von den anderen! Geben muß man doch; der Arme hat ein Recht darauf. Mindestens ein Zehntel des Eigenen muß man geben; das ist jüdisches Gesetz. Und wie soll man gern und von Herzen geben, wenn man nicht weiß, an wen die Gabe kommt? Von klein auf habe ich bei dem Zahltag mitgewirkt.«

»Sie haben richtige Zahltage?«

»Gewiß! Weil man sonst immer gestört würde, hat jede Familie ihren bestimmten Wochentag, ihren allgemeinen Empfangstag – Sie kennen das gar nicht?«

»Unser Berliner Jour fixe hat einen wesentlich anderen Charakter.«

»Die Leute gewöhnen sich daran und wissen: bei Schlenkers bekommt man am Donnerstag. Natürlich gibt es außerdem noch besondere Fälle. Aber an diesem Tage bekommt jeder nur ein paar Kopeken. Damit rechnet jeder, und wenn einer mal verhindert ist, verlangt er das nächste Mal das Doppelte. – Es kommt vor, daß die Leute richtig streiken.«

»Streiken?«

»Gewiß! Bei einer Familie – ich will sie nicht nennen, – wurde zuwenig gegeben. Da sind sie überhaupt weggeblieben. Das war eine solche Schande für die Familie, – ein richtiger Skandal! Sie haben sich entschuldigen und lange bitten müssen, ehe die Leute wiedergekommen sind.«

»Das sind für mich fast unglaubliche Dinge. Bei uns ist das Betteln polizeilich verboten, und ein Bettler ist das verächtlichste Ding der Welt.«

»Vielleicht gibt es bei Ihnen Möglichkeit zur Arbeit für jeden! – Wir verachten den armen Mann nicht! Im Gegenteil! Wenn ein fremder armer Mann erscheint, reißt man sich um ihn als Gast zu Tisch.«

»Da scheint sich nicht nur auf Arme zu beschränken, wie ich heute gesehen habe.«

»Jeder Gast ist für uns eine Freude; hoffentlich sind Sie nicht gedrückt, weil Sie nicht arm sind.«

Sie lächelte.

»Ich kann wirklich nichts dafür«, sagte Heinz kleinlaut.

»Und nun gar heute zum Seder einen Gast zu bekommen, ist ein wahres Glück!«

»Verzeihung! Ich muß gestehen, ich weiß nicht einmal, was Seder ist. Ich will meine absolute Unwissenheit in jüdischen Dingen lieber gleich bekennen.«

»Nun, Sie werden ja schon sehen! Als Kind hielt ich den Abend immer für den schönsten des Jahres und den Inbegriff allen Glanzes. – Dabei war er für uns Juden immer gefährlich. Wer weiß, was dieses Jahr wird. Sie sehen ja, was ich jetzt tue: Patrouille gehe ich!«

»Dann habe ich doch recht gehört! Ich muß gestehen, daß ich mir darunter nichts Rechtes vorstellen kann. Selbst in meiner militärischen Heimat sind bis jetzt die Frauen militärfrei.«

»Ich bin Mitglied der jüdischen Selbstwehr. Es wird Ihnen nicht neu sein, daß man hier einen Pogrom erwartet –«

»In der Bahn sprach man davon. Ist wirklich etwas daran?«

»Jedenfalls muß man gerüstet sein; daher hat sich unsere Selbstwehr gebildet.«

»Und die jungen Mädchen sollen auch kämpfen?«

»Das gerade nicht, obwohl – es wäre schon gut, wenn auch alle Frauen Waffen hätten, – nicht um zu kämpfen übrigens. – Aber unsere Männer haben auch schon fast keine Waffen. – Und die werden ihnen auch am Ende noch vorher abgenommen; dafür gibt es Haussuchungen.«

»Also Sie rechnen mit einer Entwaffnung? Und was dann?«

»Wir hoffen, unsere Waffen zu behalten. Man hat die ganze Munition und die Waffen außerhalb der eigentlichen Judenstadt untergebracht, und dort in der Nähe wird sich die Selbstwehr versammeln, wenns nötig ist. – Inzwischen lassen wir durch alle Straßen Patrouillen gehen, – die recht harmlos aussehen. Dazu sind wir Mädchen am besten zu gebrauchen. Wenn nun etwas Bedrohliches geschieht, geben wir den bestimmten Stellen Nachricht, wo immer ein Haufen Boten warten, die den Alarm weitergeben.«

»Das ist eine merkwürdige Mission für eine junge Dame. Ist Ihnen das nicht schrecklich?«

»Wieso denn? Schrecklich ist unsere Lage überhaupt, – das ganze Golus, das Exil. Wir sind eben in der Fremde.«

»Ich bedaure Sie von Herzen; Sie fühlen sich hier fremd, müssen sich ja fremd fühlen. Ihnen hier fehlt also das Heimatgefühl, das wir in Deutschland haben.«

»Ich glaube, Sie täuschen sich, wenn Sie meinen, daß Sie mehr an Deutschland hängen als wir an Rußland.«

»Müssen wir das nicht? – Sie haben keine Heimat, da Sie hier rechtlos und vogelfrei sind; die deutschen Juden haben ihre Gleichberechtigung, sind Bürger wie die anderen und teilen die Freuden und Leiden aller Einwohner des Landes.«

»Ich kenne die Verhältnisse bei Ihnen nicht persönlich, deshalb will ich da nicht widersprechen. Aber hängt denn die Liebe zum Lande nur davon ab, wie gut oder schlecht es uns geht? – Sie haben mich falsch verstanden; ich will nicht sagen, daß Sie Deutschland nicht lieben; darüber weiß ich ja nichts, aber ich weiß, daß ich Rußland liebe.«

»Sie lieben dieses Land, in dem man Sie verfolgt, entrechtet, mordet?«

»Ja«, rief Riwke lebhaft. »Ich liebe das russische Volk, diese herzlichen, gutmütigen, träumerischen Menschen, – ich liebe die weiten Flächen der Steppe, – ich liebe seine Lieder und seine Dichter, seine Geschichte und seine Träume. Ich glaube an die Zukunft Rußlands, an seine Befreiung von dem Joch des Zarismus; ich glaube, daß es der Menschheit Ungeheures aufbewahrt, – Schätze, von denen der entartete und überkultivierte Westen nichts ahnt und die ihn einmal retten werden, wenn er sein Teil vertan hat.«

»Also Sie sind eine echte russische Patriotin«, sagte Heinz, seltsam bewegt seine Begleiterin ansehend, die ganz begeistert und mit blitzenden Augen von dem Volke sprach, gegen dessen mörderische Absichten sie eben auf der Wacht stand. »Das hätte ich mir nicht träumen lassen. Ich weiß nicht, ob ich in Deutschland je ein junges Mädchen so liebevoll von den Deutschen habe reden hören. So treu stehen Sie zu Ihrem Volke?«

»Was sagen Sie da?«

»Ich sage, ich bin verwundert, in Ihnen eine so patriotische Russin zu sehen.«

»Ich eine Russin? – – Ach, wie Sie mich nicht verstehen! – Ich bin doch keine Russin, ich bin Jüdin.«

»Ihre Heimat ist doch –«

»Meine Heimat ist Palästina. Von Kindheit an weiß ich, daß wir von dorther kommen und dorthin zurückgehen müssen. Seit meinem zehnten Jahre habe ich bei mir meine Palästinabüchse stehen, in die ich jede Kopeke werfe, die ich erübrigen kann.«

»Damit wollen Sie das Land der Türkei abkaufen?«

»Spotten Sie nur! Solche Büchsen gibt es zu Hunderttausenden. Und die Hauptsache ist der ungeheure Wille eines Millionenvolkes, dessen kleine Kinder schon sich eine Näscherei versagen, um für ihr Volk und ihr Land ein Opfer zu bringen. Ich habe ganz persönlich das Gefühl, daß Palästina mir, mir selbst, gehört.«

»Und Rußland?«

»Kann man nicht Vater und Mutter liebhaben? – Ich bilde mir aber doch deshalb nicht ein, russisches Blut in den Adern zu haben, weil ich zu dem Land und dem Volk so enge Beziehungen habe. – Wenn ein Mädchen sich verheiratet, bleibt sie doch ein Glied ihrer Familie, und von der *Familie* kann sie sich nicht scheiden lassen.«

»Ich war erst vor wenigen Tagen in Berlin in einer zionistischen Versammlung. Die Frage, ob die Juden ein Volk sind, hat dort –«

»Welche Frage? Ob die Juden ein Volk sind? Was sind sie denn sonst?«

»Nun – bei uns in Deutschland hält man sie eher für eine Religionsgemeinschaft.«

»Ja, sind denn die deutschen Juden alle so religiös?«

»Das kann man kaum behaupten. Immerhin – unter Volk versteht man bei uns – die Definition ist vielleicht nicht so einfach. Die Deutschen sind es sicher oder die Russen.«

»Sicher? – Gewiß, aber doch längst nicht so wie die Juden! – So rein wie der jüdische Typus hat sich doch in Westeuropa kaum ein Volk erhalten –«

»Es fehlt das Land –«

»Selbst ohne Land und ohne so manche anderen Dinge, welche anderen Völkern ihre Fortexistenz so erleichtern, haben wir uns als Volk erhalten. Kein anderes Volk hat solche Proben auf seine Kraft und Lebensenergie durchgemacht. – Ich weiß nicht, was die Gelehrten unter Volk verstehen, aber wenn mich jemand fragen würde, was ein Volk ist, würde ich als Beispiel nur unser Volk nennen, – das einzige Volk, das jüdische Volk.«

Ein junger Mensch, der stark lahmte, kam ihnen entgegen und sprach mit Riwke leise einige Worte, während Heinz langsam weiterging. – Sie holte ihn bald ein.

»Also vorläufig ist es ruhig in der Stadt; das war der Posten, den ich ablöste. – Dort drüben ist Ihr Hotel, und ich sage: Auf Wiedersehen heute abend bei Ihrem ersten Seder!«

Sie schüttelte ihm die Hand; ein vorüberschlendernder

Polizeioffizier, der eben aus dem Hotel getreten war, sah im Vorübergehen Heinz scharf an und grüßte Riwke mit lässiger Höflichkeit. Riwke sah ihm nach und biß sich auf die Lippen.

»Wissen Sie, wer das ist?« fragte sie. »Das ist der Pristaw Kujaroff, der Veranstalter des Pogroms.«

V

»Dies ist das Brot des Elends, wie es unsere Väter im Lande Ägypten gegessen haben. – Jeder Hungrige komme und esse mit uns; jeder Bedürftige komme und feiere mit uns das Pessach. – Dieses Jahr hier, – im kommenden Jahre im Lande Israel! – Dieses Jahr Knechte, – im kommenden Jahr freie Männer.«

Heinz Lehnsen schaute immer wieder verwundert um sich und griff sich bisweilen zweifelnd an den Kopf, um sich zu überzeugen, daß oben wirklich das schwarze Samtkäppchen thronte. War er das wirklich, – der Kammergerichtsreferendar Heinz Lehnsen aus der Matthäikirchstraße in Berlin, der noch vor wenigen Tagen, von der Robe des preußischen Gerichtsschreibers umhüllt, Protokolle und Beschlüsse entworfen hatte, – er, das Mitglied des feudalen Klubs am Nollendorfplatz, – der beneidete Freund der feschen Tilly, – der alte Herr der Verbindung Roswithania, – der jetzt hier in Borytschew an dem mit altertümlichem Silbergerät und seltsamen Dingen besetzten Tisch Moische Schlenkers saß? – Er saß, – nein, er ruhte halb liegend auf einer aus zwei Stühlen und einer übergelegten Decke gebildeten Polsterbank, den Kopf auf den linken Arm gestützt, der in einem Kissenaufbau versank. Ihm gegenüber ruhte auf einer ähnlichen Lagerstätte der Hausherr, der heute abend wie ein arabischer Scheich aussah. Er war schneeweiß gekleidet, trug ein gesticktes, langes Gewand ohne Knöpfe, das durch eine weiße Schnur als Gürtel zusammengehalten wurde, und auf dem Kopf eine breite, weiße turbanartige Kappe mit Silberstickerei. Ihm zur Rechten saß Frau Schlenker, deren dunkle Perücke nur eben unter der mächtigen, weißen Haube hervorsah. Links von seinem Vater, rechts von Heinz, war der Platz Jacobs, der eine dunkle Kappe trug, und zur andern Seite von Heinz, zwischen ihm und ihrer Mutter, saß Riwke, welcher die bräunliche Hautfarbe, die fast schwarzen Haare und die tiefen dunklen Augen über dem weißen Kleide ein seltsam orientalisches Aussehen gaben. Vor jeder Person lag ein aufgeschlagenes hebräisches Büchlein, die Hagadah, das kuriose, alte Werk, an dessen Hand die mannigfachen Zeremonien des Abends erledigt werden. Für Heinz war die neue, schön gebundene Hagadah bestimmt, welche Jossel aus Berlin als Festgabe geschickt hatte, und die durch ihre deutsche Übersetzung es auch dem des Hebräischen unkundigen Gaste ermöglichte, dem Festakt zu folgen.

Eben ging Riwke um den Tisch, um die Trinkgefäße, – die Männer hatten Becher, die beiden Frauen Gläser, – nachzufüllen. Heinz wehrte ab, da er eben erst nach dem einleitenden Weihespruch dem Beispiel der anderen folgend von dem Wein genippt hatte.

»Mein Becher ist ja noch voll.«

»Da hilft Ihnen nichts«, sagte Riwke lächelnd. »Sie müssen heute schon alle unsere Sitten mitmachen. Viermal wird der Becher bis zum Rande gefüllt, – so ist die Vorschrift. Ehe nicht zum zweiten Male alle Becher gefüllt sind, kann Jacob seine Fragen nicht stellen.«

Heinz fügte sich, nicht wenig erstaunt, hier einen Trinkkomment zu entdecken, der anscheinend auf ein noch ehrwürdigeres Alter zurückging als der eines hohen Cösener S. C., und nun kam Jacob an die Reihe, der schon ungeduldig im Anschlag saß. Ihm kam es als dem Jüngsten der Gesellschaft zu, die vier Fragen zu stellen, mit denen das Ritual eingeleitet wird.

»Wodurch unterscheidet sich diese Nacht von allen anderen Nächten?«

Heinz las im deutschen Text nach, was Jacob fragte. Er begehrte Auskunft, warum in dieser Nacht nur Ungesäuertes gegessen würde, was die bitteren Kräuter, was die Trinksitten und was die bequeme Lagerung um den Tisch bedeuten sollten. –

Heinz fand, daß er aus eigenem noch erheblich mehr Fragen hätte stellen können. –

Nun sollte die Antwort einsetzen, deren Text den größten Teil der Hagadah einnimmt; aber Moische Schlenker strich nachdenklich seinen Bart und begann lächelnd zu Heinz:

»Vier Arten von Kindern kennt die Hagadah, und allen sollen wir am heutigen Abend von der Befreiung unseres Volkes erzählen, – den weisen und den bösen, den einfältigen und den gleichgültigen. – Uns hat nun Gott heute einen fremden Gast beschert, einen lieben Gast, – aber wir wissen nicht, zu welcher von den vier Arten er gehört. Der Weise, heißt es, will den Sinn von allen Dingen wissen, die wir heute tun, – der Bösewicht auch, ihn interessiert es ebenso, aber wie einen Fremden, nicht wie einen von uns; er fragt: was treibt *ihr* da, – er scheidet sich von seinen Brüdern. Des Einfältigen soll man sich annehmen und ihn belehren, wie den, der nach gar nichts fragt, der gar kein Interesse hat. Nur dem Bösewicht soll man bedeuten, daß für den, der sich ausschließt, auch bei uns kein Platz ist.« –

»Wir wissen nicht, wer Sie sind«, fuhr Moische Schlenker nach einer kleinen Pause fort. »Sie kommen aus der Fremde, und wir sehen, Sie kennen unsere heilige Sprache nicht und auch nicht unsere Gebräuche. Vielleicht sind Sie von allem etwas; vielleicht wissen Sie von nichts, weil keiner da war, der Ihnen erzählte und Ihr Interesse aufgeweckt hat, als Sie selbst sich noch für keins von diesen Dingen interessierten, – und niemand Ihnen erklärte, was Sie nicht verstanden. Vielleicht haben Sie schon gemeint, daß es Sachen sind, die Sie gar nichts angehen, und vielleicht werden Sie heute, wenn Sie hören und sehen, alles bis aufs letzte kennenlernen wollen. –

Heute ist es unsere Pflicht, vom Zuge der Kinder Israel zu erzählen, von unserer Geschichte und unserer Lehre. Wer hungrig ist, komme und esse mit uns, jeder Bedürftige komme und feire mit uns das Pessach!

Awodim hojinu –«

Und er begann den Text der Hagadah vorzutragen:

»Knechte sind wir gewesen –«

Fast nach jedem Absatz unterbrach er seine Vorlesung und schaltete seine eigenen Anmerkungen ein.

»Da haben wir die Geschichte von den Männern von Bne Brak«, hieß es einmal, »welche die ganze Nacht zusammensaßen und von der Befreiung sprachen, so daß sie nicht merkten, daß der Morgen kam, bis ihre Schüler kamen und es ihnen meldeten. Sind wir nicht alle so wie die Männer von Bne Brak? Die lange, lange Nacht des Exils haben wir im Lehrhaus gesessen und von der Befreiung geredet und geredet. Aber die Jungen, das neue Geschlecht, das nicht mit drin saß und redete und lernte, die sehen das Licht und bringen den Alten die Nachricht, daß die Nacht vorbei ist und daß es Morgen wird. Vielleicht –«

Er schüttelte nachdenklich das Haupt; dann begann er wieder seine Vorlesung aus dem Text.

Heinz hörte wie im Traum den seltsamen Singsang; ihm war's, als hätte er die Weise vor ferner Zeit schon gehört, in einem anderen Leben etwa, so unwirklich und doch so vertraut klang sie ihm; etwas stieg in ihm heiß auf, es schien ihm, als ob er etwas längst Verlorenes und nur Vergessenes von weitem erblicke, das er um jeden Preis gern hätte fassen und an sich reißen mögen und das doch ihm ewig verloren bleiben müsse. War er ein Ausgestoßener unter den Seinen? War seine Anwesenheit hier die Entweihung des reinen Friedens dieses Hauses? – Er beugte sich tief über die Hagadah und las:

»Die Verheißung hat sich an uns bewährt und an unseren Vätern; nicht einer allein stand gegen uns auf, sondern Geschlecht nach Geschlecht erhob sich wider uns, um uns zu verderben, aber der Heilige, gelobt sei er, errettete uns aus ihrer Hand!«

Riwke zeigte ihrem Nachbar, der, auf die Kissen gelehnt, mit seinem Kopf fast auf ihrer Schulter lag, mit dem Finger die Zeilen im Buche, bei denen man eben angelangt war. Es war ein seltsames Buch: pathetische und schwungvolle Stellen wechselten mit Anekdoten und Schnurren; es gab seltsam verschnörkelte Frage-und-Antwort-Spiele, Rätsel, die halb einfältig, halb mystisch anmuteten, um dann wieder monumentalen Bibelworten und Psalmen Platz zu machen. In dieses kuriose und doch erhabene Buch scheint aus allen Epochen und allen Ecken und Winkeln, in die die jüdische Art einmal gepreßt war, etwas hineingeraten zu sein.

Und ein ebenso mannigfaltiges Gemisch von erhabener Ethik und skurriler Schnurrigkeit waren die zahlreichen Zwischenbemerkungen, welche nicht nur Moische Schlenker, sondern auch, stolz, sein Wissen zu zeigen, bisweilen der kleine Jacob machten. Selbst Riwke warf bisweilen eine Bemerkung ein, die sich wohl in den Rahmen fügte. – Das Wesen dieser Menschen schien, ähnlich wie die Hagadah, den Niederschlag vieler Zeiten und Schicksale zu enthalten. –

»Was heißt das«, fragte Jacob, »wenn hier steht: Hätte uns Gott an den Berg Sinai geführt, uns aber nicht die Thora gegeben, – so wäre auch das schon genug gewesen? Wieso wäre das genug gewesen? Was hätten wir dann an dem Berge zu tun gehabt? Dagestanden hätten wir wie die Ochsen am Berge!«

Heinz sah den Hausherrn etwas unruhig an; würde er nicht über diese, wie ihm schien, reichlich unehrerbietige Sprache gegenüber einem heiligen Buche ungehalten sein? Moische Schlenker aber wiegte lächelnd den Kopf und sah Riwke an:

»Nun, Riwke? Eine gute Frage! Antworte du: Was hätten wir gemacht, wenn Gott uns an den Berg geführt und uns die Offenbarung nicht gegeben hätte?«

Riwke errötete und sah zweifelnd ins Buch; dann rief sie lebhaft:

»Ich weiß! Selbst geholt hätten wir uns die Lehre! Aus den Wolken hätten wir sie geholt!«

Moische lächelte befriedigt und fuhr im Text fort:

»Hätte er uns die Thora gegeben und uns nicht in das Land Israel geführt, – so wäre auch das schon genug gewesen.«

Lang verweilte die Hagadah bei den Plagen, welche die Ägypter trafen. Und als die zehn Plagen aufgezählt wurden, griff jeder zu seinem Becher und sprengte zehnmal einen Tropfen Wein auf den Tisch. Vollends wie bei einem Gastmahl des klassischen Altertums kam sich Heinz da vor, wie er aufs Polster gestreckt das Trankopfer libierte, und Moische Schlenker erklärte den Brauch:

»Wir sollen keine volle Freude genießen, da Menschen zugrunde gegangen sind. Wir waren Gäste im Lande Ägypten, und haben seine Bewohner uns auch verfolgt und bedrückt, so lehrt die Thora doch, ihrer ohne Haß zu gedenken. Gäste waren wir in ihrem Lande!« –

Endlich gelangte man so weit, daß der zweite Becher getrunken wurde, und nun begann das Festmahl, das durch eine Menge seltsamer Handlungen eingeleitet wurde.

Zuerst ging Riwke mit einer Schüssel, einem Kruge und einem Handtuche um den Tisch, und jeder wusch sich sorglich die Hände, wobei ein besonderer Segensspruch gesagt wurde. Dann rückte der Hausherr die große mit vielen seltsamen Dingen bestellte Schüssel vor sich und begann seinen Tischgenossen auszuteilen, – zunächst die Mazzah, das Brot des Elends, – dann die bitteren Kräuter, das Symbol der bitteren Arbeit des Sklaven, – das bräunliche Gemisch aus Äpfeln und Mandeln, das an die Lehmarbeiten erinnern soll, – und dann wieder Rettich zwischen zwei Stückchen Mazzah; es kam dann ein nicht im Ritual eigentlich vorgesehenes, aber allgemein an diesem Abend übliches Gericht von Eiern in Salzwasser, dem dann die berühmten gefüllten Fische, die Suppe mit den schmackhaften Mazzeklößen und andere nationale Errungenschaften der jüdischen Osterküche folgten. Das Gespräch während der Tafel wurde nun ungezwungener und war von einer innerlichen Heiterkeit getragen, welche für Heinz eine neue Überraschung und nicht die geringste des Abends bot. Draußen lauerten Mord und Raub, – jeden Augenblick konnte der Pogrom losbrechen; hier im Hause aber herrschte ein Frieden, wie er ihn eigentlich nie kennengelernt hatte. Diese absolute Selbstsicherheit fehlte bestimmt in seinem elterlichen Haus; irgendeine verborgene Unruhe, eine innere Hast, ließ sie in Berlin alle nie zum vollen Genuß der Gegenwart, des Momentes, kommen. Immer hetzte sie irgend etwas Unbekanntes; keine Freude und kein Leid wurde ganz ausgekostet, – nie füllte sie ein einziges Gefühl ganz aus. – Diese Leute hier hatten eine innere Heimat, – *er* gehörte zu den Ruhelosen, den ewig Flüchtigen.

Er war nach der Hausfrau, die kaum ein Wort sprach, lange der Schweigsamste am Tisch, und die anderen, die wohl merkten, daß er innerlich beschäftigt war, störten ihn nicht. Allmählich aber, als Jacob Bericht über den heutigen Spaziergang abgestattet hatte, kam er auch ins Erzählen und erweckte durch seine Schilderungen aus dem Berliner Leben große Verwunderung. Moische Schlenker erkundigte sich behutsam nach den jüdischen Dingen in Berlin, so, ob das Pessachfest dort auch so begangen würde, und etwas verlegen mußte Heinz gestehen, daß er kein kompetenter Berichterstatter sei.

»Ich weiß nur«, sagte er, »besonders aus meiner Schulzeit, daß alle die Juden, die sich noch an die Gesetze halten, sich vor den Feiertagen sehr fürchten. Sie versäumen Schultage, später Geschäftstage, – sie dürfen an solchen Tagen nicht fahren und müssen die großen Entfernungen laufen; sie haben überhaupt an den Festtagen zehnmal mehr Arbeit und Unannehmlichkeiten als jemals sonst.«

»Aber die Freude an der Mizwoh – kennen sie denn die nicht?« fragte Moische Schlenker bekümmert.

Es dauerte ziemlich lange, bis dieses Wort – Mizwoh – Heinz verdeutscht werden konnte. Und selbst, als er erfuhr, was das Wort bedeutet, nämlich Gebot, Pflicht oder Pflichterfüllung, – konnte er nur entfernt den Sinn dessen ahnen, was Moische Schlenker mit der Freude an der Mizwoh bezeichnete. Das Wort aber prägte sich ihm ein; hier schien ihm der Schlüssel für manches Geheimnis zu liegen.

Riwke gab dem Gespräch eine andere Wendung und ließ Heinz von der Universität und dem Studentenleben erzählen. Seine Berichte von den Sitten und Gebräuchen des Verbindungsstudenten, von Kommersen und Mensuren, von Trinksitten und Satisfaktion erregten verständnislose Verwunderung, sogar einiges Mißtrauen gegen seine Wahrheitsliebe. Jedenfalls war bei Riwke keine Spur jener Begeisterung zu finden, welche besagte Bräuche sonst bei jungen Mädchen hervorzurufen pflegen.

Heinz stockte plötzlich und verhaspelte sich einige Male; ihm gegenüber, hinter dem Lager des Hausherrn, ging etwas Unerklärliches vor. Mit allen Gebärden des geheimnisvollen Verschwörers hatte sich Jacob hinter seinen Vater geschlichen und bemühte sich, unter dessen Kissen etwas heimlich hervorzuziehen. Heinz sah deutlich, daß die Mutter und Riwke dieses Tun bemerkten, ohne es zu hindern; Riwke nickte sogar ihrem Bruder ermunternd zu. Und Moische Schlenker selbst schien zu spüren, daß da etwas vorging; statt aber den Übeltäter zu fassen, beugte er sich noch etwas nach vorn, so daß Jacob das Objekt seines Diebstahls, einen in eine Serviette gehüllten Gegenstand, nun in mühelosem Triumph an sich bringen konnte. – Wieder tauchten klassische Erinnerungen bei Heinz auf; wurden nicht in Sparta die Knaben zum geschickten Diebstahl erzogen? – Er erfuhr aber bald, was es damit hier für eine Bewandtnis habe.

Als nämlich das Mahl sein Ende erreicht hatte, kam der traditionelle Nachtisch an die Reihe, der in der Hagadah eine große Rolle spielt. Zu Beginn des Abends nämlich bricht der Hausherr ein Stück Mazzah ab und legt sie in eine Serviette gewickelt zurück. Zum Schluß des Mahles teilt er an jeden Tischgenossen ein kleines Stückchen davon aus, nach dessen Genuß jeder weitere Bissen verboten ist. Damit diese wichtige Zeremonie nun nicht einmal vergessen und so das Ritual an einem entscheidenden Punkte verletzt wird, hat sich die kuriose Sitte herausgebildet, die ein mit Eifersucht gewahrtes Vorrecht der Kinder geworden ist, dieses Stück Mazzah – den sogenannten Aphikoman – zu stehlen und ihn erst gegen ein Lösegeld des Hausherrn zurückzugeben. Der Dieb natürlich denkt in seiner Hoffnung auf das Lösegeld schon zur rechten Zeit daran und erinnert nötigenfalls selbst den Hausherrn.

Die kleine Komödie spielte sich in gewohnter Weise ab: Moische Schlenker spielte schmunzelnd den Nichtsahnenden, suchte nach dem verschwundenen Schatz, verdächtigte der Reihe nach alle Tischgenossen und war aufs höchste überrascht, als Jacob sich als der Missetäter bekannte. Die Verhandlungen wegen der Auslösung gingen glatt vonstatten; nur Heinz war überrascht, wie Jacob als Preis nichts anderes verlangte und zugesichert erhielt als – Goethes Faust. – Riwke aber protestierte und erklärte, daß Jacob für sie mitgestohlen habe; sie begehre für ihr Teil eine besondere Spende für Palästina. Auch das wurde bewilligt, und man hätte nun an das Verzehren des Aphikoman gehen können, wenn nicht Heinz plötzlich entdeckt hätte, daß auch sein ihm eben zugeteiltes Stückchen verschwunden war. Es gab viel Gelächter, bis endlich Riwke, deren Erröten ihre Täterschaft leicht ahnen ließ, das Stück zum Vorschein brachte. Sie lehnte es ab, Heinz' Begehren nach Aussprechen eines Wunsches zu erfüllen, und wollte von keinem Lösegeld etwas wissen. Heinz aber protestierte entschieden, und es setzte für den ganzen weiteren Abend ein mit harmlosen Neckereien zwischen ihnen geführter Kleinkrieg ein.

Die Hagadah wurde wieder vorgenommen: das Tischgebet von unendlicher Länge wurde rezitiert, Psalmen wurden in fremdartig getragenem Ton gesungen, und die beiden letzten Becher wurden getrunken.

Es gab noch einen Zwischenfall, der auf Heinz einen tiefen Eindruck machte. Ein großer Becher, der bis dahin unbenutzt gestanden hatte, wurde bis zum Rande gefüllt auf den Tisch gestellt, und Riwke öffnete auf des Vaters Geheiß die Zimmertür und das Haustor.

»Für den Propheten Elijahu«, sagte Moische Schlenker ernst, »den Erlöser, der uns nach Palästina zurückführen soll«, und alle erhoben sich und blickten nach der Tür, als ob sie erwarteten, daß der Prophet eintreten und den Becher leeren würde. –

Die Türen blieben einige Sekunden offen, und man hörte von weit her verworrenes Geschrei. – Dann fiel das Tor ins Schloß, und Riwke kehrte an den Tisch zurück. Sie begegnete den fragenden Blicken ruhig und setzte sich an ihren Platz.

»Betrunkene Bauern!« sagte sie. »Kujaroffs Bande. – Sie trinken sich Mut an für den Pogrom!«

»Ein echtes Pessach, – ein rechter Seder!« sagte Moische Schlenker. »Diese Nacht war oft das Zeichen zum Mord an unserem Volke. – Wir sollen aber nicht vergessen: Gäste sind wir in ihrem Lande!« –

Die Tür war geschlossen; alles Unheilige und aller Unfriede blieb draußen. Man wandte sich zur Hagadah zurück und sang weiter, bis alles in den Jubelruf ausbrach:

»Im künftigen Jahr in Jerusalem!«

Ganz zum Schluß bringt die Hagadah noch einige harmlose Scherzlieder, mit denen der Festakt sein Ende erreicht. –

Riwke trat mit Heinz auf die Straße und zeigte ihm die Richtung, die er zum Hotel einschlagen mußte. – Er hielt ihre Hand fest und zögerte etwas.

»Zum Abschied für heute«, sagte er hastig, »muß ich meine Schuld lösen. – Nehmen Sie das und denken Sie an mich!«

Damit streifte er ihr geschickt einen hübschen kleinen Ring an den Finger und eilte fort, ehe sie sich von ihrer Überraschung erholt hatte. Er kam sich merkwürdig jung vor heute abend und wunderte sich eigentlich, daß er sich gar nicht seines Betragens schämte, das so ganz und gar nicht zur Matthäikirchstraße und zu den Stülp-Sanderslebens paßte. –

Riwke stand noch einige Zeit in der Haustür und drehte gedankenvoll und bewegt ihren Ring.

Es war ein schöner sternenklarer Abend; von weitem hörte man Kujaroffs Bauern johlen.

Abwehr

I

»Dein süßer Magnus hat sich also diesmal doch bewährt, Else«, sagte Lehnsen vergnügt; man saß wieder beim Frühstückstisch, diesmal ohne Heinz, und studierte die Morgenpost. »Ostermann hat nun das Stipendium sicher. Das Votum von Magnus ist lesenswert. Du kannst Ostermann wohl durch den Baron eine vorläufige Nachricht zukommen lassen.«

Frau Lehnsen sagte zufrieden:

»Na, endlich! Eine Schande vor den Leuten, daß das so lange gedauert hat! Was solch ein Mensch wie der Magnus sich alles herausnimmt! – Ich sehe die Baronin heute mittag im Komitee zur Beschaffung erbaulicher Lektüre für Heer und Marine; da werde ich ihr die Freude machen. – Was hat die Post sonst gebracht? Nichts von Heinz?«

»Nur Drucksachen«, sagte der Direktor, in einer Broschüre blätternd. »Hier sind die Thesen für den Petersburger Kongreß – eine umfangreiche Tagesordnung; – wenn sie das alles zwischen den Diners, Empfängen und Besichtigungen durcharbeiten wollen, müssen sie sich dranhalten. – Besserungstheorie – die internationale Bekämpfung des Mädchenhandels – Verschärfung der Strafen gegen Erpresser.« –

»Wenn Heinz sich nur nicht überanstrengt«, sagte Frau Lehnsen besorgt.

»Keine Angst«, lachte der Direktor. »Wenigstens nicht bei den Tagungen des Kongresses. Wie ich unsern Herrn Sohn kenne, wird er sich mehr mit den Lichtseiten des Petersburger Nachtlebens beschäftigen als mit den Nachtseiten des menschlichen Lebens. Ich habe es in meiner Jugend nicht so gut gehabt; zu internationalen Kongressen hat's nicht gelangt. – Ich hätte – na, wenn ich in Petersburg wäre, würde ich am Ende auch ein Wörtchen mitreden!«

Er schob das Buch zur Seite und goß sich mit energischem Schwung eine neue Tasse Kaffee ein.

Frau Lehnsen sah ihren Mann etwas verwundert an.

»Vielleicht kannst du Heinz schreiben, was du zu sagen hättest«, sagte sie. »Es wäre doch schön, wenn er ins Protokoll käme. Wenn du eine gute Idee hast, wäre es doch schade, sie nicht zu verwerten.«

»Und so bliebe sie in der Familie«, lachte Else. »Wirklich, Papa, – Heinz als juristische Leuchte möchte ich sehen. Das Wort hat der Referendar Heinz Lehnsen aus Berlin.« –

»Das fehlte noch«, brummte Lehnsen. »Es ist schon besser, er bummelt durch sämtliche Petersburger Nachtlokale, als daß er dort auf dem Kongreß den Mund aufmacht und sich durch seine paradoxe Art die Karriere endgültig verpfuscht.«

»Durch das Vorbringen *deiner* Ideen?« fragte Else etwas spöttisch. »Hättest du ihm denn solche umstürzlerische Tips gegeben?«

»Das ist es ja eben!« sagte Lehnsen gut gelaunt und strich sich ein Brötchen. »Irgendwoher muß der Junge sein Wesen doch haben; ich habe mich nur stets in Zucht zu halten gewußt. In mir sitzt aber immer noch massenweise aufgestapelter Explosionsstoff. Bisweilen verspüre ich eine fast unüberwindliche Lust, aufzuspringen und alles kurz und klein zu schlagen.«

»Sei so gut«, sagte Frau Lehnsen erschrocken und rückte die Kaffeemaschine zur Seite.

»Papa!« rief Else erstaunt und klatschte in die Hände, »Fahre so fort, und du bist meines Wohlwollens sicher. Was muß ich an dir erleben!«

Sie war so interessiert, daß sie die Zeitung, die sie eben einer Kreuzbandsendung entnommen hatte, zusammengefaltet in der Hand behielt, ohne hineinzublicken.

»Ja«, sagte Lehnsen nicht ohne Selbstgefälligkeit, stand auf und spazierte im Zimmer herum. »Meine Kinder halten mich für einen Erzphilister, für einen trockenen Paragraphenmenschen und braven preußischen Beamten. In gewissem Sinne stimmt das; ich stelle nichts anderes dar. Aber ich war doch schließlich auch einmal etwas anderes; ich war doch einmal und bin's in gewissem Sinne noch – ich war –«

»– Jude«, sagte Else.

»Else!« rief Frau Lehnsen empört.

Lehnsen war etwas aus dem Konzept gebracht.

»Ich war einmal jung, wollte ich sagen«, sagte er etwas zerstreut; er schien über die Unterbrechung betreten. »Übrigens, vielleicht – einerlei! Ich wollte etwas anderes sagen: Ja, – als ich in den letzten Gerichtsferien in Moabit den Strafrichter spielen mußte, da war's besonders stark in mir. Da mußte ich mich bisweilen beherrschen, um nicht mitten in der Verhandlung im Gerichtssaal loszuplatzen. Was treiben wir da für ein schändliches Handwerk! Welche alberne Komödie führen wir da auf! – Na, ich habe es ja glücklicherweise nicht getan und gesagt, sondern ich habe weiter im Namen des Königs Recht gesprochen, Altar und Vaterland geschützt, – aber ich habe mir wenigstens nie eingebildet, mit Zuchthaus die Moral und Sittlichkeit heben zu können.«

»Du bist ja ein Revolutionär, Papa!« rief Else entzückt.

»Ja, aber ein ganz geheimer!«

»Herr wirklicher Geheimer Revolutionärsrat Lehnsen – oder, wenn's schon geheim ist, – sagt man da nicht besser Levysohn?« lachte Else, sich mit ihrem Blatt in den Schaukelstuhl werfend.

»Else, du bist abscheulich!« rief Frau Lehnsen.

»Revolutionäre sind wir alle!« sagte Lehnsen. »So dumm sind wir doch nicht, auf den Schwindel selbst mit hineinzufallen! – Ich komme auf alle die Dinge, wie ich jetzt diese Thesen zum Erpressertum lese. Das Ganze kommt doch darauf hinaus, Verbrecher, Idioten oder Feiglinge zu schützen! – Strengere Bestrafung des Erpressers wird gefordert; das ist eine Prämie auf die Heuchelei und Verlogenheit der Gesellschaft! Der erbärmliche Kerl, der sich erpressen *läßt*, müßte bestraft werden! Aber freilich gibt sich mancher eher der Willkür eines notorischen Lumpen preis, als daß er sich der Gerechtigkeit und Moral der Gesellschaft und des Staates anvertraut. – Ist es nicht absurd? Da hatte ich einen Kerl, der vor zehn Jahren eine Zuchthausstrafe verbüßt hatte, – er hatte also sein Verbrechen – Meineid war's, glaube ich – längst abgebüßt, hatte, wie man so schön sagt, seine Schuld gesühnt. Und der hat nach und nach sein ganzes Vermögen einem Erpresser hingeworfen, sich völlig ruiniert, um nur nicht diese seine Jugendsünde bekannt werden zu lassen. – Erbärmlich!« –

Er setzte sich nieder und griff zur Zeitung; Frau Lehnsen hatte sich mit einer Stickerei ans Fenster gesetzt.

»Es ist aber doch unrecht von Heinz, nicht mal eine Karte von unterwegs zu schicken, – von der Grenze oder – Else! Um Gottes willen! Was hast du?«

Else saß blaß und verstört da und starrte auf das Zeitungsblatt, das sie dem Kreuzband entnommen hatte.

»Was gibt's denn?« fragte der Direktor, nun auch beunruhigt, und griff nach dem Blatt. »Was? Die ›Posaune‹? Wie kommt das Revolverblatt zu uns ins Haus?«

Else deutete stumm auf eine Stelle, die rot angestrichen war.

Lehnsen las stirnrunzelnd:

»Der entsittlichende Einfluß des Judentums. – Ja, – was geht denn das uns an?«

»Die Vorbemerkung!« stöhnte Else.

»Die Vorbemerkung? Was ist denn –?«

Er las schnell für sich die Zeilen, und seine Frau sah mit wachsendem Schrecken, wie ihm die Zornesröte ins Gesicht stieg.

»Diese verfluchte Bande!« brach er dann wütend los und schleuderte das Blatt zusammengeknautscht auf die Erde. »Dieses Gesindel! Diese Erpresser! Erpresser! – Gemeine Erpresser!«

Er trampelte wütend auf dem Papier herum.

»Verdammtes Judenpack!«

II

Die Schriftleitung der »Posaune« hatte dem Artikel Ostermanns eine Vorbemerkung vorausgeschickt, welche also lautete:

Wir bringen nachstehend aus der Feder eines der gründlichsten Kenner der jüdisch-talmudischen Literatur, welcher aus von uns vollauf gewürdigten Gründen ungenannt bleiben will, einen hochbedeutsamen Aufsatz, dem andere desselben Verfassers folgen dürften. Wir haben uns, wie unsere Leser wissen, stets der strengsten Objektivität befleißigt, auch unseren schlimmsten Feinden, auch den Juden gegenüber. Wenn wir heute, um unsere bedrohte deutsche Sittlichkeit gegen das Eindringen orientalischer Anschauungen zu schützen, mit aller Deutlichkeit und Schärfe rücksichtslos vorgehen, so wird uns das nicht hindern, auch ausnahmsweise auftretende versöhnlichere Seiten des jüdischen Lebens zu würdigen. Vielleicht werden wir schon in der nächsten Nummer unseren Lesern eine kleine, einer gewissen Pikanterie nicht entbehrende Episode aus dem Salon eines getauften Berlin-W-Juden bieten, welche deutlich beweist, wie jüdischer Familiensinn und jüdisches Gemeinschaftsbewußtsein alle sozialen und andere Schranken übersteigt. Man denke sich den mit gemalten Kreuzigungen und lebenden Offizieren und Baronen dekorierten Empfangssalon eines frisch konvertierten Berliner Titelträgers, in dem als Gratulant bei einer häuslichen Feier im Schmucke seiner Schläfenlocken – aber wir wollen der Schilderung nicht vorgreifen, sondern verweisen auf die nächste Nummer und das Feuilleton: »Die Mischpoche des Direktors« oder »Blut ist dicker als Wasser«. – Heute kam es uns nur darauf an, zu zeigen, daß wir auch jüdische Tugenden anerkennen. Hoffentlich wird die Intensität des Familiensinns auch von der freiherrlichen Familie gewürdigt, welche sich mit der des Direktors demnächst zu verschwägern gedenkt. Wir werden über die Vermählungsfeier und die zu erwartende Verbrüderung zwischen Frack, Waffenrock und Kaftan seiner Zeit pflichtgemäß berichten. –

»Um Gottes willen!« kreischte Frau Lehnsen, als ihr die Sachlage endlich klargeworden war. »Das ist ja entsetzlich! Wir sind unmöglich! – Und es soll noch ein Artikel kommen! Du mußt das verhüten, Adolf! Das muß die Polizei verbieten!«

»Die Polizei ist da ganz machtlos!« sagte der Direktor, der sich von seinem Wutanfall erholt hatte und nun aus dem Fenster starrte.

»Ja, wozu ist denn die Polizei da?« schrie Frau Lehnsen außer sich. »Man kann uns ungestraft verhöhnen und ins Unglück stürzen?!«

»Noch haben wir keinen Angriffspunkt«, sagte Lehnsen finster. »Soll ich vielleicht hingehen und öffentlich erklären: ich bin mit dem Artikel gemeint? Noch sind wir ja nicht genannt; das soll noch kommen! Verhindern kann die Polizei das nicht, – nachträglich, wenn's geschehen ist, – ja! Wenn wir dann klagen wollen, ist auch zehn gegen eins zu wetten, daß dem Kerl von Redakteur nicht beizukommen ist, aber die Verhandlung wird ein hübsches Schauspiel werden! Und ihr und Baron Anselm als Zeugen! Ihr könnt euch immer schon im Schwören üben!«

»Sprichst du im Ernst, Adolf?« fragte Frau Lehnsen verstört.

Else, die bis dahin vor sich hin geschluchzt hatte, richtete sich auf.

»Vater! Kannst du nicht mit dem Redakteur sprechen, – ihn aufklären? Er wird doch vernünftigen Darlegungen zugänglich sein!«

»Jawohl«, sagte Lehnsen verbissen, »du kannst dich darauf verlassen. Sie werden goldenen Gründen zugänglich sein! Das Ganze ist nichts als eine der bei diesem Revolverblatt üblichen Erpressungen! – Wenn ich nur wüßte, welcher Schuft denen die Geschichte zugetragen hat! – Und dieser Heinz, – der uns die ganze schöne Suppe eingebrockt hat, amüsiert sich inzwischen. – Jetzt könnte er ja mal seine jüdischen Instinkte befriedigen! Wir haben jetzt alle Aussicht, Opfer des Antisemitismus zu werden! – Und er bummelt und hat keine Ahnung von solchen Dingen!«

»Aber Vater!« sagte Else, die jetzt die ruhigste war, und hielt ihn, der wütend im Zimmer herumrannte, fest. »Es muß doch etwas geschehen. Wenn es mit Geld abzumachen ist, ist es doch nicht so schlimm!«

»Soll ich, der Landgerichtsdirektor Lehnsen, dieser Bande noch Geld in den Rachen schmeißen, damit sie den Mund halten? Ich soll mit diesen Banditen verhandeln? – Noch dazu bei meinen Anschauungen über Erpresser und ihre sogenannten Opfer? – Ich würde mich ja mitschuldig machen! –

Erst vor kurzem habe ich an Gerichtsstelle bei einer Urteilsverkündung öffentlich einen solchen Feigling gekennzeichnet! Damals handelte es sich um einen Kaufmann, der sich an einem halbwüchsigen Mädchen vergangen hatte, und aus Angst vor dem Gefängnis –«

»Aber unser Fall ist viel schlimmer!« rief Frau Lehnsen händeringend. »Bedenke doch nur! Sollen wir uns als Juden durch die Presse schleifen lassen? Wir werden ja unmöglich – man kann sich nicht mehr sehen lassen! – Und das Kind! Wenn Baron Anselm die Geschichte hört, ist alles aus!«

»Es ist eine verfluchte Geschichte!« sagte der Direktor finster und starrte wieder aus dem Fenster.

Else trat zu ihm und legte den Arm um ihn.

»Vater«, sagte sie leise, »du mußt das Opfer bringen! Du mußt zu den Leuten gehen und mit ihnen verhandeln! Es ist unwürdig – ich verstehe das ganz gut. Aber – siehst du – wenn man alles richtig bedenkt – letzthin hat Heinz darüber gesprochen, – und ich habe nachgedacht: schließlich ist das ja nur ein neues Glied in der alten Kette. Es ist doch nicht die erste Erpressung an uns! Von dem Moment an, wo wir uns entschlossen haben, unser Judentum zu verleugnen, haben wir uns ständig in Erpresserhände begeben. – Dafür, daß die anderen unsere Abstammung vergessen, müssen wir ständig zahlen und uns demütigen. Wir sind keine freien Menschen mehr! Diese Beiträge zu Kirchenbauten, das Stipendium für Ostermann, – mein großes, silbernes Kreuz, deine Diners, die Auswahl des Umganges, die Lektüre, die politische Parteibetätigung, die Verleugnung aller ursprünglichen Gefühle, – dieses ganze ewige auf dem Qui vive sein, – ist das nicht alles erpreßt? Und weiß das nicht jeder? Und sind nicht die Juden hier allesamt in Wucherer- und Erpresserhänden? Muß der Jude nicht jede Anerkennung, jeden lächerlichen Titel mit der zehnfachen Leistung im Vergleich zu anderen erkaufen? Was anderen in den Schoß fällt, ist für ihn gar nicht oder nur gegen ungeheure Gegenleistung zu erringen. – Es gibt Juden, die sich nicht unter den Zwang beugen – von Anfang an nicht, – und die eigensinnig darauf bestehen, ihr eigenes Leben zu leben. Damit ist's doch für uns vorbei! Auf halbem

Wege stehenbleiben, das gibt's da nicht. – Wir sind nun einmal diesen Weg gegangen, – du hast ihn gewählt und hast es gut gemeint. Vielleicht, wenn du geahnt hättest – jetzt ist es zu spät. Sieh mal, – ich rede doch selten ein ernstes Wort und gar darüber – darüber sprechen wir doch überhaupt schon niemals sonst! Aber, wenn ich schon diese Gedanken durchgedacht habe, dann sind sie dir gewiß nichts Neues! Es hilft nichts mehr – wir müssen jetzt schon bis ans Ende! Wir müssen durchs Joch! – Und jedem Erpresser sind wir ausgeliefert! – Aber schließlich – mir scheint – die Herren von der ›Posaune‹ sind noch nicht die schlimmsten! Sie sind noch die ehrlichsten und wollen nichts als nur Geld!«

Es blieb lange Zeit ganz still im Zimmer; nur Frau Lehnsen in der Sofaecke weinte bitterlich. Endlich regte sich der Direktor; er machte sich von Else los und ging mit abgewandtem Gesicht zur Tür.

»Ich werde jetzt gleich zur Posaune«, sagte er still und ging hinaus.

III

»Ich lasse bitten«, sagte Assessor Borchers von der Staatsanwaltschaft beim Landgericht I seufzend, nachdem er lange verwundert die Karte betrachtet hatte, welche ihm von dem Gerichtsdiener auf den Tisch gelegt war:

Dr. phil. Joseph Magnus
Rabbiner

bittet in seiner Eigenschaft als stellvertretender Vorsitzender des General-Verbandes mosaischer Untertanen im deutschen Reiche in einer dringlichen Angelegenheit um eine Unterredung.

»Einen Augenblick, Starke«, rief der Assessor, als der Diener schon die Klinke gefaßt hatte. »Meint der Herr wirklich mich? – Am Ende stellt sich nach einer halben Stunde heraus, daß ich gar nicht zuständig bin?«

»Aber Herr Assessor kennen mich doch? Ich weiß doch Bescheid!« sagte der Alte vertraulich. »Ich werde doch nicht den Herrn Assessor umsonst belästigen lassen und noch dazu – ich habe gefragt, in welcher Angelegenheit; er sagte, es sei noch keine Akte angelegt, – eine neue Sache. Aber im Sekretariat hat man ihn hierher gewiesen, da es sich um das Spezialdezernat des Herrn Assessor handele. Also soll ich ihn nun reinlassen oder lassen wir ihn noch etwas warten?«

»Also, – ich lasse bitten!« sagte Borchers hoffnungslos.

Der Rabbiner trat ein, – im dunklen Paletot mit Samtkragen und braunen Glacéhandschuhen, den blanken Zylinder in der Hand. Unter dem Arm trug er eine hellgelbe glänzende Aktentasche von imponierendem Umfange. – Sein Gesicht war in würdevolle Falten gelegt und kündete Dinge von größter Wichtigkeit.

»Rabbiner Doktor Magnus«, stellte er sich vor.

»Borchers«, sagte der Assessor sich erhebend und blieb stehen. »Womit kann ich dienen?«

»Ich möchte die gewiß knapp bemessene Zeit einer hohen Staatsanwaltschaft nicht ungebührlich und gewiß nicht unnütz in Anspruch nehmen«, sagte Magnus, jedes Wort so liebevoll behandelnd, daß es als vollendetes akustisches Kunstwerk zum Vorschein kam und bedeutende Vorstellungen über die Tiefe der hinter ihm verborgenen Gedanken erwecken mußte. »Das liegt mir fern, da ich selbst im tätigen Leben, – im öffentlichen Leben stehe, – und auch, wenn schon in einem beschränkten Kreise, öffentliche Interessen vertrete. Niemand weiß besser als ich, daß wir alle Sklaven der Arbeit sind, – aber immerhin halte ich es für meine Pflicht, bei der ungewöhnlichen Bedeutsamkeit der Angelegenheit, welche mich hierher führt, – bedeutsam nicht nur für die Gemeinschaft, in deren Namen hier zu sprechen ich die Ehre habe, sondern bedeutsam in erster Reihe und vor allem für unser geliebtes Vaterland und dessen kulturelle Entwicklung, – ich halte es, sage ich, für meine Pflicht, von vornherein darauf aufmerksam zu machen, daß ich doch vielleicht etwas werde ausholen müssen und sich die Sache doch kaum so im Handumdrehen, sozusagen zwischen Tür und Angel wird erledigen lassen. Ich –«

Er sah sich unruhig um.

»Bitte, nehmen Sie doch Platz«, sagte der Assessor resigniert und wies auf einen Stuhl, selbst wieder seinen Sitz einnehmend. »Ich wäre Ihnen nur dankbar, wenn Sie sich wirklich – Ich bin etwas überhäuft.«

»Ich komme also gleich in medias res!« sagte Magnus. »Gestatten Sie, daß ich mein Material ausbreite.«

Er entnahm der Aktenmappe einige Bücher von bedrohlichen Dimensionen, einen Haufen Broschüren und Zeitungsblätter und baute alles vor sich auf dem Aktenbock auf, der zwischen ihm und dem Assessor stand. Dabei zog er einen kleinen Notizblock mehrfach zu Rate.

Borchers verfolgte befremdet diese Vorbereitungen.

»Würden Sie nicht zunächst die Güte haben, mir zu sagen, um was es sich handelt«, sagte er höflich mit einigem Nachdruck.

»Einen Augenblick – ich habe nur, um nachher nicht im Laufe meines Vortrages unliebsam aufgehalten zu werden, – Zeit ist Geld – alles systematisch vorbereitet, – sozusagen mein Handwerkszeug. – Ich bin schon fertig! Ich komme also, wie gesagt, in medias res! – – Das Wort des verewigten kaiserlichen Dulders, daß der Antisemitismus die Schande unseres Jahrhunderts sei, hat eine neue, tieftraurige und mich als Deutschen tief beschämende Bestätigung erhalten. Eines jener hauptstädtischen Organe, – welche als Giftpilze im deutschen Blätterwalde bezeichnet werden können, – ein Blatt, welches auch der Königlichen Staatsanwaltschaft schon dienstlich nicht unbekannt sein dürfte, – nämlich die Wochenschrift ›Die Posaune‹ hat in ihrer neuesten Nummer unter dem Titel ›Der entsittlichende Einfluß des Judentums‹ einen Artikel gebracht, welcher die wesentlichsten und heiligsten altehrwürdigen Einrichtungen der jüdischen Religionsgesellschaft verächtlich macht, – in den Kot zieht, kann ich wohl sagen, – und uns Israeliten in unserer Gesamtheit und jeden einzelnen von uns auf das schwerste in den heiligsten Gefühlen verletzt.«

»Einen Augenblick!« unterbrach der Assessor. »Sie wünschen, wenn ich Sie recht verstehe, das Einschreiten der Staatsanwaltschaft gegen die ›Posaune‹ wegen eines antisemitischen Artikels?«

»Ich bin durchaus richtig verstanden, und ich –«

»Haben Sie den Artikel da?«

»Hier ist das Corpus delicti. Ich habe mir erlaubt, die in Frage kommenden Stellen am Rande rot anzustreichen, und ich darf wohl –«

»Gestatten Sie, daß ich selbst hineinblicke.«

Borchers las mit geübtem Blick die angestrichenen Stellen, über den übrigen Text flüchtig hinwegsehend, während Magnus aufmerksam die Wirkung der Lektüre beobachtete. Doch behielt das Gesicht des Assessors seinen unverändert kalten Ausdruck. – Er zuckte gleichmütig die Achseln.

»Und diese Bücher da?« fragte er dann, auf das auf dem Bock aufgestapelte Material zeigend.

»An der Hand dieser Literatur möchte ich mir erlauben, Schritt für Schritt und Zeile für Zeile die objektive Unwahrheit der Anwürfe nicht nur, sondern auch den bösen Glauben des Verfassers dieses Schandartikels nachzuweisen. – Es handelt sich um böswillige Kompilation alles nur je im Laufe der Zeiten und Jahrhunderte aufgehäuften Wustes von Erfindungen und Verleumdungen. Der Verfasser hält sich zum Beispiel hier an Rohlings längst widerlegte Fälschung bezüglich der Stelle aus dem –«

»Verzeihung, Herr Rabbiner, – es hat wirklich keinen Zweck, mir das Material vorzuführen. Es wäre schade um Ihre und meine Zeit. Wenn Sie das alles mir überlassen wollen, wird, falls nötig, ein unparteiischer Sachverständiger –«

»Herr Assessor! Die Wissenschaft hat längst durch ihre berufenen Vertreter, von denen ich nur christliche Theologen von der Bedeutung eines Strack, eines –«

»Das wäre ja eine spätere Sorge. Zunächst ist doch die Frage zu prüfen, ob überhaupt eine strafbare Handlung, und wenn ja, – ob ein öffentliches, das Einschreiten der Staatsanwaltschaft rechtfertigendes Interesse vorliegt –«

»Öffentliches Interesse? Ja, Herr Assessor, ich wundere

mich, – ist das überhaupt eine Frage? – Es ist doch von dem eminentesten öffentlichen Interesse, sollte ich denken, daß eine Verhetzung der Staatsbürger untereinander, eine Aufweckung der niedrigsten Instinkte gebührend geahndet wird. Eine verständnisvolle innere Politik wird in der Aufklärung das beste Mittel –«

»Wir treiben hier keinerlei Politik und keine Aufklärung«, sagte Borchers kühl. »Wir haben nur zu prüfen, ob und welche Paragraphen des Strafgesetzbuches verletzt sind.«

»Gewiß, gewiß – ich verkenne das nicht. Aber ich sollte meinen, das Interesse der Allgemeinheit –«

»Herr Rabbiner, – Sie werden doch zugeben müssen, daß Sie hier nicht objektiv sind, gar nicht objektiv sein können. Sie als Israelit –«

»Herr Assessor«, sagte Magnus mit Nachdruck. »Ich möchte betonen, daß ich hier nicht nur als israelitischer Kultusbeamter und Seelsorger spreche, – sondern vor allem und in erster Linie als mosaischer Untertan im Deutschen Reich.«

Borchers warf einen verwirrten Blick auf die Visitenkarte. »Ach ja, Sie sind –«

»Stellvertretender Vorsitzender des Generalverbandes mosaischer Untertanen im Deutschen Reich«, sagte Magnus mit Würde. »Unser erster Vorsitzender ist der Herr Geheime Kommerzienrat Maier, – ich bin aber der eigentlich mit den laufenden Geschäften Befaßte. Und als Untertan, wennschon als mosaischer, – aber doch als Untertan im Deutschen Reich muß ich sagen, daß es vor allem im Interesse unseres geliebten Vaterlandes, im wohlverstandenen Interesse der deutschen Staatsbürger liegt, dieser Verhetzung und Verdummung entgegenzutreten. Wir erfreuen uns unter der glorreichen Regierung unseres Herrscherhauses ja der weitgehendsten Toleranz und Duldung, wie ich nicht verkenne. Und wenn selbst hie und da leider noch unüberbrückbare Vorurteile bestehen, so sind das eben Rudimente, welche unter der Sonne der Aufklärung dahinschmelzen werden wie – wie der Schatten an der Wand. Wenn ich vielleicht ein sinnreiches Bild aus dem Schatze altjüdischer Weisheit gebrauchen darf: unsere Weisen erzählen –«

»Verzeihung, Herr Rabbiner – sosehr mich das gewiß sehr sinnreiche Gleichnis interessieren würde – die Arbeit drängt. Und Ihnen wird ja auch daran liegen, daß in dieser Sache eine rasche Entscheidung erfolgt –«

»Allerdings! Bis dat qui cito dat! Eine sofortige Beschlagnahme des Blattes zur Verhütung weiterer Verbreitung erscheint mir das im Moment Wichtigste.«

»Ich werde also die Angelegenheit prüfen! Ich stelle anheim, schriftlich Ihre Ansicht zu formulieren. Das Material da nehmen Sie wohl am besten wieder mit, um es für Ihren Schriftsatz zu benutzen.«

»Ja, aber – es vergeht dann soviel Zeit.«

»Die Eingänge werden alle ordnungsgemäß nacheinander erledigt. – Gerade in diesem Fall wäre übrigens jede Übereilung ein Fehler. Ein überflüssiger Eingriff in die Freiheit der Presse muß nach Möglichkeit vermieden werden. Gerade die Ihnen nahestehende Presse –«

»Die mir nahestehende?«

»Ich meine natürlich nicht Sie persönlich. Aber gerade die Grundsätze der Toleranz, des Rechtes der freien Meinungsäußerung, welche ja auch Sie vertreten dürften –«

»Toleranz – für Hetzer und Verleumder? Das ist doch keine Ausübung des Rechtes auf freie Meinungsäußerung mehr, wenn eine Bevölkerungsklasse gegen die andere verhetzt wird. – Der Artikel wird auf der Friedrichstraße ausgeschrien; jeder anständige Israelit muß es als Beleidigung ansehen, wenn –«

»Die Frage der Beleidigung wäre noch besonders zu prüfen. Ich gebe anheim, in Ihrem Schriftsatz auch deswegen Strafantrag zu stellen, obwohl vermutlich mangels öffentlichen Interesses in dieser Beziehung eine Verweisung auf den Weg der Privatklage wird erfolgen müssen. Auch ist die Frage der Aktivlegitimation sehr zweifelhaft, insbesondere ob der Verband der Untertanen mosaischen – na, der Verein mit dem langen Namen, wirklich berechtigt ist, im Namen aller deutschen Juden aufzutreten. Meines Wissens haben Sie auch eine Anzahl von solchen Glaubensgenossen, welche es für zweckmäßiger halten, wenn nicht noch durch öffentliche Verhandlungen die Aufmerksamkeit auf die israelitischen Angelegenheiten gelenkt wird, – die es am liebsten sehen, wenn von israelitischem und mosaischem Glauben nichts erwähnt wird.«

»Ich versichere Sie –«

»Bitte, legen Sie Ihre Ansicht schriftlich nieder. Ich werde die Sache dann prüfen. Freilich kann ich Ihnen nach der flüchtigen Durchsicht wenig Aussicht auf ein Eingreifen machen.«

Der Assessor erhob sich, Magnus hob beschwörend die Hände.

»Aber, Herr Assessor, dieser Standpunkt ist mir unbegreiflich. Unser erster Vorsitzender, der Geheime Kommerzienrat Maier, der bekannte Großindustrielle, auf dessen Veranlassung ich hier bin, hat keinen Augenblick daran gezweifelt, daß die Königliche Staatsanwaltschaft gerade in diesem Falle mit besonderem Eifer ein Exempel statuieren würde, schon um einen erneuten Beweis ihrer Objektivität zu geben, – und noch dazu, wenn es sich um ein Blatt vom Kaliber dieser ›Posaune‹ handelt.«

»Es geschieht also alles Erforderliche, den für uns maßgebenden Bestimmungen entsprechend«, sagte Borchers ungeduldig und wandte sich seiner Akte zu. »Mehr kann ich Ihnen nicht sagen; ich erwarte also zunächst Ihre Eingabe.«

»Ich muß mich dem fügen«, sagte Magnus verstimmt und packte sein Material langsam wieder in die Tasche. »Ich muß aber nochmals betonen, – ein negatives Resultat würde mich als Deutschen noch mehr wie als Juden mit tiefem Schmerz erfüllen. – Schon jetzt herrscht starke Beunruhigung; wenn es zu Ausschreitungen kommt, die ich keineswegs für ausgeschlossen halte –«

»Wenn Sie mir einen solchen Fall zeigen und den strikten Beweis führen können, daß wirklich aus Ursache dieses Artikels einer Ihrer Glaubensgenossen insultiert und in einem nicht im Privatklagewege zu erledigenden Ausmaße in seiner körperlichen Integrität verletzt worden ist, werden Sie mich auf dem Posten finden. –«

Nunmehr verbeugte er sich so entschieden, daß Magnus

sich wohl oder übel empfehlen mußte. Er nahm die Tasche unter den Arm, den Zylinder in die Hand und verließ nach höflicher kühler Verbeugung das Zimmer.

Er sah sich auf dem langen Gang um und suchte sich zu orientieren. Er ging aufs Geratewohl nach links, hatte aber nur erst etwa 50 Schritt gemacht, als er hinter sich seinen Namen rufen hörte. Er sah sich um und erblickte den Assessor, der, die »Posaune« in der Hand, hinter ihm hereilte.

»Einen Augenblick noch, Herr Rabbiner! Würden Sie die große Güte haben, sich noch einmal in mein Zimmer zu bemühen. – Mir ist eben noch etwas eingefallen, – ich hätte in der Angelegenheit noch einiges mit Ihnen zu besprechen.«

Höchst erstaunt kehrte Magnus um; der Assessor war wie verwandelt, rückte ihm den Stuhl zurecht und war die Höflichkeit selbst. – Er erklärte ihm, daß er doch jetzt zu dem Resultat gekommen sei, daß ein sofortiges Eingreifen und eine schleunige Beschlagnahme unbedingt am Platze sei. Er würde gleich alles Notwendige anordnen und sogar persönlich die Beschlagnahme vornehmen. Um die nötige Handhabe zu erhalten, bat er nun doch um die sofortige Erteilung einiger Aufklärungen, – insbesondere welche Religionseinrichtungen verächtlich gemacht seien und dergleichen mehr.

Dr. Magnus packte, wenngleich höchst verblüfft über den plötzlichen Umschwung, aus und gab dem eifrig Notizen machenden Assessor die erforderlichen Unterlagen. Nach einer Viertelstunde verabschiedeten sich die Herren auf dem Korridor, wohin der Assessor seinen Besuch geleitet hatte, um ihm den Weg zu weisen, in liebenswürdiger Weise mit verbindlichem Händeschütteln.

Dr. Magnus suchte den Fernsprechautomaten im Erdgeschoß auf – freudig erregt, doch noch immer darüber brütend, was nur in den wenigen Minuten den Umschwung bei dem Assessor hervorgerufen haben könnte. Er rief bei dem Geheimrat Maier an, um ihm über das Ergebnis seines Schrittes bei der Staatsanwaltschaft Bericht zu erstatten.

Geheimrat Maier steckte tief in seiner Arbeit und hatte nicht Zeit und Interesse genug, um die ausführliche Schilderung anzuhören, die der Rabbiner offenbar beabsichtigte. Magnus hatte eben begonnen, wie kalt und ablehnend anfangs der Staatsanwalt seinen Wünschen gegenübergestanden hatte, und wollte dann länger dabei verweilen, wie es ihm gelungen sei, durch seine eindringlichen Darlegungen diesen Standpunkt zu erschüttern, als Maier ihn unterbrach:

»Ich habe jetzt keine Zeit übrig. Machen Sie's kurz. Das Resultat?«

»Das Resultat ist glänzend! – Als ich kam, hat er mir kaum einen Stuhl angeboten, – als ich ging, hat er mich auf den Korridor hinausbegleitet und mir die Hand geschüttelt.«

IV

Der Schutzmann, welcher vor dem Eingang des Hauses, in dem die »Posaune« ihren Sitz hatte, Posten gefaßt hatte, warf einen Blick voll amtlichen Mißtrauens auf den erregt aussehenden Herrn, welcher mit rotem Kopf und so eilig, als ob er sich auf üblen Wegen befände, dem Taxameter entstieg, dem Kutscher zu warten befahl und ins Haus eilte. Sein Mißtrauen hätte sich freilich blitzschnell in die dienstliche stramme Haltung verwandelt, wenn er geahnt hätte, daß der Herr ein Landgerichtsdirektor war; aber auch diese dienstliche Haltung wäre unangebracht gewesen, denn der Direktor besuchte die Redaktion der »Posaune« durchaus nicht in amtlicher Eigenschaft, sondern ganz und gar aus persönlichen Gründen.

»Was ist denn da drinnen los?« fragte die Gemüsehändlerin, die auf der Kellertreppe stand, ihren schwarzwuscheligen Zigeunerkopf neugierig zwischen der Haustür und dem Aktenwagen hin- und herwendend, der zur Seite hielt.

»Preßdelikt!« sagte der Schutzmann würdevoll. »Zeitungsbeschlagnahme!«

»Ja, diese Zeitungen! Ick sage man!« sagte die Frau. »Diese Judenblätter!«

Der Schutzmann nickte nur stumm; er war dienstlich da und hatte sich politischer Meinungsäußerungen zu enthalten. –

Die Tür zur Redaktion stand offen; Lehnsen sah am Schreibtisch einen Mann sitzen, der gebückt eifrig schrieb, während ein anderer am Tische stehend, den Rücken der Tür zugekehrt, diktierte.

Der Direktor zögerte einen Moment, dann trat er entschlossen ein, ging nah auf den Diktierenden zu und sagte kurz:

»Ich habe mit Ihnen zu sprechen, Herr Redakteur!«

Der Angeredete drehte langsam den Kopf, wendete sich dann aber lebhaft und streckte dem Direktor die Hand entgegen:

»Guten Morgen, Herr Landgerichtsdirektor!«

Lehnsen wich betroffen einen Schritt zurück und starrte den anderen an. Er sah in ein bekanntes Gesicht.

»Herr Assessor Borchers?« murmelte er unangenehm überrascht.

»Es wundert Sie, mich hier zu sehen? Kann ich mir denken. – Sie sehen, die Königliche Staatsanwaltschaft arbeitet prompt. Ich bin dienstlich hier, um auf Grund einer von jüdischer Seite erstatteten Anzeige die Gesamtauflage der neuesten ›Posaune‹ wegen Verächtlichmachung von Einrichtungen des israelitischen Kultus zu beschlagnahmen.«

Er weidete sich mit leisem Lächeln einen Moment an der Verblüfftheit des Direktors. Dann rief er dem Gerichtsschreiber zu:

»Sie können das Protokoll abschließen. Lassen Sie jetzt die aufgeführten Materialien hinunterbringen.«

Der Gerichtsschreiber verschwand ins Nebenzimmer, und Borchers wendete sich wieder dem Direktor zu, der sich auf einen Stuhl niedergelassen hatte.

»Also die Sache hängt so zusammen: Für gewöhnlich erledigt sich ja das Verfahren nicht so prompt; unter normalen Umständen wäre die Verfügung, wenn überhaupt, erst nach einigen Tagen ergangen, wenn die braven Posaunisten schon einen gehörigen Absatz gehabt hätten. Zum Glück sah ich heute früh, gerade als der Herr von dem jüdischen Abwehrverein mich eben verlassen wollte, die Vorbemerkung der Redaktion. Als ich jüngst den Vorzug hatte, Ihrem Fräulein

Tochter meine Glückwünsche zum Geburtstag darzubringen, war ich ja Zeuge eben jenes Zwischenfalles, über den sich das Blatt verbreitet. Die Absicht ist ja klar, und ich freue mich, dieser Gesellschaft mal einen Denkzettel geben zu können und zugleich, indem ich pflichtgemäß energisch eingreife, Ihnen vielleicht einen kleinen Dienst zu erweisen.«

»Sehr liebenswürdig – in der Tat«, sagte Lehnsen mit rotem Kopf, sich nervös auf die Lippen beißend.

»Ich holte mir also den Herrn Rabbiner zurück – übrigens ein wohlbelesener Herr mit erstaunlichen Kenntnissen auf seinem Gebiete, nur eigentlich nicht eben geschaffen für Leute, die nicht viel Zeit haben, ein gewisser Dr. Magnus, falls er Ihnen bekannt ist – und ich ließ mir von ihm einige Informationen geben. Also wirklich, – was der Mann alles wußte, ist schon hanebüchen. Er hatte da gleich Bücher mitgebracht – hebräische zum Teil – die er nur so aus dem Handgelenk lesen konnte, – mir schwindelt schon, wenn ich die Buchstaben nur sehe. – Und es gelang ihm, mich zu überzeugen, daß wirklich ein Einschreiten absolut gerechtfertigt ist. Diese Art des inkriminierten Artikels, dieser pöbelhafte Ton ist geeignet, alle ernsthaften Antisemiten nur zu kompromittieren. – So habe ich jetzt hier die vorläufige Beschlagnahme durchgeführt.«

Er sprach geflissentlich fort, um dem betretenen Direktor Zeit zu gewähren, sich in die neue Situation zu finden, Lehnsen überlegte rasch und erhob sich dann.

»Es war in der Tat sehr liebenswürdig, Herr Assessor«, sagte er zurückhaltend, »daß Sie auch an meine persönliche Angelegenheit gedacht haben. Daß diese auf Ihre amtlichen Entschließungen keinerlei Einfluß gehabt hat, ist ja selbstverständlich. Aber natürlich ist es mir sehr angenehm, daß die skandalöse Notiz nicht allzu weite Verbreitung findet.«

»Ich gehe wohl nicht fehl in der Annahme«, sagte Borchers, der größere Dankbarkeit erwartet hatte, »daß Sie sich eben, um diese Verbreitung zu verhindern, hierher begeben haben?«

»Das hätte wohl kaum mehr in meiner Macht gestanden, aber ich möchte allerdings versuchen, ob ich nicht durch

Verhandeln mit der Redaktion das Erscheinen des angekündigten zweiten Artikels verhindern kann.«

»Wenn Sie mit den Herren sprechen wollen, so finden Sie die hier nebenan, wo die beschlagnahmten Exemplare eben verpackt werden. Ich habe mit den Leuten nichts mehr zu tun; ich kann Ihnen demnach nur den besten Erfolg wünschen.«

»Vielen Dank nochmals, Herr Assessor, für Ihre Intervention.«

»Keine Ursache, Herr Direktor. Ich bedaure nur, daß wir amtlich kein Mittel haben, den Artikel zu verhindern. Aber Sie selbst werden sicher ans Ziel kommen. Ihnen dürften die erforderlichen Mittel zur Verfügung stehen.«

V

Lehnsen trat in den Nebenraum, aus dem zwei Polizisten eben einen großen Waschkorb mit Posaunexemplaren heruntertransportierten, während ein dritter mit dem Gerichtsschreiber einen anderen Korb vollpackte. Ein fetter, untersetzter Herr half ihnen dabei eifrig. – Auf einem Tisch zur Seite saßen ein großer blondbärtiger Mann mit einer langen Pfeife und eine zigarettenrauchende Dame mit rötlichem Haar, welche die Beine übereinandergeschlagen hatte und sich gut zu unterhalten schien.

Lehnsen sah sich ungewiß um.

»Sieh da, welche Ehre!« rief der Blonde, vom Tisch herabsteigend und die Pfeife schwingend. »Herr Landgerichtsdirektor Levysohn – wollt’ ich sagen Lehnsen – macht uns das Vergnügen. Schliephake ist mein Name, Schriftleiter der »Posaune«, – hier mein Mitarbeiter Dr. Hesse. – Ja, wir sind alte Bekannte, Herr Direktor. Sie entsinnen sich nicht mehr? Kann ich mir vorstellen! Die zwei Wochen Moabiter Sanatorium, die Sie seinerzeit so gütig waren, mir zu ordinieren, haben sich mir gründlicher eingeprägt als Ihnen.«

»Lieber Schliephake«, sagte Hesse mißbilligend und brachte einen Stuhl angeschleppt. »Es wäre wohl angezeigter, dem Herrn Landgerichtsdirektor einen Platz anzubieten. Darf ich bitten –«

»Bemühen Sie sich nicht«, sagte Lehnsen verächtlich. »Ich kann mein Geschäft im Stehen abmachen. Sie wissen ganz gut, warum ich komme. Wir wollen geschäftlich sprechen.«

»Wenn Sie ein geschäftliches Anliegen haben«, sagte Hesse mit kummervoller Miene, »ist der Moment ungünstig gewählt. Eine uns vollkommen unverständliche, sicher nicht aufrechtzuerhaltende Maßnahme der Behörde, die uns moralisch und materiell schwer schädigt, zwingt uns, die Ausgabe unserer nächsten Nummer zu beschleunigen. Zum Glück haben wir für diese Nummer ja schon viele Beiträge im Satz, – immerhin nimmt es uns sehr in Anspruch –«

»Wir wollen's kurz machen«, sagte Lehnsen brüsk. »Wieviel verlangen Sie für die Unterlassung des Abdrucks des heute angekündigten Artikels über – Sie wissen ja, wovon ich spreche.«

»Verehrter Herr!« sagte Hesse tiefgekränkt. »Sie sprechen mit uns wie mit Erpressern!«

»Das tue ich«, sagte Lehnsen.

»Sie tun sehr unrecht daran«, sagte Hesse sanft. »Wir erfüllen mit der Herausgabe unseres Blattes eine moralische Pflicht, von der uns abspenstig zu machen nicht Ihr Wille sein kann. Wir bekämpfen den entsittlichenden Einfluß jener Gemeinschaft, von der Sie ja selbst in gerechtem Abscheu bußfertig sich geschieden haben. – Von der Veröffentlichung jenes Artikels abzusehen, könnten wir uns nur entschließen – und dann selbstverständlich ohne einen Pfennig Entschädigung, ohne jedes Entgelt, – wenn Sie uns nachweisen würden, daß unsere Informationen falsch –«

»Eintausend Mark!« sagte Lehnsen, über Hesse hinwegsehend.

»Sie bleiben bei Ihrer Auffassung, Herr Direktor?« fuhr Hesse ruhig fort und schüttelte ergebungsvoll das Haupt. »Sie verkennen uns, – dieser Ihr Zwischenruf beweist, wie falsch Sie uns einschätzen. Wenn wir uns die Mühe und die bedeutenden Unkosten der Informationseinholung gemacht haben, – wenn wir dem Autor ein bedeutendes Honorar zahlen – er würde übrigens, wie ich ihn kenne, eine ganz gehörige Entschädigung verlangen, wenn wir die übernommene Verpflichtung zum Abdruck nicht innehielten, – so geschah das –«

»Wer ist Ihr Gewährsmann?« fragte Lehnsen, immer noch an die Decke starrend.

»Sie werden uns eine Verletzung des Redaktionsgeheimnisses nicht zumuten«, sagte Hesse vorwurfsvoll. »Sollte Ihnen durchaus daran liegen, den Artikel selbst zu erwerben, ihn uns abzukaufen –«

»Fünftausend Mark!« sagte Schliephake brutal. »Laß jetzt dein Gesabbere, Kardinal. Ja oder nein?«

»Das ist eine unverschämte Forderung!« brauste Lehnsen auf.

»Wir sind hier keine Handelsjuden!« sagte Schliephake höhnisch. »Sie wollen kaufen, – wir bestimmen den Preis.«

Hesse hatte sich, mißbilligend den Kopf schüttelnd, zurückgezogen. Lehnsen überlegte einen Moment.

»Werden Sie mir, falls ich zahle, auch Ihren Gewährsmann nennen?« fragte er.

»Ausgeschlossen!« rief Schliephake. »Der kann uns am Ende noch andere gute Informationen liefern. Also, – ist das Geschäft gemacht?«

Lehnsen holte sein Scheckbuch heraus und begann im Stehen zu schreiben.

»Und wer bürgt mir dafür«, sagte er innehaltend, »daß der Artikel oder ein ähnlicher nicht doch noch kommt?«

»Herr Direktor«, sagte Hesse mit der Würde eines Märtyrers. »Ihnen bürgt das Wort zweier deutscher Ehrenmänner.«

Lehnsen lachte verächtlich und warf den Scheck auf den Tisch.

»Da ist das Geld, meine Herren Ehrenmänner! – Pfui Teufel!«

Er ging zur Tür. Hesse sprang hinzu und hielt sie geflissentlich offen.

»Bitte sehr, Herr Direktor! – Stoßen Sie sich nicht, – es ist etwas dunkel auf der Treppe.«

»Beehren Sie uns bald mal wieder, Herr Direktor!« rief Schliephake dröhnend hinterher. – Das Weibsbild quietschte lachend hart auf. –

Lehnsen beeilte sich hinunterzukommen – prallte aber am Treppenabsatz gegen einen Herrn, der in höchster Eile heraufstürmte und mit vorgebeugtem Kopf direkt gegen den Bauch des Direktors anlief. Dem Direktor fiel der Hut vom Kopf, Hesse sprang zur Hilfe die Stufen hinab, aber Lehnsen kam ihm zuvor. Als er sich wieder aufrichtete, sah er in das erschrockene Gesicht von Ostermann.

Wortlos starrten die beiden Männer sich an.

»Also Sie?!« sagte der Direktor zornbebend.

Ostermann fingerte in höchster Verwirrung an seinem verbeulten Hut herum.

»Ich – ich«, stotterte er. »Ich wollte nur, – ich wollte – mich für das Stipendium bestens bedanken.«

VI

Es war ein besonderes Pech des Kandidaten Ostermann, daß Hesse Zeuge dieses Zusammentreffens geworden war. Denn nun bestand die Redaktion der »Posaune« darauf, daß Ostermann ihr den Betrag des Stipendiums als Entgelt für den durch seinen Artikel verursachten Schaden und zur Verrechnung auf die zu erwartende Strafe nebst Gerichtskosten überließ. Andernfalls, drohte man ihm, würde man seinen Namen der Staatsanwaltschaft preisgeben. Als Ostermann sich auf das ihm gegebene Ehrenwort berief, lachte Schliephake nur höhnisch. So verließ er, der gekommen war, um gegen die indiskrete Vorbemerkung seines Artikels zu protestieren, sehr traurig das vor wenigen Tagen mit so stolzen Hoffnungen betretene Redaktionslokal. Damit endete seine journalistische Tätigkeit. –

»Allzu vorsichtig sein, tut nicht immer gut!!«

Das haben wir weiter oben festgestellt und diesen Satz mit dem Beispiel des Landgerichtsdirektors Lehnsen belegt, der nach dem Telephongespräch mit Dr. Magnus aus allzu großer Vorsicht zögerte, seinen Damen sogleich Mitteilung von der neuen Chance des Kandidaten Ostermann zu machen. Jetzt erweist sich die Wahrheit unserer Behauptung. Hätte Lehnsen damals mit der Mitteilung nicht gezögert, würde Ostermann, rechtzeitig benachrichtigt, niemals die Schwelle der »Posaune« überschritten haben, wäre der Familie Lehnsen viel Ärger und nebenbei eine hübsche runde Summe erspart geblieben und hätte das Dezernat des Assessors Borchers nicht die neue Belastung erfahren. Auch hätte der Kandidat Ostermann nicht ein so furchtbar dummes Gesicht machen müssen, als er, aus der Redaktion tretend, seinen gelehrten Artikel in den Aktenwagen verstauen sah. Freilich wäre dann auch die rotblonde Emmy, welche den Kämpen der »Posaune« ihr dornenvolles Dasein versüßte, nicht so schnell in den Besitz der ersehnten Ausstattung von N. Israel, Spandauer Straße, gelangt, die nun dank den fünftausend Mark des Herrn Direktors und dank der hochherzigen Stiftung des alten Schlenker, des Vaters der Frau Direktor, endlich Tatsache wurde. Und auch Dr. Magnus und der Generalverband der mosaischen Untertanen im Deutschen Reich hätten nicht jenen Erfolg zu erzielen Gelegenheit gehabt, der einige Monate später auf der Generalversammlung des Verbandes in einem besonderen, an den rührigen Vorstand und insbesondere an dessen verdienten Geschäftsführer gerichteten Dankesvotum seinen Ausdruck fand.

In dieser Versammlung hatte der Vorsitzende, der Geheime Kommerzienrat Maier, eine ausführliche, den besonderen Verdiensten des Dr. Magnus eingehend gerecht werdende Darstellung der Ereignisse verlesen, welche der arbeitsame Dr. Magnus selbst aufgesetzt hatte. Er konnte anschließend die mit großer Befriedigung aufgenommene Mitteilung machen, daß der verantwortliche Redakteur der »Posaune«, ein gewisser Schliephake, zu einer Geldstrafe von fünfhundert Mark und zur Tragung der Kosten des Verfahrens verurteilt sei.

Darauf wurde das Dankesvotum eingebracht und einstimmig angenommen. Nunmehr erbat sich Herr Dr. Magnus das Wort zu einer wichtigen Mitteilung.

Nachdem er nochmals hervorgehoben hatte, wie gerade dieser Fall so augenscheinlich die Notwendigkeit und das segensreiche Wirken des Verbandes beleuchte, – denn nur sein, des Redners, beharrliches Einwirken auf die Staatsanwaltschaft und die Wucht der von ihm beigebrachten, allerdings unwiderstehlichen Argumente habe die anfängliche Zurückhaltung des Dezernenten in den rührigsten Eifer und die durchgreifendste Energie verwandelt, – ging er zur Hauptsache über. Er führte aus:

Vor Gericht habe der Redakteur sich bekanntlich geweigert, den Verfasser des Artikels zu nennen. Diesen aber, den eigentlich Schuldigen, zu kennen, sei für den Verband von der allergrößten Bedeutung, wenn schon der Gerechtigkeit durch die verhängte Strafe Genüge geschehen und endlich ein abschreckendes Beispiel statuiert sei. Man müsse aber seine Feinde, die Verleumder der mosaischen Untertanen im Deutschen Reich, kennen, um auf sie zu achten, ihre Tätigkeit zu verfolgen und gegebenenfalls schnell eingreifen zu können. Nun habe ihn, Magnus, vor wenigen Tagen ein Mitglied der Redaktion der »Posaune«, ein gewisser Dr. Hesse, aufgesucht. (Bewegung) Dieser, welcher den Eindruck eines ernsten, an sich gutmeinenden, nur mißgeleiteten Mannes von nicht unebenen moralischen Qualitäten mache – (Zwischenruf: Na na!) Soviel müsse man nun seiner, des Redners, Menschenkenntnis schon vertrauen! Man solle gerecht auch gegen seine Gegner sein und sich hüten, nach antisemitischer Methode zu verallgemeinern. (Lebhaftes Bravo) Dieser Herr, der Dr. Hesse, habe ihm anvertraut, daß die Redaktion der »Posaune« es lebhaft bedaure, selbst irregeführt zu sein; es handele sich da um eine Materie, in der sie nicht sachverständig sei. (Hört, hört!) Sie hoffe, daß künftig derartige »Mißverständnisse«, wie Dr. Hesse sich ausgedrückt habe, nicht mehr vorkommen würden, und sie sei bereit, indem sie an den bekannten Opfersinn und die Großherzigkeit der israelitischen Mitbürger appelliere, den Namen des Verfassers jenes Artikels preiszugeben, wenn dagegen der Verband seinerseits sich verpflichte, die Geldstrafe von fünfhundert Mark und die Gerichtskosten auf seine Kasse zu übernehmen. (Unerhört! – Zumutung! – Große allgemeine Bewegung) Er, Redner, habe die Verantwortung nicht auf sich nehmen wollen und überlasse der Versammlung die Entscheidung. Dr. Hesse sei damit einverstanden gewesen und habe seinerseits sich dahin ausgelassen, daß er zu der Einsicht der in der Versammlung vereinigten jüdischen Notabeln einerseits, zu der Ehrenhaftigkeit eines jüdischen Seelsorgers, auch wenn dieser sachlich sein Gegner wäre, andererseits ein uneingeschränktes Vertrauen besäße. Als Zeichen dessen habe er ihm ein geschlossenes Kuvert übergeben, welches den Namen jenes Autors enthalte, und ihn ermächtigt, im Falle der Annahme dieses Vorschlages dasselbe zu öffnen und der Versammlung den Inhalt bekanntzugeben. Er überreiche das Kuvert hiermit dem verehrten Vorsitzenden; damit sei seine Mission vorläufig beendet.

Dieser Schlußeffekt rief eine allgemeine Bewegung hervor. Jedermann fast brannte offensichtlich darauf, durch Öffnung des Umschlages seine Neugier zu befriedigen. Der Geheime Kommerzienrat Maier, welcher den Verhandlungen nur zerstreut folgte, nahm etwas verwirrt das Kuvert aus den Händen des Rabbiners entgegen und drehte es unschlüssig hin und her. Man rief von allen Seiten ungeduldig, er solle es aufmachen, doch setzte noch eine freilich kurze Debatte ein. Ein Redner, welcher dem Rabbiner lebhafte Vorwürfe machte, daß er sich mit jenem Gesindel überhaupt in Verhandlungen eingelassen habe und nun gar als Vertrauensmann des Dr. Hesse fungiere, wurde durch stürmische Schlußrufe zum Niedersetzen gezwungen, und Dr. Magnus fand lebhaften Beifall, als er zurief:

»Wir treiben hier Politik! In der Politik sind alle Mittel recht!«

Den Ausschlag aber gab ein anderer Redner aus Frankfurt mit dem Argument:

»Fünfhundert Mark sind ja gar kei Gegenstand! Wegen fünfhundert Mark brauche wir uns nicht lange herstelle und schwätze.«

Der Vorschlag des Dr. Hesse wurde angenommen, und unter atemloser Spannung öffnete der Vorsitzende das Kuvert.

Er entnahm ihm einen Zettel, setzte umständlich seinen Zwicker auf und las kopfschüttelnd die Aufschrift; dann gab er den Zettel Herrn Dr. Magnus, damit dieser den Namen mitteile.

Dr. Magnus starrte den Zettel so lange an, daß die Versammlung schon unruhig wurde.

»Lesen Sie doch laut!« rief man von mehreren Seiten.

Der Rabbiner gab sich einen Ruck; er griff nervös an seinen Kragen und rief gepreßt:

»Der Verfasser ist ein gewisser Kandidat Ostermann.«

Der Name erweckte bei keinem der Anwesenden sonst eine Erinnerung.

»Kennen Sie ihn?« wurde gefragt.

»Nein! Ich kenne ihn nicht!« sagte Magnus mit rotem Kopf und setzte sich.

»Dann schließe ich die Versammlung«, sagte der Vorsitzende, »indem ich nochmals unserem verehrten Herrn Dr. Magnus unser aller wärmsten Dank ausspreche. Möge er noch oft und lange mit gleichem Erfolg für unsere Sache wirksam sein.«

Pogrom

I

»Wo Bertha nur bleibt! –«

Pastor Bode sah ärgerlich vom Schreibtisch auf; jeden Augenblick stürmte seine Frau diesen Vormittag aus der Küche herein, um aus dem Fenster seines Arbeitszimmers nach dem Kinde auszuspähen. –

»Was hast du nur?« fragte er, verdrießlich die Feder hinlegend. »Das Mädchen wird bei dem schönen Wetter etwas weiter weggegangen sein – nach dem Fluß zu – oder sie hat sich verplaudert –«

»Sie weiß, daß sie nicht aus dem Gouverneursgarten heraus soll, und mit wem sollte sie sich wohl verplaudern? Sieh nur mal hinaus! Die Straßen sind ganz öde. Wo sind nur auf einmal heute alle die vielen Juden geblieben, die da sonst herumspektakelten. Das ist ja unheimlich! Auch die Droschken an der Ecke fehlen! Die Kutscher sind ja natürlich auch Juden! Jüdische Kutscher! Schrecklich! Alle Arbeit wird von den Juden gemacht! Und heute alles leer und verlassen!«

»Aber liebste Marie! Sonst schimpfst du immer über die vielen Juden, die sich auf der Straße herumtreiben –«

»Ich kann diese Nichtstuer nicht leiden! Vater sagte immer –«

»Erlaube mal! Eben sagtest du, daß alle Arbeit –«

»Um Gottes willen, Johannes – jetzt keine unnützen Reden! – Ich komme vor Unruhe um wegen des Kindes! Ich muß –«

Sie stürzte aus dem Zimmer, laut nach Lise rufend.

Bode sah verdrießlich nach der Uhr. Es war wirklich auffallend, daß die Wärterin mit dem Kind noch nicht zurück war. Er erhob sich und trat an das Fenster. Weithin war niemand zu sehen; nur der Polizeileutnant Kujaroff rauchte gerade gegenüber dem Hause auf einer Bank seine Zigarette.

Er erhob sich halb und grüßte höflich herüber. Bode dankte kalt und trat etwas vom Fenster zurück.

Bis auf einen kleinen Teil war vom Hause aus der Gouverneursgarten zu überblicken, und das bunte Spreewälderkostüm hätte ins Auge fallen müssen, wenn das Mädchen sich zwischen dem Gouverneursschloß und dem Pfarrhause aufgehalten hätte. Es blieb nur die eine Möglichkeit, daß sie sich in dem durch das Gouverneursgebäude verdeckten Teil des Gartens befand. Aber was in aller Welt konnte sie da nur zurückhalten! Bode fühlte, daß er von der Unruhe seiner Frau angesteckt war, und überlegte eben, wie er selbst hinübergehen könnte, ohne seiner Frau seine eigene Unruhe zu verraten, als die Haustür sich öffnete und Lise die Stufen zu dem Vorgärtchen hinablief. Frau Marie erschien in der geöffneten Haustür und sah dem Mädchen nach, das barfuß mit wehendem Kopftuch eilig dem Gouverneursgarten zulief.

Bode atmete erleichtert auf und verfolgte mit den Augen ebenfalls das Mädchen; er bemerkte, daß auch Kujaroff ihr nachsah. – Vermutlich hatte die Person nun doch auch hier einen Schatz aufgetrieben und hatte im Gekose alles um sich vergessen. Natürlich, so war es! Die heutige Einsamkeit des Parkes, der schöne Frühlingstag machten das nur zu begreiflich. Aber er würde ihr den Kopf zurechtsetzen für die Angst, die sie seiner Frau gemacht hatte. Und im Kopf seiner Frau waren bestimmt wieder die abenteuerlichen Spukgeschichten vom Passahopfer der Juden aufgetaucht, wenn sie auch noch nichts gesagt hatte. Es war aber eine Gelegenheit, ihr nachträglich an ihrer eigenen unnützen Angst zu demonstrieren, wie solch dummer und gefährlicher Verdacht –

Nun endlich bog Lise in den Gouverneursgarten; sie war wohl außer Atem und ging jetzt, statt zu laufen. Wie langsam sie doch war! Bode fühlte zu seinem Verdruß, daß in ihm eine starke Unruhe wuchs. Es war ja gar nicht anders möglich, als daß Kind und Wärterin jenseits des Hauses saßen. Noch wenige Schritte, dann würde Lise an der Ecke sein, und ihre Gestikulationen, ihr Winken nach den Verborgenen zu würde klar zeigen, wie unnütz alle Angst gewesen war. Wenn aber nicht?! – Bode stockte der Atem. Er warf einen raschen Blick auf seine Frau, die auf die Straße hinausgetreten war, und sah dann gleich wieder gespannt nach der Ecke, auf die Lise, die wohl wieder zu Kräften gekommen war, jetzt quer über den Rasen zulief. –

Jetzt war sie da, – jetzt –

Was war das?!

Er riß das Fenster auf und beugte sich weit hinaus. – Frau Marie hielt mit beiden Händen krampfhaft das Gartengitter fest – der Polizeileutnant drüben drehte sich eine neue Zigarette. Bode sah und bemerkte das mechanisch, als er den Fensterriegel aufriß. Lise war an der Ecke stehengeblieben, hatte sich umgesehen und dann kehrtgemacht; sie kam langsam zurück, mit den Händen in der Luft fuchtelnd und unverkennbar pantomimisch anzeigend, daß sie niemand gefunden habe.

Die Pastorin löste sich jetzt vom Gitter und lief dem Mädchen entgegen, ihr lebhaft winkend, die sich auch wieder in Trab setzte. Bode blieb am Fenster stehen – unbeweglich – und suchte sich zu sammeln. Verschwunden! Kind und Wärterin! Wie war das möglich! Wie konnte das natürlich erklärt werden, wenn nicht –

Er sah, wie seine Frau und Lise sich trafen und nun, immerfort nach allen Seiten sich umblickend, zusammen näher kamen. Als sie an Kujaroffs Bank anlangten, hob der Pristaw die Hand an den Mützenschirm und sah der Pastorin scharf ins Gesicht. Sie blieb stehen und redete auf ihn ein, in ihrer Verwirrung offenbar vergessend, daß er kein Deutsch verstand. Bode sah, wie er sich höflich erhob, als die Dame ihn anredete, und sich fragend an Lise wendete. Diese verdolmetschte offenbar die Frage, und nun folgte ein kurzes lebhaftes, von Gestikulationen begleitetes Zwiegespräch, dem die Pastorin, angstvoll die Augen zwischen den Sprechenden hin und her wandern lassend, folgte. Sie zupfte erregt und ungeduldig Lise am Arm. Endlich drehte die sich um und rief, die Hände in der Luft zusammenschlagend, ihr einige Worte zu, die Bode an seinem Fenster nicht verstehen konnte.

Frau Marie aber stieß einen gellenden Schrei aus und sank auf die Bank.

Bode stürzte zum Zimmer hinaus und auf die Straße –

In den wenigen Sekunden, seit Bode das Fenster verlassen hatte, um auf die Straße zu eilen, hatte sich das Bild draußen verändert. – Urplötzlich waren auf der Bildfläche eine Menge bedenklicher und bedrohlich aussehender Gestalten erschienen; Knüppel oder schwere plumpe Holzkeulen in der Hand tragend, liefen sie von allen Seiten auf die Bank zu, auf der Frau Marie in den Armen der ratlosen Lise schluchzte. Bode mußte sich durch die Menge hindurchdrängen.

Bei seinem Anblick sprang ihm seine Frau entgegen und fiel ihm schluchzend um den Hals.

»Unsere Bertha! Die Juden haben unser Kind weggeschleppt! Sie schlachten unser Kind!«

»Marie! Um Gottes willen – Marie! – Was ist denn? Beruhige dich!«

Lise, nun auch laut heulend und in dem wüsten Geschrei der Menge fast unverständlich, erzählte, daß Kujaroff gesehen habe, wie ein alter unbekannter Jude vor einer Stunde mit dem Kindermädchen zusammen gestanden und mit ihm sich flüsternd besprochen habe.

»Sie schlachten unser Kind!« schrie Frau Marie verzweifelt die Hände ringend. »Johannes, hilf doch! Man muß das Kind suchen! – Helft doch alle, wenn ihr Christen seid!«

Lise schrie gestikulierend russische Worte. Die Aufregung der inzwischen stark gewachsenen Menge vergrößerte sich noch. Die Keulen wurden geschwungen, und ein paar junge Burschen stoben laute Rufe ausstoßend nach verschiedenen Richtungen auseinander, offenbar die Nachricht von dem verschwundenen Christenkinde weiterverbreitend.

Bode nahm sich gewaltsam zusammen; er faßte Lise an der Hand und wandte sich an Kujaroff. Das Mädchen als Dolmetscherin benutzend, forderte er ihn auf, die notwendigen Nachforschungen vorzunehmen.

Der Polizeileutnant zuckte höflich abweisend die Achseln. Wenn ordnungsgemäße Anzeige erstattet werden würde, würde natürlich alles getan werden, was für solche Fälle vorgeschrieben sei. Eine Annonce im Amtsblatt würde wohl das wesentliche sein. – Wenn man ihm nicht bestimmte Anhaltspunkte und Verdachtsgründe angäbe, könne er sonst nichts veranlassen. Er könne keineswegs eine polizeiliche Absuchung aller Häuser der Stadt vornehmen. – Da müsse schon der Herr Pastor persönlich mit seinen Freunden sich bemühen.

Der Haufen brüllte und johlte. Bode sah sich in ratloser Verzweiflung um und erblickte zu seiner wahren Erlösung Strösser, sich sich einen Weg zu ihm bahnte.

»Strösser! Helfen Sie ums Himmels willen!«

»Ich weiß alles – die Stadt ist ja schon in Aufruhr. Nur Ruhe! – Vor allem lassen Sie Ihre Frau ins Haus schaffen! Sie können hier gar nichts helfen, Frau Marie!«

Er gab Lise einen Wink; Frau Marie ließ sich auch anfänglich ruhig dem Hause zuführen, gebrochen in ihr Tuch schluchzend. Aber an der Schwelle drehte sie sich mit einem neuen Ausbruch des Schmerzes um:

»Helft doch! Ihr alle! Sucht mein Kind!«

Sie brach auf der Schwelle wimmernd zusammen.

Indessen redete Strösser auf Bode ernsthaft ein:

»Nur nichts Übereiltes! Das Verschwinden wird sich natürlich aufklären. Das ist irgendeine Teufelei! Ein unbekannter Jude! – Kujaroff kennt doch jede Maus in der Stadt! Und dieses Gesindel hat doch offenbar schon bereitgestanden!«

»Wo ist Kujaroff? Ich will ihn –«

Bode sah sich wild um, der Pristaw war verschwunden.

Inzwischen hatte sich auch eine Anzahl Mitglieder von Bodes Gemeinde eingefunden. Einer von ihnen trat näher.

»Herr Pastor!« sagte er. »Das alles hier ist schlechtes Volk. Lauter fremdes Gesindel! – Sie sagen, sie wollen alle jüdischen Häuser absuchen, aber nur, wenn der Herr Pastor es selbst wollen. Ich möchte raten, sich mit dem Pack nicht einzulassen –«

»Aber was soll ich tun?« schrie Bode. »In jedem Moment kann mein Kind umkommen! Wo kann es denn sein, wenn nicht –«

»Ja, das ist auch recht«, sagte der Mann. »Wenn der Herr Pastor meinen, daß die Juden –«

»Ich weiß nichts und meine nichts«, schrie Bode wild. »Aber wer mir mein Kind wiederbringt, der ist mein Retter und Erlöser!«

»Ja, – denn!« sagte der Mann und übersetzte den Umstehenden die letzten Worte Bodes.

»Bode!« Strösser packte ihn an beiden Schultern. »Herr Pastor! Was richten Sie an? – Denken Sie an Ihre Predigt – Wollen Sie denn Ihre eigene Lehre –«

»Lassen Sie mich«, schrie Bode außer sich und riß sich los, die Hände, welche ihn zurückhalten wollten, fortstoßend. »Jetzt ist nicht die Zeit, an Predigten und Theorien zu denken. Ich suche mein Kind!«

Da wandte sich denn Dr. Strösser ab, stieß mit dem Stock heftig aufs Pflaster und ging heim. An der Ecke drehte er sich noch mal um und sah zurück. Die Frau Pastorin saß noch immer wimmernd auf der Hausschwelle, während Lise danebenstand und laut heulte. Bode aber lief barhäuptig hinter der Menge her, die sich in der Richtung der Judenstadt fortwälzte.

Zu Hause angelangt, schloß Strösser alle Fensterläden und verriegelte seine Tür. Dann stopfte er sich eine Pfeife und legte sich aufs Bett. Er war entschlossen, heute das Haus nicht mehr zu verlassen und sich um nichts, was in der Stadt geschehen mochte, zu kümmern.

II

»Ein Glück, daß Sie endlich da sind, Herr Doktor«, rief Herr Hansemann, der geschäftige Hotelwirt, ein Deutschrusse aus den Ostseeprovinzen. Heinz Lehnsen entgegen, der langsamen Schrittes, den Hut bei dem warmen Wetter in der Hand, näher kam. »Haben Sie die große Synagoge gefunden? – Mir tat schon leid, daß ich Sie nicht gewarnt hatte. Es kann jeden Augenblick losgehen.«

»Was denn?« rief Heinz zerstreut. Der Anruf hatte ihn aus tiefen Träumen aufgeschreckt.

»Nun, – der Pogrom steht vor der Tür. Die Soldaten in der Kaserne stehen marschbereit auf dem Hofe.«

»Also werden sie doch rechtzeitig einschreiten«, sagte Heinz und spähte nach dem Torweg gegenüber, wo Tag und Nacht, wie er sich überzeugt hatte, einige jüdische junge Leute patrouillierten. – Auch jetzt waren zwei von ihnen, die kaum dem Knabenalter entwachsen waren, da, von denen einer eben sich eilig entfernte.

»Einschreiten? Ja, – sicher!« lächelte der Wirt verschmitzt. »Es fragt sich nur, gegen wen. – Es ist schon besser, Sie bleiben heute zu Hause, obwohl Sie persönlich ja sicher sind. Der Pristaw hat schon gestern bei mir Ihre Papiere eingesehen und sich überzeugt, daß Herr Doktor nicht mehr Jude sind. Ein Glück, daß der Taufschein dem Paß beigeheftet war. Aber immerhin rate ich dringend, heute zu Hause zu bleiben. Es könnte doch leicht Verwechslungen geben und –«

»Unsinn!« sagte Heinz ärgerlich. »Ich glaube nicht an Unruhen!«

»Was? Sie glauben nicht?« Der Wirt schien fast beleidigt. »Ich sage Ihnen, in zwei, drei Wochen habe ich in den Staatszimmern im ersten Stock gute Gäste!«

»Was hat denn das mit dem Pogrom zu tun?« fragte Heinz verwundert.

»Oh, bitte – sehr viel!« sagte der andere eifrig. »Sie müssen wissen, daß die Juden überall zusammenhalten. Jedesmal, wenn Pogrom gewesen ist und dabei viel verwüstet und demoliert wird und die jüdische Bevölkerung am Verhungern ist, dann wird drüben in Deutschland und überall gesammelt. Und nachher reist dann eine Kommission reicher Juden nach dem Pogromort, um einen Bericht zu machen und das Geld zu verteilen. Die werden von der Regierung gut aufgenommen, bekommen Reiseerlaubnis und Paß, – sie bringen ja auch Geld ins Land. – Für die Herren kann ich die Zimmer schon jetzt herrichten lassen. –«

Heinz hatte genug gehört und trat in sein im Erdgeschoß liegendes großes Zimmer. Er sehnte sich danach, ungestört die Erlebnisse des Vormittags in sich verarbeiten zu können. Absichtlich war er nicht in die Feststube von Moische

Schlenker gegangen, sondern hatte sich den Weg zur großen Synagoge zeigen lassen, indem er hoffte, in der Menge zu verschwinden und unbemerkt zu bleiben.

Das Fremdartige des Bildes hatte ihn gleich beim Eintritt gefesselt. Der weite und enge Raum war gedrängt voll von Männern und Knaben, – Frauen waren nicht zu sehen. Die Männer waren in ihre Gebetmäntel, die langen weißen oder gelblichen togaähnlichen Tücher, gehüllt. Manche hatten ihr Tuch weit über den Kopf gezogen, so daß weder Gesicht noch Gestalt zu unterscheiden war; diese besonders gewährten in ihrer Vermummung, wenn sie sich lebhaft hin und her bewegten, einen phantastischen Anblick. Andre trugen das Tuch kokett auf der Schulter geachselt – ein Vers Heines dämmerte dunkel in Heinz auf –, die meisten trugen es ganz in der Art des klassischen Gewandes, so daß der Faltenwurf malerisch an ihnen niederging.

Das war nun die Tracht, welche sich aus grauen Tagen der Vorzeit bis in das Zeitalter der Maschine und des Cutaway erhalten hatte, – das eigentliche Kleid des Juden, in welches er sich hüllte, wenn er des Kostümierungs- und des Komödienspiels, zu dem die Not des Tages ihn zwang, müde wurde. Heinz empfand die Tracht als Wahrzeichen des unerhörten Wunders, daß ein Stück des geistigen Altertums bis in diese Tage lebendig geblieben war, – Jerusalem, Athen und Rom verflochten sich ihm in eins. Über die Zeiten des Verfalles aller der alten Kulturen bis zu den schwächlichen und gekünstelten Belebungsversuchen der Renaissance und des Humanismus, – noch über diese hinaus bis jetzt war in den ärmlichen, schmutzigen und verachteten Heimstätten des Parias unter den Völkern die alte Kultur lebendig hinübergerettet und aufbewahrt.

Zu welchem Zwecke wohl? –

Heinz gab sich einen Ruck und stand aus dem bequemen Stuhl am offenen Fenster auf. Er holte sich eine Zigarette und ging im Zimmer auf und ab. Er wollte sich nicht ins uferlose verlieren und zwang seine Gedanken zu dem Bild des heute besuchten Bethauses zurück.

Zuerst hatte es ihm geschienen, als ob dort im Raume, unter dieser um die geräumige hohe Mittelempore Kopf an Kopf eng gescharten Menge gar keine gemeinsame Aktion regiere. Er hörte nur verworrenes Geschrei und glaubte ein regelloses Chaos von weißen aufgeregten Gestalten, von denen keine auf die andere irgendwelche Rücksicht zu nehmen schien, zu sehen. Hier beteten einige leise und innig mit geschlossenen Augen, – manche das Gesicht auf ein Pult gelegt, andere schrien laute Worte zum Himmel, schlugen dabei mit den Fäusten um sich, spreizten seltsam die Finger nach oben und ballten sie dann plötzlich zusammen, als ob sie in der Luft irgend etwas gefangen hätten; oft machten die wilden Gestikulationen auch den Eindruck, als ob der Beter mit aller Gewalt etwas an sich ziehen wollte, das er doch nicht zu erhaschen vermochte. – Manche saßen unberührt von allem, was um sie vorging, hinter dicken Büchern, in ihr Studium versunken. Einige schafften sich in dem Gewühl Bahn, um herumzuwandern, mechanisch, wie es schien, denn ihre Lippen bewegten sich andauernd im Gebet, mühsam durch die Menge drängend, – diesen schien die innere Bewegung nicht das Verharren auf einem Platze zu erlauben. – Gebetgemurmel, Ächzen und Stöhnen, Schreien und Gesang gaben ein Chaos von Tönen, das betäubend und verwirrend wirkte.

Heinz glaubte zunächst feststellen zu müssen, daß hier von einer gemeinsamen Gebetsübung gar nicht die Rede sein könne, daß vielmehr jeder nur mit sich allein zu tun habe und allein für sich sein Gebet verrichte. Nach westeuropäischen Begriffen besteht ja der Gottesdienst in der Hauptsache aus gemeinsamem Gesang oder stillem Gebet. Wie ein Mann erhebt sich da die Gemeinde oder läßt sich nieder – der Orgelton reißt den Chor der Beter mit sich empor – der Chorgesang erfüllt das Haus mit Harmonie. Hier fehlte alles das, und es fehlten auch die amtierenden Priester, die in weitem Abstande vom Volke gesondert ihren heiligen Dienst zelebrieren. Jetzt beim Nachdenken fragte Heinz sich, ob nicht der sorgsam geübte Gemeindegesang und was dazu gehört, die ehrerbietige und minutiöse Beobachtung der Form im Gottesdienste, das uniforme Aufstehen, Niedersetzen,

Knien, etwas Parademäßiges in sich trug, – ob nicht jedes ursprüngliche Gefühl dort in der Technik des Kultus erstarren mußte. Der Beter dort konnte und durfte nicht frei sich seiner Inbrunst hingeben, – er war nicht allein mit seinem Gotte, sondern in jedem Moment hatte er in Reih und Glied mit all den andern Betern zu stehen, Richtung und Fühlung zu bewahren. Heinz dachte dann an die einsamen Beter, die er ab und zu in katholischen Gegenden im Dom oder vor einem Heiligenbild auf der Landstraße gesehen hatte. Er war geneigt, hier im Judentempel eine Fülle von solch einsamen Betern zu sehen, die nur rein räumlich und äußerlich zusammengedrängt waren, ohne miteinander etwas zu tun zu haben, – die nur sich gegenseitig beengen und ablenken mußten.

Aber dann ging es ihm auf, wie die Quelle all der Kraft und Inbrunst des einzelnen nur in dem Gemeinschaftsbewußtsein lag, in der tiefgewurzelten Überzeugung, Glied eines Ganzen zu sein, eng gefügt in die Kette der Generationen und Geschlechter. Hier im Bethaus, da alle die Schreie, die sich dem einzelnen entrangen und die sein persönliches Leid und seine ureigensten Wünsche nach oben trugen, sich zu einem einzigen großen Akkord verflochten, kam das Wesen dieses einzigartigen Volkes zum Ausdruck. Lauter Wesen von ausgeprägtester Eigenart, differenziert bis ins kleinste, waren sie geeint durch ein Zeitloses und Raumloses, das unabhängig vom Willen und Urteil der Menschen sie aneinanderfügte und der Gesamtheit erst Seele und Stärke verlieh. Hier, wo sie immer und immer wieder ihr ganzes Leben lang Tag für Tag und fast Stunde für Stunde zusammenströmten, – wo ihr eigentliches Wesen durch die Hüllen des Alltags brach, mußte es jedem ins Bewußtsein dringen, daß er mit all seinen persönlichen Kräften und Fähigkeiten, mit seiner Arbeit und all seinem Tun nur ein winziges Glied eines riesenhaften Ganzen war. Heinz schien es, daß er heute vielleicht zum erstenmal wirklich etwas gesehen hatte, was wahrhaft mit Gottesdienst bezeichnet werden durfte, – eine Masse, die im Vergessen aller Erdenlast, nur durch den gemeinsamen Drang nach oben, in diesem Streben nach dem Trans-

nach der anderen Richtung. So war die Selbstwehr, waren alle jungen widerstandsfähigen Juden ausgesperrt, waren die Objekte des Pogroms ohne jede Waffe, von jeder Hilfe und Verteidigungsmöglichkeit abgeschnitten.

In furchtbarer Erregung stand der kleine Trupp der Selbstwehrleute zusammen und hielt Kriegsrat. Ein Durchbruchsversuch war natürlich völlig aussichtslos gegenüber den regulären, mit modernen Schußwaffen versehenen Truppen. Trotzdem war man einstimmig dafür, den Versuch zu unternehmen.

»Wir werden sterben!« rief Mendel Friedmann. »Wir sterben nicht umsonst! Unser Tod wird ein lebendiges Zeugnis für unser Volk sein und gegen unsere Feinde! Vorwärts! –«

Aber es kam anders. Plötzlich drangen von allen Seiten Soldaten in die kleine Gasse, in der sie standen, und ehe sie noch recht ihre Lage begriffen, hagelten die Kolbenhiebe auf sie nieder, – waren sie niedergeworfen und gefesselt und wurden sie abgeführt. Einige von ihnen wurden bewußtlos fortgeschleift, und einer, Meier Kaplan, blieb tot mit zerschmettertem Schädel liegen.

Benjamin Schapiro stimmte das Zionslied an, die Hatikwah, – aber ein Kolben, der ihm schwer auf die Schulter fuhr, ließ ihn zusammenbrechen und den Gesang in einem Wimmern ersterben. –

Als Kujaroff, welcher den gelungenen Handstreich selbst geleitet hatte, den großen Platz überschritt, erblickte er Heinz Lehnsen, den er schon von Ansehen kannte. Er hatte, als er ihn mit Riwke Schlenker zusammen gehen sah, stutzig geworden durch seine jüdische Physiognomie, im Hotel sich seine Papiere vorlegen lassen.

Heinz redete hastig und verzweifelt auf den Offizier ein, – nervös in seinem kleinen Handwörterbuch blätternd; während er aber suchte, sprach er unbewußt deutsch weiter. Der Offizier sah mißtrauisch und unschlüssig in das Papier, das Heinz ihm gereicht hatte, und klopfte ungeduldig mit der Reitgerte auf seine Schaftstiefel. Die Soldaten blickten verständnislos auf den gutgekleideten Fremden und grinsten über seine komische Sprachweise.

Kujaroff blieb in einiger Entfernung stehen und betrachtete die Gruppe. – Plötzlich kam quer über den Platz ganz allein, aufgelöst und wie wahnsinnig, der Pastor Bode gelaufen. Er gestikulierte wild und schrie von weitem unverständliche Worte. Hinter ihm, bemüht, ihn einzuholen, liefen zwei Männer seiner Gemeinde. Kujaroff runzelte die Stirn und rief hastig dem Offizier russisch zu:

»Den jungen Menschen passieren lassen! – Er ist ein Deutscher und ein Christ! Im vorigen Jahre getauft!« –

In diesem Moment schoß aus dem Gebüsch hinter dem Brunnenhäuschen plötzlich die schwarze Gestalt eines Juden empor, der scheinbar alles um sich vergessend aus seinem Versteck auftauchte und Heinz mit weitaufgerissenen Augen anstarrte. Die Erscheinung war so unerwartet und überraschend, daß sekundenlang alle erstarrt blieben, – der Leutnant mit ausgestrecktem Arm das Papier zurückreichend, – Heinz im Vorwärtsschreiten nach der Judenstadt zu, – die Soldaten mit ihrem breiten Grinsen.

Dann aber versetzte einer der Soldaten mit einem derben Fluch dem Juden einen Fußtritt in den Bauch, so daß er mehrere Schritte zurückflog und zusammenbrach.

Heinz, dem die Bahn jetzt freigegeben war, sprang vorwärts und beugte sich über den Liegenden.

IV

Berl Weinstein hatte an dem Morgen, aus seinem Bethause heimgekehrt, wieder zum zehnten Male in diesen Tagen seine Habseligkeiten durchgesehen, um alles Wertvolle und leicht Transportierbare in seinen Taschen zu verstauen. Er wollte für alle Fälle sich fluchtbereit halten; eine Frau hatte er seit langen Jahren nicht mehr, seine Töchter waren glücklich alle verheiratet. So war er ganz allein und hatte nur für seine Person zu sorgen. Die freilich lag ihm immerhin am Herzen.

Bei dem Umherstöbern war ihm unter seinen Papieren, die er in viele Päckchen verschnürt in der Brusttasche herumtrug und die nebst vielen wertvollen Nachweisen und Adressen eine Kollektion von Empfehlungsbriefen und Zeugnissen aus aller Herren Länder enthielten, auch ein Schreiben des Reverend Hickler aus London in die Hände gefallen. Dieses Schreiben, das auf einen Bogen der englischen Missionsgesellschaft gesetzt und in drei Sprachen – englisch, deutsch und hebräisch, letzteres nach einem Entwurf Berl Weinsteins – abgefaßt war, empfahl diesen zu den Wahrheiten des Evangeliums bekehrten wahrhaften und innig frommen, auch in Gottes heiligen Schriften belesenen Bruder allen wohltätigen und im Weingarten des Herrn arbeitenden Christen, vornehmlich und in erster Linie aber allen Dienern der Kirche aufs inständigste.

Berl Weinstein hatte dieses Schreiben zuunterst in seinem Rocktaschenarchiv bewahrt. Zur Unzeit ans Licht kommend, konnte dieses Blatt ihm die Verachtung und die Feindschaft seiner Gemeinschaft zuziehen. Andererseits hatte er sich nie entschließen können, das gefährliche Blatt zu vernichten. Er hatte es außerhalb Londons nie benutzt, da immer die Möglichkeit bestanden hätte, daß von seiner sogenannten Bekehrung in die Kreise, auf die er angewiesen war, etwas durchsickerte. Aber es konnte doch auch ein Tag kommen, an dem dieser Brief ihm von Nutzen sein konnte.

War heute diese Gelegenheit gekommen? Wenn es allzu schlimm hergehen sollte, konnte er mit dem Zeugnis sich unter den Schutz der christlichen Kirche, etwa den persönlichen Schutz des Pastors Bode stellen, von dessen Milde und Menschlichkeit er durch seinen Schwiegersohn viel gehört hatte. – Freilich durfte das nur im äußersten Notfall geschehen, wenn wirklich die Gefahr dringend wurde. Denn ein solcher Schritt konnte ja nicht verborgen bleiben und bedeutete einen endgültigen Bruch mit all seinen Freunden. Kein Jude in Borytschew würde mehr mit ihm zu tun haben wollen, und der Pastor andererseits würde nachher seine Rechte an dem neuen Schäflein seiner Kirche geltend zu machen suchen. Er war sich darüber klar, daß er keineswegs da mittun würde, sondern daß er eben dann den Ort verlassen und einen anderen würde aufsuchen müssen, wo kein Mensch ihn kannte, wo weder ein Pastor ihn für sich reklamieren noch ein Jude ihn von der Tür weisen würde. – Er steckte für jeden Fall das Dokument so ein, daß er es leicht herausziehen konnte, und begab sich wieder auf die Gasse nach Neuigkeiten. Das Treiben vor der großen Synagoge, der Hauptschule, unterschied sich kaum von dem zu solcher Zeit gewohnten Bild. Der Schulhof, um welchen die meisten Bethäuser lagen, war von den feiertägig gekleideten Männern erfüllt, die nach beendetem Gottesdienst miteinander noch etwas plauderten, ehe sie sich zur Mahlzeit nach Hause begaben. Aus den geöffneten Fenstern der Lehrstuben drang der Singsang der dort einsam Studierenden. –

Berl Weinstein ging von Gruppe zu Gruppe, um aufzuschnappen, was es Neues gab. An einigen Stellen konnte er von der sachverständigen Kritik profitieren, welcher der heutige Gesang des Vorbeters unterzogen wurde, – dort wieder stritt man sich darüber, welcher der verschiedenen für den Nachmittag angezeigten Lehrvorträge vorzuziehen sei, – nur selten war von der Pogromgefahr die Rede. Was aber darüber gesagt wurde, war so unsinnig, daß nichts daraus zu entnehmen war. – Berl eilte weiter und wagte sich, während die Beter sich allmählich in ihre Wohnungen begaben, mehr aus der Judenstadt hinaus, da er keine beunruhigenden Wahrnehmungen machte. Aber als er an den großen Platz gelangt war, liefen zwei Burschen laut schreiend nach verschiedenen Richtungen quer darüber hinweg. Berl horchte auf das Rufen und erschrak. Ein Christenkind sollte getötet sein, – die Juden seien die Mörder. – Schon liefen die Boten der Selbstwehr durch die Gassen und alarmierten; – das Gewimmel in den jüdischen Straßen verlief sich blitzschnell, und die Straßen waren im Handumdrehen leergefegt. Türen und Fensterläden schlossen sich, und nur hier und da rannte atemlos ein verspäteter Selbstwehrmann zum Sammelplatz.

Berl Weinstein hatte das alles aus dem dichten Gebüsch am Brunnenhäuschen beobachtet, in das er gesprungen war, als die Burschen mit der alarmierenden Nachricht angestürmt kamen. – Nun wagte er sich nicht hervor, sondern beobachtete zitternd den weiteren Verlauf. – Da kam schon eine wüste Bande mit wildem Geschrei und brach in die Fischgasse ein. – Eine Strecke hinterher folgten ein paar vereinzelte Männer, unter denen er zu seinem Erstaunen den Pastor Bode erkannte, der ohne Hut mit verstörtem Gesicht daherstürmte. Jetzt wäre es an der Zeit für ihn gewesen, mit seinem Zeugnis hervorzustürzen und sich der Nächstenliebe seines nunmehrigen Seelsorgers zu empfehlen. Er faßte mit zitternden Händen nach dem bedeutungsvollen Papier, zögerte aber doch noch – und schon war es zu spät. Bode war schon außer Rufweite.

Da ertönten militärische Kommandos, und im Laufschritt bogen Soldaten auf den Platz, Berl atmete auf! Wie gut, daß er nicht vorschnell sich verraten hatte! Das Militär griff ein! Aber wie wurde ihm, als die Soldaten, statt einzugreifen, Postenketten quer über den Platz zogen, in der offenbaren Absicht, die Pogromleute zu schützen und den Juden jedes Entrinnen unmöglich zu machen. Und der führende Offizier mußte sich noch wenige Schritte von ihm, Berl, aufpflanzen! –

In unbeschreiblicher Angst hockte Berl da und lauschte auf den Lärm, der aus der Fischgasse drang, auf das Jammergeschrei und Wutgeheul, das Fenstergeklirr, die Angstrufe, die Schüsse und das Krachen der zersplitternden Möbel. – Nur heraus aus dieser Hölle, um jeden Preis! Käme nur der Pastor Bode wieder in die Nähe. Wenn es ihm gelingen würde, bis zu ihm zu gelangen, wäre er sicher. Der würde ihn vor den Soldaten und den Bauern schützen. Er selbst wußte ja am besten, mit welcher Freude diese christlichen Geistlichen jeden Bekehrten empfangen. Er hatte sich das oft zu Nutzen gemacht, wo es sich nicht wie heute um Leben oder Sterben handelte, sondern nur um einen guten Verdienst. Damals hatte er nie eine Spur von Gewissensbissen empfunden, – hatte er doch mit geringer Mühe den braven Leuten eine geradezu unbezahlbare Freude bereitet. Aber seltsam! Heute, da er die Handlung in äußerster Not begehen sollte – gezwungen – schien sie ihm eine Gemeinheit zu sein. Im entscheidenden Moment hatte er es nicht fertiggebracht, auf Bode zuzulaufen. – Jetzt aber war es vollends zu spät. Die Gelegenheit würde kaum wiederkommen! – Wenn aber ja, – wenn der Himmel ihm noch einmal die Chance geben würde, dann würde er sie zu benutzen wissen! Es knallte mehrfach; er schloß zitternd die Augen und gelobte innerlich reichliche Spenden für Palästina, – er nahm sich vor, künftig auf Reisen pünktlicher mit dem Nachmittagsgebet zu sein als bisher, – er wollte von jetzt an sorgfältiger alle Vorschriften des heiligen Gesetzes beobachten, – er wollte täglich eine Stunde dem Studium des Talmud widmen, – kurz, er wollte von nun an sich aufführen, wie ein Jude es soll. Aber damit er das verwirklichen könnte, mußte Gott ein Wunder tun und ihm den Pastor zuschicken! In seiner Falle konnte er jeden Augenblick entdeckt werden und dann –

Da! – Hatte das Gebet ein Wunder bewirkt? – Da kam wahrhaftig der Pastor Bode angestürmt, – gerade auf das Gebüsch und das Brunnenhaus zu, an dem der Offizier mit dem jungen deutschen Mann verhandelte. Berl zog das Papier vorsichtig mit zitternden Fingern aus der Tasche und hielt es krampfhaft in der Hand, den Moment abpassend, in dem er vorstürzen konnte. – Plötzlich erstarrte er in neuem Schreck; dort drüben stand der Schlimmste der Schlimmen, der Pristaw Kujaroff. – Aber der Pastor keuchte schon heran. Was schrie er? »Aufhören! Aufhören mit dem Morden!« Das wäre der Mann, der ihn retten würde.

Er erzitterte. Kujaroff winkte herüber und rief etwas. Hatte er ihn erspäht? Gottlob nein! Es galt dem jungen Deutschen. Aber was war das?

»Im vorigen Jahre getauft?«

Ein Meschummed!! – Der junge Mann war ein Meschummed, – ein Abtrünniger, der den Glauben seiner Väter, der sein Volk verraten und verlassen hatte. Und Berl Weinstein, der eben mit dem Attest seiner Taufe in der Hand sich dem Pastor hatte zu Füßen werfen wollen, wurde von dem ungeheuren instinktiven Abscheu und Entsetzen, das jeder Jude bei der Berührung mit einem Meschummed empfindet, so gepackt, daß er alles vergessend, – seine Lage und Umgebung, seine Gefahr und seine Pläne, – starr aus seinem Versteck in die Höhe schoß und entsetzensvoll Heinz anstarrte.

Der gutgezielte Tritt des Soldatenstiefels vor den Bauch schleuderte ihn auf die Erde zurück. –

Pastor Bode war inzwischen bei dem Offizier angelangt und stützte sich keuchend an das Brunnenhäuschen. Er vermochte zunächst kein Wort mehr hervorzubringen; die Männer, die ihm folgten, bemühten sich um ihn. Kujaroff hatte sich genähert und sagte barsch zu den Männern:

»Bringen Sie Ihren Pfarrer nach Hause! Er kann sich nicht beklagen; er hat ja den ganzen Aufruhr veranlaßt und muß die Verantwortung tragen. – Wir können jetzt nichts machen. Übersetzen Sie ihm das!«

Damit wandte er sich zu dem Offizier, und beide entfernten sich, ohne sich umzusehen.

Bode hörte, scheinbar ohne zu begreifen, zu, wie seine Begleiter ihm diese Rede verdeutschten. Er fuhr dann auf und wollte hinterherstürzen, aber seine Kräfte versagten, und schließlich ließ er sich willig, ein gebrochener Mann, heimführen.

Er hatte entsetzliche Dinge mit angesehen; als die Menge sich auf die Judenhäuser stürzte und zu wüten begann, war er aus der Verwirrung erwacht, in die das Verschwinden seines Kindes ihn versetzt hatte und die ihn ohne Nachdenken rein instinktiv hatte handeln lassen. Er hatte sich zwischen die Bande und ihre Opfer gestellt, hatte sich, ohne Rücksicht auf eigene Gefahr, in das Getümmel geworfen, – vergeblich! Niemand achtete auf ihn. Er wurde beiseite gestoßen, und seine Freunde retteten ihn mühsam aus dem Höllentreiben. Als er die Soldaten und den Offizier erblickte, wollte er mit Aufbietung aller Kräfte noch einen Versuch machen, dem Entsetzen ein Ende zu bereiten, an dessen Ausbruch er sich mitschuldig fühlte. – Nun aber war seine Kraft vorbei, und er ließ alles mit sich geschehen. –

Heinz bemühte sich indessen um Berl Weinstein, der langsam wieder zu sich kam. Die Szene mit Pastor Bode hatte das Interesse der Soldaten in Anspruch genommen, und das war vielleicht Berls Glück. – Er richtete sich halb auf, von

Heinz gestützt, und sah verwirrt um sich. Er sah Heinz ins Gesicht, dann auf das Papier, das er noch immer in der Hand hatte. Dann erinnerte er sich mit einemmal an alles; wütend stieß er die Hand, die ihn stützte, von sich. Er wälzte sich am Boden hastig fort, stand dann mühsam auf und zerriß langsam und gründlich das Papier in kleine Fetzen. Noch immer nach Atem ringend, stand er vornübergebeugt und starrte dem befremdeten Heinz haßerfüllt in die Augen. Dann schleuderte er ihm die Papierfetzen ins Gesicht, spuckte aus und rief gellend:

»Meschummed!«

Und lief in langen Sätzen, sich den schmerzenden Leib mit beiden Händen haltend, davon.

Heinz starrte ihm betroffen nach; er hatte das fremde Wort verstanden.

V

Wüstes Geschrei, das diesmal nicht aus der Fischgasse drang, ließ ihn auffahren. Am Ende der Straße, in der das Schlenkersche Haus stand, zeigte sich ein lärmender Haufen und begann auch dort mit der Zerstörung. Heinz flog über den Platz in die Straße hinein und rüttelte an der Schlenkerschen Haustür.

Er hörte, wie ein Fensterladen vorsichtig geöffnet wurde, und trat einen Schritt auf die Straße zurück, um gesehen und erkannt zu werden.

Gleich darauf hörte er den Riegel zurückschieben, und die Tür öffnete sich ein wenig. Er trat schnell ein, und sie schloß sich sogleich. Der Hausflur war dunkel, und er unterschied nur undeutlich die schlanke Gestalt Riwkes.

»Sie sind gekommen«, sagte sie leise. »Sie sind gekommen, – um – mit uns –«

Sie verstummte, und Heinz suchte vergeblich ein Wort. Die Hände der jungen Leute hatten sich getroffen und gefaßt. Sie standen schweigend im Dunklen. Dann öffnete sich die Tür zur Rechten.

»Wer ist da?« fragte die ruhige Stimme Moische Schlenkers. Heinz, zu erregt, um antworten zu können, trat über die Schwelle. Moische Schlenker, der in einem hochlehnigen weichen Stuhl saß und in einen Folianten vertieft war, erhob sich staunend zur Begrüßung des Gastes.

Heinz sah sich betroffen und in höchstem Grade verblüfft um. Das Zimmer gewährte auch heute einen durchaus friedlichen festtäglichen Eindruck, und es schien undenkbar, daß die Bewohner wußten, daß in wenigen Minuten Mord und Verwüstung hineinzubrechen drohten. Wegen der geschlossenen Fensterläden waren die Kerzen in den Silberleuchtern entzündet, die einen Weiheglanz über den gedeckten Tisch ergossen, welchen Frau Schlenker eben abräumte. – Jacob saß mit einem Buche neben seinem Vater; Riwke aber hatte sich an ein Fenster gestellt und schien, dem Zimmer den Rücken kehrend, eifrig durch den Spalt des Fensterladens hindurchzuspähen.

Alle trugen feiertägliche Kleidung.

»Hast du die Tür wieder verriegelt?« fragte Moische Schlenker. »Die Tür ist immer offen gewesen für jeden. Nun haben wir sie verriegelt. – Sie sehen sich um und wundern sich? Es ist nicht so fröhlich wie sonst am Feiertag, aber doch ist heute Fest, und wir lassen uns durch nichts stören. Wir haben gegessen und gebetet, wie sonst, und ich lerne jetzt mit Jacob wie immer. Was kommen soll, kommt! Wenn wir gewürdigt werden, zu Ehren des heiligen Namens zu sterben, wird es geschehen, was wir auch tun. – Aber man soll sich nicht umsonst in Gefahr begeben. *Wir* stehen an unserem Platze. Aber *Sie*? Wozu sind Sie gekommen? – Helfen können Sie nicht! – Wird das Ihren Eltern und Freunden recht sein, wenn Sie hier in der Fremde sich so in Gefahr begeben?« –

Heinz sagte bestimmt:

»Ich bleibe bei Ihnen. Geben Sie mir eine Waffe.«

Er wendete sich an Riwke, die ohne ihre Stellung zu verändern sagte:

»Wir haben keine Waffen! Die Selbstwehr mit allen Waffen ist abgeschnitten!«

»Waffen!« sagte Moische Schlenker mißbilligend. »Wozu brauchen wir Waffen! Das da ist unsere Waffe! – Die Waffen können Sie nicht gebrauchen. Gehen Sie!«

Er wies auf die Bücher. –

»Ich bleibe hier«, wiederholte Heinz.

»Ich darf das nicht erlauben«, sagte Moische Schlenker. »Ich würde mitschuldig sein, wenn Ihnen etwas geschähe. Sie stören unsere Ruhe. – Wir stehen da, wo Gott uns hingestellt hat, und warten ab, was er über uns beschlossen hat. – Aber Sie? Dies ist nicht Ihr Platz, und Sie gehören nicht zu uns! – Sie können bei sich zu Haus gewiß auch noch viel Gutes tun. Die deutschen Juden haben gottlob nichts von Pogromen zu fürchten; sie haben alle die Schrecken schon vergessen; sie sollen nur ihr Judentum nicht auch vergessen. Gehen Sie und bleiben Sie ein guter Jude! Ich habe gestern gesehen, Sie haben ein jüdisches Herz, und daß Sie jetzt zu uns kommen in unserer Not, um mit uns sich in Gefahr zu begeben, ist sehr, sehr edel von Ihnen. – Aber Sie gehören nicht hierher. Sie sind aus einer anderen Welt. Ich danke Ihnen, und Gott wird es Ihnen vergelten, – die Absicht gilt ihm wie die Tat. Aber – gehen Sie!«

Er begann sich über seinem Buch zu schaukeln und rückte sich ein Licht heran.

Heinz trat zu Riwke.

»Sagen Sie mir auch, daß ich gehen soll? Bin ich Ihnen auch ein Fremder?« fragte er leise.

Es war ganz still im Zimmer; die Sonne sandte durch die herzförmigen Ausschnitte in den Fensterläden schmale Lichtstreifen in das halbdunkle, durch die Kerzen nur ungewiß beleuchtete Zimmer. – Das Gejohle des plündernden Haufens schien in die Ferne gerückt zu sein.

Riwke streckte langsam, ohne sich zu wenden, ihre Hand Heinz entgegen und überließ sie ihm. Dann sagte sie, ihm heftig die Hand pressend:

»Sie sind ein guter Mensch, ein lieber, lieber! – Aber Sie gehören nicht zu uns! Ihr Schicksal ist nicht unser Schicksal! – Gehen Sie!«

»Gut!« sagte Heinz trotzig, seine Hand hastig zurückziehend. »So will ich Ihnen allen zeigen, daß ich zu Ihnen gehöre. Ich gehöre zu euch! – Ich gehöre zu diesem Hause! – Sie haben einen Bruder gehabt, Herr Schlenker, der vor Jahren sich von Ihnen geschieden hat. Er ist nach Deutschland gegangen, – er ist von hier entflohen. Ich bin sein Enkel; ich bin der Sohn seiner Tochter, und ich komme jetzt zurück, um euer aller Schicksal zu teilen. Ich habe nie gewußt, wohin ich gehöre; jetzt weiß ich es! Wollt ihr euren leibhaftigen Neffen und Vetter vertreiben, – wollt ihr mich aus diesem Hause verjagen? – Ich habe das Recht hier zu bleiben!«

Er hatte den schweren Schürhaken vom Ofen ergriffen und schwang ihn aufgeregt in der Luft.

Riwke hatte sich zum Zimmer gewendet und sah ihn mit leuchtenden Blicken an. Moische Schlenker hatte sich erhoben und schien heftig bewegt.

»Ein Enkel von Chaim, – von meinem großen Bruder Chaim, dem Verschwundenen –? Wo ist – lebt er –?

Er erhob sich und ging mit ausgestreckten Armen auf Heinz zu. – Jacob aber kam ihm zuvor und sprang an Heinz jubelnd in die Höhe. – Vergessen schien für einen Moment alles, was da draußen vorging. –

Da ertönte an der Hinterseite des Hauses lautes Rufen, und an der Tür wurde gerüttelt. Alle horchten erschreckt auf. –

»Das ist Berl Weinstein!« rief dann Frau Schlenker. »Ich öffne.«

Sie lief aus dem Zimmer, und ehe noch jemand ihr nacheilen konnte, kehrte sie mit Berl zurück, der blaß und verstört aussah. Er sank auf einen Stuhl; man bemühte sich um ihn und gab ihm ein Glas Wein. Endlich war er soweit, zu erzählen.

Er sei von den Soldaten furchtbar mißhandelt und fast erschlagen. Mit Not sei er ihnen entronnen und sei planlos umhergelaufen. In seine Wohnung traue er sich nicht; dort in der Straße sei alles zerstört und geplündert. Endlich habe er sich hierher geschlichen, um von hinten hier ins Haus zu gelangen, unter Freunden zu sein. Aber man solle hier auch weg; die Bande käme näher.

Moische Schlenker setzte sich wieder zu seinem Buch.

»Wir entlaufen nicht«, sagte er. »Hier im Hause in meinem Stuhl mögen sie uns finden, – mich und mein Haus.«

Wieder wie gestern beim Seder tauchten Bilder klassischer Vergangenheit vor Heinz' Augen auf, – er sah die Väter Roms vor sich, wie sie auf ihren Stühlen sitzend die Barbaren erwarteten.

Berl Weinstein stieß plötzlich einen Schrei aus und deutete auf Heinz.

»Wie kommt der hierher? Wer ist er?« schrie er kreischend.

»Er gehört zu uns«, sagte Moische Schlenker beruhigend. »Wenn er auch andere Kleidung trägt als wir. Er ist Jude wie wir.«

Riwke trat neben Heinz und legte ihm die Hand auf die Schulter; sie sah beunruhigt in Berl Weinsteins wütendes Gesicht.

»Ein Jude? Er!« schrie Berl Weinstein außer sich. »Ein Meschummed ist er! Im vorigen Jahre getauft!« –

Riwke trat erblassend zurück. Alle starrten entsetzt auf Heinz.

»Hört mich an!« sagte Heinz hastig. »Es ist wahr! Ich bin getauft! Aber es ist nicht meine Schuld! Ich kannte nichts von jüdischen Dingen –«

»Genug!« sagte Moische Schlenker und erhob sich. »Es ist genug! Niemand hat das Recht, Sie zu verurteilen! – Wir sind keine Richter! Aber es ist Zeit, ein Ende zu machen! – Sie müssen hinaus, solange noch Zeit ist! – Sie dürfen jetzt, – heute nicht mit uns bleiben. Ihr Blut soll sich nicht mit unserem vermischen, wenn Gott Schlimmes über uns beschlossen hat. – Gehen Sie!«

Heinz sah sich wieder um. Er sah nur niedergeschlagene Augen. Er trat auf Riwke zu. Sie wich zurück und schritt rasch zur Tür hinaus; er folgte stumm. Sie hatte die Haustür etwas geöffnet und sich selbst in die Ecke des Flures gepreßt. Er wollte sich nähern, doch sie wich weiter zurück und winkte heftig ab. –

Er schob sich ins Freie, und sofort schloß sich die Tür; der

Riegel wurde zugeschoben. Es war ihm, als ob er einen schluchzenden Laut hörte. Er sah sich um. Die Straße erschien leer. Der Menschenhaufen, dessen Toben man unweit hörte, hatte sich in die Nebengassen verzogen.

Er machte einige Schritte dem Platze zu, auf dem die Soldaten wie vorher postiert waren, – blieb dann stehen und lehnte sich an die Wand des Hauses, das er eben verlassen.

Ausgestoßen von den Seinen, – aus seinem Volke! Wohin gehörte er?

Plötzlich prasselten einige Steine neben ihm gegen die Wand. Er fuhr auf. Ein Haufen der Bande brach eben aus dem gegenüberliegenden Gäßchen, und die Vordersten nahmen ihn, der allein und frei vor der Häuserwand stand, als willkommenes Ziel für ihre Steinwürfe. Unwillkürlich fing er an, dem Platz zuzulaufen; er sah den Pristaw laut schreiend auf sich zueilen. Ein heftiger Schlag gegen sein linkes Bein ließ ihn zusammenbrechen. Der Vorderste aus dem Haufen ließ sich auf ein Knie nieder und hob den Revolver gegen ihn. Er blickte verständnislos und ohne eigentliches Bewußtsein der Gefahr, jedenfalls ohne ein Angstempfinden, in den Lauf.

Über ihm wurde der Fensterladen aufgestoßen; im Fenster stand, – er sah das nur einen Moment wie eine Vision, – Riwkes Gestalt. Sie schien ruhig und unbeweglich auf ihn niederzuschauen. Der Knall des plötzlich dicht bei ihm losgehenden Schusses raubte ihm momentan die Besinnung, und er sah nur wie durch einen Nebel die Gestalt im Fenster lautlos zusammensinken.

Dann wurde er von den Soldaten Kujaroffs aus dem Getümmel gebracht. Kujaroff hatte gerade zur rechten Zeit eingegriffen, um die ärgerlichen Weiterungen zu vermeiden, welche die Tötung eines fremden Untertanen hätte herbeiführen können. –

Während aber dieses sich in der Judenstadt ereignete, fuhr durch die Hauptstraße im langsamen Trabe die Equipage des Gouverneurs. Er selbst saß auf dem Vordersitz, während auf dem Rücksitz Pastor Bodes Spreewälderin und die kleine Bertha saßen und erstaunt in die aufgeregte, von beiden Seiten sich an den Wagen drängende und ihnen zujubelnde Menge blickten.

Und während sich durch die Stadt die Kunde weiterverbreitete, daß der Gouverneur eigenhändig das dem Tod geweihte Kind seinen Mördern entrissen habe, stand der Gouverneur vor den fassungslosen Pastorleuten und sagte mit seinem gewinnendsten Lächeln:

»Ihr Kind ist wirklich reizend. Ich habe großes Vergnügen während der paar Stunden gehabt, in denen ich es als Gast bei mir haben und etwas bewirten konnte.«

lend. »Aber das schlimmste ist ja gerade, daß mit dir nicht mehr zu reden ist. – Nach deiner Reise hast du mir wenigstens noch einen ausführlichen Bericht gegeben – aber seitdem bist du weiter und weiter weggerückt.«

»Ach Unsinn!« Heinz warf seine Zigarette fort und entnahm dem kleinen Holzkistchen, das er als eine russische Spezialität sich aus Petersburg mitgebracht hatte, eine neue. »Du redest dir etwas ein.«

»Du weißt, daß ich recht habe. – Früher hast du immer behauptet, daß ich der einzige Mensch wäre, mit dem du ernsthaft reden könntest. Else glaubt ja noch heute, daß du bei mir beichtest –«

»Else glaubt noch mehr. – Sie glaubt – Behüt dich Gott – es wär so schön gewesen! – Behüt dich Gott –«

»Es hat nicht sollen sein! – Heinz – was ist mit dir los?«

»Aber nicht doch! Mit mir ist gar nichts los! – Soweit hat Else doch recht, daß du die einzige bist, die meine Borytschewer Abenteuer kennt, und es ist hübsch von dir, Martha, daß du mich nicht ausgelacht hast.«

»Ausgelacht – Heinz!«

Sie standen jetzt an der Schranke und sahen den Reisenden zu, welche sich durch die Perronsperre drängten.

»Na ja – ich lache ja selbst manchmal und schäme mich gehörig. Solch ein Kitsch, wie ich ihn erlebt habe, ist doch unerhört! Else hat ganz recht. Die Natur und das Leben sind schrecklich gartenlaubenmäßig. – Und ich bin's eben auch. Schon die ganze Idee, nach Borytschew zu fahren – ich hätte mich kennen müssen. Natürlich bin ich wie ein Pensionatsgänslein durch ein paar sentimentale Lieder, ein stimmungsvolles Halbdunkel, ein paar zigeunerhafte Augen und Zubehör gepackt –«

»Heinz! Ich bitte dich – sprich nicht so! – Du kannst dich nicht im Ernst darüber lustig machen, daß du einmal dich selbst gefunden hast.«

»Soll für diese Instanz nicht bestritten werden. Aber nach der Probe vergeht mir die Lust nach Bekanntschaft mit mir. Ich bin fast entschlossen, die angeknüpften Beziehungen zu dieser Reisebekanntschaft abzubrechen. So oder so! Ich weiß nicht, wo eigentlich mein rechtes Ich steckt. Bin ich der, als der ich mich zu Ostern dieses Jahres kannte, oder bin ich der, der da plötzlich in die Erscheinung trat.«

»Du meinst mit anderen Worten: Bist du der Germane oder der Jude?«

»Plump gesagt, kann man's auch so ausdrücken! –«

»Du bist weder das eine noch das andere, Heinz!«

»Also was bin ich dann? – Bin ich dann wenigstens ein rechter Mensch? – Mensch schlechthin kann man nicht sein – solange die anderen sich noch differenzieren. – Am besten ist's schon, wenn man in jener Unbekümmertheit hindämmert, die mir nun verlorengegangen ist und die ich wiederzubekommen suche.«

»Ist das denkbar?«

»Dann gibt's eben nur einen Ersatz – die allgemeine Wurstigkeit – nur das Leben genießen – nur das Leben genießen – nur an sich, nur an den Moment denken – eiserne Stirn und bewußter kalter Egoismus. – Dahin bringe ich's noch und – es ist nicht recht, mich darin zu stören.«

Sie gingen langsam wieder zurück. Martha schien bekümmert, schwieg aber lange.

»Du hast seitdem nie wieder von deinen Erlebnissen gesprochen«, sagte sie nach einer Weile in leichterem Tone. »Hast du später nie in Erfahrung gebracht, was nun aus dieser Riwke geworden ist?«

»Ich weiß nichts und will nichts wissen!« sagte Heinz rauh. »Ich sah sie zusammensinken –«, er stockte einen Moment. »Vielleicht habe ich's mir auch nur eingebildet. Ich war wohl im Fieber. Eine halbe Stunde später saß ich auf der Bahn, und seitdem habe ich nichts mehr gehört. Aus der Zeitung weiß ich, daß der Pogrom drei Tage gedauert und es viele Tote und Verwundete gegeben hat. Schluß!«

»Du hättest doch hier mit dem Bruder des Mädchens –«

»Aber, Martha – was soll das? Wozu? Helfen hätte ich nicht können, und da inzwischen die Leute hier mich auch als Abtrünnigen erkannt haben dürften, hätte ich nur neue Peinlichkeiten heraufbeschworen. – Die Episode ist abgeschlossen und restlos vorbei.«

»Eben nicht restlos! – Du bist ein anderer. Aber ich glaube jetzt, du wirst dich erst noch finden.«

»Möglich! Ich suche aber nicht!«

»Du bist wirklich ein Rauhbein geworden, wie Else schreibt«, rief Martha zornig. »Und dabei ist das schönste, daß du gerade in dem Moment dich zu verlieren glaubst, in dem du endlich zu dir zu kommen schienst. – Laß mich ausreden! Jetzt will *ich* einmal beichten! – Wir haben doch immer gut gestanden, und ich war maßlos stolz, wenn du ernsthaft mit mir sprachst. Ich war ja die einzige, sagtest du! – Und doch war etwas Fremdes dabei. Als du aber dann auf einmal den Anstoß bekamst – zu deiner jüdischen Periode, sagen wir mal, – schien es mir, änderte sich das. Mir schien, jetzt würden die Hüllen fallen – du würdest jetzt ein freier, natürlicher Mensch werden – so wie alle normalen Menschen es sind. Du würdest, glaubte ich, deinen Wert erkennen, erst richtig deinen Platz einnehmen. Gerade, um hier als Deutscher eine rechte Heimat zu finden –«

»Zu diesem Zweck, meinst du, hätte ich erst Jude werden müssen?«

»Gewissermaßen ja! – Erst heißt es, sich selbst, seine Eigenart, seinen Wert finden. Dann kann man etwas in die Gemeinschaft einbringen – seinen Platz ausfüllen – sich wahrhaft gleichberechtigt fühlen.«

»Na – möglich! Aber dazu scheint es kraft väterlicher Vorsorge denn doch heute etwas zu spät. Der Weg ist verrammelt. – Ich gehöre nicht zu den Leuten von Borytschew – Moische Schlenker hatte ganz recht, als er mir die Tür wies – und ich gehöre nicht – ich gehöre nirgend hin. Schluß! Schluß! Schluß! – Es handelt sich darum, möglichst amüsant Zeit und Ewigkeit totzuschlagen. – Soll ich für dich in Iffezheim auch etwas setzen?«

Martha schüttelte unmutig den Kopf.

»Ich gebe dich noch nicht auf. – Wann bist du in Baden-Baden?«

»Morgen gegen Mittag! Der Schlafwagen wird in Frankfurt morgen früh abgehängt. Ich werde guttun, mir rechtzeitig einen Platz in einem anderen Wagen zu belegen. Der Zug ist merkwürdig gut besetzt.«

Jetzt fiel es ihnen erst auf, welch eigenartiges Publikum den Zug gefüllt hatte.

»Die wollen doch nicht etwa alle zur Rennwoche nach Baden-Baden«, sagte Heinz verwundert und starrte einer Gruppe von alten russischen Juden nach, welche mit schweren Koffern in den Händen den Zug entlanggingen und sich nach Plätzen umsahen. – Vor einem Wagen dritter Klasse hatte sich ein großer Haufen junger Leute versammelt, die mit anderen, die im Fenster lagen, sich animiert unterhielten. Alle besaßen unverkennbar jüdischen Typus. Viele trugen das Heinz schon seit der Versammlung bekannte zionistische Abzeichen.

»Ist über Juda auf einmal der Geist des Sports gekommen?« fragte er wieder.

Jetzt wurde man in der Gruppe der jungen Juden auf die alten Leute mit den Koffern aufmerksam, und einige Studenten, an ihren Farbbändern kenntlich, sprangen herzu, um die Last abzunehmen und den sich hilflos umsehenden und durch den lärmenden Betrieb verwirrten Männern beizustehen.

Heinz zuckte plötzlich zusammen und zog Martha hastig fort. Er hatte an einem der Fenster Jossel und Chane erkannt. Sie waren in ihrem Äußeren etwas verändert und europäisiert. Jossel hatte den Bart kurz geschoren und trug einen dunklen Jackettanzug; Chane hatte einen kleinen Lackhut und einen Gummimantel an. Sie unterhielten sich lebhaft mit einem auf dem Perron stehenden Herrn in auffallend kariertem Mantel und hohem Zylinderhut und hatten Heinz nicht bemerkt. –

»Wohin fahren denn alle diese Leute?« fragte Heinz, an seinem Wagen angelangt, einen jungen Menschen, der einen großen Stapel eines Blattes mit gelbem Umschlag – Heinz hielt es für eine Sportzeitung – herumtrug und dem von den Reisenden das Blatt förmlich aus den Händen gerissen wurde. »Doch nicht zur großen Woche?«

Der junge Mann, der auch das Zionsabzeichen trug, blickte verwundert auf.

Die große Woche

I

Tromsö, 3. August 1903

Lieber Heinz!

Unsere Ansichtskarten werden Dich überzeugt haben, daß auch hier oben die Natur im allgemeinen recht hübsch und sauber, aber doch schon stark kitschig arbeitet. Wir erledigen pflichtgemäß Menü und Tagesprogramm der Hapag, haben so vorgestern bei der Begegnung mit S. M. S. Hohenzollern unserer vorschriftsmäßigen Begeisterung Luft gemacht und sind gestern abend hier einlaufend wieder in den Bann kontinentaler Vergnügungsarbeit getreten. Joseph hat – wie ich behaupte, schwer seufzend, aber mit dem altbewährten Pflichtbewußtsein preußischen Adels – die übliche Nachtreise angetreten unter der bewährten Führung des Grafen Brussow. Ich habe ihn nur für einige Stationen (Ausgabe für die reifere Jugend) begleitet. Nachdem mein Herr und Gebieter sich nun durch gründliche bis in die Morgenstunden hinein fortgesetzte Lokalstudien die Überzeugung verschafft haben wird, daß für den Gentleman-Reisenden ein wesentlicher Unterschied zwischen Kairo, Budapest und Tromsö nicht existiert, ruht er sich jetzt von der glorreichen Exkursion aus, und ich benutze die seltene Muße, um meiner brüderlichen Liebe einen richtiggehenden Brief zu versetzen.

Nicht, als ob ich mir allzuviel davon verspräche, – so etwas wie eine Herzensausschüttung soll's nicht oder wird es jedenfalls nicht werden. Es ist auch gar nichts auszuschütten da, oder ich müßte schon mit Kratzbürste und Stemmeisen darangehen, was aber aus vielen Gründen besser unterbleibt. Aber vielleicht später einmal! Man kann ja nie wissen! Eine mündliche Aussprache erscheint ja wohl für alle Zeiten außer Frage, so soll das Schreibventil geölt bleiben, wenn's auch wahrscheinlich nie gebraucht wird. Du brauchst ja kein solches Ventil, nachdem Du Deinen Beichtstuhl gefunden hast. – Beruhige Dich! Martha hat das Beichtgeheimnis nicht verletzt. Aber ich habe es wohl gemerkt, daß sie als die einzige weiß, was eigentlich Dir auf Deiner geheimnisvollen Osterreise zugestoßen ist und Dich erst zu einem Übersumpfhuhn und dann auf dem Umwege übers Sanatorium zu einem Rauhbein ersten Ranges (ohne Überzeugungskraft) verwandelt hat. Der Hypothesen, die da in Deiner Abwesenheit am Familientisch entwickelt wurden, gab es gar viele, darunter aber keine, die Deinen Verbleib bis zu dem verspäteten Eintreffen in Petersburg erklärt. Mamas Empörung über das Petersburger Bummelleben und seinen zerrüttenden Einfluß scheint mir an der Oberfläche zu kleben; Papa glaubte gar, auf Deine famose Geburtstagsüberraschung zurückgreifend, an einen gelinden Anfall religiösen Wahnsinns; er sprach schon davon, den Vetter aus Halbasien als den eigentlichen Bazillenträger ausweisen zu lassen. Ich glaube nun nicht an eine religiöse Schwärmerei, die sich in Nachtlokalen austobt. Eher würde ich an die nie allein seligmachende Li-a-be glauben, – wer weiß auch, welche slawische Schönheit Dir an der Newa nachtrauert! – wenn nicht die Wahl der blonden Beichtmutter mich stutzig machte. Oder sollte gerade hinter der Beichte noch ein anderes Geheimnis stecken? Mir schon recht, – mehr als das! Und Joseph würde ganz unverdient so herum eine Bauernschwägerin von echtem arischen Adel bekommen!

Ist es nicht zu dumm, daß ich nun gar den Eindruck mache, als ob ich mich in Deine Geheimnisse drängen will, da ich doch die meinigen nicht nur vor Dir und meinem Mann, – der sich weidlich über diese bei uns so beliebte Seelenanalyse amüsieren und sicher darin einen neuen Grund zur Bewunderung finden würde, – sondern auch vor mir selbst zu verbergen trachte. Daß Joseph mich bewundert, ist ja kein Geheimnis. Aber was er an mir bewundert und in welcher Weise er mit mir Staat macht, ist so grotesk, daß ich oft nicht weiß, ob ich lachen oder mich ärgern soll. So tue ich gewöhnlich beides. Was diesen Leuten auffällt und imponiert – diesen Leuten ist gut gesagt! – und was ihnen wieder gleichgültig und unverständlich bleibt, ist ein Studium für sich. Halb komme ich mir als Panoptikumobjekt vor oder wie eine Hagenbecksche Wilde, halb wie ein Kulturmensch unter Feuerfressern. – Kennst Du das Gefühl? Ich bilde mir ein, etwas davon mußt Du bei Deiner empfindsamen Reise in die östlichen Gefilde Berlins empfunden haben, von der ich durch Martha mehr weiß als durch Dich. Apropos, – da hast Du doch einen so famosen Typ von Zigarettenmenschen aufgegabelt. Sollte der nicht identisch sein mit dem Schöpfer der Marke Klatzéki, die auf einmal so aufgekommen ist? Brussow schwört auf sie und behauptet, das sei die einzige eines kultivierten Menschen würdige Papyrosse – man sagt jetzt Papyrosse! Er ist stolz darauf, sie entdeckt und in seinem Klub eingeführt zu haben, und erzählt Wunderdinge von dem geheimnisvollen Importeur, den er nach Aussprache und Auftreten für einen verkappten magyarischen Edlen hält, dessen Verdienste er im übrigen aber bei weitem über die Drakes zu stellen geneigt ist. – Wenn's ihn glücklich macht! Thackeray hätte seine Freude an ihm.

Wir fanden hier unter anderem einen Brief von meiner süßen Schwägerin Lea. Ostermann hat Aussicht auf Versorgung. Ihm blüht eine zunächst provisorische Stellung an einer kleinen lutherischen Gemeinde in Rußland an einem Orte, der übrigens sich durch eine stark jüdische Bevölkerung auszeichnet. Sein Vorgänger ist darüber gestolpert; es hat da einen Pogrom gegeben, und entweder hat der gute Mann den angestiftet oder er ist sonst darein verwickelt gewesen, – jedenfalls hat er einen Nervenklaps bekommen, will unter allen Umständen weg und sucht sehnsüchtig einen Nachfolger. Ganz klar ist die Sache mir trotz Leas ausführlicher Darstellung nicht geworden. Sie verweilt aber mit Behagen bei der Sache, um das Wort Juden recht oft anwenden zu können. – Sie fügt liebenswürdig hinzu, daß Ostermann keineswegs sich auf solche Bahnen locken lassen, sondern sich ganz auf seine Amtstätigkeit beschränken würde. Meinen Segen hat er.

Die Eltern schrieben aus Karlsbad; ich glaube, Mamas Leiden ist atavistischen Ursprungs. Nach der Zusammensetzung der Kurgäste scheint doch ein ursächlicher Zusammenhang zwischen ritueller Kost und Gallensteinen zu bestehen. Oder sollte der plötzliche Diätwechsel nach zweitausend Jahren übel wirken?

Du Glücklicher brauchst weder Diätkur noch Hochzeitsreise zu absolvieren – diesmal wenigstens – ich wünsche Dir zu Deiner Schweizer Reise viel Vergnügen. Daß Du vorher noch die große Woche in Baden-Baden mitnehmen willst, ist gescheit. Ice Wind wird das große Rennen wohl machen, meint Joseph, auf den ich in dieser Hinsicht etwas gebe, – Brussow schwört auf Graditz; es ist viel Meinung für Faust. Ich sehe der Entscheidung mit Fassung entgegen, bevollmächtige Dich aber, für mich auf den krassesten Outsider, welcher auch immer es sei, einen Blauen zu riskieren, oder sagen wir fünfzig Mark. Wenn's der Zufall will, stehe ich vor den Kundigen groß da und ernte neue Lorbeeren. Wird's nichts, bleibt's unter uns.

Also leb' wohl – das Leben ist doch Kitsch! Grüße Martha!
Deine Else.

II

Martha Mertens las den Brief aufmerksam und langsam durch, während Heinz auf dem Trittbrett des Schlafwagens seine Zigarette rauchte und von oben zuschaute. – Sie hatten sich eine halbe Stunde vor Abgang des Zuges auf dem Anhalter Bahnhof getroffen – auf Wunsch Marthas, die gern Elses Brief noch sehen und lesen wollte, von dem Heinz ihr gesprochen hatte, als er sich telephonisch verabschieden wollte.

»Bist du fertig?« sagte Heinz, als Martha unschlüssig und anscheinend etwas verwirrt in dem Brief zurückblätterte. »Dann wollen wir noch etwas auf und ab spazieren.«

Sie gingen schweigend am Zuge entlang, der Empfangshalle zu.

»Hast du nichts zu sagen?« fragte Heinz nachlässig.

»Ich hätte eigentlich viel mit dir zu sprechen«, sagte Martha leise, den Kopf gesenkt und unruhig mit dem Schirm spie-

zendentalen allein sich einte. Der Begriff der betenden Gemeinde wurde ihm zum erstenmal im Leben klar. –

Welche Bewegung war in die Masse gekommen, als die Gesetzesrollen aus dem Schrein genommen und zur Empore getragen wurden! Kaum konnten die Träger vorwärts kommen, so drängte es von allen Seiten heran. Jeder wollte einen Kuß auf die umhüllenden Mäntel drücken oder wenigstens sie mit den Fingerspitzen berühren, – Väter hoben ihre kleinen Kinder, damit diese schon jetzt den frommen Brauch lernten, – abgehärmte Handwerker schmiegten ihr blasses Gesicht für einen Moment glücklich lächelnd an die Thorarolle; an die Thora klammerte sich dieses Volk mit all seiner Sehnsucht und Lebensenergie! Was war die Not des Daseins, – was waren Pogrome oder Verfolgungen, – was die Jahrhunderte des Elends, – hier war das Glück, das Ewige, das über Zeit und Raum Erhabene, – war der Schatz des Volkes, das ihm kein Räuber fortnehmen konnte. Der Stolz des auserwählten Volkes, das da einen Schatz für die Ewigkeit zu hüten meint, leuchtete aus aller Blicken. –

Niemals, so schien es Heinz, hatte er eine Menge von so glücklichen, in sich befriedigten, ihrer selbst sicheren Menschen gesehen als in diesem Moment.

Und draußen drohte Mord und Totschlag! –

Heinz hatte die Vorlesung aus der Thora mit angehört, hatte gesehen, wie die Rollen wieder mit ihrem Schmuck bekleidet und in den Schrein zurückgebracht wurden, und sich dann zum Gehen gewandt, – die Luft war ihm auf die Dauer doch unerträglich geworden, – als eine plötzliche Stille und ein dann einsetzender seltsam weicher Gesang ihn überrascht sich wenden ließ, wie er sich schon auf der obersten Stufe der zum Ausgang führenden Treppe befand.

Der Sänger stand auf der Mittelempore; – es war ein noch jugendlicher Mann mit kurzem lockigem Bärtchen, der trällernd mit ungeschulter, aber wundervoll weicher Stimme, die bisweilen etwas unvermittelt ungeheuer anschwoll, sich hin und her wiegend einen Betgesang vortrug. Alles lauschte still und unbeweglich wie in einem Bann, dann auf einmal kam es wie ein plötzlicher Windstoß über die Gemeinde. Alle die weißen Gestalten schüttelten sich hin und her, und ein tosender Lärm brach wild aus tausend Kehlen in die Luft. Das Geschrei dauerte nur sekundenlang, und wieder jubelte das Lied des Vorbeters einsam durch die Stille empor. Wieder fiel der ungestüme und ungefüge chaotische Chor ein, und wieder ließ der Sänger ihn verstummen. Dann aber, als er geendet, begann wieder jene seltsam anmutende Zwiesprache jedes einzelnen mit seinem Gott, und das Tohuwabohu von früher herrschte wieder. Doch nun wußte Heinz, daß ein Geist über dem Chaos schwebte. – Alle diese Beter, das sah man nach den Büchern, in die sie blickten, sprachen jeder für sich dieselben Worte, den für alle vorgeschriebenen Text; jeder trug auf seine Weise, an seinem Ort und zu seiner Zeit die Gebete der Gesamtheit an Gottes Thron, die für alle Zeiten und alle Orte feststanden.

Der letzte Eindruck, den Heinz mitgenommen hatte, war der Anblick der auf und ab wogenden Masse der weißen, in die Gebetmäntel gehüllten Gestalten. –

Seine Gedanken wanderten nach der ärgerlichen Gebetsimprovisation in der Auguststraße in Berlin zurück, an der er vor wenigen Tagen unfreiwillig teilgenommen hatte. – Daß das nur wenige Tage zurücklag! – Er erkannte unschwer in den Vorgängen dort eine Verzerrung und Veräußerlichung des hier Erlebten. Oder – hatte er vielleicht nur dort in der unpassenden Umgebung alles in falschem Lichte gesehen, – vielleicht nur das Unwesentliche bemerkt, während der Kern ihm verborgen geblieben war? – Am Ende lag überhaupt bei der Beurteilung der Juden und alles Jüdischen eine gewaltige Fehlerquelle darin, daß die Juden notgedrungen ständig am falschen Orte und unter falschen Bedingungen sich befanden! Was an ihnen abstoßend, fremdartig, pittoresk, lächerlich erschien, war es vielleicht nicht an sich, war es nicht durch ihre Schuld, sondern war nur die Folge der schiefen Stellung, in der sie lebten: ein Volk ohne Land, eine Gemeinschaft, die zerstreut und bis in die kleinsten Partikel versprengt war.

So wäre denn aller Antisemitismus, wäre die leidige Judenfrage, die nicht zur Ruhe kommen wollte, also nur auf einem riesenhaften Mißverständnis beruhend. Man konnte die Juden nicht kennen, solange sie nicht sie selbst sein konnten.

Gab es da eine Lösung? Die unnatürlichen Bedingungen mußten in natürliche verwandelt werden. – Das bedeutet – –

Heinz sprang aus dem Sessel, in dem er sich niedergelassen hatte, unmutig auf.

Wohin nur führten ihn diese Gedanken? Er war auf und daran, sich in Gegensatz zu all den Grundsätzen seiner Erziehung und seiner gewohnten Umgebung zu setzen. Er hatte sich aus einem begreiflichen Interesse einmal mehr der Kuriosität als der Wissenschaft wegen die Gebräuche und Lebensverhältnisse des Milieus, dem seine Familie entstammte, angesehen. Dieses Unternehmen hatte ihm Interessantes genug geboten. Damit konnte und mußte er sich zufriedengeben! Was gingen ihn die Juden an? Mochten sie ihre Angelegenheiten selbst regeln! Gestern am Abend hatte er sich durch die seltsame Stimmung im Hause Schlenker merkwürdig benommen gefühlt, – wer weiß, ob da nicht mehr, als er sich gestern hatte eingestehen wollen, seine schöne Nachbarin Einfluß gehabt hatte. – Nun war es aber Zeit, sich um den Kriminalistenkongreß und um Petersburg zu kümmern. In der Eremitage würde er wohl die Kultur Moische Schlenkers bald belächeln.

Er griff zum Kursbuch, um sich über die Züge zu orientieren.

Verworrenes Geräusch auf der Straße ließ ihn wieder ans Fenster treten. Herr Hansemann und der Hausdiener standen auf dem Straßendamm und blickten, ebenso wie einige stehengebliebene Passanten, nach links die Straße hinunter. Man hörte von dort Geschrei und Getrappel. Heinz beugte sich hinaus und sah in der Ferne an der Biegung der Gasse einen dunklen Menschenhaufen. – Ein Zug Soldaten eilte im Laufschritt über die Straße und verschwand um eine Ecke. – Der Torweg drüben war leer, aber Heinz sah den jungen Mann, der zuletzt dagestanden hatte, eben aus einer anderen Tür herauskommen; mehrere junge Leute folgten ihm, und alle hasteten eilig die Straße hinunter. Heinz begriff, daß die

Selbstwehr alarmiert wurde und es jetzt Ernst wurde. –
Drüben ließ der Kaffeehauswirt die Rolladen herunter.

Heinz griff nach seinem Hut und stürzte auf die Straße.

»Es hat angefangen!« sagte Herr Hansemann, auf ihn zu-
eilend. »In der Fischgasse plündert man schon. – Gehen Sie
nur nicht aus! Zum Glück geht's ja den Herrn nichts mehr
an.«

Er fuhr erschreckt zusammen; von fern knallte ein Schuß. –

Heinz eilte fort, ohne auf Hansemann zu achten. – Der
suchte ihn einzuholen, aber vergeblich.

»Aber man wird Sie für einen Juden halten!« rief er kläglich hinterher. »Nehmen Sie doch wenigstens ein Brecheisen
mit oder eine Hacke, damit man sieht, daß Sie ein Christ
sind!«

III

Ehe er sich's versah, war Heinz am Ende der Straße und bei
dem Menschenhaufen angelangt. Er handelte rein instinktiv
und war aus dem Hotel gestürzt und die Straße hinunter,
ohne sich zu überlegen, was er eigentlich tun wollte. – Jetzt
drängte er sich durch die Leute hindurch, die flüsternd und
unruhig zusammenstanden und auf die Reihe Soldaten
starrten, welche, das Gewehr unter dem Arm, eine Kette
über die Straße bildeten. Zwischen diesen und dem Publikum befand sich ein leerer Zwischenraum von vielleicht
zwanzig Schritten. Die Postenkette war aber so aufgestellt,
daß sie die Straßenbiegung abschnitt und niemand sehen
konnte, was jenseits geschah.

Heinz durchschritt schnell und sicher den Zwischenraum
und näherte sich den Soldaten. – An ihm vorbei liefen fünf
oder sechs Männer in Bauerntracht, sie trugen Hacken und
Beile in den Händen. Die Kette öffnete sich sofort, schloß
sich aber hinter ihnen und vor Heinz. Der vor ihm stehende
Soldat rief ihm barsch einige russische Worte zu und hielt
das Gewehr vor.

Heinz stutzte und fuhr zurück; jetzt konnte er einen Blick

über die Postenkette hinauswerfen. Es stand noch eine zweite Reihe Soldaten da, welche der ersten Reihe den Rücken zugewendet hatte und nach der Judenstadt zu die Absperrung bewirkte. Jenseits dieser Kette, doch in ziemlichem Abstand von ihr liefen eine Menge Juden ratlos herum, Päckchen und Kisten schleppend, – verängstigte und verstörte armselige Menschen, darunter sehr viel Frauen und Kinder, deren Geschrei die Luft erfüllte. Ein Mann mit einer großen Holzkiste keuchte nach rechts herüber, ihm folgte eine junge Frau, ein Kind auf dem Arm, während ein anderes sich am Arm nachziehen ließ. Die Gruppe Bauern kam eben durch die Postenkette, als der Mann sich mit seiner Last vorbeischleppte; er erschrak, ließ die Kiste fallen und lief schreiend davon. Die Kiste zerbrach; Heinz sah noch eben, wie einer der Bauern auf die Frau zuging, welche der Kinder wegen nicht fortlaufen konnte, und erblickte einen Moment ihr angstverzerrtes Gesicht, – dann begannen die Soldaten mit dem Kolben nach ihm zu stoßen. Er wich zurück, und die Häuser versperrten ihm die Aussicht.

Er blickte verstört um sich; die Leute hinter ihm betrachteten ihn alle stumm und gespannt. Doch machte keiner eine feindselige Bewegung. Er kam unangefochten durch sie wieder hindurch und eilte jetzt in eine Seitenstraße, um auf einem Umwege zum großen Platz und von da zu dem Hause Moische Schlenkers zu gelangen.

Er kam durch stille und verödete Gassen auf den Platz hinaus und hatte, da der Platz nach seiner Seite anstieg, eine weite Übersicht. – Auch hier war eine doppelte Postenreihe gezogen, in der Höhe des in der Mitte in einer Gebüschanlage stehenden Brunnenhäuschens. Er konnte hinten rechts in die Wilnaer Straße hineinsehen, in welcher gleich vorn das Haus lag, in dem er am gestrigen Abend so friedliche Stunden verbracht hatte. Dorthin schien der Tumult noch nicht gedrungen zu sein; die Straße schien wie ausgestorben, alle Türen und Fensterläden waren geschlossen. – Nach links hin aber öffnete sich vom Platze die armselige, enge und finstere Fischgasse. Dort trieben die Plünderer ihr Wesen. Man hörte das Geklirr eingeworfener Fensterscheiben, dem lautes

Gejohl folgte. – In dem Gäßchen drängte sich eine Menge, die hin und her wogte, ohne daß die Vorgänge im einzelnen zu unterscheiden waren. – Einige Kerls in Blusen, gefolgt von Weibern mit geröteten Gesichtern, liefen auf den Haufen von Pflastersteinen zu, der mitten auf dem Platze lag. Der Offizier, der an dem Brunnenhäuschen lehnte und mit der Reitgerte spielte, rief den Soldaten etwas zu, worauf einige von diesen ihre Gewehre abstellten und den Leuten die Steine, welche innerhalb der Postenkette lagen, zuwarfen. Die liefen eilig mit den Steinen davon und machten sich wieder ans Werk. Wieder Geklirr und das Niederrasseln von Scheiben, lautes Gejohl, – einige Schüsse fielen, – das Angstgeschrei einer kreischenden Frauenstimme übertönte plötzlich gellend allen Lärm, um dann plötzlich zu verstummen.

Heinz sprang in ein paar Sätzen auf den Offizier los, der zurückprallte und an den Säbel griff. In der Hand hielt Heinz den russischen Interimsschein, den er bei der Hinterlegung seiner Legitimationspapiere erhalten hatte.

Nur hinübergelangen wollte er, – mit dort drüben sein, – bei den Seinen, zu denen er gehörte, – bei den Juden, – den Verfolgten, – bei der Selbstwehr! –

Ja, – die Selbstwehr! Wo war sie? –

Der Plan der Selbstwehr, wie Riwke ihn entwickelt hatte, war nicht übel gewesen. Um einer vorzeitigen Entwaffnung und einem Auffinden der Waffen bei der zu erwartenden Durchsuchung der jüdischen Häuser zu entgehen, hatte man die Waffen, über die man verfügte, – es waren wenig genug, – außerhalb der eigentlichen Judenstadt in einem zuverlässigen Hause untergebracht. Nach erfolgter Alarmierung hatten sich alle Mitglieder der Selbstwehr dort einzufinden, um geschlossen und bewaffnet zum Schauplatz zu rücken. – Der Alarm hatte geklappt, – die Selbstwehr war vollzählig erschienen; eiligst verbarg man die Waffen in den Taschen, trat den Weg an und – stieß auf die Postenkette.

Kujaroff hatte den Plan durchschaut und ihn geschickt zu durchkreuzen verstanden. Die ganze Judenstadt war mit Soldaten umstellt, welche den strengen Befehl hatten, keinen Juden passieren zu lassen, – weder nach der einen noch

»Zur großen Woche?« Er sah ihn verständnislos an; dann schien er zu begreifen und lächelte vertraulich. »Gewiß, zur großen Woche in Basel – zum Zionistenkongreß!«

III

Der Zug fuhr an. Heinz, der wieder mit Martha bis zum Ende spaziert war, hatte sich in einen der letzten Wagen geschwungen und sah nun, am Fenster stehend, in das Gewimmel der Zurückbleibenden. Durch den verworrenen Lärm der Halle drang plötzlich ein kräftiger Chorus; die Sänger glitten vorüber, und Heinz sah für Momente in die fast feierlich aussehenden Gesichter der jungen Juden, wie sie, in engem Haufen auf dem Perron stehend, ihre Hymne sangen. Die Melodie schwoll an, brach jubelnd in die Höhe, und die vorüberhuschenden Töne weckten irgendwelche unbestimmten Erinnerungen in Heinz. Fast vergaß er, Martha den Abschiedsgruß zuzuwinken, die schon in dem Gewühl untertauchte: dann schoben sich mächtige Steinquader vor – Lärm und Gesang brachen plötzlich ab, und der Zug rollte durch die Abendstille zwischen den langsam vorübergleitenden Silhouetten von Schornsteinen und Fabrikanlagen in die verdämmernde Landschaft hinein. –

Heinz mußte, um zu seinem Schlafwagen zu gelangen, fast durch den ganzen Zug wandern und dabei auch die Wagen der dritten Klasse passieren. Er kam nur sehr langsam vorwärts, da der Gang mit Koffern und Schachteln verstellt war und viele der Reisenden dort damit beschäftigt waren, ihre Sachen zu sortieren oder sich auch aufgeregt und zwecklos durcheinanderdrängten. – Er hatte Zeit und Gelegenheit genug, die eigenartige Reisegesellschaft zu betrachten.

Die Zionisten hatten sich schnell zusammengefunden und zwei Waggons fast ganz für sich okkupiert. Die wenigen unbeteiligten Reisenden, welche in diese Gesellschaft verschlagen waren, sahen verwundert zu, wie da offensichtlich ganz wildfremde Menschen aus den verschiedensten Gegenden und Ländern – differenziert nach Sprache, Kleidung, Bildung und Stand, in wenigen Minuten sich miteinander anfreundeten. – Fast alle trugen als Wahrzeichen das gelbe Blatt, »Die Welt«, zur Schau, und junge Leute befestigten sogar Exemplare des Blattes am Fensterrahmen, um so schon nach außen die Insassen als das, was sie waren, kenntlich zu machen. Ein Sprachforscher aber hätte seine helle Freude daran gehabt, wie Sprachen und Dialekte aller Art sich durcheinandermengten und mit welchem erstaunlichen Spürsinn und Kombinationsvermögen diese Menschen aus irgendwelchen noch so feinen und schwachen Anklängen den Sinn fremdsprachlicher Sätze erkannten.

Heinz zögerte einige Minuten vor einem Abteil, in dem dänisch gesprochen wurde. Ein junges Ehepaar suchte sich mit einigen jungen Leuten aus dem Osten zu verständigen, die darin wetteiferten, irgendeinen halbwegs bekannt klingenden Brocken zu erhaschen. Die junge lachende Frau und die an ihren Lippen hängenden, vor Eifer erglühten Zuhörer boten ein reizvolles Bild. – In mehreren Abteilen waren von ihren Helfern die alten russischen Juden untergebracht. Die Studenten verstauten das Gepäck, während die alten Leute die modische Kleidung und vor allem die blau-weiß-gelben Farbbänder mit einigem Mißtrauen und mißbilligend betrachteten. – An dem Abteil, in dem Chane und Jossel in eifriger Debatte mit anderen jungen Leuten saßen, drückte Heinz sich rasch vorbei. Im Nebenabteil wurde auf dem Fenstertischchen eben eine kleine transportable Wirtschaft aufgebaut – ein Holzköfferchen stand geöffnet auf der Bank, aus dem Eßwaren, Bestecke, Servietten ausgepackt wurden, und Heinz erinnerte sich, auf seiner russischen Reise schon gesehen zu haben, wie vorsorglich man dort auf den langen Strecken ohne Verpflegungsmöglichkeit sich auszurüsten gewohnt war. Kissen und Decken kamen überall zum Vorschein, und man war schon nahezu häuslich eingerichtet, als Heinz hineinschaute. Mehrfach auch wurde er unterwegs angesprochen, denn einige der Baselfahrer konnten es gar nicht erwarten, ihre Sehnsucht, neue Gesinnungsgenossen aus fremdem Lande kennenzulernen, zu befriedigen. Besonders ein älterer Mann mit großem buschigen Backenbart wollte ihn gar nicht loslassen; er begann ohne Einleitung zu erzählen, daß er jetzt achtundzwanzig Tage auf der Bahn liege, um zum Kongreß zu fahren. – Heinz drängte sich hastig weiter und atmete auf, als er sein Schlafabteil betrat. –

In den zionistischen Waggons kam man noch lange nicht zur Ruhe, und die paar Arier, welche dorthin verschlagen waren, hätten ihrem Ärger über das laute Wesen gewiß nachdrücklichen Ausdruck verliehen, wenn sie nicht samt und sonders so interessiert und erstaunt über die seltsame Gesellschaft gewesen wären. Juden, welche nicht scheu ihr Judentum zu verstecken suchten, – sondern die unbekümmert und sorglos über ihre jüdischen Angelegenheiten redeten, waren ihnen in Deutschland noch nicht vorgekommen. –

Jossel und Chane saßen mit guten Bekannten zusammen, – mit Hamburger, Kaiser und anderen Berliner Studenten. –

»Furchtbar nett von Klatzke, uns noch so viel Rauchvorräte an die Bahn zu bringen«, sagte Hamburger, das Fenster hochziehend. »Aber komisch genug sieht er im Zylinder aus. Willst du eine Klatzéki haben, Kaiser?«

»Danke, er gewöhnt uns das Rauchen nur an, um später Abnehmer zu haben. – Er wäre so gern selbst mitgefahren, aber er sagt: erst muß ich ein reicher Mann sein.«

»Das wird bald kommen. Sein Zigarettengeschäft blüht. Der Zylinder rentiert sich.«

»Dabei lebt er von Brot und Käse«, sagte Chane. »Aber er kleidet sich, so fein er's nur versteht. Ich freue mich, daß er jetzt einen anständigen Beruf gefunden hat.«

»Er ist so klug«, lachte Hamburger, »daß er weiß, daß Ehrlichkeit der beste Schwindel ist. Die Klatzéki ist tadellos! – Um reich zu werden, ist ihm jedes Mittel recht, selbst das anständigste und solideste.«

»Im Grunde ist er ein anständiger Mensch«, sagte Jossel unruhig. »Er ist in diese unglückselige Briefgeschichte hineingeraten und hat nicht gewußt, wie. Sobald es ging, hat er sich davon losgemacht und ein ordentliches Geschäft angefangen.«

»So geht es doch den meisten Juden auf der Welt!« rief Chane. »Sie werden zu Dingen getrieben, die ihnen nicht liegen und die ihrer nicht würdig sind, und sie brennen vor Sehnsucht, davon loszukommen.«

»Die ganze jüdische Renaissancebewegung beruht darauf!« warf Kaiser dazwischen.

»Klatzke jedenfalls wird, je mehr er verdient, desto anständiger und solider.«

»Leider beobachtet man bei vielen Menschen sonst gerade die umgekehrte Erscheinung. Ob Klatzke nicht noch einmal zu den Stützen des assimilierten Judentums gehören und als Berliner Notabel und Stütze des Deutschtums gegen die unerwünschte Einwanderung von russischen Juden Front machen wird?«

»Wenn er nicht vorher als lästiger Ausländer ausgewiesen wird, wie jetzt wir«, sagte Chane lächelnd. »Wem sind wir wohl lästig gefallen? Wer konnte ein Interesse haben, uns zu verhindern, hier zu studieren?«

»Es ist ja keine rechte Ausweisung«, sagte Hamburger. »Es ist Ihnen nur mitgeteilt, daß Sie ausgewiesen werden würden, wenn Sie nicht freiwillig gehen.«

»Ein schöner Trost!«

»Wir brauchen keinen Trost«, sagte Jossel. »In Bern läßt sich's auch studieren, und sonst hätten wir nie Gelegenheit genommen, zum Kongreß zu fahren und selbst zu sehen, ob wirklich ein neues jüdisches Leben Wahrheit wird. Aber daß wir den deutschen Juden lästig sind, weiß ich seit dem ersten Tage in Berlin, seit meinem Besuch bei dem Doktor Magnus. Sie waren ja Zeuge, Herr Kaiser, und wenn Sie nicht damals so freundlich zu mir gewesen wären, hätte ich einen sehr bitteren Geschmack mitgenommen. Sie haben mir sehr geholfen, und Sie kamen zur rechten Zeit.«

»Sie haben mir mehr geholfen als ich Ihnen, und Sie kamen für mich wirklich zur rechten Zeit. Ich stand damals in einer Krise und habe bei dem Rabbiner leider auch nicht gefunden, was ich suchte. Ich war mindestens so enttäuscht wie Sie! – Dann lernte ich erst durch Sie allmählich, daß das Judentum doch auf etwas anderem basiert ist als auf wissenschaftlichen Hypothesen, auf ausgeklügelten und opportunistischen Programmen oder auf erstarrten Formen ohne lebendigen Inhalt. Ich kann nicht sagen, daß diese Krise vorüber ist. Aber ich ahne doch, daß diese Reise zum Kongreß mir die Lösung bringen wird. Ich habe wieder Mut zum Judentum bekommen. Leute wie Magnus können einen zur Verzweiflung bringen.«

»Die deutschen Juden vom Schlag Magnus kämpfen gegen Vergangenheit und Zukunft«, sagte Hamburger. »Der russische Jude verkörpert seine Vergangenheit, der getaufte seine Zukunft. Ohne den Zustrom aus dem Osten gäbe es bei dem enormen Abfluß hier kein deutsches Judentum mehr. Der Übergang vollzieht sich in wenigen Generationen: Ostjude, orthodox, konservativ, gemäßigt, liberal, Reform, Taufe – das sind die Wegzeichen. Einige Stationen werden jedesmal übersprungen. Es ist wie bei einem großen Trichter, in den ständig oben so viel einläuft, daß der Spiegel auf gleicher Höhe bleibt. Ob der Prozeß aufzuhalten ist, ist mir zweifelhaft. Auch für mich wird der Kongreß vielleicht eine Entscheidung bringen. – Ich bezweifle, ob wir deutschen Juden noch berufen sind, da mitzuarbeiten. Ich fürchte, wir sind schon zu weit ab von natürlichem Empfinden. Wir besitzen nicht mehr die Unbefangenheit, welche die Voraussetzung jeder schöpferischen Tätigkeit ist.«

»Und ich glaube im Gegenteil, daß in Westeuropa ungeheure jüdische Möglichkeiten liegen«, rief Chane. »Alles ist nichts als ungeheueres Mißverständnis. Die Juden kennen einander nicht und kennen sich selbst nicht. Das war mein erster Gedanke, als ich damals in der Dragonerstraße zum erstenmal von den merkwürdigen deutschen Anschauungen hörte und gleichzeitig von der Schnorrbriefindustrie. Der Schnorrer repräsentiert nicht den Ostjuden und der Dr. Magnus nicht den Westjuden. Vor allem wächst eine andere Generation heran. Beide Typen waren notwendige Folgeerscheinungen der seltsamen Lage des Judentums überhaupt, genau wie es die Germersheim- und die Kluck-Existenzen sind. – Aber Dr. Herzl, von dem jetzt die neue Bewegung ausgeht, ist durch und durch Westeuropäer. Er hat von den Juden nichts gewußt, bis die Not des Volkes zu ihm schrie. Nur weil er außen stand, konnte er den Weg in die Freiheit finden. Er steckte selbst nicht im Gewühl, das Luft und Ausblick hemmt; aber er hat den Weg zu seinen Brüdern gefunden.«

»Wie Moses, wie Nehemia!« rief Jossel staunend. »Alles wiederholt sich!«

»Ich glaube«, schloß Chane, »daß gerade den deutschen Juden eine hohe Aufgabe gestellt ist!« –

»Entschuldigen Sie«, sagte ein älterer Mann, der seit einigen Minuten in der Tür des Abteils stand. »Sie fahren doch auch zum Kongreß! – Ich bin schon achtundzwanzig Tage auf der Bahn. Ich komme aus der Mandschurei.«

Und er erzählte, wie vor einem Jahre etwa durch die Notiz in einer Zeitung zum erstenmal in seine Heimat die Nachricht gedrungen sei, daß ein Wiener Schriftsteller es unternommen habe, die Juden wieder nach Palästina zurückzubringen. Da habe man sich erkundigt, viele Briefe geschrieben und endlich von dem Kongreß erfahren. Nun habe er sich auf den Weg gemacht. – Er war zum erstenmal in Europa und ganz benommen von der Entdeckung, daß er allerorten Menschen antraf, welche in so vielen Dingen, vor allem aber in ihren Wünschen und Hoffnungen, ganz und gar von seiner Art waren.

»Denken Sie!« sagte er. »Achtundzwanzig Tage auf der Bahn! Überall Juden, die nach Zion wollen. Von allen Ecken der Welt sollen die Vertriebenen heimkehren! – Achtundzwanzig Tage!«

Er war sehr stolz auf seine lange Reise und ging von Abteil zu Abteil, um Anerkennung und Staunen zu ernten. – Allmählich wurde es auch in den von den Zionisten besetzten Waggons stiller; man versuchte zu schlafen, um nicht zu ermüdet in Basel anzukommen, wo arbeitsreiche Tage bevorstanden. – Nur in einem von Zigarettenqualm erfüllten Abteil, in dem russische Studenten saßen, kam die hitzige Debatte noch lange nicht zur Ruhe. Man fuhr schon im Morgengrauen durch das schöne Thüringen, als die letzten Zwiegespräche verstummten, und noch immer war die Frage nicht geklärt, wie in einem jüdischen Gemeinwesen das Unterrichtswesen zu regeln sei. – –

Wie dieser Zug aber rollten in jener Nacht von allen Himmelsrichtungen Züge auf die Kongreßstadt zu, welche Juden aller Länder zusammenführten, die, von gleicher Sehnsucht und gleichem Hoffen erfüllt, sich aufgemacht hatten, um mit eigenen Augen zu sehen und mit eigenen Ohren zu hören, ob der Ruf, der sie erreicht hatte, wirklich der Ruf sei, auf den sie Geschlecht für Geschlecht seit zweitausend Jahren gewartet hatten.

IV

Heinz hatte in Frankfurt einen bequemen Fensterplatz gefunden, da die zweite Wagenklasse im Gegensatz zur dritten ziemlich leer war, und frühstückte nun am halboffenen Fenster, durch das frische Morgenluft hereinzog. Um einer Begegnung mit Chane und Jossel auszuweichen, hatte er sich den Tee ins Abteil bringen lassen, statt in den Speisewagen zu gehen. Er hatte nur einen Reisegefährten, einen alten Herrn, dessen gebräunte gesunde Gesichtsfarbe seltsam von seinem vollen weißen Haar abstach. – Beide Reisende studierten die in Frankfurt erstandenen Morgenblätter; Heinz hatte sich auch mit einigen Sportzeitungen versehen.

Ein Herr ging im Korridor vorüber, stutzte, kam zurück, blickte herein, trippelte unschlüssig hin und her und schoß dann auf einmal auf Heinz zu, um ihm erfreut die Hand zu schütteln.

»Entschuldigen Sie, daß ich Sie nicht gleich erkannt habe. Wie geht es Ihnen?«

Heinz suchte vergeblich in seinem Gedächtnis. Der andere lachte.

»Sie erkennen mich nicht? Strengen Sie sich nicht an. Sie verkehren doch da in der Auguststraße – Sie wissen schon. – Ich habe Sie doch gleich erkannt! Mein Gedächtnis!«

»Ich glaube nicht, daß wir uns vorgestellt sind«, sagte Heinz zurückhaltend. Es begann bei ihm zu dämmern.

»Vorgestellt? Wer spricht von Vorstellen? Dazu war ja damals gar keine Gelegenheit. Ich heiße Pinkus, – Doktor Pinkus – chemisches Laboratorium. – Sie kamen damals gerade zur rechten Zeit. Wissen Sie noch? Ich hatte damals –« Er beugte sich dicht zu Heinz und flüsterte ihm ins Ohr: »Jahrzeit und Sie waren Minjan-Mann.«

»Ich erinnere mich«, sagte Heinz kühl und griff nach seinem Blatt.

»Ich bin nur froh, daß ich Sie getroffen habe!« rief Pinkus und sprang auf, um die Tür zuzuschieben. »Es zieht furchtbar!« Er sah unruhig nach dem offenen Fenster und schielte nach dem alten Herrn, der sich nicht rührte. Pinkus zuckte die Achseln und setzte sich wieder neben Heinz. »Man freut sich, einen zivilisierten Menschen zu treffen. Diese Reisegesellschaft – furchtbar. Da soll ein Mensch sich erholen. Mein Assistent ärgert mich schon genug. – Sie haben ihn ja damals gesehen, – der ist auch angesteckt. Total meschugge!«

Das letzte Wort flüsterte er wieder Heinz zu, der ärgerlich in seine Ecke rückte. – Der alte Herr schien sich über eine Stelle in seiner Zeitung zu amüsieren.

»Ich fahre nach Darmstadt, – bevor ich in die Schweiz gehe, – Bund der Alkoholgegner, – Ausschußsitzung, – bin im Ausschuß! Man muß dies unser Nationallaster bekämpfen. Wer sein Volk liebt, muß da mittun. Es ist der Kampf um die germanische Volkskraft, – die Zukunft der Rasse hängt davon ab.«

Jetzt sprach er übermäßig laut und sah den Fremden herausfordernd an, der lächelnd und scheinbar unberührt weiterlas.

»Ein Antisemit!« flüsterte er Heinz zu, der an sich halten mußte, um nicht unhöflich zu werden.

»Unsere deutsche Volksgesundheit ist bedroht!« rief Pinkus zornig, als ob ihm widersprochen worden wäre, und schlug den Kragen hoch. »Es zieht zum Gotterbarmen! – Der Alkohol zerrüttet unser Nervensystem, unsere innere Kraft. – Es ist eine patriotische Pflicht, da in erster Linie zu kämpfen!«

Er machte eine Pause. Dann beugte er sich nieder zu Heinz und flüsterte:

»Der ganze Zug ist voll mit russischen Juden!«

»Sie können ruhig laut sprechen. Ich bin auch Jude!« sagte der alte Herr ruhig lächelnd.

Pinkus starrte ihn einige Sekunden an; dann sprang er mit einem Satz ans Fenster und zog es hoch.

»Das zieht ja schauderhaft! – So, – endlich!«

Er ließ sich wieder aufs Polster fallen.

»Also Sie sind auch Jude! – Nun sagen Sie selbst! Ist das nicht ein Skandal? – Man schämt sich ja, durch den Zug zu gehen – lauter Polacken! Alles Zionisten! Und reden ganz laut von jüdischen Dingen! Man muß es doch nicht jedem auf die Nase binden, daß man ein Jude ist!«

Er sah sich zornig um. Keiner antwortete. So fuhr er selbst fort:

»Da haben Sie zum Beispiel meinen Assistenten. Er heißt Cohn.« Er sah sich um, ob die Tür fest geschlossen war. »Cohn. – Hans Cohn. Eigentlich nehme ich sonst christliche Assistenten, aber ich habe meinen früheren Assistenten rausschmeißen müssen, und der Cohn ist ein eminent tüchtiger Mensch. Aber verrückt! Was fällt ihm jetzt ein? Nennt er sich auf einmal Hans Jacob Cohn! Jacob! Als ob Cohn nicht genug wäre! Hans Jacob Cohn! Muß man's jedem auf die Nase binden?«

»Sollte nicht auch ohne das ominöse Jacob der eine oder andere auf die Vermutung kommen, daß hinter Cohn sich kein echter Arier verbirgt?« fragte der alte Herr höflich.

»Das sage ich ja!« schrie Pinkus. »Also wozu? Aber sonst ist's eben ein Unglück, – ich heiße doch auch Pinkus. Ich habe den Namen mal und führe ihn, aber ich werde doch nicht damit protzen, wenn ich nicht verrückt bin. Ich heiße Isidor, – auf meinem Schild steht J. – einfach J. Pinkus. Er zeigt aber ausgerechnet, daß er noch darauf Wert legt. Man soll merken, daß er Israelit ist und daß er es sein will, daß er noch stolz darauf ist. Wenn ich meine Arbeiten bescheiden J. Pinkus zeichne und wenn die Arbeiten besonders gut sind, dann verzeiht man mir schließlich meinen Namen.«

»Sind Sie der Toxikologe Pinkus?« sagte der alte Herr interessiert und legte sein Blatt hin.

»Ja, – das bin ich. Sie haben von mir gehört?« sagte Pinkus und sah den Fremden argwöhnisch an.

»Allerdings. Die Presse war ja neuerdings voll von Ihnen. Man schrieb, daß Sie –«

»Alles Verleumdung! Niederträchtige, schamlose Lüge!« schrie Pinkus mit einem Wutausbruch und sprang auf.

»Verleumdung? Lüge?« fragte der alte Herr aufs höchste erstaunt und amüsiert. – »Da reden wir wohl von verschiedenen Dingen. Ich las in der chemischen Zeitung – ich interessiere mich etwas für diese Dinge –, daß Ihre Forschungen von weittragender Bedeutung seien. Der Verfasser bezeichnete Ihre Arbeit als ein glänzendes Zeugnis echt deutscher Gründlichkeit und deutschen Fleißes. Er ging sogar so weit, wenn ich mich recht erinnere, von einem neuen Ruhmesblatt in der Geschichte der deutschen Wissenschaft zu sprechen. Wenn Sie *das* Verleumdung nennen, sind Sie entschieden anspruchsvoll.«

»Das ist natürlich etwas anderes!« sagte Pinkus beruhigt und setzte sich, geschmeichelt seinen Bart streichelnd. »Ja, – da sehen Sie, was ich vorhin sagte, – wenn man etwas leistet, sieht man über den Namen hinweg; ich dachte an etwas anderes! Der elende Kerl, der Röder, mein früherer Assistent, den ich an die Luft setzen mußte, hat mir einen blödsinnigen Prozeß angehängt, und nun hat wohl ein antisemitisches Käseblatt sich der Sache bemächtigt, – entstellt und verzerrt alles und beschimpft mich als jüdischen Ausbeuter, der mit echt semitischer Hinterlist harmlose junge deutsche Gelehrte auspreßt – es ist ekelerregend!«

Er schlug wütend aufs Polster.

»Das ist ja ein treffliches Beispiel«, sagte der alte Herr schmunzelnd, »wie das jüdische Konto von der Mitwelt geführt wird. Was Sie Positives leisten, wird dem deutsch-germanischen Konto gutgebracht; wenn Sie aber etwas pekzieren, wird's dem Juden angekreidet. Da ist's dann freilich kein Wunder, daß das jüdische Konto mit einem Debet-Saldo schließt!«

»Es ist schon so!« murmelte Pinkus. »Aber da ist eben nichts zu machen.«

»Sollte das nicht die Schuld der Juden sein, welche ihr Judentum möglichst verstecken? Ist es nicht ganz begreiflich, daß die Juden jetzt versuchen, auch unter ihrer eigenen Firma zu arbeiten und ihren Anteil an der Kulturentwicklung zu reklamieren?«

»Was? – Wie? – Das ist ja – das ist kulturfeindlich, – das ist reaktionär, – das ist … – Sollen wir ins Ghetto zurück?«

»Im Gegenteil: wir sollen erst aus dem Ghetto heraus! Das Ghetto besteht allenthalben noch. Nur wird manchmal ein Auge zugedrückt, wenn ein Jude es in falscher Tracht verläßt, wenn er nur genügend Bestechungsgelder zahlt, und dann auch nur, solange er sich durch besonderes Wohlverhalten und bescheidenes Betragen auszeichnet. Sonst wird ihm der Mantel abgerissen, und er wird mit Schimpf und Schmach zurückgejagt.«

»So! Schön gesagt! – Und wie denken Sie sich die Befreiung aus diesem Ghetto? Sollen wir streiken?«

Pinkus sah dem Fremden wütend und höhnisch ins Gesicht.

»Ein allgemeiner Judenstreik, wenn er durchführbar wäre, wäre gar kein übler Gedanke – nur eben ein Verbrechen an der Kultur. Wenn auf einmal alle Juden nicht mehr mittäten, würde man vielleicht allgemein sehen, welchen Kulturfaktor die Juden darstellen. Aber so ist's nicht gemeint. Wir sollen erst recht anfangen, mitzuarbeiten. Sehr schön, daß Sie die Alkoholplage bekämpfen und das bedrohte Deutschtum retten wollen. Wie wäre es, wenn wir dem bedrohten Judentum einen Teil unserer Kraft widmen wollten? Das jüdische Volk hat, glaube ich, der Menschheit noch einiges zu sagen – jedes Volk hat seine Mission wie jedes Individuum. Wenn nun die Juden, statt ständig ihr eigenstes Wesen zu verleugnen und zu unterdrücken, ihre spezifischen Werte für die Gesamtmenschheit frei machten und entwickelten – wenn die Juden –«

»Psssst!« machte Pinkus so scharf, daß der Fremde erstaunt abbrach und Heinz fast erschrocken aufsah. Der Kellner des Speisewagens trat ein, um das Teegeschirr abzuräumen. Der alte Herr lächelte und zündete sich seine während des Sprechens ausgegangene Zigarre an.

»Sie sagten –?« fragte Dr. Pinkus, als der Kellner gegangen war, hinter ihm die Tür zuziehend.

»Nichts!« sagte der Herr, seine Zeitung aufnehmend. »Ich war schon fertig.«

Pinkus sah die beiden Herren unruhig an.

»Es ist doch nicht gerade nötig, daß der Kellner –« Er fuhr auf Heinz los:

»Sie sagen ja gar nichts? –«

»Ich bin nur Minjan-Mann«, sagte Heinz abwehrend.

Pinkus sah ihn argwöhnisch an. Dann riß er die Uhr heraus und fuhr in die Höhe.

»Gleich Darmstadt! – Ich muß meine Sachen –. Empfehle mich!«

Er drehte im Gange wieder um, kam noch einmal herein und sagte, die Tür hinter sich zuziehend, zu dem Fremden, der kaum von seiner Zeitung aufblickte, giftig:

»Das, was Sie gesagt haben – ich will mich nicht aufregen – ich reise zu meiner Erholung – aber das ist schlimmer wie Ahlwardt! Sie sind ein jüdischer Antisemit! Nun wissen Sie's!«

Damit verschwand er endgültig.

V

Der alte Herr blickte auf und Heinz ins Gesicht. Dann begannen sie beide zu lachen. Heinz ärgerte sich, konnte aber nicht anders als lachen.

»Sie haben recht«, sagte der alte Herr, die Zeitung zusammenlegend und ernst werdend. »Eigentlich ist es nicht um zu lachen, sondern um sich zu schämen. Ich hätte mich gar nicht in eine Unterhaltung eingelassen, wenn es sich nicht herausgestellt hätte, daß dieser Herr ein Gelehrter ist, der auf seinem Gebiet wirklich Wertvolles geleistet hat und für dessen Arbeit ich mich seit langer Zeit interessiere. Und solch ein Mann benimmt sich derart läppisch! Leider ist das aber keine Einzelerscheinung. Diese Mischung von taktloser Unverschämtheit und kriechender Demut ist häufig anzutreffen. Seine Mission als Retter des Deutschtums schreit er jedem in die Ohren; aber wenn er das Wort Jude hört, zittert er davor, daß ein Bedienter es auffängt. – Und so was wundert sich über den Antisemitismus! Wer sein eigenes Wesen verleugnet und verachtet, kann nicht erwarten, daß andere davor Respekt haben. Pfui Teufel!!«

Heinz sagte errötend:

»Es ist nicht ganz leicht, diese Dinge unbefangen zu beurteilen!«

»Da treffen Sie den Kernpunkt, um den sich alles dreht! – Unbefangenheit! Darum handelt es sich nämlich! Diesen Menschen fehlt jede Unbefangenheit! Juden, die sich natürlich und ungezwungen geben, findet man ja kaum noch in Deutschland. Sehen Sie, die Juden in Rußland etwa – waren Sie jemals da drüben?«

Heinz bejahte zögernd.

»Na, dann werden Sie ja selbst den Unterschied bemerkt haben! Die in ihren Betstuben und Lehrhäusern und überall, auf der Straße und daheim, leben wie natürliche Menschen ihr eigenes Leben. Und hier – Gottesdienst und Schule, Saloneinrichtung und Firmenschild. Sprechweise und Kleidung, alles überhaupt wird nur mit Rücksicht auf die Wirkung nach außen abgestimmt. – Nur im Osten sieht man noch ungeschminktes Judentum.«

»Vielleicht ist das richtig«, sagte Heinz. »Aber liegt das nicht daran, daß der Jude dort sich einseitig gegen seine Umwelt abschließt – oder von ihr abgeschlossen wird. Das kann doch auch kein Ideal sein. Wenn sich dort in dieser stillen Welt wirklich etwas von Wert entwickelt hat –«

»Wenn? – Wenn? – Ja, wissen Sie denn nicht, was hinter dieser chinesischen Mauer, um es mal so zu nennen, steckt? Eine ungeheure Masse von Kultur und Geist, von Kraft und von Lebensfülle! Wenn die Welt nur eine Ahnung hätte, welche Schätze da ungehoben liegen!«

»Eben das erscheint mir ja so bedenklich! Was für einen Wert für die Menschheit haben dauernd ungehobene Schätze? Ist es nicht eher ein Verbrechen als eine Tugend, diese Absonderung aufrechtzuerhalten?«

»Sie vergessen zunächst, daß diese Absonderung nicht freiwillig ist!«

»Zugegeben! Aber jene Unbefangenheit und Echtheit des Wesens, von der wir sprachen, ist doch, wie es scheint, die Kehrseite der Abschließung – und vielleicht zu teuer bezahlt. Verdient da nicht jeder Anerkennung, der seine Kräfte der Allgemeinheit zugänglich macht?«

»Doch nicht auf die Art wie dieser Doktor Pinkus? – Natürlich ist es Pflicht jedes einzelnen, seine Arbeitskraft der Allgemeinheit zu widmen, und es ist nicht nur ein Verbrechen, sondern, was schlimmer ist, eine ungeheuerliche Dummheit Europas, die jüdischen Massen von der Mitarbeit auszuschließen. Aber wenn jemand, wie dieses Prachtexemplar von Chemiker, sein eigenstes Wesen verheimlicht, kann er eben nicht sein Eigenstes und Bestes hergeben.«

»Glauben Sie wirklich«, sagte Heinz lächelnd, »daß seine toxikologischen Studien noch bedeutendere Ergebnisse gezeitigt hätten, wenn er seinen Vornamen voll ausgeschrieben hätte?«

Beide lachten herzlich.

»So ist's nun doch nicht gemeint«, sagte der Alte behaglich. »Die Hanswursterei des Versteckspielens ist ein Kapitel für sich. Pinkus leistet Gutes, und überhaupt ist das, was von den Westjuden an Kulturwerten geschaffen worden ist, gewaltig. Aber dieser geistige Zustrom verläuft sich im Sande, da die einzelnen Juden sich bemühen, möglichst restlos in der Umgebung zu verschwinden. Aus dem großen jüdischen Kräftereservoir rinnen nur einzelne Tropfen. Der Einzelfall wirkt da bisweilen sensationell. Da war mein Freund Schapiro. Der wanderte mit vierzig Jahren aus Rußland nach dem Westen, talmudisch geschult, an europäischem Wissen aber sozusagen Analphabet. Jedermann riet ihm ab, in dem Alter noch zu studieren. Zehn Jahre später war er Mathematik-Professor in Heidelberg! – Solche Fälle werfen ein Schlaglicht! Man merkt, was da drüben noch schlummert!«

»Ja, aber ist es den Juden da nicht vorzuwerfen, daß sie diese hermetische Abgeschlossenheit so bewahren?«

»Warten Sie nur! – Da, wo die äußeren Ghettomauern gefallen sind, wie in Deutschland, ergab sich folgendes: Statt die Freiheit zu benutzen, um ihre spezifisch jüdische Kultur nun in die große geistige Gütergemeinschaft einzubringen, haben die Juden eine zentrifugale Politik gemacht – sich ihres Wesens zu entkleiden versucht und ihre Eigenart verleugnet. Die Umwelt beging damals eben den Fehler, diese Selbstentäußerung als Preis für gewisse, faktisch nur sehr beschränkt gewährte, papierene Rechte zu verlangen, statt sich die mächtige Kulturhilfe zu sichern, die ein seine Eigenart pflegendes Judentum gewähren konnte. So werden die deutschen Juden allmählich, aber sicher aufgesogen, und mit ihnen gehen ungeheure Werte zugrunde. Nur jener tropfenweise Zufluß aus dem Osten hält den Untergang alles Jüdischen auf. Würde derselbe Prozeß künftig einmal im Osten einsetzen, würde der Begriff Jude bald ganz aus der Welt verschwinden – vorausgesetzt, daß nicht die Juden dort, gewitzigt durch die Ereignisse im Westen, so viel Kraft aufbringen, ihr Eigenleben zu bewahren.«

»Dann komme ich wieder auf meine Frage zurück: Wozu dient dieses Kraftreservoir des Ostens? Ist es nicht nutzlos aufgespeicherte Kraft? – Und weiter: muß dieses Leben und Tüfteln hinter der Mauer nicht notwendig zu Sterilität geführt haben? Hat es bei den Juden überhaupt noch eine Entwicklung gegeben, seit sie in ihrem Ghetto sitzen?«

»Eins nach dem anderen! Eine Entwicklung? In gewissem Sinne: Nein. Aber dafür ist ihre Entwicklungsfähigkeit ins Gewaltige gesteigert. – Sie staunen? Passen Sie mal auf! – Die Entwicklung ist mit der Zerstörung des Staates stehengeblieben. Mit der Zerstreuung der Juden über die Welt wäre ihr Untergang als Nation besiegelt gewesen, wenn sie nicht zu einem heroischen und in der Weltgeschichte unerhörten Mittel gegriffen hätten. Da vorauszusehen war, daß die versprengten Teile in ihrer Entwicklung sich überall ihrer jeweiligen Umgebung anpassen und in ihr restlos aufgehen würden, haben sie einfach *jede* Entwicklung abgelehnt. Sie haben sich entschlossen, auf dem Punkt stehenzubleiben, auf dem ihre natürliche nationale Entwicklung durch die Katastrophe abgeschnitten wurde.«

»Das heißt –?«

»Das heißt, daß sie die Tatsache des Zusammenbruchs ihres Staates ebenso negiert haben wie alle anderen Ereignisse der Weltgeschichte. Seitdem leben sie in einer Fiktion, einem Traum; sie tun so, als ob ihr Staat noch bestände und sie in Palästina lebten. Sie regeln ihr Leben nach dem Palästinensischen Kalender und gehen zur Zeit, da es in ihrem alten Lande angezeigt war, in ihre Laubhütten, ob's in Wirklichkeit friert oder regnet. In ihren Schulen und Lehrhäusern erörtern sie Fragen, die nur am Jordan aktuell wären – sie halten an uralten Gebräuchen fest, mögen sie heute und hier noch so sinnlos sein, und führen bis ins kleinste dasselbe Leben und haben dieselben Interessen wie ihre Eltern und Voreltern bis zu den Tagen von Titus hinab!«

»Und sollte da wirklich keine Versteinerung eingetreten sein?«

»Nur dort, wo die Juden, aus ihrer jüdischen Umwelt herausgerissen, nur die Formen ohne den historischen Sinn bewahren – ohne das Bewußtsein, daß mit den Formen eine Brücke über die Generationen geschlagen werden soll! Daß etwa in Deutschland diese Veräußerlichung vorhanden ist und oft verwunderlich und abstoßend wirkt, gebe ich zu.«

»Aber auch im Osten, scheint mir, mußte notwendig so etwas wie eine geistige Inzucht auftreten.«

»Begreifen Sie nicht, daß das durch viele Generationen fortgesetzte Beschäftigen mit geistigen Problemen desselben Gedankenkomplexes Kräfte besonderer Art fördern mußte? Die Juden haben eine ungeheure Schulung hinter sich und sind dadurch in unerhörtem Ausmaße für die Aufgaben gerüstet, die ihnen als Volk gestellt werden können.«

»Ich will auch zugeben, daß ein solches Training des Geistes –«

»Auch des Körpers, wenn Sie so wollen. Das Training erstreckt sich bis auf Essen und Trinken.«

»Also, es mag sein, daß da besondere Kräfte zur Entwicklung gekommen sind. Aber glauben Sie, daß diese, wie Sie selbst sagen, auf einer Fiktion beruhende künstliche Kraftentwicklung die Probe in der Wirklichkeit bestehen wird?

Sind die Juden heute überhaupt noch als Volk anzusprechen, als eine Gemeinschaft von staatenbildender Kraft?«

»Aber die Juden sind – es klingt paradox, ist es aber nicht – dasjenige Volk, das gerade den ungeheuerlichsten Beweis seiner politischen Begabung in diesem Sinne erbracht hat! Gerade in diesen langen Jahrhunderten der Zerstreuung!«

»Da wäre ich in der Tat begierig!«

»Sie halten die Deutschen, die Engländer und Franzosen vermutlich deshalb für politisch veranlagt, weil sie ein staatliches Gemeinwesen besitzen, ihr Territorium haben, eine Verfassung, Gesetze und dahinter zu deren Schutz eine gewaltige Macht, einen riesigen Apparat mit Kasernen, Zuchthäusern, Staatsanwälten und Exekutionsbeamten. Das scheint mir wenig zu beweisen. Aber die Juden bewahren seit Jahrhunderten ihr Gesetz – und welch ein in alle Verhältnisse tief eingreifendes Gesetz – ohne alle Zwangsmittel, ohne äußeren Zusammenhalt, lediglich durch einen moralischen Zwang, durch Selbstdisziplin, durch ihr Volksgewissen!«

»Die Religion nicht zu vergessen!«

»Nennen Sie das wie Sie wollen! Tatsache ist, daß ihr nationaler Selbsterhaltungstrieb, ihr Verantwortlichkeitsgefühl, ihr Gemeinschaftsbewußtsein so ungeheuer ausgebildet sind und sich so gewaltig und überzeugend dokumentieren wie bei keinem anderen Volk der Geschichte. Wie viele Nationen sind untergegangen, sind spurlos verschwunden, so wie ihr Staat zusammengebrochen war. Heute aber noch sitzen am Tage der Tempelzerstörung die Juden trauernd am Boden, fasten und wehklagen wie zu den Tagen des Jeremias. Dreimal täglich erneuern sie im Gebet ihre Hoffnung auf die Wiedererstehung ihres nationalen Zentrums und ihren Treueschwur. Nach Jerusalem richten sie ihre Blicke beim Gebet und im Tode. – Palästina und der jüdische Staat stehen im Mittelpunkt all ihres Denkens, sind die Grundlage aller Geistesarbeit in Schule und Lehrhaus. – Schule! Da haben Sie gleich ein anderes Beispiel! Welche Mühe hat allenthalben die Durchführung des Schulzwanges gemacht! Ohne jeden Zwang gibt es bei den Juden keinen Analphabeten. Jeder jüdische Vater schickt sein Kind in die Schule, ins Cheder.«

»Wo es lauter Dinge lernt, die es im Leben nicht brauchen kann!«

»Nicht in diesem provisorischen Leben, dem Scheinleben – wohl aber in dem wahren Leben nach der Rückkehr ins Land der Väter. Das Volk ist geschult und bereit, in jedem Moment, wenn es nach Palästina zurückkehrt, die Entwicklung da aufzunehmen, wo sie damals abgebrochen ist! – Und dann ist ihre Art der Schulung derart geistesschärfend, daß, wer immer sie genossen hat, mit Leichtigkeit sich jederzeit das nötige Rüstzeug zum Kampf ums Dasein oder zur Mitarbeit draußen aneignen kann. Sie wissen ja selbst, daß die Juden auch dem, was man sonst Leben nennt, einigermaßen gewachsen sind. Und nehmen Sie nur zum Beispiel meinen Freund, den Mathematiker, von dem ich Ihnen vorhin erzählt habe.«

»Gut! Aber warum folgen nicht alle einem solchen Beispiel? Warum nicht das Volk als Ganzes?«

»Das Volk als Ganzes wartet nur auf den Moment, da es das tun kann! Das ist ja sein tägliches Gebet: die Befreiung! Wenn eines Tages die Emanzipation kommt –«

»Kommt?«

»Ich rede nicht von der sogenannten Emanzipation der Juden – nämlich derjenigen Juden, welche ihr Judentum aufgeben –, sondern von der Emanzipation des jüdischen Volkes. Wenn das jüdische Volk den anderen Völkern gleichgestellt sein wird –«

»Der zionistische Traum!«

»Der Traum des jüdischen Volkes seit Jahrtausenden, seit der Zerstörung ihres Staatswesens! Ein Dornröschentraum, wenn Sie wollen. Wenn der Bann aufhört, setzt alles Leben genau an dem Punkt ein, wo es abgebrochen wurde.«

»Also, doch ein Schlaf – kein Leben, keine Entwicklung!«

»Aber so begreifen Sie doch, daß das eben das Wunder der Erhaltung des Volkes erklärt. Ihr nationaler Instinkt hat die Juden auch in der Zerstreuung davor bewahrt, sich nach verschiedenen Richtungen je nach der Umgebung voneinander fortzuentwickeln und den Zusammenhang zu verlieren. Der Jude aus Lodz und der aus Chikago haben absichtlich lieber ihr Leben in der alten gemeinsamen Form erstarren lassen, als durch Anpassung an Zeit und Ort einander fremd zu werden und ein fremdes Leben auf sich zu nehmen. Morgen – heute können sie die gemeinsame Arbeit wieder aufnehmen.«

»Damit wäre also der Zweck der seltsamen Ghettokultur erklärt, immer aber noch keine Beantwortung meiner Frage gefunden: Was nun der Menschheit von dieser eingekapselten und unzugänglichen Kultur für Nutzen entsteht, solange sie noch ebenso hermetisch verschlossen bleibt!«

»Ja – das ist's! Solange sie noch so bleibt! Daß auch inzwischen durch jenes Heausträpfeln aus dem längst nicht mehr hermetischen Verschluß die Kultur Europas unendlich viel gewonnen hat, darüber sind wir ja wohl einig. Und durch die Emanzipation – die falsche oder kleine, wie ich sie nenne – ist das evident geworden. Aber der Nutzen steht da in keinem Verhältnis zum Schaden, denn es liegt die Gefahr nahe, daß das große Reservoir ausläuft und die Kraftquelle versiegt. Deshalb ist es jetzt an der Zeit, daß die große, die wahre Emanzipation kommt, daß das jüdische Volk als solches die Möglichkeit erhält, gleich allen anderen Völkern zu arbeiten.«

»Sie glauben an die Möglichkeit?«

»Ich bin der Erfüllung gewiß! – Dann, wenn der Fluch der Arbeitslosigkeit von dem jüdischen Volke genommen sein wird, wenn jüdische Leistung als jüdische Leistung gewertet werden wird, wenn seine ursprüngliche Kraft sich offenbaren wird, – mit anderen Worten, wenn eine nationale jüdische Heimstätte existieren wird, in der sich jüdische Triebkräfte frei entwickeln können, dann wird sich zeigen, daß die stille und zähe Arbeit der Jahrhunderte im Ghetto nicht umsonst gewesen ist. Dann erst werden die verborgenen Schätze für die Menschheit gehoben werden.«

»Also ein Judenstaat?«

»Sie können es so nennen, denn so nannte es der Schöpfer der modernen Bewegung, der Dr. Herzl. Aber vielleicht ist der Begriff Staat auch noch vieldeutig. Es muß nicht notwendig Absonderung, Völkereifersucht, Militarismus und

Vergewaltigung damit verbunden sein. Bedenken Sie, daß im alten Judenstaat der Fremde völlig gleichberechtigt war, daß es eine weitgehende soziale Gesetzgebung gab, daß im Tempel zu Jerusalem für alle Völker der Erde geopfert wurde. Rom hat Jerusalem zerstört, und römischer Geist herrscht bis heute. Ich glaube, – der Kampf ist noch nicht endgültig zu den Zeiten von Titus entschieden. Der Geist des alten Volkes der Bibel erhebt sich in unseren Tagen!« –

Er schwieg und sah aus dem Fenster.

Heinz sagte nach einer längeren Stille:

»Es ist seltsam! Ich bin nun so viel jünger als Sie, und ich kann den Schwung nicht aufbringen, um an eine solche Entwicklung zu glauben. – Der Zionismus mag ein schöner Traum sein, – ich erkenne das an, – aber kann man einem Volk zumuten, kann man von einem einzelnen verlangen, daß die schöne Gegenwart, die bequeme Glücksmöglichkeit um einer Hoffnung willen geopfert werde?«

»Daß das jüdische Volk das in so vielen Generationen getan hat, ist ein Beweis für seine Berufung! – Und alles Schwächliche ist im Laufe der Zeiten der Versuchung unterlegen. Was fest geblieben ist, ist Auslese der Stärksten!«

Heinz schwieg betroffen. Wieder jener Gedanke, der ihm im letzten Jahre so oft gekommen war.

»Mir hat der Dr. Herzl nichts Neues gebracht«, sagte der alte Herr. »Ich stamme aus einer ganz assimilierten Familie. Mein Vater hat die Berliner Reformgemeinde zu Anfang des vorigen Jahrhunderts mit gegründet. – Mir vermochte *dieses* Judentum nichts zu geben. Ich fühlte mich als Deutscher, nicht nur als deutscher Bürger, sondern als Germane, möchte ich sagen. Ich spielte eine nicht ganz unbedeutende Rolle im politischen Leben. Im Jahre 70 ging ich als Freiwilliger mit; draußen vor Metz habe ich den Juden in mir entdeckt. Das ist ein besonderes Kapitel. Dann kam der Antisemitismus! – Ich zog mich von allem öffentlichen Leben zurück. Ich konnte und konnte nicht ins klare darüber kommen, was ich eigentlich sei, was eigentlich das Wort Jude bedeutet. Religiös war ich nicht im landläufigen Sinn, – an so etwas wie eine jüdische Nation dachte ich nicht im Traum.

Na, – ich las viel, reiste viel, grübelte viel, – genutzt hat's weiter nicht und geschadet auch nicht. Da lernte ich den Professor Schapiro kennen, von dem ich sprach, und da ging mir's auf. Ich machte auf seine Veranlassung eine Reise durch Rußland, blieb lange in Wilna und Kowno, – ich lernte Jüdisch und Hebräisch. Eine neue Welt tat sich mir auf, – ich verstehe auch meine alte Welt erst recht. Ich merkte, daß über dem Tohuwabohu doch ein Geist schwebt. Und dann kam Herzls Judenstaat. – Und dann –«

Er zündete seine Zigarre wieder an.

»Diese letzten Ostern war ich in Palästina.«

Er schwieg eine Weile.

»Wissen Sie«, fuhr er fort und legte die Faust auf das Fenstertischchen. »Ich bin ein Siebziger und weiß nicht, wieviel Jahre mir noch beschieden sind. Aber ich bin entschlossen, nach Palästina überzusiedeln. Ich habe mich angekauft, – am See Kinereth. Ich möchte noch etwas von dem Wachsen und Werden dort sehen. – Ich habe mir früher immer gewünscht, einmal dabeizusein, wenn in Olympia oder Herkulanum alte Schönheit gehoben wird. Das da ist mehr! – Was dort aus dem Schutt der Jahrtausende geschaufelt wird, ist mehr! Und jetzt fahre ich wieder nach Basel, wie ich zu jedem Kongreß seit dem ersten von 97 fahre. Auch dort wird Altes neu lebendig! Es ist ja noch alles unfertig, – viel Schwärmerei und Unklarheit – und nur wenige wissen, worauf es ankommt. Aber es ist eine Lust, zu sehen, wie dieses Volk, das über die ganze Erde zerstreut ist, sich wiederfindet und versteht. Da noch mitarbeiten können, – dazu noch nicht zu alt und abgetrieben sein, – das ist eine Lust! Jetzt im Alter fühle ich noch einmal alle meine Lebenskraft! Ich sehe ein Ziel, für das ich arbeiten kann! Das ist ein Glück, junger Mann! Und dieses Glück wünsche ich jedem!« –

Er schwieg wieder lange.

Nach einiger Zeit fing der Alte an, von seiner Palästinareise zu erzählen, von den bescheidenen Kolonien, welche vor Jahrzehnten begeisterte russische Studenten gegründet hatten und die jetzt nach unendlicher Mühe und Sorge, nachdem die ersten Kolonisatoren fast alle zugrunde gegangen waren, aufzublühen begannen, – von dem Pessachfeste, das er mitgemacht hatte und das ein echtes Volksfest gewesen war, aber ohne die üblen Erscheinungen, an die man bei dem Wort sonst denkt, – von der Gastfreundschaft der jüdischen Bauern und von tausenderlei Dingen, die sich an diese seine Fahrt knüpften. – Die Zeit verging rasch, und Heinz bedauerte es, als der Zug in Oos einlief, wo er in den Lokalzug nach Baden-Baden umsteigen mußte.

»Vielleicht sehe ich Sie doch noch in Basel«, sagte der alte Herr. »Der eigentliche Kongreß beginnt erst in nächster Woche. Jetzt gibt es nur Vorbesprechungen!«

Heinz schüttelte den Kopf und verabschiedete sich dankbar und herzlich. –

Kurz darauf stand er an einem Fenster des Lokalzuges, der ihn nach Baden-Baden bringen sollte, und sah hinüber aufs andere Gleis, wo sich der D-Zug eben in Bewegung setzte. Die Wagen glitten langsam, dann schneller vorüber, und aus der dritten Klasse klang ein hebräisches Lied. – Er sah dem Zuge nach, an dessen Scheiben die gelben Umschläge der »Welt« noch weit erkennbar waren.

Mitaufbauen können, – mitarbeiten an der Zukunft des Volkes und der Menschheit, – ein Ideal haben, – einen Lebenszweck, – wissen, wohin man gehört, – eine seelische Heimat besitzen, begeistert sein, jung sein, wie dieser Alte, – wer das noch könnte, wer da mittun könnte!

Was blieb ihm? –

Er ließ sich in seine Ecke nieder. Mechanisch griff er nach dem neben ihm liegenden Blatte und las:

»Wird der Stall Esterhazy auch in diesem Jahr siegreich sein, oder werden wir die schwarz-weißen Farben von Graditz diesmal in Iffezheim in Front sehen? Wird Ice Wind oder wird Faust als Sieger durchs Ziel gehen, – das ist die große Frage, welche alle bewegt. Nach unseren Informationen ...«

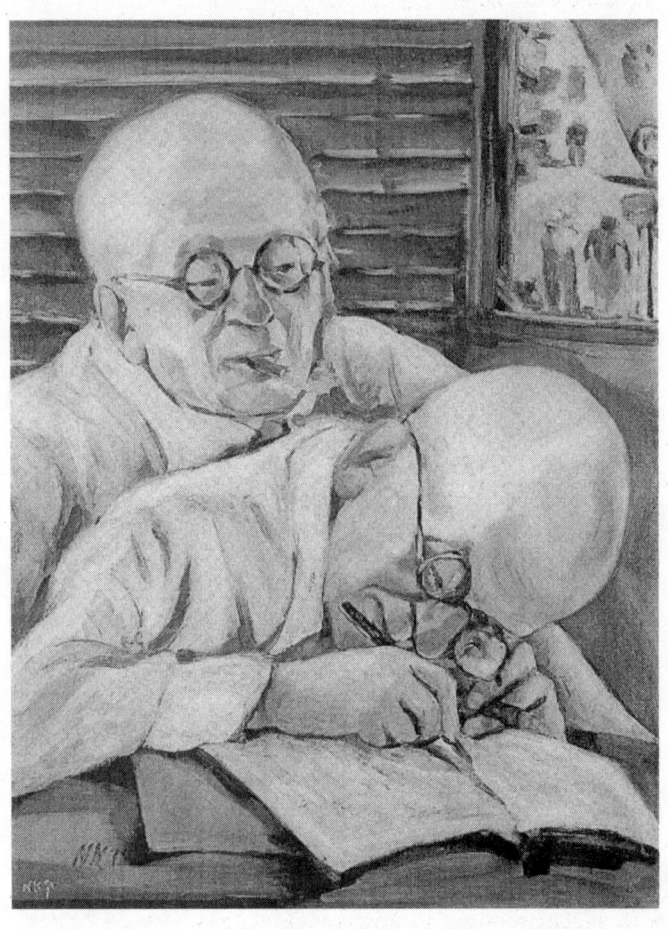

Sammy Gronemann blickt sich selbst über die Schulter.

Käthe Ephraim-Markus: Sammy Gronemann. Ölgemälde, 1950.
(Bialik-Loge des Independent Order of B'nai B'rith, Tel Aviv)

JOACHIM SCHLÖR

Tohuwabohu.
Einige Klärungen und viel mehr Fragen

Sammy Gronemanns Roman *Tohuwabohu* darf bestimmt
einen der originellsten Anfangssätze der deutschen Literatur dieses Jahrhunderts für sich reklamieren: »Berl Weinstein hatte sich wieder einmal taufen lassen, und diesmal mit
besonderem Erfolg.« Da scheint eine leichte Hand zu regie-
ren, der es gelingt, ein schweres Thema aus dem Bereich der
jüdischen Geschichte im osteuropäischen Irgendwo (und
später im Berliner Überall) doch lesbar, unterhaltsam zu behandeln. Da wird eine Geschichte beginnen, die man gerne
lesen will – und soll! Und da wäre es recht verführerisch,
diesen Ton zu übernehmen und das Nachwort auch so leicht-
hin, wie nebenher, zu formulieren. Das wäre sogar möglich
gewesen, im Erscheinungsjahr des Romans: 1920. Damals
hat er kein Nachwort gebraucht, Sammy Gronemann war
bekannt, und seine Themen waren nicht fremd. Daß es jetzt
nötig ist, Buch und Autor wieder vorzustellen, hat den gleichen verfluchten Grund wie meine Scheu vor diesem herrlichen Satz. Gronemann erzählt eine jüdische Geschichte aus
den zwanziger Jahren so, wie sie heute keiner mehr würde
erzählen können.

Wer sie heute liest, muß wissen, daß die Schauplätze zerstört sind, die handelnden Personen nicht mehr da. Der Mord
an Millionen europäischer Juden, ausgedacht an vielen deutschen Schreibtischen, planmäßig und industriell ausgeführt
von Berlin aus, hat die Menschen und die Orte ausgelöscht,
von denen dieses Buch handelt. Einige, wenige, Sammy Gronemann darunter, konnten sich retten, aber auch sie – und
wir, Nachlesende, Nachdenkende – sind von dieser Geschichte geprägt. Die Orte, an denen wir leben, und die Orte,
die wir im Osten Europas besuchen, tragen die Schande im
Gesicht. Berlin ist nicht mehr Berlin, Borytschew ist nicht
mehr Borytschew. Ist die Geschichte, die Gronemann er-

zählt, deshalb eine andere? Nein, das kann nicht sein. Daß wir sie anders lesen als sein Publikum von 1920 und 1925, als die immerhin sechzehnte Auflage erschien, ist unvermeidlich. Aber die Geschichte selbst hat ihr eigenes Recht, sie soll vor allem, was nachher kam, geschützt werden. Das hat sie, als Geschichte, verdient.

Sie beginnt mit einer Übertretung. In den kleinen Städtchen Osteuropas, aber auch in vielen Gemeinden im Westen, wo eine beträchtliche jüdische Gemeinde lebte, in Halberstadt, Altona oder Würzburg, war die Einrichtung des *Eruv*, der Sabbatgrenze, eine Selbstverständlichkeit. Sammy Gronemann führt diese Institution auch so ein. Der gute Talmud-Schüler Jossel Schlenker trifft, bei einem Spaziergang am Sabbat, das Mädchen Chane: mit einem Buch in der Hand »auf dem äußersten Boulevard auf der letzten Bank«. Chane hat, »jedenfalls aus Fahrlässigkeit«, ein »heiliges Gebot« verletzt, sie hat etwas über die Sabbatgrenze hinausgetragen und sitzt mit diesem Gegenstand auf einer Bank. Bevor wir zu diesem Gegenstand kommen, es ist ja immerhin Goethes Faust, wäre zu überlegen, warum der Autor dieses sehr spezielle setting gewählt haben könnte. Sammy Gronemann wußte, wovon er schrieb. Der Sohn eines Rabbiners, geboren zum Frühlingsanfang des Jahres 1875, kannte und schätzte die »heiligen Gebote«. Er kannte sie so gut, daß er manchmal über sie lächeln konnte.

Gronemann etabliert mit der Eingangsszene seines Romans, dessen Titel, »Tohuwabohu«, aus den ersten Sätzen der Schöpfungsgeschichte stammt, einen jüdischen Ort, und er stellt ihn zugleich – nein, nicht in Frage, aber doch als der Nachfrage würdig dar. Jossel Schlenker ist Teil dessen, was wir jüdische »Orthodoxie« zu nennen pflegen – ein ungeschicktes Wort eigentlich für das gesetzestreue Judentum, das immer flexibler war, als seine Gegner dachten. Aber der Begriff der »Orthodoxie« hat sich durchgesetzt[1] und beschreibt vor allem: Unbeweglichkeit. Für einen wie Jossel Schlenker ist es völlig klar, daß es bestimmte Gesetze gibt, die den Platz der jüdischen Gemeinde an einem beliebigen

Ort – soll er hier Borytschew heißen – anders definieren, als es etwa die weltliche Herrschaft von Borytschew haben will. Sein Borytschew hat andere Grenzen, hat, allgemeiner gesprochen, ein anderes Aussehen als das Städtchen, wie es vielleicht in Reiseführern (sollte es jemals dahin gelangen) oder Katasterblättern erscheint. Genauer, das Borytschew der Katasterblätter ist ihm völlig gleichgültig, und von Reiseführern will er gar nichts wissen. Er ist aufgewachsen und erzogen in einer Tradition, von der er ein ganz genaues Orts-Bild bekommen hat. Hier lebt eine jüdische Gemeinde. Sie hält die Vorschriften ein. Was die anderen tun, geht ihn nichts an. In dem Moment, da er Chane trifft, die doch nicht zu den anderen gehört, die sich aber so verhält wie jene, wird sein Bild von der Welt erschüttert. Chane ist doch eine Jüdin, sie müßte sich doch an die Vorschriften halten. Sie tut es nicht, und die Himmel stürzen nicht ein. Was ist mit diesem Ort los?

An Grenzen

Traditionelles, gesetzestreues jüdisches Leben erfordert die Einhaltung bestimmter Vorschriften. Die Vielzahl von Geboten und Verboten hat im Talmud und in späteren verkürzten Handreichungen, vor allem im Schulchan Aruch von Josef Caro, ihr bis in die entfernteste Einzelheit reichendes Regelwerk gefunden, ein eigenes, inneres Koordinatensystem. Aber das Judentum ist keine abstrakte Größe – auch ein gesetzestreues Leben ist ein Leben auf der Erde, ein Leben an einem Ort. Dieser Ort mit seinen spezifischen Aufenthaltsbedingungen bildet ein zweites Koordinatensystem, dessen Vorschriften und Regeln einer jüdischen Gemeinde nicht ganz so gleichgültig sein durften wie dem guten Jossel Schlenker, zumal in Zeiten der Bedrohung. Innen ist das traditionelle, an den Vorschriften sich orientierende Leben, das in erster Linie auch nach innen gerichtet ist: zur eigenen Familie, zur eigenen Gemeinde, das aber nach außen sichtbar ist und sich nach außen auswirkt. Außen ist die umgebende Welt, die Welt der Nachbarn, die räumlich geordnete Welt, die zum Schauplatz des jüdischen Lebens wird. Was sich außerhalb tut, wirkt auch auf das Innere der Gemeinde ein. Wo die beiden Koordinatensysteme sich treffen, schneiden, überlagern, wo sie aneinanderstoßen, bildet sich ein Raum, der durch eindimensionale Betrachtung nur des einen oder nur des anderen Systems nicht verständlich wird. Man könnte ihn den eigentlichen Ort der europäisch-jüdischen, auch der deutsch-jüdischen Geschichte nennen.

Der Talmud-Traktat Eruwim (oder Erubin), *Vermischungen*, befaßt sich mit diesem Zwischenraum. Im zweiten Seder Mo'ed, der durch den Traktat über den Sabbat eröffnet wird, folgt gleich anschließend der Traktat Erubin, »auch er beschäftigt sich mit der Sabbatruhe, den jener behandelt«.[2]

Der Sabbat gehört eindeutig dem inneren Bereich an. Es ist der Tag des Rückzugs von der äußeren Welt, der Tag der Besinnung auf das Eigene. Und doch gibt es selbst an diesem Tag Beziehungen nach draußen; sie sind sozusagen topographischer Natur, sie beschreiben einen Raum. Der innere Bereich wird hier und dort verlassen. »In demselben Maß, in dem durch die leitenden Gelehrten der Synagoge sich die Bestimmungen über die Sabbatsruhe vermehrten und verschärften, um die Übertretung, soweit das überhaupt möglich ist, zu verhindern, in demselben Maße steigerten sich für den im praktischen Leben stehenden Juden die Schwierigkeiten, des Sabbatgesetzes mit seinen ins Unendliche wachsenden Einrichtungen Herr zu werden«, schreibt Nowack. Die vollständige Einhaltung aller Bestimmungen würde ein Leben erfordern, das ebenso vollständig im Innern sich vollziehen könnte, ohne Kontakt mit einer wie immer definierten äußeren Welt. Das ist einer religiösen Gruppe, die als Minderheit unter anderen lebt, nicht möglich. Äußere Umstände reichen in das Innere des Gruppenlebens hinein. Mit der gesellschaftlichen Modernisierung, mit den Lebensanforderungen der Moderne, wird die Einhaltung der Bestimmungen für immer größere Teile der Gruppe unmöglich, werden die Gelegenheiten, sogar: die Notwendigkeiten der Übertretung immer größer und zahlreicher. Das religiös-kulturelle System, das nach Vollständigkeit strebt, sucht die Annäherung an einen idealen Zustand. Die Gebote sind Handreichungen zum behutsamen Umgang mit dem wertvollen Erbe, Merkposten der Erinnerung an die Möglichkeit des Ideals. Diese Gemeinschaft lebt an einem bestimmten Ort, aber sie wartet darauf, an einen anderen Ort, nach Jerusalem, gerufen zu werden.

Mit der Einrichtung des Eruv schaffen sich die Gemeinden eine praktische Möglichkeit, die beiden Vorstellungswelten und Praktiken in Einklang zu bringen. Die Sabbatgrenze definiert den Raum, innerhalb dessen am Sabbat Gegenstände getragen werden dürfen; in gewissem Sinne wird dadurch der »innere« oder »private« Raum der Gemeinde (ihr kleines Jerusalem in Borytschew) erweitert, nach draußen verlagert. Die Grenze wird bestimmt, natürliche oder von Menschen gemachte Begrenzungen wie Flußläufe oder Stadtmauern können integriert werden; wo Lücken sind, werden sie symbolisch durch die Aufstellung von zwei mit einem Draht verbundenen Stangen geschlossen. So entsteht ein Ort im Ort, ein bestimmter – von außen gesehen: öffentlicher – Raum wird für einen Teil der Bevölkerung, zeitweise, mit einer zusätzlichen Bedeutung aufgeladen.

Mit dem Eindringen der Moderne in die traditionell geschlossene Welt jüdischer Gemeinden wird die Einrichtung des Eruv zum Gegenstand heftiger Auseinandersetzungen. Im Geheimen Staatsarchiv Preußischer Kulturbesitz liegen Akten über einige Gemeinden im Westpreußischen. In den zwanziger Jahren des 19. Jahrhunderts wurden dort, im Zuge der beginnenden Industrialisierung und des Bevölkerungszuwachses, die alten Stadtmauern abgerissen.[3] Mit ihnen verschwand die »imaginäre« Linie, die einen Teil der Sabbatgrenze bedeutete. So stellten die Vertreter »orthodoxer« Gemeinden bei den Polizeipräsidien, beim Innenministerium und bis hinauf zum König Anträge auf die Wiederherstellung des Eruv. In den Augen der preußischen Reformer stellten die »Judenthore« – so der Bestandstitel all dieser Akten – Verkehrshindernisse und ästhetische Belästigungen dar. Aber auch innerhalb der Gemeinden wuchs die Unsicherheit darüber, ob man sich weiterhin symbolisch abkapseln oder nicht vielmehr auch in dieser Hinsicht zur »äußeren« Gesellschaft hin öffnen sollte. Debatten um den Eruv sind deshalb Schlüsseltexte für das sich wandelnde Selbstbild jüdischer Gemeinden ebenso wie für ihr Verhältnis zur nichtjüdischen Nachbarschaft, zum Ort ihrer Anwesenheit, zu den Obrigkeiten.

All dies wird unausgesprochen mitgeliefert, wenn Sammy Gronemann – nicht nur Rabbinersohn, sondern auch Anwalt, der solche Streitigkeiten kannte und wohl goutierte, was ihn dazu brachte, seinen *Schalet*[4] zu schreiben – den Talmudschüler Jossel Schlenker auf das Mädchen Chane treffen läßt, die am Sabbat auf einer Bank außerhalb des Eruv sitzt und in einem Buch liest, das sie – gegen die Vorschrift – dorthin getragen hat. Sie fordert den jungen Gelehrten zu einer Disputation heraus, bei der Jossel keine allzu glückliche Figur macht. Gegenüber dem fröhlichen, aufgeschlossenen, dem lebenspraktischen Mädchen steht er da als einer, der Vorschriften um ihrer selbst willen einhält, der ihren Sinn nicht mehr erklären kann. Und dann gibt sie ihm auch noch dieses Buch zu lesen, Goethes Faust, den Band 1 von Reclams Universal-Bibliothek. *Das* Buch der Deutschen steht hier zunächst wohl für die Verlockung, die »deutsche Kultur« insgesamt, im Gefolge der Aufklärung und des Namens Moses Mendelssohn, für junge, verunsicherte Juden Osteuropas darstellte; mag aber auch sein, daß – in Gronemanns Konzept – die Selbstbefragung des Meisters als Vorbild für den Suchenden stehen soll. Der fängt an zu lesen. Er rechtet mit dem Autor und mit dem missionswilligen Pastor Bode, den es nach Borytschew verschlagen hat. Dem hält Jossel vor: »Faust hat bei allen Versuchungen sich nie verloren, ist nie im Genuß untergegangen, ist nie ›von seinem Urquell abgezogen‹«, und so (könnten wir lesen) will er das auch halten. Mit dieser Ansteckung beginnt aber der Entwicklungsroman des Jossel Schlenker, der ihn aus Borytschew hinausführen wird, in die große Stadt Berlin, schließlich zum zionistischen Kongreß in Basel und von da aus wohl in das Land Israel.

Sammy Gronemann kannte jede einzelne Station auf diesem Entwicklungsgang. Im Nachwort zur Neuauflage seines Buchs *Schalet* wurden die Lebensetappen des Autors ausführlicher geschildert, so mag hier eine kürzere Version genügen.[5] Vom Geburtsort Strasburg in Westpreußen zog die Familie zunächst nach Danzig, später nach Hannover, wo der Vater das Amt des Landesrabbiners bekleidete. Nach einer »Hospitanz« an der Klaus, dem rabbinischen Lehrhaus in der traditionellen Gemeinde Halberstadt, ging Sammy Gronemann nach Berlin an das von Esriel Hildesheimer gegründete Rabbinerseminar in der Gipsstraße. Nach kurzer Zeit verließ er aber »das Milieu« und begann ein Jurastudium. Er heiratete, zog mit seiner jungen Frau ins Berliner Hansa-Viertel, lernte dort den Zeichner Hermann Struck kennen, mit dem zusammen er bei einigen humoristischen Zeitschriften arbeitete. Gronemann orientierte sich im weiten Feld der politischen und kulturellen Strömungen des Judentums und wurde bald, heißt es, zum überzeugten Zionisten.

Mit diesem noch jungen Mann ist etwas geschehen. Er trug das Gepäck einer traditionellen Erziehung mit sich und ließ einen Teil davon zurück. Er sah die Gelegenheiten, die sich mit einem neuen, einem Berliner Leben für ihn boten, und nahm sie wahr. Er sah auch die Möglichkeit, sich in diesem neuen Berliner Leben all der Hindernisse zu entledigen, die seine Herkunft ihm mitgab – und nahm sie nicht wahr. Wir haben, nachträglich gesehen, mit Sammy Gronemann einen vor uns, der den Erwartungen an eine ordentliche deutsch-jüdische Biographie nicht entspricht. Er hat sich nicht in die »Assimilation« gestürzt und alles vergessen, was ihm mitgegeben war; er hat sich auch nicht bereit gefunden, Deutschland oder Europa die Absage zu erteilen und wegzugehen. Er hat gehofft, es könnte möglich sein, in Berlin, in Deutschland, unter den herrschenden Bedingungen, jüdisches Leben für sich und andere in einem zionistischen Sinne zu definieren. Im Dazwischen, angefeindet von allen Seiten, – und aus dieser Reibung, aus dieser Unvereinbarkeit, sollte eine Kreativität erwachsen, die hierher nicht mehr und dorthin noch nicht gehörte und doch von beiden Welten, der Herkunft und der Zukunft, befruchtet war.

Gronemann arbeitete als Anwalt und richtete sich auf ein Berliner Leben ein. Da ist noch einiges zu erforschen, zu wenig wissen wir von der Arbeit am Schreibtisch, zu wenig selbst vom zionistischen Redner. Immerhin kann hier einiges über eine Tätigkeit berichtet werden, die sich weitgehend ohne öffentliche Aufmerksamkeit vollzog. Fast alle Informationen stammen aus der Dissertation von Ernst Fischer: »Der ›Schutzverband Deutscher Schriftsteller‹ 1909–1933«, die 1978 in einer Fachzeitschrift erschien. Aufgrund seiner Analyse des Verbandsorgans »Der Schriftsteller« und anderer Archivalien, darunter ein großes Aktenkonvolut aus dem Amtsgericht Charlottenburg, konnte Fischer mehr schreiben als bloß die Organisationsgeschichte eines deutschen Vereins. Der »Beitrag zur Sozialgeschichte der Literatur« richtet sein Interesse auf die »Wechselbeziehungen zwischen schriftstellerischem Selbstverständnis und den konkreten Bedingungen schriftstellerischer Berufsausübung«.[6] Wie hatte sich die Interessenvertretung der Autoren entwickelt? Hans Landsberg, ein Berliner Autor, der »der unwürdigen Behandlung der Schriftsteller durch Redakteure und Verleger endgültig ein Ende machen wollte«,[7] versammelte einige Kollegen im September 1909 – ich kann mir den Hinweis nicht verkneifen: im Jahr der Gründung Tel Avivs – an einem Tisch im Café Austria: Georg Hermann war dabei, Oskar H. Schmitz, Theodor Heuss, auch Martin Beradt gehörte zu dem Kreis, der bald darauf eine größere Versammlung einberief. Am 11. Januar 1910 wurde der Verein gegründet, unter den dreizehn Gründungsmitgliedern steht an erster Stelle der »Rechtsanwalt Sammy Gronemann, Berlin C, Königstraße 49«. Drei »schriftstellernde Rechtsanwälte«, neben Gronemann noch Beradt und Paul Schüler, besorgten wohl das formaljuristische Prozedere. Fischer porträtiert die herausragenden Akteure, und seine Porträts von Landsberg, Heuss, Robert Breuer (d. i. Lucian Friedländer), Georg Hermann, Julius Bab, Hans Hyan und anderen lesen sich wie eine Galerie der deutschen Literatur in der Zeit vor dem Krieg: Jung waren die meisten Akteure, großenteils gelernte Berliner, ihr gemeinsamer Ort war das Kaffeehaus, ihre politische Haltung eher links und liberal als konservativ oder sozialistisch – und viele von ihnen waren Juden (10 der 13 Gründer). Literarästhetische Fragestellungen sollten nicht verhandelt werden, trotz der belegten »Gewerkschaftsskepsis« einiger Mitglieder stand die Interessenvertretung im Mittelpunkt. Hier finden wir ihn: »Sammy Gronemann, geboren 1875 in Strasburg/Westpreußen, war eine der zentralen Persönlichkeiten der SDS-Geschichte. Lange Jahre war der Berliner Advokat als Leiter der Rechtsschutzkommission des Verbandes tätig, eine personelle Kontinuität, die sich ohne Zweifel auf die Vertretung der rechtlichen Interessen der Schriftsteller durch den SDS günstig ausgewirkt hat.«[8]

Der Rechtsschutz galt, so Theodor Heuss, als »das A und O eines solchen Verbandes«, und Gronemann beschrieb in einem Beitrag für den »Schriftsteller« die Zustände, gegen die man sich zur Wehr setzte: »Es hat sich ein Schlendrian im Verkehr mit Verlegern und Redaktionen herausgebildet, der ebenso ärgerlich wie amüsant ist; da bleiben angenommene Manuskripte monate- und jahrelang liegen, – da fegt ein neu eintretender Redakteur einen Stoß Makulatur, die ein Vorgänger auf dem Tisch zurückgelassen hat, in den Papierkorb, – da wandert ein Romanmanuskript, das längst herauskommen sollte, gemütlich von einer Stadt zur anderen …«[9] Erziehung der Verleger hieß das Programm, aber auch: Erziehung der Autoren. Man kämpfte nicht um höhere Honorare, aber gegen den »Unfug der Gratisabgabe«. Gronemann führte auch die Klage des Verbands gegen einen von zahlreichen »Selbstkostenverlegern«, die hauptsächlich Werke unerfahrener Autoren gegen Bezahlung aller Unkosten verlegten und dabei nicht selten Gewinne einstreichen konnten; Gronemann beschuldigte den Verleger Wigand der »gewerbsmäßigen wucherischen Ausbeutung von Autoren«. Zweimal in der Woche erteilte »Rechtsanwalt Gronemann« kostenlos Auskunft »in allen literarischen Rechtssachen«, bei eventuellen Klagen übernahm er für den Verband die Führung des Prozesses. Sein Rat an alle Autoren war, sich zu informieren und beraten zu lassen, bevor sie Verträge abschlossen: »Auch in Rechtslagen ist die Hygiene wichtiger als die Therapie.«[10] Innerhalb von zwei Jahren wurden immerhin 250 Fälle behandelt und 53 vor Gericht gebracht. Noch in den trockensten Angelegenheiten behält Gronemann, wenn er schreibt, seinen eigenen Ton: »Gesetz und Recht stehen nur in sehr loser Berührung miteinander. Es gibt oft keinen schlimmeren Feind des Rechts als das Gesetz. Es hinkt stets der Wirklichkeit nach wie begreiflich, da es erst die bereits entstandenen und fertigen Realitäten mit dem Netz ihrer Begriffe überziehen kann.«[11] Vom »Nachtleben« im Kaffeehaus (anfangs fanden die Versammlungen manchmal um Mitternacht statt, weil dann keine Saalmiete mehr zu entrichten war) ging der Weg des Verbandes hin zur Professionalisierung, ein besoldeter Geschäftsführer wurde bestellt (Breuer, bis 1920, ihm folgte 1921 für sieben Jahre Arthur Eloesser, auch Arnold Zweig hatte für einige Jahre eine Leitungsposition[12]), eine Geschäftsstelle angestrebt. Als Syndikus gehörte Gronemann zum neu organisierten Vorstand, 1924 gab er das Amt an Hans Erich Wolff ab, nachdem er noch eine »Schiedgerichtsordnung« für Verhandlungen zwischen der Arbeitsgemeinschaft von SDS und dem Verband Deutscher Erzähler VDE, einer Abspaltung des SDS, und dem Deutschen Verlegerverein erstellt hatte. Im April 1931 kehrte Gronemann zum Verband zurück und hielt, zusammen mit seinem Anwaltskollegen Lelewer, wieder Sprechstunden ab. In diesen Jahren wurden konservative, bald auch nationalistische und dem NS nahestehende Schriftsteller im Verband aktiv, unter ihnen Wilhelm Stapel, der die innere Führung um Robert Breuer, Werner Schendell, Arthur Eloesser und Sammy Gronemann als »biologisch wohlbegründete[n] Klüngel« denunzierte.[13] Der Verband ging den Weg aller demokratischen Institutionen am Ende der Weimarer Republik. Am 10. März 1933 trat »ein Teil« – und zwar der größte – »der Mitglieder des Hauptvorstandes vom Amte zurück«, und die Liste der Zurückgetretenen liest sich wie eine Ehrengalerie der deutschen Literatur: Julius Bab,

Paul Baudisch, Dr. Theodor Bohner, Robert Breuer, Friedrich Burschell, Dr. Arthur Eloesser, Dr. Josef Falkenberg, Erich Franzen, Hertha von Gebhardt, Paul Gutmann, R.A. Gronemann, Dr. Monty Jacobs, Dr. Max Osborn, Alexander Roda Roda, Adele Schreiber-Krieger, Paul Westheim, Dr. K.W. Wittfogel, Dr. Leon Zeitlin. Sechs Herren blieben übrig, neue kamen hinzu, deren Namen wollen wir lieber nicht aufführen.

Bleibt festzuhalten, daß die Tätigkeit beim Schutzverband Deutscher Schriftsteller für Sammy Gronemann, den Autor und Syndikus, eine jener Kontinuitätslinien darstellte (wie auch die Arbeit als Vorsitzender des Kongreßgerichts der Zionistischen Vereinigung, die er ebenfalls über Jahrzehnte innehatte), die uns am Bild der Brüche und Verwerfungen, das zunächst so lebensprägend scheint, doch zweifeln lassen.

Begegnung mit mir selbst: im Kriege

Die einschneidende Lebenserfahrung war für ihn aber wohl tatsächlich, wie für viele seiner Zeitgenossen, der Erste Weltkrieg. »Die meisten Schriftsteller waren durch den Krieg wie umgekrempelt. Manche, die ich erst ganz kurz vorher wegen angeblich unpatriotischer Erzeugnisse ihrer Feder hatte verteidigen müssen, waren jetzt exaltierte Patrioten.«[14] Aber wie sollten sich die Zionisten zu diesem Krieg stellen? Davis Trietsch verkündete kurz nach der Marneschlacht, »Deutschlands Sieg ist vollendete Tatsache, und England liegt in den letzten Todeszuckungen«, und Gronemann bekennt sich zu einem »nicht kleinen Schreck, als ein recht prominenter deutscher Zionist die Parole ausgab, die zionistische Weltorganisation müsse sich rückhaltlos auf die Seite Deutschlands stellen«.[15] Dazu kam es nicht, das zionistische Büro – bis dahin in Köln ansässig – wurde im neutralen Ausland eröffnet. Eine Rechtfertigung für die Billigung des Krieges und für die eigene Kriegsteilnahme konnte jemand wie Sammy Gronemann immerhin darin finden, daß »der Kampf gegen Rußland für uns einen Kampf für die Befreiung der Juden vom zaristischen Joch bedeutete«. Er arbeitete im »Komitee des Ostens« mit, einer Organisation, die dazu bestimmt war, »den Juden jenseits der Weichsel in ihrer schlimmen Lage zu Hilfe zu kommen«. Ende Juni 1915 wurde er dann »einberufen«, nach einer Verwundung und nach mehreren Monaten Krankenhausaufenthalt kam er zurück und traf, zufällig, in Berlin auf der Straße seinen alten Freund, den Zeichner Hermann Struck. Der war in Kowno am Sitz des Oberbefehlshabers Ost als Jiddisch-Dolmetscher tätig und suchte Verstärkung. Und Gronemann fuhr nach Kowno.

Was dort geschah, hat er in dem Buch *Hawdoloh und Zapfenstreich* geschildert, das noch auf seine zweite Wiederentdeckung wartet.[16] Aber eine Geschichte erzählt Gronemann nur in seinen Erinnerungen (die Schulbuchlektüre wären, hätten wir sie denn endlich einmal in der Hand). »Einmal bei einem mittäglichen Appell erschien lachend einer der jugendlichen Offizierstellvertreter und erzählte, was er eben auf der Post erlebt habe. Da habe eine polnische Jüdin ein Zetergeschrei erhoben, weil aus irgendwelchen formellen Gründen ihr irgendwelches Geld nicht ausgezahlt wurde. Das sei schrecklich komisch gewesen, und der junge Mann suchte sie mauschelnd zu imitieren. Ich sagte: ›Vielleicht hat meine Glaubensgenossin das Geld bitter nötig gehabt.‹ Jener stutzte, stürzte auf mich zu, schüttelte mir die Hände und bat mich um Verzeihung in so netter Weise, daß ich ihm nicht böse sein konnte. Aber, sagte er, er könne sich nicht denken, daß es arme Juden gäbe. Das gab mir nun den Anlaß, ihn und die Mannschaften, die sich um mich sammelten, einmal gründlich über diese Fragen aufzuklären und sie darauf hinzuweisen, daß wir sehr bald, wenn wir nämlich, wie vorauszusehen war, nach Wilna kamen, von der Richtigkeit dieser Behauptung überzeugt werden würden.«

Gronemann führte seine Kameraden in eine Synagoge, zeigte ihnen die »in Gebetsmäntel gehüllten Massen«, nahm sie mit in ein jüdisches Restaurant und ließ sie dort Schalet, gefüllte Gans, Kugel und Gänsehals versuchen, ließ jüdische Musik aufspielen, machte den »Impresario der Judenheit in

Wilna«. Und im Krieg geschieht etwas. »Ich habe mich später oft gefragt«, schreibt Gronemann, »wie es nur geschehen konnte, daß so viele jüdische Männer, die bis dahin allen jüdischen Dingen ferngestanden hatten oder zumindest den Gedanken des Zionismus ablehnten und mit Emphase betonten, daß sie nichts seien als Deutsche jüdischen Bekenntnisses, durch ihre Erlebnisse als Soldaten und an der Front vollkommen ihre Überzeugung änderten und sich zur national jüdischen Anschauung bekannten. Die Tatsache an sich ist nicht zu bezweifeln, und wie ich hat jeder, der jene Zeit bewußt miterlebt hat, diese Erscheinung vielfach beobachten können. Sie ist durchaus nicht auf eine verstärkte antisemitische Haltung im Heere zurückzuführen. (…) Die Gründe lagen viel tiefer. In normaler Zeit war es der offene oder latente Antisemitismus, der zu jenem ungesunden und unnatürlichen Verhältnis der Juden zu ihren Gastvölkern führte. Überlegenheitsgefühl, Hochmut oder im besten Falle wohlwollende Toleranz gegenüber den Angehörigen einer zweitrangigen Klasse ihrer Mitbürger auf der einen Seite – Minderwertigkeitskomplexe, der Drang zur Überkompensierung derselben oder latentes Mißtrauen auch gegenüber Wohlwollenden der herrschenden Mehrheit auf der anderen Seite schufen jene unerträgliche Atmosphäre. Man empfand ständig das Bestehen einer festen Schranke.« Jetzt, im Kriege, war die Schranke »zeitweilig« gefallen, »und da nun endlich man gleich und gleich verkehrte, als die Schranken weggefallen waren, als jeder sich so gab wie er war und nicht wie er scheinen wollte, begriff der Jude, daß er doch etwas ganz anderes sei als der arische Freund und Kamerad. Er stellte vielleicht nichts Besseres und nichts Schlechteres dar, aber etwas anderes.«

Im Scheunenviertel und im Tiergarten

Aus dieser Erfahrung heraus, die ja wiederum eine Erfahrung von Grenzen war, entsteht bald nach Kriegsende *Tohuwabohu*. Es ist damit ein »zionistischer Roman«.[17] Die Geschichten von Sammy Gronemann, in allen seinen Büchern, illustrieren aber jenseits solcher Schubladen vor allem eins: die bittere und dringende Notwendigkeit eines Lebens – wie könnte man das nennen: »im Einklang«, »in Übereinstimmung«? Identität zu suchen und zu finden als Berliner Jude – und zum Berliner war Gronemann längst geworden –, angesichts dieses wohl entbehrungsvollen, armseligen, aber so *vollständigen* Lebens der Juden im Osten, mußte bedeuten, die Lebensfrage ganz neu zu stellen. »Identität«, sagt Hermann Bausinger, der Nestor der deutschen Volkskunde, bei dem zu studieren ich das große Vergnügen hatte, ist ein analytisches Konstrukt; aber Identität ist gleichwohl direkt erfahrbar: »als Gefühl der Übereinstimmung mit sich selbst und seiner Umgebung, und vielleicht noch deutlicher in der negativen Form: im Bewußtsein mangelnder Übereinstimmung«.[18] Über das Leben der Ostjuden ist bestimmt viel Klischeehaftes gesagt worden, nicht zuletzt von denen, die es als Soldaten während des Krieges kennenlernten, etwa von Arnold Zweig, der (damals) alle Authentizität hierher und alle Falschheit nach Westen, in die großen Städte, verlegte.[19] Alle deutsch-jüdischen Soldaten begegnen dort einem Leben, das sich – im Gegensatz zu ihrem eigenen – innerhalb eines schützenden Rahmens vollzieht, vom Morgen bis zum Abend an jedem Tag, von der Geburt bis zum Tod. »Identität«, so noch einmal Hermann Bausinger, »bezeichnet die Fähigkeit, sich über alle Wechselfälle und auch Brüche hinweg der Kontinuität seines Lebens bewußt zu bleiben.« Diese offene Definition schließt den Bruch als Möglichkeit mit ein. Aber auch bei dem, der bricht, hat das Leben, mit dem er gebrochen hat, seine unauslöschlichen Spuren hinterlassen, er wird sein neues Leben – selbst in der radikalen Veränderung – auf dem alten Leben aufbauen können, sogar müssen. Diese Kontinuität, dieses Bewußtsein vom Leben in der Kontinuität, ist den deutschen Juden im Prozeß der Assimilation verlorengegangen. Das ist die nüchterne Feststellung, die einer wie Sammy Gronemann treffen mußte, als er aus dem Osten und aus dem Krieg zurückkehrte nach Berlin. Was sie dort wiedergefunden oder erst entdeckt haben, »jüdisches Wesen, wie es sich natürlich und harmonisch darstellte«, »wirklich unbefangene Juden, die genau so ungezwungen ihr jüdisches Eigenleben leben, wie sonst nur Deutsche oder Engländer etwa ihrer Wesensart nach leben«, das fanden sie in Berlin nicht wieder. Im Westen, schreibt er, »hat man versucht, den lieben Gott und das Judentum in die Synagoge zu sperren, und wacht sorglich darüber, daß beide die Schwelle nicht nach außen hin überschreiten«.

Es ist eine merkwürdige Beschäftigung, Berliner Adreßbücher ausgerechnet in Israel zu studieren. Aber da liegen sie, im Keller der Tel-Aviver Stadtbücherei, behütet von Jochanan Arnon. Ich lasse eine Kopie anfertigen von dem Eintrag des Jahres 1931: Gronemann, Dr. Sammy, R.-Anw. u. Notar, W 50, Tauentzienstr. 13.[20] Da wohnte er nun, hatte alle diese Erfahrungen mitgebracht, arbeitete als Anwalt und schrieb nebenher. Und ging offenbar auch spazieren. Berlin wird im Roman eingeführt durch die Figur des Wolf Klatzke, Jossel Schlenkers Nebensitzer beim Studium der deutschen Sprache noch in Borytschew. Der hatte sich so durchgeschlagen und war endlich in der Dragonerstraße gelandet. In der Dragonerstraße – was sagt das heute? Das »Scheunenviertel« ist zum Schlagwort geworden, zur Chiffre für ein Bild des jüdischen Berlin. Stadtführungen nach »Jerusalem an der Spree« ziehen Reisende in diese seltsame Gegend rund um die Volksbühne (und viele glauben, das Viertel reiche bis hinüber zur Großen Hamburger Straße, wo der alte jüdische Friedhof war, von 1671 an, oder sogar bis zur Neuen Synagoge von 1866, und selbst die gute Gipsstraße mit dem Hildesheimer'schen Rabbinerseminar würde diesem Klischeebild eines ostjüdisch geprägten »jüdischen Viertels« zugehören). Da, wo das Theater heute steht, war das wirkliche Scheunenviertel, außerhalb der Stadtmauer gelegen, abgetragen zu Anfang des Jahrhunderts. Begriff und Ort haben sich weiter verbreitet, Richtung Alexanderplatz, durch die militärischen Straßen der Dragoner und Grenadiere, die heute Almstadtstraße und Max-Beer-Straße heißen und durch die Schendelgasse verbunden sind. Das ist die Szene, die so viele Assoziationen herbeiruft – das kann alles nachgelesen werden.[21] Wenn einer 1920 von der Dragonerstraße schreibt, dann weiß sein Publikum, was er meint: Hier wohnen die ostjüdischen Zuwanderer, die nach 1881 in die Stadt gekommen sind. Hier wohnen überhaupt die, die aus dem Osten kommen. Hier ist, weiß die Einbildung, die Nachtseite der großen Stadt. Kriminelle. Ringvereine. Nutten. Und eben Juden. Diese seltsamen Juden, die keiner richtig haben will. Sollen sie doch weiterwandern, nach Liverpool und von dort nach New York – das war eine verbreitete Einstellung auch bei den arrivierten Berliner Juden. Einige sind geblieben, bis die Nationalsozialisten kamen (denen wir wohl auch das verzerrte Bild des Scheunenviertels »verdanken«, ein Grund mehr dafür, sich nur sehr behutsam auf das Klischee einzulassen), und mit ihnen die Zerstörung. Sammy Gronemann läßt Wolf Klatzke hier wohnen, der hat sich ein merkwürdiges Gewerbe herausgesucht: Er schreibt Bettelbriefe, professionell (und zum Entsetzen von Jossel und Chane, den naiven Unverbrauchten). Einer dieser Briefe geht an jemanden, der sich erst kurz vorher vom Judentum losgesagt hat und nicht mehr Levysohn, sondern Lehnsen heißt. Der hat sich verabschiedet aus der Zugehörigkeit, erst sein Sohn Heinz – am Ende wohl die eigentliche Hauptfigur des Romans – sucht sie, nimmt sie sich, in der Verzweiflung, wieder. Gronemann begibt sich mitten hinein, und nimmt uns mit, in diese vielfältige Welt jüdischer Reaktionen auf eine veränderte Welt. Schwer für einen wie Jossel Schlenker – der angeregt wird von der Faust-Lektüre, aber doch längst nicht bereit, alles Mit- und Hergebrachte über den Haufen zu werfen – sich da zurechtzufinden. Verführerisch ist es auch für ihn, aber nicht akzeptabel. Was Gronemann wohl zeigen will, ist: Es gibt einen Weg zwischen dem unbedingten Festhalten und dem völligen Loslassen. Jossel Schlenker gibt die Antwort nicht, und Herr Lehnsen, der den lästigen Bettler abweist, noch weniger. Das bürgerliche Berlin, jüdisch oder nicht, das doch zwischen beiden Alternativen liegen könnte, kommt bei dieser Darstellung ziemlich schlecht weg. Hier im noblen Tiergarten-Viertel herrscht das wirkliche »Tohuwabohu« im Wirbel von Abkehr, Verzicht, Verlust und dem Eifer, eine Bindung durch die andere zu ersetzen. Noch einmal: Nicht von heute aus, und nicht von Auschwitz her, dürfen wir diesen Roman betrachten. 1920 oder 1925 ist die Wahl des Standorts noch ganz offen. Man konnte verzichten und alle Hoffnung auf die Aufnahme in der deutsch-bürgerlichen Gesellschaft richten; man konnte ihr absagen, aus eigener freier Entscheidung. Taufe, Konversion, Mischehe – das sind wirkliche Lebensthemen, reale Möglichkeiten, zusammengebunden in der Hoffnung. Daß sie später enttäuscht wurde, macht Gronemann mit seiner Kritik schier zum Propheten; es ändert aber an der Hoffnung nichts. Das weiß der Autor Sammy Gronemann, der es doch zugleich besser wußte und am eigenen Leib erfahren sollte. Und daran verzweifelte? Wenn wir das wüßten.

Tel Aviv

Die Spur von Sammy Gronemann verliert sich in den blasser werdenden Erinnerungen einiger Altersheimbewohner in Ramat-Gan bei Tel Aviv. Ja, er hat Vorträge gehalten, in seinem Salon. Ja, er war sehr witzig. Ja, er hat unanständige Witze erzählt, »und ich werde mich hüten, sie Ihnen weiterzuerzählen«. Er war dick. Er trug eine Fliege, fast immer. Sammy Gronemann ist 1933 von Berlin aus zunächst nach Paris gegangen und kam dann 1936 nach Palästina. Er führte noch eine Anwaltskanzlei und ein privates Schiedsgericht am zentralen Platz der jungen Stadt, die er mit großer Zuneigung beschrieb. Er hat sich, als erinnerte Figur, denen zugesellt, die im Lande Israel, von dem er so oft gesprochen hat, heute kaum noch präsent sind: Stadtbewohner allesamt, mit Ansprüchen an ein bürgerliches Leben im neuen Land, das ihnen keiner so recht zugestehen wollte. Was für ein Verlust! Wir bleiben mit den Hinterlassenschaften zurück. *Tohuwabohu* ist so eine Hinterlassenschaft. Ein Roman, von dem man, so Renate Heuer, die verdienstvolle Bibliographin deutsch-jüdischer Schriften, »gern lachend lernt«.

Ein Grundtext jüdischer Erfahrung in diesem Jahrhundert. Und vergessen. Dabei hat er, wie Hanni Mittelmann zeigen konnte, gerade dadurch, daß in ihm das vorherrschende und oft verzerrte Bild vom »deutsch-jüdischen Zusammenleben« wie nebenher und beiläufig vom Standpunkt der »innerjüdischen Problematik« ersetzt wurde, bewiesen, daß »jüdische Themen« – wie der *Eruv* oder auch das Leben im Scheunenviertel oder selbst der Kampf eines Heinz Lehnsen mit der Assimilation – zu vollgültigen Themen der deutschen Literatur zählen. Und auch das ist vergessen und wird heute gern verhüllt in Klezmer-Musik oder jüdische Witze. So würde man die Juden gern erinnern. Das ist aber, was hier erzählt wird, eine deutsche Geschichte. Deshalb wendet sich die Aufmerksamkeit des Autors von Jossel Schlenker ab – der findet, wie gesagt, seinen Weg – und Heinz Lehnsen zu, der bei einem Besuch in Borytschew (als der Roman zu seinem Ausgangspunkt zurückkehrt) ein Pogrom gegen die Juden des Ortes erlebt und, zögernd, fragend, sich selbst entdeckt. Auch für ihn, und zu seiner Erinnerung, wollen wir den Roman endlich wieder lesen.

1 Christoph Schulte datiert seine Geburt auf das Jahr 1792, als nämlich Saul Ascher in seinem Buch »Leviathan oder Über Religion in Rücksicht des Judentums« (Berlin 1792) den Begriff erstmals verwendete. Vgl. Christoph Schulte: *Über die Erfindung der jüdischen Orthodoxie im Jahr 1792 in Berlin.* Unveröff. Ms.

2 Vgl. Wilhelm Nowack: *Der Talmud-Trakat Erubin.* Text, Übersetzung und ausführliche Erklärung mit eingehenden geschichtlichen und sprachlichen Einleitungen und textkritischen Anhängen. Stuttgart 1926.

3 GStA PK, Rep. 77/1021: Juden-Sachen. Generalia. Acta betr. die Bindfäden oder Strick-Mauern der Juden in den Städten.

4 Sammy Gronemann: *Schalet. Beiträge zur Philosophie des ›Wenn schon‹.* Mit einem Nachwort von Joachim Schlör. Leipzig 1998.

5 Hier läßt sich allerdings die Gelegenheit nutzen, die im Verlag K. G. Saur erschienene Sammlung Jüdischer Biographien zu rüh-

men; hier sind, auf Mikrofiche, die biographischen Angaben zu Gronemann aus allen wichtigen Enzyklopädien und Lexika zusammengetragen – von Winingers »Großer Jüdischer National-Biographie« (Czernowitz 1926/27) über das Jüdische Lexikon von 1928, das »leksikon erez Jisraeli« (1937) und die »Palestine Personalia« (Tel Aviv 1947) bis hin zum »Middle and Near East Who's who« von 1950 –, dann bricht die Kontinuität. Der antisemitische »Semi-Kürschner« von 1913 zitiert den Zionisten Gronemann als Kronzeugen gegen die Haltung des Centralvereins deutscher Staatsbürger jüdischen Glaubens.

6 Ernst Fischer: *Der »Schutzverband Deutscher Schriftsteller« 1909 bis 1933.* In: Archiv für Geschichte des Buchwesens. Hrsg. von der Historischen Kommission des Börsenvereins des deutschen Buchhandels e.V. Band XXI, Frankfurt am Main 1980, S. 1–666; hier S. 10.

7 Paul Westheim, zit. bei Fischer 1980, S. 31.

8 Fischer 1980, S. 39.

9 Der Schriftsteller, 1.1.6.

10 Der Schriftsteller 1.1.7.

11 Der Schriftsteller, 2.4/5.42.

12 Von Zweig gibt es einen schönen Text: »Fünfundzwanzig Jahre SDS«, der so beginnt: »Wir liebten unsere Gewerkschaft, und wir arbeiteten in ihr wie für uns selbst.« In: A. Z., Über Schriftsteller. Berlin/DDR und Weimar 1967, S. 59–63.

13 Wilhelm Stapel: *Schmutz und Schund deutscher Schriftsteller.* In: Deutsches Volkstum. Hrsg. von W. Stapel, 1931, 1. Heft, S. 77 bis 79.

14 Dieses und die folgenden Zitate aus Sammy Gronemanns noch immer unveröffentlichten Erinnerungen, deren Original im Leo Baeck Institute New York liegt. Meine Kollegin Hanni Mittelmann von der Hebräischen Universität in Jerusalem unternimmt gerade wieder einen Versuch, diesen deutsch-jüdischen Schlüsseltext zu veröffentlichen. Hoffentlich gelingt es. Jeder Unsinn wird veröffentlicht, aber dieser Schatz ist noch nicht gehoben.

15 Auch dies aus den Erinnerungen.

16 Eine kommentarlose Neuausgabe erschien 1984, ist aber längst wieder vergriffen.

17 Hanni Mittelmann: *Das Problem der deutsch-jüdischen »Symbiose« im zionistischen Roman.* In: Juden in der deutschen Literatur. Ein deutsch-israelisches Symposium. Hrsg. von Stéphane Moses und Albrecht Schöne. Frankfurt am Main 1986, S. 226 bis 236.

18 Hermann Bausinger: *Identität.* In: H.B., Utz Jeggle, Gottfried Korff, Martin Scharfe, Grundzüge der Volkskunde. Darmstadt 1978, S. 204.

19 *Das ostjüdische Antlitz. Von Arnold Zweig zu zweiundfünfzig Zeichnungen von Hermann Struck.* [1920] Wiesbaden 1988. Gronemanns »Hawdoloh und Zapfenstreich« wurde von Magnus Zeller illustriert.

20 In der Quelle »Tauentzinstr. 13«.

21 Immer noch am besten: Eike Geisel: Im Scheunenviertel. Bilder, Texte, Dokumente. Mit einem Vorwort von Günter Kunert. Berlin 1981; inzwischen arbeitet die »Stiftung Scheunenviertel« an den Klischees.

Inhalt

Sammy Gronemann
Schalet

Beiträge zur Philosophie des »Wenn schon«

Mit einem Nachwort von Joachim Schlör
249 Seiten. RBL 1619. 20,– DM
ISBN 3-379-01619-5

»Das ist ein seltsames Buch! Es ist kein Novellenbuch und keine Kulturgeschichte, kein Witzbrevier und keine Anekdotensammlung, kein philosophisches und kein politisches Werk; aber wahrhaftig, es ist dies alles zusammen.« – So schrieb ein begeisterter Rezensent bei Erscheinen von *Schalet* 1927.
Sammy Gronemann (1875–1952), der Berliner Rechtsanwalt, Sohn eines Rabbiners und Zionist, hatte das Buch nach seinen Erfolgen *Tohuwabohu* (1920) und *Hawdoloh und Zapfenstreich* (1924) publiziert. Wie diese behandelt es in heiterer Form tiefernste Themen und Begebenheiten des jüdischen Lebens, betrachtet durch die Brille der so praktischen Philosophie des »Wenn schon«, gar des »Als ob nicht«, der sein Volk, so Gronemann, recht eigentlich seine Fortexistenz verdankt.

»*Schalet* – ein Glanzstück der Judaica-Reihe bei Reclam Leipzig«
Rheinischer Merkur

»Die Geschichten sind nicht nur amüsant, bisweilen urkomisch; sie sind auch lehrreich.«
Allgemeine Jüdische Wochenzeitung

Wenn ich dein vergesse, Jerusalem

Bilder jüdischen Stadtlebens

Herausgegeben von Joachim Schlör
399 Seiten. RBL 1534. 26,– DM
ISBN 3-379-01534-2

Von der Sehnsucht nach Heimat, nach Zugehörigkeit ist in den hier versammelten Texten ebenso die Rede wie vom stets drohenden Verlust. In keinem der Texte ist die Sehnsucht ohne den möglichen Verlust zu denken, und nirgendwo – an keinem Ort – ist die kurzfristig erreichte Zugehörigkeit wirklich selbstverständlich.

Was ist Heimat? Was bedeutet Heimatlosigkeit, welches sind ihre psychischen, sozialen, kulturellen Folgen? – Große Autoren antworten auf diese Fragen: Heinrich Heine und Ludwig Börne, Scholem Alejchem und Scholem Asch, Maxim Gorki, Elias Canetti, Joseph Roth, Stefan Zweig und Isaak Babel, Alfred Döblin, Walter Benjamin, Henry Roth und Dorothy Ruth Kahn, György Konrád, David Grossman und viele andere.

»Der letzte Text der Sammlung ist Dževad Karahasans Bericht der Aussiedlung der Juden aus Sarajewo von 1992, und nicht erst hier wird deutlich, wie aktuell das Thema ist. […] Wer glaubt, das sei kein Thema von heute oder ein ausschließlich jüdisches, dem könnte schon ein Blick in die Tagesschau die Augen öffnen.«

Ralph Dutli in: Neue Zürcher Zeitung

Ahasvers Spur

Dichtungen und Dokumente vom »Ewigen Juden«

Aus dem Englischen übersetzt von Birgit E. Kretzer,
Mona Körte und Robert Stockhammer. Herausgegeben
und mit einem Nachwort versehen von Mona Körte und
Robert Stockhammer.
253 Seiten. Mit dem Faksimile der Erstausgabe der Legende
vom »Ewigen Juden«. RBL 1538. 22,– DM
ISBN 3-379-01538-5

Als Jesus das Kreuz nach Golgatha trug, wollte er vor dem
Haus des jüdischen Schusters Ahasver ausruhen. Dieser ver-
trieb ihn mit Schimpfworten, und Jesus entgegnete: »Ich will
stehen und ruhen / du aber solt gehen.« – Seither durchwan-
dert Ahasver, der »Ewige Jude«, die Welt. Dies berichtet das
sogenannte Volksbuch (1602).
Im Laufe der Jahrhunderte hat die Figur des Ahasver Anlaß
zu den vielfältigsten Literarisierungen gegeben und wurde
von den unterschiedlichsten Ideologien vereinnahmt. Die
je verschiedene Behandlung dieses Stoffes offenbart leit-
motivisch die Geschichte europäisch-jüdischer Beziehungen.

Das Buch versammelt Dichtungen und Dokumente von
Goethe, Schubart, Wordsworth, Shelley, Hauff, Chamisso,
Kisch, Walter Mehring, Gertrud Kolmar, Nelly Sachs;
Johann Jacob Schudt, Ludwig Börne, Karl Gutzkow, Arthur
Schopenhauer, Leon Pinsker, Joseph Roth u. a.

Der Fiedler vom Getto

Jiddische Gedichte aus Polen

Ausgewählt und aus dem Jiddischen übertragen
von Hubert Witt
Mit einem Vorwort von Ber Mark und einem Nachwort
von Hubert Witt
271 Seiten. RBL 1483. 18,– DM
ISBN 3-379-01483-4

Unsere Sammlung jiddischer Dichtung aus Polen, einem
Land ihres Ursprungs und hoher Blüte, zugleich ihrer tief-
sten Tragik, umfaßt 60 jiddische Dichter: von Jizchok Lejb
Perez, dem Stammvater, über all die Umgekommenen bis zu
den Überlebenden.

Seit dieses Gedichtbuch vor dreieinhalb Jahrzehnten erstmals erschien, gilt für den deutschen Sprachraum noch immer: »Eine Sammlung, die in ihrer Vielfältigkeit einmalig ist.
Ein Meer von Glaube, verzweifelter Hoffnung, Klage. Dem
unmittelbaren Bekenntnis dieser Sechzig entspricht unmittel-
bares Ergriffensein des Lesers von heute.«

Otto F. Best in: Die Welt

Der Dorfgeher

Ghettogeschichten aus Alt-Österreich

Herausgegeben von Günther A. Höfler und Ingrid Spörk
256 Seiten. RBL 1581. 24,– DM
ISBN 3-379-01581-4

Was aus dem wirklichen Leben verschwindet, wird zum Gegenstand der Poesie und auf diese Weise konserviert; das gilt
auch für das Ghetto. Für literarische Darstellungen reizvoll
wurde dieses erst während seiner allmählichen Auflösung,
die sich in den verschiedenen Kronländern der Habsburger-
monarchie in zeitversetzten Schüben vollzog.
Ghettoerzählungen waren nach 1848 nachgerade zu einer
literarischen Modeform geworden. Sie griffen in die jeweiligen Emanzipations- und Reformdiskussionen ein, was die
unterschiedlichen Erzählhaltungen (nostalgisch, ironisch,
kritisch, didaktisch) erklärt. Die Gesellschaft jener Epoche
erfuhr eine beschleunigte Modernisierung; dies bedingte ihr
Interesse am geographisch und sozial Exotischen – am Ab-
gelegenen, Vor- und Gegenmodernen.
Diese Anthologie präsentiert Erzählungen aus den letzten
Jahrzehnten der k. u. k. Monarchie. Die Autoren: Karl Emil
Franzos, Hermann Blumenthal, Leopold Kompert, Max
Grünfeld, Leo Herzberg-Fränkel, Salomon Kohn, Leopold
von Sacher-Masoch u. a.